# A VIDA E AS OPINIÕES DO CAVALHEIRO TRISTRAM SHANDY

LAURENCE STERNE nasceu em 1713 em Clonmel, Irlanda. De 1723 até a morte de seu pai em 1731, estudou em Halifax, Yorkshire, Inglaterra, e em 1733 ingressou no Jesus College em Cambridge. Em 1738 ordenou-se pastor e passou a viver em Sutton-on-the-Forest, próximo de York, como prebendário na catedral. Casou-se em 1741. Autor de inúmeros sermões, deu início à carreira literária com o panfleto *A Political Romance*, em 1759, mesmo ano em que começou a redigir sua obra-prima em nove volumes, *A vida e as opiniões do cavalheiro Tristram Shandy*, que o tornaria uma celebridade na capital inglesa. De saúde extremamente debilitada, Sterne foi forçado a diversas viagens terapêuticas durante a vida: *A Sentimental Journey*, romance publicado em fevereiro de 1768, traz as observações do autor sobre seu périplo e o tempo que passou na França e na Itália. Três semanas depois do lançamento, Sterne falece em Londres, aos 54 anos.

JOSÉ PAULO PAES nasceu em Taquaritinga, São Paulo, em 1926. Estudou química industrial em Curitiba, onde publicou seu primeiro livro de poemas, em 1947. Trabalhou num laboratório farmacêutico e numa editora de livros, aposentando-se para poder dedicar-se inteiramente à literatura. Pesquisador, tradutor, ensaísta e poeta, também foi colaborador regular na imprensa literária. Morreu em 1998. Pela Companhia das Letras publicou, entre outros, *A aventura literária* (1990), *Prosas seguidas de Odes mínimas* (1992), *Socráticas* (2001) e *Poesia completa* (2008), e pela Companhia das Letrinhas, *Uma letra puxa a outra* (1992), *Um número depois do outro* (1993), *Ri melhor quem ri primeiro* (1998) e *A revolta das palavras* (1999).

# LAURENCE STERNE

# A vida e as opiniões do cavalheiro Tristram Shandy

Tradução, introdução e notas de
JOSÉ PAULO PAES

COMPANHIA DAS LETRAS

Copyright © 1984, 1998 by José Paulo Paes

*Grafia atualizada segundo o Acordo Ortográfico da Língua Portuguesa de 1990, que entrou em vigor no Brasil em 2009.*

Penguin and the associated logo and trade dress are registered and/or unregistered trademarks of Penguin Books Limited and/or Penguin Group (USA) Inc. Used with permission.

Published by Companhia das Letras in association with Penguin Group (USA) Inc.

TÍTULO ORIGINAL
*The Life and Opinions of
Tristram Shandy, Gentleman*

PREPARAÇÃO
Silvia Massimini Felix

REVISÃO
Jane Pessoa
Ana Maria Barbosa

Dados Internacionais de Catalogação na Publicação (CIP)
(Câmara Brasileira do Livro, SP, Brasil)

Sterne, Laurence, 1713-1768.
A vida e as opiniões do cavalheiro Tristram Shandy / Laurence Sterne ; tradução , intodução e notas de José Paulo Paes. — 1ª ed. — São Paulo : Penguin-Companhia das Letras, 2022.

Título original: The Life and Opinions of Tristram Shandy, Gentleman
ISBN 978-85-8285-238-5

1. Ficção irlandesa I. Paes, José Paulo. II. Título.

22-106019 CDD-Ir823

Índice para catálogo sistemático:
1. Ficção : Literatura irlandesa Ir823
Maria Alice Ferreira — Bibliotecária — CRB — 8/7964

[2022]
Todos os direitos desta edição reservados à
EDITORA SCHWARCZ S.A.
Rua Bandeira Paulista, 702, cj. 32
04532-002 — São Paulo — SP
Telefone: (11) 3707-3500
www.penguincompanhia.com.br
www.companhiadasletras.com.br
www.blogdacompanhia.com.br

# Sumário

Sterne ou o horror à linha reta — José Paulo Paes    7
Nota sobre a tradução    47

A VIDA E AS OPINIÕES
DO CAVALHEIRO TRISTRAM SHANDY

Volume I — 1760    51
Volume II — 1760    131
Volume III — 1761    209
Volume IV — 1761    297
Volume V — 1762    397
Volume VI — 1762    469
Volume VII — 1765    539
Volume VIII — 1765    605
Volume IX — 1767    667

*Notas*    723

# Sterne ou o horror à linha reta

JOSÉ PAULO PAES

## A EXTRAVAGÂNCIA QUE FICOU

É realmente de estranhar que o *Tristram Shandy* não houvesse sido até agora traduzido em português. Além de se ter celebrizado desde o século XVIII como um dos romances mais originais não só da literatura inglesa como de toda a literatura europeia, exerceu ele reconhecida influência sobre o Machado de Assis das *Memórias póstumas de Brás Cubas*, o que por si só justificaria traduzi-lo aqui há muito mais tempo, especialmente quando se leva em conta que o outro livro de ficção de Sterne, a novela *Viagem sentimental*, teve mais de uma versão no Brasil.

Com o *Tristram Shandy* aconteceu algo raras vezes registrado pela chamada sociologia do gosto literário: um livro ostensivamente escrito para frustrar as expectativas do leitor comum tê-lo conquistado de imediato, convertendo-se num dos best-sellers de sua época. Tanto assim que, ao visitar Londres em 1760, poucos meses depois da publicação dos dois primeiros volumes do seu romance, Sterne, até então um obscuro pároco de aldeia, verificou entre surpreso e encantado que não se podia conseguir mais um só exemplar, "nem por amor nem por dinheiro",[1] tal o entu-

---

1. Citado por D. W. Jefferson, *Laurence Sterne* (Londres: Longmans, Green & C., 1968 [reed.]), p. 11.

siasmo com que o público ledor o acolhera. Desse entusiasmo absolutamente não partilhava a crítica, a quem chocou desde logo a desenvoltura rabelaisiana do humor de Sterne, bem como as "extravagâncias" de sua técnica romanesca. Samuel Johnson, a mais respeitada figura literária da Inglaterra de então, declararia anos depois que "nada de extravagante ficará, e *Tristram Shandy* não ficou".[2] Enganava-se, porém, e redondamente: a ficção do século xx reconhece em Sterne o mais genial e o mais radical de seus precursores, a ponto de romancistas como Virginia Woolf, James Joyce, Samuel Beckett e Michel Butor, entre outros, terem-lhe sofrido o influxo. Mas, antes de falar das "extravagâncias" inovadoras do *Tristram Shandy*, convém dizer alguma coisa do seu autor e da circunstância histórico-literária onde surgiu e a que ultrapassou.

## UM PÁROCO DE SUCESSO

Laurence Sterne nasceu na Irlanda em 1713. Seu pai, um pobre alferes ou porta-bandeira do exército inglês, casara-se em Flandres, por obrigação, com a filha de um vivandeiro a quem devia dinheiro. Naqueles tempos, era permitido aos militares levar mulher e filhos consigo durante as campanhas e deslocamentos da tropa, pelo que Laurence passou a primeira infância em barracas — à semelhança do filho do tenente Le Fever, personagem de uma das narrativas interpoladas na ação principal do *Tristram Shandy* — e foi certamente a figura do pai soldado que o inspiraria a fazer de um militar, o tio Toby, um dos protagonistas do romance, levando inclusive a curiosidade enciclopédica do romancista a voltar-se para uma especialidade como a arte

2. Citado por Christopher Ricks, "Introduction", *The Life and Opinions of Tristram Shandy, Gentleman* (ed. de Graham Petrie. Harmondsworth, Ingl.: Penguin, 1980 [reed.]), p. 8.

INTRODUÇÃO                                                9

das fortificações de guerra, tão distante das suas preocupações normais de clérigo-escritor.

Já bem antes de partir para as Índias Ocidentais, onde morreria praticamente na indigência, o alferes Sterne resolveu confiar Laurence aos cuidados de uns parentes do Yorkshire. Estes o mandaram à escola e lhe pagaram os estudos em Cambridge (filosofia e humanidades). Em 1738, após bacharelar-se, Laurence tomou ordens na Igreja anglicana, mais por conveniência do que por vocação, e conseguiu um vicariato na aldeia de Sutton-in-the-Forest, no Yorkshire. Ali fez um casamento também de conveniência com a herdeira de uma família de proprietários rurais supostamente abastados. Elizabeth chamava-se a herdeira (o mesmo nome da mãe de Tristram Shandy), mas logo depois de desposá-la descobriu Sterne que não lhe trouxera dote algum. Para agravar a situação, teve ele de arcar em seguida com as despesas de manutenção da mãe e da irmã, que vieram da Irlanda para viver na Inglaterra às suas custas, sendo-lhe desde então uma fonte de contínuos aborrecimentos e apertos financeiros.

Em 1745 nasce-lhe a única filha, Lydia, a quem ele sempre foi muito afeiçoado; nos anos subsequentes, vai se promovendo aos poucos na carreira eclesiástica graças a certo renome que alcança com os seus sermões, escritos com apuro literário, mas voltados antes para os aspectos morais do que para os aspectos propriamente sobrenaturais da religião, coisa de esperar numa quadra tão entranhadamente racionalista quanto o século XVIII, conforme se pode ver pelo sermão dos abusos de consciência interpolado no volume II do *Tristram Shandy*. Aliás, esta interpolação foi um hábil lance de marketing: Sterne valeu-se do sucesso alcançado pela publicação dos dois primeiros volumes do seu romance em 1760 para neles promover os seus sermões, editados quatro meses depois com o título de *Os sermões de Yorick*. Yorick era um dos personagens secundários do *Tristram Shandy* e na sua figura de escanifrado, compassivo, dedicado pároco de aldeia o romancista pôs muito de si mesmo, sobretudo quando lhe atribuiu um total desprezo pela seriedade e um senso de humor sempre alerta, incapaz de resistir a um *bon mot*, ainda que este o pudesse indispor com meio mundo. Tais traços de caráter transparecem desde logo no próprio nome do personagem, Yorick, o mesmo do bufão real cujo crânio aparece na famosa cena do cemitério em *Hamlet* e de quem Sterne fazia o seu pároco remoto descendente. O fato de sermões religiosos serem publicados como da autoria de um bufão causou escândalo na época, e os críticos da *Monthly Review* (dos quais Sterne zombaria no volume iii do seu romance) não lhe pouparam censuras.

Ainda que lhe faltasse vocação religiosa, Laurence cumpria escrupulosamente os seus deveres para com os fiéis, que o tinham em grande estima; por cerca de trinta anos, esteve ligado, como pároco, a comunidades do Yorkshire, em especial à de Coxwold, cujo benefício eclesiástico obteve em 1760. No começo de sua carreira clerical, recebeu ele o apoio do tio, Jacques Sterne, alto dignitário da igreja de York, de quem foi assistente. Esse tio era inimigo feroz dos católicos e o sobrinho lhe secundava a intolerância, bem como os interesses profissionais, escrevendo artigos para pequenos jornais da região; em 1759, a propósito de uma briga provinciana em torno de cargos eclesiásticos, publicou em panfleto uma alegoria satírica à maneira de Swift, *Um romance político*. Mas acabou se cansando do que chamava "trabalho sujo" e renunciou, a partir de certo momento, às atividades de panfletário, o que lhe valeu a malquerença do tio; este lhe internou a mãe num asilo de caridade só para comprometer a reputação do sobrinho. E o conseguiu: pela vida afora, Laurence seria injustamente tido por muita gente como um filho desalmado.

Para defender-se dessas e de outras vicissitudes, o futuro romancista podia felizmente contar com a fortaleza do seu bom humor. Do valor terapêutico deste dá teste-

INTRODUÇÃO

munho a dedicatória do *Tristram Shandy*; ao oferecê-lo
a William Pitt, o poderoso secretário de Estado, podia o
seu autor dizer convictamente: "Vivo no constante empenho de resguardar-me dos achaques da má saúde, e de
outros males da vida, por via da alacridade; firmemente
persuadido de que toda vez que um homem sorri, mas muito mais quando ri, acrescenta-se algo a este Fragmento de
Vida". Sterne começou a escrever o romance num momento particularmente difícil: o seu casamento, que nunca fora
um sucesso, arruinara-se de vez com os ataques de insani-
dade da mulher. Os sintomas da demência de Elizabeth se
manifestaram em 1759, o mesmo ano em que ele iniciou
a composição de *Tristram Shandy*. Nas suas alucinações,
ela acreditava ser a rainha da Boêmia e no volume VIII do
romance iremos ver Trim, o criado e ordenança do tio
Toby, tentar baldadamente contar-lhe a história do rei da
Boêmia, num lance claro de sublimação, por via do humor, de uma vicissitude de ordem biográfica. Outro lance
sublimatório pode ser visto na própria figura do narra-
dor-protagonista do *Tristram Shandy*, com a sua magreza
esquelética e seus achaques pulmonares que não lograram
nunca tirar-lhe o gosto de rir: aí temos um autorretrato
de Sterne, a quem uma afecção dos pulmões afligiu grande parte da vida, acabando por levá-lo ao túmulo após tê-
-lo forçado a procurar, nas constantes viagens, ares mais
benéficos à saúde sempre precária.

Como já se disse, os dois primeiros volumes do *Tristram Shandy* foram publicados em 1760 e o extraordinário êxito de vendas obrigou os editores a reimprimi-los
quatro meses depois. Do dia para a noite, o seu modesto
autor viu-se convertido numa celebridade. Em Londres,
foi festejado pela nobreza e convidado a jantar no castelo
real de Windsor. Teve o seu retrato feito por Reynolds,
o pintor da moda, e tornou-se amigo do maior ator da
época, David Garrick, a quem fará repetidas referências
no *Tristram Shandy*; do seu prestígio mundano dá notícia

um jornal de então: "Todos estão ansiosos por conhecer o escritor, e, ao conhecê-lo, todos se encantam com o homem; há graça na sua conversação, que é sempre deleitosa, e a bondade do seu coração torna maior o tributo da estima".[3] O prestígio do romancista não ficou restrito à Inglaterra, mas se estendeu à França, que ele visitou pela primeira vez entre 1762 e 1764. Em Paris recebeu-o com honras o famoso salão do barão de Holbach, ponto de encontro dos Enciclopedistas; ali conheceu Diderot, seu admirador e logo seu amigo.

No volume inicial do *Tristram Shandy*, Sterne dizia que se propunha a escrever-lhe os demais volumes (pensava chegar a vinte) à razão de dois por ano. Conseguiu manter a palavra em relação aos volumes III e IV, editados exatamente um ano após os anteriores, vale dizer, em janeiro de 1761, e aos volumes V e VI, aparecidos no final do mesmo ano. Todavia, a má saúde lhe transtornaria os planos daí por diante. A viagem à França, ele a empreendeu inclusive por motivos de saúde, em busca de clima mais favorável à melhoria da tísica de que sofria e que quase o matou nessa ocasião. À má saúde somava-se uma crise, passageira, de impotência criadora: só voltou a trabalhar no romance em 1764, quando já na Inglaterra. Os volumes VII e VIII apareceram no começo do ano seguinte e no primeiro deles Sterne aproveitou notas tomadas na França para com elas compor uma sátira aos livros de viagem em voga naquela altura, particularmente a *Travels in France and Italy* [Viagens pela França e Itália], de Smollet, um dos críticos que haviam feito restrições ao *Tristram Shandy* e no qual ele irá parecer com a alcunha burlesca de Smellfungus. O IX e último volume do romance foi publicado em 1767; durou pois a sua composição sete anos e ainda hoje discutem os críticos se Sterne chegou ou não a completá-lo.

3. D. W. Jefferson, op. cit., p. 12.

INTRODUÇÃO 13

Se a vida literária, começada tardiamente aos 47 anos de idade, lhe trouxe sucesso mundano e financeiro, o mesmo não se pode dizer da vida conjugal. Já antes do colapso mental da sua esposa, procurara ele um derivativo para as atribulações domésticas nas relações com outras mulheres, relações cujo caráter puramente sentimental não as tornava menos danosas à sua reputação de clérigo. Mas elas lhe eram essenciais ao equilíbrio psíquico, como se depreende deste trecho de uma carta sua a um amigo:

> Estou contente de saber que estás apaixonado — servirá (ao menos) para curar-te da melancolia, que exerce um efeito maléfico sobre o homem e a mulher. — Quanto a mim, tenho sempre de trazer alguma dulcineia na cabeça — isso dá harmonia à alma — toda vez, empenho-me primeiramente em fazer a dama acreditar que está apaixonada, ou então começo eu a convencer-me a mim mesmo de que o estou — mas conduzo os meus casos bem à maneira dos franceses, sentimentalmente — "sem o sentimento (dizem eles) o amor não é nada".[4]

A amante do narrador do *Tristram Shandy*, Jenny, parece ser o retrato idealizado de uma dessas "dulcineias", a cantora Catherine Fourmantel, que se exibiu em York na época em que Sterne principiara a escrever o seu livro e com a qual ele teve um caso sentimental. Além dessas relações perigosas, malgrado o seu platonismo, comprometia-lhe o bom nome clerical a sua filiação ao grupo dos Demoníacos. Assim era chamado o excêntrico círculo de amigos de John Hall-Stevenson, um ex-colega de Sterne em Cambridge que se divertia escrevendo poemas e contos disparatados (os *Crazy Tales*) e reunindo no seu castelo, o Crazy Castle, amigos aficionados, como ele, da bebida e

4. D. W. Jefferson, op. cit., p. 6.

dos ditos de espírito. Hall-Stevenson aparece no *Tristram Shandy* sob a figura de Eugenius, o amigo dileto do narrador. Após a morte de Sterne, teve ele a má ideia de continuar a *Viagem sentimental à França e à Itália* (da qual seu amigo escrevera só um dos quatro volumes que pretendia escrever) acrescentando-lhe mais dois volumes. Apesar de bem-intencionada, a contrafação não agradou ao público e a *Viagem sentimental* continuou a circular sem esse apêndice. Livrinho de difícil classificação por ser um misto de novela, relato de viagem e sketch humorístico, o seu êxito foi simplesmente espantoso, superando de longe o de *Tristram Shandy*. Traduzido em numerosas línguas, recebeu louvores de gente como Goethe e Heine e suscitou uma legião de imitadores, entre eles o francês Xavier de Maistre, com a sua *Viagem ao redor do meu quarto*, e o português Almeida Garret, com as suas *Viagens na minha terra*. Ao adjetivo "sentimental", até então vinculado à noção de pensamento ou reflexão moral, deu o novo significado de "terno, cheio de emoção", que anunciava o nascimento da sensibilidade romântica.

Na *Viagem sentimental* reaproveitou Sterne as mesmas notas de viagem usadas no volume VII do *Tristram Shandy* e completadas com observações feitas durante a sua segunda viagem ao continente (1765-6), onde mulher e filha foram mais tarde reunir-se a ele; quando voltaram para a Inglaterra, e Elizabeth resolveu viver separada do marido, este lhe atendeu com paciência e solicitude as exigências de dinheiro. Em 1767, conheceu ele uma outra Elizabeth, Elizabeth Drapper, por quem se apaixonou e para quem escreveu o *Journal to Eliza* [Diário para Eliza], um diário amoroso só publicado cerca de um século após a morte do seu autor. Biógrafos modernos desfizeram a lenda de Sterne ter passado os últimos dias na pobreza e no esquecimento; passou-os antes confortavelmente instalado e cercado pelo carinho de numerosos amigos, embora os seus ganhos de clérigo *doublé* de proprietário rural e escritor de sucesso não bastassem

INTRODUÇÃO 15

para fazer frente às suas despesas. Ao morrer de pleurisia em 1768, um mês depois da publicação da *Viagem sentimental*, a cujo extraordinário êxito não chegou a assistir, deixou um rol de dívidas e de saudades, bem compendiadas estas na frase com que Lessing lhe recebeu a notícia da morte: "Eu teria dado dez anos de minha vida caso houvesse podido com eles prolongar a de Sterne um ano que fosse".

### MARCAS DO TEMPO

Se o romance deve mesmo ser um espelho, como o queria Stendhal num dos prólogos de *Lucien Leuwen*, então o *Tristram Shandy* não pode ser senão um daqueles espelhos dos antigos parques de diversão onde as pessoas se viam ou magríssimas ou gordíssimas. No espelho shandiano, a circunstância histórica, seja a contemporânea dele, seja a sua predecessora mais ou menos próxima, surge quase sempre distorcida pela ótica da sátira, e ao falar nessa dupla circunstância histórica, busca-se ressaltar os dois tempos em que se desenvolve a narrativa de *Tristram*. Um é o presente do seu narrador, vale dizer: o próprio momento em que ele está escrevendo o livro e para o qual chama constantemente a atenção do leitor; cronologicamente, corresponde aos anos que vão de 1760 a 1767, isto é, os mesmos anos que seu autor real levou a compô-lo; neste, como em vários outros particulares, narrador e autor coincidem, Tristram Shandy inculcando-se por alter ego de Laurence Sterne. O segundo tempo é o passado familiar do narrador, sobretudo os anos entre 1695 — data da batalha de Namur, em que o tio Toby foi ferido na virilha e teve de dar baixa do exército, com as momentosas consequências que daí advirão para a ação do romance — e 1718, data do nascimento de Tristram, à evocação de cujos acidentes obstétricos e batismais estão dedicados nada menos de quatro dos nove volumes da obra.

O conceito de tempo é, pois, de marcada importância na semântica do *Tristram Shandy* e foi por lhe ter figurado a complexidade no plano mesmo da técnica narrativa que o romance de Sterne antecipou de quase dois séculos a estrada real da ficção do século XX, aquela que vai de Proust e Joyce a Faulkner, passando por Thomas Mann. Mas disso se falará mais adiante; por agora, basta assinalar que nem por ser um romance de viés ostensivamente psicológico, voltado mais para a compreensão dos motivos de seus personagens do que para os seus atos propriamente ditos, deixa o *Tristram Shandy* de "refletir" a sua circunstância histórico-social, qual seja a Inglaterra do século XVIII.

Acontecimentos-chave da história política desta aparecem referidos como marcos da crônica familiar dos Shandy, que receberam seu brasão de armas no reinado de Henrique VIII. O avô de Tristram, Roger Shandy (e Roger era também o nome do pai de Sterne), combateu em Marston Moor (1644), quando as tropas de Cromwell, campeão da causa parlamentar, derrotaram as de Carlos I, contra cujo absolutismo o mesmo Cromwell acabaria fazendo pouco depois, em nome da burguesia, a Revolução Puritana. E o irmão de Roger Shandy, Hammond, participou da abortada sublevação de Monmouth (1685) contra o absolutismo de outro monarca, Jaime II, tão abominado pelos whigs — a burguesia urbana e rural oposta aos tories, latifundiários da nobreza favoráveis ao poder absoluto do rei. As simpatias whig da família Shandy se confirmam a seguir no orgulho com que o tio Toby (e seu devotado ordenança Trim) declarava ter combatido sob a bandeira de Guilherme de Orange, o consolidador, nos últimos anos do século XVII, da revolução burguesa iniciada por Cromwell. Nos momentos de embaraço, Toby costumava assoviar o "Lillabullero", uma canção que os protestantes da Irlanda, na sua luta contra os desmandos do poder real, haviam convertido "na 'Marselhesa' da Revolução

INTRODUÇÃO                                                    17

Whig".[5] E a tradição whig da família culmina no próprio Tristram, que não apenas dedica a história de sua vida e opiniões ao ministro Pitt — cognominado o *Great Commoner* pela sua intransigente defesa, na Casa dos Comuns, dos direitos constitucionais — como não perde vaza de exaltar a "terra de liberdade e de bom senso" em que vive [II 17][6] nem de zombar do absolutismo de Luís XIV, por cujos caprichos "vivem e morrem todos os franceses" [I 18]. Ao contrapor assim a Inglaterra parlamentarista à França autocrática, Sterne tomava partido, como inglês, na luta de rivalidades entre as duas grandes potências europeias que se guerrearam ao longo de todo o século XVIII em busca da hegemonia; mais do que isso, tomava partido na confrontação, bem mais ampla, entre liberalismo e autoritarismo característicos desse século no qual, em nome da liberdade e da razão, a burguesia finalmente se apossa do poder político.

A condição de gentleman, cavalheiro, ostentada por Tristram Shandy desde o título da sua autobiografia, de pronto o filia à dita burguesia. Era este, na Inglaterra, o menor dos graus nobiliários, servindo para distinguir o nobre de recente extração do par do Reino. Conferia-o o rei a plebeus endinheirados ou prestimosos por serviços prestados à Coroa, como o fez Henrique VIII com os Shandy ao permitir-lhes usar escudo de armas. Contudo, não é tanto em Tristram, mas sim no seu pai, Walter Shandy — o qual, ao lado do filho e do irmão Toby, integra o elenco de protagonistas do romance — que vamos encontrar, tipificada como condição e consciência social, a *gentry* inglesa. Esta intraduzível palavra designava a burguesia rural, classe intermediária entre a nobreza e a *yeomanry*,

---

5. T. A. Jackson, *Old Friends to Kee: Studies of English Novels and Novelists*. Londres: Lawrence and Wishart, 1950, p. 47.
6. Em todas as citações de passagens do *Tristram Shandy*, são indicados apenas o volume e o capítulo de onde foram tiradas.

ou seja, os pequenos proprietários que o desenvolvimento do capitalismo acabaria por pauperizar, despojando-os de suas terras e deles fazendo a mão de obra barata de que necessitava no campo como na cidade. Comerciante retirado dos negócios e definitivamente estabelecido no seu domínio rural de Shandy Hall, Walter deplorava o crescimento da metrópole, acelerado pela nascente industrialização, vendo a "corrente de homens e dinheiro" no rumo dela como uma enfermidade circulatória de que poderia resultar a "apoplexia do Estado", uma centralização do poder "perigosa aos nossos direitos civis", tal como acontecera na França absolutista, onde o campo se arruinava porque todos os olhos estavam fitos na Corte e "homem nenhum tem qualquer interesse rural a defender". E é na defesa dos interesses de sua classe, ameaçados no século XVIII pelas tentativas da nobreza de obter maior soma de privilégios, que o velho Shandy reivindica "seja posta nas mãos da *Squirality* [a classe média rural] [...] o peso e a influência necessários para contrabalançar aquilo que ora percebo estar lhe sendo subtraído [...] pela nobreza" [1 18].

Shandy Hall, a propriedade hereditária da família, fora ampliada ao longo dos anos pelo recurso ao cercado ou encerramento (*enclosure*) mediante o qual os grandes proprietários se apossavam das áreas de terras comunais, não cercadas, a que, desde o Medievo, tinham livre acesso os camponeses pobres, e no final do volume IV do *Tristram Shandy* vemos o pai do narrador a cogitar se aplicaria ou não o dinheiro de uma herança providencial para cercar e cultivar a charneca do Boi, terra comum cujo título legal de posse fora obtido por um antepassado seu. A essa condenável mas generalizada técnica de grilagem, que vinha sendo praticada desde o século XV sob o acicate do desenvolvimento da indústria da lã, não teve escrúpulos de recorrer o próprio Sterne para formar a sua propriedade rural de Coxwold e com os rendimentos dela aumentar

INTRODUÇÃO 19

seus modestos ganhos de pároco. A prática das *enclosures*, com a consequente pauperização do campesinato, boa parte do qual será depois tangida pela miséria até as grandes cidades industriais para ali engrossar as hostes do proletariado ou da mendicância, constitui uma etapa preparatória de um processo que só se vai completar no século XIX, quando a pena humanitária de Dickens irá traçar os quadros de aviltamento e impiedade humana que marcaram o advento da primeira Revolução Industrial. Esta, porém, só surge verdadeiramente depois de 1760, o ano de publicação do *Tristram Shandy*, com as sucessivas invenções de máquinas como a *spinning jenny*, o tear hidráulico e a máquina a vapor. Por isso, o tranquilo, risonho mundo rural onde se desenrolam as peripécias domésticas de Walter e Toby Shandy — e das quais, ligados a seus patrões por laços mútuos de afeição e respeito, participam criados como Trim, Susannah ou Obadiah — tem o caráter idílico daquela "calma antes da tempestade" a que se refere o marxista T. A. Jackson, o qual acrescenta, não sem uma ponta de nostalgia retrospectiva: "Com base na prosperidade assegurada, alcançara-se [na Inglaterra do século XVIII] um relativo equilíbrio nas relações de classe. Havia, claro está, distinções classistas, mas, temporariamente, eram diferenças sem oposição e subordinações sem servilidade, exigida ou sentida".[7]

### O ROMANCISTA DA "*GENTRY*"

Mesmo à falta destes pontos de referência históricos oferecidos pelo seu elenco de personagens, bastaria o gênero literário praticado pelo narrador do *Tristram Shandy* — o romance — para deixar-lhe entrever implicitamente a filiação de classe. É bem verdade que, em vez de declarar-se

---

7. Op. cit., p. 46.

romancista, ele prefere sempre apresentar-se como "historiógrafo" [I 4] ou "autor biográfico" [IV 13]. Mas isto, tanto quanto a narração na primeira pessoa, própria da testemunha se não presencial dos acontecimentos narrados, pelo menos fidedignamente informada a seu respeito, não passa de um ardil do ofício com vistas a garantir-se aquele estatuto de veracidade de que a ilusão ficcional necessita para poder arrancar o leitor ao mundo da realidade e fazê--lo viver vicariamente num simulacro deste.

Na sua célebre conceituação do romance como gênero, Hegel lhe chamava "a moderna epopeia burguesa",[8] e essa conceituação nunca foi mais verdadeira do que naquele a que, com propriedade, se pode considerar o seu século inaugural: o século XVIII inglês. Estava-se então oficialmente na era neoclássica, cuja teoria e prática irradiou da França para o resto da Europa e de suas colônias transatlânticas. Todavia, os ares ingleses não lhe foram propícios. Reconheceu-o Voltaire quando visitou a Inglaterra em 1726 como exilado, reconhecimento aliás bem ilustrativo da estreiteza de vistas do seu classicismo de segunda mão. Nas *Cartas inglesas* escrevia o futuro autor do *Cândido*: "Parece que, até agora, os ingleses foram feitos só para produzir belezas irregulares. Os monstros brilhantes de Shakespeare agradam mil vezes mais que a sabedoria moderna".[9] Daí que ao gênio "irregular" de Shakespeare, a seu ver um dramaturgo "sem a menor chama de bom gosto e sem o menor conhecimento das regras",[10] preferisse Voltaire o talento "mais correto, mais

8. Citado por Michel Zéraffe, *Roman et société* (Paris: PUF, 1971), p. 5.
9. *Cartas inglesas*, trad. de Marilena de Souza Chaui, em *Voltaire*, seleção de textos de Marilena de Souza Chaui. São Paulo: Abril Cultural, 1984 (reed.), p. 35.
10. Ibid., p. 33.

INTRODUÇÃO 21

elegante"[11] daquele a quem chama cerimoniosamente de sr. Pope, isto é, o Alexander Pope responsável pela imposição da "ditadura da razão"[12] neoclássica aos desregramentos do gênio inglês. Voltaire traduz inclusive um trecho de *The Rape of the Lock* [O roubo da madeixa], poema herói-cômico de Pope que fez numa época em que a crítica dava à poesia, até mesmo à poesia satírica, "um valor inerentemente superior ao da prosa", donde para ela se voltarem "os praticantes da arte verbal mais ambiciosos e mais cônscios de si mesmos". A observação é de Eric S. Rabkin, que assim a completa: "A prosa ficava para as massas, massas ainda carentes de educação e de refinamento".[13] Por "massas" deve-se entender aqui não evidentemente as classes populares, cujo pauperismo não lhes consentia o acesso ao livro, mas sim a pequena e média burguesia na qual a prosa de ficção tinha não só os seus leitores como os seus heróis de eleição.

Na sua vertente mais característica, o romance do século XVIII outra coisa não era senão a transposição, do terreno da poesia para o da prosa, do procedimento fundamental do poema herói-cômico, qual fosse a imitação satírica da matéria heroica da epopeia por via do tratamento, em linguagem elevada, de um tema trivial. Das *Viagens de Gulliver* de Swift, ainda comprometidas com o maravilhoso fabular, ao *Joseph Andrews* e ao *Tom Jones* de Fielding, bem como ao *Roderick Ramson* de Smollett, onde se absolutiza o realismo do cotidiano, recorre a mesma visão crítica e satírica da vida social contemporânea que, com Rabelais, Cervantes e a novela picaresca, marcara o advento da "moderna epopeia burguesa". No caso específico do ro-

11. Ibid., p. 41.
12. René Lalou, *La Littérature anglaise*. Paris: PUF, 1951 (3. ed.), p. 50.
13. Eric S. Rabkin, *The Fantastic in Literature*. Nova Jersey, EUA: Princeton University Press, 1977, p. 191.

mance inglês setecentista, esse fenômeno de rebaixamento do poético a prosaico teve uma concausa de ordem tecnológica e econômica, também destacada por Eric S. Rabkin: "o rico veio da sátira poética do século XVIII foi desviado, pelas técnicas de impressão mais baratas, para as prosas satíricas (Fielding, Sterne), de maior popularidade, que floresceram após a metade do século".[14] Paralelamente a essa popularização da sátira em prosa, surgia pela mesma época, na imprensa, o *periodical essay*, um tipo de crônica jornalística que participava a um só tempo do retrato de costumes, do comentário de modas, da reflexão moral e da historieta humorística. Destinada expressamente a um público de classe média a cujos gostos atendia, e escrita num estilo mais próximo do à vontade coloquial que da solenidade literária, tal modalidade de jornalismo recreativo iniciada por Daniel Defoe, o romancista de *Robinson Crusoe* e de *Moll Flandres*, não tardou a encontrar em Steele e Addison os seus luminares.

É nesse contexto histórico-literário que se situa o *Tristram Shandy*, dele dando testemunho por diversos dos seus traços. Onde melhor exemplo do pendor do gênio inglês para a criação das "belezas irregulares" deploradas por Voltaire do que esse supremo monumento à irregularidade cujo *primo mobile* parece ser o horror à linha reta e a paixão do labirinto? E onde melhor diagnóstico do caráter postiço das regras e medidas tão minuciosas da preceptística neoclássica do que as zombarias de Sterne acerca dos connoisseurs que lhes reclamavam a estrita aplicação e aos quais ele representava como um bando de filisteus enfeitados com "as bugigangas e penduricalhos da crítica", controlando a relógio as pausas de Garrick na recitação do solilóquio de Hamlet; conferindo com fio de prumo os lineamentos do "novo livro em torno do qual todos estão fazendo tal alvoroço" (vale dizer: o próprio

14. Ibid., loc. cit.

INTRODUÇÃO · 23

*Tristram Shandy*) para descobrirem, escandalizados, ser "uma coisa muito irregular", sem um só ângulo reto; a tomar com régua as medidas de um poema épico para compará-las "com a escala exata de Bossuet", crítico francês do século XVII a quem se devia um rol de regras precisas para a composição de epopeias? [III 12].

O fato de o romance inglês do século XVIII ter aliciado a maior parte dos seus leitores no seio da pequena e média burguesia transparece nas apóstrofes dirigidas pelo narrador do *Tristram Shandy* àquela a quem chama familiarmente de "minha boa *gentry*", mas de cuja burguesa respeitabilidade, simbolizada nas grandes perucas e barbas de seus membros mais severos, ele se compraz em caçoar, prometendo, ao fim do volume IV, ofender-lhes os preconceitos no volume seguinte com revelações maliciosas. Esse tipo de provocação, em vez de alienar a simpatia dos leitores a quem servisse a carapuça, antes os espicaçava a continuar a lê-lo: prova-o o êxito de venda alcançado pelos sucessivos volumes da obra. Assim, passavam a integrar-se, tais provocações, numa técnica sistemática de "desapontamento" do leitor a que voltaremos. De momento, importa assinalar que o constante diálogo mantido pelo narrador com os leitores do *Tristram Shandy*, leitores trazidos às vezes para dentro do próprio texto e nele fazendo ouvir a sua voz [I 20], imprime-lhe à linguagem o mesmo à vontade coloquial do *periodical essay* de Steele e Addison, ao qual recorda também pelo gosto da digressão miscelânica, de que se falará mais adiante. Esse tom coloquial ajuda a criar os efeitos cômicos e satíricos visados pelo romancista, na medida em que contrastam com a solenidade "literária" das alusões eruditas e a pedanteria dos termos científicos encontráveis a cada passo no seu texto.

A duplicidade coloquial/literário espelha, no nível dos registros de estilo, a igual duplicidade linguagem elevada/tema trivial característica do poema herói-cômico; deste, a prosificação de Sterne, pela ênfase na obliquidade da digressão e da erudição caricata, está mais perto do que a linearidade narrativa de Fielding. Por outro lado, a influência das novas técnicas de impressão para a popularização da sátira em prosa durante o século XVIII ressalta visualmente no *Tristram Shandy* pelo emprego da própria tipografia como meio de expressão. Ao número dessas "excentricidades" tipográficas pertence o epitáfio de Yorick dentro de uma cercadura, seguido de duas páginas totalmente preenchidas por um preto lutuoso [I 12]; o uso sistemático de travessões de diferentes comprimentos para dar maior ou menor realce a uma frase ou marcar pausa maior ou menor na elocução; as linhas sucessivas de asteriscos substituindo trechos de linguagem menos casta, como os comentários acerca da suposta castração de Tristram [VI 14]; as páginas mosqueadas [III 37], emblema do próprio romance com suas alusões maliciosas mais ou menos veladas, tal como as manchas das ditas páginas; o sinal gráfico de chave [e.g. IV 12] para extremar palavras ou frases; a falta proposital de um capítulo [IV 25]; outro capítulo formado tão só de duas páginas em branco [IX 18]; a página também em branco oferecida ao leitor para que nela desenhe a seu gosto o retrato da viúva Wadman [VI 38]; as longas linhas contínuas prolongando a praga de Phutatorius quando uma castanha quente lhe entra pela braguilha dos calções [IV 27]; a dedicatória [I 8] e o prefácio [III 20] colocados no meio do livro e não na sua abertura; a palavra "bravo" em maiúsculas cortadas por um traço, embora a sua supressão já estivesse explicada no texto; o emprego de versal e versalete para fazer sobressair certos substantivos abstratos (Natureza, Destino etc.), conferindo-lhes em registro paródico o caráter de entidades alegóricas, como de uso na poesia neoclássica; os diagramas para ilustrar os caprichosos torneios da narração [VI 40] ou os floreios de bastão com que Trim [IX 4] figura a liberdade de movimentos do homem solteiro.

Por inusitada num romance, a utilização de tais recur-

INTRODUÇÃO                                                                25

sos tipográficos ajuda a sublinhar, com imediatez visual, o seu caráter excêntrico, dinamizando-lhe assim o impacto humorístico, além de desempenhar funções mais sutis referidas adiante.

## DO FESCENINO AO GROTESCO

Há pouco Rabelais e Cervantes foram citados como precursores daquele enfoque crítico e satírico da vida cotidiana de seu tempo que fez do romance inglês o ponto mais alto, criativamente falando, da literatura europeia do século XVIII. Fecho histórico de uma segunda ou terceira floração do picaresco, o *Tristram Shandy* não esconde a sua dívida para com esses dois mestres do gênero, e é "pelas cinzas do meu querido Rabelais e do meu queridíssimo Cervantes" que o seu narrador jura em certo instante.

Um trecho do *Gargântua* aparece transcrito, sem indicação de fonte, no capítulo 29 do Livro V, e as alusões a episódios e personagens do *Pantagruel*[15] se amiúdam, como a feita aos narizes em forma de *"un as de treuffles"* dos habitantes da ilha Ennasin [III 31] ou à visita empreendida por Pantagruel e seus companheiros ao oráculo da diva Bacbuc [IV introdução]. Os estapafúrdios nomes latinos ou gregos de uma parte dos seus figurantes Sterne os forjou pelo molde rabelaisiano. Sirva de exemplo o banquete de teólogos a que comparecem o pai e o tio de Tristram [IV 26-9] para ver se conseguem mudar-lhe o funesto nome de batismo: um desses teólogos se chama Kysarcius, latinização do inglês *arse-kisser* e visivelmente inspirado no Baise-Cul de *Gargântua*; os demais convivas têm nomes como Phutatorius, "copulador", Gastripheres,

15. *Œuvres de Rabelais*, ed. de Louis Moland. Paris: Garnier, 1937, II, p. 51.

"barrigudo", Somnolentius, "dorminhoco". Na esteira de Rabelais, que não poupava a vazia metafísica dos doutores da Sorbonne, Sterne também faz dos escolásticos e dos lógicos um dos alvos preferidos de suas farpas. Assim é que no "Conto de Slawkenbergius", interpolação com que se abre o volume IV do *Tristram Shandy*, assistimos a uma cômica confrontação entre teólogos católicos e luteranos acerca de se é verdadeiro ou falso o nariz de um forasteiro cujo prodigioso tamanho põe em polvorosa os habitantes de Estrasburgo, particularmente suas mulheres e freiras; um dos doutores sustenta ter Deus o poder de criar um nariz do tamanho da catedral de Estrasburgo, o que desencadeia intérmina controvérsia sobre as limitações dos atributos divinos:

> — A controvérsia conduziu-os naturalmente a Tomás de Aquino, e Tomás de Aquino ao diabo.
> Não mais se ouviu falar do nariz do forasteiro — serviu ele apenas de fragata para lançar os doutores no golfo da teologia escolástica, onde eles se puseram a navegar de vento em popa.

Digno de nota nessa interpolação, parte de cujo original latino aparece transcrita, é — além do fato de tratar-se de texto e autor imaginários inventados pelo próprio Sterne, como Rabelais os gostava de inventar — o disfarçado caráter fescenino de que se reveste. A linguagem aparentemente decorosa com que é narrado o conto não chega a esconder-lhe tal caráter e o desmentido do narrador ("com a dita palavra, quero dar a entender Nariz; nada mais, nada menos") só serve para acentuar a duplicidade de sentidos, Nariz maliciosamente designando, no contexto, um outro tipo de apêndice masculino. Está claro que o decoro da Inglaterra setecentista impossibilitava a Sterne o exercício do desbragado humor de Rabelais, o que o não impedia de praticá-lo dissimuladamente, multiplicando as alusões ou

INTRODUÇÃO

metáforas de índole sexual. Mas nunca tão dissimuladamente que não chegasse a chocar (e deliciar) os seus leitores e leitoras. A cena inicial do romance, por exemplo, quando o velho Shandy é interrompido, no ato de gerar Tristram, por uma pergunta importuna da esposa sobre se ele havia dado corda ao relógio, operação que ele levava sistematicamente a cabo no mesmo primeiro domingo de cada mês escolhido para desencargo de seus deveres conjugais, parece ter causado escândalo na época, a julgar por um panfleto publicado meses depois dos volumes iniciais do *Tristram Shandy*, em que um relojoeiro anônimo se queixava de as senhoras de respeito terem deixado desde então de comprar relógios com receio dos comentários maliciosos que isso poderia provocar...

Ao *Dom Quixote* e aos seus dois protagonistas encontramos numerosas referências no romance de Sterne; no derradeiro volume há inclusive uma invocação ao "gentil Espírito do mais brando humor" [IX 24] que visitava diariamente Cervantes em seu calabouço de Sevilha, onde ele concebeu o *Dom Quixote*, para inspirar-lhe a "pena desembaraçada" e estender um manto protetor por "sobre todos os danos de sua vida". Ao exaltar ali a função consoladora do humor, Sterne legislava em causa própria: a essa altura da sua vida, era mais precário do que nunca o seu estado de saúde e, não obstante, como assinala Christopher Ricks, foi então que ele escreveu "algumas das passagens mais corajosamente humorísticas do *Tristram Shandy*".[16] De Cervantes, aprendeu Sterne a grande lição de como infundir grandeza humana ao cômico. No *Dom Quixote*, como se sabe, as figuras a princípio meramente caricatas do anacrônico e visionário cavaleiro andante e do seu improvisado e prosaico escudeiro vão ganhando densidade à medida que a narração avança, terminando por se converter em personagens ricos de sentido huma-

16. Christopher Ricks, op. cit., p. 9.

no, capazes não apenas de provocar o riso mas também a empatia. O mesmo acontece com os protagonistas do *Tristram Shandy*, Walter e Toby, respectivamente pai e tio do narrador, e em menor medida com personagens secundários como o pastor Yorick e o cabo Trim. Graças a eles e às situações cômicas geradas pela interação de suas excêntricas mas amoráveis personalidades, foi que o romance alcançou tanto sucesso popular, dificilmente de esperar--se tão só das digressões de uma erudição quase sempre pitoresca com que, para deleite de seus leitores mais refinados, o romancista se divertia em frustrar as expectativas dos leitores menos refinados no tocante ao progresso da ação narrativa propriamente dita. Dos personagens de *Tristram Shandy*, quem de imediato conquistou a total empatia desses dois tipos de leitores foi certamente o tio Toby, no qual saudou William Hazlitt "um dos mais altos cumprimentos jamais dirigidos à natureza humana"[17] e D. W. Jefferson discerniu "uma pessoa mais real do que as grandes criações de Dickens", dotada de inegável "qualidade shakespeariana".[18]

Desde os dias de escola, quando a sua imaginação se inflamava à leitura dos feitos de Aquiles e das proezas dos heróis das novelas de cavalaria, Toby Shandy se sentira vocacionado para a carreira militar. Entretanto, como já foi dito, um acidente sofrido durante o sítio de Namur, em consequência do qual teve de ficar de cama por mais de quatro anos, impediu-o de nela continuar não muito tempo depois de a ter iniciado. A necessidade de explicar aos que iam visitá-lo, quando enfermo, os pormenores do acidente e o ponto exato em que se verificara, induziu-o a recorrer, para facilitar as explicações, a um mapa do local de batalha, daí surgindo a ideia da grande distração — ou *hobby-horse* — de sua vida: acompanhar pari passu em

17. Citado por Christopher Ricks, op. cit., p. 23.
18. Op. cit., p. 22.

INTRODUÇÃO 29

miniaturas, montadas no fundo de sua casa de campo, das fortificações das cidades que iam sendo sitiadas pelo exército inglês, o curso da Guerra da Sucessão Espanhola (1702-13). Na arte das fortificações, em que se tornou expert por força da continuada leitura de seus tratadistas, Toby e seu criado Trim, ex-soldado como ele, encontraram o sucedâneo ideal para uma frustrada carreira militar. Ideal porque incruento: o caráter benigno de Toby, incapaz de uma palavra menos cortês a quem quer que fosse, e a piedade de seu coração, sempre pronto a comungar do sofrimento alheio e a procurar minorá-lo, mais bem se coadunavam com essa guerra de brincadeira do que com as guerras de verdade, de cuja desumanidade se dava boa conta [II 12] não obstante o seu ardor militar. A bondade de Toby é ilustrada pelo famoso episódio da mosca que o atormentava durante o jantar; quando conseguiu finalmente agarrá-la, não a matou, mas soltou-a pela janela, dizendo-lhe que o mundo era grande bastante para eles dois [II 12]. Ao seu coração magnânimo correspondia um espírito simplório e casto para o qual o sexo e a mulher eram um mistério, como o demonstra o malogro de seus amores com a viúva Wadman [IX 2-33]. Quanto à sua afeição pela arte militar, ela lhe reponta a cada passo nos diálogos: qualquer palavra do seu interlocutor, ainda que remotamente relacionada com a dita arte, lançava-o de pronto, por uma obsessiva associação de ideias, numa peroração cheia de termos técnicos como hornaveque, glaciz, contraescarpa etc.

Embora ligado ao irmão por uma forte amizade, Walter Shandy perdia às vezes a paciência com ele por causa dessas intempestivas perorações. Homem de espírito generoso, ele se diferençava diametralmente de Toby tanto pelo humor meio ácido e pela veia satírica como pelo feitio especulativo de sua mente, afeiçoada às generalizações, às teorias, às sutilezas de raciocínio. Especialmente quando, fugindo da opinião comum, elas assumiam um caráter de extravagância; do pai diz Tristram que nunca via "coisa alguma à mesma luz em que os outros a viam; via as coisas à sua própria luz". Entre as teorias favoritas do velho Shandy estava a de que o sucesso ou fracasso do indivíduo na vida dependia da concentração assumida pelos seus pais no ato de gerá-lo; qualquer distração dispersaria os "espíritos animais" que guiavam o "homúnculo" ou espermatozoide até o útero, prejudicando assim a sanidade física e mental da criança, como acontecera com Tristram no instante em que a concentração de seu pai fora perturbada pela pergunta da mãe acerca do relógio. Correlata desta teoria era a de que a escolha do nome de batismo influía com igual peso no destino do batizado; entre os nomes nefastos, Walter punha em primeiro lugar o de Tristram, exatamente aquele com que o seu segundo filho acabou sendo batizado por culpa de uma criada que não soubera transmitir ao sacerdote o nome correto e fasto, Trismegisto. Outra de suas teorias prediletas era a de que um nariz grande ajudava a pessoa a subir na vida; para desconsolo de Walter, o de Tristram fora achatado pelo fórceps do dr. Slop na hora do parto.

Tristram rotula seu pai de "filósofo natural" [1 3], como então se chamavam na Inglaterra os homens de saber que tivessem a atenção voltada para os fenômenos físicos do universo. Isto não quer dizer que os estudassem pelo método experimental da ciência; dominava ainda na época o método especulativo herdado da Antiguidade pela escolástica, com o que se estabelecia uma separação rígida entre os depreciativamente chamados "mecânicos", isto é, os experimentadores, e os "filósofos naturais". O mais famoso destes foi sem dúvida sir Isaac Newton, em cuja teoria da gravitação universal descobria Voltaire "ideias sublimes".[19] Durante o quarto de século que ocupou a presidência da Royal Society, ou seja, da Real Sociedade para

19. Op. cit., p. 25.

INTRODUÇÃO 31

o Progresso do Conhecimento, entidade fundada por "mecânicos" interessados em pesquisas e invenções de ordem
prática, Newton lhe deu uma orientação predominante-
mente teórica, transformando-a num "clube para fazedores
de sistemas, e mais tarde para lordes idosos".[20] As teorias e
sistemas do velho Shandy, *qua* filósofo natural, eram fruto
de um saber livresco colhido nos "livros mais esquisitos do
universo" [III 31]; nesse teórico fora da realidade, perdido
num mundo de sutilezas e bagatelas intelectuais, Sterne sa-
tiriza a um só tempo o velho saber escolástico que ainda
não morrera de todo, e o novo saber do Enciclopedismo que
começava a surgir, um e outro exibindo aspectos igualmente risíveis na medida em que se afastassem demais do senso
comum: este é representado pela simplicidade terra a terra
do tio Toby, cujas ingênuas mas sensatas perguntas abala-
vam com frequência os fundamentos das construções especulativas de seu irmão. Por mais de um traço aproxima-se
Walter Shandy dos filósofos da Ilustração, especialmente
pela sua aversão aos dogmas e abusões da Igreja de Roma
— ou do papismo, como o anglicano Sterne prefere chamá-la. Tal aversão, partilhada pelo narrador do romance,
manifesta-se as mais das vezes parodicamente, como nas
transcrições, em francês e latim, do ridículo parecer dos
teólogos da Sorbonne acerca do batismo da criança ainda
dentro do útero materno [I 20] e da vitriólica fórmula de
excomunhão de Ernulphus [III 11], que Walter adota como
lembrete de pragas.

O pendor de seu pai para a filosofia natural, tanto quanto a excentricidade de suas opiniões, atribuía-as o narrador
do *Tristram Shandy* aos ares da "ilha inestável" em que ele
nascera; neste ponto, retoma Sterne a teoria de Dryden de

20. J. Bronowski, *William Blake*. Harmondsworth, Ingl.: Penguin, 1954, p. 148. Bronowski lembra que Sterne "zombou de
um dos mais úteis avanços então feitos pela medicina, o fórceps
do dr. Burton".

que a inconstância do clima seria responsável pela "variedade de extravagantes e caprichosos caracteres" [1 21] por ele vislumbrada no povo inglês. Ou talvez o estereótipo do inglês fleumático e excêntrico popularizado nas anedotas tinha tido origem antes num ressentimento dos "continentais" contra este mesmo rótulo em que, do seu altivo isolamento de ilhéus, os britânicos englobam o restante da Europa, ou seja, os não britânicos. Seja como for, o certo é que nunca o estereótipo se revestiu de carne e osso ficcionais mais convincentes do que nos três protagonistas do romance de Sterne — Walter, Toby e Tristram —, esses três excêntricos a cultivar com fanática intensidade os seus *hobby-horses* ou passatempos: um a teorização de bagatelas, outro as guerras de brinquedo, e o terceiro os caprichos de sua pena incuravelmente digressiva. A eles se aplica como luva aquele conceito de grotesco proposto por Sherwood Anderson na mais conhecida de suas obras de ficção, *Winesburg, Ohio*. Grotesca, dizem os dicionários, é a pessoa que, por ridícula, suscita riso ou escárnio, mas o narrador de *Winesburg, Ohio* completa esta definição do *efeito* produzido pelo grotesco com uma explicação de sua *causa*, através de uma breve fábula filosófica:

> No começo, quando o mundo era jovem, havia muitíssimos pensamentos, mas nenhuma verdade propriamente dita. O homem fazia ele próprio as verdades, cada uma das quais se compunha de muitos pensamentos vagos [...]. Havia a verdade da virgindade e a verdade da paixão, a verdade da riqueza e da pobreza, da parcimônia e da prodigalidade, do descuido e do abandono. [...] Então vieram as pessoas. Cada uma, ao surgir, agarrava uma das verdades, e as pessoas mais fortes agarravam uma dúzia delas./ Eram as verdades que tornavam as pessoas grotescas. [...] no momento em que uma das pessoas pegava para si uma das verdades, chamando-lhe a sua verdade, e tentava viver a

INTRODUÇÃO                                              33

vida por ela, tornava-se grotesca, e a verdade por ela
adotada convertia-se numa falsidade.[21]

É pelo empenho de viverem a sua obstinada "verdade"
privativa, não as verdades aceitas pelo comum das pessoas
sem escolha nem questionamento, que os grotescos se tornam objeto de irrisão: aparecem como "excêntricos" ou
diferentes, e o riso que provocam traduz o reconhecimento
dessa diferença. Sendo privativa a "verdade" a que se ape-
gam, dela não podem comungar os outros por empatia,
donde estarem os grotescos condenados à incomunicação.
E a incomunicação é precisamente um dos grandes temas
subjacentes ao *Tristram Shandy*: os diálogos em que inter-
vêm Toby e Walter lembram uma conversa de surdos, tal
a incongruência do seu desenvolvimento; na maioria das
vezes, a fala de um dos interlocutores dá origem não a uma
resposta e sim a uma digressão do outro que pouco tem a
ver com o assunto em pauta a não ser por uma palavra ou
ideia fortuita a ele associada. As falas se articulam assim
entre si por aquela modalidade de associação ocasional de
ideias tida por Locke como doentia e a que ele dava o nome
de *loucura*, pois a "combinação de ideias não vinculadas
entre si por sua própria natureza"[22] era obra menos do entendimento racional do que de alguma paixão irracional. E
o que são os *hobby-horses* dos protagonistas do romance
de Sterne senão paixões desse tipo?

O *Ensaio sobre o entendimento humano* de Locke foi,
reconhecidamente, uma das fontes do racionalismo "ilus-
trado" do século XVIII e Sterne o parodiou em vários passos do *Tristram Shandy* para tirar efeitos humorísticos de

21. Sherwood Anderson, *Winesburg, Ohio*. Nova York: The
Viking, 1963.
22. Citado por Javier Marías nas notas a *La vida y las opiniones del cabalero Tristram Shandy* (Madri: Alfaguara, 1978),
p. 631.

suas formulações básicas sobre as imperfeições dos sentidos e a memória, sobre o "uso inconsistente" das palavras como fonte de obscuridade [II 2], sobre a noção de duração ou tempo como consequência "tão só do encadeamento e sucessão de nossas ideias" [II 8] etc. Sterne via o *Ensaio* menos como um tratado de filosofia do que como "um livro de história [...] que narra a história do que sucede na mente do homem" [II 2], definição de igual modo aplicável ao próprio *Tristram Shandy* por transitar ele a todo momento, como já foi dito, dos gestos e palavras de seus personagens para as suas motivações anteriores e interiores, numa antecipação do moderno romance psicológico. Mas onde o romancista se separa frontalmente do filósofo é na concepção negativa que Locke tem do *wit*, agudeza, em relação ao *judgement*, juízo: enquanto aquela ludicamente agrupa as ideias "com rapidez e variedade, onde divisa qualquer semelhança ou congruência, construindo imagens e visões agradáveis à fantasia", este esmera-se sisudamente em "separar as ideias entre si [...] evitando equivocar-se por causa de suas similitudes".[23] É fácil entender não pudesse o autor do *Tristram Shandy* aceitar como espúria a associação de ideias por nexos acidentais de "semelhança ou congruência": afinal de contas, nesse tipo de associação se fundamenta a própria técnica digressiva que, para citar palavras de Victor Schklovski, faz de Sterne "um revolucionário extremo da forma" e do seu excêntrico romance, cuja leitura suscita de início "uma impressão de caos", o precursor da "linguagem metalógica"[24] do futurismo.

23. *Ensaio sobre o entendimento humano*, trad. de Anoar Aiex, em *Locke*. São Paulo: Abril Cultural, 1983, 3. ed., p. 179.
24. *Theorie der Prosa*, trad. alemã de O *Teorii Prozy*. Frankfurt: S. Fischer, 1966, p. 131.

INTRODUÇÃO 35

## METAFÍSICA DA DIGRESSÃO

Desde as suas primeiras páginas, afirma-se o *Tristram Shandy* como uma empresa sistemática de violação. Ao fazer a história de sua vida e opiniões remontar ao momento em que fora gerado pelos seus pais, o herói e narrador radicalizava *ad absurdum* o enfoque do romance biográfico de sua época, infringindo de quebra um preceito deduzido pelo neoclassicismo do século XVIII do louvor de Horácio a Homero por este ter principiado a ação da *Ilíada* já pela guerra de Troia e não por sua origem mais remota: o ovo de Leda do qual nasceu Helena. O minucioso enfoque ab ovo do *Tristram Shandy* faria supor que a sua narração se fosse desenvolver em linha reta numa ordeira progressão cronológica, como de hábito no gênero biográfico. Ledo engano, com perdão do trocadilho involuntário: pouco depois de seu começo, a linha da narrativa vai se quebrar numa enfiada de ângulos mais ou menos agudos, quando não se retorcer em coleios caprichosos. Ao fim do volume VI, o narrador dá-se até ao desfrute de sumariar em gráficos o acidentado trajeto da narração nos cinco volumes anteriores.

Tão acidentado trajeto se explica pelo incrível número de digressões e enxertos que interrompem a todo momento a narrativa principal, delongando-a a tal ponto que, embora comece a conviver com o herói narrador desde o instante da sua gestação, o leitor só irá lhe acompanhar o crescimento até os sete anos de idade. Contudo, a narrativa dessa fase de sua vida mal chega a ocupar 20% do total de páginas dos nove volumes do livro, sendo os 80% restantes preenchidos por material digressivo. Para se ter uma ideia dos extremos a que este pode chegar, atente-se para a cena descrita no capítulo 21 do volume I: na sala de visitas de Shandy Hall, pai e tio aguardam o nascimento iminente de Tristram. Nesse ponto, o narrador se detém a explicar ao leitor o caráter peculiar do tio Toby e o acidente de que foi vítima em Namur, digressão dentro da qual se inserem, como num óculo de armar, subdigressões acerca do clima inglês, dos métodos de diagnóstico, do autoelogio, da filosofia de Locke etc., que se estendem até o final do volume. No sexto capítulo do volume seguinte é que o narrador retorna por fim à sala de visitas, para continuar a história do seu nascimento, o qual só se dará, porém, lá pela metade do volume III.

Boa parte das digressões nasce da maníaca fixação de Toby e Walter Shandy em seus respectivos *hobby-horses*. Ao menor pretexto, aquele se põe a dissertar sobre assuntos militares, quando não é o outro que se dedica a expor as suas extravagantes teorias ou a comentar os livros e autores onde lhes foi buscar a inspiração. Por via das falas desses dois protagonistas, Sterne recheia o texto do livro de uma erudição estapafúrdia — *learning run mad*,[25] chama-lhe Christopher Ricks — e de uma pitoresca terminologia científica que o ajudam a cumprir vitoriosamente sua promessa de "passar do jocoso ao sério, e do sério ao jocoso, alternativamente", tal como está dito na epígrafe de John of Salisbury por ele escolhida para ornar o frontispício do volume III do seu romance. O "sério", no caso, fica por conta dos episódios ou tiradas sentimentais em que, para atender sobretudo ao gosto de seus leitores, e preludiando o romantismo do século seguinte, Sterne condescende de vez em quando, a exemplo da história de Le Fever [VI 6-10] ou da comovida antevisão dos funerais de Toby [VI 25]. Por habilmente dosados, esses interlúdios de seriedade não chegam a perturbar o livre fluxo da veia cômica. Esta esplende nos efeitos que sabe tirar do vocabulário anatômico e fisiológico da medicina da época, que Sterne se diverte em satirizar, sendo de notar-se que tal vocabulário é usado não arbitrária, mas motivadamente, dada a temática por assim dizer "obstétrica" dos primeiros

25. Op. cit., p. 11.

INTRODUÇÃO 37

volumes do romance, consagrados à gestação e nascimento do herói. Tanto assim que no final do volume II vemos Walter misturando a noção cartesiana da glândula pineal como sede da alma com as explicações do *Part difficili* de Smelvogt (autor e livro imaginários) sobre a pressão sofrida pela cabeça do nascituro no momento da expulsão, para fundamentar a sua teoria das vantagens intelectuais do nascimento pelos pés... O próprio narrador se deixa contaminar pelo vezo anátomo-fisiológico ao exaltar as virtudes do seu livro, que "visa, mercê da elevação e depressão mais frequente e convulsiva do diafragma, e das sucussões dos músculos intercostais e abdominais durante o riso, a expulsar a *bile* e outros *sucos amargos* da vesícula biliar, do fígado e do pâncreas dos súditos de sua majestade". Lado a lado dessa ciência caricata anda uma erudição similarmente caricata, de pronto discernível na profusão de autores citados no texto, na sua maioria clássicos como Platão, Aristóteles, Sêneca, Cícero, Horácio, Longino, Luciano etc., ou filósofos mais modernos como Erasmo, Descartes, Malebranche, Locke etc., especialistas em engenharia militar (Gobesius, Stevinus, Tartaglia etc.) e em ciência (Hipócrates, Galileu, Bacon, Andrea Pareus, Metheglingius etc.), quando não em extravagâncias, a exemplo de John Spencer e seu estudo sobre a circuncisão, Albert Rubenius e seu tratado do vestuário romano, Adrien Baillet e seu livro a respeito de crianças-prodígios etc. Mas no rol de obras fora do comum, o lugar de honra cabe à *Anatomia da melancolia*, de Robert Burton, miscelânea de informações curiosas, citações clássicas e fantasias eruditas sobre a "doença da melancolia, a doença de Hamlet, que era para aqueles tempos [o século XVII] o que é a psicanálise para o século XX", no dizer de B. Ifor Evans.[26] Esse excêntrico volume parece ter sido um dos livros de cabeceira de Sterne, que dele tirou

26. *A Short History of English Literature*. Harmondsworth, Ingl.: Penguin, 1951 (reed.), p. 198.

boa parte da cômica erudição de que faz praça no *Tristram Shandy*, chegando a plagiá-lo abertamente, inclusive numa objurgatória contra o plágio [v 1]... Outro de seus livros de cabeceira foram os *Ensaios* de Montaigne, por ele citados com frequência e nos quais aprendeu muito da arte das digressões miscelânicas unificadas tão só pela personalidade do digressionador; em tudo e por tudo, Tristram Shandy poderia ter assinado a frase com que Montaigne se despede do leitor no prólogo dos *Ensaios*: "Portanto, leitor, eu sou eu próprio a matéria de meu livro".[27]

O responsável pela maior parte das digressões do romance de Sterne é o seu mesmo narrador, que as faz não por um impulso instintivo, resultante do feitio da sua personalidade, como é o caso de seu pai e de seu tio, mas com vistas a um objetivo estético de que tem plena consciência:

> As digressões são incontestavelmente a luz do sol; —— são a vida, a alma da leitura; —— retirai-as deste livro, por exemplo, — e será melhor se tirardes o livro juntamente com elas; [...] elas trazem a variedade e impedem que a apetência venha a faltar.
>
> Toda a destreza está no bom cozimento e manejo delas, não só para proveito do leitor como igualmente do próprio autor [...] desde o começo desta obra, como vedes, construí a parte principal e as adventícias com tais interseções, e compliquei e envolvi os movimentos digressivo e progressivo de tal maneira, uma roda dentro da outra, que toda a máquina, no geral, tem se mantido em movimento. [1 22]

Ao falar na "apetência" do leitor; ao usar o símile da máquina para descrever o seu romance; ao referir o mútuo

27. "Do autor ao leitor", em *Montaigne*, apres. de André Gide, trad. de Sérgio Milliet. São Paulo: Liv. Martins, 1943 (2. ed.), p. 38.

INTRODUÇÃO                                                    39

proveito de autor e leitor com a técnica progressivo-digressiva nele adotada, Sterne deliberadamente expunha aos olhos do público os bastidores da sua oficina, violando dessa maneira uma norma tácita do gênero, qual fosse a de sempre ocultá-los para não destruir no espírito do leitor a ilusão de a vida romanesca por ele vicariamente vivida durante o tempo da leitura ter um estatuto de realidade idêntico ao da vida cotidiana. Em vez de esconder-se atrás das coxias, como faz o *metteur en scène* que deixa o palco só para os atores, o narrador do *Tristram Shandy* se coloca ostensivamente entre eles, na primeira fila. Está claro que, numa autobiografia, mesmo fictícia, o autor se torna o protagonista do relato, o qual outra coisa não é senão a história de sua própria vida; entretanto, aí, o foco de interesse se volta para ele como protagonista e não como narrador. No *Tristram Shandy*, obra dedicada a violar todas as regras, acontece precisamente o contrário. Como personagem mesmo, o Tristram infante e menino aparece apenas em três cenas breves: na hora do nascimento, quando tem o nariz achatado pelo fórceps do dr. Slop; na hora do batismo, onde recebe o seu equivocado e aziago nome; e na hora da sua acidental circuncisão pela janela de guilhotina, devido a um duplo descuido de Susannah e Trim [IV 17]. No restante do tempo, a atenção do leitor é solicitada pela figura do narrador já quarentão, metido no seu gabinete de trabalho, de barrete e chinelas, a lutar bravamente com as armas do humor — humor na acepção mais alta, aquele que não poupa sobretudo o humorista — contra os reveses da vida: a falta de dinheiro para pagar o alfaiate, as incompreensões dos críticos, os altos e baixos da vida. Numa outra ocasião cuja narrativa ocupa todo o volume VI, iremos vê-lo fora do gabinete de trabalho, a fugir com os seus pulmões sujeitos a hemoptises cada vez mais frequentes, da Morte que o persegue pelos caminhos de posta e pelos rios da França, até conseguir chegar a um outro gabinete de trabalho, desta vez num pavilhão com vista para as águas do Garona; ali irá escrever a prometida crônica das campanhas e dos amores do tio Toby, objeto dos dois últimos volumes da sua "enciclopédia das artes e ciências" [II 17].

A digressão é um artifício deliberadamente utilizado no *Tristram Shandy* para desviar o foco de interesse, dos *sucessos* em si para a *maneira* por que são narrados. E esse desvio faz com que a luz incida mais no narrador do que em seus personagens, num lance típico daquela técnica do narrador "intruso" ou "dramatizado" estudada por Wayne C. Booth no romance de Sterne, cujo narrador "deixa [...] de ser distinguível daquilo que relata".[28] O mesmo crítico, além de ver no *Tristram Shandy* o ponto de partida da "grande efusão de narradores autoconscientes do século XX"[29] (entre os quais arrola Thomas Mann, Joyce, Hesse, Hemingway, Huxley, Sartre, Butor, Durrell e outros), aponta-lhe um antecessor na *Viagem à volta do mundo ou uma biblioteca de bolso*, de um certo John Dutton, publicada em 1691.

Na exuberância digressiva de Sterne havia igualmente um propósito de crítica ao romance de sua época, explicitada, quando mais não fosse, naquela passagem em que ele impõe uma penitência à sua leitora para puni-la do "gosto viciado em que se comprazem milhares de pessoas além dela — de ler sempre em linha reta, mais à cata de aventuras que da profunda erudição e saber que um livro desta natureza, quando lido como deve, infalivelmente lhes proporcionará" [I 20]. O remoque atinge aqui não apenas o romance "de enredo" de Richardson e seus coetâneos, mas o próprio *Tristram Shandy*, cuja "erudição e saber" eram muito mais pitorescos do que profundos. A verdade é que, com a logomaquia militar de Toby ou a

---

28. Wayne C. Booth, *The Rhetoric of Fiction*. Chicago: University of Chicago Press, 1961, p. 223.
29. Ibid., p. 234.

INTRODUÇÃO 41

livresca de Walter e seu filho, Sterne lhes ia afeiçoando as personalidades, num processo de *presentificação*, não de simples descrição, de que participa também a fantasia do leitor, para a qual ele apela em mais de uma ocasião [II 11, VI 37]. Com isso, realizava ele já no século XVIII aquilo que, em nosso século, Ortega y Gasset apontaria como novidade em Dostoiévski: obter a densidade dos seus romances "não por justaposição de aventura a aventura, mas por dilatação de cada uma mediante a prolixa presença de seus miúdos componentes. [...] Por via desse abundante fluxo verbal, vamo-nos saturando de suas almas e vão adquirindo as pessoas imaginárias uma evidente corporeidade que nenhuma definição pode proporcionar".[30] Antecipava outrossim o *Tristram Shandy* aquela "essência do romanesco" detectada por Ortega y Gasset só no "romance moderno", essência que "não está no que acontece, mas precisamente no que não é 'acontecer algo', no puro viver, no ser e estar dos personagens, sobretudo em seu conjunto ou ambiente".[31]

Foi em razão do papel eminentemente funcional assumido pela digressão na arquitetura do *Tristram Shandy* que o formalista russo Victor Schklovski quis vê-la exclusivamente como um "ressaltamento do artifício artístico", uma "forma usada por si mesma, sem motivação";[32] quer dizer, ela não está a serviço do conteúdo ou trama do romance. Existe, porém, no *Tristram Shandy*, um sutil mas discernível nexo de consubstancialidade entre a sua técnica de digressão e a história ou trama que, por tortuosas vias, ele se propõe a contar. Lembre-se que a narrativa começa pela pergunta de uma personagem, pergunta desastrosa quando vista à luz da teoria shandiana de que o narrador se vale para explicar o malogro de sua vida.

30. "Ideas sobre la novela", em *La deshumanización del arte*. Santiago do Chile: Cultura, 1937, p. 69.
31. Ibid., p. 78.
32. Op. cit., p. 131.

Aliás, talvez não seja ocioso observar, de passagem, que a obsessiva explicatividade do dito narrador, sempre à cata das causas últimas de cada dito ou gesto de seus personagens, parece constituir-se numa paródia do fanatismo com que a sua época racionalista cultuou a lei da causalidade, extrapolando-a até mesmo para a literatura; verificou Ian Watt que no romance inglês do século XVIII "o personagem romanesco se define pelo duplo locus espaçotemporal, por sua identidade postulada como uma constante; sua evolução obedece à lei da causalidade; causas idênticas devem ter os mesmos efeitos".[33] Mas voltando à pergunta desastrada: dela resultou um *coitus interruptus* que teve de ser afanosamente reiniciado pelo idoso parceiro masculino, com as consequências de ordem fisiológica pormenorizadas no capítulo seguinte ao de abertura. Como não ver um nexo de simetria, repetitiva e amplificadora, entre essa interrupção no momento inaugural, intrauterino, da vida do narrador, e as constantes interrupções com que ele a irá relatar ao longo do livro? Note-se, por outro lado, que Tristram se confessa um homem lascivo [IX 1] e sustenta uma amante; todavia, jamais se casou nem teve filhos. Para ele, o amor não é, pois, a linha reta que parte do casamento no rumo da perpetuação da espécie, mas a linha serpentina do prazer pelo prazer, que pode regredir acidentalmente ao ponto de partida por culpa de um vexatório momento de impotência [VII 29]. Mais de uma vez é ressaltado no romance o malogro do ato reprodutivo: a tacanha inteligência de Boby, o primogênito, frustra as esperanças do velho Shandy, como também as iria frustrar o segundo filho desde a sua imperfeita concepção; frustra-as ainda o touro de estimação de Walter, que, embora pudesse "ter dado conta da própria Europa em tempos mais puros", não consegue emprenhar a vaca de Obadiah [IX 33]. Desses "tempos mais puros"

33. Citado por Irène Bessière, *Le Récit fantastique* (Paris: Larousse, 1974), pp. 178-9.

INTRODUÇÃO

o narrador terá um vislumbre, não retrospectivo como o do pai, mas antes prospectivo, ao viajar pela França; ali antevê o fim da fé cristã dentro de meio século e o advento de "tempos mais risonhos", de "deliciosas orgias", quando Júpiter e os demais deuses pagãos hão de voltar à terra com Priapo à sua cola [VI 14], antevisão positivamente de surpreender quando se tem em mente provir ela, ainda que pela interposta pessoa de um alter ego, da pena de um clérigo anglicano.

A obrigação bíblica do procriar tira ao amor a gratuidade do prazer para impor-lhe um objetivo além de si mesmo, convertendo-o com isso em tarefa, em trabalho a cumprir. Mas no sistema shandiano de valores não há lugar para o trabalho: ali só figura o seu antípoda, o *hobby-horse*, o entretenimento ou diversão, palavra de semântica equivalente à de digressão. Até o ofício de escrever, quando praticado por gosto, é, como as guerras em miniatura do tio Toby ou as teorias peregrinas do velho Shandy, um meio lúdico de "fugir aos cuidados e preocupações da vida" [VIII 31], tanto mais que a narrativa de Tristram não persegue um fim — o desfecho da trama — mas deixa-se levar, sem compromissos, pelos caprichos de sua pena. E eis assim alinhados num mesmo eixo de motivação o *coitus interruptus*, a gratuidade do amor, o *hobby-horse* e a estética da digressão.

Para finalizar, não se esqueça que, a despeito de "todas as suas divagações", Sterne tem sempre o leitor "totalmente à sua mercê", conforme observa D. W. Jefferson; a sua técnica é a de "sacudir o ponto principal diante do nariz do leitor, mas mantê-lo também tão entretido e perplexo com outras coisas que ele provavelmente não enxerga o dito ponto".[34] Essas sutis manobras shandianas de promessa e despiste, de incitação e desapontamento, ilustram à maravilha o conceito de forma literária proposto por Kenneth Burke como a psicologia do leitor, ou seja:

34. Op. cit., p. 15.

a criação de uma apetência na mente [do leitor] e a adequada satisfação dessa apetência. Tal satisfação — tão complicado é o mecanismo humano — envolve por vezes uma série de frustrações temporárias, mas no fim essas frustrações demonstram ser simplesmente uma forma mais complexa de satisfação, e além disso servem para tornar esta mais intensa.[35]

Quase escusava dizer que o processo de retardamento da satisfação por via de "frustrações temporárias" envolve, como faz logo perceber este adjetivo, um jogo com o tempo. Não o tempo medido pelo relógio, mas sim o tempo psicológico da leitura. E ninguém teve, como Sterne, percepção mais aguda da descontinuidade entre estes dois tempos. A certa altura zomba ele do "hipercrítico" neoclássico pronto a censurá-lo por infringir a "unidade, ou melhor, probabilidade de tempo" ao fazer Obadiah percorrer dezesseis milhas em pouco mais de dois minutos, mostrando-lhe que entrementes, no tempo da narrativa, Toby veio de Flandres à Inglaterra, esteve quatro anos de cama em Londres e percorreu de carruagem duzentas milhas até Shandy Hall [II 8]. Noutro passo, vemos Walter empenhado numa absurda guerra contra o tempo ao escrever a *Tristra-paedia*, um manual de preceitos para a educação do seu segundo filho; como este cresce mais rapidamente do que o pai escreve, os preceitos do manual tornam-se a cada dia mais obsoletos. A segunda batalha da mesma guerra será travada quando Tristram se puser a escrever a sua autobiografia: vivendo muito mais depressa do que escreve, a distância entre o vivido e o biografado se faz cada vez mais astronômica: no quarto volume da biografia, ele ainda não passou do seu primeiro dia de vida. E ao narrar a viagem a Auxerre, empreendida aos 41 anos

---

35. *Counter-Statement*. Chicago: University of Chicago Press, 1957 (reed.), p. 31.

INTRODUÇÃO 45

de idade, conta ele paralelamente uma viagem anterior que para lá fizera com o pai e o tio, pelo que, enquanto estes ainda atravessam a praça da cidade na primeira viagem, ele Tristram está entrando em Lyon na segunda, ao mesmo tempo em que, à beira do Garona, escreve a história das duas viagens. Esta técnica de simultaneidade e superposição temporal, de que a ficção do século XX, de Huxley a Borges, faria largo uso, corresponde a uma visão disjuntiva das relações vida/literatura.

Disjuntiva na medida em que o narrador do *Tristram Shandy*, marco zero do metarromance ou do romance sobre o romance, insiste em chamar a atenção do leitor para o fato de ele estar lendo um livro, um artefato literário; impede-o com isso de confundir realidade e ficção, como o romance ilusionista de Richardson ou Fielding o convidava a fazer. Nesse sentido, os artifícios tipográficos a que Sterne recorre, além do seu efeito humorístico já mencionado, têm por fim desmistificar a ilusão ficcional pela ênfase na própria materialidade do livro.[36] Servem também para acentuar os limites da arte verbal ao tentarem ir além dela no campo da expressão. A consciência dos limites da literatura em face da vida manifesta-a Tristram quando observa à sua leitora: "Vivemos em meio a enigmas e mistérios —— as coisas mais óbvias que se nos atravessam no caminho têm lados obscuros, que mesmo a visão mais perspicaz não alcança penetrar" [IV 17]; torna a manifestá-la quando reconhece que "os muitos retratos" por ele traçados do pai "não poderão jamais ajudar o leitor a conceber como meu pai pensaria, falaria ou agiria em qualquer circunstância ou eventualidade inédita" [V 24]. A vida sempre na dianteira da pena que não consegue jamais alcançá-la; a imprevisibilidade da ação humana desmentindo todos os retratos psicológicos — não

36. Cf. Décio Pignatari, *Semiótica e literatura* (São Paulo: Perspectiva, 1974), p. 113.

estará aí a resposta à dúvida dos críticos quanto a se Sterne teria ou não chegado a terminar o seu romance? Não será a inconclusividade a única conclusão possível de um romance que realizou com dois séculos de antecedência a concepção tão *à la mode* de obra aberta?

Da visão disjuntiva do binômio literatura-vida, Tristram Shandy tira um corolário natural. Se literatura e vida são duas coisas diferentes, segue-se que aquela tem então uma existência autônoma. Daí que, no mais alto elogio da arte de escrever que se poderia fazer, diga ele: "Vejo que viverei, escrevendo, uma vida tão boa quanto a que levo vivendo; ou, em outras palavras, viverei duas vidas excelentes a um só tempo".

E tinha toda razão: duzentos anos depois da morte do pároco Laurence Sterne, aí está mais vivo do que nunca o escritor Laurence Sterne.

# Nota sobre a tradução

A presente versão brasileira foi feita sobre o texto da edição Graham Petrie de *The Life and Opinions of Tristram Shandy, Gentleman* (Harmondsworth, Ingl.: Penguin, 1980, reed.). Durante o processo de tradução, consultei com proveito a versão espanhola de Javier Marías (*La vida y las opiniones del caballero Tristram Shandy*. Madri: Alfaguara, 1978) quando se tratava de esclarecer passagens mais obscuras no texto de Sterne.

Procurei respeitar ao máximo as particularidades estilísticas da prosa sterniana, conservando-lhe, salvo raríssimas exceções, os longos períodos. O mesmo critério foi observado no tocante à pontuação, sobretudo o uso sistemático de travessões, maiores e menores, e às idiossincrasias de ordem tipográfica, tão importantes para a fisionomia do texto shandiano.

Troquei as aspas simples por duplas, como é de uso entre nós, a não ser no caso de aspas dentro de aspas. Tanto quanto me permitiram engenho e arte, procurei criar aproximações em português para os jogos de palavras e as frases aliterativas do original, recorrendo a notas quando isso não me foi possível. Verti em verso rimado as citações poéticas que assim se apresentassem em inglês.

As notas do tradutor, numeradas seguidamente por volume — enquanto as do próprio Sterne vão indicadas por asteriscos — foram adaptadas das edições acima citadas;

em alguns casos, completei-as com informações colhidas em outras fontes (*Columbia Encyclopaeda, Larousse du xx^{ème} siècle*, dicionários de mitologia etc.) ou introduzi notas novas.

# A vida e as opiniões do cavalheiro Tristram Shandy[1]

# VOLUME I
## 1760

Ταρασσει τοὺς Ἀνθρώπους οὐ τὰ Πράγματα,
αλλὰ τὰ περι τῶν Πραγμάτων Δογματα.[2]

# Ao Ilustríssimo
## SR. PITT[3]

SENHOR,

Jamais uma pobre Criatura dedicante pôs menos esperanças em sua dedicada Dedicatória do que eu nesta; pois ela está sendo escrita num obscuro rincão do reino e numa erma casa com teto de colmo onde vivo, no constante empenho de resguardar-me dos achaques da má saúde e de outros males da vida, por via da alacridade; firmemente persuadido de que toda vez que um homem sorri, — mas muito mais quando ri, acrescenta-se algo a este Fragmento de Vida.

Humildemente vos rogo, Senhor, que honreis este livro, tomando-o —— (não sob vossa Proteção, —— ele terá de proteger-se a si próprio, mas) — para levá-lo convosco ao campo; e se jamais me disserem que ele vos fez sorrir, ou se eu puder imaginar que vos distraiu de um momento de desgosto —— considerar-me-ei tão ditoso quanto um ministro de Estado; —— quiçá muito mais ditoso do que quem quer que (com uma só exceção) eu conheça por dele ter lido ou ouvido falar.

*Aqui fica, ilustre Senhor,*
*(e o que mais é para vossa senhoria)*
*aqui fica, bondoso Senhor,*
*com os seus Melhores Votos,*
*vosso mais humilde Compatriota*

O AUTOR

I

Bem quisera eu que meu pai ou minha mãe, ou na verdade ambos, já que estavam igualmente obrigados a tanto, tivessem posto maior atenção no que faziam quando me geraram; que houvessem levado na devida conta o quanto dependia do que então faziam; — que não só a produção de um Ser racional estava em causa, como também, possivelmente, a boa formação e temperatura de seu corpo, talvez o seu gênio e a própria disposição de seu espírito; — e que, ao contrário do que supunham, até os destinos de sua mesma casa poderiam talhar-se de acordo com os humores[4] e disposições que então predominavam: ——— Tivessem eles ponderado e devidamente considerado tudo isto, nessa conformidade procedendo, —— estou verdadeiramente persuadido de que eu teria feito, no mundo, outra figura, bem diferente daquela com que o leitor provavelmente me verá. — Creia, boa gente, que não se trata de coisa assim tão insignificante quanto muitos de vós poderiam pensar; — ouvistes todos falar, ouso dizer, dos espíritos animais,[5] de como se transfundem de pai a filho &c. &c. e muito mais coisas a respeito: — Pois bem, podeis crer-me, nove décimos da razão ou desrazão do homem, seus êxitos e malogros neste mundo dependem dos movimentos e atividade deles, e dos diferentes cursos e condições em que os puserdes, pelo que, uma vez em movimento, no rumo certo ou errado, não é coisa de somenos — lá se vão eles aos atropelos, feito loucos; e com dar os mesmos passos uma e outra vez, acabam por abrir um caminho, tão plano e regular quanto uma aleia de jardim, do qual, uma vez habituados, nem o próprio Diabo consegue por vezes dissuadi-los.

*Por favor, meu caro*, disse minha mãe, *não te esqueceste de dar corda ao relógio?* —— *Por D*—*!* gritou meu pai, lançando uma exclamação, mas cuidando ao mesmo tempo de moderar a voz, —— *Houve jamais mulher, desde a criação do mundo, que interrompesse um homem com pergunta assim tão tola?* Por favor, que é que seu pai estava dizendo? —— Nada.

2

—— Ora, positivamente, nada há na pergunta que eu possa ter nem como bom nem como mau. —— Permita-me então dizer-vos, senhor, que foi pelo menos uma pergunta muito inoportuna — porque serviu para dispersar e dissipar os espíritos animais, cujo encargo era ter escoltado e ido de mãos dadas com o HOMÚNCULO,[6] conduzindo-o, são e salvo, até o lugar destinado a recebê-lo.

O HOMÚNCULO, senhor, por mais pobre e ridícula seja a luz a que apareça, nestes tempos de frivolidade, aos olhos da estultícia ou do preconceito: — aos da razão, na investigação científica, aparece como algo comprovado — como um SER resguardado e circunscrito por direitos: —— Os filósofos mais escrupulosos,[7] que, a propósito, são os de mais amplo entendimento, (estando suas almas na razão inversa de suas indagações), mostram-nos, de modo incontestável, que o HOMÚNCULO é criado pela mesma mão, — engendrado pelo mesmo método natural, — dotado dos mesmos poderes e faculdades de locomoção que todos nós: —— que ele consiste, como nós, de pele, cabelo, banha,

VOLUME I                                                              57

carne, veias, artérias, ligamentos, nervos, cartilagens, ossos, tutano, glândulas, órgãos genitais, humores e articulações; —— é um Ser de tanta atividade, —— e, em todos os
sentidos da palavra, tão verdadeiramente nosso semelhante
quanto o lorde presidente da Câmara dos Pares da Inglaterra. — Pode ser favorecido, — pode ser prejudicado, — pode
obter reparação; — numa palavra, tem todas as pretensões
e direitos humanos, que Túlio, Pufendorf,[8] ou os melhores
moralistas admitem provir de tal estado e relação.

Ora, caro senhor, e se algum acidente lhe tivesse acontecido em seu caminho solitário? —— ou se, movido de
terror, natural em viajante ainda tão jovem, meu cavalhei-
rozinho tivesse chegado ao termo de sua jornada lastimo-
samente exausto; —— sua força muscular e virilidade já
no fio; — seus próprios espíritos animais indescritivelmente amarrotados, — e se nesse triste e desarranjado
estado de nervos tivesse ficado, presa de repentinos so-
bressaltos ou de uma série de sonhos e devaneios, durante nove longos, longos meses a fio? —— Tremo só de pensar que alicerce não teria sido lançado para milhares de
fraquezas, tanto do corpo quanto da mente, às quais cuidado algum de médico ou filósofo poderia jamais ulteriormente consertar de todo.

3

Ao meu tio, o sr. Toby Shandy, fico devedor da anedota acima; a ele, meu pai, que era excelente filósofo natural,[9] muito dado a refletir acuradamente nas mínimas coisas, havia-
-se amiúde e amargamente queixado da ofensa; mas certa
ocasião particular, conforme meu tio Toby bem lembrava,
ao observar a assaz inexplicável obliquidade (conforme lhe
chamava) da minha maneira de atirar o pião, e justificando
os princípios por que o fizera — o velho cavalheiro sacudiu
a cabeça, e num tom mais de pesar que de censura, — dis-

se que seu coração desde sempre pressentira, e agora via o pressentimento ali confirmado, e também com base em milhares de outras observações que de mim fizera, que eu não pensaria nem agiria como o filho de qualquer outro homem —— *Mas ai de mim!* prosseguiu ele, sacudindo a cabeça pela segunda vez e limpando uma lágrima a lhe escorrer pela face, *os infortúnios do meu Tristram começaram nove meses antes de ele vir ao mundo.*

—— Minha mãe, que estava sentada ao lado, ergueu os olhos — mas não sabia, mais do que o seu próprio traseiro, o que meu pai queria dizer; — meu tio, o sr. Toby Shandy, que fora porém frequentes vezes informado da questão, — compreendeu-o muito bem.

4

Eu sei existirem no mundo leitores, bem como muitas outras boas pessoas que não são absolutamente leitores, — que não se sentem muito a gosto quando não são postas ao corrente de todo o segredo, do começo ao fim, de quanto diga respeito a uma pessoa.

É por pura submissão a tal estado de espírito, e por uma relutância da minha natureza em desapontar qualquer alma vivente, que tenho sido desde já tão minucioso. De vez que minha vida e opiniões serão de molde a causar certo alarde no mundo, e, se conjecturo corretamente, a alcançar todas as categorias, profissões e denominações de homens, quaisquer que sejam — sendo não menos lidas do que o próprio *Pilgrim's Progress*[10] — e, ao fim e ao cabo, a provar serem precisamente aquilo que Montaigne receava seus ensaios pudessem vir a ser, isto é, um livro de sala de visitas; — reputo necessário consultar os leitores, um de cada vez, e um pouco; por isso, devo pedir desculpas de continuar mais um pouco da mesma maneira: pela dita razão, estou deveras contente de ter começado a his-

VOLUME I 59

tória de mim mesmo da maneira por que o fiz; e de poder continuar a rastrear cada particularidade dela ab ovo,[11] conforme diz Horácio.

Horácio, bem o sei, absolutamente não recomenda essa maneira de narrar. Mas o cavalheiro em questão falava tão só de um poema épico ou de uma tragédia; — (esqueci qual) — ademais, se assim não fosse, cumprir-me-ia pedir perdão ao sr. Horácio; — pois, no escrever aquilo a que me dispus, não me confinarei nem às suas regras nem às de qualquer homem que jamais vivesse.

Àqueles, todavia, que preferem não remontar tão longe nestas particularidades, o melhor conselho que posso dar é pularem o restante deste capítulo, pois declaro antecipadamente tê-lo escrito apenas para os curiosos e os indiscretos.

_____Feche-se a porta_____

Fui gerado na noite do primeiro domingo para a primeira segunda-feira do mês de março, no ano de Nosso Senhor de mil, setecentos e dezoito. Estou certo de que o fui. — Mas como vim a ser tão minucioso na minha narração de algo acontecido antes do meu nascimento é coisa que se deve a outra pequena anedota, conhecida só de nossa família, mas agora tornada pública para melhor esclarecimento desta questão.

Meu pai, deveis sabê-lo, que se dedicara a princípio ao comércio com a Turquia, mas abandonara os negócios fazia alguns anos a fim de estabelecer-se e morrer em sua propriedade paterna, no condado de ——, era, creio eu, o mais estrito dos homens em tudo quanto fizesse, fosse em matéria de negócios ou de divertimentos. Eis um pequeno exemplo de sua extrema exatidão, de que era na verdade escravo: — fizera uma regra, durante muitos dos anos de sua vida, — na primeira noite de domingo de cada mês, ao longo de todo o ano, — tão certo quanto o advento dessa mesma noite dominical, —— dar corda a um enorme relógio de parede que tínhamos no topo das escadas traseiras, e isso com as próprias mãos. — E estando ele então entre os cinquenta e os sessenta anos de idade, na época de que estou falando, — havia, de igual modo, deferido para o mesmo período outros pequenos cuidados familiares, a fim de, conforme dizia amiúde ao meu tio Toby, tirá-los do caminho de uma vez por todas e não mais ser atormentado ou amofinado por eles no restante do mês.

Foram esses cuidados cumpridos sempre a contento, a não ser por um infortúnio, o qual, em grande parte, recaiu sobre mim e cujos efeitos temo ter de levar para o túmulo: a saber, que por uma inditosa associação de ideias, sem nenhuma conexão entre si na natureza, aconteceu de a minha pobre mãe não mais suportar ouvir ao dito relógio ser dada corda, — sem pensamentos de outras coisas inevitavelmente lhe virem à cabeça — & vice-versa: — estranha combinação de ideias que o atilado Locke,[12] o qual certamente compreendia, melhor do que muita gente, a natureza dessas coisas, afirma ter produzido mais ações errôneas do que todas as demais fontes de danos.

Mas isto de passagem.

Pois bem, segundo uma anotação na agenda de bolso de meu pai, que ora ali está sobre a mesa, "No dia da Anunciação, que caiu no 25º dia do mesmo mês de que dato a minha geração, — meu pai viajou para Londres em companhia de meu irmão mais velho, Bobby, para matriculá-lo no colégio de Westminster"; e como consta na mesma fonte: "Não regressou ao seio de sua família e à companhia de sua esposa senão na segunda semana do mês de maio", o fato parece quase certo. Contudo, o que se segue no princípio do capítulo seguinte coloca-o além de qualquer possibilidade de dúvida.

——— Mas dizei-me, senhor, que estava vosso pai fazendo durante todo dezembro, — janeiro e fevereiro?

—— Ora, senhora, — durante todo esse tempo padecia de ciática.

VOLUME I

5

A cinco de novembro de 1718, que, para a época fixada, estava tão perto dos nove meses do calendário quanto qualquer marido teria podido razoavelmente esperar, — eu, Tristram Shandy, Cavalheiro,[13] fui trazido a este vil e calamitoso mundo nosso. — Gostaria antes de ter nascido na Lua, ou em qualquer dos planetas (exceto Júpiter ou Saturno, porque nunca pude suportar clima frio), pois não é de esperar que eu me desse pior em qualquer um deles (embora não responda por Vênus) do que neste nosso vil e sujo planeta, — o qual, em plena consciência e com a devida vênia se diga, julgo eu tenha sido feito dos frangalhos e aparas dos demais; —— não que o planeta não sirva bem a quem nele possa ter nascido para herdar um grande título ou grandes propriedades; ou possa, de algum modo, dar um jeito de ser chamado a exercer cargos públicos e empregos aureolados de dignidade ou poder; — este, porém, não é o meu caso; —— e por isso cada um falará da feira de acordo com o que nela tiver vendido; — pelo que de novo afirmo ser este um dos mundos mais vis jamais feitos; —— pois posso verdadeiramente dizer que, desde a primeira hora em que nele respirei até agora, em que mal posso respirá-lo por causa de uma asma apanhada por ter patinado contra o vento em Flandres; — tenho sido contínuo joguete daquilo a que o mundo chama fortuna; e conquanto não a difame dizendo que me tivesse feito algum dia sentir o peso de qualquer grande ou assinalado mal; —— mesmo assim, com a melhor disposição do mundo, digo, dela, que em todos os estágios de minha existência, e a cada volta e esquina em que me podia favoravelmente tratar, essa descortês duquesa castigou-me com uma série de lamentáveis infortúnios e acidentes adversos quais nenhum pequeno HERÓI jamais enfrentou.

## 6

No começo do capítulo anterior, informei-vos *quando* exatamente eu nasci; —— mas não vos informei *como*. Não; esse particular estava inteiramente reservado para um capítulo em separado; — além disso, senhor, como somos de certo modo perfeitos estranhos um para o outro, não teria sido de bom-tom fazer-vos saber, de uma só vez, tantas circunstâncias comigo relacionadas. — Deve o senhor ter um pouco de paciência. Propus-me, como sabe, a escrever não apenas minha vida mas igualmente minhas opiniões: na esperança e expectativa de que o vosso conhecimento do meu caráter, e de que espécie de mortal sou eu, de um lado, pudesse dar-vos, de outro, maior apetência; à medida que for o senhor avançando no que a mim respeita, o ligeiro conhecimento que ora desponta entre nós se converterá em familiaridade; e, a menos que falte um de nós, terminará em amizade. —— *O diem praeclarum!*[14] —— então nada do que a mim tocou será julgado insignificante por sua natureza ou aborrecido de contar. Portanto, meu caro amigo e companheiro, se me julgardes algo parcimonioso na narrativa dos meus primórdios, — tende paciência comigo, — e deixai-me prosseguir e contar a história à minha maneira: —— ou, se eu parecer aqui e ali vadiar pelo caminho, —— ou, por vezes, enfiar na cabeça um chapéu de doido com sinos e tudo, durante um ou dois momentos de nossa jornada, — não fujais, — mas cortesmente dai-me o crédito de um pouco mais de sabedoria do que a aparentada pelo meu aspecto exterior; — e à medida que formos adiante, aos solavancos, ride comigo ou de mim ou, em suma, fazei o que quiserdes, —— mas não percais as estribeiras.

## 7

Na mesma aldeia onde meu pai e minha mãe moravam, morava também u'a magra, aprumada, maternal, laboriosa, boa e velha parteira que, com a ajuda de um pouco de simples bom senso e alguns anos de inteira dedicação ao seu ofício, em que confiara o tempo todo menos em seus próprios esforços que nos da senhora natureza, — adquirira, a seu modo, não pequeno grau de reputação no mundo; — pela qual palavra *mundo* cumpre-me neste ponto informar a vossa senhoria de que quis eu dar a entender não mais do que um pequeno círculo traçado, à semelhança do círculo do grande mundo, com quatro milhas inglesas[15] de diâmetro, mais ou menos, e tendo supostamente como centro a casinha onde vivia a boa e velha mulher. —— Ao que parece, ela se vira viúva, em situação de grandes apertos, aos quarenta e sete anos de idade, com três ou quatro filhos pequenos; e como era, àquela altura, pessoa de honesto proceder, — maneiras severas, —— mulher, ademais, de poucas palavras, e, por outro lado, um objeto merecedor de compaixão, cujos transes, e o silêncio que os acompanhavam, clamavam tanto mais alto por uma ajuda amiga: a esposa do pároco da paróquia apiedou-se dela; e tendo muitas vezes deplorado um inconveniente a que o rebanho de seu marido por muitos anos estivera exposto, qual fosse o de não haver nenhuma parteira, de qualquer espécie ou grau, que pudesse ser alcançada, em caso de muita urgência, a menos de seis ou sete longas milhas de viagem a cavalo; e, cumpre dizer, sete longas milhas em noites escuras e por estradas horríveis, pois os campos à volta eram só barro mole, que quase equivaliam a catorze; e isso, na verdade, era quase como se não houvesse parteira alguma; veio-lhe à mente que seria fazer uma caridade a toda a paróquia, bem como à pobre criatura, dar-lhe alguma instrução acerca dos princípios mais simples do ofício, a fim de nele estabele-cê-la. Como mulher alguma das redondezas estava mais bem qualificada para executar o plano do que ela própria, que o excogitara, a nobre senhora caritativamente o assumiu; e, tendo grande influência sobre o setor feminino da paróquia, não encontrou maior dificuldade de levá-lo a cabo em total conformidade com seus desejos. Na verdade, o pároco uniu seus próprios interesses aos da esposa, na questão toda, e, a fim de fazer as coisas como deviam ser feitas, dando à pobre alma um título de praticante tão válido, por lei, quanto sua esposa lhe dera por investidura, —— ele prazerosamente pagou as taxas da licença ordinária, no valor total de dezoito xelins e quatro pence; destarte, por via de ambos, viu-se a boa mulher plenamente investida na possessão real e corporal do seu ofício, de par com todos os *direitos, cláusulas e apêndices que lhe pertencem.*

Estas últimas palavras, devo fazer-vos saber, não estavam de conformidade com a velha fórmula em que tais licenças, faculdades e poderes eram usualmente vazadas e haviam até então sido concedidas à irmandade. Mas estavam de conformidade com uma elegante *Fórmula* de Didius,[16] de sua própria invenção; dotado de particular talento para desmontar, e remontar de modo inteiramente novo, toda espécie de instrumentos, dessa maneira não só atinou ele com esta graciosa emenda como persuadiu muitas das velhas matronas licenciadas da vizinhança a reabrirem suas permissões a fim de nelas inserir este imaginoso e-tal-e-coisa.

Confesso nunca ter invejado a Didius tais fantasias suas: — Mas cada qual têm lá o seu gosto. — Pois não encontrava o dr. Kunastrokius,[17a] aquele grande homem, nas suas horas de lazer, o maior dos deleites imagináveis em pentear rabos de burro e arrancar-lhes com os dentes os pelos mortos, embora sempre trouxesse pinças no bolso? Pois, senhor, no que a isso respeita, não tiveram

VOLUME I                                                65

os homens mais sábios de todas as épocas, sem exceção
do próprio Salomão — seus CAVALINHOS DE PAU;[17b] —
seus cavalos de corrida, — suas moedas e seus barquinhos,
seus tambores e suas cornetas, seus violinos, suas paletas,
—— suas larvas e suas borboletas? — e tanto quanto um
homem faça o seu CAVALINHO DE PAU trotar pacífica e
tranquilamente pela estrada real, sem obrigar nenhum de
nós a subir-lhe à garupa, —— dizei-me, que temos nós ou
o senhor a ver com isso?

8

— *De gustibus non est disputandum*;[18] vale dizer, não se
discutem CAVALINHOS DE PAU; e, de minha parte, raramente o faço; tampouco o poderia fazer, por via de algum
tipo de privilégio, ainda que deles fosse inimigo figadal;
acontece-me, a certos intervalos e de acordo com as mudanças da Lua, ser a um só tempo rabequista e pintor,[19a]
conforme me pique a mosca: —— fique o senhor sabendo
que mantenho uma parelha de cavalos estradeiros que, alternadamente (pouco me importa quem o saiba) costumo
cavalgar para sair e tomar um pouco de ar: — embora algumas vezes, seja dito para meu vexame, eu faça jornadas
mais longas do que um homem prudente julgaria acerta-
das. —— Mas a verdade é —— que não sou um homem
prudente; —— e, sou, além disso, um mortal de tão pouca
consequência para o mundo, que não importa muito o que
faça, pelo que raramente me aflijo ou me assomo com isso.
Tampouco me perturba o repouso ver grandes Senhores ou
altas Personagens como os que seguem; —— como, por
exemplo, milorde A, B, C, D, E, F, G, H, I, J, K, L, M, N,
O, P, Q e assim por diante, todos em fila, montados em
seus vários cavalos; —— alguns com grandes estribos,
avançando numa andadura mais grave e sóbria, —— outros, ao contrário, afundados até os queixos, com chicotes

entre os dentes, correndo e galopando desvairadamente feito outros tantos diabinhos multicoloridos escarranchados sobre uma hipoteca, —— como se alguns deles estivessem decididos a quebrar o pescoço. —— Tanto melhor assim — digo comigo; — pois no caso de o pior acontecer, o mundo dará um jeito de arranjar-se muitíssimo bem sem eles; —— e quanto aos restantes, —— ora, —— Deus os despache com rapidez —— deixe-os inclusive cavalgar sem qualquer oposição de minha parte; pois estivessem suas senhorias descavalgadas esta mesma noite, —— dez contra um que muitas delas não estariam nem a metade pior montadas antes de amanhã cedo.

Não se pode, pois, dizer que qualquer um desses casos me iria perturbar o repouso. — Existe, porém, uma circunstância que confesso capaz de pôr-me fora de mim, a saber, quando vejo alguém nascido para grandes ações, e o que é ainda mais motivo de honra para si, cuja natureza o inclina para as boas; —— quando vejo alguém assim, como o senhor mesmo, milorde, cujos princípios e conduta são tão generosos e nobres quanto seu sangue e a quem, por tal razão, este mundo corrupto não pode poupar um momento sequer; — quando vejo alguém assim, milorde, montado, seja embora um minuto além do tempo que meu amor pela minha pátria lhe recomendou, e que meu zelo pela sua glória deseja, — então, milorde, deixo de ser filósofo, e no primeiro transporte de uma honesta impaciência, desejo que o CAVALINHO DE PAU, com toda a sua irmandade, vá para o Diabo.

Milorde:
Sustento ser isto uma dedicatória, não obstante sua singularidade em três grandes respeitos: matéria, forma e lugar; rogo-vos, portanto, aceitá-la como tal e permitir-me depô-la, com a mais respeitosa humildade, aos pés de vossa senhoria, — quando sobre eles estiverdes — o que podereis fazer quando vos agrade; —— e quando, senhor,

VOLUME I                                                      67

haja ocasião para tanto, e, acrescentarei, para o melhor
dos propósitos também. Tenho a honra de ser,

*Milorde,*
*De vossa senhoria o mas obediente,*
*o mais devotado*
*e o mais humilde servo,*

TRISTRAM SHANDY


9

Solenemente declaro a toda a humanidade que a dedicatória
acima não foi feita para nenhum príncipe, prelado, papa ou
potentado, — duque, marquês, conde, visconde ou barão,
deste ou de qualquer outro Reino da Cristandade; ———
que tampouco foi apregoada nem pública ou privadamente
oferecida, direta ou indiretamente, a qualquer pessoa ou
personalidade, grande ou pequena; mas que é, honesta e
verdadeiramente, uma Dedicatória-Virgem, jamais provada
por qualquer ser vivente.

Insisto neste ponto específico com o fito tão só de obviar qualquer afronta ou objeção que contra ela pudesse
ser suscitada, dada a maneira por que me proponho a dela
tirar todo o proveito: —— qual seja, pô-la lícita e publicamente à venda, o que agora faço.

—— Cada autor tem a sua maneira própria de fazer valer seus interesses; — de minha parte, como detesto regatear
e discutir por uns poucos guinéus num portal escuro; ——
decidi comigo mesmo, desde o princípio, negociar aberta e
honradamente convosco, Gente Importante, neste assunto,
a ver se não me sairia tanto mais vantajosamente dele.

Se, portanto, houver algum duque, marquês, conde,
visconde, ou barão, nestes domínios de sua majestade, que
esteja necessitado de uma formosa, elegante dedicatória, e
a quem a acima transcrita sirva (pois, diga-se de passa-

gem, a menos que sirva de alguma maneira, dela não me apartarei) —— estará inteiramente ao seu dispor por cinquenta guinéus; —— preço que, estou certo, é vinte guinéus menos do que aquele a que poderia dar-se o luxo um homem de gênio.

Milorde, se a examinardes mais uma vez, verificareis que está longe de ser uma obra de grosseiro acabamento, como o são certas dedicatórias. O traçado, pode ver Sua Senhoria, é bom, o colorido transparente, — o desenho não é inábil; — ou, para falar mais como um homem de ciência — e meço minha obra pela escala do pintor, dividido em 20 —, creio, milorde, que o lineamento merecerá um 12, — a composição um 9, — o colorido um 6, — a expressão 13 e meio, — e o *desenho*, — se me é permitido, milorde, entender por ele meu próprio desenho,[19b] e supondo merecer a absoluta perfeição de desenho nota 20, — julgo de não poder ficar aquém de 19. Além disso tudo, — há harmonia nele, e as pinceladas escuras no CAVALINHO DE PAU, (o qual é uma figura secundária e uma espécie de fungo do conjunto) dão grande vigor às luzes principais sobre a figura de vossa senhoria, fazendo-a destacar-se admiravelmente; —— e, ademais, há um ar de originalidade *no tout ensemble*.

Tende a bondade, caro milorde, de ordenar seja a dita quantia entregue nas mãos do sr. Dodsley,[20] em favor do autor; e na próxima edição se cuidará de que este capítulo seja expungido do livro, passando os títulos, distinções, armas e boas ações de milorde a figurarem no começo do capítulo anterior: Todo ele, desde as palavras, *De gustibus non est disputandum*, e quanto neste livro diga respeito a CAVALINHOS DE PAU, mas não mais, ficará dedicado a vossa senhoria. —— O restante dedico-o à LUA, que, diga-se de passagem, de todos os PATRONOS OU MATRONAS que me ocorrem, tem o maior poder de pôr meu livro a caminho e fazer o mundo correr feito doido atrás dele.

VOLUME I

*Clara Deidade,*

Se não estais demasiado ocupada com os assuntos de CÂNDIDO e da senhorita CUNEGUNDA,[21] — tomai Tristram Shandy também sob vossa proteção.

10

Qualquer que fosse o grau de pequeno mérito que o ato de benignidade em favor da parteira poderia com justificada razão reivindicar, ou a quem tal reivindicação verdadeiramente cabia, — à primeira vista não parece ser coisa muito pertinente a esta história; —— o certo foi, contudo, que a nobre senhora, a esposa do pároco, beneficiou-se, àquela altura, de todo o mérito em questão. E no entanto, por minha fé, não posso deixar de pensar que o próprio pároco, conquanto não tivesse a boa sorte de atinar com o plano em primeiro lugar, — entusiasticamente aderiu a ele no momento em que lhe foi proposto, e com não menor entusiasmo dispendeu seu dinheiro para pô-lo em execução, pelo que tinha direito a alguma parte do mérito, — quando não a uma boa metade dele.

O mundo, naquele momento, houve por bem resolver a questão de modo diferente.

Deixai de lado o livro e eu vos concederei meio dia para conjecturardes quais fossem as razões desse procedimento.

Saiba-se, pois, que cerca de cinco anos antes da data de outorga da permissão à parteira, da qual tiveram os leitores tão circunstanciado relato, — o pároco com o qual nos temos de avir tornara-se alvo dos falatórios da região, devido a uma completa quebra de decoro que cometera contra si próprio, sua condição e seu cargo; —— e foi a de jamais aparecer melhor ou de outra maneira montado que não fosse sobre um magro, lamentável e jumental cavalo, no valor de cerca de uma libra e cinquenta xelins; o qual, para encurtar conversa, era irmão germano de Rocinante, tanto quanto o poderia ser por similitude congenial; pois lhe correspondia à descrição tim-tim por tim-tim; — salvo por não me lembrar eu de onde se dizia de Rocinante sofrer de pulmoeira, e de, além disso, como afortunadamente acontece com a maioria dos cavalos espanhóis, magros ou gordos — ser indubitavelmente um cavalo em tudo e por tudo.

Sei muito bem que o cavalo do HERÓI era um cavalo de casto proceder, o que poderia ter dado motivo para uma opinião contrária: Certo é, porém, ao mesmo tempo, advir a contingência de Rocinante, (como pode ser demonstrado pela aventura dos arrieiros yangueses) não de algum defeito ou causa corporal, qualquer que fosse, mas de sua temperança e da ordeira circulação de seu sangue. — E seja-me permitido contar-vos, senhora, que há muita e boa castidade no mundo, em cujo favor não poderíeis dizer mais, ainda que fosse para salvar vossa própria alma.

Seja como for, dado o meu propósito de fazer rigorosa justiça a toda e qualquer criatura trazida ao palco desta obra dramática, — não poderia eu ocultar tal distinção em favor do corcel de Dom Quixote; —— em todo o demais, o cavalo do pároco, afirmo-o, era-lhe igual, —— tão magro, e tão flácido, e tão infeliz quanto um rocim, o rocim que a própria HUMILDADE haveria de montar.

Homem de juízo irresoluto na estimativa deste ou daquele, estava em boa parte nas mãos do pároco ter dado alguma ajuda à figura dessa sua montaria, — pois era dono de uma belíssima sela com arção de meia altura, assento acolchoado em pelúcia verde e guarnecida com dupla fileira de tachões de cabeça prateada, e de um nobre par de luzentes estribos de bronze, de um xairel assaz conveniente, de pano muito fino, com debrum de renda negra, terminando numa larga franja de seda negra, *poudré d'or*;[22] — tudo isso havia ele comprado no vigor e esplendor dos anos, juntamente com magníficas rédeas

VOLUME I

ornadas de relevos, em tudo e por tudo enfeitadas como cumpre. —— Todavia, não querendo expor sua besta ao ridículo, dependurara tais petrechos atrás da porta do seu gabinete de trabalho; — e, em vez deles, ajaezara sisudamente seu corcel com as bridas e a sela que a figura e valimento dele poderia na verdade merecer.

Compreendereis facilmente que, em suas diversas rondas pela paróquia, e em suas visitas às gentes que viviam nas cercanias, o pároco, assim apetrechado, ouvia e via ao mesmo tempo o bastante para impedir que sua filosofia se enferrujasse de todo. Para dizer a verdade, não podia entrar numa aldeia sem chamar a atenção de velhos e jovens. —— O trabalho imobilizava-se à sua passagem, —— o balde ficava suspenso a meia altura no poço, —— a roda de fiar esquecia seu giro, —— mesmo aqueles que se entretinham nos jogos de atirar moedas ou sorteá-las[23] paravam boquiabertos até ele desaparecer de vista; e não sendo os seus movimentos dos mais rápidos, tinha o pároco, no geral, tempo bastante ao dispor para completar suas observações, — para ouvir os gemidos das pessoas sérias, —— e o riso das alegres; — tudo isso ele suportava com admirável tranquilidade. — Era, por natureza —— amante fervoroso de um bom gracejo — e como se via a si ridículo, não podia zangar-se com os outros por vê-lo à mesma luz em que tão claramente se via. Assim, com seus amigos, que sabiam não ser sua fraqueza o amor ao dinheiro e que por isso não tinham maiores escrúpulos em zombar da extravagância de seu humor, — em vez de dar-lhes a verdadeira causa, —— optava ele por juntar-se também às risadas; e como não tinha sobre os ossos uma libra de carne que fosse, fazendo figura tão parca quanto seu matungo, — insistia às vezes em que o cavalo era tão bom quanto o merecia o cavaleiro; — que eram como um centauro, —— ambos uma só peça. Outras vezes, e em outros estados de ânimo, quando seus humores estavam acima da tentação da falsa agudeza, — ele costumava dizer que se via encaminhando-se rapidamente para uma tísica; e, com grande seriedade, afetava não poder suportar a vista de um cavalo bem nutrido sem experimentar um baque no coração e uma sensível alteração do pulso; e que escolhera o cavalo magro que montava não só para manter a tranquilidade como o bom humor.

Em diferentes ocasiões, alegaria cinquenta razões apropositadas para cavalgar um matungo de índole mansa e com pulmoeira, em vez de um corcel brioso; — pois sobre um tal rocim podia escarranchar-se mecanicamente e meditar a gosto *de vanitate mundi et fugâ saeculi,*[24] a vantagem de ter diante de si a própria cabeça da morte; — podia dispender o tempo em todas as demais ocupações, enquanto ia cavalgando a passo lento, —— tão a cômodo como no seu gabinete; — podia cerzir a argumentação do seu sermão, — ou um furo de seus calções, tão firmemente naquele como nestes; — já que trote rápido e argumentação vagarosa, como espirituosidade e juízo,[25] eram movimentos incompatíveis; — mas sobre o seu matungo — ele podia unir e reconciliar todas as coisas, — compor os seus sermões, — compor a sua tosse, —— e caso a natureza o solicitasse nesse sentido, igualmente compor-se para dormir. Em suma, o pároco dava, em tais ocasiões, qualquer causa, menos a verdadeira, — e a omitia tão só por bondade de temperamento, porque julgava que esta o lisonjeava.

A verdade da história era, porém, a seguinte: nos primeiros anos da vida deste cavalheiro, e por volta da época em que por ele haviam sido adquiridas as soberbas rédeas e sela, fora seu hábito, ou vaidade, ou chamai-lhe como quiserdes, —— incorrer no extremo oposto. — No linguajar do condado onde residia, dizia-se ter sido louco por um bom cavalo, e geralmente tinha um dos melhores de toda a paróquia no seu estábulo, sempre pronto para ser selado; e como a parteira mais próxima, conforme vos contei, vivia não menos de sete milhas longe da aldeia, e numa região inóspita; —— acontecia de mal passar-se uma semana e

VOLUME I

já lá vinha alguma contristadora solicitação de empréstimo do seu cavalo; e como não era ele homem de coração insensível, e cada caso era mais urgente e mais aflitivo do que o anterior, — por muito que amasse seu corcel, nunca tinha coragem de recusá-lo; o resultado disso era geralmente o cavalo estar com agrião ou esparavão ou graxa; — ou então com aguamento ou pulmoeira; ou outra coisa qualquer, em suma, lhe tinha acontecido que não o deixava criar carnes; — por isso, a cada nove ou dez meses o pároco tinha um mau cavalo de que se livrar e um bom cavalo a comprar para substituí-lo.

A quanto poderia montar o débito, nesse balanço, *communibus annis*,[26] é coisa cuja determinação eu deixaria a cargo de um júri especial de sofredores do mesmo tráfico; — mas fosse como fosse, o honesto cavalheiro suportou-o muitos anos sem a mínima queixa, até que por fim, com repetidos desastres da mesma natureza, julgou necessário levá-lo em consideração, e com ponderar o total e calculá-lo mentalmente, verificou ser não só desproporcional às suas demais despesas, mas um artigo tão dispendioso, por si só, que o impedia de fazer qualquer outro ato de generosidade em sua paróquia. Além disso, considerou ele que, com metade da soma jogada fora, assim tão a galope, poderia fazer dez vezes mais caridade; —— e o que pesava mais ainda do que todas as outras considerações somadas era que confinava tal caridade a um canal específico, onde imaginava ser ela menos necessária, a saber, o setor parideiro e engravidador da paróquia; sem nada guardar para os incapacitados;[27] —— nada para os idosos, —— nada para as muitas cenas desoladoras que a toda hora era chamado a visitar, cenas onde pobreza, doença e aflição moravam juntas.

Por tais razões, decidiu pôr fim a esse gesto; e só se lhe afiguravam possíveis duas maneiras de eximir-se completamente dele — as quais eram ou tornar lei irrevogável nunca mais emprestar seu cavalo para qualquer emprego que fosse — ou então contentar-se em montar o último pobre-diabo em que o tivessem tornado, com todos os achaques e defeitos, até o definitivo fim do capítulo.

Como receava por sua constância quanto à primeira maneira —— de alma leve aplicou-se à segunda; e embora tivesse muito bem podido explicá-la, como eu já disse, de modo que lhe fizesse honra — por essa mesma razão seu espírito a recusava, preferindo o pároco suportar antes o desprezo dos inimigos e o riso dos amigos a se dar ao incômodo de contar uma história que pudesse parecer um panegírico em favor próprio.

Faço tão alta ideia dos refinados e espirituais sentimentos deste reverendo cavalheiro, com base nesse único traço do seu caráter, que os julgo igualarem-se a qualquer dos honestos refinamentos do incomparável cavaleiro de La Mancha, a quem, seja dito de passagem, eu amo mais, a despeito de todas as suas sandices, do que ao maior dos heróis da Antiguidade, e por quem mais longe eu iria para fazer uma visita.

Mas esta não é a moral de minha história: o que eu tinha em vista era mostrar o temperamento do mundo em todo este assunto. — Pois deveis saber que, por tal explicação fazer justiça ao pároco, — nenhuma só alma a pôde descobrir, — suponho que seus inimigos não quisessem e seus amigos não pudessem. — Mas tão logo ele se mexeu em favor da parteira e arcou com os gastos da licença do ordinário para a estabelecer no ofício, — todo o segredo veio à tona; cada um dos cavalos que perdera e mais dois que nunca perdera, com todas as circunstâncias de sua destruição, tornaram-se conhecidos e foram distintamente lembrados. — A história correu como fogo-fátuo. — "O pároco teve um novo acesso de orgulho, que acaba de dominá-lo; estava prestes a ver-se de novo bem montado na vida; e se assim era, ficava claro como o sol do meio-dia que já naquele primeiro ano embolsaria dez vezes mais do que os gastos com a licença: —— pelo

VOLUME I                                                                    75

que toda a gente se pôs a julgar quais seriam seus verdadeiros intentos nesse ato de caridade."

Quais seriam seus intentos nesta e em todas as outras ações de sua vida, — ou melhor, quais eram as opiniões que flutuavam nos cérebros das outras pessoas no tocante a elas, eis um pensamento que com grande frequência passava pela cabeça do pároco e com não menor frequência lhe perturbava o sono quando há muito já deveria estar dormindo.

Cerca de dez anos atrás, este cavalheiro teve a boa sorte de tranquilizar-se inteiramente nesse particular, —— por serem exatamente os anos que deixara a paróquia, —— e, ao mesmo tempo, o mundo todo atrás de si, — cumprindo-lhe agora prestar contas a um juiz de quem não terá razão de queixa.

Mas há uma fatalidade que acompanha as ações de certos homens: regulem-nas como lhes aprouver, elas passam através de certo meio que de tal modo as desvia e refrata de suas verdadeiras direções —— que, por todos os títulos merecedores do louvor a que a retidão de coração faz jus, os praticantes delas são, não obstante, obrigados a viver e morrer sem o dito louvor.

Da verdade disto o referido cavalheiro era um doloroso exemplo. —— Mas para saber por que vias veio isso a ocorrer, —— e para tornar o conhecimento útil aos leitores, insisto em que leiam os dois capítulos seguintes, os quais contêm um esboço da vida e do comportamento do pároco, esboço que levará consigo sua própria moral. — Uma vez feito isso, e se nada nos detiver no caminho, prosseguiremos com a parteira.


II


Yorick era o nome dele e, o que é assaz digno de nota (conforme transparece da mais antiga crônica da família, escrita sobre resistente velino e ainda em perfeito estado de conservação), havia sido exatamente assim grafado por cerca de, —— eu estava a pique de dizer novecentos anos; —— mas não comprometerei minha credibilidade sustentando verdade tão improvável, conquanto em si mesma incontestável; —— pelo que me contentarei em dizer apenas, —— que assim fora exatamente grafado, sem a menor variação ou a transposição de uma única letra, por não sei quanto tempo; o que é mais do que eu me aventuraria a dizer acerca de metade dos melhores sobrenomes do reino; os quais, no curso dos anos, sofreram, em geral, tantas vicissitudes e variações quanto seus donos. — Dever-se-á isso ao orgulho ou à vergonha de seus respectivos proprietários? — Honestamente, creio que umas vezes por causa daquele, outras por causa desta, ao sabor da tentação. Mas trata-se de assunto odioso, sem dúvida, e um dia acabará por misturar-nos e confundir-nos a todos, de tal maneira que ninguém será capaz de erguer-se para jurar "que o seu bisavô foi o homem que fez isto ou aquilo".

Esse mal foi suficientemente obviado pelo prudente zelo da família de Yorick, e pela sua religiosa preservação dos registros por mim citados, os quais nos informam, ademais, que a família era de origem dinamarquesa e fora transplantada para a Inglaterra já no reinado de Horwendillus,[28] rei da Dinamarca, em cuja corte parece que um antepassado deste sr. Yorick, do qual descendia ele em linha direta, exerceu um cargo importante até o dia de sua morte. De que natureza era esse cargo importante, o registro não diz; — apenas acrescenta: que, por cerca de dois séculos, havia sido ele totalmente abolido, por inteiramente desnecessário, não só naquela corte como em todas as outras cortes do mundo cristão.

Veio-me amiúde à mente que esse posto não poderia ser outro senão o de bufão-mor do rei; —— e que aquele Yorick de *Hamlet*, do nosso Shakespeare, muitas de cujas peças, bem o sabem, se basearam em fatos autenticados, — era certamente o nosso homem.

VOLUME I                                                              77

Não tenho tempo de compulsar a história dinamarquesa de Saxo Grammaticus, para verificar a exatidão disso,
— mas se tiverdes tempo e fácil acesso ao livro, podereis
muito bem verificá-la por vós mesmos.

Apenas pude, em minhas viagens pela Dinamarca com
o filho mais velho do sr. Noddy, a quem, no ano de 1741,
acompanhei como preceptor, viajando a seu lado em prodigiosa velocidade pela maior parte da Europa, original
viagem realizada por nós dois da qual uma assaz deleitosa narrativa será dada no transcorrer desta obra. Apenas
pude, dizia eu, e foi tudo, comprovar a observação feita
por alguém que se demorou muito tempo naquele país;
——— a saber, "que a natureza não era nem muito pródiga nem muito sovina nas suas dotações de gênio e capacidade aos seus habitantes; — mas, como discreta genitora,
era igualmente bondosa para com todos; observando tal
equanimidade na distribuição de seus favores que os co-
locava, a todos, nesse particular, em nível quase de igualdade; de modo que se encontrarão naquele reino poucos
exemplos de talentos refinados; nele há, todavia, boa dose
de bom e comum entendimento caseiro, de que cada qual
tem um quinhão"; o que penso ser muito justo.

Conosco, vejam, o caso é muito diferente: — somos
todos de altos e baixos nesta questão; — ou a pessoa é
um grande gênio; ou cinquenta contra um, senhor, de que
não passa de uma grande besta e de uma cabeça-dura;
— não que haja falta absoluta de etapas intermediárias,
— isso não, — não somos tão desregrados assim; — mas
é que os dois extremos mostram-se mais comuns e mais
frequentes nesta instável ilha onde a natureza, nos dons
e dispensações dessa espécie, é sobremaneira excêntrica e
caprichosa; a própria fortuna não o é mais na dotação de
seus bens e haveres.

Isto é tudo quanto fez titubear minha fé no tocante à
extração de Yorick, o qual, pelo que dele posso lembrar,
e por todos os informes que a seu respeito tive, não pare-

cia possuir uma só gota de sangue dinamarquês em sua constituição; em novecentos anos, ele possivelmente teria se esgotado todo. —— Não vou filosofar um momento sequer com os leitores sobre o assunto: pois seja como for, o fato é o seguinte: — que, em vez daquela imperturbável fleugma e exata regularidade de senso e humores que seria de esperar em alguém de semelhante extração, —— ele era, ao contrário, criatura de composição tão mercurial e sublimada, —— tão heteróclita em todas as suas declinações, —— com tanta vida, fantasia e *gaité de cœur*[29] em si quanto as que um clima mais ameno poderia ter engendrado e composto. Com tal velame, o pobre Yorick não transportava uma só onça de lastro; era totalmente inexperiente do mundo; e, na idade de vinte e seis anos, sabia tão bem dirigir o seu rumo nele quanto uma turbulenta e confiante menina de treze anos. Por isso, a cada vez que zarpava, o vento forte de seus humores vivazes, como bem podeis imaginar, o fazia colidir dez vezes por dia com os petrechos de algum outro navegante; e como os de curso mais grave e mais lento estavam mais amiúde na sua rota, —— podeis igualmente imaginar que era com esses que geralmente tinha a má sorte de se ver mais enredado. Pelo que sei, poderia haver alguma mistura de infortunada agudeza no fundo de tal *Balbúrdia*. —— Para dizer a verdade, Yorick tinha em sua natureza uma invencível aversão e resistência à seriedade; —— não à seriedade em si; —— pois, quando fosse de rigor, ele era o mais grave ou sério dos mortais, dias e semanas a fio; — mas era inimigo da afetação de seriedade e lhe declarava guerra aberta sempre que ela parecesse ser máscara da ignorância ou da necedade; então, quando lhe atravessasse o caminho, por mais que estivesse abrigada e protegida, raramente lhe dava quartel.

Às vezes, na sua maneira desabrida de falar, dizia que a seriedade era um patife errante; e acrescentava da espécie mais perigosa, também, — porque dissimulada; e que

VOLUME I                                                                      79

verdadeiramente acreditava que mais pessoas honestas e
bem-intencionadas eram despojadas de seus bens e de seu
dinheiro por ela, num só ano, do que por batedores de car-
teira e ladrões de loja em sete anos. Costumava dizer que
na disposição franca posta a descoberto por um coração
jovial não havia perigo, — senão para ela própria, — ao
passo que a essência mesma da seriedade era o desígnio e,
consequentemente, a fraude; —— era um truque ensinado
e aprendido ganhar prestígio no mundo pela afetação de
maior bom senso e conhecimento do que os que realmente a pessoa possuía; —— era algo não melhor, mas quase
sempre pior, do que aquilo que um engenhoso francês[30] há
muito tempo definira, — isto é, *uma misteriosa postura
do corpo para ocultar os defeitos da mente*; tal definição de
gravidade, Yorick costumava dizer com grande imprudên-
cia, merecia ser escrita em letras de ouro.

Mas a verdade pura e simples era que se tratava de um
homem inexperiente do mundo, totalmente indiscreto e
néscio em qualquer tema de conversação que a prudência
costuma tratar com comedimento. Yorick só tinha uma impressão, que era a suscitada pela natureza do fato acerca do
qual se falava; impressão que ele usualmente formulava em
inglês singelo sem nenhuma paráfrase, —— e as mais das
vezes sem muita distinção nem de pessoa, nem de tempo,
nem de lugar; —— pelo que, quando se fazia menção de algum procedimento lamentável ou pouco generoso, —— ele
não perdia um minuto que fosse a refletir em quem poderia
ser o Herói do caso, —— qual a sua condição, ——
ou em que medida o poderia prejudicar mais tarde; —— se
se tratasse de uma ação vil, —— sem maior cerimônia,
—— o homem era um tipo vil, —— e assim por diante.

—— E como os comentários tinham, via de regra, a infelici-
dade de concluir-se por um *bon mot*[31] ou de serem avivados
por algum chiste ou graça de expressão, davam eles asas à
indiscrição de Yorick. Numa palavra, como ele jamais procurava, mas, por outro lado, raramente evitava as ocasiões

de dizer o que lhe viesse à cabeça, e sem muita cerimônia, —————— encontrava na vida demasiadas tentações de esbanjar suas agudezas e seu humor, — seus motejos e chistes à sua volta. —————— Não se perdiam eles por falta de ouvintes. Quais foram as consequências disso e qual a catástrofe que trouxeram para Yorick, sabereis no próximo capítulo.

## 12

O *Hipotecador* e o *Hipotecado* não diferem entre si, quanto ao tamanho da bolsa, mais do que o *Motejador* e o *Motejado* no que respeita à memória. Mas, neste particular, a comparação entre eles assenta-se, como dizem os escoliastas, nas quatro patas; o que, diga-se de passagem, tem uma ou duas patas a mais do que as melhores comparações de Homero podem pretender; — isto é, uma produz uma soma e a outra um riso à vossa custa, e não se fala mais nisso. Os juros, contudo, continuam a correr em ambos os casos; —————— sendo que os pagamentos periódicos ou acidentais deles servem apenas para manter viva a memória do caso; até que, finalmente, em alguma hora aziaga —————, eis que surge o credor diante de cada um e, ao exigir o principal na hora, juntamente com todos os juros devidos até aquele momento, faz com que ambos sintam todo o peso de suas obrigações.

Como o leitor tem (pois odeio vossos *ses*) profundo conhecimento da natureza humana, não preciso dizer, para satisfazê-lo, senão que meu HERÓI não poderia prosseguir nesse passo sem experimentar, ainda que ligeiramente, alguns desses ocasionais lembretes. Para dizer a verdade, ele se envolvera travessamente numa porção de pequenas dívidas, devidamente anotadas, dessa natureza, às quais, malgrado as repetidas advertências de Eugenius,[32] dera pouquíssima atenção; julgando, por nenhuma delas ter sido contraída por via de qualquer malignidade,

VOLUME I                                                                    81

—— mas, ao contrário, por via tão só de honestidade de
espírito e simples jocosidade de humor, que seriam todas
anuladas com o correr do tempo.

Eugenius nunca admitiria isso; e costumava dizer-lhe
amiúde que um dia ou outro ele teria certamente de saldá-
-las; e costumava também acrescentar, num tom de pesarosa apreensão, —— até o último vintém. A isso Yorick,
com a sua habitual despreocupação de coração, respondia
quase sempre com um pfui! —— e, se o assunto era abor-
dado no campo, —— com um pulo, uma cabriola e uma
voltinha para dar-lhe remate; mas quando ambos estavam
bem perto um do outro, no acolhedor recanto da chaminé, onde o culpado se via encurralado por uma mesa e um
par de poltronas, sem poder escapulir-se tão facilmente
pela tangente, —— Eugenius prosseguia a sua palestra
acerca da discrição com as seguintes palavras, embora um
pouco mais bem encadeadas entre si.

Creia-me, querido Yorick, estas tuas imprudentes brincadeiras acabarão por meter-te, mais cedo ou mais tarde, em
conflitos e dificuldades, das quais nenhuma ulterior agudeza poderá livrar-te. —— Nessas brincadeiras vejo acontecer,
com demasiada frequência, uma pessoa motejada conside-
rar-se como injuriada, com todos os direitos que tal situação lhe faculta; e quando se encara a situação também desse
ângulo e se consideram os amigos, a família, os parentes e
aliados —— e se arrolam, além destes, os muitos recrutas
que se porão ao seu lado levados por um sentimento do perigo comum; —— não será um cálculo extravagante dizer
que, com cada dez chistes, —— arranjas cem inimigos; e
enquanto continuando com eles não tiveres provocado um
enxame de vespas que virão roncar pelos teus ouvidos e te
deixar semimorto, nunca te convencerás disso.

Não posso suspeitar que exista, no homem a quem esti-
mo, o menor propósito de perfídia ou malevolência de intenções nessas brincadeiras. —— Creio, e sei que são elas de
todo honestas e joviais: —— Mas lembra, meu caro rapaz,

que os tolos não são capazes de perceber isso, — e que os patifes não quererão percebê-lo; e não sabes o que seja provocar aqueles ou divertir-se com estes, — pois, sempre que se associam em defesa mútua, podes contar que farão guerra contra ti, meu bom amigo, tornando-te profundamente desgostoso dela e até mesmo de tua própria vida.

A Vingança, procedente de algum rincão malfazejo, espalhará sobre ti uma história desonrosa, que nenhuma inocência de coração ou integridade de conduta poderá jamais desmentir. —— Os haveres da tua casa ameaçarão ruína, —— teu caráter, que abriu caminho para tanto, sangrará por todos os lados, — tua fé será posta em questão, — tuas obras caluniadas, — teu engenho esquecido, — teu saber espezinhado. Para rematar a última cena de tua tragédia, a Crueldade e a Covardia, rufiões gêmeos, contratados e soltos na escuridão pela Malevolência, golpearão juntos todas as tuas fraquezas e erros: —— o melhor de nós, meu caro rapaz, é vulnerável nesse ponto, —— e acredita-me, —— acredita-me, Yorick, *quando, para satisfazer a um anseio secreto, decide-se sacrificar uma criatura inocente e inerme, é fácil recolher lenha em qualquer bosque por onde haja ela se extraviado e fazer a fogueira onde será ofertada.*[33]

Mal ouvira Yorick este sombrio vaticínio de seu destino recitado ao seu ouvido, com uma lágrima furtiva a rolar-lhe dos olhos e com um olhar prometedor neles, decidiu-se, daí por diante, a cavalgar com mais sobriedade o seu rocim. — Mas, ai dele, era tarde demais! —— uma grande confederação, tendo à frente ***** e *****,[34] formou-se antes da primeira predição ter sido formulada.

—— Todo o plano de ataque, como previra Eugenius, foi posto imediatamente em execução, —— com tão pouca piedade por parte dos confederados, —— e com tão pouca suspeição, por parte de Yorick, do que se estava tramando contra ele, —— que quando julgava, homem bom e crédulo! estar amadurecendo, plena e segura, a hora da

VOLUME I                                                                    83

promoção — tinham-lhe atacado a raiz, e ele caiu, então, como tantos homens de valor haviam caído antes.

Yorick, contudo, defendeu-se do ataque com toda a bravura imaginável, durante algum tempo; até que finalmente, sobrepujado pelo número de inimigos e desgastado pelas calamidades da guerra, —— mas mais ainda pela maneira impiedosa por que ela estava sendo levada a cabo, —— depôs a espada; e conquanto aparentemente mantivesse o ânimo até o fim, —— morreu, não obstante, conforme em geral se pensava, com o coração despedaçado.

O que inclinava Eugenius para a mesma opinião era o seguinte:

Poucas horas antes de Yorick ter dado o último suspiro, Eugenius entrara em seu aposento para vê-lo pela última vez e dar-lhe o último adeus. Ao descerrar a cortina do leito de Yorick e ao perguntar-lhe como se sentia, este, olhando-lhe o rosto, segurou-lhe a mão, —— e, após agradecer suas muitas provas de amizade, as quais, acrescentou, se fosse destino deles encontrarem-se na vida futura, —— ele lhe agradeceria uma e outra vez, — disse-lhe que estava a poucas horas de escapar para sempre dos seus inimigos.

—— Espero que não, respondeu Eugenius, com lágrimas a correr pelas faces e com a voz mais terna que homem algum jamais usou. —— Espero que não, Yorick, disse.

— Yorick replicou, erguendo o olhar e apertando de leve a mão de Eugenius, e isso foi tudo, — mas apunhalou o coração do outro. — Vamos, — vamos, Yorick, exclamou Eugenius, enxugando os olhos e fazendo-se interiormente forte, —— meu caro rapaz, ânimo, —— não deixes teu vigor e tua fortaleza de espírito te desertarem na hora em que deles mais precisas; —— quem sabe que reservas não estão guardadas e o que não alcançará ainda o poder de Deus fazer por ti? —— Yorick levou a mão ao coração e sacudiu brandamente a cabeça; —— de minha parte, continuou Eugenius, chorando amargamente ao pronunciar tais palavras, — declaro não saber, Yorick, como separar-me de ti, —— de bom grado nutro esperanças, acrescentou, com voz mais animada, de que ainda te resta o bastante para te tornares bispo —— e de que eu poderei viver para vê-lo. —— Rogo-te, Eugenius, disse Yorick, tirando o barrete de dormir o melhor que podia, com a mão esquerda, —— por estar a direita ainda agarrada à de Eugenius, —— rogo-te que dês uma espiada na minha cabeça. —— Nada vejo de mal nela, replicou Eugenius. Então, ai de mim! caro amigo, disse Yorick, deixa-me dizer-te que está tão contundida e amassada pelos golpes que **** e **** e alguns outros lhe têm dado no escuro, tão deselegantemente, que eu bem poderia dizer, como Sancho Pança, que se me recobrasse e "o céu consentira em que dali chovessem Mitras como se fossem forte granizo, nenhuma me assentaria bem".[35] —— O derradeiro suspiro de Yorick pairava-lhe à flor dos lábios, pronto a escapar-se, enquanto ele dizia isso; ——, no entanto, articulava-o num tom com algo de *cervantino*; — e enquanto falava, Eugenius pôde perceber que um jorro de fogo tremulante acendeu-lhe o olhar por um momento; —— apagada imagem daqueles clarões do seu espírito que (como disse Shakespeare do seu antepassado) eram capazes de fazer toda a mesa gargalhar.

Eugenius convenceu-se, com isso, de que o coração de seu amigo estava despedaçado; apertou-lhe a mão, —— e então saiu silenciosamente do aposento, chorando enquanto dali se afastava. Yorick seguiu Eugenius com os olhos, até a porta, —— então fechou-os, — e nunca mais os abriu.

Ele jaz sepultado num canto do cemitério de sua igreja, na paróquia de ——, sob uma lápide simples de mármore, que seu amigo Eugenius, com permissão de seus testamenteiros, colocou-lhe sobre a tumba, ostentando uma inscrição de apenas três palavras a servir-lhe de epitáfio e elegia, a um só tempo:

Ai do pobre YORICK!

VOLUME I

Dez vezes por dia o fantasma de Yorick tem o consolo de ouvir sua inscrição mortuária ser lida numa variedade de tons plangentes que bem denotam a geral piedade e estima por ele; —— pelo caminho que atravessa o cemitério e passa ao lado do túmulo, — nenhum transeunte avança sem deter-se para lançar-lhe um olhar, —— e dar um suspiro, enquanto segue adiante.

Ai do pobre YORICK!

13

Faz tanto tempo que o leitor desta obra rapsódica se viu afastado da parteira, que é mais do que hora de mencioná-la novamente, tão só para incutir na mente do dito leitor que ainda existe um corpo que tal no mundo, a quem, tanto quanto posso ajuizar do meu plano neste momento, —— vou apresentá-lo de uma vez para sempre. Mas como pode ser abordada matéria nova, e muitos assuntos inesperados interporem-se entre o leitor e mim, assuntos que talvez exijam solução imediata, —— seria conveniente cuidar de que a pobre mulher não se perdesse, entrementes; —— visto que, quando ela se tornar necessária, de maneira alguma poderemos passar sem ela.

Penso ter-vos contado que a boa mulher era pessoa de não pequena reputação e importância em nossa aldeia e em toda a região circunvizinha; —— que a sua fama se havia difundido até a orla e circunferência desse círculo de importância, círculo que toda alma vivente, possua ou não uma camisa com que vestir-se, —— tem a rodeá-la; — círculo que, por falar nisso, sempre que se diga ser de grande monta e importância no *mundo*, —— desejo possa ser aumentado ou diminuído conforme a fantasia de vossas senhorias, numa razão composta de condição social, profissão, conhecimentos, capacidades, altura e profundidade (medidas de ambas as maneiras) da personagem posta diante dos vossos olhos.

No caso presente, se bem me lembro, fixei-o em cerca de quatro ou cinco milhas, o que abrange não só a paróquia inteira, mas se estende até dois ou três dos vilarejos adjacentes à paróquia seguinte; o que o tornava coisa assaz considerável. Cumpre-me acrescentar que a parteira era, ademais, muito bem-vista em certa vasta granja e em outras várias casas e quintas distantes, como eu disse, duas ou três milhas da fumaça de sua própria chaminé. —— Mas devo neste ponto informar-vos, de uma vez por todas, que isso será delineado e explicado de maneira mais precisa num mapa, ora em mãos do gravador; mapa que, juntamente com muitas outras partes e ampliações desta obra, ser-lhe-á acrescentado no fim do vigésimo volume, —— não para avolumá-lo —— abomino a simples ideia disso, —— mas à guisa de comentário, escólio, ilustração e chave das passagens, incidentes e alusões que possam ser consideradas de interpretação confidencial ou de significado obscuro ou duvidoso, depois de completada a leitura de minha vida e de minhas opiniões (e não esqueçam o significado da palavra) por todo o *mundo*; — cá entre nós, e a despeito de todos os senhores resenhadores da Grã-Bretanha e de tudo quanto suas senhorias hajam por bem escrever ou dizer em contrário, —— estou seguro de que o farão, —— não careço de dizer a suas senhorias que tudo isto está sendo dito em caráter confidencial.

## 14

Ao examinar o contrato de casamento de minha mãe, a fim de satisfazer minha curiosidade e a do leitor acerca de um ponto que precisava ser esclarecido antes de que pudéssemos ir adiante com esta história, —— tive a boa sorte de atinar exatamente com aquilo que queria quan-

VOLUME I 89

do tinha gasto na leitura apenas um dia e meio, — e ela poderia levar-me um mês; — o que mostra claramente que quando um homem se senta para escrever uma história, —— mesmo que seja tão só a história de Jack Hickathrift[36] ou do Pequeno Polegar, nem de longe desconfia que obstáculos e impedimentos irá encontrar pelo caminho, —— ou a que tipo de dança será levado, por esta ou aquela digressão, antes de terminar tudo. Pudesse um historiógrafo tocar para diante a sua história, como um arrieiro toca a sua mula, — sempre em frente; —— por exemplo, de Roma até Loreto, sem jamais voltar a cabeça quer para a direita, quer para a esquerda, — e teria condições de aventurar-se a dizer-vos, com uma hora de erro para mais ou para menos, quando alcançaria o termo de sua jornada; —— mas tal coisa é, moralmente falando, impossível. Se for um homem com um mínimo de espírito, terá de fazer cinquenta desvios da linha reta a fim de atender a esta ou aquela pessoa conforme for prosseguindo, o que de maneira alguma poderá evitar. Terá sempre a solicitar-lhe a atenção, vistas e perspectivas que não poderá evitar de parar para ver, tanto quanto não pode alçar voo; terá, além disso, diversos

relatos a conciliar;
anedotas a recolher;
inscrições a decifrar;
histórias a entretecer;
tradições a peneirar;
personagens a visitar;
panegíricos a afixar à porta;
pasquinadas por sua causa: —— De tudo isso, tanto o homem quanto a sua mula estão isentos. Para resumir a questão: a cada passo, há arquivos a consultar, bem como pergaminhos, registros, documentos e infindáveis genealogias, que a justiça uma e outra vez o obriga a voltar a ler.
—— Em suma, a coisa não tem fim; —— de minha parte, declaro ter dedicado a isso estas últimas seis sema-

nas, imprimindo-lhe toda a velocidade que me foi possível, — e ainda nem sequer nasci; — só consegui dizer-vos, e foi tudo, *quando* aconteceu, mas não *como*; —— pelo que, como vedes, a coisa ainda está longe de se concluir.

Estas imprevistas paradas, que confesso não ter imaginado quando pela primeira vez pus mãos à obra, —— mas que, disso estou convencido, irão antes aumentar do que diminuir conforme eu for avançando, —— tocaram numa sugestão que estou disposto a seguir; —— e que é, —— não ter pressa, —— mas antes seguir pausadamente, escrevendo e editando dois volumes de minha vida por ano;[37] —— o que, caso me permitam prosseguir tranquilamente e eu possa estabelecer um acordo razoável com o meu livreiro, continuarei a fazer enquanto for vivo.

## 15

O artigo do contrato de casamento de minha mãe, que expliquei ao leitor ter-me dado ao trabalho de procurar localizar e que, agora que o localizei, julgo ser de meu dever apresentar-lhe, — está expresso no dito documento de maneira muito mais completa do que eu jamais poderia exprimi-lo, e por isso seria uma barbaridade despi-lo do estilo tabelional. — É o seguinte:

"**E esta escritura atesta outrossim** que o dito Walter Shandy, comerciante, em vista do dito e pretendido casamento a ser contraído, e, com as bênçãos de Deus, a ser real e verdadeiramente celebrado e consumado entre o dito Walter Shandy e Elizabeth Mollineux, acima referida, e em virtude de outras justas e valiosas causas e considerações que a isso especialmente o impelem, — concede, convém, condescende, consente, conclui, negocia e plenamente ajusta com John Dixon e James Turner, *Esqrs*,[38] os supramencionados depositários &c. &c. — **a saber,** — que no caso de futuramente vir a suceder de inopino, ocorrer por aca-

VOLUME I 91

so, verificar-se a contragosto ou de alguma outra maneira acontecer, — de o dito Walter Shandy, comerciante,
deixar os negócios antes do tempo ou tempos em que a
dita Elizabeth Mollineux tiver deixado, de conformidade
com o curso da natureza, ou por qualquer outra causa,
de conceber e dar à luz filhos; — e que, em consequência
de o dito Walter Shandy ter assim deixado os negócios,
ele, a despeito de e contrariamente à livre vontade, consentimento e agrado da dita Elizabeth Mollineux, — deixar a cidade de Londres a fim de retirar-se para a sua
propriedade de Shandy Hall, no condado de ———, ou
para qualquer outra residência rural, castelo, solar, mansão, moradia ou quinta já adquirida ou a ser futuramente adquirida, ou em qualquer parte ou dependência dos
mesmos, a fim de ali morar, — então, e em tantas ocasiões
quantas acontecer de a dita Elizabeth Mollineux estar grávida de criança ou crianças separada e legalmente geradas
ou a serem geradas no corpo da dita Elizabeth Mollineux
durante o seu mencionado estado de matrimônio, —— ele,
o dito Walter Shandy, às suas próprias custas e com os seus
próprios dinheiros, e mercê de notificação adequada e razoável, que pelo presente se concorda seja dentro do prazo de seis semanas de saber-se grávida a dita Elizabeth
Mollineux ou do tempo de seu suposto e calculado parto,
— pagará, ou fará com que seja paga, a soma de cento e
vinte libras em moeda legítima e corrente a John Dixon e
James Turner, *Esqrs.* ou cessionários, — como CRÉDITO
em confiança, destinado ao uso ou usos, fim, objetivo e
propósito seguintes: — 𝔙𝔞𝔩𝔢 𝔡𝔦𝔷𝔢𝔯. — que a mencionada
soma de cento e vinte libras será paga em mãos da dita
Elizabeth Mollineux, ou então utilizada pelos ditos depositários para o efetivo e adequado aluguel de uma sege
com os cavalos necessários e suficientes para carregarem
e transportarem o corpo da referida Elizabeth Mollineux
e do filho ou filhos de que então estiver grávida e pejada,
— até a cidade de Londres; e para o ulterior pagamento

e custeio de quaisquer outras eventuais despesas, custos e gastos, — relacionados com, pertinentes a e atinentes ao seu futuro parto, na dita cidade ou em seus subúrbios. E a mencionada Elizabeth Mollineux deverá e poderá, de tempos em tempos, e por todo o tempo ou tempos aqui ajustados e acordados, — pacífica e tranquilamente alugar a mencionada sege e cavalos e ter livre ingresso, egresso e regresso, ao longo de toda a sua jornada, à e da dita sege, de conformidade com o teor, efetivo intento e significado da presente escritura, sem qualquer impedimento, demanda, inconveniente, perturbação, moléstia, exclusão, embaraço, privação, evicção, vexame, interrupção ou estorvo. — E ademais terá direito legal a dita Elizabeth Mollineux, de tempos em tempos, e tanto quanto esteja real e efetivamente em estado avançado da sua dita gravidez, até o tempo ora estipulado e concertado, — de viver e residir no lugar ou lugares, e na família ou famílias, e com os conhecidos, amigos ou outras pessoas da dita cidade de Londres, que ela, por sua própria vontade e gosto, não obstante seu atual estado de *coverture*, e como se fosse *femme seule*[39] e solteira, — possa julgar conveniente. — **E esta escritura ademais atesta** que, para o mais efetivo cumprimento do mencionado ajuste, o dito Walter Shandy, comerciante, por meio deste concede, ajusta, vende, cede e confirma os ditos John Dixon e James Turner, *Esqrs.*, seus herdeiros, executores e cessionários, em posse deles estando atualmente, em virtude de um contrato de compra e venda, válido por um ano e firmado com eles, os ditos John Dixon e James Turner, *Esqrs.*, pelo dito Walter Shandy; o qual contrato de compra e venda por um ano traz a data do dia imediatamente anterior ao da presente escritura, e por força e virtude do estatuto de transmissão de usos e posses, —— **A totalidade** do solar e senhoria de Shandy, no condado de ——, com todos os seus direitos, integrantes e pertences; e todas e cada uma das casas de moradia, moradas, construções, celeiros, estábulos, pomares, jardins, pátios traseiros, terrenos circunvizinhos, cercados, currais, cabanas, terras, prados, pastos, charcos, terras comunais, bosques, vegetações rasteiras, drenos, direitos de pesca, águas e cursos d'águas; — juntamente com todas as rendas, reversões, deveres, foros, feudos, rendas perpétuas, vistas de *frank--pledge*, bens devolutos, pagamentos de herdeiros de vassalos, pedreiras, bens móveis de criminosos e fugitivos, os próprios criminosos postos sob *exigent, deodands*,[40] coutadas livres e todas as outras regalias, direitos e jurisdições senhoriais, privilégios e bens hereditários, quaisquer que sejam. —— 𝕰 também o padroado, doação, apresentação e livre disposição do reitorado ou presbitério de Shandy acima mencionado, e todos e cada um dos décimos, dízimos e terras beneficiais." —— Em três palavras apenas —— "Minha mãe deveria parir (se assim escolhesse) em Londres".

Mas a fim de pôr paradeiro à prática de qualquer ato desleal por parte dela, ato ao qual um artigo matrimonial desta natureza assaz manifestamente abria uma porta, e que decerto nunca fora previsto, a não ser por meu tio Toby Shandy, — acrescentou-se uma cláusula para a segurança de meu pai, a saber: — "que no caso de futuramente, em qualquer ocasião, minha mãe fizesse meu pai incorrer nas despesas e inconvenientes de uma viagem a Londres por causa de falso alarma ou sinal; —— neste caso, então, ela deveria perder os direitos e títulos que o ajuste lhe dava para a próxima vez; —— mas só para essa vez, — e assim por diante, *toties quoties*,[41] e de maneira tão rigorosa como se tal ajuste entre eles jamais tivesse sido celebrado". — Isso, aliás, não era mais que o razoável; — e no entanto, por mais razoável que fosse, eu sempre julguei muito duro que todo o peso dele tivesse recaído inteiramente, como de fato aconteceu, sobre mim.

Fui gerado e nascido, porém, para os infortúnios; — pois minha pobre mãe, fosse vento ou água — ou uma mistura de ambos, — ou de nenhum deles; —— fosse simplesmente um exagero de sua imaginação e fantasia; — ou um intenso desejo e anseio de que assim fosse, que poderia ter-lhe transtornado o entendimento; — em suma, se ela fora a enganada ou a enganadora, no caso, não era coisa, de maneira alguma, que me competisse decidir. O fato é que, em fins de setembro de 1717, o ano anterior ao do meu nascimento, tendo minha mãe carregado meu pai para a cidade a contragosto, — ele insistiu peremptoriamente na cláusula; —— pelo que fui eu sentenciado, por artigos matrimoniais, a ter o nariz tão achatado contra a cara como se as Parcas me tivessem assim urdido.

Como esse acontecimento veio a verificar-se, —— e a qual série de vexatórios desapontamentos, neste ou naquele estágio de minha vida, que me perseguiu desde a mera perda, ou antes compressão, desse único membro, —— tudo isso será revelado ao leitor no seu devido tempo.


## 16

Como bem pode qualquer um imaginar, meu pai voltou com minha mãe para o campo num estado de ânimo assaz rabugento. Nas primeiras vinte ou vinte e cinco milhas, não fez outra coisa que não fosse ralar-se e atormentar-se, e à minha mãe igualmente, com a maldita despesa, que ele dizia poder ter sido economizada, xelim por xelim; — depois, o que o avexava mais que tudo era a irritante quadra do ano, —— a qual, como vos disse, era fins de setembro, quando seus frutos de espaldeira e suas ameixas, especialmente, pelas quais tinha grande curiosidade, estavam prestes a ser colhidas. —— "Tivessem-lhe assobiado para ir a Londres para algum encargo estúpido, em qualquer outro mês do ano, ele não teria dito nem três palavras."

Durante as duas outras etapas seguintes, não falou de outro assunto a não ser o duro golpe que recebera com a

VOLUME I                                                                    95

perda de um filho, a quem ele parecia claramente reconhecer, em seu espírito, como um segundo bordão em que
apoiar-se na velhice, caso Bobby viesse a faltar-lhe. O desapontamento resultante, disse ele, significava dez vezes
mais para um homem sábio do que todo o dinheiro &c.,
que a viagem lhe custara —— ao todo, o absurdo de cento
e vinte libras, —— e que não lhe importava a mínima.

Durante todo o trajeto de Stilton a Grantham, nada do
que sucedera o irritava mais do que as condolências dos
amigos e o tolo papel que fariam ele e a esposa na igreja *domingo* próximo; —— cena da qual, no seu veemente
humor satírico, então mais aguçado pelo vexame, ele dava
muitas e provocantes descrições, —— pondo-se a si e à sua
cara-metade em tais e tão aflitivos aspectos e atitudes diante de toda a congregação, —— que minha mãe costumava
contar terem sido essas duas etapas tão tragicômicas, de
fato, que ela não fizera outra coisa senão rir e chorar, a um
só tempo, do começo ao fim delas.

De Grantham até terem atravessado o Trent, meu pai
perdera totalmente a paciência diante do vil estratagema
e da imposição que, imaginava ele, minha mãe lhe impu-
sera no caso. —— "Certamente", dizia consigo uma e outra vez, "a mulher não podia enganar-se; —— se pudesse,
—— que fraqueza!" —— atormentadora palavra! que lhe
punha a imaginação numa dança aflitiva, e, antes de tudo
estar terminado, pregou-lhe uma má partida; —— pois tão
logo a palavra *fraqueza* foi pronunciada e lhe golpeou duramente o cérebro, — ele se pôs a fazer rápidas divisões
acerca de quantas espécies de fraquezas haveria; —— haveria algo assim como a fraqueza do corpo, —— ou como
a fraqueza da mente, —— pelo que começou a silogizar
consigo durante uma das etapas, ou as duas etapas da viagem, sobre em que medida a causa de todos aqueles vexames não poderia ter se originado dele mesmo.

Em resumo, tinha meu pai tantos pequenos motivos
de inquietude devido àquele caso, todos a lhe atormen-

tarem a mente conforme nela surgiam, que minha mãe, qualquer que tivesse sido a sua viagem de ida, teve uma contrafeita viagem de volta. —— Numa palavra, conforme se queixava ela ao meu tio Toby, o marido teria esgotado a paciência de qualquer vivente.

## 17

Embora meu pai voltasse para casa, como vos disse, não no melhor dos estados de espírito, —— rezingando e bufando a viagem toda, —— teve a cortesia de guardar para si o pior da história; — ou seja, a decisão de fazer justiça valendo-se da cláusula do seu ajuste de casamento proposta pelo meu tio Toby e que o habilitava a tanto; foi só na mesma noite em que fui gerado, treze meses mais tarde, que minha mãe teve notícia do propósito dele; —— quando meu pai, algo mortificado e fora de si, como recordais, —— valeu-se da ocasião, enquanto conversavam gravemente no leito, mais tarde, acerca do que iria sobrevir, —— para informar minha mãe de que ela deveria acomodar-se do melhor modo possível ao acordo feito entre ambos na escritura de casamento; ou seja, ter seu próximo filho no campo, a fim de compensar a viagem do ano anterior.

Meu pai era um cavalheiro de muitas virtudes, — mas tinha um forte tempero em seu temperamento que se poderia, ou não, somar a elas. —— Recebe esse tempero o nome de perseverança, quando se trata de uma boa causa, — e de obstinação, quando a causa é má. Disso tinha minha mãe tão completo conhecimento que sabia não adiantar coisa alguma protestar, — pelo que resolveu ficar quieta e procurar que tudo saísse pelo melhor.

# 18

Tendo ficado naquela noite acertado, ou antes determinado, que minha mãe iria ter-me no campo, tomou ela as medidas necessárias; assim, com apenas três dias, se tanto, de grávida, começou já a voltar os olhos para a parteira que me ouvistes tantas vezes mencionar; e antes de a semana terminar, como o famoso dr. Manningham[42] não iria estar ao seu dispor, ela chegara, mentalmente, a uma decisão final; —— não obstante haver um operador científico a apenas oito milhas do nosso alcance, o qual, ademais, expressamente escrevera um livro de cinco xelins sobre a questão obstétrica, livro em que expusera não só os disparates da irmandade das parteiras, —— como também acrescentara numerosos aperfeiçoamentos curiosos para a rápida extração do feto em partos atravessados e em alguns outros casos de perigo que rondam nosso ingresso no mundo;[43] não obstante tudo isso, digo que minha mãe estava absolutamente decidida a não confiar sua vida, e com ela a minha, a qualquer outra mão que não fosse a da velha mulher. — Pois bem, gosto disso; — quando não podemos conseguir exatamente o que queremos, —— não devemos aceitar aquilo que, em grau, lhe seja imediatamente o segundo; — não, isso é indescritivelmente lamentável; — mal faz uma semana hoje, em que escrevo este livro para a edificação do mundo, —— ou seja, 9 de março de 1759 —— que a minha querida, a minha queridíssima Jenny,[44] observando minha expressão algo carrancuda diante dos seus regateios na compra de uma seda de vinte e cinco xelins a jarda, — disse ao lojista que sentia muito ter-lhe dado tanto trabalho; — e prontamente comprou para si uma fazenda de uma jarda de largura ao preço de dez pence a jarda. — É a duplicação de uma só e mesma grandeza de alma; só que, no caso de minha mãe, o que minguava um pouco a sobranceria do gesto era ela não poder, na qualidade de heroína, ir até um extremo tão violento e tão arriscado quanto alguém na sua situação desejaria, pois a velha parteira tinha realmente algum direito de exigir que se confiasse nela, — o direito ao menos outorgado pelos seus êxitos: no curso de cerca de vinte anos de prática, trouxera ao mundo os filhos de todas as mães da paróquia sem nenhum deslize ou acidente que a ela pudesse ser atribuído.

Esses fatos, conquanto tivessem o seu peso, não satisfizeram de todo alguns poucos escrúpulos e inquietudes que o espírito de meu pai entretinha em relação à escolha. — Para não falar das naturais preocupações de humanidade e justiça, — ou dos anseios do amor paterno e conjugal, os quais o impeliam, conjuntamente, a deixar tão pouco ao acaso quanto fosse possível num caso dessa natureza; —— ele se sentia particularmente responsável de que tudo saísse bem no caso em questão, — em vista do acumulado pesar a que estaria vulnerável na eventualidade de algum mal acontecer à sua esposa e filho no parto em Shandy Hall. —— Sabia ele que o mundo julga em função dos acontecimentos e que lhe aumentaria as aflições em semelhante infortúnio, atribuindo-lhe toda a culpa do ocorrido. —— "Ai de mim! — tivesse a sra. Shandy, pobre e nobre senhora, sido atendida no seu desejo de ir ter o parto na cidade, de lá voltando em seguida; —— coisa que, dizem, ela implorou e mendigou de joelhos, —— e que, na minha opinião, considerando a fortuna por ela trazida ao sr. Shandy — não era questão assim tão difícil de resolver, a senhora e seu bebê poderiam estar ambos vivos agora."

Esta exclamação, meu pai bem o sabia, seria irresponsável; —— e no entanto, não era apenas o cuidado de resguardar-se, — nem tampouco a preocupação com sua descendência e esposa, que o punham tão exageradamente ansioso no caso; — meu pai tinha uma visão ampla das coisas, —— e estava além disso, segundo pensava, profundamente preocupado com o bem público, dado o seu

VOLUME I

receio dos usos nocivos a serem eventualmente feitos de um desditoso exemplo.

Ele tinha plena consciência de que todos os autores políticos que haviam versado o assunto concordavam unanimemente entre si e lamentavam que, desde os primórdios do reinado da rainha Isabel[45] até a sua própria época, a corrente de homens e dinheiro no rumo da metrópole, fosse por esta ou aquela frívola razão, — se tivesse revelado tão impetuosa, — que se tornara perigosa para os nossos direitos civis, — embora, diga-se de passagem, —— uma *corrente* não era a imagem que mais lhe aprazia, — uma *doença* teria sido a sua metáfora favorita e ele a converteria numa perfeita alegoria, sustentando acontecer com o corpo nacional o mesmo que com o corpo natural, onde o sangue e os humores eram levados à cabeça mais depressa do que dali poderiam escoar-se; —— devendo seguir-se uma obstrução circulatória que seria a morte, em ambos os casos.

Havia pouco perigo, costumava ele dizer, de perdermos nossas liberdades por causa da política francesa ou das invasões francesas; —— tampouco o afligia muito uma consunção por via da massa de matéria corrompida e humores ulcerados da nossa constituição, — que ele esperava não fosse tão má quanto imaginava; — mas verdadeiramente temia que, nalgum ataque violento, sofrêssemos de imediato uma apoplexia do Estado, — quando então ele exclamaria: *Deus tenha piedade de nós todos.*

Meu pai nunca foi capaz de contar a história dessa doença, —— sem propor-lhe o remédio.

"Fosse eu um príncipe absoluto", costumava dizer, esticando com ambas as mãos seus calções, ao levantar-se da poltrona, "e nomearia juízes capazes para, em cada avenida de minha metrópole, inteirarem-se dos negócios de qualquer idiota que ali fosse ter, —— e se, após ouvi-lo imparcial e lisamente, tais negócios não lhes parecessem de importância suficiente para justificar ter ele deixado seu próprio lar e vindo, com armas e bagagens, acompanhado de mulher e filhos, bem como dos filhos de arrendatários &c. &c., às costas, eles o mandariam de volta, de alcaide a alcaide, como vagabundos que eram, até o lugar de sua residência legal. Por esse meio, eu cuidaria de que a minha metrópole não cambaleasse sob o seu próprio peso; — de que a cabeça não mais fosse demasiado grande para o corpo; —— de que as extremidades, ora debilitadas e gastas, voltassem a receber a sua devida quota de nutrição, com ela recobrando o natural vigor e beleza: — Eu cuidaria eficazmente de que os campos e as plantações de cereais de meus domínios cantassem e rissem; — de que a alegria e a hospitalidade florescessem novamente; — e de que fosse posta nas mãos da *Squirality*[46] do meu reino o peso e a influência necessários para contrabalançar aquilo que ora percebo estar sendo-lhe subtraído pela minha Nobreza.

"Por que há tão poucos palácios e senhorios", costumava perguntar com certa emoção, enquanto andava de um para outro lado do aposento, "em tantas e tão deliciosas províncias da França? De onde vêm que os poucos *castelos* nelas remanescentes estejam tão desmantelados, — tão desmobiliados e em tão arruinada e desoladora condição? — Porque, senhor, (diria ele), naquele reino homem nenhum tem qualquer interesse rural a defender; —— o pouco interesse de alguma espécie que um homem nele tenha concentra-se na corte e nos ares do Grande Monarca;[47] pelo brilho solar que lhe ilumine o semblante ou pelas nuvens que o atravessem, todo francês vive ou morre."

Outra razão política que incitava meu pai a guardar-se zelosamente do menor acidente que pudesse ocorrer durante o parto de minha mãe na província, —— era o de que tal situação infalivelmente inclinaria a balança do poder, já demasiado desequilibrada, em prejuízo do prato mais débil da pequena nobreza, de seu próprio nível ou de outros superiores; —— o que, de par com os muitos outros direitos usurpados que aquela parte da constituição estava a cada hora estabelecendo, — demonstrar-se-ia, no fim, fatal ao sistema monárquico de governo doméstico estabelecido por Deus na criação inicial das coisas.

Neste ponto, ele partilhava integralmente a opinião de sir Robert Filmer,[48] de que os planos e instituições das principais monarquias das partes orientais do mundo haviam sido todas originariamente modeladas de conformidade com esse admirável modelo e protótipo de poder doméstico e paterno; —— o qual, havia um século ou mais, gradualmente degenerara, em seu entender, num governo misto; —— cuja forma, por mais desejável que fosse nas grandes combinações dessa espécie, —— era muito molesta nas pequenas, — e, pelo que via, raras vezes produzia outra coisa que não fosse perplexidade e confusão.

Por todas estas razões, públicas e privadas conjuntamente, — meu pai era a favor de se recorrer ao homem obstetra, de qualquer maneira, —— e minha mãe de maneira alguma. Meu pai rogava e suplicava que ela abrisse mão de sua prerrogativa nesse assunto, permitindo-lhe a ele escolher; — minha mãe, ao contrário, insistia no privilégio de escolher por si mesma, — e não queria outra ajuda mortal que não fosse a da velha mulher. — Que poderia meu pai fazer? Estava quase fora de si; —— discutiu o assunto com ela uma e outra vez e de todas as maneiras; — apresentou seus argumentos a todas as luzes; — ponderou-lhe a questão como um cristão, — um pagão, — um marido, — um pai, — um patriota, — um homem. — Minha mãe limitou-se a responder sempre como mulher, o que lhe era um tanto duro; — pois como não podia assumir tal variedade de caracteres e lutar protegida por eles, — o combate era desigual, — sete contra um. — Que poderia minha mãe fazer? —— Tinha a vantagem (do contrário, teria sido certamente sobrepujada) de um pequeno reforço da mágoa pessoal no fundo, que a sustentava e a capacitava a discutir o assunto com meu pai em pé de igualdade, —— e no fim ambos os lados entoaram um *Te Deum*. Numa palavra, minha mãe iria ter a parteira velha, — e o obstetra teria licença de beber uma garrafa de vinho com meu pai e meu tio Toby Shandy na sala dos fundos, — pelo que lhe seriam pagos cinco guinéus.

Antes de concluir este capítulo, quero pedir permissão para interpor um embargo de terceiro no coração de minha boa leitora, — qual seja: —— Não ter ela absolutamente por certo, mercê de uma ou duas palavras descuidadas que eu possa haver deixado escapar, —— "que sou homem casado". —— Reconheço que a terna designação de minha querida, queridíssima Jenny, —— de par com alguns outros toques de experiência conjugal disseminados aqui e ali, possam ter induzido o mais imparcial juiz do mundo, muito naturalmente, a essa desfavorável conclusão a meu respeito. —— Tudo quanto reivindico neste caso, senhora, é estrita justiça, e que a façais tanto por mim quanto por vós mesma, - não me prejulgando nem entretendo essa impressão a meu respeito até dispor de evidência melhor do que aquela que, estou certo, poderá no momento ser apresentada contra mim. —— Não que eu seja tão fátuo ou insensato, senhora, a ponto de desejar que penseis ser a minha querida, queridíssima Jenny, amante teúda e manteúda; — isso não, — pois seria lisonjear pelo outro extremo o meu caráter e dar-lhe um ar de liberdade ao qual talvez não tenha direito. Tudo quanto alego é a total impossibilidade de alguns volumes darem a conhecer-vos, ou ao mais penetrante espírito deste mundo, do que realmente se trata.

—— Não é impossível que a minha querida, queridíssima Jenny! por mais terna que a designação possa ser, seja minha filha. —— Considerai — que nasci nos anos dezoito. — Tampouco existe nada de antinatural ou extravagante na suposição de que a minha querida Jenny possa ser minha amiga. — Amiga! — Minha amiga. — É fora de dúvida, senhora, que uma amizade pode subsistir entre os dois sexos e ser mantida sem —— Vamos lá! sr. Shandy: —

VOLUME I                                                    103

sem outro sentimento que não seja aquele, terno e delicioso, que sempre se confunde com a amizade em que há uma diferença de sexo. Permiti-me suplicar-vos que examineis as partes puras e sentimentais[49] dos melhores romances franceses; —— ficareis verdadeiramente atônita de ver, senhora, com que variedade de castas expressões esse delicioso sentimento, de que tenho a honra de falar, se reveste.


19

Eu me empenharia antes em explicar o mais difícil problema de geometria do que pretender justificar por que um cavalheiro de tanto bom senso quanto meu pai, —— homem de conhecimentos, conforme o leitor deve ter percebido, e interessado além disso em filosofia, — sábio também em raciocínios políticos, — e de modo algum ignorante (como se verá) em questões polêmicas, —— poderia ser capaz de entreter na mente uma ideia tão fora do comum, —— que temo possa o leitor, quando eu a mencionar, e se ele tiver um mínimo de temperamento colérico, atirar fora o livro imediatamente; se for de temperamento mercurial, rirá às bandeiras despregadas; — e se for de índole grave e saturnina, a condenará como totalmente fantasiosa e extravagante; a ideia dizia respeito à escolha e imposição de nomes de batismo, dos quais acreditava meu pai dependerem muito mais coisas do que supõem os espíritos superficiais.

Sua opinião, neste assunto, era a de que há uma espécie de influência mágica que os nomes bons ou maus, conforme os chamava, irresistivelmente imprimem em nossos caracteres e conduta.

O Herói de Cervantes não teria discutido a questão com maior seriedade, —— nem teria maior fé, —— nem mais a dizer sobre os poderes da necromancia em deslustrar-lhe os feitos, — ou acerca de o nome de DULCINEIA[50] dar-lhes lustre, do que o meu pai teria a dizer acerca dos de TRISMEGISTO[51] ou ARQUIMEDES, de um lado — ou de NYKY e SIMKIN,[52] de outro. Quantos CÉSARES e POMPEUS, costumava ele dizer, não se tornaram dignos de seus nomes pela mera inspiração deles? E quantos, acrescentava, não há que poderiam ter se saído muitíssimo bem na vida caso seus caracteres e ânimos não tivessem sido totalmente abatidos e NICODEMIZADOS[53] até nada sobrar?

Vejo claramente, senhor, pela vossa aparência (ou pelo que fosse, conforme o caso), diria meu pai, — que não endossais entusiasticamente esta minha opinião, — a qual, acrescentaria ele, para aqueles que não a examinaram cuidadosamente até o fundo, — reconheço pode ter um ar mais de fantasia que de sólido raciocínio; —— no entanto, caro senhor, se posso presumir conhecer vosso caráter, estou moralmente seguro de que arriscaria muito pouco se vos apresentasse a questão, —— não como parte interessada na disputa, —— mas como juiz, apelando para o vosso bom senso e imparcial disquisição do assunto; —— sois, tanto quanto numerosas outras, uma pessoa isenta de muitos estreitos preconceitos de educação; — e, se posso presumir ter-vos penetrado a mente, — de uma liberalidade de índole que está muito acima de rejeitar uma opinião tão só porque lhe faltam aderentes. Vosso filho! —— vosso querido filho, —— de cujo temperamento brando e cândido tendes tanto a esperar. — Vosso BILLY, senhor! — Teríeis dado a ele, por qualquer coisa deste mundo, o nome de JUDAS? — Teríeis, meu caro senhor, diria ele, tocando com a mão o vosso peito, com a maior das cortesias, —— e naquele macio e irresistível *piano* de voz que a natureza do *argumentum ad hominem*[54] absolutamente exige, — teríeis, senhor, se um judeu padrinho de batismo tivesse proposto esse nome para o vosso filho, oferecendo-vos sua bolsa juntamente com ele, teríeis consentido numa tal profanação dele? —— Ó meu Deus!, diria ele, erguendo o olhar, se bem conheço vossa índo-

VOLUME I                                                                                    105

le, senhor, —— sois incapaz disso; —— teríeis calcado a
oferta sob os pés; —— teríeis atirado com a tentação à
cabeça do tentador, num gesto de repugnância.

Vossa grandeza de espírito, nesse gesto que admiro, de
par com aquele desprezo pelo dinheiro que me demons-
trastes em toda a transação, é realmente nobre; —— e o
que a torna ainda mais nobre é o seu princípio; —— a
influência do amor paterno sobre a verdade e o poder de
convicção desta mesma hipótese, isto é, que tivesse vosso
filho o nome de JUDAS, —— a sórdida e traiçoeira ideia,
tão inseparável do nome, tê-lo-ia acompanhado pela vida
afora, como uma sombra, e, no fim, teria feito dele um miserável e um biltre, a despeito, senhor, do vosso exemplo.

Jamais conheci homem capaz de responder a este argumento. —— Mas na verdade, para falar de meu pai
como ele realmente foi: — era um homem certamente
irresistível, tanto em seus discursos como em suas controvérsias; era um orador nato, — Θεοδίδακτος.[55] — A
persuasão pairava-lhe à flor dos lábios, e os elementos
de lógica e retórica estavam nele tão amalgamados, — e,
além disso, tinha tal sagacidade para adivinhar as fraquezas e paixões de seu interlocutor, —— que a NATUREZA
poderia ter se erguido e dito, — "Este homem é eloquente". Em suma, quer estivesse do lado forte da questão,
quer do lado fraco, era arriscado, em qualquer dos casos,
atacá-lo. — E, no entanto, era estranho nunca ter ele lido
Cícero nem o *De Oratore* de Quintiliano, nem Isócrates,
nem Aristóteles, nem Longino, entre os antigos; —— nem
Vossius, nem Skioppius, nem Ramus, nem Farnaby entre
os modernos; — e, o que é ainda mais surpreendente, jamais tivera, em toda a sua vida, a menor luz ou centelha de
sutileza que lhe tocasse a mente por via de uma só leitura
de Crackenthorp ou Burgersdicius,[56] ou qualquer lógico ou
comentador holandês; — ele não sabia sequer em que consistia a diferença entre um argumento *ad ignorantiam*[57] e
um argumento *ad hominem*; e bem me lembro, quando

me levou a matricular-me no Jesus College[58] em ****,
— foi motivo de muito espanto para o meu digno tutor,
e dois ou três outros membros daquela douta sociedade,
—— que um homem tão pouco a par dos nomes de seus
instrumentos fosse capaz de usá-los tão destramente.

Usá-los da melhor maneira que podia era o que meu
pai se via, contudo, perpetuamente forçado a fazer; ——
pois tinha a defender mil ideiazinhas céticas de natureza
cômica —— muitas das quais, verdadeiramente acredito,
surgiram a princípio na condição de meros caprichos, de
*vive la Bagatelle*; como tais, ele se divertiria com elas por
cerca de meia hora e, após nelas ter aguçado o engenho,
esquecia-as até o dia seguinte.

Menciono isto não apenas como uma hipótese ou conjectura acerca do progresso e estabelecimento das muitas
e extravagantes opiniões de meu pai, — mas como uma
advertência ao douto leitor para guardar-se da indiscreta
recepção de conjecturas que, após terem entrada livre e
desimpedida em nossos cérebros durante alguns anos, —
reivindicam por fim uma espécie de residência definitiva
ali, —— atuando às vezes como fermento; — mas, com
maior frequência, à maneira da branda paixão que começa de brincadeira, — mas termina absolutamente a sério.

Se era este o caso da singularidade das ideias de meu
pai, — ou se o seu juízo, ao fim e ao cabo, tornou-se joguete de seu engenho, — ou o quanto, em muitas de suas
opiniões, ele poderia estar, conquanto estranhamente,
de todo certo, —— o leitor decidirá por si quando a elas
chegar. Tudo quanto sustento aqui é que nesta ideia da
influência dos nomes de batismo, qualquer que fosse o
seu fundamento, ele falava a sério; — era todo uniformidade; — era sistemático, e, como todos os raciocinadores
sistemáticos, moveria céus e terras e torceria e torturaria
todas as coisas da natureza para justificar suas hipóteses.
Numa palavra, repito-o mais uma vez, — ele falava a sério, — e, em consequência disso, perdia completamente a

VOLUME I 107

paciência sempre que encontrava pessoas, em particular pessoas de prol, que deveriam estar mais bem informadas, —— tão descuidadas e tão indiferentes, quanto ao nome que davam ao filho, — ou mais ainda, que no tocante aos nomes de Ponto ou Cupido para seus cãezinhos.

Isso, costumava ele dizer, quadrava muito mal; — e tinha outro agravante, qual fosse: sempre que um nome vil era errônea ou levianamente dado, não acontecia o mesmo que com o caráter de uma pessoa, o qual, quando agravado, poderia ser depois desagravado; —— e possivelmente a qualquer tempo, quando não durante a vida da pessoa, pelo menos após a sua morte, — ser, desta ou daquela maneira, reabilitado aos olhos do mundo. Mas a injúria do nome, dizia ele, não podia nunca ser reparada; — duvidava até de que um decreto do parlamento o conseguisse. —— Sabia tão bem quanto vós que a legislatura arrogava-se poder sobre os sobrenomes; — mas por razões de muito peso, que ele poderia explicar, jamais se aventurara, como costumava dizer, a ir mais longe.

Era digno de nota que embora meu pai tivesse, em consequência dessa opinião, conforme vos contei, a mais intensa afeição ou desafeição para com determinados nomes, — havia, no entanto, grande número de nomes que equilibravam tão bem a balança, a seu ver, que lhe eram absolutamente indiferentes. Jack, Dick e Tom pertenciam a essa classe. A eles chamava meu pai nomes neutros, — deles dizendo, sem intuito de sátira, terem existido pelo menos tantos patifes e tolos quantos homens dignos e sábios, desde o começo do mundo, que os havia indiferentemente ostentado; —— de modo que, como duas forças iguais atuando uma contra a outra em direções contrárias, destruíam mutuamente seus respectivos efeitos, ao que ele achava; pela mesma razão, declarava amiúde que não daria um caroço de cereja por nenhum deles. Bob, o nome de meu irmão, era outro desses nomes neutros de batismo que atuavam muito pouco nesta ou naquela direção; e como acontecera de meu pai achar-se em Epsom quando ele lhe fora posto, — agradecia aos Céus, de quando em quando, não ter sido pior. Andrew constituía algo assim como uma quantidade negativa em álgebra, para ele; —— era pior, dizia, do que nada. —— William ocupava alta posição; —— Numps, por sua vez, valia muito pouco, a seu ver; — e Nick, afirmava, era o DIABO.

Mas, entre todos os nomes do universo, aquele por que tinha a mais invencível aversão era TRISTRAM; —— tinha-o na mais baixa e na mais desprezível conta do mundo; —— julgando só poder ele possivelmente produzir, em *rerum naturâ*,[59] quanto fosse mesquinho e lamentável. Assim, em meio a uma controvérsia sobre o assunto, em que, diga-se de passagem, frequentemente se via envolvido, —— irrompia por vezes num repentino e ardoroso EPIFONEMA, ou melhor, ERÓTESE;[60] erguendo a voz uma terça e às vezes uma quinta acima do tom do discurso, —— e perguntando categoricamente ao seu antagonista se se disporia a afirmar haver jamais lembrado, —— ou lido, —— ou ouvido dizer que algum homem chamado *Tristram* realizara algo de importância ou digno de memória. — Não, —— costumava dizer, —— TRISTRAM! —— É coisa impossível.

O que poderia fazer meu pai senão escrever um livro para divulgar essa ideia sua ao mundo? De pouco adianta ao teorizador sutil permanecer sozinho em suas opiniões, —— ao menos que lhes dê a devida vazão. —— Foi exatamente o que fez meu pai; — pois no ano de 1716, dois anos antes de eu nascer, ele se deu ao trabalho de escrever uma DISSERTAÇÃO expressa tão só acerca da palavra *Tristram* — mostrando ao mundo, com grande franqueza e modéstia, os motivos de sua grande aversão ao nome.

Quando comparar esta história com a página de rosto, —— não se apiedará o gentil leitor, até o imo da alma, de meu pai? —— de ver um cavalheiro ordeiro e bem-intencionado, embora singular, — mas inofensivo no tocante

VOLUME I                                                          109

às suas ideias, — exatamente nelas burlado por desígnios contrários; —— de olhar para o palco e vê-lo frustrado e derrotado em todos os seus pequenos sistemas e desejos; de contemplar um curso de acontecimentos perpetuamente a voltar-se contra ele, de maneira tão crítica e cruel, como se tivesse sido deliberadamente planejado e dirigido em seu desfavor, com o mero propósito de afrontar-lhe as especulações? —— Numa palavra, ver alguém na sua idade avançada, tão pouco adequada para as provações, padecendo dez vezes por dia; — dez vezes por dia chamando ao filho de suas preces TRISTRAM! —— Dissílabo de melancólico som! que, a seus ouvidos, soava como *Nincompoop* e todos os demais nomes vituperativos sobre a face da Terra. —— Por suas cinzas! juro que — se jamais algum espírito maligno divertiu-se ou ocupou-se em contrariar os propósitos de um mortal, —— deve ter sido neste caso; —— e se não me fosse necessário ter nascido antes de ter sido batizado, faria já, neste momento, uma narração do meu batismo.

20

—— Como pôde a senhora mostrar-se tão desatenta ao ler o último capítulo? Nele eu vos disse *que minha mãe não era uma papista.* —— Papista! O senhor absolutamente não me disse isso. Senhora, peço-vos licença para repetir outra vez que vos disse tal coisa tão claramente quanto as palavras, por inferência direta, o poderiam dizer. — Então, senhor, devo ter pulado a página. — Não, senhora — não perdestes uma só palavra. —— Então devo ter pegado no sono, senhor. — Meu orgulho, senhora, não vos permite semelhante refúgio. — Então declaro que nada sei do assunto. — Essa, senhora, é exatamente a falta de que vos acuso; e, à guisa de punição, insisto em que volteis imediatamente atrás, isto é, tão logo chegueis ao próximo ponto-final, leiais o capítulo todo novamente.

Impus essa penalidade à dama não por capricho ou crueldade, mas pelo melhor dos motivos; portanto, não lhe pedirei desculpas quando ela estiver de volta. — Isso serve para verberar um gosto viciado em que se comprazem milhares de outras pessoas além dela — ler sempre em linha reta, mais à cata de aventuras que da profunda erudição e saber que um livro desta natureza, quando lido como deve, infalivelmente lhes proporcionará. —— A mente tem de acostumar-se a fazer reflexões sábias e tirar conclusões curiosas à medida que vai seguindo; hábito este que fez Plínio, o Moço, afirmar: "que nunca lera livro tão mau que dele não pudesse tirar algum proveito".[61] As histórias da Grécia e de Roma, percorridas sem esta disposição e aplicação, — prestam menor serviço, afirmo, do que a história de Parismus e Parismenus ou dos Sete Campeões da Inglaterra,[62] quando lidas com ela.

—— Mas eis que chega minha bela dama. Lestes novamente o capítulo, senhora, como vos ordenei? — Então lestes. E não observastes, à segunda leitura, a passagem que admite a inferência? —— Nem uma palavra sequer! Então, senhora, tende a bondade de considerar bem a penúltima linha do capítulo, onde me ocupo em dizer "se não me fosse *necessário* ter nascido antes de ter sido batizado". Tivesse minha mãe sido uma papista, senhora, tal consequência não se deveria seguir.*

* Os Rituais Romanos ordenam o batismo da criança, em casos de perigo, antes de ela nascer, — mas com a condição de que alguma parte do seu corpo seja vista pelo que a batiza. —— Os doutores da Sorbonne, porém, por via de uma sessão deliberatória que realizaram em 10 de abril de 1733, — ampliaram os poderes das parteiras, determinando que, ainda que parte alguma do corpo da criança aparecesse, —— o batismo deveria ser-lhe administrado, não obstante, por injeção, — *par le moyen d'une petite canulle*, — Anglicé *a squirt*, uma cânula.[63] — É muito de estranhar que santo Tomás de Aquino,

VOLUME I

É um terrível infortúnio para este meu livro, mas ainda mais para a República das Letras, — dado o que aquele é totalmente absorvido pela consideração desta, — que o mesmíssimo e vil prurido de novas aventuras em todas as coisas esteja tão fortemente incutido em nossos hábitos e humores, — e tão totalmente preocupados nos vemos em satisfazer dessa maneira a impaciência de nosso desejo, — que só as partes mais avultadas e mais carnais de uma composição são deglutidas: — As sutis insinuações e as ardilosas comunicações da ciência voam, como espíritos, para cima; —— e a pesada moralidade escapa-se para baixo; e tanto uma como a outra ficam tão perdidas para o mundo como se tivessem sido deixadas dentro do tinteiro.

Espero que o leitor masculino não haja deixado passar por alto tantas insinuações tão singulares e curiosas quanto esta em que a leitora feminina foi surpreendida. Espero que ela possa exercer os seus efeitos: — e que todas as boas pessoas, tanto masculinas como femininas, possam ter sido ensinadas, pelo exemplo dela, tanto a pensar como a ler.

---

que tinha tão boa cabeça mecânica, tanto para atar como desatar os nós da teologia escolástica, — houvesse, depois de tantos esforços a ela consagrados, — desistido finalmente da questão com uma segunda *La chose impossible*, — "Infantes in maternis uteris existentes (diz santo Tomás) baptizari possunt *nullo modo*".[64] Ó Tomás! Tomás!

Se o leitor tiver curiosidade de conhecer a questão do batismo *por injeção*, tal como apresentada pelos doutores da Sorbonne, — bem como sua deliberação a respeito, poderá lê-los mais adiante.

## Mémoire présenté à Messieurs les Docteurs de Sorbonne*

*Un Chirurgien Accoucheur représente à Messieurs les Docteurs de Sorbonne, qu'il y a des cas, quoique très rares, où une mère ne sçauroit accoucher, & même où l'enfant est tellement renfermé dans le sein de sa mère, qu'il ne fait paroître aucune partie de son corps, ce qui seroit un cas, suivant les Rituels, de lui conférer, du moins sous condition, le baptême. Le Chirurgien, qui consulte, prétend, par le moyen d'une petite canulle, de pouvoir baptiser immédiatement l'enfant, sans faire aucun tort à la mère. —— Il demande si ce moyen, qui'l vient de proposer, est permis & légitime, & s'il peut s'en servir dans le cas qu'il vient d'exposer.*

### Réponse

*Le Conseil estime, que la question proposée souffre de grandes difficultés. Les Théologiens posent d'un côté pour principe, que le baptême, qui est une naissance spirituelle, suppose une première naissance; il faut être né dans le monde, pour renaître en Jésus Christ, comme ils l'enseignent. S. Thomas, 3 part., quaest. 88, artic. 11, suit cette doctrine comme une vérité constante; l'on ne peut, dit ce S. Docteur, baptiser les enfans qui sont renfermés dans le sein de leurs mères, & S. Thomas est fondé sur ce, que les enfans ne sont point nés, & ne peuvent être comptés parmi les autres hommes; d'où il conclud, qu'ils ne peuvent être l'objet d'une action extérieure, pour reçevoir par leur ministère les sacrements nécessaires au salut:* Pueri in maternis uteris existentes nondum prodierunt in lucem ut cum aliis hominibus vitam ducant; unde non possunt subjici actioni humanae, ut per eorum ministerium sacramenta reci-

---

* Vide Deventer, Paris, edit., 4 t., 1734, p. 366.

VOLUME I 113

piant ad salutem. *Les rituels ordonnent dans la pratique ce que les théologiens ont établi sur les mêmes matières, & ils deffendent tous d'une manière uniforme de baptiser les enfans qui sont renfermés dans le sein de leurs mères, s'ils ne font paroître quelque partie de leur corps. Le concours des théologiens, & des rituels, qui sont les règles des dioceses, paroît former une autorité qui termine la question présente; cependant le conseil de conscience considérant d'un côte, que le raisonnement des théologiens est uniquement fondé sur une raison de convenance, & que la deffense des rituels, suppose que l'on ne peut baptiser immédiatement les enfans ainsi renfermés dans le sein de leurs mères, ce qui est contre la supposition présente; & d'un autre côte, considérant que les mêmes théologiens enseignent, que l'on peut risquer les sacrements que Jésus Christ a établis comme des moyens faciles, mais nécessaires pour sanctifier les hommes; & d'ailleurs estimant, que les enfans renfermés dans le sein de leurs mères, pourroient être capables de salut, parce qu'ils sont capables de damnation; — pour ces considérations, & en égard à l'exposé, suivant lequel on assure avoir trouvé un moyen certain de baptiser ces enfans ainsi renfermés, sans faire aucun tort à la mère, le Conseil estime que l'on pourroit se servir du moyen proposé, dans la confiance q'uil a, que Dieu n'a point laissé ces sortes d'sans aucuns secours, & supposant, comme il est exposé, que le enfans moyen dont il s'agit est propre à leur procurer le baptême; cependant comme il s'agiroit, en autorisant la pratique proposée, de changer une règle universellement établie, le Conseil croit que celui qui consulte doit s'addresser à son évêque, & à qui il appartient de juger de l'utilité, & du danger du moyen proposé, & comme, sous le bon plaisir de l'évêque, le Conseil estime qu'il faudroit recourir au Pape, qui a le droit d'expliquer les règles de l'église, & d'y déroger dans les cas, où la loi ne sçauroit obliger, quelque sage & quelque utile que paroisse la manière de baptiser dont il s'agit, le Conseil ne pour-*

*roit l'approuver sans le concours de ces deux autorités. On conseile au moins à celui qui consulte, de s'addresser à son évêque, & de lui faire part de la présente décision, afin que, si le prélat entre dans les raisons sur lesquelles les docteurs soussignés s'appuyent, il puisse être autorisé dans le cas de nécessité, ou il risqueroit trop d'attendre que la permission fût demandée & accordée d'employer le moyen qu'il propose si avantageux au salut de l'enfant. Au reste, le Conseil, en estimant que l'on pourroit s'en servir, croit cependant, que si les enfans dont il s'agit, venoient au monde, contre l'espérance de ceux qui se seroient servis du même moyen, il seroit nécessaire de les baptiser sous condition; & en cela le Conseil se conforme à tous les rituels, qui en autorisant le baptême d'un enfant qui faît paroître quelque partie de son corps, enjoignent néantmoins, & ordonnent de le baptiser sous condition, s'il vient heureusement au monde.*

Delibéré en *Sorbonne*, le 10 *Avril*, 1733.

A. Le Moyne

L. de Romigny

De Marcilly[65]

Cumprimentos do sr. Tristram Shandy aos Messieurs Le Moyne, De Romigny e De Marcilly; ele espera que tenham dormido bem à noite, após tão exaustiva deliberação. — Deseja ele saber se, depois da cerimônia de casamento e antes da da consumação, o batismo de todos os Homunculi de uma só vez, num zás-trás, por *injection*, não seria um atalho ainda mais curto e seguro; sob a condição, como acima, de que se os Homunculi se saírem bem e vierem ao mundo sãos e salvos, cada um deles seja subsequentemente de novo batizado (*sous condition.*) —— E desde que, em segundo lugar, a coisa possa ser feita, o que o sr. Shandy reconhece que pode, *par le moyen d'une petite canulle* e *sans faire aucun tort au père.*[66]

## 21

―――― Que será todo esse barulho e essa corrida de cá para lá, aí em cima?, disse meu pai, dirigindo-se, após hora e meia de silêncio, ao meu tio Toby, ―――― que, deveis saber, sentava-se do lado oposto da lareira fumando o tempo todo seu cachimbo social, na muda contemplação do par de novos calções de pelúcia negra que vestia; — O que poderão estar fazendo, irmão? — disse meu pai, — que mal podemos ouvir o que estamos nós mesmos dizendo?

Acho, replicou meu tio Toby, tirando o cachimbo da boca e batendo-lhe o fornilho duas ou três vezes contra a unha do polegar esquerdo, conforme dava início à frase, ―――― acho, diz: ―――― Mas para penetrardes devidamente os sentimentos de meu tio Toby em relação a este assunto, tereis de penetrar-lhe um pouco o caráter, cujos lineamentos vos darei em seguida, e depois o diálogo entre ele e meu pai poderá continuar outra vez.

— Por favor, qual era mesmo o nome daquele homem, ―――― pois escrevo com tanta pressa que não tenho tempo de lembrar-me nem de procurá-lo, ―――― que pela primeira vez fez a observação de que "havia muita inconstância em nossos ares e clima?" Fosse quem fosse, é justa e aguda a sua observação. ―――― Mas o corolário dela extraído, a saber, "que foi isso que nos supriu de tal variedade de extravagantes e caprichosos caracteres"; — não era dele; ―――― foi descoberto por outro homem, pelo menos século e meio depois. — Outrossim, — que este copioso armazém de materiais originais é a causa verdadeira e natural de as nossas comédias serem muito melhores que as de França, ou quaisquer outras que tenham sido ou possam ser escritas no continente ―――― tal descoberta só veio a ser feita nos meados do reinado do rei Guilherme, ―――― quando o grande Dryden, ao escrever um dos seus longos prefácios (se não me equivoco), atinou com ela da maneira mais afortunada.[67] Em verdade, lá pelos fins da época da rainha Ana, o grande Addison começou a promover a ideia e a explicou de maneira mais cabal ao mundo num dos seus "Spectators";[68] — a descoberta, porém, não era sua. — E então, em quarto e último lugar, que essa estranha irregularidade de nosso clima, com produzir tão estranha irregularidade em nossos caracteres, —— nos compensa assim, de alguma maneira, dando-nos algo com que nos divertir quando o tempo não nos permita sair de casa, — tal observação é minha própria; — e me foi sugerida por este mesmo dia tão chuvoso de 26 de março de 1759, entre as nove e dez horas da manhã.

Destarte, —— destarte, meus colegas de trabalho, meus colaboradores nesta grande colheita de nossa cultura, que ora amadurece diante de nossos olhos; destarte é que, por lentos passos de mudança gradual, nossa cultura física, metafísica, fisiológica, polêmica, náutica, matemática, enigmática, técnica, biográfica, romântica, química e obstétrica, com cinquenta outros ramos seus (a maioria deles terminando, como estes, em -ica) vem, nestes dois últimos séculos ou mais, ascendendo gradualmente no rumo daquela Ἀκμὴ[69] de sua perfeição, da qual, a julgar pelos avanços dos últimos sete anos, não podemos possivelmente estar muito longe.

Quando isso acontecer, é de esperar que ponha fim a toda espécie de escritos, quaisquer que sejam; — a falta de toda espécie de escritos porá fim a todas as espécies de leitura; —— e visto que, com o tempo, *como a guerra gera pobreza, e a pobreza, paz*, —— deverá, obviamente, pôr fim a toda espécie de conhecimentos, —— e então —— teremos de começar tudo de novo; ou, por outras palavras, pôr-nos exatamente onde começamos.

—— Felizes! Tempos três vezes felizes! Quisera apenas que a época em que fui gerado, assim como o modo e a maneira por que o fui, tivessem sido um pouco diferentes, — ou que ela tivesse podido ser adiada, sem nenhuma inconveniência para meu pai ou minha mãe, por mais vinte

VOLUME I

ou vinte e cinco anos, quando a um homem fosse dado ter alguma oportunidade no mundo literário. ———

Mas esqueci-me do meu tio Toby, a quem deixamos todo este tempo sacudindo as cinzas do cachimbo.

O seu humor era desse tipo especial que faz honra ao nosso clima; e eu não teria maiores escrúpulos em incluí--lo entre as melhores produções deste, se ele não ostentasse demasiados traços de uma parecença familiar que mostravam haver derivado a singularidade de seu temperamento mais do sangue do que do vento ou da água ou de quaisquer outras combinações ou modificações desses dois elementos. Por isso, frequentes vezes conjecturei por que meu pai, embora eu creia que ele tivesse suas razões para tanto, ao observar certos exemplos de excentricidade em minha conduta, quando eu era menino, — jamais procurou explicá-la dessa maneira; pois todos os membros da Família Shandy ostentavam originalidade de caráter, em tudo e por tudo; ——— isto é, os homens da família, — visto as mulheres não terem caráter algum, — com exceção, na verdade, de minha tia-avó Dinah, a qual, há uns sessenta anos atrás, casou-se com um cocheiro e dele engravidou, pelo que meu pai, de conformidade com sua hipótese de nomes de batismo, costumava dizer que ela devia agradecer por isso aos seus padrinhos e madrinhas.

Parecerá muito estranho, ——— e eu preferiria colocar um enigma no caminho do leitor, o que não é de meu interesse, a fazê-lo conjecturar sobre como pôde acontecer que a um incidente dessa espécie, tantos anos depois de ocorrido, estivesse reservado o papel de interromper a paz e unidade que, no restante, cordialmente reinava entre meu pai e o tio Toby. Era de pensar que toda a energia do infortúnio se tivesse exaurido e gastado por si mesma na família desde logo, — como em geral acontece. — Mas, no tocante à nossa família, nada jamais ocorreu de maneira comum. Possivelmente, na época mesma em que o fato se verificou, ela teria algo mais com que se afligir; e como as aflições nos são enviadas para o nosso próprio bem e como essa nunca tinha trazido bem algum à FAMÍLIA SHANDY, talvez tivesse permanecido de tocaia, à espera de que tempos e circunstâncias mais apropriados lhe dessem oportunidade de desincumbir-se de sua tarefa. ——— Observe-se que nada assevero a tal respeito. ——— Meu método é sempre o de assinalar, para o curioso, diferentes cursos de investigação, de remontar às fontes primeiras dos acontecimentos que narro; — não com um pedante ponteiro de mestre-escola, — nem à maneira resoluta de Tácito, que acaba por lograr-se a si mesmo e ao leitor;[70] — mas com a solícita humildade de um coração devotado tão só a assistir os indagadores; — para eles escrevo, ——— e por eles serei lido, ——— se é de supor que uma leitura como esta possa durar tanto que alcance o próprio fim do mundo.

Por que essa causa de pesar ficou assim reservada para meu pai e tio, é coisa que não posso determinar, portanto. Todavia, de que maneira e em que direção se exerceu, a ponto de se tornar causa de insatisfação entre eles, depois que começou a atuar, eis o que estou em condições de explicar com grande exatidão, como segue:

Meu tio, TOBY SHANDY, senhora, era um cavalheiro que, com as virtudes que usualmente constituem o caráter de um homem probo e reto, — possuía uma, em grau assaz elevado, que nunca ou quase nunca é arrolada, qual fosse o mais extremado e incomparável recato de natureza; ——— conquanto eu corrija a palavra natureza, a fim de não prejulgar uma questão que em breve deverá ser posta em audiência e que é saber se seu recato era natural ou adquirido. ——— Como quer que meu tio Toby o tivesse adquirido, era, não obstante, recato no seu mais verdadeiro sentido; e isso, senhora, não com respeito às palavras, pois era tão desditoso nesse particular que pouquíssima escolha tinha, — mas com respeito às coisas; ——— e essa espécie de recato o possuía de tal modo e nele alcançava tais alturas, que chegava quase a igualar-se, se semelhante coisa for possível, ao recato de uma mulher: essa modéstia feminina, senhora, e essa limpeza interior de pensamento e imaginação que faz do vosso sexo em tal grau o pasmo do nosso.

A senhora poderá imaginar que meu tio Toby adquirira tudo isso desta mesma fonte; —— que passara grande parte do seu tempo em relações com o vosso sexo; e que, mercê de um profundo conhecimento de vós, e da força de imitação que tão belos exemplos tornam irresistível, contraíra essa amável propensão de espírito.

Bem quisera eu poder dizer que assim fora, —— mas, a não ser com sua cunhada, a esposa de meu pai e minha mãe, —— meu tio Toby mal trocava três palavras com pessoa do outro sexo no mesmo número de anos, —— não, senhora, ele a contraiu por um golpe. —— Um golpe! —— Sim, senhora, foi por causa de um golpe que recebeu de uma pedra desprendida do parapeito de um hornaveque durante o sítio de Namur,[71] e que atingiu em cheio a virilha ao meu tio Toby. —— De que maneira poderia tê-lo afetado? A história disso, senhora, é longa e interessante; —— mas narrá-la aqui seria fazer toda a minha história ir aos trancos e barrancos. —— Ficará para um episódio subsequente; e todas as circunstâncias com ela relacionadas serão, no seu devido lugar, fielmente apresentadas a vós. —— Até então, não está em meu poder lançar mais luz sobre a questão ou dizer mais do que já disse, —— que meu tio Toby era um cavalheiro de recato sem igual, um tanto sutilizado e rarificado pelo constante calor de um certo orgulho de família; —— ambos atuavam de tal modo dentro dele, que ele jamais podia ouvir mencionar o caso de minha tia DINAH sem experimentar a maior emoção. —— A menor alusão ao caso era o bastante para fazer o sangue afluir-lhe ao rosto; —— mas quando meu pai se punha a discorrer acerca da história em companhias heterogêneas, coisa a que a ilustração de sua hipótese frequentemente o obrigava —— o infortunado transe de um dos melhores ramos da família fazia sangrar a honra e o recato do tio Toby; e ele chamava amiúde meu pai de parte, com a maior das preocupações imagináveis, para censurá-lo e dizer-lhe que lhe daria qualquer coisa do mundo se deixasse a história em paz.

Creio que meu pai nutria pelo tio Toby o amor e a ternura mais verdadeiros que jamais algum irmão nutriu por outro, e teria feito quanto fosse possível e natural que qualquer irmão razoavelmente pudesse desejar de outro, no sentido de tranquilizar o coração de tio Toby sobre este ou aquele particular. Mas aquilo excedia as suas forças.

—— Meu pai, como vos contei, era um genuíno filósofo, — especulativo, — sistemático; — e a questão da tia Dinah era para ele de tanta importância quanto a retrogradação dos planetas para Copérnico:[72] — as descambadas de Vênus em sua órbita fortaleciam o sistema copernicano, assim chamado por causa dele; e as descambadas de minha tia Dinah em sua órbita cumpriam a mesma tarefa no que concernia a estabelecer o sistema de meu pai, o qual confio em que será doravante chamado *Sistema Shandiano* em honra ao nome dele.

Com relação a quaisquer desonras da família, creio que meu pai tinha um senso de pudor tão delicado quanto o de qualquer outro homem; —— e nem ele, nem tampouco Copérnico, atrevo-me a dizer, teria divulgado o assunto, em nenhum dos casos, ou levado ao mundo qualquer notícia dele não fosse pela obrigação em que estavam, segundo julgavam, para com a verdade. — *Amicus Plato*, costumava dizer meu pai, traduzindo as palavras para tio Toby, conforme as ia pronunciando, *Amicus Plato*, isto é, DINAH era minha tia, — *sed magis amica veritas*[73] —— mas a VERDADE é minha irmã.

Esta divergência de humores entre meu pai e meu tio era fonte de muitas contendas fraternais. Um não suportava ouvir contada de novo a história da desgraça familiar, —— e o outro mal deixava passar um dia que não lhe fizesse alguma alusão.

Pelo amor de Deus, costumava gritar o tio Toby, ——,

VOLUME I                                                                 121

por amor de mim e por amor de todos nós, meu caro
irmão Shandy, — deixa dormir em paz essa história de
nossa tia e suas cinzas; —— como podes, —— como
podes ter tão pouca suscetibilidade e compaixão pelo caráter de nossa família? —— Que é o caráter de uma família diante de uma hipótese? replicava meu pai. —— Mais
ainda, já que se tocou no assunto — que é a vida de uma
família? —— A vida de uma família! — exclamava o
tio Toby, jogando-se para trás na poltrona e erguendo as
mãos, os olhos e uma perna. —— Sim, a vida, —— diria
meu pai, sustentando seu ponto de vista. Quantos milhares delas não há, todo ano, que chegam a ser rejeita-
das, (em todos os países civilizados, pelo menos) —— e
consideradas coisíssima alguma, puro ar, diante de uma
hipótese? Na minha maneira singela e comum de ver as
coisas, costumava responder o tio Toby, —— cada um
desses casos é um caso de ASSASSINATO puro e simples,
seja quem for que o cometa. —— Aí está o teu engano,
retrucaria meu pai, —— pois, *in Foro Scientiae*,[74] não há
coisa como ASSASSINATO, —— há apenas MORTE, irmão.

Meu tio Toby jamais dava resposta a isso com qualquer outro tipo de argumento que não fosse assobiar meia
dúzia de compassos de "Lillabullero".[75] —— Deveis saber
que era o canal costumeiro por que suas paixões tinham
escoadouro, quando alguma coisa o chocava ou surpreen-
dia; —— especialmente quando lhe ofereciam algo que ele
reputasse absurdo.

Como nenhum de nossos autores de lógica nem qualquer de seus comentaristas, ao que me lembre, julgaram
necessário dar nome a tal espécie particular de argumento,
— tomo agora a liberdade de dá-lo eu mesmo, por duas
razões. Primeiro, para que, evitando-se todas as confusões
de controvérsias, se possa distinguir, claramente e para
sempre, de todas as outras espécies de argumentos, ——
como o *Argumentum ad Verecundiam, ex Absurdo, ex
Fortiori*,[76] ou qualquer outro argumento que seja. —— E,

em segundo lugar, para que possa ser dito, pelos filhos dos meus filhos, quando minha cabeça for posta a repousar, —— que a douta cabeça do avô deles se ocupou, certa vez, com propósito tão alto quanto os das cabeças das demais pessoas. — Que ele inventara um nome, —— e generosamente o atirara ao Tesouro da *Ars Logica*, para um dos mais irrespondíveis argumentos de toda a ciência. E se o fim da disputa é antes silenciar que convencer, — poderão acrescentar, se quiserem, para um dos seus melhores argumentos também.

Pelo presente, eu portanto ordeno e rigorosamente determino que ele fique conhecido e distinguido pelo nome e título de *Argumentum Fistulatorium*, e por nenhum outro; —— e que se alinhe doravante com o *Argumentum Baculinum* e o *Argumentum ad Crumenam* e seja para sempre, no futuro, tratado no mesmo capítulo.

Quanto ao *Argumentum Tripodium*, que só é usado pela mulher contra o homem, —— e o *Argumentum ad Rem*,[77] que, contrariamente, só é usado pelo homem contra a mulher: — como estes, em sã consciência, já são o bastante para uma lição; —— e, ademais, como um é a melhor resposta ao outro, —— sejam consequentemente mantidos separados e tratados num lugar a eles destinado.

## 22

O douto bispo Hall,[78] quero dizer, o famoso dr. Joseph Hall, que foi bispo de Exeter no reinado de Jaime I, conta-nos em uma de suas *Décadas*, ao fim de sua sublime arte de meditação, impressa em Londres no ano de 1610 por John Beal, estabelecido em Aldersgatestreet, "que é coisa abominável um homem louvar-se a si próprio", —— e realmente acho que é.

No entanto, por outro lado, quando algo é executado de uma maneira magistral que talvez não seja percebida,

—— penso ser igualmente abominável o homem perder o mérito dela e deixar o mundo com tal vaidade apodrecendo-
-lhe na cabeça.

Essa é precisamente a minha situação.

Pois nesta longa digressão a que fui acidentalmente levado, como em todas as minhas digressões (com exceção de uma só), há um toque de mestre na proficiência digressiva, cujo mérito receio tenha passado inteiramente despercebido ao leitor, — não por falta de sagacidade de sua parte, — mas porque há uma excelência raras vezes buscada, ou sequer esperada, numa digressão; —— que é: conquanto minhas digressões sejam todas consideráveis, como observais, — e eu possa desviar-me daquilo de que estava falando com tanta frequência e abundância quanto qualquer outro escritor da Grã-Bretanha, tomo o cuidado de constantemente ordenar as coisas de tal maneira que meu assunto principal não fique parado durante a minha ausência.

Eu estava preste a vos dar, por exemplo, as linhas gerais do caráter deveras caprichoso do meu tio Toby, — quando a tia Dinah e o cocheiro se interpuseram entre nós e nos levaram a uma vagueação de alguns milhões de milhas até o próprio centro do sistema planetário. Não obstante tudo isso, percebeis que o traçado do caráter do tio Toby prosseguiu moderadamente o tempo todo; ——
não os seus grandes contornos, — isso seria impossível, —— mas algumas pinceladas familiares e algumas leves indicações dele foram aqui e ali dadas, à medida que avançávamos, e assim estais a esta altura mais bem informados acerca do tio Toby do que o estáveis antes.

Graças a esse dispositivo, a maquinaria de minha obra é de uma espécie única; dois movimentos contrários são nela introduzidos e reconciliados, movimentos que antes se julgava estarem em discrepância mútua. Numa só palavra, minha obra é digressiva, mas progressiva também, — isso ao mesmo tempo.

Trata-se, senhor, de história muito diversa da de a Terra mover-se em redor do seu eixo, em sua rotação diurna, com o avanço em sua órbita elíptica que é o que traz o ano e constitui aquela variedade e vicissitude das estações que desfrutamos; —— embora eu confesse que isso me sugeriu a ideia, — porquanto acredito terem provido nossos progressos e descobertas, tão alardeados, de tais sugestões triviais.

As digressões são incontestavelmente a luz do sol; —— são a vida, a alma da leitura; —— retirai-as deste livro, por exemplo, — e será melhor se tirardes o livro juntamente com elas; — um gélido e eterno inverno reinará em cada página; devolvei-as ao autor; —— ele se adiantará como um noivo, — e as saudará a todas; elas trazem a variedade e impedem que a apetência venha a faltar.

Toda a destreza está no bom cozimento e manejo delas, não só para proveito do leitor como igualmente do próprio autor, cuja aflição, neste particular, é verdadeiramente comovente: pois, quando ele começa uma digressão, —— observo que toda a sua obra para a partir desse momento; — e quando ele avança na obra principal, —— tem então de pôr fim à sua digressão.

—— Este é um trabalho ingrato. — Por tal razão, desde o começo desta obra, como vedes, construí a parte principal e as adventícias com tais interseções, e compliquei e envolvi os movimentos digressivo e progressivo de tal maneira, uma roda dentro da outra, que toda a máquina, no geral, tem se mantido em movimento; —— e, o que é mais, se manterá em movimento nos próximos quarenta anos, se aprouver à fonte da saúde bendizer-me com vida tão longa e tanto bom humor.

23

Experimento forte propensão de começar este capítulo de maneira bem disparatada e não me eximirei à minha fantasia. — Destarte, começo-o assim:

VOLUME I                                                                    125

Se a instalação da janela de Momo[79] no peito humano,
de conformidade com a correção proposta por esse arqui-
crítico, tivesse sido realizada, —— em primeiro lugar esta
tola consequência ter-se-ia certamente seguido, — a de os
mais sábios e os mais sérios de todos nós, fosse nesta ou
naquela moeda, terem de pagar imposto de janela[80] por
todos os dias de suas vidas.

Em segundo lugar, a de que, tivesse o dito vidro sido instalado, nada mais seria preciso, para conhecer o caráter de
um homem, senão pegar uma cadeira, aproximar-nos devagar, como quando nos achegamos a uma colmeia dióptrica
de abelhas, e olhar lá dentro, — ver a alma completamente desnudada; —— observar-lhe todos os movimentos, —
suas maquinações; — rastrear-lhe todas as fantasias desde
seu engendramento até o momento de se arrastarem para
fora; —— contemplá-la livre em suas travessuras, cabriolas,
caprichos; e, após dar alguma atenção à sua postura mais
solene, subsequente a tais travessuras &c. —— tomar então
da pena e anotar apenas o que se viu e se pode afiançar ter
visto. —— Mas esta não é uma vantagem com que o bió-
grafo possa contar neste planeta; —— no planeta Mercúrio
(quiçá) talvez seja assim, senão melhor ainda; —— pois lá
o intenso calor da região, que os calculistas provam, dada
a proximidade do Sol, ultrapassar o do ferro em brasa, —
deve, creio eu, ter há muito vitrificado os corpos dos habitantes (como causa eficiente) para adequá-los ao clima
(que é a causa final); assim, em razão das duas causas, todos
os compartimentos de suas almas, de cima a baixo, talvez
sejam, a menos que filosofia mais bem fundada possa demonstrar o contrário, tão só um corpo fino e transparente
de vidro límpido (excetuando-se o cordão umbilical); ——
de tal modo que, até que os habitantes envelheçam e estejam razoavelmente enrugados, com o que os raios de luz,
ao atravessá-los, monstruosamente se refratem, ——— ou
sejam refletidos, pelas superfícies, em linhas tão transversais para o olho que um homem não possa ver através de-

las; —— as almas poderiam muito bem, digo, não fosse por alguma questão de cerimônia, —— ou pela insignificante vantagem que o ponto umbilical lhe dá, —— poderiam, segundo dizem todos, bancar as doidas tanto fora quanto dentro de suas próprias casas.

Mas este, como eu já disse acima, não é o caso dos habitantes da Terra; — nossas mentes não luzem através do corpo, mas são envolvidas por uma cobertura opaca de carne e sangue não cristalizados; desse modo, para poder chegar aos seus caracteres específicos, teremos de procurar algum outro caminho.

Muitos são, a bem dizer, os caminhos que o engenho humano se viu forçado a tomar para fazer tal coisa com exatidão.

Alguns, por exemplo, traçam todos os seus caracteres com instrumentos de sopro. — Virgílio observou esse método no caso de Dido e Eneias;[81] mas ele é tão falaz quanto a voz da fama; — e, além disso, revela gênio limitado. Não ignoro que os italianos pretendem ter alcançado uma exatidão matemática em suas designações de um tipo especial de caráter existente entre eles, com o *forte* ou *piano* de certo instrumento de sopro que usam, — e que dizem ser infalível. — Não ouso mencionar o nome desse instrumento aqui; — basta saber que o temos entre nós, — mas não penseis nunca em fazer um desenho usando-o;[82] —— isto é enigmático e pretende mesmo sê-lo, pelo menos *ad populum*.[83] —— Bem por isso vos peço, senhora, que ao chegardes a este ponto, lede tão depressa quanto puderdes, sem vos deter em perguntas a respeito.

Há outros, por sua vez, que desenham o caráter de um homem sem ajuda de qualquer outro recurso do mundo que não sejam as suas evacuações; — mas isso propicia com frequência um perfil assaz incorreto, —— a menos, na verdade, que façais um esboço de suas repleções também, e, corrigindo um desenho pelo outro, chegueis a um bom retrato a partir dos dois.

VOLUME I                                                          127

Eu não teria outra objeção a fazer a este método que não fosse a de que penso cheirar ele demasiadamente a lamparina,[84] — e de tornar-se ainda mais árduo pelo fato de vos forçar a ter um olho voltado para o resto dos não naturais do homem.[85] —— Por que as ações mais naturais da vida humana são chamadas não naturais —— isso é uma outra questão.

Outros existem, em quarto lugar, que desdenham todos esses expedientes; — não porque sejam eles próprios inventivos, mas porque tomaram emprestadas ao Irmão Pantógrafo* do pincel (cujos dignos recursos ficaram demonstrados na tiragem de cópias) diversas maneiras de levar a cabo a tarefa. Esses são, como deveis saber, vossos grandes historiadores.

Vereis um deles traçando um retrato de corpo inteiro *contra a luz*; — isso é iliberal, —— desonesto, —— e penoso para o caráter do homem que esteja posando.

Outros, em busca de melhor resultado, farão de vós um retrato na *Câmara*;[86] —— esse é o método mais iníquo de todos, —— porque, *ali*, sereis certamente representado em alguma de vossas atitudes mais ridículas.

A fim de evitar todos esses erros ao pintar-vos o caráter do meu tio Toby, estou decidido a fazê-lo sem recorrer a nenhum tipo de ajuda mecânica; —— tampouco será meu lápis guiado por qualquer instrumento de sopro que tenha jamais soado neste ou no outro lado dos Alpes; — tampouco tomarei em consideração suas repleções ou descargas; — nem tocarei nos seus não naturais; —— numa palavra, traçarei o caráter do meu tio Toby a partir do seu Cavalinho de Pau.

---

* Pantógrafo, instrumento para copiar mecanicamente estampas e figuras, e em qualquer proporção.

## 24

Se eu não estivesse moralmente seguro de que o leitor já perdeu toda a paciência no tocante ao caráter do meu tio Toby, —— eu o teria anteriormente convencido, aqui mesmo, de que não há instrumento mais adequado para traçá--lo do que aquele por que me decidi.

Conquanto eu não possa dizer que um homem e seu CAVALINHO DE PAU ajam e reajam exatamente da mesma maneira que a alma e o corpo entre si, existe indubitavelmente comunicação de alguma espécie entre eles, e minha opinião é antes a de que há aí algo que se parece à conduta dos corpos eletrificados, —— e isso ocorre por via das partes aquecidas do cavaleiro, as quais entram em contato imediato com o lombo do CAVALINHO DE PAU. — Ao cabo de longas jornadas e muita fricção, acontece que o corpo do cavaleiro fica tão repleto de matéria PAU-CAVALAR quanto pode comportar; —— de modo que, se puderdes dar uma descrição clara da natureza de um, podereis chegar a uma ideia bem precisa do gênio e do caráter do outro.

Pois bem, o CAVALINHO DE PAU que o tio Toby sempre montava era, na minha opinião, bastante merecedor de que dele se fizesse uma descrição, quando mais não fosse por motivo da sua grande singularidade; pois poderíeis viajar de Iorque a Dover, — de Dover a Penzance, na Cornualha, e de Penzance novamente de volta a Iorque,[87] sem ver outro semelhante no caminho; ou, se tivésseis visto um que tal, por maior que fosse a vossa pressa, deveríeis fatalmente deter-vos para lhe dar uma boa olhada. Em verdade, sua andadura e sua figura eram tão estranhas, e tão completamente diverso era, da cabeça à ponta da cauda, de qualquer outro bicho de sua espécie, que constituía de quando em quando assunto de discussão: —— seria ou não de fato um CAVALINHO DE PAU? Todavia, como o filósofo não usava com o cético,[88] que com ele discutia a realidade do movimento, outro argumento que não fosse erguer-se nas pernas e caminhar pelo aposento; — assim também o tio Toby não só usava outro argumento, para provar ser o seu realmente um CAVALINHO DE PAU, que não fosse o de montá-lo e fazê-lo andar à volta, — deixando ao mundo o cuidado de julgar a demonstração adequada ou não.

Na verdade, o tio Toby o montava com tanto prazer e ele transportava tão bem o tio Toby, —— que este afligia muito pouco a cabeça com aquilo que o mundo pudesse pensar a seu respeito.

Mas já é mais do que tempo de vos dar uma descrição dele. — Contudo, antes de prosseguir de modo ordenado, permiti-me apenas dar-vos a conhecer, primeiro, de que maneira tio Toby entrou na posse dele.

## 25

O ferimento na virilha do tio Toby, recebido durante o cerco de Namur, com torná-lo incapacitado para o serviço militar, fez com que se considerasse mais conveniente levá-lo de volta à Inglaterra, a fim de consertá-lo, se possível.

Ele ficou quatro anos totalmente confinado, — parte deles na cama, e o tempo todo em seu quarto; e no curso do seu tratamento, de que se cuidou permanentemente, sofreu indizíveis tormentos, — devido a uma série de esfoliações do *os pubis* e da borda exterior daquela parte do *coxendix* chamada *os illium*,[89] —— ossos estes que foram, ambos, horrivelmente esmagados, tanto pela irregularidade da pedra, que vos contei ter se soltado do parapeito, — como pelo seu tamanho, — (era bastante volumosa), levando o cirurgião a pensar o tempo todo que o grande dano por ela causado à virilha do meu tio Toby devia-se mais à gravidade da própria pedra do que à sua força míssil, — o que, costumava dizer, fora uma grande sorte.

Meu pai, àquela altura, estava começando seus negócios em Londres e havia alugado uma casa; — e como entre os dois irmãos reinava a mais verdadeira amizade e cordialidade, — e como meu pai julgava não haver outro lugar onde o irmão pudesse ser tão bem cuidado como em sua própria casa, —— destinou-lhe o melhor aposento dela. — E, o que era um signo ainda mais sincero do seu afeto, jamais deixava um amigo ou conhecido entrar na casa, qualquer que fosse a ocasião, sem tomar-lhe a mão e levá-lo escada acima para ver o irmão Toby e conversar uma hora à sua cabeceira.

A história do ferimento de um soldado engana-lhe a dor; — pelo menos era o que pensavam os visitantes do meu tio, e em suas visitas diárias, por uma cortesia nascida dessa crença, faziam a conversa voltar-se frequentemente para esse assunto, — e, dele, a conversa geralmente descaía para o próprio sítio de Namur.

Tais conversações eram infinitamente benévolas, e meu tio Toby recebia delas grande alívio, e mais teria recebido não fosse elas o mergulharem em inesperadas perplexidades que, por três meses a fio, retardaram-lhe grandemente a cura; se ele não tivesse descoberto um expediente para se livrar delas, creio verdadeiramente que o teriam levado ao túmulo.

Quais fossem as perplexidades do meu tio Toby, —— é coisa impossível de adivinhardes; — se o pudésseis adivinhar, — eu coraria; não como um parente, — não como um homem, — nem mesmo como uma mulher, — mas coraria como autor; na medida em que me empenho, e não pouco, nisto de o meu leitor não ter podido adivinhar jamais o que quer que fosse. E nisso, senhor, sou de humor tão exigente e singular que, se julgasse fôsseis capaz de formar o menor juízo ou conjectura, convosco mesmo, do que iria aparecer na página seguinte, — eu a arrancaria do meu livro.

FIM DO PRIMEIRO VOLUME

# VOLUME II
## 1760

Ταρασσει τοὺς Ἀνθρώπους οὐ τὰ Πράγματα,
αλλὰ τὰ περι τῶν Πραγμάτων Δογματα.

I

Comecei um novo livro a fim de poder dispor de mais espaço para explicar a natureza das perplexidades em que meu tio Toby se via envolvido por causa das numerosas conversações e interrogatórios acerca do sítio de Namur, onde recebeu o seu ferimento.

Devo lembrar ao leitor, no caso de ele haver lido a história das guerras do rei Guilherme,[1] — mas se não leu, — devo então informá-lo de que um dos mais memoráveis ataques, durante aquele cerco, foi o levado a cabo pelos ingleses e holandeses contra a extremidade da contraescarpa avançada, diante da porta de Saint-Nicolas, que fechava o grande canal ou fosso onde os ingleses estavam terrivelmente expostos aos disparos da contraguarda e do meio baluarte de Saint-Roch. O resultado dessa ardorosa contenda foi, em três palavras, o seguinte: que os holandeses se instalaram sobre a contraguarda, —— e os ingleses se tornaram senhores do caminho coberto em frente à porta de Saint-Nicolas, não obstante o denodo dos oficiais franceses, que se expunham, espada na mão, no glaciz.

Por ter sido esse o principal ataque de que meu tio Toby foi testemunha ocular em Namur, —— o exército dos sitiantes impedido de ver, pela confluência do Meuse com o Sambre, as operações do outro exército, —— ele era, no geral, mais eloquente e mais minucioso ao narrá-lo; e as muitas perplexidades que o assediavam advinham das dificuldades quase insuperáveis encontradas para narrar sua história de maneira inteligível e para dar uma ideia clara das diferenças e distinções entre a escarpa e a contraescarpa, —— o glaciz e o caminho coberto, —— a meia-lua e o ravelim,[2] —— a fim de que os seus ouvintes compreendessem bem onde ele se encontrava e o que ali fazia.

Os próprios autores costumam com muita frequência confundir esses termos; —— portanto, não é de estranhar que, nos seus esforços de explicá-los e de contrapor-se às muitas interpretações errôneas, meu tio Toby acabasse amiúde por confundir as suas visitas e, às vezes, a si mesmo.

Para dizer a verdade, a menos que os visitantes conduzidos pelo meu pai escadas acima fossem de mente sofrivelmente clara ou que o meu tio Toby estivesse num de seus melhores momentos explicativos, era coisa muito difícil, por mais que ele se empenhasse, manter a conversação isenta de obscuridades.

O que tornava mais intrincada, para o tio Toby, a narrativa desse caso era que, — no ataque da contraescarpa fronteira à porta Saint-Nicolas e que se estendia desde a margem do Meuse até o grande canal; — o terreno era de tal modo cortado e atravessado por uma infinidade de diques, escoadouros, regatos e regueiras, — e o tio Toby se via tão lamentavelmente desnorteado e retido entre eles, que não podia nem recuar nem avançar para se pôr a salvo, sendo frequentemente obrigado a abandonar o ataque tão só por essa razão.

Tais reveses desconcertantes causavam ao meu tio Toby Shandy mais perturbações do que poderíeis imaginar; e como o carinho de meu pai para com ele levava-lhe continuamente novos amigos e novos inquiridores, —— via-se às voltas com uma tarefa bastante incômoda.

VOLUME II                                                                                    135

Não há dúvida de que o tio Toby tinha grande domínio de si próprio — e podia manter as aparências, creio eu, tão bem quanto a maioria das pessoas; — entretanto, é de imaginar que quando não podia retirar-se do ravelim sem entrar na meia-lua, ou sair do caminho coberto sem despencar pela contraescarpa, nem atravessar o dique sem perigo de escorregar para dentro do fosso, devia fumegar interiormente de raiva. — E fumegava, — e esses pequenos vexames de toda hora, que podem parecer insignificantes e desimportantes para quem não leu Hipócrates,[3] embora quem quer que o tenha lido, ou ao dr. James Mackenzie,[4] e haja considerado bem os efeitos que as paixões e afeições da mente têm sobre a digestão, — (e por que não sobre a digestão de um ferimento, tanto quanto de uma refeição?) —— possa facilmente imaginar que agudos paroxismos e exacerbações de seu ferimento meu tio Toby não deve ter padecido tão somente por esse motivo.

— Meu tio Toby não o podia aceitar filosoficamente; — bastava que achasse não poder, — e, tendo-lhe aguentado a dor e os dissabores três meses a fio, estava decidido a libertar-se de um jeito ou de outro.

Achava-se ele deitado de costas em seu leito, certa manhã, já que o sofrimento e a natureza do ferimento na virilha não lhe consentiam ficar em outra posição, quando lhe veio à cabeça a ideia de que, se pudesse comprar, e tê-lo pregado num quadro, um grande mapa das fortificações da cidade e cidadela de Namur com as suas cercanias, esse poderia ser um meio de trazer-lhe alívio. — Dou conta desse seu desejo de ter as cercanias juntamente com a cidade e a cidadela pela seguinte razão, — a de que o ferimento do meu tio Toby foi recebido em um dos traveses, a cerca de trinta toesas do ângulo entrante da trincheira, oposto ao ângulo saliente do meio baluarte de Saint-Roch, —— por isso ele estava assaz seguro de que poderia cravar um alfinete no local exato do terreno onde se encontrava de pé quando a pedra o atingiu.

Tudo isso se fez na medida dos seus desejos, e não só o livrou de uma infinidade de aflitivas explicações como, no final, demonstrou ser o ditoso meio de propiciar ao tio Toby, conforme lereis adiante, o seu CAVALINHO DE PAU.

## 2

Não há nada mais tolo, quando se está incorrendo nos gestos de celebrar um divertimento desta espécie, do que dispor as coisas tão mal a ponto de facultar aos críticos e à gente de gosto refinado pô-las a perder. E nada há mais capaz de incitá-las a fazer isso do que deixá-las fora da festa, ou, o que é de igual maneira ofensivo, prestardes atenção ao restante dos convidados de maneira tão digna de nota que é como se não houvesse nada que se parecesse a um crítico (de profissão) sentado à mesa.

—— Guardo-me de ambos; porque, em primeiro lugar, deixei de propósito uma dúzia de lugares livres para eles; — e, em segundo lugar, porque os cortejo a todos, — Cavalheiros, beijo-vos as mãos, —— assevero que nenhuma outra companhia poderia dar-me sequer metade do prazer que experimento, — juro-vos que estou contente de ver-vos, —— rogo-vos apenas não vos sintais como estranhos; sentai-vos sem cerimônia e atacai de rijo.

Eu disse ter deixado livres seis lugares e estava prestes a levar minha benevolência ao ponto de preparar um sétimo lugar, — e neste mesmo sítio onde ora estou; — mas tendo me sido dito por um crítico, (embora por natureza, —— não de profissão) que eu me saíra muito bem, preenchê-lo-ei de imediato, na esperança, entretanto, de poder arranjar bastante mais espaço no ano vindouro.

—— Como, que coisa de espantar! poderia vosso tio Toby, pelo visto, um militar, e a quem haveis pintado sem nada de tolo —— ser, ao mesmo tempo, um cabeça-tonta, um cabeça-oca como —— Vá-se lá saber.

Assim, senhor crítico, poderia eu ter respondido; mas desdenho tal resposta. ———— Trata-se de linguagem pouco civil, ———— conveniente só para quem não possa dar explicações claras e satisfatórias das coisas, nem mergulhar fundo o bastante nas causas primeiras da ignorância e da confusão humanas. É, demais, resposta valente ———— e por isso a rejeito; embora pudesse ter servido muitíssimo bem ao caráter de meu tio Toby, soldado que era, ———— e não estivesse ele habituado, durante tais ataques, a assoviar o "Lillabullero", ———— por não faltar-lhe coragem, seria exatamente a resposta que teria dado; entretanto, de modo algum ela me serviria. Podeis ver, tão bem quanto possível, que escrevo como homem de erudição; — que mesmo meus símiles, minhas alusões, minhas ilustrações, minhas metáforas, são eruditas, ———— e que devo sustentar adequadamente meu caráter, bem como contrastá-lo adequadamente; ———— senão, o que seria de mim? Ora essa, senhor, estaria perdido: ———— neste mesmo momento em que aqui estou tomando o lugar de um crítico, ————— quando deveria ter aberto espaço para dois.

———— Por isso, respondo como segue:

Dizei-me, senhor, em tudo quanto jamais lestes, esteve alguma vez um livro como o *Ensaio sobre o entendimento humano*, de Locke? ———— Não me respondais inconsideradamente, — porque muitas pessoas, bem o sei, citam o livro sem tê-lo lido, ———— e muitas, tendo-o lido, não o entenderam. ———— Se qualquer desses for o vosso caso, como escrevo para instruir, contar-vos-ei, em três palavras, o que seja o livro. — É uma história. — Uma história! de quem? sobre o quê? onde? quando? Não vos apresseis. ———— É um livro da história, senhor, (o que possivelmente o recomendará aos olhos do mundo) do que se passa na própria mente do homem; e se disserdes só isso do livro, e nada mais, fareis figura nada desprezível num círculo metafísico.

Mas isto de passagem.

Agora, se vos atreverdes a ir mais longe comigo, para chegar ao fundo desta questão, ver-se-á que a causa da obscuridade e da confusão na mente humana é tripla.

Órgãos obtusos, caro senhor, em primeiro lugar. Em segundo, impressões ligeiras e fugazes causadas pelos objetos, quando os ditos órgãos não sejam obtusos. E, em terceiro lugar, uma memória de peneira, incapaz de reter o que recebe. —— Chamai Dolly, vossa criada de quarto, e dar-vos-ei meu bastão de bobo se não lograr tornar o assunto tão claro que a própria Dolly o entenda tão bem quanto Malebranche.[5] —— Quando Dolly tenha escrito sua carta a Robin e enfiado o braço até o fundo do bolso direito, — aproveitai a oportunidade para recordar que os órgãos e faculdades da percepção não poderão ser mais bem ilustrados e explicados por qualquer outra coisa do mundo que não essa coisa por que procura a mão de Dolly. — Vossos órgãos não são assim tão obtusos que eu tenha de informar-vos, senhor, —— que é um pedaço de cera vermelha.

Quando ele esteja derretido e tenha sido pingado sobre a carta, — se Dolly levar muito tempo procurando o seu dedal, a cera endurecerá, não receberá a marca do dedal com a pressão costumeira usada para imprimi-lo. Pois muito bem: se a cera de Dolly, à falta de outra melhor, for de abelha, ou de consistência muito mole — embora possa receber a marca, —— não reterá a impressão, por mais que Dolly comprima o dedal; e, finalmente, supondo-se a cera seja boa, e igualmente o dedal, mas nela aplicado de maneira descuidosa e apressada, por ter sido Dolly chamada pela sineta da patroa; —— em qualquer um destes três casos, a impressão deixada pelo dedal será tão pouco parecida com o protótipo quanto uma peça de bronze.

Pois bem, deveis entender que nenhuma destas era a verdadeira causa da confusão reinante nas explicações do tio Toby; e é por isso mesmo que me estendo tanto sobre ela, à maneira dos grandes fisiologistas — para mostrar ao mundo quais *não* foram as suas causas.

VOLUME II                                                              139

Aquilo que a causava, insinuei-o mais acima, era ——
e será sempre —— uma fértil fonte de obscuridade; refiro-
-me aos usos inconstantes das palavras, que desconcerta-
ram os mais claros e mais insignes entendimentos.

Dez contra um (no Arthur)[6] que jamais lestes as histórias literárias das épocas passadas; — se as lestes, — que
terríveis batalhas as chamadas logomaquias não ocasiona-
ram e não perpetuaram, com tamanho derramamento de
bile e de tinta, —— a ponto de um homem de boa índole
não poder ler a narrativa delas sem lágrimas nos olhos.

Amável crítico! Após teres ponderado tudo isso e considerado contigo mesmo o quanto de teu conhecimento,
raciocínio e conversação não foi apoquentado e perturbado, uma vez ou outra, por isso, e tão somente por isso;
—— que de tumultos e balbúrdias em Concílios acerca
de ούσία e ύπόστασιζ;[7] e nas Escolas dos doutos, acerca do poder e acerca do espírito; — acerca de essências
e quintessências; —— acerca de substâncias e de espaço.

—— Quanta confusão, em maiores Teatros, a propósito
de palavras de pouco significado e de sentido indetermi-
nado; —— quando considerares isso, não estranharás as
perplexidades do meu tio Toby; — derramarás uma lágrima piedosa sobre sua escarpa e contraescarpa; — seu glaciz e seu caminho coberto; — seu ravelim e sua meia-lua.
Não por ideias, oh céus!, —— mas por palavras é que sua
vida era posta em perigo.

3

Quando o meu tio Toby conseguiu um mapa de Namur
a seu gosto, começou imediatamente a aplicar-se, com a
maior diligência, ao estudo dele; pois não havendo nada
mais importante para si do que a sua própria recuperação,
e dependendo ela, como haveis lido, das paixões e afeições
de sua mente, cumpria-lhe tomar o maior dos cuidados no

sentido de tornar-se senhor desse assunto, para poder discorrer a respeito dele sem qualquer comoção.

Ao fim de quinze dias de estrita e penosa aplicação, a qual, diga-se de passagem, não fez nenhum bem ao ferimento da virilha do meu tio Toby, — viu-se ele capacitado, com a ajuda de alguns documentos acessórios aos pés do elefante,[8] juntamente com a arquitetura militar e a pirobalística de Gobesius,[9] traduzidas do flamengo, a elaborar a sua explicação com sofrível perspicácia; e antes de dois meses decorridos, — mostrava-se assaz eloquente no assunto e conseguia não só descrever o ataque à contraescarpa avançada de maneira bastante ordenada, —— como, tendo a essa altura se aprofundado na arte muito mais do que sua primeira motivação tornaria necessário, — conseguia o meu tio Toby atravessar o Meuse e o Sambre; fazer sortidas até a linha de Vauban,[10] a abadia de Salsines &c., e historiar para seus visitantes cada um de seus ataques, como o da porta de Saint-Nicolas, onde tivera a honra de ser ferido.

Mas a ânsia de conhecimento, assim como a sede de riquezas, aumenta à medida que ele vai sendo adquirido. Quanto mais o meu tio Toby estudava o seu mapa, tanto mais se afeiçoava a ele; — pelo mesmo processo e assimilação elétrica, como vos disse, por que suponho terem as almas dos próprios connoisseurs, mercê da longa fricção e do longo contato, a ventura, ao fim e ao cabo, de se tornarem de todo envirtuosadas, — empinturadas, — emborboletadas e enviolinadas.[11]

Quanto mais bebia o tio Toby dessa doce fonte da ciência, maior era o ardor e impaciência de sua sede, pelo que, antes de ter se escoado de todo o primeiro ano de seu confinamento, não haveria talvez cidade fortificada da Itália ou de Flandres de que, de uma ou de outra maneira, não tivesse ele obtido um plano, estudando-o cuidadosamente tão logo o obtinha, comparando-o com as histórias de seus assédios, demolições, melhoramentos e

VOLUME II                                                                    141

novas obras, e lendo tudo isso com aplicação e deleite tão
intensos que chegava a esquecer-se de si mesmo, de seu
ferimento, de seu confinamento e até do seu jantar.

No segundo ano, meu tio Toby comprou Ramelli e Cataneo, traduzidos do italiano; —— bem como Stevinus,
Marolis, o chevalier de Ville, Lorini, Cochorn, Sheeter,
o conde de Pagan, o marechal Vauban, monsieur Blondel,[12] cercando-se de tantos outros livros de arquitetura
militar quanto os que Dom Quixote possuía de cavalaria,
conforme o verificaram o cura e o barbeiro que lhe inva-
diram a biblioteca.

Lá pelos primórdios do terceiro ano, em *agosto* de
noventa e nove, meu tio Toby achou necessário familiarizar-se um pouco com projéteis. — E, tendo julgado melhor tirar seu conhecimento da própria fonte, começou
por Niccolò Tartaglia,[13] que parece ter sido o primeiro a
descobrir o erro da suposição de que uma bala de canhão
cause todo o estrago que causa por seguir uma linha reta.

— Esse Niccolò Tartaglia provou ao tio Toby que tal coisa é impossível.

——Infindável é a Busca da Verdade!

Mal se satisfizera o tio Toby com a trajetória que a bala
de canhão não segue, viu-se insensivelmente levado a prosseguir e decidiu consigo mesmo indagar e descobrir que caminho seguiria ela. Para tal fim, foi obrigado a começar de
novo com o velho Maltus,[14] a quem estudou devotamente.

— Passou em seguida a Galileu e Torricelli,[15] onde descobriu, mercê de certas regras geométricas, estabelecidas de
maneira infalível, que a trajetória exata é uma PARÁBO-
LA — ou antes uma HIPÉRBOLE, — e que o parâmetro,
ou *latus rectum*,[16] da seção cônica do dito caminho está
na razão direta da quantidade e amplitude, assim como a
linha toda o estava para o seno do dobro do ângulo de incidência formado pela culatra sobre um plano horizontal;
— e que o semiparâmetro, —— alto! querido tio Toby, –
alto! — não avances mais um passo em trilha tão espinho-

142 TRISTRAM SHANDY

sa e tão confusa, — intrincados são os degraus! intrincadas as voltas desse labirinto! intrincados os transtornos que a perseguição desse fantasma sedutor, o CONHECIMENTO, te causarão. — Ó tio! foge — foge — foge dele como de uma serpente. — É acaso prudente —— homem de bom coração! ficares sentado, com o ferimento na virilha, noites a fio crestando o sangue com vigílias ardentes? — Ai de ti! isso só servirá para exacerbar teus sintomas, — reter tuas transpirações, — evaporar-te os espíritos, — consumir-te o vigor animal, — secar-te o úmido radical,[17] — levar-te o corpo a um estado de constipação, prejudicar-te a saúde, — e apressar os achaques de tua velhice. — Oh meu tio! meu tio Toby!

4

Eu não daria um vintém pela proficiência de um homem no ofício das letras se ele não fosse capaz de entender, —— que a melhor narrativa singela do mundo, posta logo a seguir à última e arrebatada apóstrofe ao tio Toby, — teria sabido fria e desenxabida ao paladar do leitor; — por isso incontinenti pus fim ao capítulo, — conquanto estivesse ainda na metade de minha história.

—— Escritores da minha estirpe têm um princípio em comum com os pintores. — Quando uma cópia exata é capaz de tornar nossos quadros menos impressivos, escolhemos o mal menor, julgando ser até mais perdoável pecar contra a verdade do que contra a beleza. — Isto deve ser entendido *cum grano salis*;[18] mas seja como for, —— já que o paralelo se faz mais com vistas a deixar esfriar a apóstrofe do que a qualquer outra coisa, — não importa muito se o leitor, por alguma outra razão, o aprova ou deixa de aprovar.

Nos fins do terceiro ano, meu tio Toby, percebendo que o parâmetro e o semiparâmetro da seção cônica lhe irritavam o ferimento, abandonou o estudo de projéteis num acesso de ira e dedicou-se à parte prática das fortificações tão somente, cujo prazer, qual uma mola comprimida, voltou-lhe com força redobrada.

Foi nesse ano que meu tio começou a infringir o hábito de vestir diariamente uma camisa limpa, —— a despedir o barbeiro sem se deixar barbear, —— e a consentir ao cirurgião apenas o tempo indispensável para fazer-lhe o curativo do ferimento, preocupando-se tão pouco com este a ponto de não perguntar ao médico, em sete curativos, como estava. Eis que! — subitamente, pois a mudança foi rápida como relâmpago, pôs-se a suspirar, aflito por recuperar-se, — queixava-se a meu pai, tornava-se impaciente com o cirurgião; — e certa manhã, ao ouvir-lhe os passos escada acima, fechou seus livros e atirou longe seus instrumentos a fim de admoestá-lo pela demora da cura, a qual, disse-lhe, já deveria seguramente ter se completado àquela altura. — Demorou-se a evocar os sofrimentos por que havia passado e as mágoas da sua melancólica reclusão de quatro anos, — acrescentando que, não fora pelo zelo bondoso e pelos fraternais estímulos do melhor dos irmãos, — teria há muito sucumbido ao peso de seus infortúnios. — Meu pai estava por perto. A eloquência do tio Toby trouxe-lhe lágrimas aos olhos; —— foi algo inesperado. — Meu tio Toby não era, por natureza, eloquente; —— daí o efeito ter sido maior. — O cirurgião estava confuso; — não que faltassem motivos para tais, ou ainda maiores, sinais de impaciência, — mas é que era algo de inesperado para ele também; nos quatro anos que cuidava do meu tio Toby, nunca lhe vira nada de semelhante na conduta; jamais havia ele deixado escapar uma só palavra de irritação ou impaciência; — fora todo paciência, — todo submissão.

— Perdemos às vezes o direito de queixar-nos com abster-nos de exercê-lo; —— com mais frequência, porém, triplicamos a força das queixas. — O cirurgião estava atônito; — e ficou-o ainda mais quando ouviu meu tio Toby ir adiante e insistir peremptoriamente com ele em que ou lhe curava prontamente o ferimento, —— ou então mandava chamar monsieur Ronjat, cirurgião-chefe do rei, para fazê-lo em seu lugar.

O desejo de vida e de saúde está enraizado na natureza humana; — o amor à liberdade e à expansão é uma paixão gêmea daquele. Ambas meu tio Toby possuía em comum com a sua espécie; —— e uma ou outra delas teria sido o bastante para explicar o seu fervoroso desejo de restabelecer-se e sair à rua; — todavia, já vos disse que, com nossa família, nada se passava da maneira comum; — e pela ocasião e modo por que esse ardente desejo se revelou no caso presente, o leitor arguto suspeitará ter havido alguma outra causa ou capricho para tanto na cabeça do meu tio Toby. — Havia, de fato, e competirá ao próximo capítulo expor qual fosse tal causa e capricho. Reconheço que, uma vez isso feito, será hora de voltarmos à lareira da sala de estar, onde deixamos meu tio Toby no meio de uma frase.

## 5

Quando o homem se deixa governar por uma paixão dominante, —— ou, em outras palavras, quando o seu CAVALINHO DE PAU se torna teimoso, —— adeus fria razão e bela discrição!

O ferimento do meu tio Toby estava quase sarado, e tão logo o cirurgião se recuperou da surpresa e pôde obter permissão para falar — disse-lhe que estava começando a cicatrizar; e que se não ocorresse nenhuma nova esfoliação, coisa de que não havia sinal, — estaria seco em cinco ou seis semanas. Doze horas antes, a menção do mesmo número de olimpíadas teria dado uma ideia de menor duração ao espírito do tio Toby. — A sucessão

VOLUME II

145

de suas ideias era agora rápida, — ele fervia de impaciência de pôr em execução seus planos, — e destarte, sem mais consultar-se com nenhuma outra alma vivente, — o que, diga-se de passagem, julgo ser o certo, quando estais predeterminado a não aceitar o conselho de ninguém, — ordenou reservadamente ao seu criado Trim[19] que fizesse um pacote de linhas e ataduras e contratasse um coche com duas parelhas para estar à porta exatamente às doze horas daquele mesmo dia, quando sabia achar-se meu pai na Bolsa. —— Assim, deixando uma nota de banco sobre a mesa para pagar os cuidados do cirurgião e uma carinhosa carta de agradecimentos ao irmão, —— empacotou seus mapas, seus livros de fortificação, seus instrumentos &c. — e, com a ajuda de uma muleta, de um lado, e Trim de outro, —— meu tio Toby partiu para Shandy Hall.

O motivo, ou melhor, o motor dessa repentina emigração era o seguinte:

A mesa no quarto do tio Toby, junto à qual, na noite anterior, ele estivera sentado com os mapas &c. à sua volta, — por ser demasiado pequena para a infinidade de grandes e pequenos instrumentos de conhecimento que costumavam empilhar-se sobre ela, — ocasionara o acidente de, ao esticar ele a mão para a sua tabaqueira, derrubar seu compasso, e, ao inclinar-se para apanhá-lo do chão, fez cair, com a manga, seu estojo de instrumentos e sua caixa de rapé, — e, como os dados estavam em seu desfavor, na tentativa de segurar a caixa de rapé em sua queda, — derrubou da mesa monsieur Blondel e o conde de Pagan por cima dele.

Para um homem estropiado como o meu tio Toby, era um despropósito pensar em remediar ele próprio tais desastres; — tocou a sineta, chamando seu criado Trim; — Trim, disse o tio Toby, por favor, vê aí essa confusão que andei fazendo. — Preciso de coisa melhor, Trim. — Não poderás pegar minha régua, medir o comprimento e a largura desta mesa e ir encomendar-me uma que seja o dobro dela? — Sim, como queira vossa senhoria, replicou Trim, fazendo uma reverência; —— mas espero que vossa senhoria logo esteja bem o bastante para mudar-se para a sua propriedade no campo, onde, — visto que vossa senhoria encontra tanto prazer em lidar com fortificações, poderemos arranjar as coisas à perfeição.

Cumpre-me informar-vos, neste ponto, que esse criado do meu tio Toby, o qual atendia pelo nome de Trim, havia sido cabo na mesma companhia dele, —— seu verdadeiro nome era James Butler,[20] —— mas, tendo recebido o apelido de Trim no regimento, meu tio Toby, a menos que estivesse muito zangado com ele, jamais o chamava por outro nome.

O pobre homem ficara incapacitado para o serviço devido a um ferimento no joelho direito, causado por uma bala de mosquete durante a batalha de Landen,[21] dois anos antes da de Namur; — e como era querido no regimento, e além disso prestativo, meu tio Toby o tomou como criado; de grande utilidade lhe foi, atendendo-o no acampamento e no quartel como criado de quarto, palafreneiro, barbeiro, cozinheiro, costureiro e enfermeiro; e na verdade, desde o princípio até o fim, atendeu-o e serviu-o com grande fidelidade e afeição.

O tio Toby, por sua vez, gostava muito dele, e o que mais o afeiçoava a Trim era a similitude dos conhecimentos de ambos. — Pois o cabo Trim (assim o chamaremos doravante), pelos quatro anos de atenção ocasional prestada às explanações de seu amo acerca de cidades fortificadas, com a vantagem, outrossim, de espiar e bisbilhotar continuamente os planos &c. do seu amo, afora ademais o que ganhava PAU-CAVALARMENTE como criado particular, *non pau-cavalarmente per se*, —— havia adquirido não pequena proficiência nessa ciência; e, no entender da cozinheira e da camareira, conhecia, acerca da natureza das fortalezas, tanto quanto o próprio tio Toby.

Resta-me só mais uma pincelada para completar o retrato do cabo Trim, — e trata-se da única pincelada escura. — O homem gostava de dar conselhos, — ou melhor, de ouvir-se falar; sua atitude, contudo, era tão perfeitamente respeitosa que se tornava fácil mantê-lo em silêncio quando se desejava; mas uma vez posta em movimento a sua língua, — não se tinha mais controle dele; — era volúvel; —— o constante entremear de *vossa senhoria* com a atitude respeitosa do cabo Trim, a intercederem tão veementemente em favor de sua elocução, — faziam com que, embora estivésseis incomodados, — não pudésseis irritar-vos com ele. Raras vezes o tio Toby se incomodava ou se irritava, — ou, pelo menos, esse defeito de Trim não chegava a pô-lo fora dos eixos. Meu tio Toby, como eu disse, gostava muito do homem; — e além disso, como sempre o considerara mais que um criado fiel, —— um amigo humilde, — não era capaz de mandá-lo fechar a boca. —— Assim era o cabo Trim.

Se posso atrever-me, continuou Trim, a dar um conselho a vossa senhoria, e a expressar a minha opinião sobre o assunto. — És bem-vindo, Trim, disse o tio Toby — fala, — diz o que pensas do assunto, homem, sem temor. Ora pois, replicou Trim, (não com as orelhas pensas e a coçar a cabeça como um labrego, mas) afastando o cabelo da fronte e bem ereto diante dele como se estivesse diante da sua divisão. —— Eu acho, disse Trim avançando um pouco a perna esquerda, que era a aleijada, — e apontando com a mão direita espalmada para um mapa de Dunquerque suspenso à parede, — eu acho, disse o cabo Trim, submetendo-me humildemente ao melhor juízo de vossa senhoria, — que estes ravelins, bastiões, cortinas e hornavaques fazem pobre, lamentável, insignificante figura aí sobre o papel, comparados com aquilo que vossa senhoria e eu poderíamos fazer se estivéssemos a sós no campo e dispuséssemos de apenas um *rood*,[22] ou de um *rood* e meio de terreno para fazer o que nos aprouvesse. Como o verão está chegando, continuou Trim, vossa senhoria poderia sentar-se ao ar livre e dar-me a nografia — (Diga icnografia, disse meu tio) — da cidade ou cidadela, que aprouvesse a vossa senhoria sitiar, — e vossa senhoria poderia abater-me com um tiro sobre o glaciz dela, se eu não a fortificasse de conformidade com o gosto de vossa senhoria. — Arrisco-me a dizer que de fato o farias, Trim, redarguiu meu tio. — Se vossa senhoria, continuou o cabo, pudesse apenas traçar-me o polígono, com suas linhas e ângulos exatos. —— Isso eu poderia muito bem fazer, disse meu tio. — Eu começaria pelo canal, e se vossa senhoria pudesse indicar-me a profundidade e largura devidas, — Posso, Trim, e com a precisão de um fio de cabelo, replicou meu tio, — Jogaria fora a terra deste lado, na direção da cidade, para a escarpa, — e daquele outro lado, na direção do campo de batalha, para a contraescarpa. — Certíssimo, Trim, disse o tio Toby. — E quando lhes tivesse feito a rampa ao seu gosto, —— e, com a permissão de vossa senhoria, eu revestiria o glaciz, como nas melhores fortificações de Flandres, com tepes, — conforme sabe vossa senhoria que devem ser, — e faria as muralhas e parapeitos com tepes também. — Os melhores engenheiros lhes chamam *gazons*,[23] Trim, disse o tio Toby. —— Se são *gazons* ou tepes, não vem muito ao caso, replicou Trim; vossa senhoria sabe que são dez vezes melhores do que um revestimento de tijolo ou de pedra; —— Sei que são, Trim, em alguns aspectos, — concordou o tio Toby, sacudindo a cabeça, — pois uma bala de canhão entra pelo *gazon* adentro sem arrancar-lhe escombros que poderiam entupir o canal (como era o caso da porta de Saint-Nicolas) e facilitar a passagem por sobre ele.

Vossa senhoria entende destes assuntos, redarguiu o cabo Trim, melhor do que qualquer oficial no serviço de sua majestade, —— mas se a vossa senhoria aprouvesse deixar de lado a encomenda da mesa, e irmos para o campo, eu trabalharia como um cavalo sob as ordens de vossa senhoria e lhe faria fortificações com tal capricho, com todas as suas baterias, obras de sapa, fossos e paliçadas, que até valeria a pena toda a gente viajar vinte milhas a cavalo para vir vê-las.

Meu tio Toby ia ficando rubro-escarlate à medida que Trim prosseguia, — mas não se tratava de um rubor de culpa, — de pudor, — ou de ira; — era um rubor de alegria; — ele estava entusiasmado com o projeto e a descrição do cabo Trim. — Trim! disse o tio Toby, já falaste o quanto basta. — Poderemos começar a batalha, continuou Trim, no mesmo dia em que sua majestade e os Aliados[24] iniciem a sua, e demolir suas cidades, uma por uma, com a rapidez de —— Trim, disse meu tio Toby, não digas mais nada. — Vossa senhoria, continuou Trim, poderia sentar-se em sua poltrona (apontando para ela) neste belo tempo, dando-me suas ordens, e eu —— Não digas mais nada, Trim, disse o tio Toby. —— Além disso, vossa senhoria teria não apenas prazer e um bom passatempo, — mas bom ar, e bom exercício, e boa saúde, — e o ferimento de vossa senhoria estaria curado num mês. Já disseste o bastante, Trim — repetiu meu tio Toby (pondo a mão no bolso dos calções); —— teu projeto me agrada muitíssimo. — Se vossa senhoria permitir, irei imediatamente comprar um enxadão de sapador para levarmos conosco, e encomendarei uma pá e uma picareta, e um par de ——— Não digas mais nada, Trim, disse o tio Toby, saltando numa só perna, tomado de entusiasmo, —— e atirando um guinéu a Trim. —— Trim, disse meu tio Toby, não digas mais nada, — mas desce até lá embaixo, agora mesmo, meu rapaz, e traz a minha ceia imediatamente.

Trim correu lá para baixo e trouxe a ceia de seu amo, — inutilmente. —— O plano de operação de Trim apitava de tal modo na cabeça do tio Toby que ele não podia comer. — Trim, disse meu tio, leva-me para a cama — Também inútil. — A descrição do cabo Trim havia lhe incendiado a imaginação, — meu tio Toby não conseguia pregar olho. — Quanto mais nela pensava, mais se-

150                                                        TRISTRAM SHANDY

dutora a cena lhe parecia, — e por isso, duas boas horas
antes de romper o dia, havia ele chegado a uma decisão
final e concertado o plano todo de ele e o cabo Trim le-
vantarem acampamento.

Meu tio Toby possuía uma pequena e jeitosa casa de
campo na vila onde estava situada a propriedade de meu
pai, em Shandy, casa que lhe havia sido deixada por um
tio velho, juntamente com uma pequena herança de cerca
de cem libras anuais. Atrás da casa, e a ela contígua, havia uma horta de aproximadamente meio acre, e no fundo
da horta, dela separado por uma alta sebe de teixos, um
campo de jogo de bolão compreendendo quase exatamente a área de terreno desejada pelo cabo Trim, — e assim,
quando Trim pronunciou as palavras "um *rood* e meio de
terreno para fazerem o que quisessem", —— este mesmo
campo relvado de jogo de bolão surgiu imediatamente à
lembrança e pintou-se curiosamente, de imediato, na reti-
na da fantasia do tio Toby, —— tendo sido a causa física
de fazê-lo mudar de cor, ou pelo menos, de acentuar-lhe o
rubor até aquele grau de exagero a que fiz referência.

Jamais amante algum correu com tanto ardor e expectativa para a sua bem-amada como o tio Toby correu para
desfrutar esta mesma coisa em segredo; — digo em segredo, — porque estava escondida da casa, como vos disse,
por uma sebe alta de teixos, e abrigada dos outros três lados, de olhos mortais, por azevinho bravio e densos arbustos floridos; — por isso a ideia de não estar sendo visto não
contribuía pouco para a sensação de prazer preconcebida
pela mente do meu tio Toby. — Vão pensamento! por
mais cerrada que fosse a vegetação à volta, ——— ou
por mais secreto que o lugar pudesse parecer, — imagine-
-se, meu caro tio Toby, desfrutar algo que ocupava todo
um *rood* e meio de terreno, — sem que ninguém soubesse!

Como meu tio Toby e o cabo Trim se avieram com a
coisa, — e a história de suas campanhas, de modo algum
pobre de acontecimentos, — poderão constituir-se numa

subtrama não destituída de interesse na epítase e desenvolvimento deste drama. — De momento, esta cena deve ficar para trás, — e ser substituída pela lareira da sala de estar.

## 6

—— Que poderão estar fazendo, irmão? — Creio, replicou o tio Toby, — tirando, como vos disse, o cachimbo da boca e sacudindo-lhe as cinzas ao iniciar a frase, —— creio, replicou, — que não seria demais tocarmos a sineta.

Por favor, Obadiah, que algazarra é essa sobre as nossas cabeças? — disse meu pai. — Meu irmão e eu mal podemos ouvir-nos um ao outro.

Senhor, respondeu Obadiah, fazendo uma mesura do lado do ombro esquerdo, — a senhora está passando muito mal. — E aonde vai Susannah, correndo pela horta abaixo como se a quisessem raptar? —— Senhor, está tomando o caminho mais curto para a aldeia, replicou Obadiah, a fim de chamar a velha parteira. —— Então encilha um cavalo, disse meu pai, e vai diretamente à casa do dr. Slop, o parteiro; apresenta-lhe os nossos respeitos, — faz-lhe saber que a senhora está em trabalhos — e que eu quero que ele venha contigo a toda pressa.

É muito estranho, diz meu pai, dirigindo-se ao tio Toby, assim que Obadiah fechou a porta, — que, havendo um operador tão capaz como o dr. Slop aqui perto, —— minha mulher insista, até o último momento, nesse seu obstinado capricho de confiar a vida de meu filho, que já teve um infortúnio, à ignorância de uma velha; —— e não apenas a vida de meu filho, irmão — mas a sua própria vida, e, com ela, as vidas de todos os filhos que eu poderia, acaso, ter engendrado nela de futuro.

Talvez, irmão, replicou o tio Toby, minha irmã o faça para poupar a despesa. — Pau de duas pontas — replicou meu pai; — o médico tem de ser pago, quer trabalhe, quer fique de braços cruzados, — se é que não se tem de pagar-lhe mais, neste último caso, — para acalmá-lo.

— Então não pode ser por outra coisa deste mundo, disse meu tio Toby, com toda a simplicidade do seu coração, — senão RECATO. — Minha irmã, atrevo-me a dizer, acrescentou, não gostaria de permitir a um homem aproximar-se tanto do seu ****. Não direi que meu tio tenha ou não completado a frase; — em seu favor é de supor que tenha, — ainda que, creio eu, não pudesse ter acrescentado NENHUMA PALAVRA capaz de melhorá-la.

Se, pelo contrário, o tio Toby não chegara de todo ao fim da frase, — então o mundo deve isso ao súbito estalido do cachimbo de meu pai, num dos mais nítidos exemplos daquela figura ornamental de oratória a que os retóricos chamam *Aposiopese.* — Céus! como o *poco più* e o *poco meno* dos artistas italianos; — o insensível mais ou menos determina a linha exata de beleza na frase tanto quanto na estátua! Como os leves toques do cinzel, do lápis, da pena, do arco do violino *et caetera,* — dão a verdadeira expressão, de que se origina o verdadeiro prazer! — Ó compatriotas meus! — sede delicados; — cuidado com vossa linguagem; —— e nunca, oh! nunca vos esqueçais de que minúsculas partículas vossa eloquência e vossa fama dependem.

—— "Minha irmã talvez", disse o tio Toby, "não tenha achado conveniente permitir a um homem aproximar-se tanto do seu ****." Ponde este travessão, —— é uma Aposiopese. — Tirai o travessão e escrevei Traseiro, — é Obsceno. Apagai Traseiro e ponde *Caminho coberto,* — uma Metáfora; — e, atrevo-me a dizer, como as fortificações andavam constantemente na cabeça do tio Toby, se lhe tivesse tocado acrescentar uma palavra à frase, — esta seria a palavra.

Mas fosse esse ou não o caso; — ou tivesse o estalido do cachimbo de meu pai, tão criticamente oportuno,

VOLUME II                                                    153

acontecido por acidente ou por ira, — é coisa que se verá
a seu tempo.


                            7

Embora fosse meu pai um bom filósofo natural, —— tinha
no entanto um pouco de filósofo moral,[25] igualmente; por
tal razão, quando seu cachimbo se partiu na metade, ——
não lhe restava outra coisa a fazer, — no caso, — senão
pegar os dois pedaços e atirá-los com jeito para o fundo
da lareira. — Ele não fez isso; — atirou-os com a maior
violência do mundo; — e, para dar ao gesto mais ênfase
ainda, —— pôs-se de pé num salto para fazê-lo.
    Isso semelhava um pouco a um acesso de fúria; — e
o tom de sua resposta ao que estava dizendo o tio Toby
provou que era assim.
    — "Não achou conveniente", disse meu pai (repetin-
do as palavras do tio Toby) "permitir a um homem aproximar-se tanto dela",[26] —— Céus, irmão Toby! porias à
prova a paciência de um Jó; — e creio ter os tormentos
de um Jó sem ter-lhe a paciência. —— Por quê? ——
Onde? —— Em que lugar? —— Por causa de quê? ——
Por que motivo? replicou o tio Toby, no maior dos espan-
tos. —— Pensar, disse meu pai, que um homem viveu até
a tua idade, irmão, sabendo tão pouco acerca das mulheres! — Não sei coisa alguma a respeito delas — redarguiu
o tio Toby; e acho, continuou, que o choque que recebi
no ano seguinte à demolição de Dunquerque,[27] em meu
caso com a viúva Wadman; — choque que, sabes, eu não
teria recebido se não fosse total a minha ignorância do
sexo, —— deu-me boas razões para dizer que não sei nem
finjo saber coisa alguma sobre elas ou os seus problemas,
tampouco. —— Parece-me, irmão, replicou meu pai, que
poderias pelo menos distinguir o lado certo do lado errado de uma mulher.

Está dito na *Obra-Prima* de Aristóteles[28] "que quando um homem pensa nalguma coisa passada, —— ele baixa os olhos para o chão; —— mas quando pensa em algo porvindouro, ergue os olhos para o céu".

Meu tio Toby, suponho eu, não pensava em nenhuma delas, —— pois olhava horizontalmente. —— O lado certo, —— disse o tio Toby, resmungando consigo as duas palavras e fixando os dois olhos, enquanto as murmurava, numa pequena fenda formada por um encaixe defeituoso no consolo da chaminé. — O lado certo de uma mulher! —— Declaro, disse meu tio, saber tão pouco o que é quanto o que seja o homem da Lua;[29] — e se tivesse de pensar nisso, prosseguiu o tio Toby, (continuando a manter o olhar fixo no encaixe defeituoso) o mês inteiro, estou certo de que não conseguiria descobrir o que é.

Então, irmão Toby, replicou meu pai, eu te direi.

Tudo neste mundo, continuou meu pai (enchendo um novo cachimbo) —— tudo neste mundo terreno, meu caro irmão Toby, tem duas pegas. — Nem sempre, disse o tio Toby. —— Pelo menos, redarguiu meu pai, cada um de nós tem duas mãos, —— o que vem a dar no mesmo. —— Pois bem, se um homem se sentasse calmamente e considerasse de si para si a estrutura, a forma, a construção, a acessibilidade e conveniência de todas as partes que constituem o conjunto desse animal chamado Mulher e as comparasse analogicamente. — Nunca compreendi bem o significado dessa palavra, —— disse o tio Toby. —— Analogia, replicou meu pai, é uma certa relação e congruência que diferentes — Neste ponto, o diabo de uma batida na porta quebrou a definição de meu pai (como o seu cachimbo) em dois pedaços, —— e, ao mesmo tempo, esmagou a cabeça de uma das mais notáveis e curiosas dissertações jamais engendradas no seio da especulação; — passaram-se alguns meses até que meu pai pudesse ter uma oportunidade de pari-la com segurança. — E, neste momento, é coisa tão problemática quanto o tema da própria dissertação, —— (considerando-se a confusão e aflições de nossas desventuras domésticas, que agora se atropelavam umas às outras) poder eu arranjar ou não um lugar para ela no terceiro volume.

## 8

Faz cerca de hora e meia de leitura razoável desde que o tio Toby tocou a sineta[30] e Obadiah recebeu ordem de encilhar um cavalo para ir buscar o dr. Slop, o parteiro; —— pelo que ninguém pode dizer que não dei a Obadiah tempo suficiente, poeticamente falando, e tendo também em vista a situação de emergência, tanto de ir como de voltar; —— conquanto, verdadeira e moralmente falando, o homem mal tivesse tido tempo talvez de calçar as botas.

Todavia, se o hipercrítico quiser examinar isto e resolver-se, ao fim e ao cabo, a pegar um pêndulo e medir a verdadeira distância entre o toque da sineta e a batida à porta; — e, após verificar não ter excedido dois minutos, trinta segundos e três quintos, —— tomar a si insultar-me por tal quebra da unidade, ou melhor, probabilidade de tempo; — eu lembraria a ele que a ideia de duração e dos seus modos simples advém tão só do encadeamento e sucessão de nossas ideias,[31] —— e é o verdadeiro pêndulo escolástico —— pelo qual, homem de formação universitária que sou, serei julgado neste particular, —— abjurando e abominando a jurisdição de todos os outros pêndulos, quaisquer que sejam.

Eu desejaria, portanto, que ele tivesse em mente que apenas oito escassas milhas separam Shandy Hall da casa do dr. Slop, o parteiro; — e que, enquanto Obadiah esteve percorrendo as ditas milhas de ida e volta, eu trouxe o tio Toby desde Namur, através de todas as Flandres, até a Inglaterra. —— Que o tive em minhas mãos, enfermo, por quase quatro anos; e desde então os fiz viajar, a ele e ao cabo Trim, em coche de quatro cavalos, num trajeto de quase duzentas milhas até o Yorkshire; — tudo o que, conjuntamente, deve ter preparado a imaginação do leitor para a entrada do dr. Slop em cena, —— tanto quanto, pelo menos (espero), uma dança, uma canção ou um concerto entre dois atos.

Se o meu hipercrítico for obstinado, — insistindo em que dois minutos e treze segundos não são mais do que dois minutos e treze segundos, —— depois de eu ter dito deles tudo quanto podia, ——— e em que esta alegação, conquanto possa salvar-me dramaticamente, me condenará biograficamente, convertendo o meu livro, a partir deste exato momento, num ROMANCE confesso (um livro que, antes, era apócrifo);[32] —— se eu me vir assim acossado — ponho então fim imediato a toda a objeção e controvérsia —— informando-o de que Obadiah mal se havia distanciado sessenta jardas dos estábulos quando topou com o dr. Slop; — em verdade, deu uma suja prova de que o havia encontrado, ——— e esteve a pique de dar uma prova trágica, igualmente.

Imagine o leitor consigo mesmo; —— mas seria melhor que isto abrisse um novo capítulo.

## 9

Imagine o leitor consigo mesmo a figurinha atarracada e pouco elegante de um dr. Slop de cerca de quatro pés e meio[33] de altura perpendicular, com uma largura traseira[34] e uma sesquipedalidade de barriga que poderia ter feito honra a um sargento da guarda montada.[35]

Tais eram os contornos da figura do dr. Slop, a qual, — se lestes a análise da beleza feita por Hogarth,[36] e, se não lestes, quisera eu houvésseis lido; — sabei que poderia certamente ser caricaturada e dada a conhecer tanto em três como em trezentos traços.

Imaginai semelhante figura, — pois esses, digo-vos, eram os contornos da do dr. Slop, avançando devagar, passo a passo, bamboleando-se pela lama sobre as vértebras de um minúsculo pônei de bonita cor, —— mas de força insuficiente, —— ai dele! —— para andar a passo esquipado, sob tal fardo, no caso de as estradas estarem em condições para tanto. —— Pois não estavam. —— Imaginai Obadiah montado num monstruoso, num vigoroso cavalo de tiro, esporeado a todo galope e correndo a toda a velocidade possível em direção contrária.

Por favor, senhor, permiti-me interessar-vos um momento que seja nesta descrição.

Tivesse o dr. Slop avistado Obadiah a uma milha de distância, correndo naquela monstruosa velocidade, por uma senda estreita, e diretamente sobre ele, — esparrinhando e lançando lama, feito um demônio a vencer os obstáculos, à medida que se aproximava, não teria sido tal fenômeno, com tamanho vórtice de barro e água a mover-se ao redor de seu eixo, — motivo de mais justa apreensão para o dr. Slop, na sua situação, do que o *pior* dos cometas de Whiston?[37] — Isso para não falar do Núcleo, vale dizer, Obadiah e o cavalo de tiro. — A meu ver, só o vórtice seria o bastante para envolver e levar consigo para bem longe, se não o doutor, pelo menos o seu pônei. Qual então pensais não haveria de ser o terror e hidrofobia do dr. Slop, quando lerdes (como o ireis fazer em seguida) que ele avançava assim cautelosamente em direção de Shandy Hall e já estava a umas sessenta jardas dali e a cinco jardas de uma curva inesperada, constituída pelo ângulo agudo do muro do jardim, — na parte mais enlameada da enlameada senda, — quando Obadiah e seu cavalo de tiro surgiram na curva, rápidos, furiosos, —— zás! —— bem em cima dele! —— Na natureza, creio eu, não se pode imaginar nada mais terrível do que tal Recontro, — tão desprevenido! tão mal preparado estava o dr. Slop para aguentar-lhe o choque!

Que poderia fazer o dr. Slop? —— Fez o sinal da cruz + —— Irra! —— mas o doutor, senhor, era papista. — Não importa; ele teria feito melhor se se agarrasse ao arção. — Pois se agarrou; — como as coisas aconteceram, antes não tivesse feito nada, absolutamente; — pois, ao persignar-se, deixou cair o chicote, — e ao tentar apanhá-lo entre seu joelho e a aba da sela, perdeu o pé do estribo, — e, ao perdê-lo, perdeu o assento, —— e, em meio a tantas perdas (as quais, diga-se de passagem, mostram quão pouco ganha alguém em persignar-se), o infortunado doutor acabou perdendo a presença de espírito. Pelo que, sem esperar pela arremetida de Obadiah, deixou o pônei entregue ao seu próprio destino, dele despencando diagonalmente, meio ao estilo e maneira de um fardo de algodão, sem qualquer outra consequência da queda que não fosse ver-se metido (como era de esperar) no lamaçal, a uma profundidade de umas doze polegadas, com a parte mais larga do seu corpo.

Obadiah tirou o gorro duas vezes para o dr. Slop; —— a primeira enquanto ele estava caindo, —— e a segunda quando o viu sentado. —— Intempestiva afabilidade! —— não teria sido melhor, antes, o homem frear o cavalo, apear e ajudar o outro? —— Senhor, ele fez quanto lhe permitia a sua situação; mas o Impulso do cavalo de tiro era tão grande que Obadiah não pôde fazer tudo ao mesmo tempo; rodou em círculo três vezes à volta do dr. Slop, antes de poder fazê-lo todo, seja como for; —— e por fim, quando conseguiu frear o cavalo, provocou tal explosão de lama que melhor fora estivesse Obadiah a uma légua de distância. Em suma, nunca nenhum dr. Slop fora assim tão enlameado e tão transubstanciado,[38] desde que isso entrou na moda.

10

Quando o dr. Slop surgiu no salão dos fundos, onde meu pai e o tio Toby conversavam acerca da natureza da mu-

VOLUME II 159

lher, —— causou-lhes tal surpresa que é difícil determinar se ela se devia à figura do dito dr. Slop ou à sua presença; pois, como o acidente ocorrera tão perto da casa, Obadiah não achou valer a pena pô-lo de novo na sela; —— levara-o como estava, *sem limpar, sem anunciar, sem ungir*,[39] com todas as manchas e nódoas que trazia. —— Por um bom minuto, o dr. Slop ficou imóvel e silencioso, como o fantasma de Hamlet, à porta do salão (Obadiah segurando-lhe ainda a mão), em toda a majestade da lama. Suas partes traseiras, sobre as quais caíra, estavam totalmente lambuzadas, —— e todas as demais partes enodoadas de tal modo pela explosão de Obadiah, que teríeis jurado (sem reservas mentais)[40] haver cada partícula dela produzido seu efeito.

Ali estava uma oportunidade de o meu tio Toby ter triunfado, por sua vez, sobre meu pai; —— pois nenhum mortal, após ver o dr. Slop naquele estado, poderia ter dissentido o mínimo que fosse da opinião do tio Toby, de "que talvez sua irmã não achara conveniente permitir semelhante dr. Slop aproximar-se tanto do seu ****". Mas tratava-se de um *Argumentum ad hominem*, e podeis pensar quiçá que, como o tio Toby não era muito hábil nisso, não quisesse fazer uso dele. — Não; a razão era a de que, — não estava na sua natureza insultar.

A presença do dr. Slop, naquele momento, não era menos problemática do que o modo por que ele surgira, embora seja certo que um momento de reflexão, da parte de meu pai, poderia ter resolvido o problema; porque mandara notificar o dr. Slop havia apenas uma semana, de que minha mãe já havia ultrapassado o tempo certo; e como o médico não tivera mais notícias desde então, era natural, e também muito político de sua parte, dar um pulo a Shandy Hall, como de fato deu, para ver como iam as coisas.

Todavia, a mente de meu pai tomou um caminho errôneo na sua investigação; e, como a do hipercrítico, só se ocupou do toque da sineta e da batida na porta, —

medindo-lhes a distância, — e mantendo o espírito tão absorto na operação que não conseguiu pensar em outra coisa, —— defeito comum dos maiores matemáticos! que, trabalhando com todo empenho na demonstração e nela gastando todas as suas energias, nada lhes resta com que extrair-lhe o corolário, tirar-lhe o proveito.

O toque da sineta e a batida na porta feriram com igual intensidade o sensório do meu tio Toby, — mas suscitaram uma cadeia de pensamentos muito diversa; — as duas pulsações irreconciliáveis instantaneamente trouxeram Stevinus, o grande engenheiro, ao espírito do tio Toby —— O que tinha a ver Stevinus com o assunto em pauta, — eis o maior de todos os problemas; — ele será solucionado, — mas não no próximo capítulo.

## II

A arte de escrever, quando devidamente exercida, (como podeis estar certos de que é o meu caso) é apenas um outro nome para a conversação. Assim como ninguém que saiba de que maneira conduzir-se em boa companhia se arriscaria a dizer tudo, — assim também nenhum autor que compreenda as justas fronteiras do decoro e da boa educação presumirá conhecer tudo. O respeito mais verdadeiro que podeis mostrar pelo entendimento do leitor será dividir amigavelmente a tarefa com ele, deixando-o imaginar, por sua vez, tanto quanto imaginais vós mesmos.

De minha parte, estou-lhe continuamente fazendo cortesias dessa espécie e empenhando-me o quanto posso em manter-lhe a imaginação tão ocupada quanto a minha própria.

Agora é a vez dele; — forneci uma ampla descrição da triste queda do dr. Slop e do seu triste aparecimento no salão dos fundos; — a imaginação do leitor deve agora continuar por sua conta durante algum tempo.

Cuide ele então de imaginar que o dr. Slop narrou a sua história, —— com as palavras e com os agravantes que a fantasia do leitor tenha escolhido. —— Suponha o leitor que Obadiah tenha igualmente contado a sua história, e com tão pesarosas mostras de fingida preocupação quantas estime mais adequadas para contrastar as duas figuras que se defrontam. Imagine ele ainda que meu pai subiu as escadas para ir ver minha mãe. — E, para concluir esse trabalho de imaginação, — imagine o doutor lavado, —— esfregado, —— cumulado de condolências, — e felicitações, — calçando um par de escarpins de Obadiah e dirigindo-se para a porta, prestes a entrar em ação.

Alto! — alto, caro dr. Slop! — contém a tua mão obstétrica; — devolve-a sã e salva ao teu seio para que não se esfrie; — pouco sabes dos obstáculos; — pouco conheces das ocultas causas que lhe retardam a atuação! — Foram-te, dr. Slop, — foram-te confiados os artigos secretos do solene tratado que te trouxe a este lugar? — Estás a par de que, neste mesmo instante, uma filha de Lucina[41] acha-se obstetricamente a postos acima de tua cabeça? Ai, é mais do que certo. — Ademais, grande filho de Pilumno![42] que poderás fazer? — Vieste desarmado; — deixaste em casa teu *tire--tête*,[43] — teu recém-inventado *fórceps*, — teu *cefalotridor*, — tua seringa e todos os teus instrumentos de salvação e partejamento. —— Céus! neste momento pendem, dentro de uma bolsa de baeta verde, entre tuas duas pistolas, à cabeceira da cama! — Toca, — chama, — manda Obadiah ir buscá-los a toda brida com o cavalo de tiro.

— Vai bem depressa, Obadiah, disse meu pai, e te darei uma coroa; — e, disse o tio Toby, eu lhe darei outra.

## 12

Vossa repentina e inesperada chegada, disse o tio Toby dirigindo-se ao dr. Slop (todos os três sentados à volta do fogo, quando meu tio começou a falar) —— trouxe-me imediatamente à lembrança o grande Stevinus, que, deveis saber, é um dos meus autores favoritos. ——Então, acrescentou meu pai, fazendo uso do argumento *Ad Crumenam*, —— aposto vinte guinéus contra uma só coroa (que servirá para ser dada a Obadiah quando regresse) que esse mesmo Stevinus era alguma espécie de engenheiro, —— ou escreveu algo direta ou indiretamente relacionado com a ciência das fortificações.

De fato escreveu, — replicou o tio Toby. — Eu sabia, disse meu pai, — muito embora, por minha fé, não consiga ver que tipo de conexão possa haver entre a repentina vinda do dr. Slop e um tratado de fortificação; — no entanto, eu temia isso. — Falemos do que seja, irmão, — e por mais alheia ou imprópria que seja a ocasião para tal assunto, —— seguramente o trarás à baila. Eu não gostaria, irmão Toby, continuou meu pai, —— confesso que não gostaria de ter a cabeça assim tão cheia de cortinas e obras cornutas. — Isso eu garanto que não,[44] disse o dr. Slop, rindo-se sem nenhuma moderação do seu trocadilho.

Dennis,[45] o crítico, não poderia detestar e aborrecer um trocadilho ou a insinuação de um trocadilho mais cordialmente do que meu pai; —— ficava irritado com eles, qualquer que fosse a ocasião; — mas ser interrompido por um bem no meio de uma conversação séria era tão desagradável, costumava dizer, quanto levar um piparote no nariz; — ele não via diferença.

Senhor, disse meu tio Toby dirigindo-se ao dr. Slop, —— as cortinas que meu irmão Shandy mencionou nada têm a ver com armações de cama, — conquanto eu saiba que Du Cange[46] disse "que as cortinas do leito muito provavelmente tiraram o nome delas"; —— tampouco as obras cornutas de que ele fala têm coisíssima alguma a ver com os hornaveques dos cornudos. — Mas a palavra *cortina*, senhor, é a que usamos em fortificação para designar aquela parte da muralha ou reparo que fica entre os dois bastiões e os une entre si. —— Os sitiadores raramente se dispõem a efetuar os seus ataques diretamente contra a cortina, em razão de estar tão bem *flanqueada*. (Esse é o caso das outras cortinas, disse o dr. Slop rindo.) Contudo, prosseguiu o tio Toby, para torná-las seguras, geralmente optamos por colocar ravelins diante delas, tomando tão só o cuidado de prolongá-los até além do fosso ou canal. — O homem comum, que muito pouco sabe de fortificações, confunde o ravelim com a meia-lua, —— embora sejam coisas muito diferentes; —— não pelo formato ou construção, pois fazemo-los exatamente iguais em tudo: —— consistem sempre em duas faces formando ângulo saliente, com as gargantas não retas, mas em forma de crescente. — Onde está a diferença então? (perguntou meu pai, algo irritadiço). — Na situação, respondeu o tio Toby. — Porque quando um ravelim, irmão, está colocado diante de uma cortina, é um ravelim mesmo; e quando está colocado diante de um bastião, então o ravelim não é um ravelim; — é uma meia-lua; — de igual modo, uma meia-lua é uma meia-lua, e não mais que isso, enquanto permanecer diante do seu baluarte; — mas se mudar de lugar e for posta diante da cortina, — não será mais uma meia-lua; nesse caso, uma meia-lua não é meia-lua; — não passa de um ravelim. — Creio, disse meu pai, que a nobre ciência da defesa tem os seus lados fracos, —— como todas as outras.

— Quanto aos hornaveques (ih! ai! suspirou meu pai) de que, continuou o tio Toby, falava meu irmão, eles são parte bastante considerável de uma obra exterior; —— são chamados pelos engenheiros franceses *Ouvrage à corne*,[47] e em geral os usamos para cobrir os lugares que suspeitamos sejam mais fracos que o restante; — formados por dois suportes ou meios-bastiões, — são muito bonitos, e se quiserdes dar um passeio, comprometo-me a mostrar-vos um que valerá bem a pena. —— Admito, continuou meu tio Toby, que quando os coroamos, — ficam muito mais resistentes, mas então se tornam muito dispendiosos e ocupam boa porção de terreno, pelo que, em minha opinião, são sobretudo de utilidade quando se trata de cobrir ou defender cabeças de acampamentos; de outra maneira, a dupla tenaz —— Pela mãe que nos pôs no mundo! —— irmão Toby, disse meu pai, não mais conseguindo conter-se, — irritarias até um santo; — não sei como nos meteste de ponta-cabeça no assunto, novamente; — como tua cabeça está tão cheia dessas malditas obras de fortificação, embora esteja minha mulher sofrendo neste momento os trabalhos de parto, — e tu a ouves gritar, — só te preocupas em levar embora o parteiro. —— *Accoucheur*,[48] — por favor, disse o dr. Slop.

—— Com toda a franqueza, replicou meu pai, pouco me importa como vos chamem, —— mas quisera que toda a ciência das fortificações, com todos os seus inventores, fosse para o inferno; — tem sido a causa da morte de milhares, —— e o será da minha, ao fim e ao cabo. — Eu não gostaria, eu não gostaria, irmão Toby, de ter o cérebro assim repleto de obras de sapa, minas, manteletes, gabiões, paliçadas, ravelins, meias-luas e cacarecos que tais, para ser proprietário de Namur e de todas as outras cidades das Flandres.

Meu tio Toby era um homem paciente para com as injúrias; não por falta de coragem, — pois vos contei no quinto capítulo deste segundo livro "que era um homem de coragem". —— E acrescentarei aqui que quando ocasiões para ela se apresentavam ou a exigiam —— não sei de outro homem sob cujo braço eu teria preferido buscar abrigo; tampouco resultava isso de qualquer insensibilidade ou obtusidade de suas capacidades intelectuais; — de vez que sentiu este insulto por parte do meu pai tão vivamente quanto qualquer outro homem; —— era, porém, de natureza plácida, pacífica — sem nenhum elemento discordante, — toda ela repassada de bondade; meu tio Toby mal teria coragem de vingar-se de uma mosca.

— Vai-te —— diz certo dia, no jantar, a uma grandona que estivera a zumbir à volta do seu nariz, atormentando-o cruelmente durante toda a refeição, — e que, após inúmeras tentativas, ele conseguira por fim apanhar, quando voava perto. —— Não vou te machucar, disse meu tio Toby erguendo-se da cadeira e atravessando o aposento com a mosca presa na mão. —— Não tocarei um só pelo da tua cabeça. —— Vai-te, disse, erguendo a vidraça e abrindo a mão enquanto falava, para deixar a mosca escapar —, vai-te, pobre-diabo, some, por que iria eu machucar-te? —— Este mundo é sem dúvida grande bastante para que eu e tu nele possamos caber.

Eu tinha apenas dez anos quando isto aconteceu; — mas fosse porque a ação em si mesma estivesse mais em uníssono com os meus nervos naquela idade de compaixão, pondo instantaneamente todo o meu corpo a vibrar na mais deleitosa das sensações; fosse até certo ponto por causa do modo ou da expressão com que meu tio a executou, — ou por certo grau ou certa magia secreta, — um tom de voz e uma harmonia de movimentos afinados com a piedade poderiam achar o caminho do meu coração, não sei dizer como; — sei, entretanto, que a lição de boa vontade universal então ministrada pelo tio Toby e gravada em minha mente nunca mais dela se apagou. E conquanto eu não queira depreciar o que o estudo das *Literae humaniores*[49] na universidade fizeram por mim neste particular, nem pôr em descrédito as demais ajudas de uma educação dispendiosa dada tanto em casa como fora dela, — mais tarde, penso com frequência que devo metade da minha filantropia a essa impressão acidental.

☞ Isto é para servir a pais e governantes, em vez de um livro inteiro a respeito do assunto.

Eu não poderia fornecer ao leitor tal pincelada no retrato do meu tio Toby utilizando o mesmo instrumento com que lhe desenhei as outras partes, — estas reproduzindo-lhe tão só a parecença meramente Pau-Cavalar; —

aquela, uma parte integrante do seu caráter moral. Meu pai, no tocante a este paciente sofrimento dos agravos que acabo de mencionar, era muito diferente, como o leitor já deve ter percebido há muito; possuía uma sensibilidade natural muito mais aguda e pronta, acompanhada de certo azedume de temperamento; embora isso nunca o levasse a nada que semelhasse malignidade, — ele tendia a mostrar-se rabugento, de maneira algo cômica e espirituosa, nos pequenos atritos e vexames da vida. — Era no entanto, por natureza, franco e generoso; —— em todas as ocasiões disposto a deixar-se convencer; e nos pequenos transbordamentos deste humor um tanto ácido para com as outras pessoas, e particularmente para com o tio Toby, a quem verdadeiramente estimava; —— sentia dez vezes mais dor (exceto no assunto da minha tia Dinah ou quando alguma hipótese estivesse envolvida) do que a que causava.

Os caracteres dos dois irmãos, nesta inspeção deles, lançavam luz um sobre o outro e ressaltaram com grande nitidez na questão surgida em torno de Stevinus.

Não careço de dizer ao leitor, se ele tem o seu CAVALINHO DE PAU, — que o CAVALINHO DE PAU é o que possui de mais delicado; e que tais golpes não provocados contra o do tio Toby não poderiam deixar de ser sentidos por este. — Não, — como eu disse mais acima, meu tio os sentia e de maneira muito profunda.

Por favor, senhor, que disse ele? — Como se conduziu? — Oh, senhor! — foi grandioso: tão logo meu pai terminara de insultar-lhe o CAVALINHO DE PAU, — ele, sem mostrar a mínima emoção que fosse, desviou o olhar do dr. Slop, a quem se estava dirigindo, e o fixou no rosto de meu pai, com uma expressão tão bondosa, — tão plácida, — tão fraternal, — tão inefavelmente terna, — que ela chegou até o coração de meu pai. Este se ergueu apressadamente da cadeira e, tomando ambas as mãos do tio Toby, disse-lhe: — Irmão Toby, — peço-te perdão, — desculpa, por favor, este humor arrebatado que recebi de mi-

VOLUME II                                                            167

nha mãe. Meu caro, caríssimo irmão, respondeu meu tio
Toby, erguendo-se com a ajuda de meu pai, não fales mais
nisso; — fica inteiramente à vontade, mesmo que tivesse
sido coisa dez vezes maior. — Mas é mesquinho, replicou
meu pai, ferir a quem quer que seja; — pior ainda a um
irmão; — mas ferir a um irmão de conduta tão gentil, —
tão isenta de provocações, — ou ressentimentos, — é uma
baixeza. — Céus, é uma covardia. —— Fica inteiramente
à vontade, irmão, disse o tio Toby, — mesmo que a coisa
tivesse sido cinquenta vezes maior. —— Além disso, que é
que eu tenho a ver, meu querido Toby, exclamou meu pai,
com as tuas diversões ou os teus prazeres, a menos que
estivesse em meu poder (o que não é o caso) aumentá-los?

— Irmão Shandy, respondeu o meu tio Toby, enca-
rando-o com expressão atenta, — estás muito enganado
quanto a isso; — pois aumentas e muito o meu prazer
gerando filhos para a família Shandy em tua idade. ——
Mas, com isso, senhor, disse o dr. Slop, o sr. Shandy aumenta o dele. ——Nem um pingo, disse meu pai.

### 13

Meu irmão o faz, afirmou o tio Toby, por uma questão
de *princípio*. — De maneira familiar,[50] suponho eu, disse
o dr. Slop. — Bah! — disse meu pai, — não vale a pena
falar nisso.

### 14

No fim do capítulo anterior, meu pai e o tio Toby foram
deixados ambos de pé, como Bruto e Cássio no final da
cena em que acertam contas.[51]

Enquanto pronunciava suas últimas três palavras, —
meu pai sentou-se; — o tio Toby seguiu-lhe à risca o exem-

plo, só que, antes de sentar-se, tocou a sineta a fim de ordenar ao cabo Trim, que estava à espera para servi-lo, fosse até a casa buscar o Stevinus; —— a casa do tio Toby ficava logo do outro lado da estrada.

Outros homens teriam deixado de parte o tema de Stevinus; — meu tio Toby, porém, não guardava nenhum ressentimento em seu coração e prosseguiu no assunto para demonstrar isso ao meu pai.

Vosso repentino aparecimento, dr. Slop, disse meu tio, retomando o fio da conversação, trouxe-me imediatamente à mente Stevinus. (Meu pai, podeis estar certos, não se dispôs a lançar mais nenhuma aposta na cabeça de Stevinus.)

—— Porque, continuou o tio Toby, o célebre coche a vela que pertencia ao príncipe Maurício,[52] de construção e velocidade tão extraordinárias que podia transportar meia dúzia de pessoas por trinta milhas alemãs em poucos minutos, não sei quantos, — foi inventado por Stevinus, o grande matemático e engenheiro.

Poderíeis ter poupado a vosso criado o trabalho, disse o dr. Slop, (de vez que o homem é coxo) de ir buscar a descrição do invento feita por Stevinus, porque, em meu regresso de Leyden, ao passar por Haia, andei até Schevling, duas longas milhas, a fim de dar-lhe uma olhada.

— Isso não é nada, replicou meu tio Toby, em comparação com o que fez o erudito Peireskius, que andou coisa de quinhentas milhas, contando de Paris a Schevling, ida e volta, só para ir vê-lo — e nada mais.

Certos homens não suportam ver-se sobrepujados.

Pois mais tolo foi Peireskius,[53] replicou o dr. Slop. Mas atenção, — não o fez absolutamente por menosprezo a ele, — e sim porque o infatigável afã de Peireskius de ir tão longe, a pé, por amor da ciência, reduzia a nada o feito do dr. Slop, no caso; — pois mais tolo foi Peireskius, repetiu.

— Como assim? — replicou meu pai, tomando o partido do irmão, não apenas para reparar tão prontamente quanto pudesse o insulto que lhe fizera e não lhe saía da mente;

VOLUME II                                                    169

— mas também, em parte, porque ele próprio começava a interessar-se de fato pela conversa. —— Como assim? — disse. Por que haverá Peireskius ou qualquer outro homem de ser vituperado por uma apetência desse ou de qualquer outro bocado de conhecimento sadio? Porque, apesar de ignorar eu tudo quanto se refira ao coche em questão, continuou, seu inventor devia ter uma excelente cabeça para coisas de mecânica; e embora eu não possa imaginar com base em quais princípios filosóficos ele logrou construí-lo, certamente eram sólidos princípios, fossem quais fossem, sem o que não conseguiria a máquina atingir a velocidade mencionada pelo meu irmão.

Pois a atingia, replicou o tio Toby, muito bem, se é que não a excedia; como elegantemente se expressou Peireskius, falando da sua velocidade de movimento, *tam citus erat, quam erat ventus*, o que, a menos tenha eu esquecido o meu latim, significa *que era tão veloz quanto o próprio vento*.

Mas, por favor, dr. Slop, disse meu pai, interrompendo o tio Toby (mas não sem, ao mesmo tempo, pedir-lhe desculpas), em virtude de que princípios se punha em movimento o dito coche? —— De excelentes princípios, certamente, replicou o dr. Slop, — e tenho amiúde pensado comigo, continuou, fugindo à pergunta, por que nenhum membro de nossa *gentry*,[54] que vive em amplas planícies como esta nossa, —— (especialmente aqueles cujas esposas ainda não ultrapassaram a idade de ter filhos), não intentam alguma coisa desse tipo; pois não só seria muito expedita nas situações de urgência, a que o sexo fraco está sujeito, mas — se só se precisa de vento, — constituiria excelente economia utilizar os ventos, que nada custam e não comem nada, em vez de cavalos, os quais (o diabo os leve) custam e comem bastante.

Exatamente por tal razão, replicou meu pai; "porque não custam nada e porque não comem nada" — a ideia é má; — é o consumo de nossos produtos, assim como a sua manufatura, que dá de comer aos famintos, põe em movimento o comércio, — traz o dinheiro e conserva o valor às nossas terras; — e conquanto, confesso, se eu fosse um príncipe, recompensasse generosamente a inteligência científica que produzisse aparelhos assim; — não obstante, proibiria terminantemente o uso deles.

Meu pai se achava aqui no seu elemento, — e estava prestes a prosseguir exuberantemente na sua dissertação acerca do comércio, tal como antes o fizera o tio Toby com respeito às suas fortificações; — todavia, em prejuízo de tanto e tão sadio conhecimento, os fados da manhã haviam decretado que nenhuma dissertação, de qualquer espécie que fosse, iria ser desenvolvida por meu pai naquele dia; —— porque, quando ele abriu a boca para começar a frase seguinte,

## 15

Entrou pelo aposento o cabo Trim com o Stevinus. — Era tarde demais, porém, — a conversação se havia exaurido sem ele e enveredava para um novo canal.

— Podes levar o livro de volta para casa, Trim, disse o meu tio Toby, fazendo-lhe um sinal afirmativo com a cabeça.

Mas, por favor, cabo, disse meu pai, em tom de gracejo, — dá-lhe antes uma olhada e vê se não encontras nele alguma coisa a respeito de um coche a vela.

Por ter servido na tropa, o cabo Trim aprendera a obedecer, — e a não protestar; —— assim, levando o livro até uma mesa lateral e correndo-lhe as folhas; com licença de vossa senhoria, disse, não consigo encontrar nada disso; — entretanto, continuou o cabo, gracejando um pouco, por sua vez, vou me certificar bem, se me permite vossa senhoria; — assim, segurando as duas capas do livro, uma em cada mão, e mantendo as folhas voltadas para baixo enquanto puxava as capas para trás, deu ao livro uma boa sacudida.

Alguma coisa caiu, porém, disse Trim; com permissão de vossa senhoria; mas não é um coche ou coisa que tal. — Por favor, cabo, disse meu pai, a sorrir, de que se trata então? — Creio, respondeu Trim, inclinando-se para apanhá-la, — que parece mais um sermão, — porque começa por uma citação das Escrituras, com o capítulo e o verso indicados; — e depois vai adiante, não como um coche, — mas precisamente como um sermão.

Os presentes sorriram.

Não sei como foi possível, disse meu tio Toby, uma coisa assim, um sermão, ter se metido dentro do meu Stevinus.

Acho que é um sermão, replicou Trim; — mas se aprouver a vossas senhorias, como está escrito em boa letra, vou ler-vos uma página; — isso porque, deveis sabê-lo, Trim gostava de ouvir-se lendo quase tanto quanto falando.

Sempre tive grande propensão, disse meu pai, a examinar as coisas que se atravessassem no meu caminho, por via de fatalidades estranhas como esta; — e como não temos nada melhor a fazer, pelo menos até Obadiah voltar, eu agradeceria, irmão, se o dr. Slop não tiver objeção, que mandasses o cabo ler-nos uma ou duas páginas, — se é capaz de fazê-lo, visto estar desejoso disso. Com licença de vossa senhoria, disse Trim, oficiei, durante duas campanhas completas em Flandres, como ajudante do capelão do regimento. — Ele pode ler tão bem, disse o tio Toby, quanto eu mesmo. — Trim, asseguro-vos, era o melhor estudante da minha companhia e, não fosse o seu infortúnio, iria obter a alabarda seguinte.[55] O cabo Trim pôs a mão sobre o coração e fez uma humilde reverência ao seu amo; — então, depondo o chapéu sobre o assoalho e segurando o sermão na mão esquerda, a fim de ter livre a direita, — avançou, sem titubear, até o meio do aposento, onde poderia ver melhor sua audiência e por ela ser visto.

## 16

—— Se o senhor não tiver objeção — disse meu pai, dirigindo-se ao dr. Slop. Absolutamente nenhuma, replicou este; — pois não sabemos em prol de que lado está escrito o sermão; —— pode ser composição de um sacerdote de nossa Igreja ou da vossa, — pelo que corremos riscos iguais. —— Não é escrito em prol de nenhum dos lados, disse Trim, pois versa apenas sobre *Consciência*,[56] com licença de vossas senhorias.

O raciocínio de Trim suscitou o bom humor de sua audiência, — a não ser o dr. Slop que, quando voltou a cabeça para ele, parecia estar um tanto irado.

Começa, Trim, —— e lê com clareza, disse meu pai. —— Lerei, como deseja vossa senhoria, replicou o cabo, fazendo uma reverência e solicitando atenção com um ligeiro movimento da mão direita.

## 17

—— Antes, porém, de o cabo começar, cumpre-me dar-vos uma descrição de sua atitude; —— de outra maneira, ele será naturalmente representado por vossa imaginação, numa postura desconfortável, — rígida, — perpendicular, — dividindo o peso do corpo igualmente pelas duas pernas, — os olhos fixos, como que se estivesse de serviço, — olhar decidido, — apertando o sermão na mão direita como se se tratasse de sua espingarda. — Numa palavra, poderíeis representar-vos Trim como se estivesse de pé no seu pelotão, pronto a entrar em combate. —— Sua atitude era tão diferente dessa quanto o podeis conceber.

Ele se postara diante de sua audiência com o corpo inclinado para a frente o bastante para formar um ângulo de 85 graus e meio em relação ao plano do horizonte; —— ângulo esse que os bons oradores, a quem endereço

VOLUME II 173

o pormenor, sabem muito bem ser o verdadeiro ângulo de incidência persuasivo; — podereis predicar em qualquer outro ângulo, — sem dúvida alguma, — como se faz todos os dias; — qual o efeito produzido, porém — é coisa que deixo ao julgamento do mundo!

A necessidade deste exato ângulo de 85 graus e meio, de precisão matemática, — não mostra acaso, — o quanto se auxiliam umas às outras as artes e as ciências?

Com que diabos o cabo Trim, que não conseguiria distinguir um ângulo agudo de um obtuso, veio a postar-se assim exatamente, — se foi por casualidade ou propensão natural, por bom senso ou imitação &c., é ponto a ser esclarecido naquela parte desta enciclopédia de artes e ciências em que as partes instrumentais da eloquência no senado, no púlpito, no tribunal, no café, no dormitório, ao pé da lareira, serão objeto de consideração.

Ele estava de pé, — repito-o, para dar uma imagem dele num só relance, com o corpo meio de lado e ligeiramente inclinado para a frente, — a perna direita firme sobre si, a sustentar-lhe sete oitavos do peso total, — o pé da perna esquerda, cujo defeito não lhe prejudicava a atitude, um pouco avançado, — não lateralmente, nem para a frente, mas numa linha intermediária, — o joelho dobrado, não violentamente, — porém mantendo-se dentro dos limites da linha da beleza,[57] — e, acrescento, da linha da ciência também; — pois, considerai, tinha de sustentar uma oitava parte do corpo, — com o que, neste caso, a posição da perna fica determinada, — de vez que o pé não pode adiantar-se, ou o joelho dobrar--se, mais do que lhe permitiria, mecanicamente, o ter sobre si uma oitava parte do peso todo, — e transportá--lo, igualmente.

☞ Recomendo a postura aos pintores, — e precisarei acrescentar — aos oradores também? — acho que não; pois a menos que a pratiquem, — irão dar com o nariz no chão.

Isso quanto ao corpo e às pernas do cabo Trim. — Ele segurava o sermão frouxa — mas não descuidadosamente, na mão esquerda, erguida um pouco acima do ventre e um tanto afastada do peito; — o braço direito negligentemente caído ao lado, como determinavam a natureza e as leis da gravidade, —— mas com a palma da mão aberta e voltada para a audiência, pronta a vir em auxílio do sentimento em caso de necessidade.

Os olhos do cabo Trim e os músculos do seu rosto estavam em completa harmonia com as demais partes de sua pessoa; — ele aparentava franqueza, — desembaraço, — certa segurança, — mas não limítrofe da petulância.

Não venha o crítico perguntar-me como chegara o cabo Trim a tudo isso; já lhe disse que será explicado mais adiante; — mas assim se postava ele diante de meu pai, do tio Toby e do dr. Slop, — assim inclinava o corpo, os membros tão bem contrastados, com tal volteio oratório a animar-lhe a figura, — que poderia ter servido de modelo à estatuária; —— realmente duvido que o membro mais antigo de um colégio universitário, — ou o próprio catedrático de hebraico, pudesse tê-lo aperfeiçoado.

Trim fez uma reverência e leu o seguinte:

### O SERMÃO
### HEBREUS XIII, 18

—— *Porque* estamos convictos *de ter boa consciência.* —— "Estamos convictos! — Estamos convictos de ter boa consciência!"

[Certamente, Trim, disse meu pai interrompendo-o, dás a essa frase uma entonação muito inadequada, pois encrespas o nariz, homem, e a lês num tom escarninho, como se o pároco fosse vituperar o apóstolo.

Pois vai, com a permissão de vossa senhoria, replicou Trim. Uh! disse meu pai, sorrindo.

VOLUME II 175

Senhor, disse o dr. Slop, Trim está indubitavelmente certo, pois o autor, (que percebo ser um protestante) pelo modo impertinente com que cita o apóstolo, está certamente prestes a vituperá-lo, — se é que com tal maneira de tratá-lo já não o fez. Mas de que, replicou meu pai, concluístes tão prontamente, dr. Slop, que o autor pertence à nossa Igreja? — pelo que pude ver até agora, — poderia pertencer a qualquer uma. — Porque, respondeu o dr. Slop, se pertencesse à nossa, — não se atreveria a tal abuso de liberdade, — assim como não se atreveria a puxar um urso pelo pelo;[58] —— se em nossa comunidade de fiéis, senhor, um homem insultasse um apóstolo, —— um santo, — ou mesmo uma apara da unha de um santo, — teria os olhos arrancados. —— Por quem, pelo santo? perguntou meu tio Toby. Não, replicou o dr. Slop, —— uma casa antiga lhe despencaria sobre a cabeça.[59] Por favor, a Inquisição é uma casa antiga? perguntou o tio Toby, ou moderna? — Não entendo nada de arquitetura, replicou o dr. Slop. —— E se vossas senhorias me permitem, interveio Trim, a Inquisição é a mais vil —— Por favor, Trim, poupa-nos a descrição dela; odeio-lhe o simples nome, disse meu pai. — Não há por quê, respondeu o dr. Slop, — ela tem a sua utilidade; embora eu não seja muito advogado dela, reconheço que no caso de um autor destes cumpriria ensinar-lhe melhores modos; e posso dizer-lhe que, se prosseguisse nessa veia, seria entregue à Inquisição. Deus o ajude então, disse o tio Toby. Amém, acrescentou Trim; pois sabem os céus que o pobre do meu irmão esteve prisioneiro dela durante catorze anos. — Jamais ouvi uma só palavra a respeito, disse o tio Toby, açodado: — Como foi ele ter lá, Trim? —— Oh, senhor, a história fará vosso coração sangrar de pena, — como fez o meu sangrar mil vezes; — mas é uma história muito longa para poder ser contada agora; — vossa senhoria a ouvirá inteira, do começo ao fim, algum dia em que eu esteja trabalhando a vosso lado em nossas fortificações; —— em resumo, é a seguinte: —— Meu irmão Tom foi ser criado em Lisboa, — e lá acabou casando-se com a viúva de um judeu, que tinha uma pequena loja onde vendia chouriços, o que de alguma maneira foi a causa de ele ter sido arrancado da cama no meio da noite, da companhia de sua mulher e de seus dois filhinhos, para ser levado diretamente até a Inquisição, onde, que Deus o ampare, continuou Trim, puxando um suspiro do fundo do coração, — o pobre e honrado rapaz está preso até agora; — era uma das almas mais honestas, acrescentou Trim (puxando do lenço) a quem o sangue das veias jamais aquentou. ——

—— As lágrimas corriam pelas faces de Trim mais depressa do que ele as conseguia enxugar. — Um silêncio de morte reinou no aposento por alguns minutos. —— Indubitável prova de compaixão!

Vamos, Trim, disse meu pai, após verificar que o pesar do pobre homem tivera algum lenitivo, — continue a ler, — e tira essa história melancólica da cabeça. — Sinto ter te interrompido, — mas, por favor, recomece a ler o sermão, — porque se a primeira frase dele é um abuso de liberdade, como disseste, tenho grande desejo de saber que tipo de provocação fez o apóstolo.

O cabo Trim enxugou o rosto e, devolvendo o lenço ao bolso, ao mesmo tempo em que fazia uma reverência, — recomeçou]

### O SERMÃO
#### HEBREUS XIII, 18

—— *Porque* estamos convictos *de ter boa consciência.* —

"Estamos convictos! Estamos convictos de ter boa consciência! Sem dúvida alguma, se existe algo nesta vida em que o homem se pode apoiar, e a cujo conhecimento é capaz de chegar com base nas mais indiscutíveis provas, será certamente isto, — se tem ou não uma boa consciência."

VOLUME II 177

[Estou seguro de que estou certo, disse o dr. Slop.]

"Se um homem é capaz de pensar, não lhe pode ser estranho o verdadeiro estado desta questão; — deve estar ao par de seus próprios pensamentos e desejos; — deve lembrar suas ocupações pretéritas e conhecer com certeza as verdadeiras fontes e motivos que, no geral, governaram as ações de sua vida."

[Desafio-o a fazê-lo sem alguma assistência, disse o dr. Slop.]

"Em outras questões, podemos ser enganados por falsas aparências; e, conforme lamenta o sábio, *a duras penas atinamos com as coisas que estão sobre a terra e com dificuldade encontramos as coisas que estão diante de nós.* Mas, no caso, a mente tem todas as provas e fatos dentro de si mesma; — está cônscia da teia que teceu; — conhece-lhe a textura e delgadeza e o exato quinhão que cada paixão desempenha no desenvolvimento dos diversos padrões que antes dela planejou cada virtude ou cada vício."

[A linguagem é de bom quilate, e afirmo que Trim lê muito bem, disse meu pai.]

"Ora, — se a consciência não é senão o conhecimento que a mente tem disso dentro de si mesma; e o juízo, de aprovação ou censura que ela inevitavelmente faz acerca das sucessivas ações de nossas vidas, está claro que direis, com base nos próprios termos da proposição, — sempre que esse testemunho interior seja desfavorável a um homem, levando-o a acusar-se a si mesmo, — que ele deve necessariamente ser um homem culpado. — E, pelo contrário, quando o testemunho lhe é favorável e o seu coração não o condena, — não é uma questão de *confiança*, conforme insinua o apóstolo, — mas uma questão de *certeza* e de fato, ser a consciência boa, assim como o homem."

[Então o apóstolo está inteiramente equivocado, suponho, disse o dr. Slop, enquanto o pregador protestante está certo. Senhor, sede paciente, replicou meu pai, pois creio que em seguida se demonstrará sustentarem são Paulo e o pregador protestante a mesma opinião. — Tanto quanto, disse o dr. Slop, o leste fica no oeste; — mas isso, continuou, erguendo ambas as mãos, vem da liberdade de imprensa.

Ela não é pior, replicou o tio Toby, do que a liberdade do púlpito; pois não parece que o sermão tenha sido impresso ou venha jamais a sê-lo.

Continua, Trim, pediu meu pai.]

"À primeira vista, parece ser esse o verdadeiro estado da questão; e não tenho dúvida alguma de que o conhecimento do certo e do errado está tão verdadeiramente gravado na mente do homem, — que jamais aconteceu de a consciência humana, por força de longa habituação ao pecado (que as Escrituras asseguram pode verificar-se), tornar-se insensível e dura, — e, como algumas partes tenras de nosso corpo, por força de muita tensão e de uso contínuo e fatigante, perdesse aos poucos esse belo senso e percepção de que Deus e a natureza a dotaram. — Tivesse isso jamais acontecido, — ou fosse certo não ter o amor-próprio jamais imposto o mínimo viés ao juízo, — ou não poderem os interesses inferiores alçar-se e confundirem as faculdades de nossas regiões superiores, envolvendo-as em nuvens e espessa escuridão, —— então, nesse caso, coisas como estima e afeto não lograriam nunca ter acesso a esse sagrado TRIBUNAL. — Tivesse o ENGENHO desdenhado de corrompê-lo, — ou se envergonhasse de revelar-se como advogado de um prazer injustificável, —— ou, por fim, estivéssemos seguros de que o INTERESSE se manteria sempre neutro enquanto causa se achasse em exposição, — e de que a paixão nunca ocuparia o assento do juiz para pronunciar sentença em lugar da razão, a qual se supõe presida ao caso e dele decida — fosse tudo isso assim, conforme cumpre à objeção supor, — então, sem dúvida alguma, o estado religioso e moral de um homem seria exatamente aquele que ele próprio julgava ser, — e a culpa ou inocência de uma vida huma-

VOLUME II                                                        179

na não poderia conhecer medida melhor, no geral, do que
o grau de sua própria aprovação e censura.

"Admito um caso: sempre que a consciência de um homem o acuse (visto ela raramente errar nisso) de ser culpado, a menos que se trate de casos de melancolia e hipocon-
dria, podemos com segurança reconhecer existirem razões
suficientes para a acusação.

"O contrário desta proposição, entretanto, não é verdadeiro; —— isto é, que sempre que há culpa, a consciência
acusa, e, se não o faz, é porque é inocente. — Isso não corresponde à verdade. — Assim sendo o consolo costumeiro
que este ou aquele bom cristão repetidamente oferece a si
mesmo, — de poder dar graças a Deus de a sua própria
mente não o deixar apreensivo e de, por conseguinte, ter
boa consciência porque a tem tranquila, — constitui um
consolo enganador; — por mais comum que seja a inferência, e por mais infalível que a regra pareça à primeira vista,
quando a examinardes mais de perto e lhe confrontardes o
acerto com a realidade dos fatos, — verificareis tratar-se de
uma regra passível de erro em consequência de uma falsa
aplicação; —— o princípio em que se funda é tantas vezes
desvirtuado, — toda a sua força se perde de tal modo e é
por vezes tão vilmente desperdiçada, que é difícil encontrar
exemplos na vida humana capazes de confirmá-la.

"Um homem será corrupto e inteiramente viciado em
seus princípios, — o mundo lhe censurará a conduta; vi-
verá ele desavergonhadamente na aberta admissão de um
pecado que nenhuma razão ou pretexto alcança justificar;
— um pecado contrário a todos os princípios da humanidade, pelo qual ele arruinará para sempre sua iludida
comparsa de culpa, — roubando-lhe o melhor dote e não
só cobrindo-lhe a cabeça de desonra — como também
envolvendo toda uma família virtuosa na vergonha e no
pesar. — Pensareis decerto que a consciência deve levar
um homem assim a uma vida aflitiva; — nem de noite
nem de dia poderá ele fugir-lhe às censuras.

"Ai! a CONSCIÊNCIA tinha mais a fazer, todo esse tempo, do que cair-lhe em cima; como Elias censurou ao deus Baal, — esse deus doméstico *ou estava falando, ou perseguindo algo, ou em viagem, ou quiçá dormisse e não pudesse ser despertado.*

"Talvez ELE tivesse saído em companhia da HONRA para travar um duelo; — para pagar alguma dívida de jogo, —— ou uma suja anuidade, o baixo preço de sua luxúria. Talvez a CONSCIÊNCIA estivesse todo esse tempo em casa, ocupada, a invectivar em voz alta furtos de pouca monta e em tomar vingança daqueles crimes insignificantes que a sua fortuna e a sua posição na vida lhe poupariam a tentação de cometer; e por isso ele vive prazenteiramente", — [Se pertencesse à nossa Igreja, no entanto, disse o dr. Slop, não poderia fazê-lo] — "dorme profundamente em sua cama, — e por fim se defronta com a morte sem maiores preocupações; — talvez faça tudo isso muito mais à vontade do que um homem mil vezes melhor do que ele."

[Tudo isso é inimaginável entre nós, disse o dr. Slop voltando-se para meu pai; — um caso desses jamais aconteceria em nossa Igreja. —— Pois na nossa acontece, replicou meu pai, e com demasiada frequência. — Reconheço, disse o dr. Slop (algo surpreso com a franca admissão de meu pai) — que um homem, na Igreja Romana, pode viver assim tão mal, — mas não poderá morrer tão facilmente. — Pouco importa, retorquiu meu pai, com um ar de indiferença, — como morra um patife. — Quero dizer, respondeu o dr. Slop, que lhe seriam negados os benefícios dos últimos sacramentos. —— Por favor, quantos sacramentos tendes ao todo, perguntou meu tio Toby, — que sempre os esqueço? —— Sete, redarguiu o dr. Slop. — Humm! — disse o tio Toby — não em tom de aquiescência, — mas antes como uma interjeição de surpresa, daquele tipo especial usado por alguém quando, ao espiar numa gaveta, encontra mais coisas do que esperava. — Humm! replicou o tio

VOLUME II                                                              181

Toby. O dr. Slop, que tinha bom ouvido, compreendeu-o
tão bem quanto se ele houvesse escrito um livro inteiro
contra os sete sacramentos. —— Humm! redarguiu o dr.
Slop, (voltando o argumento do meu tio Toby contra este).
— Pois então, senhor, não existem sete virtudes cardeais?
— Sete pecados mortais? — Sete candelabros de ouro? —
Sete céus? — São mais do que eu sabia, replicou o tio Toby.
— Pois não há sete maravilhas do mundo? —— Sete dias
da criação? — Sete planetas? — Sete pragas? — Quanto
a estas, há, disse meu pai, com a mais afetada seriedade.
Mas, por favor, prosseguiu ele, continua com o resto dos
teus personagens, Trim.]

"O outro é sórdido, desapiedado", (neste ponto Trim
sacudiu a mão direita) "um vilão egoísta, de coração duro,
incapaz tanto de amizade particular quanto de espírito público. Vede como passa diante da viúva e dos órfãos des-
graçados, como observa todas as calamidades inerentes à
vida humana sem ao menos um suspiro ou prece." [Com
licença de vossas senhorias, exclamou Trim, acho que este
é um homem ainda mais vil do que o outro.]

"E não se erguerá a consciência para ferretoá-lo em semelhantes ocasiões? —— Não, graças a Deus, não há motivo para tanto, *pago a cada homem o que lhe é devido;
— não tenho nenhuma fornicação por que responder à
minha consciência; — nem votos ou promessas não cumpridos a reparar; — não corrompi nem a mulher nem
a filha de homem algum; graças a Deus, não sou como
outros homens, adúlteros, iníquos, ou sequer como esse
libertino antes de mim.*

"Um terceiro é de natureza astuta e ardilosa. Exami-
nai-lhe a vida inteira: —— não passa de um ladino entrela-
çamento de sombrios estratagemas e iníquos subterfúgios,
vilmente ideados para fraudar o vero intento de todas as
leis, — a retidão e o seguro desfrute de nossas várias propriedades. —— Vereis um homem que tal elaborando um
plano de mesquinhos intentos fundado na ignorância e

nas perplexidades do homem pobre e necessitado; — juntará uma fortuna aproveitando-se da inexperiência de um jovem ou da índole confiante de um amigo, que lhe teria confiado até a vida.

"Quando chega a velhice e o arrependimento o incita a rever tão negras contas e reformulá-las com a sua própria consciência —— a Consciência examina os Estatutos na Íntegra; — não encontra nenhuma lei expressa violada pelo que ele fez; — não depara nenhuma penalidade ou multa de bens e haveres em que tenha incorrido; — não vê nenhum açoite brandido por sobre sua cabeça, nenhuma prisão de portas abertas para recebê-lo. — O que há que lhe possa atemorizar a consciência? — Esta logrou entrincheirar-se em segurança por trás da Letra da Lei; ali se instala invulnerável, defendida por **Casos** e **Informes** que a rodeiam de todos os lados, como uma fortificação — e não será a prédica que lhes poderá invalidar a autoridade."

[Neste ponto, o cabo Trim e meu tio Toby olharam um para o outro. — Sim — sim, Trim! disse o tio Toby, sacudindo a cabeça, — essas são ruins fortificações, Trim. —— Oh, muito ruins, respondeu este, perto das que vossa senhoria e eu faríamos. —— O caráter deste último homem, disse o dr. Slop, interrompendo Trim, é mais detestável que o de todos os outros; e parece ter sido copiado de algum advogado chicaneiro da vossa confissão. — Entre nós, a consciência de um homem não poderia manter-se *enceguecida* por tão longo tempo, — três vezes ao ano, pelo menos, ele teria de se confessar. Isso lhe devolveria a visão? perguntou meu tio Toby. — Continua, Trim, disse meu pai, ou Obadiah estará de volta antes que tenhas chegado ao fim do sermão; — é um sermão muito curto, replicou Trim. — Quisera que fosse mais longo, disse o tio Toby, pois gosto enormemente dele. — Trim prosseguiu.]

"Um quarto homem carecerá até mesmo deste refúgio; — romperá toda esta lenta cerimônia de vagarosa chicana;

—— desprezará as duvidosas maquinações de planos secretos e manobras cautelosas para atingir os seus fins: —— Vede o desavergonhado vilão, vede como engana, mente, jura em falso, rouba, mata. —— Horrendo! —— Mas, na verdade, não era de se esperar nada melhor, no caso presente; — o pobre homem estava nas trevas! — seu sacerdote tinha a guarda de sua consciência — e tudo quanto lhe permitia dela saber era que devia acreditar no papa; — ir à missa; — persignar-se; — desfiar seu rosário; — ser um bom católico, e isso, em toda consciência, era quanto bastava para levá-lo ao céu. Como! — e se cometesse perjúrio? — Ora, — tinha feito reserva mental. — Mas se ele é um patife tão iníquo e tão abandonado quanto o pintais; — se rouba, — se apunhala, —— não receberá a consciência, a cada ato assim, um ferimento igual? Sim, — mas o homem o leva até o confessionário; — ali, o ferimento supurará, ficará assaz bom e logo estará cicatrizado pela absolvição. Ó papismo! por quanto não terás de responder? — não contente com os demasiados modos naturais e fatais por que o coração do homem todo dia se mostra assim traiçoeiro a si mesmo, entre todas as coisas, — deliberadamente escancaraste o amplo portão da burla diante deste incauto viajante, demasiado sujeito, sabe Deus, a perder-se; e presunçosamente lhe falas de paz, quando não há nenhuma.

"Estes exemplos comuns que extraí da vida são por demais notórios para que careçam de maiores provas. Se alguém duvidar da realidade deles ou pensar que seja impossível um homem iludir-se de tal modo, — terei de deixá-lo entregue por um momento às suas próprias reflexões e então arriscar-me a confiar ao seu coração o meu apelo.

"Considere ele em quão diversos graus de odiosidade *ali* se encontram numerosas ações iníquas, embora sejam todas igualmente de natureza viciosa e má; — cedo descobrirá que aquelas que forte pendor e hábito o incitaram a cometer são geralmente ataviadas e pintadas com todas as falsas belezas que uma mão indulgente e lisonjeira pode dar-lhes; — e que as outras para as quais não sente nenhuma propensão aparecem de imediato desnudas e deformadas, circundadas de todas as reais circunstâncias da estultícia e da desonra.

"Quando Davi surpreendeu Saul a dormir na caverna e cortou-lhe a orla do manto, — lemos que seu coração o censurou pelo que havia feito. — Mas no caso de Urias,[60] em que um bravo e fiel servo, a quem ele deveria estimar e honrar, tombou para abrir-lhe caminho ao desejo assoberbante, — e em que a consciência tinha razões muito maiores para fazer soar o alarma, seu coração não o censurou. Passou-se um ano quase inteiro desde a perpetração desse crime até que Natã fosse enviado para censurá-lo; e não lemos uma vez sequer tivesse ele mostrado, durante todo esse tempo, o mínimo pesar ou arrependimento pelo que fizera.

"Destarte, a consciência, antes eficaz admoestador, — posto no alto, como juiz, em nosso foro íntimo, e destinado pelo nosso criador a ser, outrossim, um juiz íntegro e equânime, — por força de uma desditosa cadeia de causas e impedimentos, toma muitas vezes conhecimento tão imperfeito do que ocorre, — desempenha o seu cargo de modo tão negligente, — e às vezes tão corrupto, — que não é de molde a merecer confiança por si só; por isso, sentimos necessidade, absoluta necessidade de juntar-lhe um outro princípio para ajudar, quando não para governar, as suas decisões.

"Portanto, se quiserdes chegar a um juízo preciso acerca daquilo em que é de infinita importância não vos iludir, —— vale dizer, em que grau de efetivo mérito vos situais como homem honesto, cidadão útil, súdito fiel de vosso rei ou servo digno de vosso Deus, — convocai a religião e a moral. — Vede, — o que é que está escrito na lei de Deus? — Como o entendeis? —— Consultai a calma razão e as imutáveis obrigações de justiça e verdade: — o que dizem?

VOLUME II                                                    185

"Deixa a CONSCIÊNCIA decidir o assunto com base em tais informes; — e então, se teu próprio coração não te condenar, o que é o caso suposto pelo apóstolo, — a regra será infalível; [Neste ponto, o dr. Slop adormeceu] *terás confiança em Deus*; isto é, terás bons motivos para crer que o julgamento que fizeste de ti mesmo é o julgamento de Deus; é tão só uma antecipação daquela justa sentença que será pronunciada sobre ti, no futuro, por aquele Ser a quem terás finalmente de prestar conta de tuas ações.

"'*Bendito é o homem*', de fato, como diz o autor do livro do Eclesiástico, '*a quem não remorde a multidão de seus pecados. Bendito é o homem cujo coração não o condenou; seja rico ou seja pobre, se tiver um bom coração* (um coração assim orientado e esclarecido), *seu semblante se regozijará o tempo todo com alegria; sua mente lhe dirá mais do que sete sentinelas postados no alto de uma torre.*' —— [Uma torre só terá força, disse o tio Toby, se estiver flanqueada.] Nas dúvidas mais sombrias, ele o guiará mais certeiramente que mil casuístas, e dará ao estado em que viva maior segurança quanto ao seu comportamento do que todas as causas e restrições juntas que os legisladores se veem forçados a multiplicar. — *Forçados*, digo, do modo como são as coisas; não nascem as leis humanas de uma escolha original, mas da pura necessidade; são introduzidas para pôr um resguardo aos efeitos daninhos daquelas consciências que não são lei para si mesmas; têm a boa intenção, pelas muitas precauções tomadas, — de, em todos aqueles casos de corrupção e extravio, onde os princípios e os escrúpulos da consciência não alcancem fazer-nos íntegros, — suprir-lhes a força, e, pelos terrores de cárceres e forcas, obrigar-nos a tanto."

[Vejo claramente, disse meu pai, que este sermão foi escrito para ser pregado em Temple Church,[61] — ou em alguma sessão de Tribunal. — Agrada-me o raciocínio, — e sinto que o dr. Slop tenha adormecido antes do momento de convencer-se; — pois agora está claro que o pároco, conforme pensei desde o começo, jamais insultou são Paulo o mínimo que fosse, — tampouco houve, irmão, a menor discordância entre eles. — Como se importasse muito tal discordância, replicou meu tio Toby; — os melhores amigos do mundo podem às vezes discordar entre si. — É verdade, — irmão Toby, disse meu pai, apertando-lhe a mão; — vamos encher nossos cachimbos, irmão, e então Trim poderá prosseguir.

Bem, — o que pensas disso? disse meu pai dirigindo-se ao cabo Trim enquanto estendia a mão para seu estojo de tabaco.

Penso, respondeu o cabo, que os sete guardas na torre, que, suponho, haveriam de ser todos sentinelas, — são, com licença de vossa senhoria, mais do que o necessário; — e, a continuar assim, logo um regimento estaria em pedaços, coisa que um oficial no comando, que ame os seus homens, jamais faria, se pudesse evitá-lo; porque dois sentinelas, acrescentou o cabo, valem tanto quanto vinte. — Eu mesmo já fui oficial em comando no *Corps de Garde*[62] mais de cem vezes, continuou Trim, erguendo o busto uma polegada mais alto enquanto falava, —— e todo o tempo que tive a honra de servir sua majestade, o rei Guilherme, ao render guarda nos postos de maior importância, jamais deixei ali mais de duas sentinelas, em toda a minha vida. —— Muito certo, Trim, disse meu tio Toby, — mas não estás levando em consideração que, nos tempos de Salomão, as torres não eram, como os nossos bastiões, flanqueadas e defendidas por outras obras; — isso foi inventado, Trim, depois da morte de Salomão; tampouco havia hornaveques ou ravelins diante da cortina, naquele tempo; — nem os fossos que fazemos com uma cubeta no meio, com caminhos cobertos e contraescarpas empaliçadas ao longo deles, para resguardo contra um *coup de main*.[63] Por isso os sete homens na torre eram um pequeno destacamento, arrisco-me a dizer, do

VOLUME II 187

*Corps de Garde*, ali postados não apenas para vigiar, mas para defendê-la. — Não poderiam ser mais, se me permite vossa senhoria dizer, do que um pequeno destacamento comandado por um cabo. — Meu pai sorriu interiormente, — mas não exteriormente, — visto ser o tema da discussão entre o tio Toby e o cabo Trim sério demais, considerando-se o que acontecera, para constituir motivo de gracejos. — Dessarte, pondo na boca o cachimbo que acabara de acender, — meu pai contentou-se em ordenar a Trim que continuasse a ler. Ele leu como segue:]

"Ter diante dos olhos o temor a Deus e, em nosso trato mútuo uns com os outros, governar nossas ações pelas eternas medidas do certo e do errado — o primeiro destes mandamentos compreenderá os deveres da religião; — o segundo, os da moral; uns e outros estão ligados tão inseparavelmente que não podereis separar estas duas *tábuas*,[64] mesmo na imaginação (embora se tente amiúde fazê-lo na prática) sem quebrá-las e destruí-las a ambas.

"Disse eu que se tenta amiúde fazê-lo, e assim é; — não há nada mais comum do que ver um homem sem qualquer senso religioso, —— e que, em matéria de honestidade, não pretende sequer ter alguma, que tomaria como a mais grave das ofensas a mera insinuação de uma suspeita acerca do seu caráter moral, — ou a mera suposição de não ser ele conscienciosamente justo e escrupuloso até o mínimo detalhe.

"Quando haja alguma aparência de que assim é, — e embora relutemos em suspeitar sequer das aparências de uma virtude tão amável quanto a honestidade moral, se tivéssemos de examinar-lhe as bases, no caso presente, estou persuadido de que haveria escassa razão de invejar a semelhante pessoa a honra de seus motivos.

"Perore ele tão pomposamente quanto quiser acerca do assunto, ver-se-á que não se funda em alicerce melhor do que seu interesse próprio, seu orgulho ou alguma outra pequena e mutável paixão, dessas que pouca confiança nos darão quanto às suas ações em assuntos de grande relevância.

"Cuidarei de ilustrar isso com um exemplo.

"Sei que o banqueiro com quem tenho negócios ou o médico a quem costumo chamar", [Não há necessidade, exclamou o dr. Slop (despertando) de recorrer a nenhum médico[65] neste caso] "não são, nenhum deles, homens de muita religião: ouço-os a todo momento gracejar sobre ela e tratar-lhe todas as sanções com tamanho desprezo que não deixam lugar a qualquer dúvida. Pois bem: — não obstante isso, ponho minha fortuna nas mãos de um, — e, o que me é ainda mais precioso, confio minha vida à honesta perícia do outro.

"Permiti-me agora explicar a razão desta minha grande confiança neles. —— Ora, em primeiro lugar, não creio haja alguma probabilidade de empregarem o poder que lhes ponho nas mãos em meu prejuízo; — considero que a honestidade atende aos propósitos desta vida; — sei que o sucesso deles no mundo depende da retidão do seu caráter. — Numa palavra, — estou persuadido de que não poderão causar-me dano sem o causarem maior ainda a si próprios.

"Mas admiti o contrário, a saber: que o interesse esteja, por uma vez, no outro lado; que um caso surja em que um deles, sem mácula para a sua reputação, possa ocultar a minha fortuna e deixar-me sem nada no mundo; — ou que o outro possa mandar-me para fora dele e desfrutar uma propriedade com a minha morte, sem qualquer desonra para si ou para a sua arte. — Nesse caso, que poder me restará sobre qualquer dos dois? — A religião, o mais forte de todos os motivos, está fora de questão; — o interesse, depois dela o mais poderoso motivo do mundo, volta-se vivamente contra mim. — Que me sobra para atirar no outro prato da balança a fim de contrabalançar essa tentação? — Ai de mim! nada tenho, — nada a não ser aquilo que é mais leve do que uma bolha de sabão; — devo ficar à mercê da HONRA ou de algum outro princípio assim ca-

VOLUME II                                                    189

prichoso. —— Mesquinha segurança para duas das mais valiosas bênçãos! — minha propriedade e minha vida.

"Como, portanto, não podemos depender da moral sem religião, — assim também, por outro lado, nada de melhor se poderá esperar da religião sem moral; não obstante, não é nenhum prodígio ver-se um homem cujo verdadeiro caráter moral merece pouquíssima consideração, ter a mais alta opinião de si mesmo como homem religioso.

"Ele será não apenas ambicioso, vingativo, implacável, —— como até mesmo falto de honestidade comum; no entanto, desde que proflija em voz alta a descrença de sua época, — seja cioso em algumas questões de religião, —— vá duas vezes por dia à igreja, — frequente os sacramentos, — e divirta-se com certas partes instrumentais da religião, — estará enganando sua própria consciência ao julgar-se, por isso, um homem religioso, um homem que verdadeiramente cumpriu seu dever para com Deus. E descobrireis que um homem assim, por força desse embuste, geralmente olha com desprezo, em sua soberba espiritual, todos os outros homens que afetem menor piedade, — embora tenham, talvez, dez vezes mais honestidade moral do que ele.

"*Isto é de igual modo um doloroso mal sob o sol*; e creio não haver nenhum outro princípio errôneo que, em sua época, tenha causado danos mais sérios. — Para terdes uma prova geral disto, — examinai a história da Igreja Romana"; — [Bem, que tem a dizer a respeito? exclamou o dr. Slop] — "vede que cenas de crueldade, que assassínios, rapinagens, carnificinas", [Devem agradecer por isso à sua própria obstinação, exclamou o dr. Slop] "têm sido santificados por uma religião não rigorosamente governada pela moral.

"Em quantos reinos do mundo", [Nesta altura, Trim pôs-se a ondear a mão, esticando o braço e afastando-o do livro, fazendo-o ir e voltar assim até a conclusão do parágrafo.]

"Em quantos reinos do mundo a espada de cruzado deste transviado santo-andante respeitou alguma vez idade, ou mérito, ou sexo, ou condição? — enquanto lutava sob os estandartes da religião que o desobrigava de justiça e de humanidade, não mostrava nem esta nem aquela; espezinhava impiedosamente a ambas, —— não ouvia os clamores dos desventurados nem se apiedava de seus sofrimentos."

[Já estive em muitas batalhas, se me permite vossa senhoria dizer, interveio Trim, suspirando, mas nunca em nenhuma tão contristadora quanto esta; — nela, eu não teria puxado o gatilho uma só vez contra essas pobres almas, —— mesmo que me fizessem oficial-general. — Por quê? O que é que entendes do assunto? disse o dr. Slop, olhando para Trim com um desprezo algo maior do que mereceria o honesto coração do cabo. — Que sabes, amigo, dessa batalha de que estás falando? —— Sei, replicou Trim, que jamais em minha vida recusei quartel a qualquer homem que por ele clamasse; — mas por uma mulher ou uma criança, continuou Trim, eu perderia mil vezes a vida antes de erguer meu mosquete contra elas. — Eis uma coroa para ti, Trim, para beberes um copo com Obadiah hoje à noite, disse o meu tio Toby; — darei outra também a ele. — Deus abençoe vossa senhoria, replicou Trim; — quisera eu, antes, que a recebessem essas pobres mulheres e crianças. — És um rapaz digno, disse o tio Toby. —— Meu pai assentiu com a cabeça, como se a dizer, — e é mesmo. ——

Mas, por favor, Trim, pediu meu pai, vê se chegas ao fim, — pois vejo que te falta apenas uma ou duas folhas.]

O cabo Trim continuou a leitura.

"Se o testemunho dos séculos passados não for suficiente, no tocante a este assunto, —— considerai agora como os partidários dessa religião estão o tempo todo pensando que servem e honram a Deus com ações que são uma desonra e um escândalo para eles próprios.

"Para vos convencerdes disto, acompanhai-me por um momento até as prisões da Inquisição." [Deus ajude ao meu pobre irmão Tom] —— "Contemplai a *Religião*, com a *Piedade* e a *Justiça* encadeadas a seus pés, —— lugubremente sentadas num negro tribunal, sustidas por cavaletes e outros instrumentos de tortura. Escutai! — escutai! que cruciantes gemidos" [neste ponto, o rosto de Trim assumiu uma palidez de cinzas.] "Vede o pobre desgraçado que os produziu"; — [Agora, as lágrimas começaram a correr-lhe] "acabam de trazê-lo para que sofra a angústia de um simulacro de julgamento e passe pelos mais extremados sofrimentos que um estudado sistema de crueldade foi capaz de inventar." — [M—tos[66] sejam todos eles, exclamou Trim, enquanto lhe voltava a cor ao rosto, que se pôs vermelho como sangue.] — "Vede esta vítima indefesa entregue aos seus torturadores, —— o corpo consumido pela dor e pelo encarceramento." — [Oh! é o meu irmão, gritou o pobre Trim numa exclamação apaixonada, deixando o sermão cair ao chão e juntando as mãos —— temo que seja o pobre Tom. O coração de meu pai e o do tio Toby encheram-se de pena ante a aflição do pobre homem; —— mesmo Slop deu mostras de apiedar--se dele. — Ora, Trim, disse meu pai, não é uma história, — mas um sermão que estás lendo; —— por favor, lê de novo a frase.] "Vede essa vítima indefesa entregue aos seus torturadores, — o corpo consumido pela dor e pelo encarceramento; vede como sofre cada um de seus nervos e músculos.

"Observai o último movimento daquela máquina horrenda!" [Preferia antes enfrentar um canhão, disse Trim, batendo com o pé no chão.] —— "Vede em que convulsões o pôs! —— Considerai a natureza da postura em que ele ora jaz estendido — que refinadas torturas não padece com ela!" —— [Espero que não seja em Portugal.] — "É o máximo que a natureza humana pode suportar! Bom Deus! vede como ele tem a alma exausta a pender-lhe dos lábios trêmulos!" [Eu não gostaria de ler mais nenhuma linha, disse Trim, por nada deste mundo. — Com a permissão de vossas senhorias, receio que tudo isto se passe em Portugal, onde está o meu pobre irmão Tom. Volto a dizer-te, Trim, disse meu pai, não é uma narrativa histórica, — é uma descrição. — É apenas uma descrição, meu bom homem, disse Slop, não há nenhuma palavra verdadeira nela. — Isso já é uma outra história, replicou meu pai. — Todavia, como Trim o lê com tanta ansiedade, — é cruel forçá-lo a continuar. — Passa-me o sermão, Trim; — terminarei de ler por ti; podes ir. Devo ficar e ouvi-lo também, replicou Trim, se vossa senhoria me permitir; — embora eu não o lesse nem que me pagassem o soldo de um coronel. —— Pobre Trim! exclamou o meu tio Toby. Meu pai prosseguiu.]

"— Considerai a natureza da postura em que ele ora jaz estendido, — que refinadas torturas não padece com ela! — É o máximo que a natureza humana pode suportar! — Bom Deus! Vede como ele tem a alma exausta a pender-lhe dos lábios trêmulos, — desejosa de partir, —— sem que lho permitam! —— Contemplai o infeliz a ser levado de volta à sua cela!" [Então, graças a Deus, disse Trim, não o mataram, contudo.] — "Vede-o arrancado de novo para fora dela, a fim de enfrentar as chamas e os insultos, nessas derradeiras agonias que tal princípio, — o princípio de que pode haver religião sem compaixão, preparou-lhe." [Então, graças a Deus, — ele morreu, disse Trim, — livrou-se do sofrimento, — e já fizeram o que de pior lhe podiam fazer. — Oh senhores! — Acalma-te, Trim, disse meu pai, continuando com o sermão, temeroso de que Trim pudesse exasperar o dr. Slop, — ou não acabaremos nunca, a este passo.]

"A maneira mais segura de provar o mérito de qualquer noção ou ideia controvertida é rastrear as consequências que ela produziu e compará-las com o espírito do cristianismo; — eis a regra concisa e decisiva que nosso Salvador

VOLUME II 193

nos deixou para casos como este, e ela vale mil argumentos. —— *Pelos frutos vós os conhecereis.*

"Não encompridarei com mais nada este sermão, salvo duas ou três breves e independentes regras dele dedutíveis.

"*Primeira*: Sempre que um homem fale em voz ruidosa contra a religião, — desconfiai que não é sua razão, e sim suas paixões que lhe levaram a melhor sobre o Credo. Uma vida corrupta e uma crença virtuosa são vizinhas desagradáveis e molestas, e quando se separam, estai certos de que o motivo não é outro senão o amor ao sossego.

"*Segunda*: Quando um homem tal como o apresentado vos diz, em relação a qualquer caso determinado, —— que tal coisa é *contra* a sua consciência, — acreditai sempre que quer dizer exatamente o mesmo que quando vos diz que a mesma coisa é *contra* o seu estômago; — uma momentânea falta de apetite será, em geral, a verdadeira causa de ambas.

"Numa palavra, — não confieis absolutamente no homem que não ponha a sua Consciência em todas as coisas.

"E em vosso próprio caso lembrai esta simples distinção (e trata-se de um engano que arruinou milhares de pessoas), — a de que vossa consciência não é lei. — Não, Deus e a razão fizeram a lei e dentro de vós puseram uma consciência para que decida; — não como um cádi asiático, conforme as preamares e baixa-mares de suas próprias paixões, — mas como um juiz britânico, nesta terra de liberdade e de bom senso, que não faz novas leis, mas fielmente aplica aquela lei que sabe já estar escrita."

*FINIS*[67]

Leste o sermão muitíssimo bem, Trim, disse meu pai. — Se nos tivesse poupado de seus comentários, replicou o dr. Slop, ele o teria lido muito melhor. Eu o teria lido cem vezes melhor, senhor, respondeu Trim, não fosse meu coração estar tão repleto. — Essa foi exatamente a razão, Trim, redarguiu meu pai, que te fez ler o sermão tão bem; e se o clero de nossa Igreja, continuou meu pai, dirigindo-se ao dr. Slop, pusesse no que diz sentimento tão profundo quanto pôs este pobre homem, — visto serem suas composições excelentes, (Nego que o sejam, disse o dr. Slop), sustento que a eloquência de nossos púlpitos, com temas assim para inflamá-la, — seria um modelo para o mundo todo. — Mas ai! continuou meu pai, confesso, senhor, com pesar, que, como os políticos franceses, o que ganha no gabinete ela o perde no campo de batalha.

—— Seria uma pena, disse meu tio, que este sermão se perdesse. Gosto muito dele, replicou meu pai; — é dramático, —— e há algo nessa maneira de escrever, quando praticada com perícia, que prende a atenção. ——Entre nós, prega-se muito assim, disse o dr. Slop. — Sei muito bem disso, disse meu pai, — mas num tom e de um modo que aborreceram o dr. Slop, tanto quanto a simples concordância lhe teria agradado. ——Nossos sermões, porém, acrescentou o dr. Slop, meio melindrado, —— têm a grande vantagem de neles jamais apresentarmos qualquer caráter que seja inferior a um patriarca, ou sua esposa, ou a um mártir ou santo. — Neste, contudo, há alguns personagens muito maus, disse meu pai, e não penso que tivessem piorado o sermão nem um pingo. — Mas, por favor, disse o tio Toby, —— de quem será ele? — Como foi meter-se dentro do meu Stevinus? Para responder à segunda pergunta, disse meu pai, um homem terá de ser mago tão grande quanto Stevinus. — Quanto à primeira, penso não ser tão difícil assim, — pois, a menos que meu juízo me engane muito, —— conheço o autor: foi escrito, certamente, pelo pároco da paróquia.

A similitude de estilo e tom do sermão com os daqueles que meu pai sempre ouvia na sua igreja paroquial eram a base de sua conjetura, — provando cabalmen-

VOLUME II 195

te, tanto quanto um argumento a priori poderia provar tal coisa a uma mente filosófica, que era de Yorick e de ninguém mais. —— Provou ser dele a posteriori, no dia seguinte, quando Yorick mandou um criado à casa do tio Toby para indagar a respeito do sermão.

Parece que Yorick, que mostrava curiosidade por toda sorte de conhecimentos, tomara emprestado o Stevinus ao tio Toby e dentro do volume enfiara descuidadamente o sermão, tão logo terminara de escrevê-lo; num ato de esquecimento, a que estava muito sujeito, enviara o Stevinus de volta, com o sermão a fazer-lhe companhia.

Mal-aventurado sermão! Logo após teres sido assim recuperado, foste outra vez perdido: por um insuspeito rasgão no bolso de teu dono, caíste dentro de um forro traiçoeiro e esfarrapado; — afundou-te na lama a pata traseira esquerda do Rocinante dele, desumanamente pisando-te quando caíste; — ficaste sepulto no lodaçal durante dez dias, — foste dali tirado por um mendigo, vendido por meio pêni a um auxiliar da paróquia, — transferido ao pároco desta, — perdido para sempre do teu verdadeiro pároco, até o fim de seus dias, — e não devolvido a seus intranquilos MANES senão neste momento em que conto tua história ao mundo.

Poderá o leitor acreditar que este sermão de Yorick foi pregado numa sessão, na catedral de York, perante um milhar de testemunhas, prontas a jurá-lo, por certo prebendeiro da dita igreja, e de fato mandado imprimir por ele, depois de pregado, —— e no curtíssimo intervalo de dois anos e três meses após a morte de Yorick? — Na verdade, Yorick nunca fora melhor tratado em vida! —— mas foi um pouco duro maltratá-lo e saqueá-lo assim, depois de já estar jacente em sua tumba.

Todavia, como o cavalheiro que o fez mostrava perfeita caridade para com Yorick, — e, em estrita justiça, imprimiu apenas alguns exemplares para oferta, — e, pelo que me dizem, poderia ele próprio ter escrito um sermão igualmente bom, houvesse julgado isso conveniente, — afirmo que eu jamais teria divulgado esta pequena história ao mundo, — nem a divulgo com a finalidade de prejudicar-lhe a reputação ou seu progresso na Igreja; —— a outros deixo isso; —— vejo-me, porém, impelido por duas razões a que não posso resistir.

A primeira é a de que, com fazer-lhe justiça, talvez possa eu dar repouso ao fantasma de Yorick, — o qual, como a gente do campo, — e algumas outras pessoas acreditam, —— *ainda anda a vagar.*

A segunda razão é a de que, com revelar esta história ao mundo, tenho oportunidade de informá-lo, —— no caso de o caráter do pároco Yorick e esta amostra de seus sermões agradarem, — que se acham atualmente em poder da família Shandy outros tantos, que darão um belo volume, a ser posto à disposição do mundo, —— ao qual poderão fazer muito bem.

### 18

Obadiah ganhou as duas coroas sem discussão porque entrou no aposento, com todos os instrumentos a tilintar dentro da bolsa de baeta verde acerca da qual já falamos e que ele trazia à bandoleira, no mesmo instante em que o cabo Trim ia saindo dali.

Acho agora conveniente, disse o dr. Slop, (desanuviando as feições) visto estarmos em condições de ser de alguma ajuda à sra. Shandy, mandar alguém saber lá em cima como está passando.

Dei ordens à velha parteira, disse meu pai, de vir procurar-nos aqui embaixo à menor dificuldade; —— pois deveis saber, dr. Slop, continuou ele, com uma espécie de sorriso perplexo no rosto, que, por força de um trato expresso, solenemente celebrado entre mim e a minha mulher, não sereis mais do que um auxiliar neste caso, — e

VOLUME II                                                    197

nem sequer isso, — a menos que a magra velhota lá em cima, a parteira, não possa passar sem vós.

— As mulheres têm lá os seus caprichos, e em questões desta natureza, continuou meu pai, em que lhes cabe aguentar todo o peso e sofrer tanta dor, em prol de nossas famílias e para o bem da espécie, — reclamam o direito de decidir, *en souveraines*,[68] em que mãos e de que maneira preferem avir-se nesse transe.

Têm esse direito, — disse o meu tio Toby. Mas, senhor, replicou o dr. Slop, voltando-se para o meu pai e sem dar tento da opinião do tio Toby, — melhor seria que decidissem no tocante a outras questões; — e um pai de família que desejasse a perpetuação desta andaria mais certo, no meu entender, se trocasse com elas tal prerrogativa e em vez disso lhes desse alguns outros direitos. — Não sei, disse meu pai, respondendo com certa morosidade, a fim de mostrar-se bem desapaixonado no que afirmava, —— não sei, disse, o que nos sobrou para oferecer em troca do direito de escolher quem há de trazer nossos filhos ao mundo, — a menos que seja o de quem há de gerá-los. —— Dever-se-ia ceder-lhes quase que qualquer outra coisa, replicou o dr. Slop. —— Que dizeis? — contestou meu tio Toby. —— Senhor, continuou o dr. Slop, ficaríeis atônitos se soubésseis que Aperfeiçoamentos fizemos, estes últimos anos, em todos os ramos dos conhecimentos obstétricos, particularmente naquele, específico, da segura e pronta extração do feto, —— ponto sobre o qual foram lançadas tantas luzes que, de minha parte (erguendo as mãos), declaro que me admira como o mundo —— Eu desejaria, disse o tio Toby, que tivésseis visto que exércitos prodigiosos tínhamos em Flandres.

19

Desci a cortina sobre esta cena por um minuto, — a fim de lembrar-vos de uma coisa, — e de informar-vos de outra.

O que tenho a informar-vos está, reconheço-o, um pouco fora de seu devido lugar; —— porque deveria ter-vos sido dito cento e cinquenta páginas atrás, não fosse eu ter antevisto, então, que seria mais oportuno referi-lo depois, mais vantajoso contá-lo aqui do que em outro lugar. —— Carecem os autores de olhar adiante de si a fim de manter o espírito e a conexão do que tenham em mãos.

Quando estas duas coisas estiverem feitas, — a cortina será novamente erguida e o tio Toby, meu pai e o dr. Slop continuarão a sua palestra sem mais interrupções.

Em primeiro lugar, pois, o assunto que tenho a lembrar--vos é o seguinte: — com base nas amostras da singularidade das ideias de meu pai quanto a nomes de batismo e quanto ao outro ponto anterior a esse, — fostes levado à opinião, julgo eu, (e estou certo de tê-lo dito) de que meu pai era um cavalheiro igualmente excêntrico e caprichoso em cinquenta outras questões. Na verdade, não houve um só estágio na vida desse homem, desde o primeiríssimo ato de seu engendramento — até o magro pantalão em chinelas de sua segunda infância, em que não lhe brotasse alguma ideia favorita, tão cética e tão afastada da estrada real do pensamento quanto essas duas que já vos foram explicadas.

O sr. Shandy, meu pai, não queria jamais ver coisa alguma à mesma luz em que os outros a viam, senhor; — via as coisas à sua própria luz; — não pesava nada em balanças comuns; — isso não: — era um pesquisador refinado demais para submeter-se a imposição tão grosseira. — A fim de chegar-se ao peso exato das coisas na balança romana da ciência, o fulcro, costumava ele dizer, deveria ser quase invisível, para evitar qualquer fricção das opiniões populares; — sem isso, as minúcias da filosofia, que devem sempre fazer a balança mover-se, não terão peso algum. — O conhecimento, como a matéria, afirmava ele, era divisível in infinitum;[69] — os grãos e os escrúpulos faziam parte dele tanto quanto a gravitação de todo o mundo. — Numa palavra, dizia ele, erro era erro, — pouco

VOLUME II                                                        199

importando onde incidisse, — numa fração, — ou numa libra, — era igualmente fatal à verdade, a qual se mantinha tão inevitavelmente no fundo do seu poço por um erro cometido quanto ao pó da asa de uma borboleta, — como quanto ao disco do Sol, da Lua e de todos os astros do céu reunidos.

Costumava ele lamentar-se de que por não se considerar devidamente isto e por não aplicá-lo destramente às questões civis, bem como às verdades especulativas, tantas coisas andavam desconjuntadas neste mundo; — o arco político ia cedendo; — e os próprios fundamentos de nossa excelente constituição, na Igreja como no Estado, estavam tão minados quanto os avaliadores o haviam revelado.

Queixai-vos, dizia ele, de que somos um povo arruinado, desfeito. —— Por quê? — perguntava, fazendo uso do sorites ou silogismo de Zenão e Crisipo,[70] sem saber que lhes pertencia. — Por quê? Por que somos um povo arruinado? — Porque somos corruptos. —— E de onde vem, caro senhor, estarmos corrompidos? — Porque somos indigentes; — nossa pobreza, e não as nossas vontades, é que o consentem. —— E por que razão, acrescentava, somos indigentes? —— Pela negligência, respondia, em relação ao nosso pêni e meio pêni. — Nossas notas de banco, senhor, nossos guinéus — sim, nossos xelins, têm de cuidar de si mesmos.

O mesmo ocorre, costumava ele dizer, à volta de todo o círculo das ciências; — seus pontos principais, já estabelecidos, não podem ser interrompidos. — As leis da natureza se defenderão por si mesmas; — mas o erro — (acrescentava, olhando gravemente para a minha mãe) — o erro, senhor, insinua-se pelos buracos minúsculos e pelas pequenas frinchas que a natureza humana deixa desprotegidos.

Este modo de pensar de meu pai é o que eu tinha para lembrar-vos. —— O ponto acerca do qual sereis informados, e que reservei para este lugar, é o seguinte:

Entre as muitas e excelentes razões com as quais meu pai exortara minha mãe a aceitar a assistência do dr. Slop, preferivelmente à da velha parteira, — havia uma de natureza deveras singular; a essa razão, depois de ter discutido o assunto com ela como cristão e passado a discuti-lo novamente como filósofo, — aplicara ele toda a sua energia, agarrando-se a ela, na verdade, como a uma âncora de salvação. —— Malogrou nisso; embora não por defeito de argumentação mas porque, por mais que fizesse, não conseguia, pela sua própria alma, fazê-la compreender a intenção da mesma. —— Sorte madrasta! — disse consigo, certa tarde, ao sair do aposento, após tê-la exposto a ela, durante uma hora e meia, sem o menor resultado; — sorte madrasta! disse, mordendo o lábio enquanto fechava a porta, — um homem ser dono de uma das melhores cadeias de raciocínio do mundo, — e ter ao mesmo tempo uma mulher com uma cabeça tão dura que não se consegue enfiar uma só inferência dentro dela, nem que seja para salvar a alma da destruição.

Este argumento, embora ficasse inteiramente perdido quanto ao seu efeito sobre minha mãe, — tinha mais peso, para ele, que todos os seus outros argumentos reunidos; —— eu me esforçarei, portanto, em fazer-lhe justiça, — e expô-lo com toda a perspicácia de que seja capaz.

Meu pai partia da força dos dois axiomas seguintes:

*Primeiro*, de que uma onça de sua própria inteligência valia, para um homem, uma tonelada da de outras pessoas; e,

*Segundo*, (o qual, a propósito, era o fundamento do primeiro axioma, — embora viesse por último) — de que a inteligência de cada homem devia provir de sua própria alma, — e do corpo de ninguém mais.

Pois bem, como estava claro para meu pai que todas as almas eram iguais por natureza, — e que a grande diferença entre o entendimento mais agudo e o mais obtuso, — não resultava da agudeza ou obtusidade de qualquer

substância pensante superior ou inferior, —— mas devia-
-se meramente à ditosa ou inditosa organização do corpo, naquela parte onde principalmente tinha residência a
alma, — havia ele estabelecido como alvo de sua indagação descobrir onde se situava o dito lugar.

Ora, com base nos melhores informes que lograra colher acerca do assunto, convencera-se de que não podia ser
onde Des Cartes[71] a havia localizado, em cima da glândula *pineal* do cérebro; a qual, conforme filosofava, formava
uma almofadinha do tamanho de uma semente de ervilha;
— tal conjectura, para dizer a verdade, visto tantos nervos
terminarem nesse ponto, — não era assim tão má; — e
meu pai certamente havia caído, juntamente com o prumo
desse grande filósofo, bem no centro do equívoco, não fora
pelo meu tio Toby, que o salvou dele ao lhe contar a história de um oficial valão na batalha de Landen, o qual tivera
parte do cérebro arrancada por uma bala de mosquete, —
e a outra parte extraída posteriormente por um cirurgião
francês; e que, ao fim e ao cabo, se restabelecera e conti-
nuara a cumprir seus deveres muito bem sem cérebro.

Se a morte, dizia meu pai, raciocinando consigo, não é
senão a alma a separar-se do corpo; — e se é verdade que
as pessoas podem andar por aí e fazer seus serviços sem
cérebro, — então a alma não habita ali. Q. E. D.[72]

Quanto àquele suco, muito rarefeito, muito sutil e muito fragrante, que Coglionissimo Borri,[73] o grande médico
milanês, afirma, numa carta a Bartholine, ter descoberto
nas células das partes occipitais do cerebelo, e que ele outrossim sustenta ser a sede principal da alma racional (pois
deveis saber, nesta época mais avançada e mais esclarecida,
que há duas almas em todo homem vivo, — sendo uma
chamada, de acordo com o grande Metheglingius, *Animus*
e a outra, *Anima*);[74] — quanto a esta opinião de Borri,
dizia eu, —— meu pai nunca a pôde aceitar de qualquer
modo que fosse; a mera ideia de que um ser tão nobre, tão
refinado, tão imaterial quanto a *Anima*, ou mesmo o *Ani-*

*mus*, estabelecesse residência e ficasse sentado o dia todo a chapinhar como um girino, no inverno como no verão, dentro de uma poça d'água, — ou de um líquido de qualquer outra espécie, por espesso ou tênue que fosse, costumava ele dizer, chocava-lhe a imaginação; ele mal prestava ouvidos a semelhante doutrina.

O que, portanto, parecia menos passível de objeções por parte de qualquer pessoa era que o sensório ou quartel-general da alma, lugar a que todas as inteligências eram referidas e de onde se expediam todos os seus mandatos, — situava-se no cerebelo ou perto dele, — ou algures na *medulla oblongata*,[75] onde, geralmente concordavam todos os anatomistas holandeses, concentravam-se os minúsculos nervos vindos de todos os órgãos dos sete sentidos, assim como as ruas e aleias sinuosas vão ter a uma praça.

Até aqui nada havia de singular na opinião de meu pai; — tinha ele por companhia os melhores filósofos de todas as épocas e de todos os climas. —— Mas a partir desse ponto, seguia um caminho próprio, edificando outra hipótese shandiana sobre essas pedras fundamentais que eles lhe haviam assentado; — e a dita hipótese mantinha igualmente firme sua posição no tocante a se a sutileza e requinte da alma dependiam da temperatura e clareza do dito licor ou da rede e textura mais finas do próprio cerebelo, favorecendo ele esta última opinião.

Sustentava meu pai que logo após o devido cuidado no ato de propagação de cada indivíduo, que exigia toda a atenção do mundo, porquanto lançava o alicerce dessa incompreensível contextura em que consistem a inteligência, a memória, a fantasia, a eloquência e aquilo que é usualmente chamado pelo nome de boas qualidades naturais; — que, logo depois disto e do nome de batismo, ambas as causas originais e mais eficazes de todas; — vinha a terceira causa, ou seja, aquela a que os lógicos chamam a *causa sine qua non*[76] e sem a qual quanto se fizesse era destituído de importância, — a preservação dessa teia

VOLUME II                                                    203

delicada e etérea dos estragos geralmente impostos à cabeça pela violenta compressão e esmagamento resultantes
do método absurdo de trazerem-nos ao mundo a começar
dessa parte dianteira.
—— Isto exige uma explicação.

Meu pai, que se enfronhara em toda sorte de livros,
ao examinar o *Lithopaedus senonesis de partu difficili*,
publicado por Adrianus Smelvgot,* descobrira que o estado brando e maleável da cabeça do infante no parto,
por não terem ainda suturas os ossos do crânio, era tal
— que, pelos esforços da mulher nas fortes dores de parto, os quais igualavam em média um peso de 470 libras
*avoir-du-pois*[78] a atuar perpendicularmente sobre a cabeça; — acontecia, pois, em 49 de cada 50 casos, que a dita
cabeça era comprimida e moldada na forma de um pedaço oblongo e cônico de massa, como as que um pasteleiro
geralmente aplaina com rolo para fazer bolo. —— Bom
Deus! exclamava meu pai, que estrago e que destruição
isso não deve causar à textura infinitamente delicada e
terna do cerebelo! — Ou, se existe de fato o suco pretendido por Borri, — não seria o bastante para tornar fecu-
lento e cheio de borra o mais límpido licor do mundo?

Mas quão grande não foi a sua apreensão quando
compreendeu, ademais, que essa força, atuando sobre o
vértice da cabeça, não só causava dano ao próprio cé-

---

* O autor engana-se duplamente aqui, — pois *Lithopaedus* deveria escrever-se assim: *Lithopaedii Senonensis Icon*. O segundo
engano é o de que tal *Lithopaedus* não é um autor e sim o desenho de uma criança petrificada. A explicação disto, publicada
por Albosius em 1580, pode ser encontrada no final das obras de
Cordaeus, em Spachius. O sr. Tristram Shandy terá sido levado a
tal equívoco ou por ver o nome *Lithopaedus* recentemente, num
catálogo de autores ilustres feito pelo dr. ——, ou por confundir *Lithopaedus* com *Trinecavellius*, — dada a similitude muito
grande dos nomes.[77]

rebro, —— como necessariamente o comprimia e o empurrava para o cerebelo, sede imediata do entendimento! — Que os anjos e os ministros da graça nos protejam! exclamava meu pai; — poderá uma alma suportar semelhante choque? — Não é de estranhar esteja a rede intelectual tão rasgada e esfarrapada quanto se costuma ver; nem que tantas de nossas melhores cabeças sejam pouco mais do que uma meada de seda enredada, — cheias de perplexidade —, cheias de confusão interior.

Mas quando meu pai, continuando a ler, foi iniciado no segredo de que quando uma criança era virada de cabeça para baixo e extraída pelos pés, o que um operador poderia fazer com facilidade, — em vez de o cérebro ser impelido na direção do cerebelo, este, ao contrário, é que era simplesmente impelido em direção ao cérebro, onde não podia causar dano algum. — Pelos céus! exclamou ele, acha-se o mundo envolvido numa conspiração para acabar com a pouca inteligência que Deus nos deu, — e os professores de arte obstétrica alistam-se nessa conspiração. — Que me importa qual extremidade do meu filho venha primeiro ao mundo, desde que tudo corra bem depois, e seu cerebelo escape ileso?

É da natureza das hipóteses que, uma vez tenha alguém concebido uma, ela assimile tudo para nutrir-se; e, desde o primeiro momento em que a gerastes, geralmente vai se tornando cada vez mais forte com tudo quanto vedes, ouvis, ledes ou compreendeis. Isso é de grande utilidade.

Depois de ter se ocupado do assunto por cerca de um mês, dificilmente haveria um fenômeno de estupidez ou de genialidade que o meu pai não pudesse prontamente resolver com a sua hipótese; ela justificava o fato de o filho mais velho ser o maior cabeça-dura da família. — Pobre-diabo, dizia ele, — abriu caminho para a capacidade intelectual de seus irmãos mais jovens. — A mesma hipótese deslindava a existência de cretinos e de cabeças monstruosas, — mostrando a priori que não po-

VOLUME II

deria ser de outra maneira, — a menos que \*\*\*\* não sei
quê. Explicava e justificava esplendidamente a perspicácia do gênio asiático e o feitio mais animado, a intuição
mais penetrante das mentes em climas mais cálidos;[79]
não com a frouxa e vulgar justificativa de um céu mais
claro e de um sol mais perpétuo &c. — os quais, pelo
que ele sabia, poderiam de igual modo rarefazer e di-
luir as faculdades da alma, reduzindo-as a nada, por um
extremo, — elas que se condensariam em climas mais
frios, pelo outro; — mas fazendo a questão remontar até
a sua nascente; — para mostrar que, em climas mais cálidos, a natureza havia lançado menor tributo sobre as
partes mais belas da criação; —— seus prazeres eram
maiores, — e suas dores menos necessárias, de vez que
a pressão e reação sobre o vértice eram tão leves que
toda a organização do cerebelo ficava intacta; — sim, ele
não acreditava que, em partos naturais, se rompesse ou
deslocasse um só fio da rede, — pelo que a alma poderia
agir como lhe aprouvesse.

Tendo meu pai chegado até este ponto, — que facho
de luz não lançaram sobre semelhante hipótese os informes acerca da incisão cesariana e dos gênios eminentes
que tinham vindo ao mundo, sãos e salvos, por tal via?
Neste caso, vede, costumava ele dizer, nenhum dano era
causado ao sensório; — não ocorria nenhuma pressão da
cabeça contra a pélvis; — nenhuma impulsão do cérebro
para o cerebelo, fosse pelo os *pubis*, deste lado, ou pelo *os
coxygis*[80] daquele; — e, dizei-me por favor, quais as dito-
sas consequências disso? Ora, senhor, vosso Júlio César,
que deu nome à operação; — e vosso Hermes Trismegisto,
nascido tão antes de a operação ter nome; — vosso Cipião,
o Africano; vosso Mânlio Torquato;[81] nosso Eduardo VI,
—— que, houvesse sobrevivido, teria feito honra à hipótese. —— Estes personagens e muitos outros tão altamente
colocados nos anais da fama — vieram todos ao mundo,
senhor, *de través*.

A incisão do *abdome* e do útero andou seis semanas a preocupar a cabeça de meu pai; — lera e estava convencido de que ferimentos do *epigastro* e da matriz não eram mortais; — pelo que o ventre da mãe poderia muito bem ser aberto para dar passagem à criança. — Mencionou isso, certa tarde, à minha mãe, — em tom de mera conversa; vendo-a, porém, pôr-se pálida como cinza à simples menção da operação, — achou avisado não tocar mais no assunto, por mais que a operação lhe afagasse as esperanças, — contentando-se em admirar — o que julgava inútil propor.

Tal era a hipótese do sr. Shandy, meu pai; no concernente a ela, cabe-me apenas acrescentar que meu irmão Bobby lhe fez tão grande honra (fosse o que fizesse à família) quanto qualquer um dos grandes heróis de que falamos. — Pois tendo acontecido de não só ser batizado, como vos disse, mas ter também nascido quando meu pai se encontrava em Empson, — afora haver sido o *primeiro* filho de minha mãe, — entrando no mundo de cabeça *para a frente*, — e revelando-se ulteriormente um rapaz de faculdades prodigiosamente obtusas, — meu pai interpretou tudo isso à luz de sua opinião; e como havia falhado num extremo, — estava decidido a tentar o outro.

Isso não era algo que se pudesse esperar de alguém pertencente à irmandade das parteiras, que não são facilmente desviadas de sua rotina — constituindo-se, portanto, numa das grandes razões de meu pai favorecer um homem de ciência com quem pudesse melhor tratar.

De todos os homens do mundo, o dr. Slop era o mais adequado aos propósitos de meu pai; — pois, embora seu recém-inventado fórceps fosse a arma que ele sustentava, e provara, ser o mais seguro dos instrumentos de parto, — havia ele, ao que parece, escrito algures em seu livro uma ou duas palavras em prol da própria coisa de que se ocupava a fantasia de meu pai; — conquanto não visasse ao bem da alma, como no sistema do meu pai, — reco-

VOLUME II 207

mendava extrair-se a criança pelos pés por razões puramente obstétricas.

Isto servirá para explicar a coalizão entre o meu pai e o dr. Slop, na conversação a seguir referida, a qual se voltou um tanto duramente contra meu tio Toby. —— De que modo um homem simples, dotado apenas de senso comum, poderia medir-se com semelhante par de aliados numa questão científica, — é coisa difícil de conceber. —— Podereis conjecturar a respeito, se assim vos aprouver, — e enquanto vossa imaginação estiver em movimento, podereis encorajá-la a ir avante e descobrir por que causas e efeitos da natureza viria a acontecer de o tio Toby dever seu recato ao ferimento que recebera na virilha. — Podereis edificar um sistema para explicar a perda do meu nariz por força de artigos de um contrato de casamento, —— e mostrar ao mundo como pôde acontecer o infortúnio de ser chamado TRISTRAM, em oposição à hipótese de meu pai e ao desejo de toda a família, sem exceção dos padrinhos e das madrinhas. — Esta questão, conjuntamente com outras cinquenta ainda não deslindadas, podereis tentar resolvê-la se vos sobrar tempo; — mas desde já vos digo que será em vão, — pois nem o sábio Alquife, o mago de *Dom Belianis da Grécia*,[82] nem a não menos famosa Urganda, sua esposa feiticeira, (caso estivessem vivos) poderiam pretender chegar a uma milha que fosse da verdade.

Terá o leitor de conformar-se em esperar até o ano vindouro por uma explicação minuciosa destes assuntos, — quando então lhe será desvendada uma série de coisas que não esperava.

FIM DO SEGUNDO VOLUME

# VOLUME III
## 1761

Multitudinus imperitae non formido judicia;
meis tamen, rogo, parcant opusculis — in quibus
fuit propositi semper, a jocis ad seria, a seriis
vicissim ad jocos transire.

JOAN. SARESBERIENSIS, *Episcopus Lugdun*[1]

VOLUME III
1762

I

—— *"Eu desejaria, dr. Slop"*, disse o tio Toby (repetindo ao dr. Slop, pela segunda vez, o seu desejo, e com mais ardor e convicção na sua maneira de desejar do que anteriormente)* —— *"eu desejaria, dr. Slop"*, disse o tio Toby, *"que tivésseis visto que exércitos prodigiosos tínhamos em Flandres."*

O desejo do tio Toby fez ao dr. Slop um desserviço que seu coração jamais pretendera fazer a homem nenhum, —— senhor, desconcertou-o — pondo-lhe as ideias primeiro em confusão e depois em fuga, pelo que ele não pode reagrupá-las, ainda que fosse pela salvação de sua alma.

Em todas as controvérsias, —— masculinas ou femininas, —— sejam por questão de honra, de lucro ou de amor, — é coisa que não faz diferença no caso; — nada é mais perigoso, madame, do que um desejo acometer a um homem de través, desta maneira inesperada: o meio mais seguro, em geral, de desviar a força do desejo é a parte interessada sobre quem ele investe pôr-se instantaneamente de pé — e desejar ao *desejante*, em troca, algo de quase o mesmo valor, —— acertando as contas, dessarte, logo no

* Vide v. ii, p. 163.

ato; assim, ficareis na mesma situação — ou melhor, ganha-reis a vantagem do ataque.

Isto será abundantemente demonstrado ao mundo no capítulo por mim dedicado aos desejos. ——

O dr. Slop não entendia a natureza de tal defesa; —— desconcertou-se, o que pôs um ponto-final na controvérsia durante quatro minutos e meio; —— cinco ter-lhe-iam sido fatais: — meu pai percebeu o perigo; —— a controvérsia era uma das mais interessantes do mundo: "se o filho de suas orações e empenhos nasceria com ou sem cabeça"; —— es-perou até o último momento a fim de dar ao dr. Slop, em prol de quem o desejo fora expresso, o direito de devolvê--lo; percebendo porém, como eu disse, que o dr. Slop estava desconcertado e continuava a olhar, com aquela perplexa vacuidade nos olhos que as almas desconcertadas geral-mente afetam, —— primeiro para o rosto do tio Toby, —— depois para o seu —— depois para cima —— depois para baixo, depois para o leste —— leste e sudeste, e assim por diante, —— costeando o plinto do lambril até chegar ao ponto oposto da bússola, — e que ele havia de fato começa-do a contar as tachas de bronze no braço de sua poltrona, —— meu pai achou não haver tempo a perder com o tio Toby, pelo que assumiu a conversação como segue.

2

"— Que exércitos prodigiosos tínheis em Flandres!" ——

Irmão Toby, replicou meu pai, tirando a peruca da cabe-ça com a mão direita e com a *esquerda* puxando um lenço indiano de listras do bolso direito do casaco, a fim de esfre-gar a cabeça enquanto discutia a questão com o tio Toby. ——

—— Pois bem, nisto creio que meu pai merecia de fato ser censurado; e apresentarei minhas razões para pensar assim.

VOLUME III                                                                213

Questões aparentemente não mais momentosas do que a de *se meu pai deveria ter tirado a peruca com a mão direita ou a esquerda*, —— dividiram os maiores reinos e fizeram com que tremessem as coroas nas cabeças dos monarcas que os governavam. — Mas devo dizer-vos, senhor, que as circunstâncias a rodear cada coisa deste mundo é que lhe dão seu respectivo tamanho e formato, —— e, com apertá-la ou afrouxá-la, desta ou daquela maneira, tornam a coisa no que é — grande — pequena — boa — má — indiferente ou não indiferente, conforme o caso.

Como o lenço indiano de meu pai estava no bolso direito, de modo algum deveria ele ter permitido à sua mão direita ocupar-se; pelo contrário, em vez de tirar a peruca com ela, como fez, deveria ter deixado isso inteiramente a cargo da mão esquerda; e então, quando a natural urgência de esfregar a cabeça, por ele experimentada, exigisse a retirada do lenço, nada mais teria a fazer no mundo senão pôr a mão direita no bolso direito e puxá-lo fora; — o que poderia ter feito sem nenhuma violência ou torção desgraciosa, mínima que fosse, de qualquer tendão ou músculo do corpo.

Neste caso, (a menos, de fato, que meu pai estivesse resolvido a bancar o tolo segurando obstinadamente a peruca na mão esquerda — ou fazendo este ou aquele ângulo absurdo com o cotovelo ou o sovaco) — toda a sua atitude teria sido confortável — natural — não forçada: o próprio Reynolds,[2] no estilo tão elevado e gracioso com que costuma pintar, poderia tê-lo pintado nessa atitude.

Ora, do modo como meu pai se houve com a situação, —— vede que raios de figura fez de si mesmo.

— Nos fins do reinado da rainha Ana e nos primórdios do reinado do rei Jorge I[3] — *"os bolsos das casacas eram talhados muito embaixo, nas abas"*. —— Não preciso dizer mais —— o pai das traquinagens, mesmo que nisso martelasse um mês inteiro, não poderia ter ideado moda pior para um homem na situação de meu pai.

## 3

Não seria coisa fácil, no reino de qualquer rei que fosse (a menos se se tratasse de um súdito tão magro quanto eu), forçar vossa mão a estender-se diagonalmente por sobre o corpo até alcançar o fundo do bolso oposto de vossa casaca. — No ano de 1718, quando tal aconteceu, era coisa extremamente difícil; de modo que quando o tio Toby descobriu o ziguezagueio transversal dos esforços de meu pai para alcançar o bolso, trouxe-lhe isso imediatamente à lembrança os que ele próprio havia feito diante da porta de Saint-Nicolas, no cumprimento do dever; —— ideia a qual lhe afastou a atenção tão totalmente do assunto em debate que ele ergueu a mão direita para a sineta, a fim de chamar Trim e mandá-lo ir buscar o mapa de Namur, de par com seu compasso e angulário, para medir os ângulos de retorno das transversais daquele ataque, — e, particularmente, do ataque em que recebeu o ferimento na virilha.

Meu pai fechou os sobrecenhos, e ao fechá-los, todo o sangue do seu corpo pareceu subir-lhe à face —— o tio Toby imediatamente desmontou.

—— Eu não havia percebido que vosso tio Toby estava montado. ——

## 4

O corpo de um homem e a sua mente, digo-o com o maior respeito por ambos, são exatamente como um gibão e o seu forro; amarrotai um — e amarrotareis o outro. Há uma exceção no caso, qual seja, serdes um sujeito afortunado o bastante para ter o gibão feito de tafetá elástico e seu forro de algum tafetá especial ou de seda da Pérsia, bem fina.

Zenão, Cleanto, Diógenes Babilônio, Dionísio Heracléata, Antípatro, Panécio e Possidônio, entre os gregos; — Ca-

VOLUME III                                                    215

tão e Varrão e Sêneca entre os romanos; — Panteno e Clemente de Alexandria e Montaigne[4] entre os cristãos; e uma vintena e meia de gente boa, da gente mais honesta, irrefletida e shandiana que jamais viveu e cujos nomes não consigo recordar, — toda essa gente pretendia que seus gibãos eram feitos por tal modelo, —— poderíeis ter amarrotado e amarfanhado, dobrado e vincado, desgastado e puído seu lado exterior até fazê-lo em pedaços; — em suma, poderíeis ter feito o diabo com ele e nenhum dos seus forros sofreria o menor dano, por pior que fosse o que fizésseis.

Acredito, sinceramente, que o meu foi confeccionado mais ou menos assim: — pois nunca nenhum pobre gibão foi mais coçado do que ele nos últimos nove meses, —— no entanto declaro que o seu forro, — tanto quanto posso ajuizar da matéria, nem por isso se estragou; — de cambulhada, a trouxe-mouxe, a tão-balalão, a corta e fura, a golpe aqui e golpe ali, tanto de lado como de comprido, tem-me estado a acometê-lo e a arrumá-lo; — tivesse havido a menor gomosidade que fosse em meu forro, —— céus! Ele todo estaria de há muito no fio, de tão puído e esfiapado.

— Vós, Senhores Resenhadores da *Monthly Review*! ——[5] como pudestes cortar e retalhar assim o meu gibão? —— como sabíeis que iríeis também cortar-me o forro?

De coração e do fundo da alma, recomendo-vos, e aos vossos assuntos, à proteção daquele Ser que a nenhum de nós fará mal, — e que Deus vos abençoe; — só que, no mês vindouro, se qualquer de vós ranger os dentes ou vociferar e esbravejar contra mim, como alguns de vós fizestes em Maio último, (em que lembro ter estado o tempo muito quente), — não fiqueis exasperados se eu seguir o meu caminho de bom humor, —— decidido que estou, enquanto viver ou escrever (o que no meu caso é a mesma coisa), a jamais endereçar ao honrado cavalheiro uma palavra ou voto pior do que aquele que o meu tio Toby endereçou à mosca que lhe zumbiu à volta do nariz durante todo o jantar, —— "Vai-te, —— vai-te, pobre-diabo", disse ele, "—— Some, —— por que iria eu machucar-te? Este mundo é sem dúvida grande o bastante para que eu e tu nele possamos caber."

5

Qualquer homem, senhora, que raciocinasse superiormente e observasse a prodigiosa afluência de sangue ao rosto de meu pai, — mercê da qual (visto ter-lhe todo o sangue do corpo aparentemente afluído ao rosto, conforme vos contei) ele deve ter enrubescido, falando pictórica e cientificamente,[6] seis tons e meio, ao todo, se não uma oitava inteira acima de sua cor natural: —— qualquer homem, senhora, com exceção do meu tio Toby, que houvesse observado isso, juntamente com o violento franzir de sobrecenhos do meu pai, e a extravagante contorção do seu corpo durante todo o incidente, — teria concluído tratar-se de um acesso de ira; e, dando isso por certo, — fosse tal homem apreciador daquele tipo de harmonia que se dá quando dois instrumentos são postos em perfeita afinação, — teria ele instantaneamente afinado as cordas do seu à mesma altura; —— e então o diabo a quatro estaria à solta — a peça inteira, senhora, deveria ter sido tocada como a sexta do Scarlatti de Avison[7] — *con furia*, — feito louco. —— Com a santa paciência! —— O que é que *con furia*, — *con strepito*, — ou qualquer outra burundanga assim tem a ver com harmonia?

Qualquer homem, digo-vos, senhora, com exceção do meu tio Toby, cuja magnanimidade de coração interpretaria qualquer gesto corporal no melhor sentido por este admitido, teria concluído estar meu pai irado e o teria culpado disso, outrossim. O tio Toby culpou tão só ao alfaiate que lhe talhara o bolso; —— por isso permaneceu sentado em silêncio até meu pai ter sacado o lenço dele, olhando-

-lhe o tempo todo o rosto com indizível expressão de boa vontade. — Meu pai por fim continuou como segue.

6

—— Que exércitos prodigiosos tínheis em Flandres!

— Irmão Toby, disse meu pai, acredito sejas um homem honesto, com o coração mais reto e mais bondoso jamais criado por Deus; —— tampouco é culpa tua se todas as crianças já geradas, ou que possam, aconteça, devam ou venham a ser geradas, cheguem ao mundo com a cabeça para a frente; — mas acredita-me, querido Toby, os acidentes que inevitavelmente as atocaiam, não apenas no momento de serem geradas, — embora estes, na minha opinião, bem mereçam ser considerados, — mas sobretudo os perigos e dificuldades que assediam nossos filhos após terem sido postos no mundo são mais do que o bastante; — não há a mínima necessidade de expô-las a outros, desnecessários, no momento de seu ingresso nele. —— São tais perigos, disse meu tio Toby pondo a mão no joelho de meu pai e olhando-lhe gravemente o rosto em busca de uma resposta, —— são tais perigos maiores nos dias de hoje, irmão, do que outrora? Irmão Toby, respondeu meu pai, se uma criança fosse bem gerada, nascesse viva e sadia, e a mãe passasse bem após o parto, —— nossos antepassados não se preocupavam com mais nada. —— O tio Toby tirou no mesmo instante a mão do joelho de meu pai, reclinou o corpo gentilmente na poltrona, ergueu a cabeça até poder avistar a cornija da porta, e então, ordenando aos músculos bucinadores das bochechas e aos músculos orbiculares à volta dos lábios que cumprissem seu dever —— pôs-se a assoviar "Lillabullero".

## 7

Enquanto o tio Toby assoviava "Lillabullero" para o meu pai, — o dr. Slop pisoteava o chão e maldizia Obadiah com a mais espantosa fluência; —— se o tivésseis ouvido, senhor, isso não só vos faria bem ao coração como vos curaria para sempre do vício torpe de maldizer. — Por tal razão, estou decidido a relatar-vos o caso em pormenor.

Quando a criada do dr. Slop entregou a bolsa de baeta verde contendo os instrumentos cirúrgicos de seu amo a Obadiah, recomendou a este, com muita sensatez, que passasse a cabeça e um braço pela alça dos cordões e cavalgasse com a bolsa à bandoleira: dessarte, desfazendo o nó para esticar os cordões, ajudou-o, sem mais cerimônias, a ajeitá-la. Todavia, como esse alargamento desprotegesse, em certa medida, a boca da bolsa, pela qual algo poderia saltar fora em razão da velocidade com que Obadiah ameaçava galopar no caminho de volta, resolveram, com o maior cuidado e precaução do mundo, atar os cordões (apertando primeiro a abertura da bolsa) com meia dúzia de nós firmes, cada um dos quais Obadiah, para maior segurança, puxou e apertou com toda a sua força.

Isto atendia a quanto pretendiam Obadiah e a criada; contudo, não era remédio para alguns males que nem um nem outra haviam previsto. Os instrumentos, ao que parece, por mais bem amarrada que estivesse a bolsa na parte superior, dispunham ainda de tanto espaço para se movimentarem na parte do fundo (dado ser o formato da bolsa cônico) que Obadiah não podia andar a trote sem que o *tire-tête*, o *fórceps* e a *seringa* tilintassem de um modo tão terrível que bastaria para pôr em fuga Hímen,[8] caso ele estivesse fazendo um passeio pela região; todavia, quando Obadiah acelerou a velocidade e de um trote comum tentou passar a pleno galope esporeando seu cavalo de tiro, — pelos céus! senhor, — o tilintar tornou-se inacreditável.

VOLUME III                                                    219

Como Obadiah tinha mulher e três filhos — a torpeza
da fornicação e as muitas outras danosas consequências
políticas desse tilintar jamais lhe passaram pela cabeça;
— ele tinha, porém, uma objeção, que o tocava de perto
e o influenciava, como repetidas vezes acontecera com os
maiores patriotas. —— "*O pobre homem, senhor, não
conseguia ouvir o seu próprio assovio.*"


                              8


Como Obadiah preferia a música dos instrumentos de
sopro a toda outra música instrumental que transportava consigo, — mui circunspectamente pôs sua imaginação para trabalhar com o fito de idear ou inventar algum
meio capaz de o deixar em condições de desfrutá-la.

Em todos os transes (salvo os musicais) em que pequenas cordas se façam necessárias, —— nada logra entrar
mais facilmente na cabeça de um homem do que a fita do
seu chapéu: —— a filosofia disto é tão óbvia — que me
escuso de comentá-la.

Como era Obadiah um caso misto, —— notai, senhores, — que digo um caso misto; visto ser obstétrico, — *sa-
cól*-ico, — seringálico, papístico, — e, no que respeitava
ao cavalo de tiro nele envolvido, — cabalístico — e só em
parte musical, — Obadiah não teve escrúpulos em valer-
-se do primeiro expediente que se lhe oferecia; agarrando
a bolsa com os instrumentos, segurou-a firmemente numa
das mãos; com o indicador e polegar da outra meteu a
ponta da fita do chapéu entre os dentes e fez então sua
mão deslizar até a metade desta; — amarrou e tornou a
amarrar tudo junto, de ponta a ponta, (como se amarra-
ria um tronco) com tal multiplicidade de voltas e tão intrincados cruzamentos, com um nó firme a cada interse-
ção ou ponto de encontro dos cordões, — que seria mister
ter o dr. Slop pelo menos três quintos da paciência de Jó

para desatá-los todos. — Penso sinceramente que estivesse a Natureza de ânimo lesto e humor adequado para empenhar-se em semelhante competição, —— e começassem ela e o dr. Slop ao mesmo tempo, — não há homem vivo que, vendo a bolsa com tudo quanto Obadiah lhe fizera, — e sabendo, ao mesmo tempo, a grande velocidade com que a deusa pode agir quando julga conveniente, que entretivesse a menor dúvida em sua mente —— quanto a qual dos dois levaria embora o prêmio. Minha mãe, senhora, ter-se-ia visto livre de sua carga mais cedo do que a bolsa verde, infalivelmente, — e com uma vantagem de pelo menos vinte *nós*. Joguete de mínimos acidentes, Tristram Shandy! és tu, e sempre o serás! Se o resultado dessa prova te houvesse sido favorável (e as apostas eram de cinquenta contra um de que seria), —— teus assuntos mundanos não se teriam afundado tanto — (ao menos, não por culpa do afundamento de teu nariz) como afundaram; tampouco teriam sido as fortunas de tua casa, e as ocasiões de ganhá-las (as quais tantas vezes se te apresentaram no curso de tua vida) tão frequentemente, tão vexatoriamente, tão docilmente, tão irrecuperavelmente abandonadas — como foste forçado a abandoná-las! — mas acabou-se tudo, — tudo menos a narrativa deles, que não poderá ser oferecida aos curiosos enquanto eu não tiver ingressado neste mundo.

## 9

Os grandes talentos coincidem: pois no momento em que o dr. Slop pôs os olhos na sua bolsa (o que não chegara a fazer enquanto a discussão com o tio Toby acerca de obstetrícia não lho lembrou) — este mesmo pensamento lhe ocorreu. — É uma bênção de Deus, disse ele (consigo) que o sr. Shandy tenha tido até agora tantas dificuldades; — senão, poderia ter dado à luz sete vezes antes que

VOLUME III

metade destes nós fossem desatados. —— Mas cumpre aqui fazerdes uma distinção —— o pensamento apenas flutuou na mente do dr. Slop, sem vela nem lastro, como uma simples proposição; milhões de proposições assim, como vossa senhoria sabe, estão todos os dias a nadar tranquilamente no meio do ralo sumo do entendimento humano, sem irem nem para a frente nem para trás enquanto umas lufadinhas de paixão ou de interesse não as impelirem para algum lado.

Um súbito ruído de passos no aposento acima, perto do leito de minha mãe, prestou à proposição exatamente o serviço de que estou falando. Por todas as desgraças do mundo! disse o dr. Slop. Se eu não me apressar, a coisa irá mesmo acontecer-me.

## 10

No caso dos *nós*, —— pelos quais, primeiramente, não quero se entenda nós corrediços —— porque, no curso de minha vida e opiniões, —— minhas opiniões no tocante a eles serão referidas com maior propriedade quando eu mencionar a catástrofe do meu tio-avô, o sr. Hammond Shandy, —— um homem pequeno, —— mas de grande imaginação, que esteve metido até o pescoço na Sublevação do duque de Monmouth.[9] —— Tampouco, em segundo lugar, refiro-me a esse tipo especial de nó chamado laço; —— exige-se tão pouco jeito, ou habilidade, ou paciência para desatá-lo que não merece qualquer opinião minha a seu respeito. — Os nós de que estou falando, queiram vossas reverências acreditar, são bons e honestos nós, diabolicamente apertados, intrincados, feitos *bona fide*,[10] tal como Obadiah fez os seus; — neles, não foi tomada nenhuma precaução cavilosa de dobrar e passar de volta as duas pontas do atilho por dentro do anel ou laço formado pela segunda *implicação* dos ditos nós, para que se pudesse fazê-los correr e desfazer-se; —— espero que me entendais.[11]

Diante destes *nós*, então, e de várias obstruções que, com a permissão de vossas reverências, eles puseram em nosso caminho pela vida —— o homem apressado pode tirar o canivete e cortá-los. —— Isso está errado. Acreditai-me, senhores, o modo mais virtuoso, ditado tanto pela consciência como pela razão — é usar nossos dentes ou nossos dedos. —— O dr. Slop havia perdido os seus dentes; — tendo o seu instrumento favorito infelizmente escorregado, ou por ele fazer a extração para o lado errado ou por algum outro equívoco que cometera durante um parto difícil, o cabo do instrumento lhe havia arrancado três dos melhores dentes; — tentou então os dedos — mas, ai!, as unhas, inclusive do polegar, haviam sido cortadas rente. — Diabos os levem! Não consigo desatá-los de nenhuma maneira, exclamou o dr. Slop. —— O ruído de pés lá em cima, perto do leito de minha mãe, aumentava. — Carregue a sífilis com esse sujeito! Não terei vida bastante para desatar todos os nós. — Minha mãe deu um gemido — Empresta-me o teu canivete — vou ter de cortar os nós —— puf! —— psha! —— Deus! Cortei fundo o polegar, até o osso —— maldito sujeito —— e não houvesse outro parteiro num raio de cinquenta milhas — estou amarrado desta vez —— bem quisera que o patife fosse enforcado — que fosse fuzilado — que todos os diabos do inferno o levassem, ao cabeça-oca ——

Meu pai tinha grande respeito por Obadiah e não suportava vê-lo tratado dessa maneira; —— tinha ademais algum respeito próprio —— e mal podia suportar o ultraje por que estava passando.

Houvesse o dr. Slop cortado outra parte do corpo que não o polegar —— meu pai teria deixado o ultraje passar —— e sua prudência haveria triunfado: mas assim como as coisas estavam, decidira tirar a sua desforra.

Pequenas maldições em grandes ocasiões, dr. Slop, disse meu pai, (depois de ter lhe apresentado condolências pelo acidente) são apenas um grande dispêndio de nossa força física e da saúde de nossa alma, sem nenhum propósito útil. — Reconheço que são, concordou o dr. Slop. —— São como um tiro de chumbo miúdo, disse o tio Toby (interrompendo o assovio) disparado contra um bastião. —— Servem, continuou meu pai, para agitar os humores — mas não lhes tiram nada da acrimônia: — de minha parte, raramente juro ou *praguejo* —— acho isso mau — mas quando o faço, inadvertidamente, em geral mantenho tanta presença de espírito (é verdade, disse o tio Toby) que consigo atender ao meu propósito — isto é, continuo a jurar até me sentir aliviado. Um homem sábio e justo, todavia, buscaria sempre tornar a vazão dada a tais humores não só proporcional ao grau da agitação em seu íntimo — mas também ao tamanho e malevolência da ofensa sobre a qual iriam recair. —— "*As injúrias vêm tão só do coração*", —— disse o tio Toby. Por tal razão, continuou meu pai, com a mais *cervântica*[12] das gravidades, tenho a maior das admirações àquele cavalheiro que, por desconfiança de sua própria discrição neste particular, sentou-se e cunhou (isto é, quando tinha tempo) formas convenientes de praguejamento para todos os casos, desde as menores até as maiores provocações, que lhe poderiam possivelmente acontecer, — formas às quais muito considerava, tanto mais quanto podia sempre recorrer a elas, e por isso as mantinha à mão, no consolo da chaminé, prontas para serem usadas. —— Jamais pensei, replicou o dr. Slop, que já se tivesse cogitado de tal coisa, —— muito menos que já a tivessem posto em prática. Perdoe-me — respondeu meu pai; ainda esta manhã eu estava lendo, embora não usando, uma delas para o meu irmão Toby, enquanto ele servia o chá — está aqui na prateleira acima da minha cabeça; — se bem me lembro, porém, é violenta demais para um corte no polegar. ——

De modo algum, disse o dr. Slop; — que o diabo leve o sujeito. — Respondeu meu pai: Está inteiramente ao vosso dispor, dr. Slop —— com a condição de que a leiais em voz alta; —— assim, erguendo-se da poltrona, pegou uma fórmula de excomunhão da Igreja de Roma, cópia que ele (cujas coleções eram curiosas) tirara do livro-mestre da igreja de Rochester, onde fora escrita por ERNULPHUS, o bispo, — e, com a mais afetada gravidade de voz e de gestos, que teria engambelado ao próprio ERNULPHUS, — colocou-a nas mãos do dr. Slop. — Este enrolou o polegar no canto do lenço, e, com uma careta de desagrado, embora sem de nada suspeitar, leu alto o que se segue — enquanto o tio Toby assoviava "Lillabullero" o tempo todo, e tão ruidosamente quanto podia.

# I I

Textus de Ecclesiâ Roffensi, per Ernulfum Episcopum.[13]

### 25
#### EXCOMMUNICATIO*

Ex auctoritate Dei omnipotentis, Patris, et Filij, et Spiritus Sancti, et sanctorum canonum, sanctaeque et intemeratae Virginis Dei genetricis Mariae,

——Atque omnium coelestium virtutum, angelorum, archangelorum, thronorum, dominationum, potestatuum, cherubin ac seraphin, & sanctorum patriarcharum, prophetarum, & omnium apostolorum & evangelistarum, & sanctorum innocentum, qui in conspectu Agni soli digni inventi sunt canticum cantare novum, et sanctorum martyrum, et sanctorum confessorum, et sanctarum virginum, atque omnium simul sanctorum et electorum Dei, —

*vel* os    s    *vel*

Excommunicamus, et anathematizamus hunc furem, vel hunc

os    s

malefactorem, N.N. et a liminibus sanctae Dei ecclesiae seques-

*vel* i

---

\* Visto a genuidade da consulta à Sorbonne acerca da questão de batismo ter sido posta em dúvida por alguns e negada por outros, —— julgou-se conveniente publicar o original desta excomunhão; por cujo translado o sr. Shandy consigna seus agradecimentos ao escrevente do deão e capítulo de Rochester.

tramus et aeternis suppliciis excruciandus, mancipetur, cum

  n

Dathan et Abiram, et cum his qui dixerunt Domino Deo, Recede à
nobis, scientiam viarum tuarum

                 *vel*

nolumus: et sicut aquâ ignis extinguitur, sic extinguatur lucerna
eorum             n

ejus in secula seculorum nisi resipuerit, et ad satisfactionem
n

venerit. Amen.

    os

  Maledicat illum Deus Pater qui hominem creavit. Maledicat
os                        os

illum Dei Filius qui pro homine passus est. Maledicat illum

                   os

Spiritus Sanctus qui in baptismo effusus est. Maledicat illum sancta
crux, quam Christus pro nostrâ salute hostem triumphans ascendit.

    os

  Maledicat illum sancta Dei genetrix et perpetua Virgo Maria.

   os

Maledicat illum sanctus Michael, animarum susceptor sacrarum.

   os

Maledicant illum omnes angeli et archangeli, principatus
et potestates, ominisque militia coelestis.

    os

  Maledicat illum patriarcharum et prophetarum laudabilis nu-

    os

merus. Maledicat illum sanctus Johannes praecursor et Baptista
Christi, et sanctus Petrus, et sanctus Paulus, atque sanctus Andreas,
omnesque Christi apostoli, simul et caeteri discipuli, quatuor quoque
evangelistae, qui sua praedicatione mundum universum converte-
runt. Maledicat illum cuneus martyrum et confessorum mirificus,
qui Deo bonis operibus placitus inventus est.

    os

  Maledicant illum sacrarum virginum chori, quae mundi vana

    os

causa honoris Christi respuenda contempserunt. Maledicant illum omnes sancti qui ab initio mundi usque in finem seculi Deo dilecti inveniuntur.

os

Maledicant illum coeli et terra, et omnia sancta in eis manentia.

i       n       n

Maledictus sit ubicunque fuerit, sive in domo, sive in agro, sive in viâ, sive in semitâ, sive in silvâ, sive in aquâ, sive in ecclesiâ.

i       n

Maledictus sit vivendo, moriendo,——————————

——————    ——————    ——————

——————    ——————    ——————

——————    ——————    ——————

——————    ——————    ——————

manducando, bibendo, esuriendo, sitiendo, jejunando, dormitando, dormiendo, vigilando, ambulando, stando, sedendo, jacendo, operando, quiescendo, mingendo, cacando, flebotomando.

i   n

Maledictus sit in totis viribus corporis.

i   n

Maledictus sit intus et exterius.

i   n

Maledictus sit in capillis; maledictus sit in cerebro.

i   n

Maledictus sit in vertice, in temporibos, in fronte, in auriculis, in superciliis, in oculis, in genis, in maxillis, in naribus, in dentibus, mordacibus sive molaribus, in labiis, in guttere, in humeris, in harnis, in brachiis, in manubus, in digitis, in pectore, in corde, et in omnibus interioribus stomacho tenus, in renibus, in inguinibus, in femore, in genitalibus, in coxis, in genebus, in cruribus, in pedibus, et in unguibus.

Maledictus sit in totis compagibus membrorum, a vertice capitis, usque ad plantam pedis —— non sit in eo sanitas.

Maledicat illum Christus Filius Dei vivi toto suae majestatis imperio.

—— Et insurgat adversus illum coelum cum omnibus virtutibus quae in eo moventur ad *damnandum* eum, nisi penituerit ed ad satisfactionem venerit. Amen. Fiat, fiat. Amen.

11

"Pela autoridade de Deus Onipotente, do Pai, do Filho e do Espírito Santo, e dos cânones santos, e da imaculada Virgem Maria, mãe e protetora de nosso Salvador." — Creio que não há necessidade, disse o dr. Slop deixando cair o papel sobre o joelho e dirigindo-se ao meu pai —— de lê-lo em voz alta, já que o lestes inteiro tão recentemente, senhor; — e já que o Capitão Shandy não parece estar muito inclinado a ouvi-lo, —— posso muito bem lê-lo comigo. Isso contraria o nosso acordo, replicou meu pai; — ademais, há algo tão excêntrico na sua parte final, especialmente, que eu sentiria perder o prazer de uma segunda leitura. O dr. Slop não gostou nada, — mas como o tio Toby se oferecesse naquele momento para, interrompendo o assovio, lê-lo ele próprio para eles, —— o dr. Slop achou que seria melhor lê-lo protegido pelo assovio do tio Toby, — do que suportar que este o lesse sozinho; — assim, erguendo o papel até perto do rosto e mantendo-o bem paralelo ao mesmo, a fim de ocultar a sua mortificação, — leu-o em voz alta como segue, —— enquanto o tio Toby assoviava o "Lillabullero", embora não tão ruidosamente quanto antes.

"Pela autoridade de Deus Onipotente, do Pai, do Filho e do Espírito Santo, e dos cânones santos, e da imaculada Virgem Maria, mãe e protetora de nosso Salvador, e de todas as virtudes celestiais, anjos, arcanjos, tronos, dominações, potestades, querubins e serafins, e de todos os santos patriarcas, profetas, e de todos os apóstolos e evangelistas, e dos santos inocentes que, aos olhos do santo Cordeiro, são julgados dignos de cantar o novo cântico dos santos mártires e dos santos confessores, e das santas virgens, e de todos os santos juntos, com os santos e eleitos de Deus ——" (Obadiah) "seja maldito" (por fazer estes nós.) —— "Nós o excomungamos e anatematizamos, e dos umbrais da santa Igreja de Deus Onipotente o apartamos, para que seja atormentado, vendido e entregue, juntamente com Datã e Abirã[14] e todos aqueles que dizem ao Senhor: Afasta-te de nós, não desejamos nenhum dos teus caminhos. E assim como o fogo é extinto com água, assim também seja a luz dele apagada para sempre, a menos que isto o faça arrepender-se" (Obadiah, dos nós que atou) "e oferecer reparação" (por eles.) "Amém."

"Que o Pai, criador do homem, o amaldiçoe. — Que o Filho, o qual sofreu por nós, o amaldiçoe. —— Que o Espírito Santo, que nos foi dado no batismo, o amaldiçoe" (Obadiah.) — "Que a santa cruz a que Cristo, para a nossa salvação, triunfando dos inimigos, subiu, o amaldiçoe.

"Que a santa e eterna Virgem Maria, mãe de Deus, o amaldiçoe. — Que são Miguel, o advogado das almas santas, o amaldiçoe. — Que todos os anjos e arcanjos, dominações e potestades, e todos os exércitos celestiais o amaldiçoem." Nossos exércitos lançavam maldições terríveis em Flandres, gritou o tio Toby, — mas nada que se parecesse com isto. — [De minha parte, eu não teria coragem de amaldiçoar assim a um cão.]

230 TRISTRAM SHANDY

"Que são João, o pré-cursor, e são João Batista,[15] e são Pedro e são Paulo, e santo André, e todos os apóstolos de Cristo, juntos, o amaldiçoem. E que os restantes de seus discípulos e os quatro evangelistas, que com sua pregação converteram o mundo universal, e que a santa e maravilhosa companhia dos mártires e dos confessores, que, com suas santas obras, se tornaram gratos ao Senhor Onipotente, o amaldiçoem (Obadiah.)

"Que o santo coro das virgens santas, que, para honrar a Cristo desprezaram as coisas do mundo, o maldigam. — Que todos os santos que, desde o princípio do mundo até o tempo imperecível, se fizeram amados de Deus, o maldigam. — Que os céus e a terra, e todas as coisas santas ali contidas, o amaldiçoem", (Obadiah) "ou a ela", (ou a quem mais tenha dado a mão para atar estes nós.)

"Que ele (Obadiah) seja amaldiçoado onde quer que esteja, — em casa ou nos estábulos, no jardim ou no campo, ou na estrada real ou na trilha, ou na floresta, ou na água, ou na igreja. — Maldito seja vivendo ou morrendo." [Neste ponto, meu tio Toby, aproveitando-se de uma mínima no segundo compasso de sua toada, ficou assoviando uma nota sustentada até o fim da frase —— O dr. Slop, com suas divisões de pragas, acompanhou-o o tempo todo como um baixo contínuo.] "Maldito seja comendo e bebendo; quando esteja faminto ou sedento; jejuando, dormindo, dormitando, andando; estando de pé, sentado ou deitado; trabalhando, descansando, mijando, cagando e sangrando!"

"Maldito seja ele (Obadiah), maldito em todas as faculdades do seu corpo!

"Maldito seja interna e externamente. — Maldito seja nos cabelos da cabeça. — Maldito seja no seu cérebro e no vértice" (eis uma praga terrível, disse meu pai), "nas têmpo-

VOLUME III                                                    231

ras, na fronte, nos ouvidos, nas sobrancelhas, nas faces, na mandíbula, nas narinas, nos dentes incisivos e molares, nos lábios, na garganta, nos ombros, nos pulsos, nos braços, nas mãos, nos dedos.

"Maldito seja na boca, no peito, no coração e fressura, até o próprio estômago.

"Maldito seja nos rins e nas virilhas", (Que Deus do céu não permita, disse o tio Toby) — "nas coxas, nas partes genitais", (meu pai sacudiu a cabeça) "e nas ancas, e nos joelhos, nas pernas, e pés, e unhas dos pés.

"Maldito seja em todas as juntas e articulações dos seus membros, do topo da cabeça à sola dos pés; que não haja saúde nele.

"Que o Filho do Deus vivo, em toda a glória de sua majestade" —— [Neste ponto, o tio Toby, atirando a cabeça para trás, proferiu um monstruoso, longo, alto Fiu — uu — uu —— algo a meio caminho entre o assovio interjectivo de *Puxa!* e a palavra propriamente dita. ——

— Pelas douradas barbas de Júpiter — e de Juno, (se sua majestade usasse uma), e pelas barbas do restante de vossas deidades pagãs, as quais, diga-se de passagem, não eram poucas, haja vista as barbas de vossos deuses celestiais e dos deuses aéreos e aquáticos, — para não falar das barbas dos deuses urbanos e rurais, ou das deusas celestiais vossas esposas, ou das deusas infernais vossas putas e concubinas (isto é, caso as usassem) —— as quais barbas conforme Varrão me conta, sob sua palavra de honra, se somadas todas, dariam nada menos de trinta mil barbas[16] de fato na igreja pagã; —— cada uma das quais reclamava o direito e privilégio de que a cofiassem e por ela jurassem, — por todas essas barbas juntas, então, —— juro e protesto que daria a melhor das duas velhas batinas que possuo neste mundo, e de tão bom grado quanto Cid Hamet[17] deu a dele, —— tão somente para ter estado então ao lado do meu tio Toby e poder ter-lhe ouvido o acompanhamento.]

—— "Maldito seja", —— continuou o dr. Slop, —— "e

que o céu, com todas as potestades que nele se movem, se levante contra ele, o maldiga e o dane" (Obadiah) "a menos que se arrependa e ofereça reparação. Amém. Que assim seja, — que assim seja. Amém."

Declaro, disse o tio Toby, que meu coração não me deixaria maldizer com tamanha amargura ao próprio diabo. —— Ele é o pai das maldições, replicou o dr. Slop. —— Mas eu não, replicou meu tio. —— Mas ele já está amaldiçoado e danado por toda a eternidade, —— replicou o dr. Slop.

Sinto muito por isso, disse o tio Toby.

O dr. Slop fez um muxoxo e estava a pique de devolver ao tio Toby o cumprimento do seu Fiu — uu — uu —— ou assovio interjectivo, —— quando a porta, abrindo-se violentamente no capítulo seguinte ao próximo, —— pôs fim à questão.

<br>

## 12

Ora, não vamos agora dar-nos ares e pretender que as pragas que soltamos nesta nossa terra de liberdade são de fato nossas; e só porque temos disposição para soltá-las, —— não imaginemos que temos engenho bastante para inventá-las.

Aproveitarei este momento para prová-lo a quem for, com exceção de um connoisseur; —— muito embora eu declare ter objeções apenas a um connoisseur em pragas, — como as teria a um connoisseur em pintura &c. &c. O bando todo deles anda tão enfeitado e *enfetichado* com as bugigangas e penduricalhos da crítica, —— ou, para abandonar a metáfora, a qual, de passagem, é uma lástima, —— visto ter eu ido buscá-la longe, na costa da Guiné; —— as cabeças deles, senhor, acham-se de tal modo cheias de regras e compassos, estando perenemente propensas a aplicá-los em todas as ocasiões, que melhor seria

VOLUME III                                                        233

a uma obra de arte ir logo para o diabo do que aguentar-
-lhes, até a morte, as alfinetadas e as torturas.

——— E como foi que Garrick[18] recitou o solilóquio na
noite passada? — Oh, infringindo todas as regras, milorde, — especialmente de gramática! Entre o substantivo e
o adjetivo, que devem concordar entre si em *número, caso*
e *gênero*, ele fazia uma pausa, — detendo-se como se se
tratasse de questão a decidir; ——— e entre o caso nomi-
nativo, que vossa senhoria sabe deve governá-lo, e o verbo, ele suspendeu a voz, no epílogo, uma dúzia de vezes,
durante três segundos e três quintos cada vez, milorde,
contados pelo cronômetro. ——— Admirável gramático!
——— Mas ao suspender a voz ——— suspendeu-se igualmente o sentido? Será que nenhuma expressão de sua postura ou do seu semblante preencheu o vazio? — O olho
estava silencioso? Olhastes bem de perto? — Olhei só
para o cronômetro, milorde. ——— Excelente observador!

E quanto a esse novo livro em torno do qual todos
estão fazendo tal alvoroço?[19] — Oh, totalmente fora de
prumo, milorde, ——— uma coisa muito irregular! — nenhum dos ângulos, nos quatro cantos, é um ângulo reto.
— Eu trazia no bolso, milorde, minha régua e compassos.
——— Excelente crítico!

— E quanto ao poema épico a que vossa senhoria me
pediu para dar uma olhada; — tendo-lhe tomado as medidas de comprimento, largura, altura e profundidade, e
tendo-as comparado, em casa, com a escala exata de Bossu, —[20] estão todas fora, milorde, cada uma delas. ———
Admirável connoisseur!

— E no vosso caminho de volta, entrastes para dar uma
olhada naquele grandioso quadro? ———É uma borradela
melancólica, milorde; nenhum dos princípios da *pirâmide*
é observado em qualquer dos grupos! ——— e que preço!
——— não tem nada do colorido de Ticiano, ——— da expressão de Rubens, — da graça de Rafael, ——— da pureza
de Domenichino, — da *corregidade* de Correggio, — da

sabedoria de Poussin, — das atmosferas de Guido, — do gosto dos Carraccis, — ou do traço grandioso de Ângelo. ——————[21] Dai-me paciência, céus! —— De todos os calões que não se pode calar neste mundo calamitoso, —— conquanto o pior calão seja o dos hipócritas, — o calão da crítica é o mais aflitivo!

Eu andaria cinquenta milhas a pé, pois não tenho cavalo que valha a pena montar, para beijar as mãos do homem cujo coração generoso entregasse as rédeas da sua imaginação às mãos do seu autor, —— que se agradasse sem saber por que e não se importasse em saber o motivo.

Ó grande Apolo! se estás de ânimo dadivoso, —— dá-me apenas, —— não te peço mais, um só toque de humor nativo, arrimado de uma única centelha de teu próprio fogo, —— e envia Mercúrio, com *réguas e compassos*, se dele puderes prescindir, e com meus cumprimentos, para —— ora, deixa para lá.

Agora, a todos os demais, proponho-me provar que as pragas e juramentos que temos estado a lançar ao mundo nestes últimos duzentos e cinquenta anos como originais, —— salvo *Pelo polegar de São Paulo!*, —— *Pela carne e pelo peixe de Deus!*, que eram juramentos monárquicos,[22] e considerando quem as pronunciava, não eram de todo despropositadas; e quanto aos juramentos dos reis, não importava muito se eram pela carne ou pelo peixe; —— digo, antes, que não há uma imprecação, ou pelo menos, entre estas, uma só maldição, que não tenha sido copiada, uma e muitas vezes, mil vezes, de Ernulphus; todavia, como acontece com todas as cópias, quão infinitamente distantes da força e do espírito do original! — Tem-se por imprecação não de todo má, —— e, em si, até que soa muito bem, —— *"Que D—s te amaldiçoe."* —— Ponde-a ao lado da de Ernulphus —— "Que Deus Onipotente, o Pai, te maldiga, — que Deus, o Filho, te maldiga, — que Deus, o Espírito Santo, te maldiga", — e vereis que não é nada. — Há uma certa orientalidade nas

VOLUME III

de Ernulphus a que não podemos ascender; além disso, ele é mais copioso na invenção, —— era mais bem-dotado das excelências do imprecador; —— tinha conhecimento tão completo da estrutura humana, de suas membranas, nervos, ligamentos, junturas e articulações, — que quando amaldiçoava, — parte alguma lhe escapava. — É verdade que há uma certa *dureza* em seu modo de dizer, — e, como em Michelangelo, uma falta de *graça*, —— mas, ao mesmo tempo, que intenso *prazer*!

Meu pai, que costumava olhar todas as coisas a uma luz muito diferente da do resto da humanidade, —— jamais permitiria que isso, ao fim e ao cabo, passasse por original. —— Considerava antes o anátema de Ernulphus como uma espécie de compilação de imprecações na qual, suspeitava, dada a decadência da *arte de imprecar* durante algum pontificado mais brando, Ernulphus, por ordem do papa sucessor, havia coligido, com muita erudição e diligência, todas as leis da dita arte; —— pela mesma razão por que Justiniano,[23] na decadência do império, ordenara ao seu chanceler Triboniano que coligisse todas as leis romanas e civis num código ou digesto, — para que pela usura do tempo, — e pela fatalidade de todas as coisas confiadas à tradição oral, elas não se perdessem para sempre.

Por tal razão afirmava meu pai, de quando em quando, não haver uma imprecação, desde a grande e tremenda imprecação de Guilherme, o Conquistador, (*Pelo esplendor de Deus*)[24] até a mais baixa imprecação de um varredor de rua (*Malditos sejam os teus olhos*), que não possa ser encontrada em Ernulphus. —— Em suma, acrescentava ele, — desafio qualquer homem a imprecar *fora* desse texto.

A hipótese, como a maior parte das hipóteses de meu pai, é, além de singular, engenhosa; —— não tenho, aliás, nenhuma objeção a ela, a não ser a de que derruba minha própria hipótese.

## 13

—— Corta-me a alma! —— minha pobre senhora está prestes a desmaiar, —— e foram-se as suas dores, —— e acabaram-se as gotas, —— e o vidro de xarope está quebrado, —— e a enfermeira cortou o braço, —— (e eu, meu dedo, exclamou o dr. Slop) e a criança continua onde estava, prosseguiu Susannah, —— e a parteira caiu de costas sobre o guarda-fogo da lareira, o que lhe causou no quadril uma contusão mais negra do que vosso chapéu. —— Vou dar uma olhada nela, disse o dr. Slop. —— Não é preciso, retrucou Susannah, —— seria melhor olhardes minha senhora; —— a parteira, porém, gostaria de dar--vos um informe detalhado de como estão as coisas e pede-vos para subir em seguida.

A natureza humana é igual em todas as profissões.

O dr. Slop havia sido há pouco preterido pela parteira, — coisa que não conseguira engolir. — Não, replicou ele, seria mais correto que a parteira descesse para falar comigo. — Agrada-me a subordinação, disse o tio Toby; — não fosse ela, após a tomada de Lille, não sei o que poderia ter acontecido à guarnição de Gand, no motim desencadeado pela falta de pão, no ano Dez.[25] —— Tampouco sei eu, retrucou o dr. Slop, (parodiando a reflexão pau-cavalar do tio Toby, embora fosse ele próprio não menos pau-cavalar), — capitão Shandy, o que seria da guarnição lá em cima, na confusão e motim em que vejo as coisas no momento, se não fosse a subordinação de polegares e demais dedos à ****** —— cuja aplicação, senhor, em virtude do acidente que acabo de sofrer, vem tão *à propos*[26] que, sem ela, o corte no meu polegar poderia ter sido sentido pela família Shandy enquanto esta ostentasse um nome.

VOLUME III                                                    237

## 14

Voltemos à ****** —— no último capítulo.

Constituía um singular rasgo de eloquência (pelo menos ao tempo em que a eloquência florescia em Atenas e Roma, e ainda constituiria, caso os oradores de hoje vestissem mantos) não mencionar o nome de uma coisa quando a trazíeis convosco, *in petto*,[27] pronta a ser exibida, de súbito, no lugar em que a quisésseis. Uma cicatriz, um machado, uma espada, um gibão trespassado, um capacete enferrujado, uma libra e meia de cinzas numa urna ou num pote de conservas de três pence e meio, —— e, acima de tudo, um terno infante regiamente ataviado. — Não obstante, se ele fosse muito pequeno, e a oração tão longa quanto a segunda *Filípica* do Túlio, ——[28] certamente teria ele feito cocô no manto do orador. —— Além disso, se fosse criança de mais idade, — devia dificultar e obstar os movimentos do orador, — fazendo-o assim perder tanto quanto com ela poderia ter lucrado. — Todavia, se o orador político o achasse na idade certinha, — escondia seu BAMBINO no manto tão astuciosamente que mortal nenhum lhe sentiria o cheiro, — e o apresentava tão pontualmente no momento crítico, que ninguém poderia dizer nem como nem de onde saíra. —— Oh, senhores! tal recurso operou maravilhas. —— Abriu as comportas, virou as cabeças, abalou os princípios e desmantelou a política de meia nação.

Tais feitos, entretanto, só podem ser realizados em países e épocas, afirmo, em que os oradores usem mantos, — e mantos bem amplos também, meus irmãos, de vinte ou vinte e cinco jardas de boa púrpura, superfina e de bom preço, —— com pregas e dobras graciosas, talhadas em estilo grandioso. —— Tudo isso mostra claramente, com permissão de vossas senhorias, que o declínio da eloquência e o pouquíssimo serviço que hoje presta, tanto dentro como fora de portas, não se deve a outra coisa senão aos casacos curtos e ao desuso das *bragas*. —— Sob as nossas, senhora, não podemos esconder nada que valha a pena mostrar.

## 15

Por um triz não foi o dr. Slop uma exceção a toda esta argumentação: pois, acontecendo de ter a bolsa de baeta verde sobre os joelhos, quando se pôs a parodiar o tio Toby, —— esta se lhe revelou tão útil quanto o melhor manto do mundo: tanto assim que, ao prever que a frase iria concluir-se pelo seu recém-inventado *fórceps*, meteu a mão na bolsa, pronto para agarrá-lo, quando vossas senhorias dessem tanto tento do \*\*\*\*\*\*, que ele manejara; — com isso, o tio Toby teria sido certamente derrubado: nesse caso, a frase e o argumento se encontrariam tão precisamente no mesmo ponto como as duas linhas que formam o ângulo saliente de um ravelim, — e o dr. Slop jamais abriria mão disso; —— o tio Toby teria, então, de bater em retirada, em vez de tentar tomar a posição à força. Mas o dr. Slop pôs-se a escarafunchar tanto na bolsa para retirar o *fórceps*, que todo o efeito se perdeu e, o que era dez vezes pior (pois os males quase nunca vêm desacompanhados nesta vida), ao puxar o *fórceps*, este desastrosamente arrastou consigo a *seringa*.

Quando uma proposição pode ser entendida de duas maneiras diferentes, —— é lei assente nas discussões que o respondedor está autorizado a retrucar àquela que repute mais conveniente para si. —— Isto fez com que a vantagem do argumento pendesse muito mais para o lado do tio Toby. —— Pelo bom Deus! exclamou o meu tio Toby, *então as crianças são trazidas ao mundo com uma seringa?*

VOLUME III                                                    239

## 16

— Pela minha honra, senhor, arrancaste-me toda a pele
das costas de ambas as mãos com vosso fórceps, exclamou meu tio Toby, — e, além disso, esmagastes os nós dos
meus dedos, reduzindo-os a uma papa. A culpa é vossa,
disse o dr. Slop, —— deveríeis ter cerrado ambos os punhos como se fossem a cabeça de uma criança, conforme
vos recomendei, e mantê-los firmes. —— Pois assim fiz,
respondeu meu tio Toby. —— Então as pontas do meu fórceps não estavam na posição certa, ou o rebite precisava
de aperto — ou talvez o corte do meu polegar tenha tirado
um pouco da minha destreza, —— ou possivelmente —
Ainda bem, disse meu pai, interrompendo a pormenoriza-
ção de possibilidades, —— que o experimento não foi feito
primeiramente com a cabeça de meu filho. —— Não teria
sido nem um pouco pior, respondeu o dr. Slop. Garanto,
disse meu tio Toby, que teria rompido o cerebelo, (a menos, realmente, que o cérebro fosse tão duro quanto uma
granada), transformando-o num perfeito mingau. Bah!
replicou o dr. Slop, a cabeça de uma criança é, por natureza, tão branda quanto a polpa de uma maçã; —— as
suturas cedem, —— e, ademais, eu poderia extraí-lo pelos
pés, posteriormente. —— Não o senhor, disse ela. — Eu
gostaria que se começasse por aí, disse meu pai.

Sim, por favor, acrescentou o tio Toby.

## 17

—— E dizei-me, boa mulher, ao fim e ao cabo podereis ga-
rantir-me que não é o quadril da criança, em vez de sua
cabeça? —— Não há dúvida nenhuma de que é a cabeça,
replicou a parteira. Porque, continuou o dr. Slop, (voltando-
-se para meu pai) por mais certas que estas velhas senhoras
geralmente estejam, —— é um pormenor muito difícil de
saber, — e no entanto sabê-lo é uma questão da maior im-

portância; —— porque, senhor, se se tomar o quadril pela cabeça — há uma possibilidade (se for menino) de o fórceps ∗∗∗∗∗∗∗∗∗∗∗∗∗∗∗∗∗∗∗∗∗∗∗∗∗∗∗∗∗∗∗∗∗∗∗∗∗∗∗∗∗∗∗∗∗∗∗∗∗∗∗∗∗∗∗∗ ∗∗∗∗∗∗∗∗∗∗∗∗∗∗∗∗∗∗∗∗∗∗∗∗∗∗∗∗∗∗∗∗∗∗∗∗∗∗∗∗∗∗∗∗∗∗∗∗∗∗∗∗∗∗

—— Qual fosse tal possibilidade, disse-a o dr. Slop num sussurro muito baixo ao meu pai, e em seguida ao tio Toby. —— Esse perigo não existe, continuou, quando se trata da cabeça. — Não, na verdade, disse meu pai, — mas se a possibilidade por vós aventada ocorrer com o quadril, —— podeis arrancar-lhe também a cabeça.

— É moralmente impossível que o leitor possa entender isto; —— basta que o dr. Slop o tenha entendido; —— segurando na mão a bolsa de baeta verde e com a ajuda dos escarpins de Obadiah, atravessou o aposento até a porta, num passo bastante lépido para um homem da sua corpulência, —— e da porta até os aposentos de minha mãe, o caminho foi-lhe mostrado pela boa e velha parteira.

18

Faz duas horas e dez minutos, — não mais do que isso, —— exclamou meu pai, consultando o seu relógio, desde que o dr. Slop e Obadiah chegaram, —— e não sei como aconteceu, irmão Toby, —— mas para a minha imaginação parece ter se passado quase um século.

—— Aqui está —— por favor, senhor, segurai o meu gorro, — ou melhor, segurai também os guizos e as minhas sapatilhas. ——

Agora, senhor, estão inteiramente ao vosso dispor, e de bom grado vos faço presente deles, com a condição de prestardes toda a atenção a este capítulo.

Embora dissesse meu pai, "*não sabia como acontecera*", — ele o sabia muito bem; —— e no mesmo instante em que disse isso, estava predeterminado, mentalmente, a fazer ao tio Toby um claro relato do assunto mercê de uma dissertação metafísica acerca da *duração e seus modos simples*, a fim de mostrar ao tio Toby por quais mecanismos e medidas do cérebro veio a acontecer de a rápida sucessão das ideias deles e de os repetidos saltos da conversação de uma a outra coisa, desde que o dr. Slop entrara no aposento, terem dado a um período tão curto de tempo uma duração tão inconcebível. —— "Não sei como aconteceu, —— exclamou meu pai, —— mas parece um século."

— Isso se deve inteiramente, disse o meu tio Toby, à sucessão de nossas ideias.

Meu pai, que compartilhava com todos os filósofos a comichão de raciocinar sobre cada coisa que acontecia e dar-lhe também uma explicação, — sentiu imenso prazer em avir-se com esta questão da sucessão das ideias e não teve maiores escrúpulos de arrebatá-la das mãos do tio Toby, o qual (bom homem!) costumava aceitar as coisas como sobrevinham; —— e, entre todos os homens do mundo, perturbava pouquíssimo seu cérebro com raciocínios abstratos; — as ideias de tempo e espaço, —— ou de como as adquiríamos, —— ou de que material eram feitas, —— ou se nasciam conosco, —— ou se as colhíamos mais tarde, durante a caminhada, — ou se as adquiríamos de cueiros, — ou só quando passávamos a vestir calções, — de par com mil outras indagações e disputas acerca de INFINITUDE, PRESCIÊNCIA, LIBERDADE, NECESSIDADE e assim por diante, por causa de cujas desesperadas e inalcançáveis teorias tantas excelentes cabeças acabaram viradas e transtornadas, — jamais fizeram à do tio Toby o menor dano que fosse; meu pai bem sabia disso, — e não ficou menos surpreso que desapontado com a solução fortuita proposta por meu tio.

Compreendes a teoria relativa a esta questão? perguntou meu pai.

Eu não, respondeu meu tio.

—— Mas tens alguma ideia, disse meu pai, do que estás falando? ——

Não mais do que meu cavalo, replicou o tio Toby.

Céus benditos!, exclamou meu pai erguendo os olhos para o alto e juntando as mãos, — há mérito em tua honesta ignorância, irmão Toby, — quase que seria uma pena trocá-la por conhecimento. ——— Mas vou dizer-te. —

Para entender bem o que seja *tempo*, sem o que jamais poderemos compreender o que seja *infinitude*, visto ser um parte do outro, — devemos nos sentar e considerar seriamente qual ideia temos da *duração*, a fim de poder dar uma explicação satisfatória de como a ela chegamos. — E o que importa isso à gente? perguntou o tio Toby.* *Porque se voltares os olhos para dentro de tua própria mente*, continuou meu pai, *e observares atentamente, perceberás, irmão, que enquanto eu e tu estamos aqui a falar um com o outro, refletindo e fumando nossos cachimbos; ou enquanto recebemos sucessivas ideias em nossas mentes, sabemos que de fato existimos, e dessarte percebemos a existência, ou o prosseguimento de nossa própria existência, ou de alguma outra coisa proporcional à sucessão de quaisquer ideias em nossas mentes, à duração de nós mesmos ou de alguma outra coisa coexistente com o nosso pensar,* —— *e assim, de conformidade com aquela preconcebida* —— Tu me deixas todo confuso! exclamou o tio Toby. —

—— É por isso, replicou meu pai, que, em nossas estimativas de *tempo*, estamos tão habituados a minutos, horas, semanas e meses, —— e a relógios (quisera que não houvesse um só relógio no reino)$^{29}$ para medir-lhe as porções no que se refere a nós, e àqueles que nos pertencem, —— que seria muito bom se, em tempos vindouros, a *sucessão de nossas ideias* fosse de algum uso ou utilidade para nós.

Pois bem, quer a observemos, ou não, prosseguiu meu pai, na cabeça de todo homem são há uma sucessão regular de ideias desta ou daquela espécie, em fileira, assim como —— Uma fieira de peças de artilharia? perguntou o

* Vide Locke.

VOLUME III 243

tio Toby. — Uma fieira de notas produzida por um arco de violino! — disse meu pai, — que se seguem umas às outras em nossas mentes, a distâncias regulares, como as imagens no interior de uma lanterna mágica posta a girar pelo calor de uma vela. — Asseguro-te, disse o tio Toby, que as minhas mais parecem um assador a girar na lareira.[30]
—— Então, irmão Toby, nada mais tenho a dizer-te sobre o assunto, concluiu meu pai.

### 19

—— Que conjuntura se perdeu então! —— Meu pai numa de suas melhores disposições de ânimo explicativo, — a perseguir avidamente uma questão metafísica nas mesmas regiões em que, logo em seguida, nuvens e trevas espessas a teriam envolvido; —— o tio Toby numa das melhores disposições do mundo para ouvir; — a cabeça feita um assador rotativo de lareira, —— a chaminé sem ter sido limpa, e as ideias a girar dentro dela, todas recobertas e escurecidas por matéria fuliginosa! —— Pela tumba de Luciano[31] —— se é que ela existe, —— se não, pelas suas cinzas! pelas cinzas do meu querido Rabelais e do meu queridíssimo Cervantes, —— a conversação do meu pai e do meu tio Toby acerca de TEMPO e ETERNIDADE, — era uma conversação para ser devotamente desejada! e a petulância do humor do meu pai, com dar-lhe ponto-final, como deu, roubou ao *Tesouro Ontológico*[32] uma joia tal que nenhuma coalizão de grandes ocasiões e grandes homens poderá jamais devolver-lhe outra vez.

### 20

Conquanto meu pai persistisse em não prosseguir com a conversação, — não pôde tirar da cabeça o assador rotativo do tio Toby, — melindrado como ficou, a princípio, com ele; —— no fundo da comparação havia algo que lhe tocou de perto a imaginação; pelo que, apoiando o cotovelo na mesa e encostando o lado direito da cabeça na palma da mão, — mas fixando primeiro o olhar no fogo, —— pôs-se a conversar consigo mesmo e a filosofar a respeito; todavia, por estar seu espírito esgotado pela fadiga de investigar novos terrenos e de constantemente exercitar suas faculdades sobre a variedade de assuntos que se haviam sucedido no decorrer da conversação, — a ideia do assador rotativo logo lhe pôs as ideias de cabeça para baixo, — e ele adormeceu mesmo antes de saber em que se estava empenhando.

Com referência ao tio Toby, seu assador rotativo mal chegara a completar uma dúzia de voltas quando ele também pegou no sono. —— Que a paz esteja com ambos. —— O dr. Slop está atarefado com a parteira e com minha mãe, lá em cima. — Trim ocupa-se em transformar um velho par de botas de montar em dois morteiros a serem usados no sítio de Messina[33] durante o verão seguinte, —— e neste preciso instante está abrindo ouvidos na peça de artilharia com a ponta de um atiçador em brasa. —— Todos os meus heróis estão fora de minhas mãos; —— é a primeira vez que tenho um momento de folga, — e dele farei uso para escrever o meu prefácio.

# Prefácio do autor

Não, não direi uma só palavra sobre ele, — ei-lo; —— ao publicá-lo, —— apelei para o mundo, —— e ao mundo o entrego; —— ele terá de falar por si mesmo.

Tudo quanto sei do assunto é que, —— quando me sentei, meu propósito era escrever um bom livro; e tanto quanto o permitisse a sutileza do meu entendimento, — um livro sábio, sim, e discreto, —— cuidando tão somente, à medida que prosseguia, de nele pôr todo o engenho e o juízo (fosse maior ou menor) de que o grande autor e dispensador deles houvera por bem originariamente outorgar-me, —— pelo que, como vossas senhorias podem ver, — seja tudo como Deus quiser.

Pois bem, Agelastes (falando em tom depreciativo) diz que pode haver algum engenho nele, pelo que lhe é dado saber, —— mas absolutamente nenhum juízo. E Triptólemo e Phutatorius,[34] concordando com isso, perguntam: E como seria possível haver? Pois engenho e juízo nunca andam juntos neste mundo, visto serem duas operações muito diferentes entre si, tanto quanto leste e oeste. — Assim é, diz Locke,[35] — assim também são o peidar e o soluçar, digo eu. Mas, em resposta a isso, Didius, o grande jurisconsulto eclesiástico, em seu código de *fartandi et illustrandi fallaciis*,[36] sustenta e torna patente que uma ilustração não é um argumento; — tampouco sustento eu seja a limpeza de um espelho um silogismo; —— mas todos vós, se permitem vossas senhorias, vedes melhor graças a ela, —— e por isso o principal benefício de tais coisas consiste somente em aclarar o entendimento antes da aplicação do argumento propriamente dito, a fim de livrá-lo de quaisquer minúsculos argueiros ou grãos de matéria opacular[37] que possam, se deixadas ali a flutuar, obstar uma concepção e estragar tudo.

Pois bem, meus caros antishandianos e triplamente sagazes críticos e companheiros de trabalho, (pois para vós escrevo este Prefácio) —— e vós, sutilíssimos estadistas e discretíssimos doutores, (avante — puxai as barbas) renomados por vossa gravidade e sabedoria; — Monopolos, meu político, — Didius, meu advogado; Kysarcius, meu amigo; — Phutatorius, meu guia; — Gastripheres, o preservador de minha vida; Somnolentius,[38] o seu bálsamo e repouso, — sem esquecer todos os outros, tanto dormindo quanto despertando, — eclesiásticos como civis, a quem, por amor à brevidade, mas sem nenhum ressentimento por vós, considero englobadamente. —— Crede-me, veras sumidades.

Meu desejo mais ardente e minha prece mais fervorosa em prol de vós e de mim próprio, no caso de tal já não ter sido feito em nosso favor, —— é de que os grandes dons e dotes tanto de engenho como de juízo, com quanto usualmente os acompanha, —— a exemplo de memória, imaginação, gênio, eloquência, vivo talento e tudo o mais, possam neste precioso momento, sem restrição nem medida, estorvo ou impedimento, ser derramados tão cálidos quanto cada um de nós alcance suportar, — com escuma e sedimento e o mais (eu não quereria que se perdesse uma só gota) nos vários receptáculos, celas, células, domicílios, dormitórios, refeitórios e lugares vagos de nossos cérebros, — de tal modo que possam continuar a ser injetados e ajustados, de conformidade com o vero intento e propósito do meu desejo, até que cada um dos recipientes, grandes e pequenos, que os receba esteja tão repleto, tão saturado e cheio deles que nem mais um pingo possa ser acrescentado ou retirado, ainda que seja para salvar a vida de um homem.

Bendito seja! — que nobre obra não faríamos! — como eu não a tornaria deleitável! —— e com que júbilo não me disporia a escrever para tais leitores! — e vós — santo céu! — com que êxtases não iríeis ler, — mas não! — é demais, —— até me sinto mal, —— desfaleço deliciosamente só de pensar! —— é mais do que a natureza pode suportar! —— segurai-me, — estou atordoado, — completamente cego, —— estou morrendo, —— morri. —— Socorro! Socorro! Socorro! — Um momento, — sinto-me um pouco melhor, pois começo a prever, quando isto esteja terminado, como todos nós continuaríamos a ser grandes engenhos, — jamais iríamos concordar uns com os outros, mesmo que levássemos um dia inteiro a discutir: —— haveria tanta sátira e sarcasmo —— motejos e zombarias, caçoadas e agudezas, —— estocadas e paradas num ou noutro canto, —— que só a discórdia reinaria entre nós. — Castas estrelas! que mordidas e arranhões não trocaríamos e que atoarda e algazarra não faríamos; com tanta quebra de cabeças, golpes de punhos e batidas em lugares sensíveis, — não haveria vida possível para nós.

Mas, então, como seríamos todos homens de muito juízo, cuidaríamos que acertar as coisas tão depressa quanto se desacertassem; e embora nos detestássemos uns aos outros com ódio, dez vezes pior que o de outros tantos diabos ou diabas, seríamos, não obstante, queridas criaturas, só cortesia e bondade, —— leite e mel; —— haveria de ser uma segunda terra da promissão, —— um paraíso sobre a terra, se é que isso possa jamais existir, — e por isso, no geral, estaríamos muito bem.

O que me apoquenta e enraivece, e muito aflige a minha inventiva no momento, porém, é como assentar a questão; pois, conforme vossas senhorias bem sabem, dessas celestiais emanações de *engenho* e *juízo*, que tão munificentemente desejei para vossas senhorias e para mim próprio, — há apenas um certo *quantum* reservado para nós, para uso e proveito de toda a raça humana; e só *modicums*[39] muito pequenos delas são enviados a este vasto mundo e postos a circular aqui e ali, neste ou naquele canto desconhecido, — e em fluxos tão reduzidos e a intervalos tão enormes que é de perguntar se podem atender ou ser suficientes para as necessidades e emergências de tantos grandes Estados e de tantos impérios populosos.

Na verdade, há uma coisa a ser considerada, qual seja que em Nova Zembla, Lapônia do Norte e em todas essas regiões frias e desertas do globo, situadas mais diretamente sob os círculos ártico e antártico, —— onde o campo todo das preocupações do homem se restringe, quase nove meses a fio, ao estreito âmbito de sua furna, —— onde os espíritos são comprimidos e reduzidos a quase nada, —— e onde as paixões humanas, com tudo que lhes pertence, são tão frígidas quanto a própria zona; — ali, a menor quantidade imaginável de *juízo* basta para atender ao necessário; — quanto a *engenho*, — há total e absoluta poupança, — pois nenhuma centelha tem dele precisão, —— e, dessarte, centelha alguma é dada. Que os anjos e os ministros da graça nos protejam! Que coisa mais triste não seria ter governado um reino, ou travado uma batalha, ou celebrado um tratado, ou disputado uma partida, ou escrito um livro, ou tido um filho, ou reunido um cabildo provincial ali, com tão *abundante falta* de juízo e engenho à nossa volta! Misericórdia! Não pensemos mais nisso; vamos antes viajar o mais rápido possível para o sul, até a Noruega, —— atravessando a Suécia, por favor, pela pequena província triangular de Angermânia até alcançarmos o lago de Bótnia; costejando-o pela Bótnia oriental e ocidental, até a Carélia, e mais além, através de todos aqueles estados e províncias que orlam o outro lado do golfo da Finlândia e o nordeste do Báltico, até São Petersburgo, e penetrando um pouco na Íngria; —— depois, indo dali diretamente para as regiões setentrionais do império russo — deixando a Sibéria um pouco para a esquerda até adentrarmos o próprio coração da Rússia e da Tartária Asiática.[40]

Pois bem, ao longo de todo este trajeto por que vos conduzi, observastes que sua boa gente está muito melhor do que nos países polares que acabamos de deixar; — pois, se protegerdes vossos olhos com a mão em pala e olhardes com bastante atenção, podereis perceber alguns pequenos lampejos (por assim dizer) de engenho, de par com uma rica provisão de bom e *doméstico* juízo comum; somados em sua qualidade e quantidade, fazem um bom cabedal; — tivessem as pessoas, ali, mais de uma ou de outra dessas faculdades, ficaria destruído o conveniente equilíbrio entre ambas, e estou convicto de que faltariam então ocasiões de serem postas em uso.

Pois bem, senhor, se eu vos trouxer de volta a esta ilha mais cálida e mais luxuriante, onde vedes serem altas as marés primaveris de nossos humores e de nosso sangue, — onde temos mais ambição, e soberba, e inveja, e luxúria, e outras paixões filhas da puta a dominar e submeter à razão, — percebereis que a *altura* de nosso engenho e a *profundidade* de nosso juízo estão exatamente proporcionadas ao *comprimento* e à *largura* de nossas necessidades, — e, nessa conformidade, elas nos são outorgadas em abundância tão fluente, estimável e apropriada que ninguém tem motivo de queixa.

Impõe-se todavia reconhecer, neste particular, que, como o nosso ar sopra ora frio, ora quente, —— ora molhado, ora seco, dez vezes por dia, não o recebemos de maneira regular e estável; —— pelo que, às vezes, passa-se quase meio século sem que se veja ou ouça muito engenho ou juízo entre nós: —— seus pequenos canais parecem estar completamente secos; — e eis que então, de súbito, as comportas se rompem e eles voltam a correr num acesso de fúria; — pensaríeis que não vão parar nunca: —— é nessas ocasiões que, escrevendo, combatendo ou fazendo uma vintena de outras coisas galhardas, levamos o mundo todo pela frente.

Por via de observações que tais e de prudente raciocínio por analogia, naquele tipo de processo de argumentação a que Suidas[41] chama *indução dialética*, — é que deduzo e estabeleço esta posição como a mais verdadeira e legítima:

A saber, que, da irradiação desses luminares, a parte que de quando em quando incide sobre nós é aquela que ele, cuja infinita sabedoria dispensa cada coisa na exata medida e no exato peso, sabe servirá para nos iluminar o caminho na noite da nossa escuridão; assim sendo, vossas reverências e senhorias descobrirão agora, e não está mais em meu poder vo-lo ocultar um momento sequer, que o fervente desejo em prol de vós com que pus mãos à obra não era mais do que o primeiro e insinuante *Como passais?* de um prefaciador lisonjeiro a reduzir seu leitor ao silêncio, assim como um amante faz por vezes com sua esquiva amada. Pois, ai! pudesse tal efusão de luz ter sido tão facilmente obtida quanto o exórdio o desejara — tremo só de pensar em quantos milhares de viajantes perdidos na treva (no caso das ciências de erudição, pelo menos) não iriam andar às cegas, tateantes, todas as noites de suas vidas, — a dar com a cabeça em pilares e a rebentar os miolos sem jamais chegar ao fim de suas jornadas; — alguns despencando perpendicularmente e metendo seus narizes em cloacas, — outros os rabos, horizontalmente, em sarjetas. Aqui, a metade dos membros de uma douta profissão enristando a toda contra a outra metade e depois tropeçando uns sobre os outros e rolando pela imundície feito porcos. —— Ali, os irmãos de outra profissão, que deveriam opor-se entre si, voando, ao contrário, como um bando de gansos selvagens, todos em fila e na mesma direção. — Quanta confusão! — quantos equívocos! — rabequistas e pintores julgando com seus olhos e ouvidos, — admirável! — fiando-se nas paixões açuladas por uma ária cantada ou por uma história pintada com o coração, —— em vez de medi-las com um angulário.

No primeiro plano deste quadro, um *estadista* pondo a girar a roda da política, como um bruto, no sentido errado — *contra* a corrente da corrupção, — céus! — em vez de a *favor*.

Neste canto, um filho do divino Esculápio[42] a escrever um livro contra a predestinação; talvez ainda pior, — tateando o pulso de seu paciente, em vez do de seu boticário — um irmão de ofício no fundo, de joelhos, a chorar, — correndo as cortinas do leito de uma vítima mutilada para pedir-lhe perdão; — oferecendo uma gratificação, — em vez de a receber.

Naquela espaçosa SALA DE AUDIÊNCIAS, uma coalizão de togados, de todos os foros, a tocar uma detestável, suja e infamante causa judicial, com todo o empenho e força, pelo caminho errado; —— pondo-a a pontapés *para fora* das grandes portas, em vez de *para dentro* delas, — e com tal expressão de fúria nos rostos e inveterada convicção nos pontapés, que dão a pensar que as leis foram originariamente feitas para assegurar a paz e a preservação da humanidade. —— E um erro talvez ainda mais monstruoso por eles cometido, — uma questão litigiosa justamente deixada em suspenso; —— por exemplo, de se o nariz de John o'Nokes poderia estar na cara de Tom o'Stiles[43] sem delinquir, — questão afoitamente resolvida por eles em vinte e cinco minutos, quando, considerando-se os cautelosos prós e contras indispensáveis num processo tão intrincado, poderia ter levado muitos meses a ser decidida, — e, se conduzida de acordo com um plano militar, conforme vossas senhorias sabem que uma AÇÃO deve ser conduzida, com todos os estratagemas possíveis no caso, —— tais como ataques simulados, — marchas forçadas, — surpresas, — emboscadas, — baterias cobertas e milhares de outros recursos empregados pelo generalato, com vistas a tirar sempre dos dois lados todas as vantagens possíveis, —— poderia, razoavelmente, ter durado muitos anos, dando de comer e de vestir, durante todo esse tempo, a um centunvirato de membros da profissão. Quanto ao clero —— não; —— se eu disser contra ele uma só palavra, serei fuzilado. — Não tenho nenhum desejo de tocar no assunto, — e, ademais, se tivesse, — eu não me atreveria, por nada deste mundo, a fazê-lo; —— com os nervos e o ânimo tão enfraquecidos e no estado em que me acho presentemente, seria pôr em risco o próprio valor de minha vida abater-me e afligir-me com coisas assim tão tristes e melancólicas, — e por isso é mais seguro correr a cortina sobre elas e apressar-me quanto possa rumo à questão principal que empreendi esclarecer, —— qual seja a de como veio a acontecer que vossos homens de menor *engenho* sejam tidos por homens de maior *juízo.* —— Mas reparai — que digo *sejam tidos,* —— pois não passa, caros senhores, de uma suposição, que, como vinte outras todo dia aceitas em confiança, sustento ser uma suposição vil e maliciosa.

É o que de imediato passarei a mostrar com a ajuda da observação já postulada e, espero eu, já pesada e considerada por vossas reverências e senhorias.

Detesto dissertações preparadas de antemão, —— e, de todas as coisas do mundo, uma das mais tolas é obscurecer vossa hipótese colocando, entre vossa própria concepção e a do leitor, uma série de palavras altissonantes, opacas, uma em seguida à outra, em linha reta, —— quando, muito possivelmente, se houvésseis olhado à volta, poderíeis ter visto algo de pé ou pendente capaz de esclarecer de imediato a questão, — "pois que dificuldade, dano ou detrimento traz a qualquer homem o louvável desejo de saber, mesmo que seja acerca de um tacho, de um borracho, de um mocho, de um chocho, de uma mitene de inverno, de um rodízio de roldana, da tampa de um

VOLUME III                                             253

cadinho de ourives, de um vidro de óleo, de um chinelo velho, de uma cadeira de palhinha?" ——[44] Neste momento, estou sentado numa. Permiti-me ilustrar a questão de engenho e juízo com os dois castões que lhe arrematam o espaldar: —— estão presos, vede, por duas cavilhas enfiadas ligeiramente em dois buracos abertos a verruma, e lançarão luz tão clara sobre o que tenho a dizer, que vereis a intenção e significado de todo o meu prefácio tão nitidamente quanto se cada um de seus pontos e partículas fosse feito de raios de sol.

Entrarei agora diretamente na questão.

—— Aqui está o *engenho*, —— e ali está o *juízo*, bem ao seu lado, exatamente como os dois castãos de que estou falando, no espaldar desta mesma cadeira em que me sento.

—— Vede, eles são a parte mais alta e mais ornamental de sua *estrutura*, —— assim como engenho e juízo o são da *nossa*, —— e, semelhantemente a eles, outrossim, foram feitos e preparados, sem dúvida, para estarem juntos, a fim de que, como costumamos dizer em tais casos de ornatos idênticos —— *se correspondam entre si*.

Bem, por amor da experimentação e para melhor ilustrar o assunto, — retiremos por um momento um destes dois curiosos ornamentos (não importa qual) da ponta ou pináculo da cadeira onde ora estão colocados; —— não, não riais. —— Mas vistes jamais, em todo o transcurso de vossas vidas, coisa mais ridícula do que uma cadeira nesse estado? —— Ora essa, é vista tão deplorável quanto a de uma porca com uma só orelha; e há tanto sentido e simetria numa como na outra; — por favor, — levantai de vossos assentos para dar-lhe uma espiada. —— Então, qualquer homem que tivesse em certa conta, mínima que fosse, seu próprio caráter, deixaria algum dia sair-lhe das mãos uma peça em tais condições? —— Sim, ponde a mão no coração e respondei-me a esta singela pergunta: o único castão que ali está sozinho, como um estúpido, pode servir para alguma coisa no mundo que não seja lembrar a ausência do outro? —— e, permiti-me perguntar ainda, caso a cadeira fosse vossa, não pensaríeis convosco que estaria dez vezes melhor sem nenhum castão do que assim como se acha?

Pois sendo esses dois castões —— ou ornamentos cimeiros da mente do homem, a coroarem todo o entablamento, — o engenho e o juízo, como demonstrei, entre todos, os mais necessários, — os mais estimados, —— os mais calamitosos, quando faltam, e por conseguinte, os mais difíceis de obter; —— por todas estas razões, conjuntamente, não há um só mortal, entre nós, tão destituído de amor à glória e à boa mesa, —— ou tão ignorante do bem que lhe trarão, — que não deseje e resolutamente não resolva, em sua própria mente, ser, ou pelo menos ser considerado, dono de um ou outro desses dons, ou, evidentemente, de ambos, se a coisa parecer de algum modo factível ou possível de se realizar.

Pois bem, como os membros de vossa *gentry*[45] mais circunspecta têm poucas probabilidades ou nenhuma de almejar um desses dons, — a menos que consigam o outro, —— o que pensais, dizei-me por favor, que haveria de ser deles? — Ora, senhores, a despeito de suas *gravidades*, devem ter se contentado em andar por aí com suas entranhas nuas: — isso só seria suportável mercê de um esforço filosófico que não é de supor num caso como o nosso, —— pelo que ninguém poderia irritar-se com eles de estarem satisfeitos com o pouco que pudessem ter agarrado e escondido sob seus mantos e chinós, se armassem ao mesmo tempo uma *gritaria* e *clamor* contra os legítimos donos.

Nem preciso dizer a vossas reverências que isso foi feito com tamanha astúcia e habilidade, — que o grande Locke, o qual raramente se deixava ludibriar por falsos sons, —— se viu logrado. A gritaria, ao que parece, foi tão intensa e solene, e, com a ajuda de grandes chinós,

VOLUME III

rostos graves e outros instrumentos de engano, tornou-se um clamor tão geral contra os *pobres de engenho*, que o próprio filósofo acabou ludibriado, — ele cuja glória fora libertar o mundo dos trastes de mil erros vulgares; —— o erro em causa, porém, não fazia parte deles; assim, em vez de friamente examinar, como cumpria a um filósofo, os fatos antes de filosofar a respeito deles, —— ele, ao contrário, deu os fatos por certos e juntou-se ao clamor, gritando tão ruidosamente quanto os demais.

Isto se tornou desde então a *Magna Charta*[46] da estupidez, — mas vossas reverências veem claramente que ela foi obtida de maneira tal que fazer jus a ela não vale um vintém furado; — e, diga-se de passagem, trata-se de uma das muitas e vis imposições por que a gravidade e as pessoas graves terão doravante de responder.

No tocante aos grandes chinós, dos quais se pode pensar que falei com excessivo desembaraço, — peço permissão de ressalvar quanto imprudentemente possa ter sido dito em seu desfavor ou prejuízo, por via de uma declaração geral —— a de que não aborreço, detesto ou abjuro nem grandes cabeleiras nem longas barbas, —— tanto mais quanto vejo serem adotadas e cuidadas com o propósito de atender a esta mesmíssima impostura. —— Qualquer que seja o propósito, — a paz esteja com elas; — ☞ assinale-se apenas, — que não escrevo para elas.


21


Todo dia, durante pelo menos dez anos, decidia meu pai mandá-la consertar, —— e ainda não está consertada; —— nenhuma outra família a não ser a nossa poderia ter aguentado uma hora sequer, — e, o que é mais surpreendente, não havia no mundo outro assunto acerca do qual meu pai se pudesse mostrar mais eloquente do que o das dobradiças de portas. —— E, no entanto, ao mesmo tempo, foi uma das maiores vítimas delas que a história pode apresentar: sua retórica e sua conduta contradiziam-se perpetuamente. —— Nunca se abria a porta da sala de visitas — sem que a sua filosofia ou os seus princípios tombassem vítima disso; —— três gotas de óleo aplicadas com uma pena, e uma boa martelada, ter-lhe-iam salvo a honra para sempre.

—— Que alma incoerente a do homem! — definha por causa de ferimentos que está em seu poder curar! — sua vida inteira contradiz-lhe o conhecimento! — sua razão, dom precioso que Deus lhe deu — (em vez de para pingar um pouco de óleo) serve apenas para aguçar-lhe a sensibilidade, —— multiplicar-lhe as dores e torná-lo mais melancólico e infeliz ao peso delas! — Pobre e infeliz criatura que assim age! —— Como se não fossem bastantes as causas necessárias de miséria nesta vida, tem ele então de acrescentar outras, voluntárias, ao seu cabedal de pesares; —— lutar contra males que não podem ser evitados e submeter-se a outros que uma décima parte do incômodo que lhe dão bastaria para eliminar definitivamente do seu coração?

Por tudo quanto há de bom e de virtuoso! se existirem três gotas de óleo ao alcance, e um martelo puder ser encontrado num raio de dez milhas de Shandy Hall, — a dobradiça da porta da sala de visitas será consertada no presente reinado.

## 22

Após ter assentado seus dois morteiros, o cabo Trim ficou desmesuradamente encantado com o trabalho de suas mãos; e sabendo o prazer que seria para o seu amo vê-los, não pôde resistir ao desejo de levá-los diretamente até a sala de visitas.

Ora muito bem, além da lição moral que eu tinha em vista ao mencionar a questão das *dobradiças*, uma consideração especulativa delas resultou, e é a seguinte:

VOLUME III                                                           257

Tivesse a porta da sala de visitas, ao abrir-se, girado sobre seus gonzos como cumpre às portas ——

— Ou, por exemplo, tão destramente quanto tem nosso governo girado sobre seus gonzos; —— (isto é, no caso de as coisas haverem corrido bem para vossas reverências; — se assim não foi, desisto do símile) — nesse caso, digo que não teria havido perigo nem para o amo nem para o criado, de o cabo Trim espiar para dentro: no momento em que houvesse visto meu pai e o tio Toby a dormir a sono solto, —— como sua conduta era ao extremo respeitosa, ele se teria retirado num silêncio mortal, deixando-os ambos a dormir em suas poltronas tão ditosamente quanto os encontrara; moralmente falando, porém, a coisa era a tal ponto impraticável que, durante os muitos anos em que se permitiu às dobradiças ficarem defeituosas, e entre os contínuos agravos a que estava meu pai sujeito por causa delas, — este era um: jamais cruzava os braços para tirar um cochilo após o jantar sem que o pensamento de ser inevitavelmente despertado pela primeira pessoa que abrisse a porta lhe dominasse a imaginação, intrometendo-se assim incessantemente entre ele e o primeiro e balsâmico presságio de seu repouso, a ponto de roubar-lhe, conforme muitas vezes declarava, toda a doçura.

"*Quando as coisas giram sobre maus gonzos*, se me permitem vossas senhorias, *poderia acaso ser diferente?*"

Ei, o que é que há? Quem está aí? gritou meu pai, despertando no momento em que a porta começou a ranger.

—— Eu gostaria que o ferreiro desse uma olhada nessa horrível dobradiça. —— Não é nada, com perdão de vossa senhoria, disse Trim; apenas dois morteiros que estou trazendo. —— Nada de fazer barulho aqui, exclamou meu pai apressadamente. —— Se o dr. Slop tiver de triturar[47] drogas, que o faça na cozinha. —— Com a permissão de vossa senhoria, explicou Trim, — são duas peças de artilharia para o sítio do próximo verão, morteiros que andei fazendo com um par de botas de montaria, que Obadiah me disse não serem mais usadas por vossa senhoria. —— Céus! exclamou meu pai, pulando de sua poltrona no mesmo momento em que lançava a exclamação, — não tenho outro pertence a que vote tanto apreço quanto essas botas de montar; — foram do nosso bisavô, irmão Toby, —— eram *hereditárias*. Receio então, disse meu tio Toby, que Trim lhes tenha cortado o vínculo. —— Cortei apenas as pontas, com a licença de vossas senhorias, exclamou Trim. —— Tanto quanto qualquer outro homem vivo, detesto *perpetuidades*, disse meu pai, —— mas estas botas de montaria, continuou (sorrindo ao mesmo tempo, embora estivesse deveras irado) têm estado na família, irmão, desde o tempo das guerras civis; —— Sir Roger Shandy as usou na batalha de Marston-Moor.[48] — Declaro que não aceitaria dez libras por elas. —— Pagar-te-ei o dinheiro, irmão Shandy, disse o meu tio Toby, contemplando os dois morteiros com infinito prazer e enfiando a mão no bolso de seus calções enquanto as contemplava. —— Eu te pagarei dez libras agora mesmo, com muito gosto e de todo o coração.

Irmão Toby, replicou meu pai, mudando de tom, não te importa o dinheiro que dissipes e jogues fora, continuou, em se tratando de um Sítio. — Pois não tenho uma renda anual de cento e vinte libras, além do meu meio soldo? exclamou o tio Toby. —— O que é isso, retrucou meu pai apressadamente, — diante de dez libras por um par de botas? —— vinte guinéus para os teus *pontões*? —— outro tanto para a tua ponte levadiça holandesa; — para não falar da bateria de pequenas peças de artilharia, de bronze, que encomendaste na semana passada, com vinte outros preparativos para o sítio de Messina; acredita-me, querido irmão Toby, continuou meu pai, tomando-o bondosamente pela mão — essas tuas operações militares estão acima dos teus recursos; — tens boas intenções, irmão, — elas, porém, te fazem incorrer em despesas maiores do que a princípio pensaste, —— e crê na minha palavra, —— querido Toby, elas acabarão por arruinar tua fortuna

VOLUME III

e tornar-te um mendigo. —— Que importa isso, irmão, replicou o meu tio Toby, se sabemos que são para o bem da nação? —

Meu pai não pôde deixar de sorrir; — no pior dos casos, sua ira não passava de um lampejo, — e o zelo e a simplicidade de Trim, —— e a generosa (ainda que pau-cavalar) galhardia do tio Toby restauraram-lhe o bom humor para com ambos quase no mesmo instante.

Generosas almas! — que Deus vos ajude e às vossas peças de morteiro também, disse meu pai consigo mesmo.

## 23

Está tudo quieto, calmo, exclamou meu pai, pelo menos lá em cima. — Não ouço uma só passada. —— Por favor, Trim, quem está na cozinha? Não há viva alma na cozinha, respondeu Trim, fazendo uma reverência ao falar, a não ser o dr. Slop. — Com os diabos! exclamou meu pai (pondo-se de pé pela segunda vez) —— hoje não houve uma só coisa que saísse certo! Tivesse eu fé na astrologia, irmão (como aliás a tinha meu pai) e diria que algum planeta retrógrado estava pairando sobre esta minha casa infortunada, pondo todas as coisas, uma por uma, fora de lugar. —— Ora, eu pensei que o dr. Slop estivesse lá em cima, com a minha esposa, e assim vos disse. — O que estará o homem fuçando na cozinha? —— Com perdão de vossa senhoria, está fazendo uma ponte. —— É muito gentil da parte dele, disse o tio Toby —— apresenta-lhe, por favor, meus mais humildes cumprimentos, Trim, e diz-lhe que lhe agradeço de coração.

Deveis saber que o tio Toby se enganava em relação à ponte, tanto quanto meu pai em relação aos morteiros; —— mas para compreenderdes como o tio Toby pôde enganar-se com respeito à ponte, — receio que me seja preciso dar-vos uma descrição exata do caminho que o levou a isso; —— ou, para deixar de lado a minha metáfora, (já que não há nada mais desonesto, num historiador, que fazer uso delas), —— a fim de entender devidamente a probabilidade de tal erro por parte do tio Toby, devo dar-vos alguma explicação acerca de uma aventura de Trim, embora o faça contra a vontade. Contra a vontade tão somente porque a história, em certo sentido, fica meio descabida aqui, evidentemente; de direito, deveria estar ou entre as anedotas acerca dos amores do tio Toby com a viúva Wadman, nos quais o cabo Trim foi ator e não dos menores, — ou então entre as campanhas dele e do tio Toby no campo de jogo de bolão, —— pois ficará muito bem em qualquer um desses lugares; —— todavia, se eu o reservar para uma dessas partes de minha história, — arruinarei a história que estou contando agora, — e se eu a contar aqui, — anteciparei sucessos e a arruinarei ali.

— Que é que vossas reverências querem que eu faça neste caso?

— Contai-a, sr. Shandy, por quem sois. —— Serás um tolo, Tristram, se o fizeres.

Ó PODERES! (pois poderes sois, e dos grandes) — que habilitais um mortal a narrar uma história digna de se ouvir, — que bondosamente lhe mostrais onde deve começá-la, — e onde acabá-la, — o que deve nela incluir, — e o que deve excluir, — quanto deve ser deixado na sombra — e onde se deve lançar luz! —— Vós, que presidis a este vasto império de flibusteiros biográficos e vedes em quantos atoladeiros e transes vossos súditos se metem a toda hora, — quereis fazer algo por mim?

Peço e rogo-vos (caso não chegueis a fazer nada melhor por nós) que onde quer que, em vossos domínios, aconteça de três caminhos distintos se encontrarem num ponto, como acabaram de fazê-lo aqui, — coloqueis ao menos um poste indicador no centro da encruzilhada, por uma questão de mera caridade, a fim de orientar o pobre-diabo que esteja incerto quanto a qual dos três caminhos tomar.

## 24

Conquanto o choque recebido pelo tio Toby no ano seguinte ao da demolição de Dunquerque,[49] durante o seu caso com a viúva Wadman, o houvesse firmado no propósito de nunca mais pensar no sexo, —— ou em nada que a ele dissesse respeito, — o mesmo não acontecera com o cabo Trim, que não fizera nenhum pacto desses consigo mesmo. Na verdade, no caso do tio Toby, havia um estranho e inexplicável concurso de circunstâncias que insensivelmente o levaram a pôr sítio àquela linda e forte cidadela. —— No caso de Trim, não houve concorrência de coisa alguma do mundo, a não ser a dele e Bridget na cozinha; — mas o amor e veneração que dedicava a seu amo eram grandes, na verdade, e ele se empenhava em imitá-lo em quanto fizesse, pelo que, houvesse o tio Toby empregado seu tempo e talento em puxar atacadores, —— estou persuadido de que o honesto cabo teria deposto as armas e seguido seu exemplo com prazer. Quando, por isso, o tio Toby se sentava diante de sua senhora, — o cabo Trim tomava posição incontinenti diante da criada.

Pois bem, meu caro amigo Garrick, a quem tenho tão boas razões de estimar e honrar, — (por que motivo ou causa não importa) — pode acaso escapar-te à penetração, — do que duvido, — que muitos autores teatrais e fazedores de lenga-lenga já estão há tempos trabalhando pelo modelo de Trim e do meu tio Toby? — Pouco se me dá o que Aristóteles, ou Pacúvio, ou Bossu, ou Riccaboni[50] digam, — (embora eu não tenha lido nenhum deles) ——; não há entre um cabriolé de um só cavalo e o vis-à-vis[51] de madame Pompadour diferença maior do que entre um amor de um só homem e um amor assim nobremente duplicado, a marchar sobre quatro patas, cabriolando ao longo de um grandioso drama. — Senhor, um caso simples, sonso, singular, desta espécie, —— fica totalmente perdido em cinco atos, mas não é o que acontece aqui.

Após uma série de ataques e rechaços nos nove meses em que o tio Toby esteve a postos, e acerca do que será feita no devido lugar uma prestação de contas minuciosa, com todos os pormenores, o tio Toby, pobre homem! achou necessário retirar as suas forças e levantar o cerco, embora com certa indignação.

O cabo Trim, conforme eu já disse, não havia feito tal pacto nem consigo mesmo, —— nem com ninguém mais; — como a fidelidade de seu coração, todavia, não lhe consentia entrar numa casa que seu amo abandonara com desgosto, —— ele se contentou em transformar sua parte do cerco num bloqueio; —— isto é, manteve os outros afastados, — porque, embora nunca mais tivesse posto os pés na casa, quando encontrava Bridget na vila não deixava de fazer-lhe um aceno com a cabeça ou dar-lhe uma piscadela, um sorriso, um olhar afetuoso, — ou então (as circunstâncias é que o determinavam) ele lhe apertava a mão, —— ou lhe perguntava amorosamente como ia passando, — ou lhe dava de presente uma fita para os cabelos, —— e de quando em quando, mas só quando o podia fazer com decoro, dava em Bridget um ——

Foi precisamente em tal estado que as coisas se mantiveram por cinco anos; vale dizer, desde a demolição de Dunquerque no ano 13, até a parte final da campanha do meu tio Toby, no ano 18, cerca de seis ou sete semanas antes da época de que estou falando. — Quando Trim, como era seu costume, após ter posto o tio Toby para dormir, desceu certa noite enluarada até as suas fortificações para ver se tudo estava em ordem —— pela azinhaga separada do campo de bolão por arbustos em flor e azevinhos, — divisou a sua Bridget.

Como o cabo julgava não haver nada no mundo mais digno de ser mostrado do que as gloriosas obras feitas por ele e pelo meu tio, Trim cortês e galantemente tomou Bridget pela mão e a fez entrar: isso foi feito com tão pouco sigilo que a desbocada trombeta da Fama levou a no-

VOLUME III

263

tícia de ouvido em ouvido até alcançar os de meu pai, de par com a infortunada circunstância de a curiosa ponte levadiça do meu tio Toby, construída e pintada à moda holandesa, que atravessava de um lado a outro o fosso, — ter se escangalhado e de alguma maneira partido em pedaços naquela mesma noite.

Meu pai, como já observastes, não tinha muita estima pelo cavalinho de pau do tio Toby; considerava-o o mais ridículo cavalo jamais montado por um cavalheiro e não conseguia nunca pensar nele (a menos que o meu tio Toby o irritasse por sua causa) sem sorrir; —— assim sendo, não podia o dito cavalo manquejar ou sofrer algum revés sem divertir ao extremo a imaginação de meu pai; sendo este, porém, um acidente muito mais afinado com o seu humor do que qualquer outro que tivesse jamais ocorrido, demonstrou-se inexaurível fonte de diversão para ele. —— Está bem, — mas conta-nos a sério, querido Toby! costumava meu pai dizer, como aconteceu o negócio da ponte. —— Como podes me arreliar tanto com isso? replicava o tio Toby. — Já te contei a história vinte vezes, palavra por palavra, exatamente como Trim ma contou. — Por favor, como foi então, cabo? exclamava meu pai, voltando-se para Trim. — Foi um mero infortúnio, se vossa senhoria me permite dizê-lo. —— Eu estava mostrando à sra. Bridget[52] nossas fortificações e, ao aproximar-me demais da beira do fosso, infelizmente escorreguei. —— Muito bem, Trim! exclamava meu pai, — (sorrindo misteriosamente e fazendo-lhe um aceno de cabeça, — mas sem interrompê--lo) —— E estando eu de braços dados com a sra. Bridget, com a licença de vossa senhoria, arrastei-a em minha queda, pelo que ela caiu de costas, numa confusão, sobre a ponte, —— e o pé de Trim (gritava o meu tio Toby, tirando-lhe a história da boca), metendo-se na cuneta,[53] fê-lo também despencar sobre a ponte. — Por um triz, acrescentava o tio Toby, o pobre homem não quebrou a perna. — É mesmo! dizia meu pai, —— quebra-se com facilidade um membro, irmão Toby, nessas refregas. —— E assim foi com a permissão de vossa senhoria, que a ponte, que como vossa senhoria sabe era muito frágil, quebrou-se ao nosso peso e se fez em pedaços.

Em outras ocasiões, especialmente quando o meu tio Toby tinha o azar de dizer uma sílaba que fosse acerca de canhões, bombas ou petardos, — meu pai gastava todo o seu cabedal de eloquência (que na verdade era bastante farto) num panegírico dos ARÍETES dos antigos, — da VINEA[54] de que Alexandre fizera uso no sítio de Tiro. —— Falava ao tio Toby das CATAPULTAS dos sírios, que lançavam pedras monstruosas a centenas de pés de distância e faziam tremer até os alicerces os mais fortes baluartes; — punha-se a descrever o maravilhoso mecanismo da BALISTA de que Marcelino[55] faz tal alarde, — os terríveis efeitos dos PYRABOLI, —— que lançavam fogo, — o perigo da TEREBRA[56] e do SCORPIO,[57] que lançavam javelinas. —— Mas o que é tudo isso, dizia, diante da maquinaria destrutiva do cabo Trim? — Acredita-me, irmão Toby, nenhuma ponte, ou bastião, ou porta falsa que tenha sido jamais construída neste mundo pode aguentar semelhante artilharia.

Meu tio Toby jamais tentava qualquer defesa contra a força dessa zombaria, a não ser redobrar a veemência com que fumava o cachimbo; certa noite, ao fazê-lo, elevou tão densa nuvem após o jantar que provocou em meu pai, que era um pouco tísico, um violento e sufocante acesso de tosse: o tio Toby, sem ligar para a dor na virilha, deu um pulo, — e, com infinita piedade, ficou de pé ao lado da cadeira do irmão, a bater-lhe nas costas com uma das mãos e a segurar-lhe a cabeça com a outra, limpando-lhe os olhos de vez em quando com um alvo lenço de cambraia que tirara do bolso. —— A maneira afetuosa e cativante com que o tio Toby prestava esses pequenos cuidados —— calou fundo em meu pai, fazendo-o sentir remorsos pela mágoa que lhe estivera a causar. —— Que

VOLUME III                                                            265

os meus miolos sejam arrebentados por um aríete ou uma
catapulta, pouco me importa qual, disse meu pai consigo,
—— se eu insultar mais alguma vez esta alma excelente.

## 25

Como a ponte levadiça era irreparável, Trim recebeu imediatamente ordens de iniciar a construção de outra, ——
mas não do mesmo modelo; como naquela época haviam
sido descobertas as intrigas do cardeal Alberoni,[58] o tio
Toby previa com razão que um conflito irromperia inevitavelmente entre a Espanha e o Império e que as operações da campanha subsequente seriam levadas a cabo
com toda probabilidade em Nápoles ou na Sicília, ——
pelo que se decidiu por uma ponte italiana; — (diga-se
de passagem que o tio Toby não estava muito longe da
verdade em suas conjecturas) —— entretanto, meu pai,
que era um político muitíssimo melhor e superava o tio
Toby no gabinete tanto quanto este o superava no campo
de batalha — convenceu-o de que se o rei da Espanha e o
imperador chegassem às vias de fato, a Inglaterra e a Holanda deveriam, por força de seus compromissos anteriores, entrar também na liça; —— e se assim for, dizia ele,
os combatentes, irmão Toby, tão certo quanto estamos vivos agora, novamente se engalfinharão, a trouxe-mouxe,
no velho cenário pugilístico de Flandres; —— nesse caso,
o que farás com a tua ponte italiana?

—— Vamos construí-la então pelo velho modelo, exclamou o meu tio Toby.

Quando o cabo Trim já estava a meio da construção
nesse estilo, —— o tio Toby descobriu nela um defeito,
que nunca considerara antes. Ao que parece, a ponte mo-
via-se sobre gonzos em ambas as extremidades, abrindo-
-se no meio; metade dela dobrava-se para um lado do fosso, e a outra para o outro lado; a vantagem disso estava

em que, com dividir o peso da ponte em duas porções iguais, possibilitava ao meu tio Toby erguê-la ou baixá-la com a ponta de sua muleta e com uma só mão, o que, visto estar enfraquecida a sua guarnição, era tudo de quanto podia dispor; — mas as desvantagens de semelhante tipo de construção demonstravam-se insuperáveis; —— desse modo, argumentava ele, deixo metade de minha ponte nas mãos do inimigo, —— e, dizei-me, de que me adianta a outra metade?

A maneira natural de remediar a desvantagem era, indubitavelmente, fixar a ponte só de um lado com gonzos, para que ela pudesse ser içada inteira e mantida de pé, —— mas tal alvitre foi rejeitado pela razão dada acima.

Durante toda uma semana, o tio Toby esteve firme na opinião de escolher aquele tipo de construção que faz com que a ponte retroceda horizontalmente, para obstar a passagem,—— e se projete à frente, de novo, para dar passagem, —— tipo de que vossas reverências talvez tenham visto três exemplos famosos em Spira, antes de serem destruídos, — e um ainda existente em Breisach,[59] se não estou enganado; —— todavia, como meu pai advertisse o tio Toby, com a maior seriedade, para não se meter mais com pontes que entram e que saem, — e este previsse, outrossim, que ela só serviria para perpetuar a memória do infortúnio do cabo, — mudou de opinião, optando pelo invento do marquês d'Hôpital, tão bem e tão eruditamente descrito pelo jovem Bernouilli, conforme podem vossas senhorias verificar, — *Act. Erud. Lips.*, an. 1695;[60] — aqui, um peso de chumbo mantém equilíbrio constante e vigilância tão boa quanto a de um par de sentinelas, visto sua construção ser uma linha curva próxima da cicloide, — quando não uma cicloide propriamente dita.

O meu tio Toby compreendia a natureza de uma parábola tão bem quanto qualquer outro homem da Inglaterra, — mas não era assim tão versado em cicloides; — falava delas, contudo, todo dia; —— e a ponte não ia para

VOLUME III                                              267

diante. —— Vou consultar alguém sobre isso, disse o tio
Toby a Trim.


### 26

Quando Trim entrou na sala de visitas e informou meu
pai de que o dr. Slop estava na cozinha ocupado em fazer
uma ponte, — o tio Toby, — em cujo cérebro a questão
das botas de montaria haviam recém-suscitado uma série de ideias militares, — deu instantaneamente por certo
que o dr. Slop estava construindo um modelo da ponte do
marquês d'Hôpital. —— É muito gentil da parte dele, disse o tio Toby; —— apresenta-lhe, por favor, os meus mais
humildes cumprimentos, Trim, e diz-lhe que lhe agradeço
de coração.

Tivesse sido a cabeça do tio Toby uma caixa de Savoy-
ard[61] por uma de cujas extremidades meu pai estivesse
espiando dentro o tempo todo, —— não lhe poderia ela
ter dado, das operações em curso na imaginação do tio
Toby, ideia mais nítida do que aquela que ele já tinha a
respeito; assim, não obstante a catapulta e o aríete e sua
amarga imprecação contra ambos, ele estava começando
a triunfar ——

Quando a resposta de Trim, num instante, arrancou-
-lhe os louros da fronte, reduzindo-os a pedaços.


### 27

—— Essa tua infortunada ponte levadiça, disse meu pai.
— Deus abençoe vossa senhoria!, exclamou Trim, trata-se
de uma ponte para o nariz do patrãozinho. — Ao trazê-lo
ao mundo com os seus horrendos instrumentos, o doutor
amassou-lhe o nariz, segundo diz Susannah, deixando-o
chato como uma panqueca; agora, está fazendo uma pon-

268 TRISTRAM SHANDY

te postiça com um pedaço de algodão e uma tira delgada de barbatana de baleia tirada do espartilho de Susannah, para tornar a erguê-lo.

—— Irmão Toby, exclamou meu pai, leva-me imediatamente ao meu quarto.

## 28

Desde o primeiro momento em que me dispus a escrever a história da minha vida para recreação do mundo e a referir as minhas opiniões para a sua instrução, uma nuvem foi-se insensivelmente acumulando sobre a cabeça de meu pai. —— Uma maré de pequenos males e aflições vem se erguendo contra ele. —— Nem uma só coisa, conforme ele próprio observou, lhe saiu bem: e eis que a tempestade cresceu; está prestes a rebentar e a derramar-se sobre a sua cabeça.

Passo a esta parte de minha história no mais meditativo e melancólico estado de espírito jamais experimentado por uma alma simpática. —— Meus nervos se afrouxam enquanto a narro. —— A cada linha escrita, sinto diminuir-me o rápido batimento do pulso e aquela descuidosa alacridade com que, todos os dias da vida, vejo-me impelido a dizer e escrever mil coisas que não devia. —— E no momento em que por fim mergulhei a pena no tinteiro, não pude deixar de notar que semblante cauteloso de triste compostura e solenidade assumiu meu modo de fazê-lo. —— Deus! que diferença dos arrancos impetuosos e dos repentes estouvados com que te habituaste, Tristram! a avir-te com outros humores, —— a deixar cair a pena, —— sujando de tinta tua mesa e teus livros, —— como se pena, tinta, livros e mobília nada te custassem.

## 29

—— Não vou discutir a questão convosco, senhora, — pois assim é, — e estou convencido, tanto quanto alguém o pode estar, de que "o homem e a mulher suportam melhor a dor ou o pesar (e o prazer igualmente, pelo que sei) em posição horizontal".

No momento em que chegou a seu quarto, meu pai atirou-se prostrado sobre o leito, de través, na mais insensata desordem imaginável, mas, ao mesmo tempo, com a atitude de um homem sobrecarregado de aflições, a mais lamentável que jamais trouxe uma lágrima aos olhos da piedade. —— A palma da mão direita, quando tombou sobre o leito, segurou-lhe a fronte e cobriu-lhe quase totalmente os olhos; afundou-se, de manso, junto com a cabeça (o cotovelo deslizou para trás) até o nariz tocar a colcha; —— o braço esquerdo pendeu, insensível, do lado do leito, descansando os nós dos dedos na asa do urinol, que ressaltava por sob o rodapé da cama, — a perna direita (por estar a esquerda encolhida contra o corpo) ficou dependurada a meio sobre o lado do leito, cuja beira lhe pressionava a tíbia. —— Ele nem o sentia. Um pesar permanente, inflexível apoderara-se de todas as linhas de seu rosto. — Deu um suspiro, — o peito lhe arquejava de quando em quando, — mas nenhuma palavra lhe saiu dos lábios.

Uma velha cadeira bordada, coberta de damasco e orlada com pingentes de estambre multicoloridos, estava junto à cabeceira do leito, do lado oposto àquele em que se reclinara a cabeça de meu pai. —— Meu tio Toby sentou-se nela.

Antes de uma aflição ter sido digerida, —— a consolação chega cedo demais; —— e depois de o ter sido, — tarde demais: como vedes, senhora, a marca entre uma e outra, por ser quase tão fina quanto um fio de cabelo, elude a mira do consolador: o meu tio Toby estava sempre ou deste ou daquele lado da marca, e costumava dizer que acreditava, sinceramente, ser-lhe mais fácil acertar a longitude;[62] por tal razão, quando se sentou na cadeira, correu a cortina um pouco para a frente, e, com uma lágrima ao dispor de quem a necessitasse, — puxou um lenço de cambraia, —— suspirou baixinho, —— mas manteve-se em silêncio.

### 30

—— *"Não é lucro tudo o que vá para a bolsa."* —— Assim sendo, não obstante ter meu pai a ventura de ler os livros mais esquisitos do universo e pensar da maneira mais singular por que um homem foi jamais abençoado, isso lhe trazia um inconveniente, —— o de torná-lo vulnerável a algumas das mais estranhas e caprichosas aflições; das quais esta que ora o oprimia é um dos exemplos mais cabais que possam ser dados.

Sem dúvida, a ruptura da ponte do nariz de uma criança pelas pontas de um par de fórceps, — por mais cientificamente que tenham sido usados, —— inquietaria qualquer homem do mundo que estivesse tão preocupado em ter um filho quanto estava meu pai; —— todavia, não justifica a extravagância de sua aflição, como não justifica a maneira nada cristã por que a ela se rendeu e abandonou.

Para explicar isto, devo deixá-lo atirado ao leito por uma meia hora, —— e o meu bom tio Toby sentado em sua velha cadeira franjada, junto dele.

### 31

—— Acho que é uma exigência muito desarrazoada, —— exclamou meu bisavô, torcendo o papel e atirando-o sobre a mesa. —— Por esta estimativa, senhora, tendes apenas duas mil libras de fortuna e nem um xelim

VOLUME III 271

a mais, —— e insistis em ter trezentas libras anuais de bens dotais de viuvez.[63]

— "Isso porque", replicou minha bisavó, "não tendes quase nariz, senhor." ——

Bem, antes de aventurar-me a usar a palavra *Nariz* pela segunda vez, — e a fim de evitar qualquer confusão no que será referido a seu respeito nesta parte interessante de minha história, talvez não seja fora de propósito explicar o que pretendo dizer, e definir, com toda a exatidão e precisão possíveis, o que eu desejaria fosse entendido por esse termo: sendo da opinião de que se deve à negligência e obstinação dos escritores em desprezar tal precaução, e não a outra coisa, —— o fato de todos os escritos polêmicos de teologia não serem tão claros e tão demonstrativos quanto aqueles acerca de *um Fogo-Fátuo* ou qualquer outro tema próprio da filosofia e da investigação natural; para chegar a tanto, o que tendes a fazer antes de sair a campo, e a menos que pretendais persistir na confusão até o dia do juízo final? —— Dar ao mundo uma boa definição, apegando-vos a ela, do termo principal que será usado com maior frequência —— trocando-o, senhor, em dinheiro miúdo, como se fosse um guinéu. — Feito isso, — que o pai da confusão vos enrede, se puder; ou que ponha outra e diferente ideia em vossa cabeça e na do leitor, se souber como fazê-lo.

Em livros de moralidade estrita e de raciocínio cerrado, como este em que ora me ocupo, — a negligência é imperdoável; e o céu é testemunha de como o mundo se vingou de mim por ter deixado tantas portas abertas a equívocas censuras, — e por ter confiado, como confiei o tempo todo, na pureza da imaginação de meus leitores.[64]

—— Aqui há dois sentidos, exclamou Eugenius enquanto passeávamos, apontando com o indicador de sua mão direita para a palavra *Ranhura*, na quinquagésima segunda página[65] do segundo volume deste que é o livro dos livros, — aqui há dois sentidos, —— disse ele. — E

aqui há dois caminhos, repliquei, voltando-me abruptamente para ele, —— um sujo e o outro limpo; —— qual
deles tomaremos? —— O limpo, — evidentemente, replicou Eugenius. Eugenius, disse-lhe eu, pondo-me diante
dele e encostando-lhe uma mão ao peito, —— definir ——
é desconfiar. —— Assim triunfei de Eugenius; mas triunfei dele como sempre faço, como um tolo. —— Consola-
-me, contudo, saber que não sou um tolo obstinado; por
isso defino um nariz como segue —— rogando e suplican-
do de antemão aos meus leitores, tanto do sexo masculino
como do feminino, qualquer que seja sua idade, cor da
pele e condição, que pelo amor de Deus e de suas próprias
almas se guardem das tentações e insinuações do demônio e não permitam que, por qualquer arte ou artimanha,
ele lhes ponha nas mentes outras ideias que não sejam as
por mim postas na minha definição. —— Pois pela palavra *Nariz*, ao longo de todo este longo capítulo de narizes
e em qualquer outra parte desta obra onde a palavra *Nariz* apareça, — declaro que, com a dita palavra, quero dar
a entender Nariz; nada mais, nada menos.

## 32

—— "Isso porque", disse minha bisavó, repetindo as mesmas palavras, —— "não tendes quase nariz, senhor." ——
Maldição! exclamou meu bisavô, batendo no nariz com
a mão, — ele não é tão pequeno assim; — é bem uma
polegada mais longo que o de meu pai. —— Ora, o nariz
de meu bisavô era, em todos os respeitos, semelhante aos
narizes de todos os homens, mulheres e crianças mora-
dores da ilha de ENNASIN que Pantagruel ali encontrou.
—— De passagem, se quiserdes saber a estranha maneira
de aparentar-se daquele povo de nariz tão chato, —— deveis ler o livro; — nunca conseguireis descobri-lo por vós
mesmos. ——

VOLUME III

—— Tinha o formato, senhor, de um ás de paus.

—— É bem uma polegada, continuou meu bisavô, apertando o nariz entre o indicador e o polegar e repetindo a assertiva, —— é bem uma polegada mais longo, senhora, que o de meu pai. — Quereis antes dizer de vosso tio, replicou minha bisavó.

—— Meu bisavô deu-se por convencido. — Desdobrou o papel e assinou o documento.

## 33

—— Que despropósito de bens dotais de viuvez, meu caro, não pagamos por esta nossa pequena propriedade, disse minha bisavó ao meu bisavô.

Meu pai, replicou este, tinha tanto nariz, minha cara, e com perdão da palavra, quanto as costas de minha mão.

——

—— Pois bem, deveis saber que minha bisavó sobreviveu doze anos ao meu avô; dessarte, meu pai teve de pagar, de bens dotais de viuvez, cento e cinquenta libras por semestre —— (nos dias de são Miguel e da Anunciação) — durante todo esse tempo.

Nenhum outro homem se desobrigava de suas obrigações pecuniárias com tanta graça quanto meu pai. ——
No tocante às cem libras, ele as lançava sobre a mesa, guinéu por guinéu, com aquele brioso arranco de honesta alegria com que as almas generosas, e somente elas, costumam atirar dinheiro; mas sempre que chegava nas cinquenta libras restantes, — ele geralmente deixava escapar um sonoro *Hum!* — esfregava a asa do nariz com a parte chata de seu indicador, — inseria cautelosamente a mão entre a cabeça e a redezinha da peruca, — examinava ambas as faces de cada guinéu antes de desfazer-se dele, — e raras vezes conseguia chegar ao fim das cinquenta libras sem tirar o lenço para enxugar as têmporas.

Defenda-me o céu desses espíritos perseguidores que não mostram nenhuma tolerância pelo que nos vai no íntimo! — Que nunca, — Oh, que nunca chegue eu a dormir nas tendas deles, deles que jamais afrouxam os instrumentos de tortura nem se apiedam da força da educação ou do arraigamento de opiniões herdadas há muito dos antepassados!

Havia pelo menos três gerações que esta *predileção* por narizes longos gradualmente se enraizara em nossa família. —— A TRADIÇÃO estava inteiramente a seu favor e o INTERESSE vinha secundá-la a cada seis meses; assim sendo, à excentricidade do cérebro de meu pai não se devia absolutamente atribuir todas as honrarias disso, ao contrário do que ocorria com as demais noções. — Podia-se dizer que, em grande parte, ele mamara tal predileção com o leite materno. Cumpria meu pai, não obstante, o seu papel. —— Se fora a educação que nele plantara o erro (se erro se podia chamar), ele o regava e o fazia amadurecer até alcançar a perfeição.

Costumava declarar meu pai, ao externar seus pensamentos acerca da matéria, que não alcançava conceber como a maior família da Inglaterra podia resistir a uma sucessão ininterrupta de seis ou sete narizes curtos. — E, no que tangia à razão contrária, geralmente acrescentava que devia ser o maior dos problemas, na vida civil, o mesmo número de longos e esplêndidos narizes, seguindo-se uns aos outros em linha de sucessão direta, não elevarem e guindarem a dita família aos melhores cargos vacantes do reino. —— Jactava-se ele amiúde de que a família Shandy alcançara posição muito elevada na época do rei Harry VIII,[66] mas que devia sua ascensão não à máquina do Estado, — dizia, — e sim a isso, tão somente; — e que, como outras famílias, acrescentava, — sentira ela o giro da roda e nunca se recuperara do golpe representado pelo nariz do meu bisavô. —— Era, de fato, um ás de paus, exclamava ele, sacudindo a cabeça, —— e tão pernicioso

VOLUME III                                                    275

para a infortunada família quanto qualquer trunfo que jamais lhe surgisse.

—— Calma, devagar, gentil leitor! —— aonde te leva a tua fantasia? — Se é que existe mesmo verdade no homem, ao falar do nariz de meu bisavô estou me referindo ao órgão exterior do olfato ou àquela parte do ser humano que lhe avulta na face, — e que, dizem os pintores, deve abranger um terço dela, no caso de belos e robustos narizes e de faces bem-proporcionadas; — isto é, medindo-se a contar da linha dos cabelos. ——

—— Que excelente partido não tiram os autores disso, neste passo!

## 34

É uma singular bênção dos céus que a natureza tenha formado a mente do homem com a mesma ditosa relutância e resistência ao convencimento observável nos cães velhos, —— os quais se recusam "a aprender novos truques".

Que peteca não seria o maior dos filósofos jamais vindos ao mundo se se deixasse ele prontamente arrebatar ao ler livros, ou observar fatos ou pensar ideias capazes de fazê-lo continuamente mudar de opinião!

Pois meu pai, como vos disse no ano passado, detestava tudo isso. — Apanhava uma opinião, senhor, assim como um homem em estado natural apanha uma maçã. — Faz dela sua propriedade, — e, sendo homem de espírito decidido, preferiria perder a vida a abdicar da maçã.

——

Bem sei que Didius, o grande jurisconsulto, contestará este ponto; e que me interpelará, aos gritos: De onde procede o direito desse homem à maçã? *Ex confesso*,[67] dirá, —— as coisas se achavam em estado natural. — A maçã era tanto de Frank quanto de John. Dizei-me, sr. Shandy, que patente possui ele que demonstre sua posse dela? E quando ela começou a pertencer-lhe? Quando a desejou? Ou quando a colheu? Ou quando a mastigou? Ou quando a assou? Ou quando a descascou? Ou quando a levou para casa? Ou quando a digeriu? —— Ou quando ——? ——. Pois está claro, senhor, que se a primeira apanha não a tornou propriedade dele —— tampouco a tornaria qualquer ato subsequente.

Irmão Didius, responderá Tribônio,[68] — (pois, tendo a barba de Tribônio, legislador civil e eclesiástico, três e meia polegadas mais do que a barba de Didius, — alegra-me que ele tome a si a defesa, pelo que não mais me preocupo em responder.) — Irmão Didius, dirá Tribônio, trata-se de um caso decidido, conforme podereis ver nos fragmentos dos códigos de Gregório e de Hermógenes e em todos os outros códigos, desde o de Justiniano até os de Louis e Des Eaux,[69] — o de que o suor da fronte de um homem e as exsudações de seus miolos são tão propriedade sua quanto os calções que lhe cobrem o traseiro; —— e que as ditas exsudações &c. (sendo vertidas sobre a dita maçã pelo esforço de encontrá-la e de apanhá-la; e sendo, ademais, indissoluvelmente despendidas e, de modo igualmente indissolúvel, anexadas pelo apanhador à coisa apanhada, levada para casa, assada, descascada, comida, digerida e assim por diante; —— é evidente que o apanhador da maçã, com fazer isso, misturou à maçã que não lhe pertencia algo que lhe pertencia, meio pelo qual adquiriu uma propriedade; — ou, em outras palavras, a maçã é de John.

Pela mesma erudita cadeia de raciocínios, meu pai defendia todas as suas opiniões; não poupara esforços em colhê-las, e quanto mais elas se distanciavam do comum, melhor se tornava seu título de proprietário. —— Nenhum mortal as reclamava; além disso, elas lhe haviam custado tanto trabalho para cozinhar e digerir quanto a maçã do exemplo acima, de modo que se podia muito bem e com muita verdade dizer que eram seus pertences e bens móveis. —— Nessa conformidade, ele se aferrava

VOLUME III 277

a elas, com unhas e dentes; —— atirava-se sobre quanto pudesse deitar mão, —— e, numa palavra, entrincheirava-se e fortificava-se com tantas circunvalações e parapeitos quanto os de uma cidadela concebida pelo tio Toby.

Neste caso, um molesto obstáculo atravancava-lhe o caminho, — qual fosse a escassez de materiais com que construir algum tipo de defesa, em caso de ataque violento; isso porque poucos homens de gênio haviam aplicado seu talento na composição de livros acerca do tema de narizes de vulto; pelo trote do meu pangaré, o fato é incrível! Não o consigo absolutamente compreender, sobretudo quando me ponho a considerar que tesouro de tempo e de talentos, um e outro preciosos, não foram gastos com temas piores; —— quantos milhões de livros, em todas as línguas e em todos os tipos possíveis de impressão e de encadernação, não foram elaborados a respeito de questões que não visavam, tanto quanto essa, à unidade e pacificação do mundo. O que havia de disponível, porém, meu pai o tinha na mais alta estima; e conquanto zombasse, por vezes, da biblioteca do tio Toby, —— a qual, diga-se de passagem, era assaz ridícula, — não deixava de, ao mesmo tempo, reunir todos os livros e tratados sistemáticos que haviam sido escritos acerca de narizes, com o mesmo cuidado com que o bom do tio Toby reunira os seus livros de arquitetura militar. —— É verdade que uma mesa bem menor teria bastado para contê-los todos, — mas isso não era culpa tua, meu querido tio. ——

Aqui, —— mas por que aqui, —— e não em qualquer outra parte da minha história, —— é coisa que não sei dizer; —— mas aqui, —— meu coração me detém para prestar-te, querido tio Toby, de uma vez por todas, o tributo que devo à tua bondade. — Neste ponto, seja-me permitido afastar a cadeira e ajoelhar-me no chão, ao mesmo tempo que externo, por ti e pelo teu caráter, os mais cálidos sentimentos de amor e de veneração que a natureza e a virtude jamais acenderam no peito de um sobrinho. ——

Que a paz e a consolação pousem para sempre sobre a tua cabeça! — Nunca invejaste o bem-estar de ninguém, —— nunca insultaste as opiniões de quem quer que fosse. —— Nunca denegriste o caráter de ninguém, —— nunca tiraste o pão de pessoa alguma; mansamente, com o fiel Trim a acompanhar-te, cavalgaste à volta do pequeno círculo dos teus prazeres, sem atropelar criatura alguma no teu caminho; —— para os pesares de cada um, tinhas uma lágrima, —— para as necessidades de cada um, tinhas um xelim.

Enquanto eu puder pagar um mondadeiro, —— no caminho que vai de tua porta até o campo de bolão jamais crescerão as ervas daninhas. —— Enquanto houver um *rood* e meio de terra na família Shandy, tuas fortificações, meu querido tio Toby, jamais serão demolidas.

35

A coleção de meu pai não era grande, mas, em compensação, era curiosa; e, por conseguinte, ele levou algum tempo a reuni-la; tivera, porém, muitíssima sorte e começara bem, ao conseguir quase de graça o prólogo de Bruscambille[70] acerca de narizes compridos, — visto ter pago por ele apenas três coroas e meia, e isso porque o livreiro percebeu o entusiasmo de meu pai pelo livro desde o momento em que este lhe deitou mão. — Não existem mais do que três Bruscambilles em toda a cristandade, —— disse o livreiro, com exceção daqueles que estão bem acorrentados nas bibliotecas dos curiosos. Meu pai atirou o dinheiro sobre o balcão com a rapidez de um raio, — e, apertando o Bruscambille contra o peito, —— dirigiu-se à pressa para casa, de Picadilly até a rua Coleman, como se levasse consigo um tesouro, sem desgrudar a mão do Bruscambille uma única vez que fosse, durante todo o trajeto.

Aqueles que ainda não sabem a que sexo pertence Bruscambille, —— dado que um prólogo acerca de narizes compridos poderia ter sido escrito por ambos, —— não terão objeções a eu usar o símile — para dizer que, quando meu pai chegou em casa, recreou-se com o Bruscambille da mesma maneira por que vossa senhoria (aposto dez contra um) se recreou com vossa primeira amante, —— isto é, de manhã até de noite; o que, diga-se de passagem, por mais deleitoso que possa demonstrar-se ao inamorato,[71] — traz pouca ou nenhuma recreação aos circunstantes. — Atente-se para o fato de que não levo o símile mais adiante; — o olho de meu pai era maior do que o seu apetite, — seu zelo maior do que o seu saber; — ele esfriou, — suas afeições dividiram-se; —— conseguiu o Prignitz, — adquiriu Scroderus, Andrea Paraeus, os *Colóquios noturnos* de Bouchet, e, acima de tudo, o grande e douto Hafen Slawkenbergius;[72] do qual, como terei muito a dizer mais adiante, —— nada direi por enquanto.

## 36

De todos os opúsculos que meu pai se deu ao trabalho de obter e estudar, em busca de apoio para a sua hipótese, nenhum outro lhe causou, a princípio, mais cruel desapontamento do que o celebrado diálogo entre Pamphagus e Cocles, escrito pela pena casta do grande e venerando Erasmo,[73] acerca dos vários usos e oportunas aplicações dos narizes compridos. —— Pois bem, minha cara jovem, não permitas, se o puderes impedir de alguma maneira, que Satã se aproveite de qualquer elevação de terreno para cavalgar-te a imaginação; ou, se ele for tão ágil que consiga esgueirar-se, —— deixa-me pedir-te que, como uma potranca ainda não montada, *saltes, esguiches, cabrioles, empines, saltites,* — e *escoiceies, dando coices longos e curtos,* até, como a égua de Tickletoby, romperes um loro ou um rabicho, atirando sua senhoria à lama. —— Não é mister que o mates. ——

—— Mas, dizei, quem foi a égua de Tickletoby? —[74] Esta é uma pergunta tão pouco acadêmica e tão desairosa, senhor, quanto a de em que ano (*ab urb. con.*)[75] rompeu a segunda guerra púnica. — Quem era a égua de Tickletoby!

— Lede, lede, lede, lede, meu inculto leitor, lede, — ou pelo saber do grande santo Paraleipomenon —[76] já vos digo de antemão, melhor seria que atirásseis o livro fora, sem mais perda de tempo; pois, sem *muita leitura*, com o que sabe vossa excelência que quero dizer *muito saber*, não conseguireis penetrar a moral da página marmorizada ao lado (mosqueado emblema de minha obra!), assim como, a despeito de toda a sua sagacidade, o mundo não logrou deslindar as muitas opiniões, transações e verdades que ainda jazem misticamente escondidas sob o escuro véu do negro.

## 37

"*Nihil me paenitet hujus nasi*", diz Pamphagus; — vale dizer, —— "Sem meu nariz eu nada seria." —— "*Nec est cur paeniteat*", replica Cocles; vale dizer: "E, com os diabos, como poderia malograr semelhante nariz?".[77]

Vede que a doutrina, conforme meu pai desejava, foi estabelecida por Erasmo com a maior das clarezas; todavia, o desapontamento de meu pai advinha de ele encontrar, em pena tão capaz, tão só o fato puro e simples, sem nada daquela sutileza especulativa ou ambidestreza de argumentação que os céus concederam ao homem para que investigue a verdade e lute por ela em todas as frentes.

—— A princípio, meu pai deixou escapar os mais terríveis bahs! e pufs! — de algo vale, porém, ter um nome prestigioso. Como o diálogo era de Erasmo, logo caiu em si e leu-o uma e outra vez, de novo, com grande aplicação,

VOLUME III 281

estudando-lhe repetidas vezes cada palavra e cada sílaba, em sua interpretação mais estrita e mais literal; — mesmo assim, não conseguiu tirar nada dali. Talvez se queira dizer mais do que está dito aqui, disse meu pai. — Homens de saber, irmão Toby, não escrevem à toa diálogos sobre narizes compridos. —— Vou estudar-lhe o sentido místico e alegórico; —— aqui há terreno bastante para fazer um homem voltar a ele, irmão.

Meu pai continuou a ler. ——

Pois bem, acho necessário informar a vossas senhorias e excelências que, além dos muitos usos náuticos dos narizes compridos enumerados por Erasmo, o dialogista afirma que um nariz comprido possui também suas conveniências domésticas; pois, em caso de aperto, — e à falta de um par de foles, servirá muitíssimo bem *ad excitandum focum* (para avivar o fogo).[78]

A natureza havia sido pródiga além de toda medida nos dons de que cumulara meu pai e havia nele plantado, bem fundo, as sementes da crítica verbal, assim como as sementes de todos os outros conhecimentos, — pelo que ele tirou do bolso o seu canivete e se pôs a fazer experimentos com a frase, a ver se não podia esgaravatar algum sentido mais satisfatório. — Irmão Toby, exclamou ele, com exceção de uma só letra, cheguei ao significado místico de Erasmo. — Chegaste bem perto, irmão, replicou meu tio, em boa verdade. —— Bah! exclamou meu pai, continuando a esgaravatar, — é o mesmo que estar a sete milhas de distância. — Consegui, —— disse meu pai, estalando os dedos. — Vê, meu caro irmão Toby, como consertei o sentido. — Mas desfiguraste uma palavra, replicou o tio Toby. — Meu pai pôs os óculos, — mordeu o lábio, — e arrancou a folha num repente de ira.

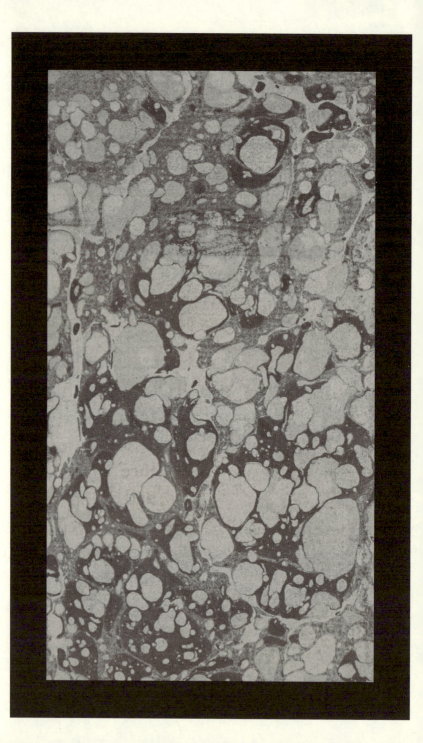

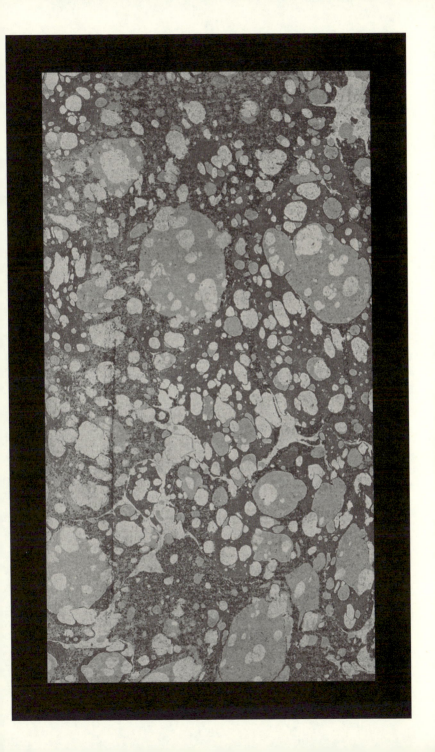

## 38

Ó Slawkenbergius! Tu, fiel analista de minhas *Disgrazias*,[79] —— triste profeta de tantas vergastadas e reveses que, num ou noutro estágio de minha vida, caíram sobre mim devido à curteza do meu nariz e não a qualquer outra causa que eu saiba. —— Diz-me, Slawkenbergius! Que secreto impulso foi aquele? Que entonação de voz? De onde veio? Como soou aos teus ouvidos? — Estás seguro de tê-lo ouvido? — a quem primeiro te gritou, — vai, — vai, Slawkenbergius! consagra os labores de tua vida, — esquece os teus passatempos, — convoca todos os poderes e faculdades de tua natureza, —— macera-te no serviço dos homens e escreve um grandioso IN-FÓLIO sobre a questão de seus narizes.

Como a comunicação chegou ao sensório de Slawkenbergius, —— para que ele soubesse que dedo apertou a tecla — e qual foi a mão que acionou os foles, —— por estar Hafen Slawkenbergius morto e posto em sua tumba há mais de noventa anos, —— é coisa acerca da qual só podemos fazer conjecturas.

Pelo que sei, Slawkenbergius foi usado como instrumento, à maneira dos discípulos de Whitefield,[80] —— vale dizer, sabendo tão claramente, senhor, qual dos dois *amos* era o que estivera a praticar no seu *instrumento*, —— que todo raciocínio a respeito se tornava desnecessário.

—— Porque, no relato que Hafen Slawkenbergius fez ao mundo dos motivos e circunstâncias que o levaram a escrever essa só obra e a ela consagrar tantos anos de vida, —— relato encontrável só no final dos seus prolegômenos, os quais, seja dito de passagem, deveriam ter vindo em primeiro lugar, —— isso se o encadernador não os tivesse colocado, assaz insensatamente, entre o índice analítico do livro e o próprio livro, —— informa ele ao leitor que desde quando chegara à idade da razão e fora capaz de refletir desapaixonadamente acerca do verdadeiro estado e condição do homem, e de distinguir o supremo fim e desígnio de sua existência; —— ou, —— para abreviar a minha tradução, visto que o livro de Slawkenbergius é em latim e se revela não pouco prolixo nesta passagem, —— desde que comecei a entender alguma coisa, diz Slawkenbergius, — ou antes, *o que era o quê*, —— e pude perceber que a questão dos narizes compridos havia sido tratada de maneira assaz negligente por todos quantos me haviam precedido, —— comecei a sentir, eu, Slawkenbergius, um forte impulso, um poderoso e irresistível chamamento interior, de meter ombros eu mesmo a essa empresa.

E, para fazer justiça a Slawkenbergius, ele entrou na liça com uma lança mais poderosa e nela perfez uma carreira muito maior do que a de qualquer outro homem que nela entrasse antes dele; —— na verdade, em numerosos aspectos, merece ser *enichado* como um protótipo à imagem do qual todos os autores, de obras volumosas pelo menos, deveriam afeiçoar os seus livros, —— visto que, senhor, ele abarcou a totalidade do assunto, — examinou-lhe cada uma das partes *dialeticamente*, — e depois o trouxe à plena luz do dia, iluminando-o com toda a luz que a colisão de seus talentos naturais alcançava produzir, —— ou que o profundíssimo conhecimento das ciências o havia capacitado a lançar sobre ele, —— colacionando, coligindo e compilando, — mendigando, copiando e roubando, à medida que avançava, tudo quanto havia sido escrito ou discutido sobre o assunto nas escolas e pórticos dos doutos: dessarte, o livro de Slawkenbergius pode ser a rigor considerado não apenas um modelo, — mas um DIGESTO muito bem alinhavado e uma compilação sistemática dos *narizes*, compreendendo tudo quanto é ou possa vir a ser de utilidade conhecer a respeito deles.

É por tal razão que me abstenho de falar de tantos outros livros e tratados (igualmente) valiosos da coleção de meu pai, devotados inteiramente a narizes, — ou colateralmente fazendo-lhes referência, —— como, por exemplo, o de Prignitz, que ora está sobre a mesa à minha frente; com infinita erudição e baseado no exame imparcial e rigoroso de mais de cinco mil crânios diversos, de mais de vinte ossários da Silésia por ele revolvidos, — informa--nos Prignitz que a medida e formato das partes ósseas ou ossificadas dos narizes humanos, em qualquer território *dado*, com exceção da Tartária Crimeia, onde estão de tal modo achatados pelos polegares que nenhum juízo se pode fazer a seu respeito, —— são muito mais parecidos entre si do que o mundo imagina, —— sendo a diferença entre eles, diz Prignitz, coisa de somenos, em que nem vale a pena atentar, —— mas que o tamanho e jovialidade de cada nariz individual, por via de que ele se situa acima de outros narizes e alcança maior preço, deve-se às suas partes cartilaginosas e musculares, por cujos dutos e sinos o sangue e os espíritos animais são impelidos e conduzidos pelo calor e força da imaginação, que não dista mais de um passo do nariz, (excetuado o caso dos idiotas, os quais Prignitz, que vivera muitos anos na Turquia, supunha estarem sob a tutela mais imediata do céu); —— dessarte, acontece e deve sempre acontecer, diz Prignitz, que a excelência do nariz está na proporção aritmética direta da fantasia de seu proprietário.

É pela mesma razão, vale dizer, a de tudo constar em Slawkenbergius, que nada digo, tampouco, de Scroderus (Andrea), a quem toda a gente conhece e que se opôs a Prignitz com toda a violência, —— provando à sua própria maneira, primeiro *logicamente*, depois por uma série de fatos pertinazes, que "Prignitz estava bem longe da verdade ao afirmar que a fantasia engendra o nariz; ao contrário, — o nariz é que engendra a fantasia".

— Os doutos entretinham a suspeita de que Scroderus fizera um sofisma despropositado, — e Prignitz gritara alto e bom som, no debate, que Scroderus havia tergiversado no tocante à ideia, — mas Scroderus continuou a sustentar sua tese. ——

Estava meu pai a ponderar consigo mesmo qual dos partidos tomar nessa questão quando Ambrose Paraeus resolveu o impasse num átimo e, demolindo ambos os sistemas, tanto o de Prignitz quanto o de Scroderus, de pronto safou meu pai das duas facções da controvérsia.

Sabei ——

Não estou dizendo nada de novo ao leitor culto, — e só o menciono aqui para mostrar aos doutos que me acho também a par do fato. ——

Que esse Ambrose Paraeus era o cirurgião-chefe e o remenda-narizes de Francisco IX de França, gozando de alto prestígio perante ele, assim como perante os dois reis que o precederam ou sucederam (não sei ao certo) — e que, salvo pelo lapso que cometera na sua história dos narizes de Taliacotius,[81] acerca do modo por que este os reparava, —— era tido por toda a congregação de médicos, naquele tempo, como um homem que sabia mais a respeito de narizes do que quantos jamais os houvessem alguma vez pegado na mão.

Pois Ambrose Paraeus convenceu meu pai de que a causa verdadeira e eficiente daquilo que tanto havia atraído a atenção do mundo e a cujo respeito Prignitz e Scroderus gastaram tanta erudição e tantos talentos, — não era nem esta nem aquela; —— o comprimento e excelência devia-se antes, simplesmente, à brandura e flacidez dos peitos da ama de leite —— assim como a chatice e curteza de narizes *inferiores* se devia à firmeza e repulsão elástica do mesmo órgão de nutrição, quando são e vigoroso, — condição que, por venturosa que fosse para a mulher, constituía a desgraça da criança, porquanto o nariz desta era tão maltratado, tão rechaçado, tão achatado e tão refrigerado, com isso, que nunca chegava *ad mensuram suam legitimam*;[82] —— todavia, no caso da flacidez e brandura dos peitos da ama de leite ou da mãe, — ao nele afundar-se, dizia Paraeus, como que em manteiga, o nariz era reconfortado, nutrido, engordado, refrescado, refocilado e estimulado a crescer incessantemente.

Tenho apenas duas observações a fazer quanto a Paraeus; primeira, a de que ele prova e explica tudo isto com a maior castidade e decoro de expressão; — pelo que seja dado eterno repouso à sua alma!

E, segunda, que além dos sistemas de Prignitz e de Scroderus terem sido eficazmente demolidos pela hipótese de Ambrose Paraeus, —— esta demoliu ao mesmo tempo o sistema de paz e harmonia reinantes em nossa família e durante três dias consecutivos não apenas enredou as coisas entre meu pai e minha mãe, como pôs de cabeça para baixo a casa toda e tudo que nela se continha, com exceção do tio Toby.

Nunca, decerto, em nenhum país ou época, transpirou pelo buraco da fechadura da porta da rua história tão ridícula assim, de uma briga entre um homem e sua esposa!

Pois deveis saber que minha mãe, —— mas tenho antes cinquenta outras coisas mais necessárias a dar-vos a conhecer, — cem dificuldades que prometi resolver e um milheiro de aflições e contratempos domésticos a se empilhar, múltiplos e compactos, sobre mim, um enganchado no pescoço do outro; —— uma vaca irrompeu (amanhã de manhã) nas fortificações do tio Toby e comeu duas rações e meia de erva seca, arrancando os céspedes que cobriam o hornaveque e o caminho coberto. — Trim insiste em ser julgado por uma corte marcial, — a vaca deve ser fuzilada, — Slop *crucificado*, — e eu ser *tristramado* e convertido em mártir já no meu próprio batismo; —— pobres e desventurados diabos que somos todos! — Eu careço de cueiros. —— Mas não há tempo a perder com exclamações. —— Deixei meu pai atravessado na cama e meu tio Toby sentado ao lado dele, em sua velha cadeira de franjas; prometi que voltaria a eles dentro de meia hora, e trinta e cinco minutos já se passaram. —— De todas as perplexidades com que um autor mortal jamais se viu confrontado, — esta é certamente a maior, — pois tenho de terminar, senhor, o in-fólio de Hafen Slawkenbergius, —— de relatar

VOLUME III                                             289

um diálogo entre meu pai e o tio Toby acerca da solução de
Prignitz, Scroderus, Ambrose Paraeus, Ponocrates e Grangousier, —[83] de traduzir uma narrativa de Slawkenbergius,
e tudo isso em cinco minutos a menos de tempo nenhum;
—— que cabeça a minha! — prouvera ao céu meus inimigos só lhe vissem o interior!

## 39

Não houve, em nossa família, outra cena mais divertida,
— e para fazer-lhe justiça neste particular; —— e aqui
tiro meu barrete e o deponho na mesa, ao lado do tinteiro, a fim de tornar mais solene minha declaração ao mundo no que concerne ao assunto, —— afirmo que acredito
de coração, (a menos que me ceguem o amor e a parcia-
lidade do meu entendimento) que nunca antes a mão do
Artífice Supremo e Inventor primeiro de todas as coisas
criou ou juntou uma família (pelo menos naquele período
dela cuja história me dispus a escrever) —— em que os
caracteres estivessem modelados ou contrastados com tão
dramático acerto como os da nossa, a esse respeito; e em
que a capacidade de proporcionar cenas tão primorosas e
o poder de fazê-las variar perpetuamente, de manhã até
de noite, tivessem sido dispensados e adjudicados com
tanta confiança quanto na Família Shandy.

Dessas cenas, nenhuma foi tão divertida, posso dizê-
-lo, neste excêntrico teatro nosso, — quanto a que frequentemente vinha à baila neste mesmíssimo capítulo dos
narizes compridos, —— especialmente quando a imaginação de meu pai se entregava com ardor às suas investigações e nada mais a satisfazia senão comunicar tal ardor
à imaginação do tio Toby, igualmente.

O tio Toby propiciava a meu pai todas as facilidades
em semelhante empenho; e com infinita paciência ficava
ali sentado horas a fio, fumando seu cachimbo, enquanto

meu pai lhe punha a cabeça à prova e, por todas as possíveis vias de acesso, tentava nela introduzir as soluções de Prignitz e Scroderus.

Ou porque estivessem acima da compreensão do tio Toby, —— ou porque lhe fossem contrárias, —— ou porque seu cérebro semelhasse isca úmida que nenhuma fagulha logra acender, —— ou porque estivesse tão repleto de sapas, minas, anteparos, cortinas e outras preocupações militares que o impediam de discernir claramente as doutrinas de Prignitz e Scroderus, — eis o que não sei dizer; — que os escolásticos — lava-pratos, anatomistas e engenheiros pelejam entre si para decidir a questão. ——

Não tenho dúvida de que um contratempo de certo vulto, no caso, era o fato de meu pai ter de traduzir tudo, palavra por palavra, para o tio Toby; teve de trasladar o latim de Slawkenbergius, e por não ser grande conhecedor desse idioma, sua tradução nem sempre era das mais fidedignas, — sobretudo, geralmente, naqueles pontos em que era mister o fosse; — isto naturalmente deixou a porta aberta para um segundo contratempo: — o de, nos mais ardentes paroxismos do seu afã de abrir os olhos do tio Toby —— as ideias de meu pai correrem mais depressa do que a tradução, assim como esta se adiantava sempre em relação às do tio Toby; —— assim, nem uma nem outra destas circunstâncias contribuía muito para a clareza da preleção de meu pai.

40

O dom do raciocínio e da construção de silogismos, — quero dizer, no ser humano, — visto que nas classes superiores de seres, tais como anjos e espíritos, — tudo se faz, segundo me foi dito, por INTUIÇÃO, se me permitem vossas senhorias; — e que os seres inferiores, como bem sabem vossas senhorias, —— silogizam com o nariz: mui-

VOLUME III                                    291

to embora haja uma ilha a flutuar no oceano, conquanto
não muito a contento, cujos habitantes, se minha informação não é enganosa, são tão maravilhosamente bem-
-dotados que silogizam de idêntica maneira, e se saem
muito bem amiúde: —— mas isto não vem ao caso ——

O dom de fazê-lo como cumpre, entre nós, — ou o
grande e essencial ato de raciocinar, conforme no-lo ensinam os lógicos, consiste em o homem descobrir a concordância ou discordância de duas ideias entre si mercê
da intervenção de uma terceira; (chamada o *medius terminus*),[84] assim como um homem, como muito bem observa Locke, descobre, por intermédio de uma jarda, que
as canchas de bolão de dois outros homens são do mesmo
comprimento, canchas essas que não poderiam ser junta-
das para medir-se-lhes a igualdade por *justaposição*.

Tivesse o mesmo insigne raciocinador, enquanto meu
pai ilustrava o seu sistema de narizes, observado o comportamento do meu tio Toby, — quanta atenção prestava a
cada palavra, — e com que admirável seriedade contemplava o comprimento de seu cachimbo, todas as vezes que o
tirava da boca, — inspecionando-o transversalmente conforme o segurava entre o indicador e o polegar, —— a seguir frontalmente, — depois deste lado, depois daquele, em
todas as direções e perspectivas possíveis, —— teria concluído que o tio Toby dispunha do *medius terminus* e com
ele silogizava e media a verdade de cada hipótese acerca de
narizes compridos, à medida que meu pai as ia pondo à sua
frente. Diga-se de passagem que isso excederia as expectativas de meu pai; — seu objetivo, em todos os esforços que
fazia nessas preleções filosóficas, — era capacitar o meu tio
Toby não a *discutir*, —— mas a *compreender* —— *deter* os
grãos e escrúpulos do saber, — não *pesá-los*. — Meu tio
Toby, conforme lereis no próximo capítulo, não fez uma
coisa nem outra.

## 41

É uma pena, exclamou meu pai certa noite de inverno, ao fim de três horas de penosa tradução de Slawkenbergius, — é uma pena, exclamou meu pai, pondo uma meada de fios de minha mãe entre as páginas do livro, à guisa de marcador, enquanto falava —— que a verdade, irmão Toby, tenha de encastelar-se em tais inexpugnáveis fortalezas e mostrar-se tão obstinada, não se rendendo, por vezes, nem ao mais rigoroso assédio. ——

Pois bem, aconteceu então, como na verdade muitas vezes antes acontecera, que a fantasia do tio Toby, durante toda a explicação das ideias de Prignitz a ele feita por meu pai, —— por não ter nada em que deter-se ali, havia dado uma breve escapada até o campo de bolão; —— seu corpo poderia muito bem ter ido dar um passeio até ali, também, —— pelo que, com o semblante de um solene escolástico absorvido pelo *medius terminus* —— estava o tio Toby tão alheio, na realidade, a toda a preleção, e aos seus prós e contras, quanto se meu pai estivesse a traduzir Hafen Slawkenbergius do latim para a língua dos cherokees. Mas a palavra *assédio* da metáfora de meu pai teve o poder de um talismã, impelindo a fantasia do tio Toby tão celeremente quanto uma nota que se segue ao toque; — fê-lo abrir os ouvidos, — e observando meu pai que ele tirara o cachimbo da boca e arrastara a cadeira para mais perto da mesa, como se animado de um desejo de beneficiar-se da explicação, — repetiu sua frase com o maior prazer, —— mudando-lhe apenas o arranjo e dela eliminando a metáfora do assédio, a fim de obviar certos perigos que nele pressentira.

É uma pena, disse meu pai, que a verdade possa estar só de um lado, irmão Toby, — tendo em vista que engenhosidade não demonstraram todos esses homens doutos em suas soluções do problema dos narizes. —— Narizes podem dissolver-se? perguntou o tio Toby. ——

VOLUME III 293

—— Meu pai empurrou a cadeira para trás, —— ergueu-se, —— pôs o chapéu, —— deu quatro largas passadas até a porta, — abriu-a de um sacalão, — enfiou a
cabeça para fora, — tornou a fechar a porta, — sem dar
tento da dobradiça defeituosa, — voltou para a mesa, —
arrancou a meada de fios de minha mãe de dentro do livro
de Slawkenbergius, — encaminhou-se à pressa até a sua
escrivaninha, — regressou a passo lento, enrolando a meada no polegar, — desabotoou o colete, —— atirou a meada
ao fogo, — mordeu a alfineteira de cetim de minha mãe,
partindo-a em duas e enchendo a boca de farelo, — que
o Céu a confunda!; — mas vede! — esta imprecação voltou-se contra o cérebro do tio Toby, —— que já estava
bastante confuso, —— e veio carregada apenas de farelo,
— farelo que, com a permissão de vossas senhorias, —
era a pólvora da bala.

Ainda bem que os repentes de cólera do meu pai não
duravam muito; pois enquanto durassem faziam levar
uma vida atarefada; uma das questões mais difíceis de
explicar que encontrei em minhas observações da natureza humana era a de que nada punha tanto à prova a
índole de meu pai ou fazia suas paixões explodirem como
pólvora quanto os inesperados golpes assestados contra a
sua ciência pela singular simplicidade das perguntas do
tio Toby. —— Houvessem dez dúzias de marimbondos picado suas costas em muitos e diferentes lugares ao mesmo
tempo, — e ele não teria exercitado mais funções mecâni-
cas em menos segundos, — nem ficado tão sobressaltado
com uma única *quaere*[85] de três palavras intempestivas
que o acometeu em sua carreira pau-cavalar.

Mas nada alterava o tio Toby; — ele continuava a
fumar o cachimbo com invariável tranquilidade; — seu
coração jamais abrigara a intenção de ofender o irmão,
— e como sua cabeça dificilmente poderia descobrir onde
estaria o ferrão da ofensa, —— ele sempre dava a meu
pai tempo suficiente para acalmar-se por si mesmo. ——

Este levou cinco minutos e trinta e cinco segundos para consegui-lo, no caso em questão.

Por quanto de bom haja no mundo! disse meu pai, quando se recuperou, tomando emprestada a exclamação ao compêndio de imprecações de Ernulphus, — (embora, para fazer justiça a meu pai, se tratasse de uma falta, (conforme dissera ao dr. Slop na questão de Ernulphus) que ele cometia tão raramente quanto o que menos a cometesse sobre a terra.) —— Por tudo quanto haja de bom e de grande! irmão Toby, disse meu pai, não fossem os adminículos da filosofia, que tanto nos amparam, — e serias capaz de pôr qualquer homem fora de si. — Ora, quando te falei de *soluções* do problema dos narizes, eu me estava referindo, como terias logo entendido se me tivesses distinguido com um pingo de atenção, às várias explicações que homens versados nos diferentes ramos do conhecimento haviam dado ao mundo das causas responsáveis por narizes curtos e compridos. — Existe uma só causa, replicou o tio Toby; — ora, o nariz de um homem é mais comprido que o de outro tão só porque é vontade de Deus. — Essa é a solução de Grangousier, disse meu pai. — É ele, continuou o tio Toby, erguendo o olhar e sem fazer caso da interrupção de meu pai, quem nos faz a todos, e nos configura e compõe, dando-nos formas e proporções e destinando-nos aos fins que pareçam adequados à sua infinita sabedoria. —— Essa é uma explicação piedosa, mas não filosófica, exclamou meu pai, — há nela mais religião do que ciência bem fundada. Não era incompatível com o caráter do tio Toby —— o fato de temer a Deus e reverenciar a religião. —— Assim, no momento em que meu pai terminou sua observação, — pôs-se o tio Toby a assoviar "Lillabullero" com mais fervor (embora com mais desafinação) do que de hábito. ——

Que foi feito da meada de fios de minha esposa?

## 42

Não importa que, —— como um acessório de costura, a meada de fios pudesse ter alguma importância para a minha mãe; — não tinha nenhuma para meu pai, como marcador do livro de Slawkenbergius. Em cada uma de suas páginas, Slawkenbergius constituía um rico tesouro de conhecimentos para ele; — jamais o poderia abrir em vão; costumava dizer, ao fechar o livro, que se todas as artes e ciências do mundo, juntamente com os livros que delas tratavam, se perdessem; —— que se toda a sabedoria e todos os métodos de governar, afirmava ele, fossem um dia esquecidos por desuso, e tudo quanto os estadistas tivessem escrito ou mandado escrever acerca das virtudes e defeitos das cortes e dos reinos ficasse também esquecido, — só restando Slawkenbergius, — neste haveria, seguramente, o bastante para pôr o mundo de novo em marcha. Era, por isso, um verdadeiro tesouro! uma compilação de quanto era mister conhecer a respeito de narizes e de tudo o mais; —— nas matinas, no pino do dia ou nas vésperas, era Hafen Slawkenbergius a recreação e o deleite de meu pai: estava sempre entre suas mãos; — teríeis jurado, senhor, que se tratava do livro de orações de um cônego — de tal modo se mostrava coçado, polido, gasto e atritado pelos dedos, em todas as suas páginas, de uma a outra capa.

Não sou tão fanático de Slawkenbergius quanto meu pai; — há nele certo cabedal, sem dúvida alguma; na minha opinião, porém, a parte melhor, já não digo a mais proveitosa, mas a mais divertida, de Hafen Slawkenbergius, são os seus contos, —— e, considerando que se tratava de um alemão, muitos deles até que são narrados com certa dose de imaginação: —— esses contos ocupam o segundo livro, abrangendo quase metade do seu in-fólio e compreendendo dez décadas, com dez contos em cada.

—— Filosofia não se edifica sobre contos; e por isso errou

certamente Slawkenbergius em pô-los a correr mundo ostentando esse nome; — há alguns, na oitava, nona e décima décadas, que me parecem antes galhofeiros e levianos do que especulativos, — mas, no geral, devem ser considerados pelos doutos como pormenores de outros tantos fatos independentes, todos girando, desta ou daquela maneira, em torno dos gonzos essenciais do assunto por ele versado; foram por ele coligidos com o maior escrúpulo e acrescentados à sua obra como outras tantas ilustrações das doutrinas acerca dos narizes.

Como dispomos de tempo e lazer suficiente, — e se me permitirdes, senhora, vou narrar-vos o nono conto de sua décima década.

### FIM DO TERCEIRO VOLUME

# VOLUME IV
## 1761

Multitudinus imperitae non formido judicia;
meis tamen, rogo, parcant opusculis — in quibus
fuit propositi semper, a jocis ad seria, a seriis
vicissim ad jocos transire.

— JOAN. SARESBERIENSIS, *Episcopus Lugdun*

### SLAWKENBERGII FABELLA*

*Vespera quâdam frigidula, posteriori in parte mensis* Augusti, *peregrinus, mulo fusco colore insidens, manticâ a tergo, paucis indusiis, binis calceis, braccisque sericis coccineis repleta,* Argentoratum *ingressus est.*

*Militi eum percontanti, quam portus intraret, dixit, se apud Nasorum promontorium fuisse, Francofurtum proficisci, et Argentoratum, transitu ad fines Sarmatiae mensis intervallo, reversurum.*

*Miles peregrini in faciem suspexit — Di boni, nova forma nasi!*

*Ad multum mihi profuit, inquit peregrinus, carpum amento extrahens, e quo pependit acinaces: Loculo manum inseruit; & magna cum urbanitate, pilei parte anteriore tactâ manu sinistrâ, ut extendit dextram, militi florinum dedit et processit.*

*Dolet mihi, ait miles, tympanistam nanum et valgum*

---

\* Como *Hafen Slawkenbergius de Nasis* é obra extremamente rara, talvez não desagrade ao leitor culto examinar a amostra de umas poucas páginas do original; não farei nenhuma outra reflexão a propósito senão a de que o seu latim narrativo é muito mais conciso do que o seu latim filosófico — e, ao meu ver, tem mais cunho de latinidade.

*alloquens, virum adeo urbanum vaginam perdidisse: iti-*
*nerari haud poterit nudâ acinaci, neque vaginam toto* Argentorato *habilem inveniet.*

— *Nullam unquam habui, respondit peregrinus res-*
*piciens,* — *seque comiter inclinans* — *hoc more gesto,*
*nudam acinacem elevans, mulo lentò progrediente, ut na-*
*sum tueri possim.*

*Non immerito, benigne peregrine, respondit miles.*

*Nihili aestimo, ait ille tympanista, e pergamenâ facti-*
*tius est.*

*Prout christianus sum, inquit miles, nasus ille, ni sex-*
*ties major sit, meo esset conformis.*

*Crepitare andivi, ait tympanista.*

*Mehercule! sanguinem emisit, respondit miles.*

*Miseret me, inquit tympanista, qui non ambo tetigimus!*


*Eodem temporis puncto, quo haec res argumentata*
*fuit inter militem et tympanistam, disceptabatur ibidem*
*tubicine & uxore suâ qui tunc accesserunt, et peregrino*
*praetereunte, restiterunt.*


*Quantus nasus! aeque longus est, ait tubicina, ac tuba.*


*Et ex eodem metallo, ait tubicen, velut sternutamento*
*audias.*

*Tantum abest, respondit illa, quod fistulam dulcedine*
*vincit.*

*Aeneus est, ait tubicen.*

*Nequaquam, respondit uxor.*

*Rursum affirmo, ait tubicen, quod aeneus est.*

*Rem penitus explorabo; prius, enim digito tangam, ait*
*uxor, quam dormivero.*

*Mulus peregrini, gradu lento progressus est, ut unum-*

*quodque verbum controversiae, non tantum inter militem et tympanistam, verum etiam inter tubicinem et uxorem ejus, audiret.*

*Nequaquam, ait ille, in muli collum fraena demittens, & manibus ambabus in pectus positis, (mulo lentè progrediente) nequaquam, ait ille, respiciens, non necesse est ut res isthaec dilucidata foret. Minime gentium! meus nasus nunquam tangetur, dum spiritus hos reget artus — Ad quid agendum? ait uxor burgomagistri.*

*Peregrinus illi non respondit. Votum faciebat tunc temporis sancto Nicolao; quo facto, in sinum dextrum inserens, e quâ negligenter pependit acinaces, lento gradu processit per plateam Argentorati latam quae ad diversorium templo ex adversum ducit.*

*Peregrinus mulo descendens stabulo includi, & manticam inferri jussit: quâ apertâ et coccineis sericis femoralibus extractis cum argenteo laciniato Περιζομαυτε, his sese induit, statimque, acinaci in manu, ad forum deambulavit.*

*Quod ubi peregrinus esset ingressus, uxorem tubicinis obriam euntem aspicit; illico cursum flectit, metuens ne nasus suus exploraretur, atque ad diversorium regressus est — exuit se vestibus; braccas coccineas sericas manticae imposuit mulumque educi jussit.*

*Francofurtum proficiscor, ait ille, et Argentoratum quatuor abhinc hebdomadis revertar.*

*Bene curasti hoc jumentum (ait) nuli faciem manu demulcens —— me, manticamque meam, plus sexcentis mille passibus portavit.*

*Longa via est! respondet hospes, nisi plurimum esset negoti.* —— *Enimvero ait peregrinus a nasorum promontorio redii, et nasum speciosissimum, egregiosissimumque quem unquam quisquam sortitus est acquisivi?*

*Dum peregrinus hanc miram rationem, de seipso reddit, hospes et uxor ejus, oculis intentis, peregrini nasum contemplantur — Per sanctos, sanctasque omnes, ait hospitis uxor, nasis duodecim maximis, in toto Argentorato major est! — estne, ait illa mariti in aurem insusurrans, nonne est nasus praegrandis?*

*Dolus inest, anime mi, ait hospes — nasus est falsus.* ——

*Verus est, respondit uxor —*
*Ex abiete factus est, ait ille, terebinthinum olet* ——

*Carbunculus inest, ait uxor.*
*Mortuus est nasus, respondit hospes.*
*Vivus est, ait illa,* —— *& si ipsa vivam tangam.*
*Votum feci sancto Nicolao, ait peregrinus, nasum meum intactum fore usque ad — Quodnam tempus? illico respondit illa.*

*Minime tangetur, inquiet ille (manibus in pectus compositis) usque ad illam horam — Quam horam? ait illa. — Nullam, respondit peregrinus, donec pervenio, ad — Quem locum, — obsecro? ait illa* —— *Peregrinus nil respondens mulo conscenso discessit.*

### O CONTO DE SLAWKENBERGIUS

Era uma tarde fresca e repousante, após um dia de muito calor, no finzinho de agosto, quando um forasteiro, montando um mulo de pelo escuro e trazendo às costas a malinha de roupa, com algumas camisas, um par de sapatos e um par de calções de cetim carmesim, adentrou a cidade de Estrasburgo.

Explicou à sentinela que o interrogou quando ele passava pelos portões que estivera no promontório dos NARIZES — dirigia-se a Frankfurt — e estaria de volta a Estrasburgo exatamente dali a um mês, em sua rota para os confins da Tartária Crimeia.[1]

A sentinela deteve o olhar no rosto do forasteiro — nunca vira um nariz como aquele em sua vida!

— Fiz um excelente negócio com ele, disse o forasteiro — e, tirando o pulso do laço de uma fita negra de que pendia uma cimitarra curta, enfiou a mão no bolso e, ao mesmo tempo que tocava a copa do chapéu com a mão esquerda, mui cortesmente, estendeu a direita, — pôs um florim na mão da sentinela e seguiu caminho.

Aflige-me, disse a sentinela, dirigindo-se a um tocador de tambor anão e de pernas em arco, que uma pessoa tão gentil tenha perdido a bainha de sua arma — não pode viajar sem uma para a sua cimitarra e não conseguirá encontrar bainha que lhe sirva em todo Estrasburgo. —— Jamais usei bainha, replicou o forasteiro, voltando-se para olhar a sentinela e levando a mão à aba do chapéu ao falar —— Carrego minha arma assim, continuou — ergueu a cimitarra nua, enquanto o mulo ia avançando o tempo todo, a fim de defender o meu nariz.

Ele vale bem isso, amável forasteiro, replicou a sentinela.

— Não vale um só vintém, disse o tamboreiro de pernas arqueadas, — é um nariz de pergaminho.

Tão certo quanto sou um bom católico —[2] conquanto seja seis vezes maior, — é um nariz, disse a sentinela, como o meu.

— Ouvi-o estalar, disse o tocador de tambor.

Que besteira, disse a sentinela, vi-o sangrar.

Que lástima, exclamou o tamboreiro de pernas tortas, não o tivéssemos ambos tocado!

No mesmíssimo instante em que este debate se travava entre a sentinela e o tambor — idêntica questão era discutida por um trombeteiro e sua esposa, que então vinham vindo e tinham parado para ver o estranho passar.

*Valha-me Deus!* —— Que nariz! É tão comprido, disse a mulher do trombeteiro, quanto uma trombeta.

E do mesmo metal, acrescentou o trombeteiro, como se percebe pelo seu espirro.

— É tão suave quanto uma flauta, disse ela.

— É de latão, disse o trombeteiro.

— É a ponta de um chouriço, disse a mulher.

Digo-te uma vez mais, disse o trombeteiro, que é um nariz de latão.

Vou descobrir o que é, disse a mulher, pois vou tocá-lo com o meu próprio dedo antes de ir dormir.

O mulo do forasteiro andava a passo tão lento que este ouviu cada palavra da discussão, não só entre a sentinela e o tambor, como entre o trombeteiro e sua esposa.

Não! disse, deixando cair as rédeas sobre o pescoço do animal e levando ambas as mãos ao peito, uma sobre

VOLUME IV                                                           305

a outra, num gesto que semelhava o de um santo (enquanto o mulo avançava tranquilamente o tempo todo). Não!
disse, erguendo o olhar. — Não devo tanto ao mundo
— difamado e logrado que fui —— a ponto de ajudá-lo a
convencer-se — não! acrescentou, meu nariz jamais será
tocado enquanto o céu me der forças — Para fazer o quê?
perguntou a esposa do burgomestre.

O forasteiro não deu atenção à esposa do burgomestre
— estava fazendo um voto a são Nicolau;[3] uma vez feito,
tendo descruzado os braços com a mesma solenidade com
que os cruzara, ergueu as rédeas com a mão esquerda e,
enfiando a direita no peito, com a cimitarra a pender-lhe
descuidosamente do pulso, continuou seu caminho, tão devagar quanto cada pata do mulo se seguia à outra, ao longo
das principais ruas de Estrasburgo, até o acaso conduzi-lo
até uma grande hospedaria na praça do mercado, bem de-
fronte à igreja.

Assim que desapeou, o forasteiro ordenou levassem-
-lhe o mulo ao estábulo e carregassem para dentro sua
mala de roupas; abriu-a e, dela tirando seus calções de
cetim carmesim, com um — (apêndice que não me atrevo
a traduzir) de franjas prateadas — vestiu-os, com seu alçapão franjado,[4] e, cimitarra curta na mão, dirigiu-se de
imediato para o grande passeio.

Mal havia percorrido o passeio três vezes, quando deu
com a esposa do trombeteiro do lado oposto — pelo que,
fazendo abruptamente meia-volta, com medo de que seu
nariz pudesse ser acometido, voltou de pronto para a hospedaria —— despiu-se, guardou na mala seus calções de
cetim carmesim &c., e mandou trazerem-lhe o mulo.

Vou prosseguir viagem para Frankfurt, disse o forasteiro —— e estarei de volta a Estrasburgo exatamente daqui a um mês.

Espero, continuou ele, acariciando a cara do mulo com
a mão esquerda, quando o ia montar, que tenhais sido
bons para com este meu fiel escravo —— carregou-me a

mim e à minha mala de roupas, prosseguiu, batendo de leve no pescoço do mulo, por mais de seiscentas léguas.

— É uma longa viagem, senhor, replicou o dono da hospedaria ——, a menos que se tenha um negócio importante a tratar. — Ora! ora! disse o forasteiro, estive no promontório dos Narizes; e arranjei para mim, graças aos céus, um dos melhores e mais fortes que jamais a homem algum coube.

Enquanto o forasteiro estava dando esta curiosa explicação a seu próprio respeito, o dono da hospedaria e sua esposa mantinham os olhos fitos no nariz dele. — Por santa Radagunda,[5] disse a mulher do hospedeiro consigo mesma, ele tem mais substância do que qualquer dúzia dos maiores narizes de Estrasburgo reunidos! Pois não é, sussurrou ela ao ouvido do esposo, um belo e nobre nariz?

Não passa de uma impostura, minha querida, disse o dono da hospedaria —, é um nariz falso. —

É um nariz de verdade, obtemperou ela. —

É feito de madeira de abeto, disse ele, — sinto o cheiro de terebintina. —

Há uma espinha nele, disse ela.

É um nariz sem vida, replicou o hospedeiro.

É um nariz vivo, e tão certo quanto estou viva, disse a mulher, vou tocá-lo.

Fiz um voto a são Nicolau hoje, explicou o forasteiro, de que meu nariz não será tocado por ninguém até — Nesse ponto, interrompendo-se, ergueu os olhos para o céu. — Até quando? perguntou ela pressurosa.

Jamais será tocado, disse ele, juntando as mãos e trazendo-as de encontro ao peito, até a hora. —— Que hora? exclamou a mulher do hospedeiro. —— Nunca! — nunca! — disse o forasteiro, enquanto eu não tiver chegado a — Pelo amor de Deus, a que lugar? perguntou ela. — O forasteiro partiu sem dizer palavra.

Mal se havia ele afastado meia légua dali, a caminho de Frankfurt, e já toda a cidade de Estrasburgo estava em

VOLUME IV                                                    307

rebuliço, a comentar-lhe o nariz. Tocavam os sinos às completas, convocando os estrasburgueses para as suas devoções e para o encerramento das tarefas do dia com preces: —— pessoa alguma em Estrasburgo os ouviu — a cidade semelhava um enxame de abelhas —— homens, mulheres e crianças (enquanto os sinos continuavam a tocar) corriam de lá para cá — entrando por uma porta, saindo pela outra — indo ora por aqui, ora por ali — de longo e de través — rua acima, rua abaixo — subindo por este beco, descendo por aquele —— viste-o? viste-o? viste-o? Oh! viste-o? — quem o viu? quem o viu? pelo amor de Deus, quem o viu?

Ai de mim! Eu estava nas vésperas! —— Estava lavando roupa, estava engomando, estava fazendo limpeza, estava costurando — DEUS meu! Nunca o vi — Nunca o toquei! —— prouvera fosse eu uma sentinela, um tambor de pernas em arco, um trombeteiro, a mulher de um trombeteiro, tal era a grita e a lamentação unânime que se ouvia em todas as ruas e esquinas de Estrasburgo.

Enquanto toda esta generalizada confusão e desordem lavrava pela grande cidade de Estrasburgo, o gentil forasteiro continuava a viagem para Frankfurt, montado no seu mulo de passo vagaroso, como se não tivesse nada a ver com tudo aquilo — a dirigir frases entrecortadas ora ao mulo — ora a si próprio —— ora à sua Júlia.

Ó Júlia, minha adorável Júlia! — não, não posso deter-me para que comas aquele cardo — imaginar que a língua suspeita de um rival pudesse ter me esbulhado de um deleite que eu estava a pique de desfrutar. —

— Bah! — é apenas um cardo — não te preocupes — terás uma ceia melhor de noite. —

—— Banido de minha pátria — dos meus amigos — de ti. —

Pobre-diabo, estás mortalmente cansado de viajar! — eia — um pouco mais depressa — nada tenho na mala a não ser duas camisas — um par de calções de cetim carmesim, e um enfeitado — Júlia querida!

— Mas por que ir a Frankfurt? — Haverá alguma mão invisível guiando-me secretamente por estes meandros e regiões desconhecidas?

— Tropeças! por são Nicolau! a cada passo —— ora, nesta marcha levaremos a noite toda para chegar a ——

— À felicidade — ou terei antes de ser joguete da sorte e da maledicência — destinado a ser banido sem ter sido sequer julgado — ouvido — ou tocado —— se assim é, por que não fiquei em Estrasburgo, onde a justiça —— mas eu jurara! — Vamos, logo irás beber — em são Nicolau — Ó Júlia! —— Por que estás erguendo as orelhas assim? — Não é nada, é apenas um homem &c. ——

O forasteiro prosseguiu caminho conversando dessa maneira com seu mulo e sua Júlia — até chegar à hospedaria, onde, assim que chegou, apeou-se — fez com que cuidassem do mulo, como lhe prometera —— levassem para dentro a sua mala, com os calções de cetim carmesim &c. —— pediu uma omelete para a ceia, meteu-se na cama à meia-noite e em cinco minutos ferrava no sono.

Foi mais ou menos à mesma hora que, tendo se acalmado o tumulto em Estrasburgo por aquela noite, —— os estrasburgueses se deitaram sem ruído em suas camas — mas não, como o forasteiro, para descanso de seus corpos ou mentes; a rainha Mab,[6] duende que era, tomara o nariz do forasteiro e, sem reduzi-lo de volume, dera-se ao trabalho, naquela noite, de cortá-lo e dividi-lo em tantos narizes de diferentes formatos e talhes quantas eram as cabeças de Estrasburgo capazes de contê-los. A abadessa de Quedlinburg, que, com as quatro grandes dignitárias de seu capítulo, a prioresa, a deã, a subchantresa e a canonisa superior, viera naquela semana a Estrasburgo para fazer uma consulta à universidade acerca de um caso de consciência relativo aos bolsos ou aberturas de suas saias — estivera doente aquela noite inteira.

O nariz do gentil forasteiro encarapitara-se no topo da glândula pineal do seu cérebro e fizera tal trabalho

VOLUME IV

309

de agitação nas imaginações das quatro grandes dignitárias do seu capítulo, que não conseguiram elas pregar olho a noite inteira por causa dele —— não havia meio de se lhes acalmarem os membros — em suma, ergueram-se da cama como um bando de fantasmas.

As penitentes da ordem terceira de são Francisco ——[7] as monjas do monte Calvário — as premonstratenses —— as cluniacenses* — as cartuxas[8] e todas as severas ordens de freiras que se deitavam naquela noite entre lençóis ou mantas grosseiras, estavam em condição ainda pior que a da abadessa de Quedlinburg — com revolver-se e debater--se, e debater-se e revolver-se, de um para o outro lado de suas camas, a noite inteira — as diversas irmandades se haviam coçado e arranhado desesperadamente — delas se levantando quase em carne viva — com o que julgaram todos que santo Antônio as visitara para pô-las à prova com o seu fogo;[9] —— em suma, elas não haviam pregado olho, um momento que fosse, a noite toda, das vésperas às matinas.

As monjas de santa Úrsula[10] agiram mais sabiamente — não tentaram sequer ir para a cama.

O deão de Estrasburgo, os prebendados, os capitulares e os domiciliares (capitularmente congregados de manhã para considerar o caso das roscas amanteigadas) arrependiam-se de não ter seguido o exemplo das monjas de Santa Úrsula. —— No atropelo e confusão generalizados da noite anterior, os padeiros se haviam esquecido de sua levadura — não havia roscas amanteigadas[11] para o desjejum em parte alguma de Estrasburgo — todo o átrio da catedral andava numa perene comoção — igual motivo de inquietude e desassossego e igual zelosa investigação de suas causas não as presenciara Estrasburgo desde os tempos em que Martinho Lutero, com suas doutrinas, havia virado a cidade de cabeça para baixo.

* Hafen Slawkenbergius refere-se às monjas beneditinas de Cluny, ordem fundada no ano de 940 por Odo, abade de Cluny.

Se o nariz do forasteiro tomara tal liberdade de imiscuir-se nos pratos* das ordens religiosas &c., que carnaval não fizera ele nos do laicato! — É mais do que minha pena, gasta até o toco como está, alcança descrever; reconheço entretanto, (*exclama Slawkenbergius com mais jovialidade de pensamento do que eu dele esperava*) que há ainda muitos bons símiles no mundo capazes de dar aos meus compatriotas alguma ideia dele; mas no fecho de um in-fólio como este, escrito por amor deles e no qual empenhei a maior parte de minha vida — e conquanto eu reconheça a existência de tal possível símile, não seria desarrazoado, da parte deles, esperar de mim tivesse eu tempo ou inclinação para ir procurá-lo? Basta que se diga ter sido tão geral o tumulto e desordem ocasionados na imaginação das gentes estrasburguesas — e tamanho domínio alcançara o nariz sobre todas as faculdades das mentes delas — e tantas coisas estranhas, com igual confiança em todas as partes e igual eloquência em todos os lugares, foram ditas e juradas a seu respeito, que ele se fez o alvo de todas as conversas e de toda a admiração; — toda a gente, boa ou má — rica ou pobre — culta ou inculta — doutor ou estudante — senhora ou donzela — gentil ou plebeia — carne de monjas ou carne de mulher em Estrasburgo, passou o tempo todo a ouvir notícias dele — todos os olhos de Estrasburgo ansiavam por vê-lo —— todos os dedos — todos os polegares de Estrasburgo ardiam por tocá-lo.

Pois bem, o que mais aumentava, se é que seja possível aumentar desejo já de si tão veemente — é que a sentinela, o tamboreiro de pernas tortas, o trombeteiro, a esposa do trombeteiro, a viúva do burgomestre, o dono da hospeda-

---

* Cumprimentos do sr. Shandy aos oradores — ele se dá perfeita conta de que Slawkenbergius mudou neste ponto a sua metáfora — do que é deveras culpado; — o sr. Shandy fez o possível, ao longo de toda a sua tradução, para fazê-lo manter-se fiel — mas aqui era coisa impossível.

VOLUME IV

ria e a mulher do dono da hospedaria, por mais que diferissem entre si nos seus testemunhos e descrições do nariz do forasteiro — estavam todos concordes em dois pontos — a saber, que ele partira para Frankfurt e só estaria de volta a Estrasburgo dali a precisamente um mês; e, em segundo lugar, que, fosse o seu nariz verdadeiro ou falso, era o próprio forasteiro um dos mais perfeitos modelos de beleza — o mais bem-feito dos homens! — o mais gentil! — o de bolsa mais generosa — o de modos mais corteses que jamais adentrara as portas de Estrasburgo; — que, enquanto cavalgava, com a cimitarra a pender-lhe descuidosamente do pulso, pelas ruas da cidade — e passeava, com seus calções de cetim carmesim, pelo seu passeio — ostentava um ar de tão encantadora e despreocupada modéstia, e tão varonil, outrossim — que teria posto em perigo (não fosse o nariz a meter-se-lhe no caminho) o coração de toda virgem que lhe houvesse deitado os olhos.

Não recorro a nenhum coração a que sejam estranhas as pulsações e anelos de curiosidade, de tal modo excitada, para justificar o fato de a abadessa de Quedlinburg, a prioresa, a deã e a subchantresa terem mandado chamar, no pino do dia, a mulher do trombeteiro: ela atravessou as ruas de Estrasburgo com a trombeta de seu marido na mão, — o melhor instrumento que as limitações do tempo lhe permitiam para a ilustração de sua teoria — ela não demorou mais de três dias.

A sentinela e o tamboreiro de pernas tortas! — nada, do lado de cá de Atenas, alcançaria igualá-los! recitavam suas preleções sob as portas da cidade aos que vinham ou se iam, com toda a pompa de um Crisipo e de um Crantor[12] em seus pórticos.

O dono da hospedaria, com seu palafreneiro ao lado esquerdo, recitava também no mesmo estilo — sob o pórtico ou portão de entrada do pátio de seus estábulos, — e a esposa dele, com maior privacidade, numa das salas do fundo: todos acorriam às preleções de um e de outra, não promiscuamente, — mas ou às dela ou às dele, como sempre acontece, guiados pela fé e pela credulidade; — numa palavra, cada estrasburguês acorria em busca de informação — e cada estrasburguês tinha a informação de que carecia.

Importa notar, para proveito de todos os demonstradores de filosofia natural &c., que tão logo terminara a mulher do trombeteiro sua preleção privativa para a abadessa de Quedlinburg e começara a fazer preleções públicas, encarapitada sobre um tamborete no meio do grande passeio — passou ela a perturbar os outros demonstradores, em especial porque conquistou incontinenti o auditório da parte mais elegante da cidade de Estrasburgo. — Mas quando uma demonstradora de filosofia (exclama Slawkenbergius) tem uma *trombeta* como instrumento, dizei-me que rival seu em ciência poderá pretender ser também ouvido?

Enquanto os iletrados, por estes condutos de informação, afanavam-se todos em chegar ao fundo do poço, onde a VERDADE entretém sua pequena corte, — os doutos também estavam, à sua maneira, ocupados em bombeá-la pelos condutos da indução dialética — não se preocupavam com fatos — raciocinavam —

Nenhuma outra corporação profissional havia lançado mais luzes sobre o assunto que a da faculdade[13] — ainda que todas as suas discussões a respeito tivessem desembocado na questão dos *Lobinhos* e das inchações edematosas, de que não podiam manter-se afastados nem que fosse para a salvação de suas próprias almas — e o nariz do forasteiro nada tinha a ver nem com lobinhos nem com inchações edematosas.

Ficou demonstrado, contudo, de maneira assaz satisfatória, que tão vultosa massa de matéria heterogênea não poderia congestionar-se e conglomerar-se no nariz enquanto o infante ainda estava no *Útero*, sem destruir o equilíbrio estático do feto e fazê-lo pousar subitamente sobre a cabeça nove meses antes do tempo. ——

— Os oponentes admitiam a teoria — mas negavam-
-lhe as consequências.

E se uma provisão adequada de veias, artérias &c.,
diziam, não fosse feita para a devida nutrição de um nariz que tal, desde a primeiríssima estrutura e rudimen-
tos de sua formação antes de vir ao mundo (excetuado o
caso de Lobinhos), não poderia ele crescer regularmente e
sustentar-se depois.

A tudo isso respondeu-se com uma dissertação acerca
de nutrimento e do efeito que tinha no alongar os vasos e
aumentar e prolongar as partes musculares, garantindo-
-lhes o maior crescimento e expansão imagináveis. — Na
exultação desta teoria, seus propugnadores iam ao ponto
de afirmar não haver nada na natureza que impedisse um
nariz de crescer até o tamanho de um homem.

Os oponentes tranquilizaram o mundo dizendo que tal
acontecimento jamais poderia verificar-se enquanto o homem tivesse apenas um estômago e dois pulmões. — Pois
sendo o estômago, explicavam, o único órgão destinado
à recepção de alimento e à sua conversão em quilo, — e
sendo os pulmões a única máquina sanguífera —, ele não
poderia processar mais do que o apetite lhe trouxesse: ou,
admitindo-se a possibilidade de um homem sobrecarregar
o seu estômago, a natureza havia-lhe não obstante estabelecido limites para os pulmões — a máquina era de tamanho e capacidade determinados e só podia elaborar uma
certa quantidade num dado tempo — isto é, podia produzir a quantidade de sangue suficiente para um único homem, e não mais; pelo que, se houvesse tanto nariz quanto
homem — demonstravam eles que uma mortificação deveria seguir-se necessariamente; e como não podia haver
sustentação para ambos, ou o nariz deveria despencar do
homem, ou o homem inevitavelmente despencar do nariz.

A natureza se acomoda a tais emergências, clamavam
os oponentes — se não, o que diríeis do caso de um estômago inteiro — de dois pulmões inteiros, mas apenas

*meio* homem, quando ambas as suas pernas tenham sido desgraçadamente arrancadas por uma granada?

Morrerá de pletora, diziam — ou começará a cuspir sangue e em duas ou três semanas a tísica o levará —

— As coisas se passam de outro modo — replicavam os oponentes. ——

Pois não devem, diziam eles.

Os investigadores mais cuidadosos e mais profundos da natureza e de seus processos, embora andassem boa parte do caminho de mãos dadas, dividiam-se todavia no tocante ao nariz, ao fim e ao cabo, quase tanto quanto os membros da própria faculdade.

Eles amistosamente convinham em que havia um justo e geométrico arranjo e proporção das diversas partes do corpo humano, de acordo com as suas várias destinações, ofícios e funções, que não poderiam ser transgredidos, a não ser dentro de certos limites; — em que a natureza, embora se entretivesse em monstruosidades — criava-as dentro de um certo círculo — no tocante a cujo diâmetro não conseguiam pôr-se de acordo.

Os lógicos atinham-se muito mais à questão com que se avinham do que qualquer uma das classes dos letrados;[14] — começaram e terminaram eles pela palavra nariz; e não fora por uma *petitio principii*,[15] contra a qual um dos mais capazes entre eles bateu de cabeça no princípio da peleja, a controvérsia toda estaria serenada de vez.

Um nariz, argumentou o lógico, não pode sangrar sem sangue — e não sangue tão só — mas sangue que nele circule para suprir o fenômeno com uma sucessão de gotas — (sendo a corrente apenas uma sucessão mais rápida de gotas, inclui desde logo tal requisito, disse ele.) — Pois bem, não sendo a morte, continuava o dito lógico, senão uma estagnação do sangue —

Contesto tal definição — A morte é a separação entre a alma e o corpo, disse o seu antagonista. — Então não concordamos quanto às nossas armas, disse o lógico. —

VOLUME IV                                                      315

Visto o quê, termina aqui a controvérsia, replicou o antagonista.

Os juristas foram ainda mais concisos: o que ofereciam tinha antes a natureza de um decreto — que de uma controvérsia.

— Nariz tão monstruoso, disseram eles, caso fosse um nariz de verdade, não poderia ser tolerado na sociedade civil — e caso fosse falso — impor à sociedade tais sinais e signos falsos constituiria violação ainda maior dos seus direitos, pelo qual esta deveria mostrar-se ainda menos tolerante em relação a ele.

A única objeção a semelhante argumentação era a de que, se chegava a provar alguma coisa, provava apenas que o nariz do forasteiro não era nem verdadeiro nem falso.

Essa circunstância deu azo a que a controvérsia prosseguisse. Sustentaram os advogados da corte eclesiástica que nada havia que impedisse um decreto, de vez que o forasteiro *ex mero motu*[16] confessara ter ido ao promontório dos Narizes e ali conseguira um dos melhores &c. &c. — A isso respondeu-se que era impossível existir um lugar como o promontório dos Narizes e que os doutos ignoravam onde ficasse. O comissário do bispo de Estrasburgo travou polêmica com os advogados e explicou a questão num tratado acerca de frases proverbiais, mostrando-lhes que o promontório dos Narizes era uma simples expressão alegórica, dando a entender tão somente que a natureza o dotara de um nariz comprido: em apoio disso, com grande erudição, citou as autoridades subscritas,* as quais teriam resolvido a questão de maneira in-

---

* Nonnulli ex nostratibus eadem loquendi formulâ utun. Quinimo et Logistae & Canonistae — Vid. Parce Barne Jas in d. L. Provincial. Constitut. de conjec. vid. Vol. Lib. 4. Titul. I. n. 7. quâ etiam in re conspir. Om de Promontorio Nas. Tichmak. ff. d. tit. 3, fol. 189 passim. Vid. Glos. de contrahend. empt. &c. nec non J. Scrudr. in cap. § refut. ff. per totum. Cum his

contestável, não fosse o fato de uma controvérsia a respeito de certas franquias de terras pertencentes ao deão e ao capítulo haver sido por ela suscitada dezenove anos antes.

Acontecia — não devo dizer que em detrimento da verdade, visto estarem elas, de modo diverso, dando-lhe com isso um impulso ascensional que as duas universidades de Estrasburgo — a luterana, fundada no ano de 1538 por Jacobus Sturmius,[17] conselheiro do senado, — e a papista, fundada por Leopold, arquiduque da Áustria, empenhavam-se, durante todo esse tempo, em aplicar a fundo todos os seus conhecimentos (com exceção dos que o caso da abertura das saias da abadessa de Quedlinburg exigissem) — para decidir a questão da danação de Martinho Lutero.

Os doutores papistas haviam tomado a si a tarefa de demonstrar a priori que, dada a influência necessária dos planetas no vigésimo segundo dia de outubro de 1483 —— quando a Lua estava na décima segunda casa — Júpiter, Marte e Vênus na terceira, o Sol, Saturno e Mercúrio, conjuntamente, na quarta — só poderia ser ele, evidente e inevitavelmente, um homem danado — e que as suas doutrinas, por corolário direto, só poderiam ser doutrinas igualmente danadas.

Com examinar-lhe o horóscopo, onde cinco planetas estavam em coito ao mesmo tempo com Escorpião\* (ao

---

cons. Rever. J. Tubal, Sentent. & Prov. cap. 9 ff. 11, 12, obiter. V. et Librum, cui Tit. de Terris & Phras. Belg. ad finem, cum comment. N. Bardy Belg. Vid. Scrip. Argentotarens. de Antiq. Ecc. in Episc. Archiv. fid. coll. per Von Jacobum Koinshoven Folio Argent. 1583, praecip. ad finem. Quibus add. Rebuff in L. obvenire de Signif. Nom. ff. fol. & de Jure, Gent. & Civil. de protib. aliena feud. per federa, test. Joha. Luxius in prolegom. quem velim videas, de Analy. Cap. I, 2, 3. Vid. Idea.

\* Haec mira, satisque horrenda. Planetarum coitio sub Scorpio Asterismo in nonâ coeli statione, quam Arabes religioni deputabant, efficit Martinum Lutherum sacrilegum hereticum, chris-

VOLUME IV                                                            317

ler isto, meu pai sacudia sempre a cabeça) na nona casa,
que os árabes destinavam à religião — verificava-se que
Martinho Lutero não se importava o mínimo que fosse
com tal assunto — e que, com base no horóscopo orientado para a conjunção de Marte — eles tornavam claro que
ele iria morrer praguejando e blasfemando — explosão
que lhe levaria a alma (empapada de culpa) de vento em
popa para o lago dos fogos do inferno.[18]

A objeção, de resto pequena, dos doutores luteranos a
isso, era a de que certamente devia tratar-se da alma de
algum outro homem, nascido a 22 de outubro de 1483,
forçada a navegar de vento em popa de tal maneira —
porquanto se constatava, pelo registro de Islaben, no
condado de Mansfelt, que Lutero não nascera no ano de
1483, e sim no de 1484; e muito menos no vigésimo segundo dia de outubro, mas sim no décimo dia de novembro, véspera da festa de são Martinho, donde o nome que
lhe deram de Martinho.

[— Cumpre-me interromper minha tradução por um
momento; se não o fizesse, sei que nunca mais conseguiria
pregar olho, como não o pôde pregar a abadessa de Quedlinburg. — Interrompo-a para dizer ao leitor que meu pai
jamais leu esta passagem de Slawkenbergius para o meu
tio Toby sem pôr na voz uma nota de triunfo — não sobre o tio Toby, que nunca se lhe opunha — mas sobre o
mundo inteiro.

— Vês agora, irmão Toby, dizia, erguendo o olhar para
ele, que os nomes de batismo não são coisas assim tão desimportantes; — tivesse Lutero recebido outro nome que

———

tianae religionis hostem acerrimum atque prophanum, ex ho-
roscopi directione ad Martis coitum, [ir] religiosissimus obiit,
ejus Anima scelestissima ad infernos navigavit — ab Alecto,
Tisiphone et Magera flagelis igneis cruciata perenniter.

— Lucas Gauricus in Tractatu astrologico de praeteritis mul-
torum hominum accidentibus per genituras examinatis.

não o de Martinho e estaria danado por todos os séculos dos séculos. — Não que eu considere Martinho, acrescentava, um bom nome — longe disso — é algo melhor do que um nome neutro e ajudou-o um pouco, — como vês, um pouquinho que fosse.

Meu pai dava-se conta da fraqueza deste subsídio de apoio à sua tese, tão bem quanto se lha mostrasse o melhor dos lógicos; — porém, tão estranha é ao mesmo tempo a fraqueza do homem, que desde o momento em que ela se lhe atravessou no caminho, não pôde deixar de usá-la; e foi certamente por essa razão que, embora haja nas *Décadas* de Hafen Slawkenbergius muitas outras histórias tão divertidas quanto esta que ora traduzo, nenhuma proporcionava a meu pai sequer metade do deleite que a leitura desta lhe causava — ela lisonjeava a um só tempo duas das suas mais extravagantes hipóteses — a dos Nomes e a dos Narizes; — atrevo-me a dizer que ele poderia ter lido todos os livros da biblioteca alexandrina,[19] não houvessem os fados deles cuidado de outra maneira, sem encontrar um só livro ou passagem dele que acertasse na cabeça desses dois pregos com uma única martelada.]

As duas universidades de Estrasburgo mourejavam afanosamente nesta questão da navegação de Lutero. Os doutores protestantes haviam demonstrado que ele não navegara de vento em popa, como alegavam os doutores papistas; e se, como todos sabiam, não se podia navegar contra o vento — eles iriam precisar, no caso de Lutero ter mesmo navegado, a quantos pontos de horizonte de distância; se Martinho dobrara o cabo ou se se abarbara com a terra; e como sem dúvida se tratava de uma investigação de muita edificação, pelo menos para quantos entendessem de semelhante tipo de navegação, eles continuariam a empenhar-se nela, a despeito do tamanho do nariz do forasteiro, não houvesse esse tamanho atraído a atenção do mundo, desviando-a daquilo em que se empenhavam

VOLUME IV 319

— pelo que a tiveram de acompanhar, por imposição do seu próprio ofício. ——

A abadessa de Quedlinburg e suas quatro dignitárias não constituíam impedimento, visto que a enormidade do nariz do forasteiro lhes enchia tanto as imaginações quanto o seu próprio caso de consciência. — A questão das aberturas das saias esfriou. — Numa palavra, os tipógrafos receberam ordem de devolver os seus tipos às caixas — todas as controvérsias foram deixadas de parte.

Apostava-se um gorro quadrado com uma borla prateada em seu cocoruto — contra uma casca de noz — no tocante a quem seria capaz de adivinhar que lado do nariz cada uma das universidades iria perfilhar.

Está além da razão, exclamavam os doutores de uma.

Está aquém da razão, exclamavam os de outra.

É uma questão de fé, afirmava um.

É uma balela, dizia outro.

É possível, exclamava um.

É impossível, obtemperava outro.

O poder de Deus é infinito, sustentavam os narisistas, ele pode fazer qualquer coisa que seja.

Ele não pode fazer coisa alguma, replicavam os antinarisistas, que implique contradições.

Ele pode fazer a matéria pensar, alegavam os narisistas.

Tão certo quanto vós podeis fazer um gorro de veludo da orelha de uma porca, contestavam os antinarisistas.

Ele pode fazer com que dois mais dois sejam cinco, replicavam os doutores papistas. — Isso é falso, diziam os seus oponentes. —

Poder infinito é poder infinito, diziam os doutores que sustentavam a *realidade* do nariz. —— Ele abarca apenas todas as coisas possíveis, replicavam os luteranos.

Por Deus do céu, exclamavam os doutores papistas, ele pode fazer um nariz, se achar conveniente, tão grande quanto o campanário de Estrasburgo.

Ora, como o campanário de Estrasburgo era o maior e

mais alto campanário de igreja que se pudesse encontrar no mundo inteiro, os antinarisistas negavam que um nariz de 575 pés geométricos de comprimento pudesse ser usado, ao menos por um homem de meia-idade. — Os doutores papistas juravam que podia. — Os doutores luteranos diziam que não; — não podia.

Isto gerou de imediato uma nova controvérsia, que eles levaram longe, acerca da extensão e limitações dos atributos morais e naturais de Deus. — A controvérsia conduziu-os naturalmente a Tomás de Aquino, e Tomás de Aquino ao diabo.

Não mais se ouviu falar do nariz do forasteiro — serviu ele apenas de fragata para lançar os doutores no golfo da teologia escolástica, onde eles se puseram a navegar de vento em popa.

A veemência é proporcional à penúria de verdadeiro conhecimento.

A controvérsia acerca dos atributos &c., em vez de esfriar, pelo contrário inflamou as imaginações dos estrasburgueses ao mais alto grau. — Quanto menos entendessem do assunto, maior era a sua admiração e curiosidade a respeito dele; — penavam nas garras do desejo insatisfeito — viam afastarem-se os seus doutores, os pergaminhistas, os latonistas, os terebentinistas, de um lado — os doutores papistas do outro, todos embarcados, perdida de vista a terra, como Pantagruel e seus companheiros em busca do oráculo da garrafa.

—— E os pobres estrasburgueses abandonados na praia!

— Que fazer? — Sem tardança — que o tumulto aumentava — estavam todos em alvoroço — as portas da cidade abertas. —

Desafortunados estrasburgueses! Haveria no celeiro da natureza — haveria no quarto de guardados do saber — haveria no grande arsenal do acaso uma só máquina de guerra que não tivesse sido desentocada para torturar

VOLUME IV                                                    321

vossas curiosidades, alongar vossos desejos; que não tivesse sido apontada contra vossos corações pela mão do destino? — Mergulho minha pena no tinteiro não para desculpar vossa rendição — mas para escrever vosso panegírico. Mostrai-me outra cidade assim tão macerada pela expectativa — que não comia nem bebia nem dormia nem orava nem atendia aos chamados quer da natureza, quer da religião, havia já vinte e sete dias a fio, que pudesse ter resistido mais um dia que fosse.

No vigésimo oitavo dia o gentil forasteiro prometera regressar a Estrasburgo.

Sete mil coches (Slawkenbergius deve certamente ter cometido algum erro nas suas cifras numéricas) 7000 coches — 15000 cabriolés de um só cavalo — 20000 carroções, atestados ao máximo de sua capacidade de senadores, conselheiros, síndicos — beguinas, viúvas, virgens, cônegos, concubinas, todos em seus coches. — Com a abadessa de Quedlinburg, acompanhada da prioresa, da deã e da subchantresa, à testa da procissão, num coche, e o deão de Estrasburgo, em companhia dos quatro grandes dignitários do seu capítulo, à esquerda delas — os demais acompanhando-os desordenadamente, conforme podiam, uns a cavalo —— outros a pé — uns conduzindo — outros sendo levados — uns descendo o Reno — estes nesta direção — aqueles naquela — todos partiram ao nascer do sol para ir encontrar na estrada o gentil forasteiro.

Apressemo-nos em chegar à catástrofe de minha narrativa. — Digo *Catástrofe* (exclama Slawkenbergius) porque um conto, com suas partes devidamente dispostas, não apenas se compraz (*gaudet*) na *Catástrofe* ou *Peripécia* de um DRAMA como se compraz, ademais, em todas as suas partes essenciais e integrantes — ele tem a sua *Prótase*, sua *Epítase*, sua *Catástase*, sua *Catástrofe* ou *Peripécia* a surgirem umas das outras, na ordem com que Aristóteles originariamente as fixou, — sem o que melhor fora que homem algum narrasse um conto, diz Slawken-bergius, mas antes o guardasse para si.

Todos os contos das minhas dez décadas, eu, Slawken-bergius, os sujeitei estritamente a esta regra, tal como o fiz com este conto do forasteiro e de seu nariz.

— De sua primeira parlamentação com a sentinela até o momento em que deixou a cidade de Estrasburgo, após ter despido o par de calções de cetim carmesim, temos a *Prótase* ou primeira entrada —— em que os caracteres das *Dramatis Personae*[20] são apenas esboçados e o tema tão só iniciado.

A *Epítase*, onde a ação se entabula mais plenamente e se alça até alcançar o estado ou altitude denominado *Catás-tase*, a qual geralmente abrange o segundo e o terceiro atos, está incluída naquele movimentado período de minha narrativa que vai do tumulto da primeira noite acerca do nariz até a conclusão das preleções sobre ele feitas pela mulher do trombeteiro no meio do grande passeio. E do primeiro envolvimento dos doutos na controvérsia — até os doutores fazerem-se finalmente ao mar, deixando os aflitos estras-burgueses na praia, temos a *Catástase* ou amadurecimento dos incidentes e paixões que irão irromper no quinto ato.

Este tem início com a movimentação dos estrasburgue-ses pela estrada de Frankfurt, concluindo-se pelo desenre-damento do labirinto e a passagem do herói, de um estado de agitação (conforme o chama Aristóteles) a um estado de repouso e quietude.

Esta, diz Hafen Slawkenbergius, constitui a *Catástrofe* ou *Peripécia* do meu conto — e é esta parte que vou rela-tar em seguida.

Deixamos o forasteiro adormecido atrás das cortinas — ele agora ingressa no palco.

— Por que estás erguendo as orelhas assim? — Não é nada, é apenas um homem a cavalo — estas foram as últi-mas palavras que o forasteiro endereçou ao seu mulo. Não era oportuno, então, dizer ao leitor que o mulo aceitou sem

VOLUME IV                                              323

discussão a palavra do dono e, suspendendo quaisquer *ses* ou *ee*, deixou o cavaleiro e sua montaria passarem.

O viajante apressava-se diligentemente, a fim de chegar a Estrasburgo naquela mesma noite. — Que tolo sou, disse ele consigo, após ter cavalgado mais uma légua, em querer chegar a Estrasburgo esta noite. — Estrasburgo! — a grande Estrasburgo! — Estrasburgo, a capital de toda a Alsácia! Estrasburgo, uma cidade imperial! Estrasburgo, um Estado soberano! Estrasburgo, cuja guarnição é constituída de cinco mil homens das melhores tropas de todo o mundo! — Ai de mim, se eu estivesse diante das portas de Estrasburgo neste momento, não conseguiria ingresso nem por um ducado, — qual, nem por um ducado e meio — é demais; — melhor voltar à última hospedaria por que passei — do que dormir sei lá onde — ou pagar sei lá quanto. Enquanto fazia tais reflexões, o viajante obrigou sua montaria a dar meia-volta, e três minutos após o forasteiro ter sido levado para o seu aposento, chegou o outro à mesma hospedaria.

— Só temos em casa presunto e pão, disse o hospedeiro; —— até as onze horas desta noite tínhamos também três ovos — mas um forasteiro, que chegou faz uma hora, pediu que se lhe fizesse uma omelete com eles, pelo que não resta mais nenhum. ——

Ai de mim! disse o viajante, exausto como estou, só quero mesmo é uma cama. — Tenho a mais macia que existe na Alsácia, disse o hospedeiro.

— Era para o forasteiro dormir nela, continuou ele, pois é a melhor cama de que disponho, não fosse por causa do nariz. — Ele está com defluxo? perguntou o viajante. — Não que eu saiba, exclamou o hospedeiro. — Mas trata-se de uma cama de campanha, e Jacinta, disse ele, olhando para a criada, imaginou que não houvesse espaço bastante, na cama, para o nariz dele. — Por quê? exclamou o viajante, recuando sobressaltado. — É que é um nariz tão comprido, replicou o hospedeiro. — O viajante fixou o olhar em Jacinta, em seguida o baixou para o chão — ajoelhou-se sobre o joelho direito — após levar a mão ao peito. — Não brinquem com a minha angústia, disse ele, erguendo-se. — Não é brincadeira, disse Jacinta; é o mais glorioso dos narizes! — O viajante tornou a cair de joelho — pôs a mão sobre o peito — e então, olhando para o céu, disse: Guiaste-me até o fim da minha peregrinação —— é Diego.

O viajante era irmão de Júlia, tantas vezes invocada naquela noite pelo forasteiro enquanto vinha ele de Estrasburgo montado no seu mulo; ela pedira ao irmão que fosse procurá-lo. Acompanhara ele a irmã desde Valladolid até a França, cruzando os Pireneus, e fora para ele uma meada difícil de desenredar persegui-lo pelos muitos meandros e voltas abruptas do seu espinhoso trajeto de enamorado.

— Júlia não aguentara — e não pôde dar mais nenhum passo depois de ter chegado a Lyon, onde adoecera das numerosas inquietudes de um terno coração apaixonado, inquietudes de que todos falam — mas que poucos sentem; restou-lhe, porém, força bastante para escrever uma carta a Diego; após haver instado com o irmão para que não voltasse a vê-la enquanto não o tivesse encontrado, pôs-lhe a carta nas mãos e meteu-se de novo no leito de enferma.

Fernandez (pois este era o nome do irmão) — embora a cama de campanha fosse a mais macia da Alsácia, não conseguiu pregar olho. — Tão logo o dia amanheceu, levantou-se e, informado de que Diego também já se levantara, foi procurá-lo no seu aposento, onde se desincumbiu do mandado da irmã.

A carta era a seguinte:

"Seig. DIEGO.

"Não importa agora saber — se as minhas suspeitas acerca do vosso nariz eram justificadas ou não — é bastante que eu não tenha tido a firmeza necessária para continuar a pô-las à prova.

"Como podia eu saber tão pouco de mim mesma quando vos enviei minha Dueña para proibir-vos de vir nova-

VOLUME IV

325

mente postar-vos sob minha rótula? Como podia eu saber tão pouco de vós, Diego, a ponto de imaginar que consentiríeis em ficar mais um dia em Valladolid para acalmar-me as dúvidas? — Deveria eu, Diego, ser assim abandonada por me terdes enganado? Foi acaso benévola a decisão de tomar-me ao pé da letra, fossem ou não justas as minhas suspeitas, e deixar-me, como me deixastes, entregue a tanta incerteza e a tanto pesar?

"Do quanto se ressentiu Júlia com isto — meu irmão, ao entregar-vos esta carta em mão, vos dirá: ele vos contará como, poucos momentos depois, ela se arrependeu da irrefletida mensagem que vos enviara — e com que açodamento não correu para a sua rótula, ali se postando, dias e noites a fio, imóvel, apoiada nos cotovelos, a olhar para o caminho por onde Diego costumava vir.

"Ele vos dirá como, quando Júlia soube de vossa partida — seus espíritos a desertaram — como seu coração se enfermou — quão lamentosamente carpiu — quão cabisbaixa ficou. Ó Diego! quantos desalentados passos meus a piedade de meu irmão não guiou, tomando-me pela mão, no encalço de vós, por quem eu ansiava! quão além de minhas forças não me levou o desejo — e quantas vezes, durante a jornada, não desfaleci nos braços de meu irmão, com alento apenas para exclamar — Ó meu Diego!

"Se a cortesia de vossa conduta não vos desmentir o coração, correreis para junto de mim quase tão depressa quanto de mim vos afastastes — por mais que vos apressardes, só chegareis a tempo de me ver expirar. — Esta é uma provação amarga, Diego, mais amarga ainda quando se morre na *in——*"

Ela não pôde prosseguir.

Slawkenbergius supõe que a palavra intentada era *incerteza*, mas as forças não haviam sido bastantes para permitir que ela terminasse a carta.

O coração do gentil Diego transbordou quando ele

leu a carta — ordenou que selassem imediatamente o seu mulo e o cavalo de Fernandez; e como nenhum desabafo em prosa pode igualar o da poesia, nesses momentos de conflito — o acaso, que amiúde nos guia tanto até os remédios quanto até as *doenças*, atirou um pedaço de carvão à janela de Diego — e este, dele se apossando e enquanto o palafreneiro lhe arreava a mula, aliviou a alma escrevendo na parede o que segue.

## ODE

*Soam fora de tom as notas do amor*
*Quando não é Júlia a tocá-las;*
*Em suas mãos a melodia*
*Logra infundir no co-*
*ração tanta magia,*
*Que ao seu doce domínio os homens avassala.*

2ª

*Oh Júlia!*

Os versos eram muito naturais — pois não tinham sido absolutamente feitos de caso pensado, diz Slawkenbergius, e é uma pena que deles não houvesse maior número; entretanto, isso porque o Seig. Diego era moroso na composição dos seus versos — ou o palafreneiro expedito no arrear as montarias — é coisa que nunca se sabe; o certo era que o mulo de Diego e o cavalo de Fernandez estavam prontos, à porta da hospedaria, antes de Diego estar pronto para a sua segunda estrofe; por isso, sem se demorar este mais para completar sua ode, ambos montaram, puseram-se a caminho, passaram o Reno, atravessaram a Alsácia, encaminharam-se para Lyon e antes que os estrasburgueses e a abadessa de Quedlinburg saíssem em cortejo, Fernandez, Diego e sua Júlia haviam

VOLUME IV 327

já cruzado os montes Pireneus e chegado sãos e salvos a Valladolid.

Escusa dizer ao leitor versado em geografia que, como Diego estava na Espanha, não era possível encontrar o gentil forasteiro na estrada de Frankfurt; bastará dizer que, sendo a curiosidade o mais forte dos desejos impacientes — os estrasburgueses lhe sentiram toda a força; e que, durante três dias e três noites, andaram de cá para lá na estrada de Frankfurt, atormentados pela fúria tempestuosa do seu desejo, antes de resignar-se a voltar para casa. — Eis que então, ai! sobreveio-lhes um acontecimento dos mais dolorosos que possam jamais ocorrer a um povo livre.

Como tal revolução dos assuntos públicos dos estrasburgueses é mencionada com frequência, mas pouco compreendida, em dez palavras darei ao mundo, diz Slawkenbergius, uma explicação dela, e com isso porei fim ao meu conto.

Toda a gente conhece o grande sistema de Monarquia Universal, escrito por ordem de monsieur Colbert[21] e cujo manuscrito foi entregue a Luís XIV no ano de 1664.

É igualmente de domínio geral o fato de que um dos pontos, entre os muitos incluídos nesse sistema, era os franceses entrarem na posse de Estrasburgo[22] a fim de facilitar sua entrada a qualquer tempo na Suábia, onde cuidariam de perturbar a paz da Alemanha — e em consequência desse plano, Estrasburgo caiu-lhes infelizmente nas mãos, ao fim e ao cabo.

Só a poucos é dado rastrear as verdadeiras origens desta e de outras revoluções que tais. — O vulgo as busca alto demais — os estadistas baixo demais — enquanto a Verdade (desta vez) está no meio.

Que coisa fatal o orgulho popular de uma cidade livre! exclama um historiador. — Os estrasburgueses consideravam uma diminuição de sua liberdade receber uma guarnição imperial — e com isso se converteram prontamente em presa de uma guarnição francesa.

O fado dos estrasburgueses, diz outro, pode ser uma advertência a todos os povos livres para que economizem o seu dinheiro. — Eles gastaram antecipadamente suas receitas — oneraram-se de tributos, exauriram suas energias e tornaram-se por fim um povo tão débil que não tiveram forças para manter suas portas fechadas, pelo que os franceses as escancararam.

Ai deles! Ai deles! exclama Slawkenbergius, não foram os franceses — foi a CURIOSIDADE que as escancarou. — Os franceses que, de fato, estão sempre de tocaia, quando viram os estrasburgueses, homens, mulheres e crianças, abandonarem todos a cidade para seguir o nariz do forasteiro — seguiram seus próprios narizes e entraram nela.

O comércio e as manufaturas decaíram e estão em crescente diminuição desde então — mas não por qualquer das causas que os cérebros mercantis apontaram; foi somente pelo fato de terem a cabeça tão cheia de narizes que os estrasburgueses não conseguiram levar avante os seus negócios.

Ai dela! Ai dela! exclama Slawkenbergius — não é a primeira — e temo não seja a última fortaleza ganha —— ou perdida por uma questão de NARIZES.


FIM
*do* CONTO *de Slawkenbergius*

# I

Com toda esta erudição acerca de Narizes a ocupar continuamente a imaginação de meu pai — de par com tantos preconceitos familiares — e dez décadas de contos que tais a acompanhá-los — como teria sido possível que com um nariz tão primoroso — seria um nariz de verdade? — um homem de sentimentos tão delicados quanto meu pai pudesse aguentar o choque que recebeu no andar de baixo — ou melhor, no de cima, em qualquer outra postura que não aquela em que o descrevi?

— Atirai-vos ao leito uma dúzia de vezes — tendo, porém, o cuidado de colocar um espelho sobre a cadeira ao lado dele, antes de atirar-vos. —— Mas era o nariz do forasteiro um nariz de verdade — ou de mentira?

Dizê-lo antecipadamente, senhora, seria fazer uma afronta a um dos melhores contos do mundo cristão; e ele constitui a décima parte da décima década que se segue à anterior.

Esse conto, exclama Slawkenbergius com certa exultação, eu o reservei para servir de fecho a toda a minha obra, sabendo muito bem que, depois de eu o ter contado e de o meu leitor o haver lido — seria mais do que tempo de fecharmos o livro; tanto mais que não conheço nenhum outro conto, diz Slawkenbergius, que pudesse jamais seguir-se-lhe.

— Há de ser um belo conto, na verdade!

Ele principia com o primeiro encontro, no hotel de Lyon, quando Fernandez deixou o gentil forasteiro e sua irmã Júlia sozinhos nos aposentos dela, e intitula-se

## As Complicações
de
Diego e Júlia

Céus! És uma estranha criatura, Slawkenbergius! Que excêntrica visão nos dás das complexidades do coração feminino! Poderá ela ser jamais traduzida? No entanto, se esta amostra dos contos de Slawkenbergius, e o requinte de sua moralidade, agradarem ao mundo — cumprirá traduzir, deles, um par de volumes. — Todavia, não faço a menor ideia de como se poderá traduzi-los em inglês de lei. — A versão de certas passagens parece exigir um sexto sentido. —— Que quer ele dizer com a graciosa pupilabilidade de uma conversa lenta, sussurrada, seca, cinco notas abaixo do tom natural, — que como bem sabeis, senhora, é pouco mais do que um murmúrio? No momento em que pronunciei as palavras, pude perceber como que uma vibração nas cordas da região do coração. — O cérebro não deu sinal de reconhecimento. — Raramente há boa compreensão entre ambos. — Senti como se de fato tivesse compreendido. — Nenhuma ideia me ocorria. — O movimento deveria ter tido alguma causa. — Estou extraviado. Não consigo entender nada, — a menos, com permissão de vossas senhorias, que a voz, nesse caso pouco mais que um sussurro, force os olhos a se aproximarem não menos de seis polegadas uns dos outros — olhar porém dentro das pupilas — não é perigoso? — Mas não se pode evitar — porque olhar para o teto, então, é provocar o inevitável encontro dos dois queixos — e olhar para baixo, para o regaço alheio, o imediato contato das duas testas, o que prontamente porá fim à conversação

— quero dizer, à sua parte sentimental. —— O que reste, senhora, não vale o esforço de agachar.

## 2

Meu pai jazia de través no leito, como se a mão da morte o tivesse abatido, e permaneceu imóvel uma boa hora e meia antes de começar a golpear o solo com a ponta do pé que pendia da borda do leito; ao ouvir isso, o coração do tio Toby ficou uma libra mais leve. — Em poucos momentos, a mão esquerda de meu pai, cujos nós descansaram o tempo todo sobre a asa do urinol, voltou a si — ele o empurrou um pouco mais para dentro do rodapé da cama — depois de tê-lo feito, ergueu a mão até o peito — disse hum! — O bom do tio Toby, com infinito prazer, respondeu-lhe; de muito bom grado, teria encaixado uma frase de consolação na abertura propiciada pelo *hum!*, mas como não tinha nenhum talento, conforme eu já disse, para esse tipo de coisas, e temendo ademais que pudesse sair-se com algo capaz de piorar uma situação já de si má, contentou-se em apoiar o queixo, placidamente sobre a extremidade de sua muleta.

Se a compressão encurtou o rosto do tio Toby, tornando-o de um oval mais agradável, — ou se a filantropia do seu coração, vendo o irmão que começava a emergir do mar de suas aflições, lhe retesou os músculos, — de modo que a compressão sobre o queixo apenas duplicava a benignidade já nele existente, não é coisa difícil de decidir. — Meu pai, ao voltar os olhos, recebeu no rosto tal lampejo de sol, que este lhe fundiu num instante a casmurrice dos pesares.

Ele assim rompeu o silêncio.

## 3

Jamais algum homem, irmão Toby, exclamou meu pai, erguendo-se sobre o cotovelo e voltando-se para o lado oposto do leito, onde o tio Toby estava sentado em sua velha poltrona de franjas, com o queixo apoiado na muleta — jamais algum desafortunado homem, irmão Toby, exclamou meu pai, recebeu tantas chicotadas? — O que eu vi receber maior número delas, disse o tio Toby, (tocando a sineta junto à cabeceira da cama para chamar Trim) foi um granadeiro, creio que no regimento de Mackay.[23]

— Tivesse o tio Toby disparado um tiro que atravessasse o coração de meu pai, este não teria despencado de nariz sobre o colchão de modo mais repentino.

Valha-me Deus! disse o tio Toby.

## 4

Foi mesmo no regimento de Mackay, disse o meu tio Toby, que aquele pobre granadeiro foi tão impiedosamente surrado, em Bruges, por causa dos ducados? — Por Cristo! ele era inocente! exclamou Trim, com um fundo suspiro.

—— E foi surrado, se vossa senhoria me permite dizer, até quase a morte. — Melhor fora que o tivessem fuzilado de imediato, como pediu, pois subiria diretamente para o céu, já que era tão inocente quanto vossa senhoria. —— Agradeço-te, Trim, disse meu tio Toby. Jamais consigo pensar na desgraça dele, continuou Trim, e nas do meu pobre irmão Tom, pois éramos os três colegas de escola, sem me pôr a chorar como um covarde. — Lágrimas não são prova de covardia, Trim. — Eu mesmo de quando em quando as derramo, exclamou o tio Toby. — Sei que vossa senhoria o faz, replicou Trim, pelo que não me envergonho de mim mesmo. — Mas pensar, se me permite vossa senhoria, continuou Trim, uma lágrima furtiva a escorrer-lhe do canto do olho enquanto falava — pensar em dois virtuosos rapazes, com ardorosos corações dentro do peito, os mais honestos que Deus possa fazer — filhos de gente honesta, saindo galhardamente pelo mundo em busca de fortuna — e a braços com tais perversidades! — Pobre Tom! ser torturado num cavalete sem ter feito nada — a não ser casar-se com a viúva de um judeu que vendia salsichas — e a alma do honesto Dick Johnson ser-lhe arrancada do corpo por causa de três ducados que outro homem lhe pôs na mochila! — Oh! — são desgraças, exclamou Trim, puxando do lenço, — são desgraças, se me permite dizer vossa senhoria, que fazem a gente jogar-se ao leito e chorar.

— Meu pai não pôde evitar ruborizar-se.

— Seria uma lástima, Trim, disse o tio Toby, que tenhas de jamais sofrer pelos teus — tu que te compadeces tão ternamente dos outros. — Céus!, replicou o cabo, com expressão iluminada — vossa senhoria sabe que não tenho nem mulher nem filho —— portanto não há por que eu ter pesares neste mundo. — Meu pai não pôde deixar de sorrir. — Menos do que qualquer outro homem, Trim, replicou o tio Toby; tampouco posso ver uma pessoa de coração tão alegre como o teu sofrendo por outra coisa que não seja as aflições da pobreza na tua velhice — quando já não possas prestar mais nenhum serviço, Trim, — e tenhas sobrevivido aos teus amigos. — Não tema vossa senhoria por isso, replicou Trim, jovialmente. — Mas jamais quisera eu que temesses, Trim, replicou meu tio; portanto, continuou, atirando a muleta ao chão e pondo-se de pé ao pronunciar a palavra *portanto* — como recompensa, Trim, pela tua longa fidelidade a mim, e pela bondade do teu coração, de que tenho tantas provas — enquanto teu amo valer um xelim — jamais terás de ir pedir um pêni, Trim, em outra parte. Trim tentou agradecer ao tio Toby, — mas não conseguiu — as lágrimas corriam-lhe pelo rosto mais depressa do que alcançava limpá-las. — Levou as mãos ao peito — fez uma reverência até o chão e saiu fechando a porta.

— Deixei a Trim o meu campo de bolão, exclamou o tio Toby. — Meu pai sorriu. — Deixei-lhe também uma pensão, continuou o tio Toby. — Meu pai assumiu uma expressão grave.

### 5

Será esta uma ocasião adequada, disse meu pai consigo, para falar de *pensões* e *granadeiros*?

### 6

Quando o tio Toby mencionou pela primeira vez o granadeiro, meu pai, disse eu, caiu de nariz sobre a colcha, tão de inopino quanto se o tio Toby lhe houvesse dado um tiro; mas deixei de acrescentar que os demais membros de meu pai recaíram, de par com o seu nariz, na mesma e precisa atitude em que foi descrito anteriormente; e assim, depois de o cabo Trim deixar o aposento e meu pai mostrar-se disposto a levantar-se, — teve de executar mais uma vez todos os pequenos movimentos preparatórios, antes de poder fazê-lo. — Atitudes nada são, senhora, — é a transição de uma atitude para outra — como a preparação e resolução da dissonância em harmonia, que é, ao cabo de tudo, tudo.

Por tal razão, meu pai voltou a tocar a mesma jiga batendo com a ponta do pé no chão — empurrou o urinol um pouco mais para dentro do rodapé do leito — fez um hum! — ergueu-se sobre o cotovelo — e principiava a dirigir-se ao tio Toby — quando, relembrando o insucesso de sua primeira tentativa na mesma atitude, — pôs-se de pé e, dando uma terceira volta pelo aposento, deteve-se

VOLUME IV

em frente do tio Toby; apoiando os três primeiros dedos
de sua mão direita na palma da esquerda e inclinando-se
ligeiramente, falou ao tio Toby como segue.

7

Quando reflito, irmão Toby, sobre o HOMEM e dou uma
vista de olhos a esse lado sombrio dele, que lhe representa
a vida como sujeita a tantas causas de aflição; — quando considero, irmão Toby, quão amiúde comemos o pão
do dissabor e que para este somos nascidos, por força de
nossa herança —— Não tive outra herança, disse o tio
Toby, interrompendo-o, — que não fosse minha patente
de oficial. — Pelos cravos da! disse meu pai, pois não te
deixou meu tio cento e vinte libras por ano? —— Que
poderia eu ter feito sem ela? replicou o tio Toby. — Isso é
outra questão, disse meu pai irascivelmente. — Mas digo-
-te, Toby, que quando se percorre o rol de coisas desgraçadas ou penosas que sobrecarregam o coração humano,
não se pode deixar de admirar as reservas ocultas que
capacitam a mente a resistir e avir-se com as imposições
feitas à nossa natureza. —— Devemo-lo à ajuda de Deus
Todo-Poderoso, exclamou o tio Toby, erguendo o olhar e
juntando e apertando as palmas das mãos, — não às nossas próprias forças, irmão Shandy — seria como uma sentinela que, numa guarita de madeira, pretendesse resistir
a um destacamento de cinquenta homens; somos sustidos
pela graça e pela ajuda do melhor dos Seres.

— Isso equivale a cortar o nó, ponderou meu pai, em
vez de desatá-lo. — Mas permite que te ajude, irmão Toby,
a te aprofundares um pouco mais neste mistério.

Permito-o de coração, replicou o tio Toby.

Meu pai trocou imediatamente a atitude em que estava por aquela com que Rafael admiravelmente pintou
Sócrates em sua escola de Atenas; atitude a que, como

vossa douta senhoria sabe, foi tão primorosamente representada que mesmo o modo especial de Sócrates raciocinar se acha nela expresso — pois ele mantém o indicador da mão esquerda entre o indicador e o polegar da direita, como se estivesse dizendo ao libertino que se empenha em reformar: — *Concede-me* apenas isto — e isto: e isso e aquilo, não os peço a ti — pois se seguem por si mesmos.

Nessa atitude estava meu pai, segurando firme o indicador entre o outro indicador e o polegar e raciocinando com o tio Toby sentado em sua velha poltrona de franjas, ornamentada à volta com pingentes coloridos de estambre. — Ó Garrick! que esplêndida cena o teu refinado talento não faria disto! e com quanta alegria não escreveria eu outra só para aproveitar-me de tua imortalidade e garantir a minha por seu intermédio.

### 8

Embora seja o homem o mais curioso dos veículos, disse meu pai, ao mesmo tempo é de armação tão frágil e tão precariamente montada que as repentinas sacudidelas e as fortes colisões que inevitavelmente depara nesta áspera jornada bastariam para deitá-la por terra e reduzi-la a pedaços doze vezes por dia — não fosse a existência, irmão Toby, de uma mola secreta dentro de nós — Mola essa, disse o tio Toby, que julgo ser a Religião. — Isso corrigirá o nariz de meu filho? exclamou meu pai, livrando o dedo e golpeando uma das mãos com a outra. — A tudo conserta, respondeu o tio Toby. — Figuradamente falando, caro Toby, talvez sim, pelo que sei, disse meu pai; mas a mola, a que me refiro é aquela grande força elástica em nosso interior capaz de contrabalançar o mal, e que, como uma mola secreta numa máquina bem regulada, embora não possa impedir o choque — ao menos engana nossa percepção dele.

Pois bem, caro irmão, disse meu pai, recolocando o indicador em posição, já que estava a aproximar-se do ponto principal, — tivesse meu filho chegado são e salvo a este mundo, sem dano algum àquela preciosa parte de seu corpo — por caprichosa e extravagante que possa parecer, aos olhos do mundo, minha opinião acerca de nomes de batismo e do mágico viés que bons ou maus nomes irresistivelmente imprimem aos nossos caracteres e condutas — tomo o céu por testemunha! de que, nos mais ardorosos transportes do meu desejo no que toca à prosperidade do meu filho, jamais quis eu, uma só vez que fosse, coroar-lhe a cabeça de maior honra e glória do que o nome de George ou Edward lhe teria trazido.[24a]

Mas ai! continuou meu pai, já que a maior das desgraças lhe aconteceu — cumpre-me neutralizá-la e desfazê-la com o maior dos bens.

Ele será batizado com o nome de Trismegisto, irmão.

Espero que isso resolva — replicou o tio Toby, erguendo-se.

## 9

Que rol de casualidades, disse meu pai, voltando-se no primeiro patamar, enquanto ia descendo a escada em companhia do tio Toby —— que longo rol de casualidades os acontecimentos deste mundo nos revelam! Pega da pena e do tinteiro, irmão Toby, e calcula-o com exatidão. — Sei tanto de cálculos quanto este balaústre, respondeu o tio Toby (tentando nele bater com a muleta, mas errando o alvo e atingindo com um forte golpe a tíbia de meu pai) — Eu teria apostado cem contra um — exclamou o tio Toby. —— Pensei, disse meu pai (esfregando a tíbia) que nada soubesses de cálculos, irmão Toby. — Foi mera casualidade, respondeu ele. — Acrescenta então esta ao rol — disse meu pai.

O duplo êxito da espirituosa saída de meu pai amorteceu-lhe prontamente a dor da tíbia — foi bom que isso acontecesse (casualidade! mais uma vez) — senão o mundo jamais teria conhecido o objeto do cálculo de meu pai — nenhuma casualidade — poderia fazer com que fosse adivinhado. — Que ditoso rol ou capítulo de casualidades este acabou por se revelar! Poupou-me o trabalho de escrever um expressamente, a mim que, na verdade, já tenho tantos por escrever. —— Pois não prometi ao mundo um capítulo sobre nós? Dois capítulos sobre o lado certo e o lado errado da mulher? Um capítulo sobre suíças? Um capítulo sobre desejos — e outro sobre narizes? — Não, esse já o escrevi; — bem como um capítulo sobre o recato do tio Toby, isso para não falar de um capítulo sobre capítulos, que vou terminar antes de ir para a cama — pelas suíças do meu bisavô, não conseguirei escrever nem a metade deles este ano todo.

Pega da pena e do tinteiro, e calcula-o com exatidão, irmão Toby, disse meu pai, e verás que a probabilidade é de um milhão para um, de, entre todas as partes do corpo, a ponta do fórceps ter tido a má sorte de atingir e arruinar aquela que, por sua vez, irá arruinar o futuro da nossa casa.

Poderia ter sido pior, replicou o tio Toby. — Não compreendo, disse meu pai. — Supõe que o quadril tivesse saído primeiro, replicou o tio Toby, conforme o dr. Slop previa.

Meu pai refletiu por um minuto — olhou para baixo — tocou o centro da testa ligeiramente com o indicador — — De fato, disse.

10

Não é uma vergonha dedicar dois capítulos inteiros ao que aconteceu durante a descida de um par de degraus? Pois não ultrapassamos ainda o primeiro patamar, há ainda

VOLUME IV                                                                    339

quinze degraus até o pé da escada; e pelo que sei, como
meu pai e o tio Toby estão com vontade de conversar, talvez haja tantos capítulos quanto degraus; — seja como for,
senhor, não posso evitá-lo, assim como não posso evitar o
que o destino me destina. — Um súbito impulso me atravessa ——— desce a cortina, Shandy — eu a desço. — Risca
uma linha aqui, de um lado a outro do papel, Tristram. —
Risquei-a — e vamos a um novo capítulo!

Tivesse eu o diabo de qualquer outra regra para guiar-
-me neste assunto — e lá tenho alguma — como faço todas
as coisas sem regra nenhuma[24b] — eu a entortaria e a faria
em pedaços, atirando-a depois ao fogo. — Estou por acaso
arrebatado? Estou sim, já que o assunto o exige. — Bela
história! Cumpre ao homem seguir regras — ou às regras
segui-lo?

Pois bem, sendo este, como sabeis, o meu capítulo sobre
capítulos, que prometi escrever antes de ir para a cama,
achei conveniente aliviar inteiramente minha consciência
antes de deitar-me, dizendo ao mundo de uma vez tudo
quanto eu sabia a respeito do assunto. Pois isso não é dez
vezes melhor do que principiar dogmaticamente com um
sentencioso desfile de sabedoria e contar ao mundo a história de um cavalo assado —[25] dizer que os capítulos aliviam
a mente — que ajudam — ou molestam a imaginação —
e que numa obra de caráter dramático como esta são tão
necessários quanto a mudança de cenas — de par com cinquenta outras frias agudezas, que bastariam para apagar
o fogo em que ele assava? — Oh, mas para entender isto,
que é uma soprada no fogo do templo de Diana — deveis
ler Longino — lede-o — se não ficardes nem um pouco
mais sábios lendo-o inteiro da primeira vez — não temais
— lede-o novamente. — Avicena[26] e Liceto leram quarenta
vezes a metafísica de Aristóteles, de ponta a ponta, sem
entender uma só palavra. — Mas vede as consequências —
Avicena tornou-se um desesperado escritor de todos os tipos de livros — pois os escreveu de *omni scribili*;[27] e quan-

to a Liceto (Fortunio),[28] embora toda a gente saiba que ele nasceu um feto,* com apenas cinco polegadas e meia de comprimento, alcançou todavia tal altura na literatura que chegou a escrever um livro com um título tão comprido quanto ele próprio —— os doutos sabem que me refiro ao seu *Gonopsychanthropologia*, acerca da origem da alma humana.

Isso quanto ao meu capítulo sobre os capítulos, que considero o melhor capítulo de toda a minha obra; e

---

\* *Ce Foetus* n'étoit pas plus grand que la paume de la main; mais son père l'ayant éxaminé en qualité de Médecin, & ayant trouvé que c'étoit quelque chose de plus qu'un Embryon, le fit transporter tout vivant à Rapallo, où il fit voir à Jérôme Bardi & à d'autres Médecins du lieu. On trouva qu'il ne lui manquoit rien d'essentiel à la vie; & son père pour faire voir un essai de son expérience, entreprit d'achever l'ouvrage de la Nature, & de travailler à la formation de l'Enfant avec le même artifice que celui dont on se sert pour faire éclore les Poulets en Egypte. Il instruisit une Nourrice de tout ce qu'elle avoit à faire, & ayant fait mettre son fils dans un four proprement accommodé, il reussit à l'élever et à lui faire prendre ses accroissements nécessaires, par l'uniformité d'une chaleur étrangère mesurée exactement sur les dégrés d'un Thermomètre, ou d'un autre instrument équivalent. (Vide Mich. Giustinian, ne gli Scritt. Liguri à Cart. 223. 488.)

On auroit toujours été très satisfait de l'industrie d'un Père si expérimenté dans l'Art de la Génération, quand il n'auroit pu prolonger la vie à son fils que pour quelques mois, ou pour peu d'années.

Mais quand on se représente que l'Enfant a vécu près de quatre-vingts ans, & qu'il a composé quatre-vingts Ouvrages différents tous fruits d'une longue lecture, — il faut convenir que tout ce que est incroyable n'est pas toujours faux, & que la *Vraisemblance n'est pas toujours du coté de la Verité.*

Il n'avoit que dix-neuf ans lorsqu'il composa Gonopsychanthropologia de Origine Animae humanae.

(*Les Enfans célèbres*, revu & corrigé par M. de la Monnoye de l'Académie Françoise.)

VOLUME IV                                                341

acredite na minha palavra, quem jamais a leia, que terá
empregado seu tempo tão bem quanto se fosse colher
palhinhas.

11

Vamos endireitar tudo, disse meu pai, pondo o pé no primeiro degrau após o patamar. — Esse Trismegisto, continuou, recuando a perna e voltando-se para o tio Toby —
foi o maior (Toby) de todos os seres terrenos — o maior
dos reis — o maior legislador — o maior filósofo — e o
maior dos sacerdotes —— e engenheiros — disse o meu
tio Toby. —
— Evidentemente, confirmou meu pai.

12

— E como está a tua patroa? exclamou meu pai, repetindo
o passo para fora do patamar e chamando Susannah, a
quem vira passar junto ao pé da escada com uma enorme
alfineteira na mão — como está a tua patroa? Tão bem
quanto se possa esperar, respondeu Susannah, continuando a andar, mas sem olhar para cima. — Que tolo sou!
disse meu pai, recolhendo outra vez a perna — aconteça
o que acontecer, irmão Toby, essa será sempre a resposta
exata. — E como está a criança, diz? — Nenhuma resposta. E onde está o dr. Slop? acrescentou meu pai, erguendo
a voz e debruçando-se sobre o balaústre. — Susannah já
não podia ouvi-lo.
   De todos os enigmas da vida matrimonial, disse meu
pai, atravessando o patamar a fim de apoiar as costas à
parede, enquanto o propunha ao tio Toby — de todos
os intrigantes enigmas, disse, do estado matrimonial, —
com os quais, crê-me, irmão Toby, se poderiam carregar

mais asnos do que todos quantos Jó possuía —[29] nenhum outro há de ser mais intrincado do que este — o de que, a partir do momento em que a dona da casa é levada para a cama de parto, toda mulher dentro da mesma casa, desde a dama de honor de minha senhora até a última criada, afeta ter crescido uma polegada, pela qual se dá mais ares do que por todas as suas outras polegadas juntas.

Eu antes acho, replicou o tio Toby, que somos nós que diminuímos de uma polegada. —— Sempre que encontro uma mulher prenhe, — diminuo. — É pesado o tributo imposto a essa metade de nossos semelhantes, irmão Shandy, disse o tio Toby. — É uma carga contristadora a que levam, continuou, sacudindo a cabeça. — Sim, sim, é uma coisa contristadora — disse meu pai, sacudindo igualmente a cabeça; — certamente, desde que sacudir a cabeça se tornou moda, jamais duas cabeças se sacudiram juntas com tal harmonia por motivos tão diferentes.

Deus as abençoe ⎫ todas — disseram o tio Toby e meu
O diabo as leve ⎭ pai, cada um deles consigo mesmo.

## 13

Ei! — tu, carregador! — toma lá seis pence — vai até aquela livraria e chama-me um crítico-jornaleiro.[30] Estou muito inclinado a pagar uma coroa a um deles para que, com seus apetrechos, me ajude a tirar meu pai e o tio Toby da escada e pô-los na cama. –

— Já é mais do que tempo, pois, a não ser por um breve cochilo, que ambos deram enquanto Trim furava as botas de montar — cochilo que, diga-se de passagem, não fez nenhum bem ao meu pai por causa da dobradiça defeituosa — eles não pregaram olho desde nove horas antes do momento em que, todo sujo de lama, o dr. Slop foi levado até o salão dos fundos por Obadiah.

Se todos os dias de minha vida hão de ser tão afanosos quanto este, — então, para começar, — trégua. —

Não vou completar esta sentença antes de fazer uma observação a respeito do estranho estado de coisas entre mim e os leitores, tal como as ditas coisas ora estão — observação não aplicável a nenhum autor biográfico que tenha existido desde o começo do mundo que não seja eu próprio — e que, penso eu, jamais se aplicará a qualquer outro, até a destruição final do dito mundo —— e por isso, dada tão só a sua absoluta novidade, deve merecer a atenção de vossas senhorias.

Este mês estou um ano inteiro mais velho do que à mesma data há doze meses atrás; e tendo chegado, como vedes, quase à metade do meu quarto volume — e apenas ao meu primeiro dia de vida — fica claro que tenho, sobre que escrever, trezentos e sessenta e quatro dias mais do que tinha quando principiei a escrever; assim, em vez de avançar na minha tarefa, como os escritores comuns, à medida que vou escrevendo este volume, — eu, ao contrário, se forem tão afanosos quanto este todos os dias de minha vida, — estou outros tantos volumes em atraso. — E por que não? — se os sucessos e as opiniões exigirem, uns e outros, igual descrição. — Por que razão deveriam ser abreviados? E como, neste passo, viverei 365 vezes mais depressa do que escrevo, — segue-se, se vossas senhorias me permitem dizê-lo, que quanto mais escrevo, mais terei de escrever — e, por conseguinte, quanto mais vossas senhorias lerem, mais vossas senhorias terão de ler.

Será isso benéfico para os olhos de vossas senhorias?

Sê-lo-á para os meus; e se não fosse pelo fato de que minhas OPINIÕES serão a causa de minha morte, vejo que viverei, escrevendo, uma vida tão boa quanto a que levo vivendo; ou, em outras palavras, viverei duas vidas excelentes a um só tempo.

Quanto à proposta de escrever doze volumes por ano, ou um volume por mês, ela absolutamente não altera a perspectiva — escreva eu quanto escrever, e por mais que me apresse, indo diretamente ao centro das coisas, como aconselha Horácio, — jamais conseguirei alcançar-me — mesmo fustigado e esporeado até o máximo, não conseguirei mais que um dia de avanço sobre a minha pena — e um dia é o bastante para dois volumes — e dois volumes o bastante para um ano inteiro de trabalho. —[31]

Que o céu dê prosperidade aos fabricantes de papel deste reinado propício, que ora se nos abre, — pois confio em que a providência trará prosperidade a todas as outras coisas que nele se empreendam. —

No que tange à multiplicação dos Gansos — não me preocupo com ela. — A Natureza é pródiga. — Nunca me faltarão ferramentas para trabalhar.

— Com que então, amigo! conseguiste tirar meu pai e meu tio Toby da escada e levá-los para a cama? — E como o conseguiste? — Baixaste uma cortina ao pé da escada — acho que não tinhas outra saída. — Toma lá uma coroa pelo teu trabalho.

## 14

— Então me passa os calções que estão nessa cadeira, disse meu pai a Susannah. — Não há tempo para vestir-vos, senhor, exclamou Susannah — o rosto do menino está tão negro quanto o meu — Quanto o teu o quê? quis saber meu pai, pois, como todos os oradores, era um ardoroso caçador de comparações. — Valha-me Deus, senhor, disse Susannah, o menino está em convulsão. — E onde está o sr. Yorick? — Nunca onde deveria estar, disse Susannah, mas seu coadjutor acha-se no toucador com o menino nos braços, à espera do nome —— e minha patroa pediu-me que eu viesse tão depressa quanto possível saber se, como o capitão Shandy vai ser o padrinho, não deveria o menino receber o nome dele.

Se se tivesse certeza, disse meu pai consigo, coçando a sobrancelha, de que o menino estava à morte, dava na mesma homenagear o meu irmão Toby — e seria pena, num caso desses, jogar fora um nome tão importante quanto Trismegisto. — Mas talvez o menino se recupere. Não, não, — disse meu pai a Susannah, vou levantar--me. —— Não há tempo, exclamou Susannah, a criança está tão negra quanto os meus sapatos. — Trismegisto, disse meu pai. — Mas espera — és um barco furado, Susannah, acrescentou; conseguirás levar na cabeça o nome Trismegisto até o fim do corredor sem perdê-lo? — Se eu consigo? exclamou Susannah, fechando a porta, ofendida — Se ela conseguir, que me matem, disse meu pai, saltando da cama no escuro e procurando os calções às apalpadelas.

Susannah correu a toda velocidade pelo corredor.

Meu pai procurou seus calções a toda a velocidade possível.

Susannah levava-lhe dianteira e manteve-a. — É *Tris*--alguma coisa, exclamou Susannah — Não há nome de batismo no mundo, disse o coadjutor, que comece por *Tris* — a não ser Tristram. Então deve ser Tristram-gisto, disse Susannah.

Não tem nenhum *gisto*, sua tola! — é o meu próprio nome, replicou o coadjutor, enfiando a mão na bacia — Tristram! disse &c. &c. &c. &c. e assim Tristram fui chamado, e Tristram serei até o dia de minha morte.

Meu pai seguiu Susannah, com o camisão de dormir no braço, vestindo apenas os calções, abotoados à pressa num único botão que assim mesmo, por causa da pressa, fora enfiado só pela metade na casa.

— Ela não esqueceu o nome? exclamou meu pai, entreabrindo a porta. — Não, não, disse o coadjutor com um ar de intimidade. — E o menino está melhor, exclamou Susannah. — E como passa a tua patroa? Tão bem, respondeu Susannah, quanto se possa esperar. — Bah! fez meu pai, enquanto o botão de seus calções escapava da casa — Destarte, saber se a interjeição se endereçava a Susannah ou à casa do botão, — se bah era uma interjeição de desprezo ou de modéstia, é questão passível de dúvida, e continuará a ser até que eu tenha tempo de escrever os três capítulos a seguir, que são os meus favoritos, isto é: o meu capítulo sobre *criadas de quarto* — o meu capítulo sobre *bahs*, e o meu capítulo sobre *casas de botão*.

Tudo quanto posso de momento esclarecer ao leitor é que no instante em que exclamou Bah!, meu pai deu meia-volta — e segurando os calções com uma das mãos, enquanto sustentava o camisão de dormir no braço da outra, voltou pelo corredor até a sua cama em velocidade menor do que aquela com que viera.

## 15

Oxalá pudesse eu escrever um capítulo sobre sono.

Jamais se apresentará outra ocasião mais propícia do que esta, quando todas as cortinas da família estão cerradas — as velas apagadas — e os olhos de ninguém mais abertos, a não ser um deles, já que o outro tem estado fechado nos últimos vinte anos, olhos da nutriz de minha mãe.

Eis um belo tema!

No entanto, por belo que seja, eu empreenderia escrever uma dúzia de capítulos acerca de casas de botão com mais rapidez e fama do que um único capítulo sobre semelhante tema.

Casas de botão! —— há algo de vivaz na só ideia — e, crede-me, quando me vir no meio delas — vós, da *gentry*, com vossas longas barbas — podereis parecer tão graves quando quiserdes — que eu farei um belo e alegre trabalho com as minhas casas de botão — eu as terei todas para mim — pois se trata de um tema virgem — e não colidirei, nele, com a sabedoria nem com os ditos engenhosos de nenhum outro homem.

Mas quanto ao sono — sei, já antes de começar, que nada poderei fazer de bom — em primeiro lugar, não poderei emular os vossos ditos engenhosos — e, em segundo, nem que fosse para salvar a alma, poderia eu assumir uma expressão grave no tocante a um tema inferior como este, para dizer ao mundo — que o sono é o refúgio dos desventurados — a libertação do prisioneiro — o fofo regaço dos desesperançados, dos extenuados, dos acabrunhados; tampouco seria eu capaz de começar com uma mentira nos lábios, afirmando que, de todas as amáveis e deliciosas funções de nossa natureza, por via das quais aprouve ao seu grande Autor recompensar generosamente os sofrimentos pelos quais a sua justiça e o seu bom arbítrio nos faz passar, — este é o principal (sei de prazeres dez vezes melhores); ou que felicidade não é para o homem, quando deixou para trás as ansiedades e agitações do dia, e está deitado de costas, para que sua alma também se deite no seu íntimo, de modo a que, para onde volte os olhos, os céus a estarão olhando lá de cima, tranquilos e benignos — sem nenhum desejo — ou temor — ou dúvida a perturbar o ar, nem dificuldade alguma, passada, presente ou futura, a impedir a imaginação de entregar-se, sem afronta, a tão doce separação.

— "Que as bênçãos de Deus", disse Sancho Pança, "caiam sobre o homem que primeiro inventou esta coisa chamada sono —— que cobre um homem inteiramente, como um manto." A meu ver, há mais neste dito, e ele me fala com mais calor ao coração e aos sentimentos, do que em todas as dissertações que, sobre o assunto, espremeram de seus cérebros os doutos.

— Não que eu desaprove absolutamente o que Montaigne[32] disse do sono — ele o fez admiravelmente, à sua maneira. —— (Cito-o de memória.)

O mundo deleita-se com outros prazeres, diz ele, assim como se deleita com o sono, isto é, sem senti-lo nem provar-lhe o gosto, deixando-o passar e ir-se. — Deveríamos antes estudá-lo e refletir a seu respeito, a fim de agradecer como cumpre àquele que no-lo concede — por tal razão, faço com que me perturbem durante o meu sono, para que possa saboreá-lo de maneira melhor e mais cônscia. — E, no entanto, continua ele, vejo poucos que possam viver com menos sono quando a necessidade se apresenta; meu corpo é capaz de resistir a uma agitação constante, mas não violenta ou súbita. — Ultimamente, evito todos os exercícios violentos — nunca me enfado de caminhar — mas desde a juventude, jamais gostei de cavalgar sobre chão pavimentado. Gosto de deitar-me em cama dura, sozinho, mesmo sem a companhia de minha mulher. — Estas últimas palavras podem fazer vacilar a fé do mundo — mas lembrai que "La Vraisemblance (como diz Baylet no caso de Liceti) n'est pas toujours du Côté de la Verité". E isto é tudo, quanto ao sono.

## 16

Se minha esposa não puser objeções — irmão Toby, farei com que Trismegisto seja vestido e trazido cá abaixo, para que o vejamos enquanto tomamos juntos o nosso desjejum. —

— Vai dizer a Susannah, Obadiah, que venha até aqui.

Ela acaba de correr lá para cima, respondeu Obadiah, chorando, soluçando e torcendo as mãos como se o seu coração estivesse a pique de partir-se. —

Vamos ter um mês daqueles, disse meu pai, desviando o olhar de Obadiah e fitando melancolicamente o rosto do meu tio Toby por alguns instantes — vamos ter um daqueles meses do diabo, irmão Toby, disse meu pai, pondo as mãos nos quadris e sacudindo a cabeça; fogo, água, mulheres, vento — irmão Toby! — É alguma desgraça, disse meu tio Toby — De fato é, exclamou meu pai, — ter um cavalheiro, desencadeados em sua casa, tantos elemen-

VOLUME IV                                              349

tos discordantes a correr por todos os cantos em triunfo.

— Pouca coisa é para a paz da família que tu e eu, irmão
Toby, estejamos aqui sentados calados e imóveis, senhores de nós mesmos — enquanto sobre as nossas cabeças
rebenta tal tempestade. ——

— O que é que há, Susannah? Batizaram o menino
com o nome de Tristram —— e minha patroa acaba de ter
um ataque de histeria por causa disso. — Não! — Não é
culpa minha, disse Susannah. — Eu disse para ele que o
nome era Tristram-gisto.

—— Faz chá só para ti, irmão Toby, disse meu pai, pegando o chapéu — mas sem os acessos e agitações de voz
e membros que o leitor comum poderia imaginar!

— Pois ele falou com a mais doce das modulações — e
apanhou o chapéu do cabide com o mais polido movimento de braço que jamais a aflição logrou harmonizar
e acomodar.

— Vai até o campo de bolão chamar o cabo Trim, disse o tio Toby, dirigindo-se a Obadiah, tão logo meu pai
deixou o aposento.

## 17

Quando a desgraça atinente ao meu NARIZ despencou
com tanto peso sobre a cabeça de meu pai — lembra-se
o leitor de que ele foi imediatamente lá para cima e se
atirou ao leito; daí, salvo se o leitor tiver uma profunda
compreensão da natureza humana, que ele possa esperar
de meu pai a mesma rotação de movimentos ascendentes
e descendentes por causa desta desgraça atinente ao meu
NOME; —— mas não.

Pesos diversos, caro senhor, — ou melhor, diferentes
envoltórios de duas contrariedades do mesmo peso, — fazem uma grande diferença na nossa maneira de haver-nos
com eles e suportá-los. — Há menos de meia hora atrás,

(devido à pressa e precipitação de um pobre-diabo que escreve para ganhar o pão de cada dia) atirei descuidadamente ao fogo uma página que eu acabara de passar a limpo com o maior cuidado, em vez da página suja.

No mesmo instante, arranquei o chinó e, com toda a violência imaginável, atirei-o perpendicularmente até o teto do aposento — na verdade, agarrei-o quando caía — mas com isso se encerrou a questão; não creio que qualquer outra coisa da Natureza pudesse ter me proporcionado alívio tão imediato. Ela, a querida Deusa, por um impulso instantâneo, suscita em nós, em todos os *casos de provocação*, um ímpeto deste ou daquele membro — ou, antes, impele-nos para este ou aquele lugar ou postura de corpo, sem que saibamos por quê. — Mas observai, senhora, que vivemos em meio a enigmas e mistérios — as coisas mais óbvias que se nos atravessam o caminho têm lados obscuros, que mesmo a visão mais perspicaz não alcança penetrar; e mesmo os de mais claro e elevado entendimento, entre nós, veem-se desconcertados e ignaros diante de quase toda greta nas obras da natureza; assim, como milhares de outras coisas, esta também se nos aparece de modo tal que, embora não possamos raciocinar a respeito, — logo lhe descobrimos o que tenha de bom, e, com a permissão de vossas reverências e senhorias — é quanto nos basta.

Como, nem que fosse para salvar a vida, poderia meu pai deitar-se com a aflição que o oprimia — nem tampouco levá-la lá para cima, como a outra —, levou-a tranquilamente consigo até o viveiro de peixes.

Tivesse meu pai, apoiando a cabeça na mão, raciocinado uma hora quanto ao caminho a seguir — a razão, com todo o seu poder, não o poderia ter guiado a nada de semelhante: há alguma coisa nos viveiros de peixes, senhor — mas deixo aos construtores de sistemas e aos cavadores de viveiros de peixes o encargo de descobrirem o que seja; — todavia, em meio aos primeiros e desordenados arroubos dos maus humores, há algo de tão inexplicavelmente apaziguador num passeio tranquilo e sensato até um deles, que fico às vezes a pensar por que Pitágoras, ou Platão, ou Sólon, ou Licurgo,[33] ou Maomé, ou algum outro dos vossos célebres legisladores, jamais disse nada sobre eles.

## 18

Vossa senhoria, disse Trim, fechando a porta da sala de visitas antes de começar a falar, já soube do desditoso acidente, imagino eu. —— Oh sim, Trim, respondeu o meu tio Toby, e ele me causa muita preocupação. — Também eu estou sinceramente preocupado, mas espero que vossa senhoria, replicou Trim, me fará a justiça de acreditar que nada tive a ver com o caso. — Tu — Trim! — exclamou o tio Toby, olhando-lhe o rosto bondosamente — Foi uma doidice tanto de Susannah quanto do coadjutor. — Que assunto tinham os dois a resolver entre si, se me permite vossa senhoria, no jardim? — Queres dizer no corredor, replicou meu tio Toby.

Trim verificou estar na pista errada e calou-se, fazendo uma profunda reverência. — Duas desgraças, disse o cabo consigo mesmo, são demais para delas falar-se ao mesmo tempo, — o estrago que a vaca fez invadindo as fortificações poderá ser contado a sua senhoria mais tarde. — O casuísmo e a atitude de Trim, sob o disfarce da profunda reverência, impediram qualquer suspeita por parte do tio Toby, pelo que este continuou a dizer-lhe o que pretendia dizer-lhe; o seguinte:

— Quanto a mim, Trim, embora seja pouca ou nenhuma a diferença que posso ver entre o meu sobrinho chamar-se Tristram ou Trismegisto — como a coisa toca tão fundo o coração de meu irmão, Trim, —— eu de bom grado daria uma centena de libras para que ela não acontecesse. — Uma centena de libras? Se vossa senhoria me permite dizer, replicou Trim, — eu não daria nem um vintém. — Eu tampouco o daria, Trim, se fosse em meu benefício, retorquiu o meu tio Toby, — mas o meu irmão, com quem não adianta argumentar neste caso — sustenta que muito mais depende dos nomes de batismo do que as pessoas ignorantes comumente imaginam; —— ele diz que, desde o começo do mundo, nunca ninguém chamado Tristram realizou qualquer feito importante ou heroico — e mais, Trim, ele acha que nenhum homem assim chamado poderá chegar a ser douto ou sábio ou bravo — Tudo isso é uma fantasia, com a permissão de vossa senhoria — replicou o cabo — combati tão bem quando o regimento me chamava de Trim como quando me chamavam de James Butler. — De minha parte, Trim, disse o meu tio Toby, embora eu devesse ter vergonha de jactar-me, — mesmo que o meu nome tivesse sido Alexandre, eu não poderia ter feito em Namur mais do que o meu dever — Que Deus bendiga vossa senhoria! exclamou Trim, adiantando-se três passos enquanto falava, será que algum homem pensa em nomes de batismo quando se lança ao ataque? — Ou quando resiste numa trincheira, Trim? exclamou o tio Toby, olhando-o com firmeza — Ou quando penetra por uma brecha? disse Trim, enfiando-se entre duas cadeiras. — Ou força as linhas? exclamou meu tio, erguendo-se e arremetendo com a muleta como se fosse uma lança — Ou enfrenta um pelotão? gritou Trim, brandindo seu bastão como se fosse um fuzil — Ou avança pelo glaciz? exclamou o tio Toby, acalorado, pondo o pé sobre o tamborete. ——

## 19

Meu pai regressara de seu passeio até o viveiro de peixes — e abrira a porta da sala de visitas no auge do ataque, no momento em que o tio Toby avançava pelo glaciz. —

VOLUME IV                                                    353

Trim depôs as armas — mas o meu tio Toby jamais em
sua vida se vira surpreendido quando cavalgava a tão de-
sesperada velocidade. Ai de ti, tio Toby! Se um assunto de
maior gravidade não houvesse convocado toda a pronta
eloquência de meu pai — como não teriam sido insulta-
dos, então, tu e o teu pobre CAVALINHO DE PAU!

Meu pai pendurou o chapéu com o mesmo ar com que
o tirara do cabide, e após lançar uma olhada à desordem do aposento, pegou uma das cadeiras que haviam
formado a brecha do cabo e, colocando-a diante do tio
Toby, nela se sentou e tão logo foi levada embora a louça
do chá e a porta se fechou, ele prorrompeu na seguinte
lamentação.

## A LAMENTAÇÃO DE MEU PAI

É inútil continuar, disse meu pai, dirigindo-se a si próprio
tanto quanto à maldição de Ernulfo, que jazia num dos
cantos do rebordo da lareira, — e ao meu tio Toby, sentado logo abaixo — é inútil continuar, disse meu pai, no
mais lamentoso e monótono dos tons imagináveis, a lutar,
como tenho feito, contra essa que é a mais inquietante
das convicções humanas — vejo claramente, irmão Toby,
que, ou por causa de meus próprios pecados, ou dos pecados e sandices da família Shandy, o céu decidiu voltar
contra mim a sua artilharia mais pesada; e que a prosperidade de meu filho é o ponto sobre o qual se dirige toda a
sua força. —— Uma coisa dessas faria com que os nossos
ouvidos testemunhassem a demolição do universo todo,
irmão Shandy, respondeu o meu tio Toby, — se fosse tão
— Desditoso Tristram! Filho da ira! Filho da decrepitude!
Da interrupção! Do engano! E do descontentamento! Que
infortúnio ou calamidade capitulado no livro dos males
embrionários, capaz de desarticular teu esqueleto ou enredar-te os filamentos, não caiu sobre tua cabeça, mesmo
antes de que viesses ao mundo — quantos males durante

teu ingresso nele! — e quantos mais, desde então! — tu que foste gerado no declínio da vida de teu pai — quando os poderes de sua imaginação e do seu corpo já se debilitavam — quando o calor e a umidade radicais, os elementos que deveriam temperar os teus próprios, estavam secando; e nada restava sobre que fundar o teu vigor constitucional a não ser negações — é lamentável, irmão Toby, para dizer pouco; careceria de todas as pequenas ajudas que ambas as partes, o cuidado e a atenção, pudessem dispensar-lhe. Mas como fomos derrotados! Sabes do acontecido, irmão Toby, — é demasiado triste para que possamos repeti-lo agora, — o instante em que os poucos espíritos animais que me restavam no mundo, e juntamente com os quais deveriam ser transmitidas a memória, a fantasia e a inteligência, —— foram todos dispersados, desbaratados, desconcertados, disseminados e despachados para o diabo. —

Então, era ainda tempo de ter dado um fim nessa perseguição contra ele; — e de tentar pelo menos uma experiência — verificar se a calma e serenidade de espírito de tua irmã, irmão Toby, a par da devida atenção às suas evacuações e repleções — e aos seus não naturais restantes, não teriam, no decurso dos nove meses de gestação, posto tudo em ordem. — Meu filho viu-se privado disso! — Que vida arreliante não levou ela, e, por conseguinte, seu feto também, com aquela desarrazoada preocupação de ir dar à luz na cidade? Julguei que minha irmã se tivesse submetido a tudo com a maior paciência, replicou o meu tio Toby. —— Nunca a vi dizer uma só palavra de impaciência. — Ela estava fumegando por dentro, exclamou meu pai; e isso, permite que te diga, irmão, era dez vezes pior para a criança — e depois! Que de batalhas não travou comigo, e de constantes tormentas não provocou por causa da questão da parteira. — Era a sua válvula de escape, disse o meu tio Toby. — Válvula de escape! exclamou meu pai, erguendo os olhos para o céu. —

VOLUME IV                                                    355

Mas tudo isso não foi nada, irmão Toby, comparado com os danos causados ao meu filho pelo fato de emergir no mundo pela cabeça, quando tudo quanto eu queria, nesse naufrágio geral de sua constituição, era que se salvasse, intacto, ileso, esse seu cofrezinho. —

A despeito de todas as minhas precauções, meu sistema foi totalmente revirado no interior do útero, juntamente com meu filho! Sua cabeça viu-se exposta à mão da violência, com uma pressão de 470 libras de peso a incidir-lhe perpendicularmente sobre o vértice — pelo que, a esta hora, estou noventa por cento seguro de que a delicada rede de sua teia intelectual estará esfacelada, reduzida a mil frangalhos.

— No entanto, poderíamos ter feito algo. —— Parvo, fátuo, peralvilho —— mas se tivesse ao menos um NARIZ.

— Aleijado, Anão, Babão; Bobão — (imagina-o como quiseres) mas a porta da Fortuna ainda continua aberta.

— Ó Liceto! Liceto! Tivesse eu sido abençoado com um feto de cinco polegadas e meia de comprimento — e o destino poderia ter saído logrado.

No entanto, irmão Toby, restava ainda um lance de dados para o nosso filho, apesar de tudo. — Oh Tristram! Tristram! Tristram!

Vamos mandar chamar o sr. Yorick, disse o tio Toby.

— Podes mandar chamar quem quiseres, replicou meu pai.

20

A que galope não tenho prosseguido, curveteando e retouçando, dois acima e dois abaixo no total de quatro volumes, sem uma só vez olhar para trás ou para os lados, a fim de ver a quem atropelara! — Não atropelarei ninguém — disse eu comigo, ao montar. — Vou sair em bom e rápido galope, mas não causarei dano sequer ao mais esquálido dos asnos que encontre pelo caminho — Assim, pus-me em marcha — subindo esta vereda, descendo aquela, passando por esta barreira de peagem — e por aquela, como se tivesse atrás de mim o arquijóquei dos jóqueis.

Pois bem, cavalgai neste passo com toda a boa intenção e resolução que tiverdes; — aposto um milhão contra um que causareis dano a alguém, quando não a vós próprios. — Ele saiu em disparada — arrancou — perdeu o chapéu — caiu — vai quebrar o pescoço — vede! — se não passar a todo galope por entre os andaimes dos críticos! — quebrará o crânio contra algum poste — arrancou! — vede — está correndo feito um desmiolado, a toda brida, em meio a uma multidão de pintores, rabequistas, poetas, biógrafos, médicos, juristas, lógicos, atores, professores, clérigos, estadistas, soldados, casuístas, connoisseurs, prelados, papas e engenheiros. — Não temais, disse eu — Não causarei dano nem ao mais esquálido dos asnos que encontre pela estrada real — Mas vosso cavalo atira lama; vede como sujastes um bispo[34] — Espero em Deus que fosse apenas Ernulphus, disse eu. — Mas destes uma esguichada bem nas caras de MM. Le Moyne, De Romigny e De Marcilly, doutores da Sorbonne. — Isso foi no ano passado, repliquei. — Mas acabastes de atropelar a um rei. —— Maus tempos estes para os reis, disse eu, se são atropelados por gente como eu.

Pois o fizestes, replicou o meu acusador.

Nego-o, disse eu, e assim me safei, e eis-me aqui, com a brida numa das mãos e o gorro na outra, para contar a minha história. — E qual é? Ireis ouvi-la no próximo capítulo.

21

Certa noite de inverno, Francisco I de França se aquecia diante das brasas de uma fogueira de lenha e falava com

VOLUME IV                                                    357

seu primeiro-ministro de variadas coisas atinentes ao bem
do Estado*— Não estaria mal, disse o rei, avivando as
brasas com seu bastão, que este bom entendimento entre
nós e a Suíça fosse um pouco reforçado. — Não há dinheiro que chegue, replicou o ministro, para esse povo; —
engoliria o tesouro da França. — Bah! Bah!, respondeu o
rei —— há outros meios de subornar Estados, *Monsieur
le Premier*, além do de oferecer dinheiro —— Darei à Suíça a honra de ser padrinho de meu próximo filho — Se
vossa majestade o fizer, disse o ministro, todos os gramá-
ticos da Europa lhe cairão nas costas; — sendo a Suíça,
como república, mulher, em nenhuma construção imaginável poderia ser padrinho. — Será então madrinha, replicou Francisco à pressa — anunciai portanto minhas
intenções por um correio, amanhã de manhã.

Estou assombrado, disse Francisco I (duas semanas
após aquele dia) ao seu ministro quando este entrava no
gabinete, de que não tenhamos até agora nenhuma resposta da Suíça. — Sire, venho à vossa presença neste momento, disse *Monsieur le Premier*, para mostrar-vos meus
despachos acerca desse assunto. — Aceitam de bom grado? perguntou o rei — Aceitam, sire, replicou o ministro,
e têm na mais alta conta a honra que vossa majestade lhes
faz — mas a república, como madrinha, reclama o direito, nesse caso, de dar nome à criança.

Com toda a razão, disse o rei — ela lhe dará o nome
de Francisco, ou Henrique, ou Luís, ou qualquer outro
que saiba ser-nos agradável. Vossa majestade se engana,
replicou o ministro — acabo de receber agora mesmo um
despacho de nosso residente lá, no qual é referida também
a decisão da república nesse particular — E que nome
escolheu a república para o delfim? — Shadrach, Mesech
e Abed-nego,[36] replicou o ministro — Pelo cinto de são
Pedro, não quero ter nada mais a ver com esses suíços,

* Vide *Menagiana*, v. I.[35]

exclamou Francisco I, suspendendo os calções e andando a largas passadas pelo aposento.

Vossa majestade, replicou calmamente o ministro, não pode voltar atrás.

Eu os pagarei em dinheiro — disse o rei.

Sire, não há nem sessenta mil coroas no tesouro, respondeu o ministro. —— Empenharei as melhores joias de minha coroa, disse Francisco I.

Vossa honra já está empenhada neste assunto, respondeu *Monsieur le Premier*.

Então, *Monsieur le Premier*, disse o rei, por —— entraremos em guerra com eles.

<br>

22

Muito embora, gentil leitor, eu ansiasse ardentemente e me empenhasse zelosamente (na medida da reduzida habilidade que Deus me outorgou e nos convenientes lazeres que outras ocasiões de indispensável lucro e de sadio passatempo me propiciaram) em que estes livrinhos que ponho em tuas mãos pudessem sustentar-se tão bem quanto livros muito maiores — não obstante isso, tenho me portado contigo de maneira tão caprichosa, negligente e folgazã que assaz desgostoso estou de pedir-te a sério sejas condescendente — de rogar-te acredites que na história de meu pai e dos seus nomes de batismo, — jamais pensei em atropelar Francisco I — nem no caso do nariz — Francisco IX —[37] nem, no caráter do meu tio Toby — intentei caracterizar os espíritos militares de meu país — a ferida em sua ilharga fere qualquer comparação desse tipo, — tampouco, com Trim, — quis eu dar a entender o duque de Ormond[38] — ou que o meu livro se oponha à predestinação, ou ao livre-arbítrio, ou aos impostos. Se a algo se opõe, —— permitam-me vossas senhorias dizer que é ao mau humor; visa, mercê de elevação e depressão mais frequente e mais convulsiva do diafragma, e das sucussões dos músculos intercostais e abdominais durante o riso, a expulsar a *bile* e outros *sucos amargos* da vesícula biliar, do fígado e do pâncreas dos súditos de sua majestade, de par com todas as paixões hostis que lhes são próprias, fazendo que se despejem nos duodenos deles.

## 23

— Mas a coisa poderá ser desfeita, Yorick? perguntou meu pai — No meu entender, continuou ele, não pode. Sou um péssimo canonista, replicou Yorick — mas como, de todos os males, a incerteza é o mais atormentador, pelo menos ficaremos a par do que há de pior no caso. Detesto esses grandes banquetes — disse meu pai. — A questão não é o tamanho do banquete, respondeu Yorick; — o que queremos, sr. Shandy, é chegar até o fundo da questão de se o nome pode ou não ser mudado — e como as barbas de tantos comissários, magistrados eclesiásticos, advogados, procuradores, oficiais de registro e dos nossos teólogos mais competentes e outros mais vão se encontrar todas no meio de uma mesma mesa, e como Didius vos convidou tão insistentemente, —— quem, em vosso estado de aflição, perderia um ensejo que tal? Tudo quanto se faz mister, continuou Yorick, é notificar Didius para que oriente a conversação, após o jantar, trazendo à baila o tema. — Então o meu irmão Toby, exclamou meu pai, batendo as mãos, irá conosco.

— Trim, disse o tio Toby, deixa a minha peruca de rabicho e a minha farda agaloada a noite toda perto do fogo, para secarem.

## 25

— Sem dúvida alguma, senhor, — falta aqui todo um capítulo — e há um hiato de dez páginas no livro, por isso — mas o encadernador não é tolo, nem velhaco nem fátuo — tampouco o livro se tornou mais imperfeito, o mínimo que fosse (ao menos por tal motivo) —— muito ao contrário, tornou-se mais perfeito e mais completo pela falta do capítulo do que pela sua presença, conforme irei demonstrar em seguida a vossas senhorias; — pergunto primeiramente, de passagem, se o mesmo experimento não poderia ser levado a cabo, com igual êxito, no tocante a outros capítulos tomados ao acaso; —— todavia, nunca se chega ao fim, se me permitem vossas senhorias, em matéria de experimentos com capítulos — e já tivemos o que basta — pelo que está dado um fim à questão.

Mas antes de iniciar a minha demonstração, permiti apenas que vos diga que o capítulo por mim arrancado, o qual, não o tivesse eu eliminado, estaríeis lendo agora em vez do presente, — era a descrição da partida e da jornada de meu pai, do tio Toby, de Trim e de Obadiah em sua visitação a ****.[39]

Iremos de coche, disse meu pai. — Por favor, as armas foram mudadas, Obadiah? — Minha história teria sido bem melhor se eu tivesse começado por dizer-vos que quando as armas de minha mãe foram acrescentadas às dos Shandys, na ocasião em que o coche foi repintado para os esponsais de meu pai, acontecera de o pintor, fosse porque realizava todos os seus trabalhos com a mão esquerda, como Turpílio, o Romano, ou Hans Holbein de Basileia[40] — ou porque se tratasse de um erro mais de sua cabeça que de sua mão — ou porque, ao fim e ao cabo, se repetisse uma vez mais o pendor sinistro de tudo quanto dizia respeito à nossa família — acontecera, todavia, para nosso opróbrio, que, em vez da *banda dextra* que desde o reinado de Harry VIII em justiça nos cabia —— por uma des-

VOLUME IV                                                    371

sas fatalidades, fora pintada uma *banda sinistra* bem de
través no campo das armas dos Shandys. Dificilmente se
haveria de crer que a mente de um homem tão sábio
quanto meu pai pudesse afligir-se com questão de tal
modo insignificante. Não se podia pronunciar a palavra
coche, ou cocheiro, ou cavalo de coche, ou aluguel de coche em nossa família — fosse quem fosse que a pronun-
ciasse — sem que de imediato ele começasse a queixar-se
de ostentar a porta de seu próprio coche este signo vil de
Ilegitimidade;[41] ele jamais conseguia subir ao coche ou
dele descer sem voltar-se para olhar as armas e sem pro-
meter-se, ao mesmo tempo, que seria a última vez que
nela poria os pés enquanto a *banda sinistra* não fosse retirada; — entretanto, como a questão da dobradiça, esta
era uma das muitas coisas que as *Parcas* haviam lançado
em seus livros — para que, a respeito delas, se resmungas-
se sempre (e isso acontecia em famílias mais sábias do que
a nossa) — mas jamais se cuidasse de remediá-las.

— Pergunto se a *banda sinistra* foi limpada, disse meu
pai. — Nada foi limpado, senhor, respondeu Obadiah,
a não ser o forro. Iremos a cavalo, decidiu meu pai, voltando-se para Yorick — De todas as coisas do mundo,
salvo a política, aquela de que o clero menos entende é a
heráldica, disse Yorick. — Não importa, exclamou meu
pai, — eu ficaria penalizado de aparecer diante deles com
uma nódoa em meu escudo. —— Não importa a *banda
sinistra*, disse o tio Toby, pondo a peruca de rabicho. —
Verdadeiramente não, concordou meu pai; — se achares
conveniente, poderás sair com a minha tia Dinah, para
uma visita, com uma *banda sinistra*. — O pobre do tio
Toby enrubesceu. Meu pai envergonhou-se do que fizera.
—— Não — meu caro irmão Toby, disse ele, mudando de
tom — mas é que a umidade do forro do coche nos meus
rins pode provocar-me novamente a ciática, como aconteceu em dezembro, janeiro e fevereiro do inverno passado
— e assim, por favor, irás na sela inglesa de minha esposa

— e como tens de pregar, Yorick, melhor será que trates de ganhar tempo, saindo antes, — deixando-me tomar conta do meu irmão Toby, pois iremos a um passo mais conveniente para nós.

Pois bem, o capítulo que fui obrigado a tirar fora era a descrição dessa cavalgada, em que o cabo Trim e Obadiah, montando dois cavalos de tiro, um ao lado do outro, iam à frente, em passo lento de patrulha — enquanto meu pai e o tio Toby, com seu uniforme agaloado e sua peruca de rabicho, seguiam atrás, por intrincados caminhos e dissertações ora acerca dos benefícios do saber, ora das armas, conforme acontecesse de um ou outro assumir a dianteira.

— Ao rever, porém, a descrição dessa jornada, pareceu-me estar tão acima do estilo e da maneira de pintar de quanto logrei descrever neste livro, que ela não poderia nele permanecer sem depreciar as demais cenas e destruir, ao mesmo tempo, aquele necessário equilíbrio e harmonia (bons ou maus) entre um capítulo e outro, de que advém a justa proporção do conjunto da obra. De minha parte, sou um principiante na matéria, da qual conheço muito pouco — mas, em minha opinião, escrever um livro é, para toda a gente, como trautear uma canção — pelo que, senhora, cantai apenas no tom que é o vosso, não importa quão baixo ou alto seja. —

— Esta é a razão, se me permitem vossas reverências dizer, por que algumas das composições mais baixas e mais rasas passam muito bem — (conforme Yorick observou ao tio Toby certa noite) por aquele sítio. — O tio Toby animou-se ao ouvir a palavra *sítio*, mas não lhe pôde encontrar qualquer significado, no caso.[42]

Vou pregar na corte domingo que vem, disse Homenas —[43] repasse as minhas notas. — Assim, trauteei as notas do dr. Homenas — a modulação está muito bem — dará certo, Homenas, se se mantiver neste nível — pelo que continuei a trautear — e me pareceu uma toada

VOLUME IV                                                          373

assaz tolerável; até então, com permissão de vossas senhorias, eu não me dera conta de quão baixa, quão rasa,
quão desfibrada e insípida era; de súbito, irrompeu no meio
dela uma área tão primorosa, tão rica, tão celestial — que
fez minha alma ascender consigo até o outro mundo; ora,
houvesse eu achado o declive fácil ou a subida acessível
(como aconteceu a Montaigne numa situação similar) —[44]
certamente teria sido logrado. — Tuas notas, Homenas,
deveria eu ter dito, são boas notas, — mas tratava-se de
um precipício tão a pique — tão radicalmente separado
do restante da obra, que, à primeira nota que trauteei, me
senti a voar por um outro mundo, de onde descortinei o
vale de onde viera, tão fundo, tão baixo e tão desolador,
que nunca mais tive ânimo de descer outra vez até ele.

☞ Um anão que traga consigo uma régua para medir
sua própria estatura — é, podeis acreditar no que digo,
anão em mais de um sentido. — E isso é quanto basta no
que respeita a tirar fora capítulos.

## 26

— Vede se ele não o está cortando em tiras e distribuindo-
-as à volta para que acendam com elas seus cachimbos!
— É abominável, respondeu Didius; Não deveria passar
em branco, disse o dr. Kysarcius —[45] ☞ era dos Kysarcii
dos Países Baixos.

Parece-me, disse Didius, erguendo-se a meio de sua cadeira, a fim de afastar uma garrafa e uma jarra alta que se
interpunham diretamente entre ele e Yorick — que poderíeis haver poupado este dito sarcástico e encontrado lugar mais apropriado, sr. Yorick — ou pelo menos ocasião
mais adequada, para demonstrar o vosso desprezo por
aquilo em que estivemos empenhados: se o Sermão serve apenas para ser usado como acendedor de cachimbos,
senhor, — então certamente não era bom o bastante para

374 TRISTRAM SHANDY

ser pregado a tão douta assembleia; e se era bom o bastante para ser pregado a tão douta assembleia — era certamente, senhor, demasiado bom para que os presentes o usassem subsequentemente no acender seus cachimbos.

— Pendurei-o firmemente, disse Didius consigo, num dos dois chifres do meu dilema — ele que se safe como puder.

Passei por tão indizíveis tormentos ao produzir este sermão, disse Yorick, em resposta, — que declaro, Didius, preferir antes padecer martírio — e se possível em companhia do meu cavalo, mil vezes que fosse, a sentar-me para escrever outro sermão dessa espécie. Eu o pari pelo lado errado — saiu-me da cabeça em vez de sair-me do coração — e é pelo sofrimento que me ocasionou, tanto no escrevê-lo quanto no pregá-lo, que me vingo dele dessa maneira. — Pregar para demonstrar a amplitude de nossas leituras ou as sutilezas de nosso engenho — exibir aos olhos do vulgo míseros relatos de escassa erudição, enfeitados aqui e ali de algumas palavras que brilham, mas lançam pouca luz e menor calor — é fazer uso desonesto da única e pobre meia hora que nos é concedida em toda uma semana. — É não pregar o evangelho — mas a nós mesmos. — De minha parte, continuou Yorick, prefiro pregar apenas cinco palavras, mas que vão direto ao alvo, o coração —

Quando Yorick pronunciou a palavra *alvo*, o tio Toby ergueu-se para dizer algo acerca de projéteis —— mas nesse momento uma única palavra, uma apenas, pronunciada do lado oposto da mesa, atraiu para si todos os ouvidos — de todas as palavras do dicionário, a última que se esperaria ouvir ali — uma palavra que me pejo de escrever — e que no entanto deve ser escrita —— lida; — uma palavra ilegal — não canônica — fazei dez mil suposições, multiplicai-as por si mesmas — supliciai — atormentai sem cessar vossa inventiva, que permanecereis onde estáveis antes. — Em suma, eu vo-la direi no próximo capítulo.

# 27

## PLASAGASDECRIS![46]

——————Pl——————s! exclamou Phutatorius, mais para si mesmo — embora alto o bastante para ser ouvido — e, o que parecia estranho, pronunciou-a com uma expressão de rosto e um tom de voz que ficavam a meio caminho entre os de um homem tomado de espanto e a padecer dor física.

Um ou dois dos presentes, que tinham bons ouvidos e puderam distinguir a expressão e mistura dos dois tons tão claramente quanto se fosse uma *terça*, uma *quinta* ou algum outro acorde musical — ficaram sobremaneira intrigados e perplexos com ele — era *concorde* em si e por si — mas estava assaz fora de tom e de maneira alguma se aplicaria ao assunto em discussão; — por isso, a despeito de todo o seu conhecimento, ficaram sem saber absolutamente o que poderia significar.

Outros, que desconheciam a linguagem musical e cujos ouvidos haviam apenas captado o significado imediato da *palavra*, imaginaram estivesse Phutatorius, que era de temperamento algo colérico, a pique de arrebatar o bastão das mãos de Didius para, com algum propósito determinado, brandi-lo contra Yorick — e o desesperado monossílabo Pl——s seria o exórdio de uma oração que, a julgar pela amostra, pressagiava um tratamento assaz severo da vítima; por isso, a índole bondosa do meu tio Toby apiedou-se de Yorick pelo que ele estava em vias de passar. Mas vendo Phutatorius calar-se de inopino, sem demonstrar qualquer desejo ou intenção de prosseguir — um terceiro grupo de pessoas começou a supor que tudo não passara de uma expiração involuntária que assumiu casualmente a forma de uma imprecação barata — mas sem a substância ou pecaminosidade dela.

Outros, especialmente um ou dois dos circunstantes sen-

376 TRISTRAM SHANDY

tados perto dele, encararam-na, ao contrário, como uma imprecação real e substancial, propositadamente dirigida contra Yorick, de quem Phutatorius não gostava — imprecação que, conforme filosofou meu pai, estava de fato palpitando e fumegando raivosa, naquele preciso instante, nas regiões superiores da fressura de Phutatorius; dessarte, de modo natural e de conformidade com o curso devido das coisas, irrompeu dali devido ao súbito influxo de sangue levado até o ventrículo direito do coração de Phutatorius pelo golpe de surpresa desferido por uma tão excêntrica teoria da prédica.

Com quanta finura não argumentamos acerca de fatos equivocados!

Não havia uma só alma ocupada com estes vários raciocínios acerca da palavra pronunciada por Phutatorius, — que não tivesse por certo, como se se tratasse de um axioma, estar a mente de Phutatorius inteiramente voltada para o tema do debate iniciado entre Didius e Yorick; e de fato, vendo-o olhar atento primeiro para um, depois para o outro dos contendores, com o ar de um homem a ouvir o que se passava, — quem não teria pensado tal coisa? A verdade, porém, é que Phutatorius não ouvira uma única palavra ou sílaba do que eles disseram — todos os seus pensamentos e toda a sua atenção estavam absorvidos por algo que se processava naquele mesmo instante dentro do recinto de seus *Calções*, particularmente numa parte deles cujos acidentes sobremaneira o interessavam. Assim sendo, não obstante olhasse com a maior atenção deste mundo, retesando gradualmente cada nervo e músculo de sua face até a afinação mais alta que tal instrumento era capaz de aguentar, a fim de, segundo se pensava, dar uma resposta aguda a Yorick, sentado logo à sua frente — não obstante tudo isso, repito, Yorick jamais ocupara qualquer domicílio no cérebro de Phutatorius; — a exclamação deste tinha sua verdadeira causa pelo menos uma jarda mais abaixo.

VOLUME IV

377

É o que tentarei explicar-vos com toda a decência imaginável.

É mister sejais informados então de que Gastripheres, que dera uma volta pela cozinha pouco antes do jantar, para ver como iam as coisas — ao deparar um cesto de vime cheio de castanhas sobre o aparador, havia ordenado que fossem assadas uma ou duas centenas delas e mandadas servir tão logo o jantar terminasse — sendo que Gastripheres reforçou a ordem dizendo que Didius, e especialmente Phutatorius, as apreciavam muitíssimo.

Cerca de dois minutos antes do momento em que o meu tio Toby interrompeu a arenga de Yorick — as castanhas de Gastripheres foram trazidas — e como a predileção de Phutatorius por elas estivesse bem viva na mente do criado de mesa, este as colocou bem na frente dele, quentes e envolvidas num imaculado guardanapo de damasco.

Pois bem, conquanto fosse fisicamente impossível, com meia dúzia de mãos enfiadas ao mesmo tempo pelo guardanapo adentro, — uma das castanhas, de mais rotundidade e vigor que as demais, ser posta em movimento —— na realidade aconteceu, todavia, de uma delas sair rolando pela mesa; e como Phutatorius estava sentado de pernas abertas sob esta —— a castanha caiu perpendicularmente naquela abertura específica dos seus calções para cuja designação, diga-se para vergonha e desprimor de nossa língua, não se encontra uma única palavra casta no dicionário de Johnson —[47] basta que se diga — tratar-se daquela abertura específica que, em todas as boas sociedades, as leis do decoro exigem de modo categórico que, como o templo de Jano (em tempos de paz, pelo menos),[48] esteja universalmente fechada.

A negligência deste pormenor, da parte de Phutatorius, (o que, diga-se de passagem, deve servir de advertência a toda a humanidade) abrira uma porta para a ocorrência do acidente. —

— Acidente o chamo eu, de acordo com um modo de

falar herdado, — mas sem opor-me à opinião de Acrites e de Mythogeras,[49] no tocante à questão; sei que estavam ambos imbuídos e totalmente persuadidos — como o estão até agora, de que nada havia de acidental no acontecimento; — o ter uma castanha seguido aquele caminho em particular, por sua própria vontade — para depois cair, quente como estava, precisamente naquele lugar e não em qualquer outro —— constituía-se em verdadeiro julgamento de Phutatorius, por ter ele escrito o imundo e obsceno tratado *De concubinis retinendis*,[50] que publicou há cerca de vinte anos — e por se dispor a oferecer ao mundo, naquela mesma semana, uma segunda edição dele.

Não compete a mim mergulhar a pena nesta controvérsia — muito se poderia escrever, sem dúvida, em prol de ambos os lados da questão — tudo quanto me compete, como historiador, é expor, e torná-lo crível ao leitor, o fato de que o hiato nos calções de Phutatorius era suficientemente largo para receber a castanha; — e de que esta, de uma maneira ou de outra, nele caíra perpendicularmente, a chiar de quente, sem que no momento Phutatorius, ou alguém mais, o percebesse.

O calor suave que a castanha difundia não foi desagradável nos primeiros vinte ou vinte e cinco segundos — e não fez mais do que solicitar benignamente a atenção de Phutatorius para a parte atingida. — Mas quando o calor foi gradualmente aumentando e em poucos segundos ultrapassou o limite de todos os prazeres sóbrios, avançando veloz para as regiões da dor, — a alma de Phutatorius, juntamente com todas as suas ideias, seus pensamentos, sua atenção, sua imaginação, juízo, resolução, deliberação, raciocínio, memória, imaginação, acompanhados de dez batalhões de espíritos animais, todos tumultuosamente amontoados, acorreram por diferentes passagens e circuitos até o lugar de perigo, deixando todas as suas regiões superiores, como bem podeis imaginar, tão vazias quanto a minha bolsa.

Com as melhores informações que tais mensageiros pudessem trazer-lhe, Phutatorius não logrou penetrar o segredo do que estava acontecendo lá embaixo, nem tampouco fazer qualquer tipo de conjectura do que, com os diabos, se tratava. Entretanto, como não sabia qual poderia revelar-se a verdadeira causa, julgou mais prudente, na situação em que se encontrava no momento, suportá--la, se possível, como um estoico; com a ajuda de algumas caretas e contrações da boca, tê-lo-ia certamente conseguido se a sua imaginação se houvesse conservado neutra; — porém, os arroubos da imaginação são ingovernáveis, no que respeita a esta espécie de coisas; — atravessou-lhe instantaneamente a mente o pensamento de que, embora a dor fosse de calor abrasante — poderia não obstante ser de mordida, tanto quanto de queimadura; e neste caso, de que possivelmente um *Tritão* ou um *Lagarto* ou algum outro réptil detestável, teria se arrastado até ali e ali lhe estava cravando os dentes — essa ideia horrível, de par com nova onda de dor procedente da castanha candente, infundiu súbito pânico em Phutatorius e a aterradora, tresloucada sensação surpreendeu-o fora de guarda, como já acontecera com os melhores generais do mundo; — o efeito foi o de ele se pôr incontinenti de pé, num pulo, ao mesmo tempo em que soltava a interjeição de surpresa, causa de tantos comentários, com a aposiopética suspensão que se lhe seguiu, assim grafada: Pl——s—; a interjeição, embora não fosse estritamente canônica, era no entanto o mínimo que um homem poderia ter proferido na ocasião; —— e, diga-se de passagem, canônica ou não, Phutatorius não a poderia ter evitado, assim como não lhe pôde impedir a causa.

Ainda que a narrativa do fato nos tomasse algum tempo, menos tempo levou para acontecer, apenas tempo suficiente para que Phutatorius tirasse fora a castanha e a atirasse violentamente ao chão — e para que Yorick, erguendo-se de sua cadeira, a recolhesse.

É curioso observar o triunfo dos pequenos incidentes sobre nosso espírito. — Que incrível influência não têm, na formação e governo de nossas opiniões acerca dos homens e das coisas — essas insignificâncias, tão leves quanto o ar, que podem suscitar uma crença em nossa alma e nela implantá-la inamovivelmente, — a ponto de as demonstrações de Euclides, se pudessem ser convocadas para deitá-la por terra, jamais alcançarem fazê-lo.

Como eu disse, Yorick recolheu a castanha que a ira de Phutatorius havia atirado ao chão — o ato é trivial — envergonho-me de ter de explicá-lo — mas ele o fez apenas porque julgava que tal aventura em nada afetara a castanha — e porque achava valer a pena inclinar-se para recolher do chão uma boa castanha.

— Mas, por trivial que fosse, o incidente assumiu outro significado na mente de Phutatorius. Considerou este o gesto de Yorick levantar-se da cadeira para apanhar a castanha como um claro reconhecimento, de sua parte, de que ela lhe pertencia originariamente, — e, outrossim, que deveria ter sido o proprietário da castanha, e ninguém mais, o responsável pela peça que lhe fora pregada. Confirmava-o enfaticamente nessa opinião o fato de, por ser a mesa paralelogrâmica e muito estreita, oferecer excelente oportunidade a Yorick, sentado exatamente em frente de Phutatorius, de introduzir-lhe a castanha nos calções — coisa que, por conseguinte, ele fizera. A expressão mais do que suspeitosa com que Phutatorius fitou Yorick enquanto tais pensamentos lhe ocorriam tornou mais do que manifesta sua opinião — e como naturalmente se supunha saber Phutatorius mais do assunto do que qualquer outra pessoa, sua opinião tornou-se de pronto a opinião geral, — e, por uma razão bem diversa de quantas já hajam sido dadas — em pouco tempo ficou além de qualquer possibilidade de contestação.

Quando momentosos ou inesperados eventos se passam no palco deste mundo sublunar — a mente humana,

VOLUME IV                                              381

que é uma substância inquiridora por natureza, logo voa
até os bastidores para descobrir-lhes a causa e primeiro
móvel. — A busca não demorou muito, neste caso.

Era consabido que Yorick jamais vira com bons olhos
o tratado escrito por Phutatorius *De concubinis retinendis*, obra que ele temia haver causado dano ao mundo — e
com facilidade se apurou que existia um significado místico na brincadeira de Yorick: — o ter ele atirado a castanha quente no *** — ***** de Phutatorius era um ataque
sarcástico ao seu livro — cujas doutrinas, diziam, haviam
inflamado muito homem honesto no mesmo lugar.

Esta ideia engenhosa despertou Somnolentus — fez
Agelastes sorrir — e, se lembrardes a exata expressão da
face de um homem empenhado em decifrar um enigma —
infundiu-a no rosto de Gastripheres — e dentro em pouco
era reputada por muito como um lance magistral da mais
alta espirituosidade.

Tudo isto, como viu o leitor do princípio ao fim, era
tão infundado quanto os sonhos da filosofia: como disse
Shakespeare de seu antepassado, Yorick — *"era um homem de muita graça"*, mas a graça, nele, era temperada
por algo que o impedia de fazer brincadeiras como esta, e
muitas outras igualmente grosseiras, de que imerecidamen-
te levava a culpa; — a vida toda, porém, sua desgraça foi
ter de arcar com a pecha de dizer e fazer mil coisas de que
(a menos que eu esteja obnubilado pelo afeto) era por natureza incapaz. Tudo de quanto o acuso — ou melhor, tudo
de quanto o acuso e por que ao mesmo tempo o aprecio, é
aquela singularidade de seu temperamento de nunca dar-se
ao trabalho de desmentir aos olhos do mundo semelhantes
histórias, ainda que o desmentido estivesse em seu poder.
Em todos os casos de maus-tratos, ele agia precisamente
como no caso de seu esquálido cavalo —— poderia ter
dado uma explicação que lhe salvaguardasse a honra, mas
seu espírito estava acima disso; e ademais, em presença dos
inventores e dos propagadores de tais mesquinhos boatos,

tão injuriosos à sua reputação ou dos que neles acreditavam, — Yorick não conseguia rebaixar-se a contar-lhes a
sua versão do fato, — confiando em que o tempo e a verdade acabassem por fazê-lo em seu lugar.

Esta atitude heroica acarretava-lhe inconvenientes de
muita espécie; — no caso presente, resultou no permanente ressentimento de Phutatorius, que, após Yorick ter dado
fim à castanha, ergueu-se da cadeira uma segunda vez para
dar-lhe a entender — e o fez com um sorriso, dizendo apenas — que se esforçaria por não esquecer o obséquio.

Deveis, porém, atentar bem nelas e cuidadosamente
separar e distinguir estas duas coisas em vosso espírito.

— O sorriso destinava-se à companhia.

— A ameaça destinava-se a Yorick.

## 28

— Podes dizer-me, perguntou Phutatorius dirigindo-se a
Gastripheres, que estava sentado ao seu lado, — pois não
iria recorrer a um cirurgião para um assunto tão ridículo,
— podes dizer-me, Gastripheres, o que é melhor para acal-
mar o ardume? — Pergunta a Eugenius, disse Gastripheres.
— Depende muito, sentenciou Eugenius, afetando ignorar
a aventura, da natureza da zona afetada. — Se se tratar
de uma zona delicada e que possa ser convenientemente
vendada — É uma e outra coisa, replicou Phutatorius, pousando a mão, enquanto falava e com um enfático aceno de
cabeça, sobre a região em tela e erguendo a perna esquerda
ao mesmo tempo, a fim de aliviá-la e ventilá-la. — Se esse
for o caso, disse Eugenius, então eu te aconselharia, Phutatorius, a não mexer nela de maneira alguma; se quiseres,
porém, confiar tua cura a uma coisa tão simples quanto
uma folha de papel macio recém-saída do prelo, — tens
apenas que mandar alguém ir buscá-la ao tipógrafo mais
próximo, para enrolá-la à volta da região afetada. — O

VOLUME IV                                                    383

papel úmido, disse Yorick (sentado junto de seu amigo Eugenius), conquanto eu saiba trazer um frescor reconfortante — não é senão, pelo que presumo, um veículo — sendo o óleo e o negro de fumo, de que o papel está tão fortemente impregnado, os ingredientes ativos. — Certo, disse Eugenius, e é, de toda aplicação externa que eu me aventuraria a recomendar, a mais anódina e a mais segura.

Se o caso fosse comigo, disse Gastripheres, como o principal é o óleo e o negro de fumo, eu os espalharia numa grossa camada sobre um pedaço de pano e os aplicaria diretamente. Isso faria uma embrulhada dos diabos, replicou Yorick. — E além disso, acrescentou Eugenius, não atenderia ao que se intenta, qual seja a extrema limpeza e elegância da receita, que a faculdade prescreve na proporção de meio a meio — pois se considera que se o tipo for bem pequeno (como deve ser), as partículas curativas, que dessa maneira entram em contato, oferecem a vantagem de espalhar-se numa camada tão infinitamente delgada e de tal regularidade matemática (excetuadas as aberturas de parágrafo e as maiúsculas) que nenhuma espátula, por maior que fosse a arte do seu manejo, alcançaria imitar. É muita sorte, replicou Phutatorius, que a segunda edição do meu tratado *De concubinis retinendis* esteja neste mesmo instante no prelo. — Podes retirar qualquer uma de suas folhas, disse Eugenius. — Não importa qual — desde que, obtemperou Yorick, não contenha nenhuma obscenidade. —

Agora mesmo, replicou Phutatorius, estão imprimindo o nono capítulo — que é o penúltimo do livro. — Por favor, qual é o título desse capítulo? perguntou Yorick, fazendo uma inclinação respeitosa a Phutatorius. — Penso ser, respondeu este, *De re concubinariâ*.

Céus, afasta-te desse capítulo, disse Yorick.

— Evidentemente — acrescentou Eugenius.

## 29

— Pois bem, disse Didius, erguendo-se e apoiando a mão espalmada sobre o peito, — tivesse tal equívoco acerca de um nome de batismo ocorrido antes da Reforma — (Ocorreu antes de ontem, disse o tio Toby consigo) e quando o batismo era administrado em latim[51] —— (Foi todo ele em inglês, disse meu tio) — muitas coisas poderiam ter concorrido, no caso, para justificar a anulação do batismo, conforme a autoridade de vários outros casos de falha, conferindo ao sacerdote a faculdade de dar à criança um novo nome. — Tivesse um sacerdote, por exemplo, por ignorância da língua latina, caso que não era assim tão raro, batizado uma criança de Tom o'Stiles, *in nomine patriae & filia & spiritum sanctos*, — o batismo seria considerado nulo. — Peço permissão, replicou Kysarcius — nesse caso, como o equívoco dizia respeito apenas às *terminações*, o batismo era válido — e para que se tivesse tornado nulo, seria mister que o erro do sacerdote houvesse incidido na primeira sílaba de cada palavra — e não, como no caso presente, na última. —

Meu pai, que se deleitava com sutilezas deste tipo, ouvia com a máxima atenção.

Gastripheres, por exemplo, prosseguiu Kysarcius, batiza o filho de John Stradling in *Gomine* gatris &c. &c., em vez de *in Nomine* patris &c. — Isso é um batismo? Não, — diz o mais competente dos canonistas, visto que o radical de cada palavra é, no caso, rompido e seu sentido e significado transferidos, muito alterados, para outro objeto; pois *Gomine* não significa nome, nem *gatris* pai. — E o que significam? perguntou o tio Toby. — Coisíssima nenhuma — disse Yorick. — *Ergo*, um batismo que tal é nulo, declarou Kysarcius. — Claro, respondeu Yorick, num tom em que havia duas partes de caçoada e uma de seriedade. —

Mas no caso em questão, continuou Kysarcius, em que

VOLUME IV                                                          385

*patriae* é usado em lugar de *patris*, *filia* de *fili*, e assim
por diante — como se trata apenas de erro de declina-
ção e o radical da palavra continua intacto, a inflexão
de suas terminações, desta ou daquela maneira, de modo
algum invalida o batismo, pois as palavras continuam a
ter o mesmo sentido de antes. — Mas então, disse Didius,
seria mister provar que o sacerdote tivera a intenção de
pronunciá-las de modo gramaticalmente correto. — Certamente, contestou Kysarcius; e temos um exemplo disso,
irmão Didius, num decreto das decretais do papa Leão
III. — Mas o filho do meu irmão, exclamou o tio Toby,
não tem nada a ver com o papa — é claramente filho de
um cavalheiro protestante, tendo sido batizado com o
nome de Tristram contrariamente às vontades e desejos
de pai e mãe e de todos os seus parentes —
    Se as vontades e desejos, disse Kysarcius, interrompen-
do o tio Toby, dos que tenham parentesco com o filho
do sr. Shandy pesassem neste assunto, a sra. Shandy, de
todas as pessoas, é a que menos teria a ver com ele. — O
tio Toby tirou o cachimbo da boca e meu pai aproximou
a cadeira da mesa para ouvir a conclusão de tão estranha
introdução.
    Não apenas tem sido motivo de debate, capitão Shandy,
entre os* melhores juristas e civilistas deste país, continuou
Kysarcius, a questão de *"se a mãe é parente de seu filho"*,
— como, ao cabo de longo e desapaixonado exame e consideração dos argumentos de todas as partes interessadas,
— foi ela decidida pela negativa, — a saber, *"que a mãe
não é parente de seu filho"*.** Nesse preciso instante, meu
pai tapou com a mão a boca do tio Toby, a pretexto de
murmurar-lhe algo ao ouvido — mas na verdade estava temeroso do "Lillabullero" — e como tinha grande desejo de
ouvir mais de tão curioso argumento — rogou ao meu tio

---

\* Vide Swinburn sobre os Testamentos, Parte 7, parágrafo 8.[52]
\*\* Vide Brook, Abridg. Tit. Administ. N. 47.[53]

Toby que pelo amor dos céus não o desapontasse. — O tio Toby acenou afirmativamente — retomou o seu cachimbo e contentou-se em assobiar consigo mesmo o "Lillabullero"; — Kysarcius, Didius e Triptolemus prosseguiram com a conversação da seguinte maneira:

Semelhante determinação, continuou Kysarcius, por contrária que possa parecer ao curso das ideias vulgares, tem inteiramente a seu favor a razão, e foi posta acima de qualquer possibilidade de discussão a partir do famoso caso comumente conhecido pelo nome de caso do duque de Suffolk. — Está citado em Brook, disse Triptolemus. — E dele dá notícia lorde Coke,[54] acrescentou Didius. — E pode-se encontrá-lo na obra de Swinburn sobre os Testamentos, disse Kysarcius.

O caso, sr. Shandy, foi o seguinte:

No reino de Eduardo VI, Charles, duque de Suffolk, tendo gerado um filho num ventre e uma filha em outro, fez um testamento em que legava seus bens ao filho, e morreu; logo depois dele, morreu também o filho — mas sem ter deixado testamento, mulher ou filhos — sua mãe e sua irmã por parte de pai (pois nascera do outro ventre) ainda viviam, então. A mãe assumiu a administração dos bens do filho, de acordo com o decreto do ano 21º promulgado por Henrique VIII, onde se estabelece que, no caso de qualquer pessoa morrer intestada, a administração dos seus bens caberá ao seu parente mais próximo.

Tendo sido a administração assim outorgada (sub-repticiamente) à mãe, a irmã por parte de pai iniciou uma demanda perante o Tribunal Eclesiástico alegando que, 1º, ela própria era a parente mais próxima, e, 2º, a mãe não era absolutamente parente da parte defunta, pelo que ela rogava à corte fosse revogada a outorga da administração à mãe e transferida para ela, a parente mais próxima do falecido, por força do dito decreto.

Nestas circunstâncias, como se tratava de uma causa de vulto, de cujo desenlace muito dependia — e numerosas

VOLUME IV                                                     387

causas que envolviam grandes bens possivelmente seriam
decididas nos tempos vindouros com base no precedente
por ela estabelecido — os mais doutos tanto nas leis deste
domínio como na lei civil foram consultados quanto a se a
mãe era ou não parente de seu filho. — Sobre tal ponto, não
apenas os juristas temporais — mas também os eclesiásticos
— os jurisconsultos — os jurisprudentes — os civilistas —
os advogados — os comissários — os juízes do consistório
e das cortes de sucessão de Canterbury e York, juntamente
com o diretor das faculdades, foram da mesma opinião, a
saber, que a mãe não era parente de seu filho —*

E que disse sobre isso a duquesa de Suffolk?, perguntou
o meu tio Toby.

O inesperado da pergunta do tio Toby confundiu mais
Kysarcius do que o faria o mais hábil dos advogados. ——
Ele ficou mudo por um longo minuto, a olhar o rosto do
meu tio Toby — e nesse único minuto Triptolemus interveio e tomou-lhe a dianteira como segue:

É fundamento e princípio da lei, disse ele, que nela as
coisas não ascendam, mas descendam; e não tenho dúvida
de que é por tal razão que, por mais verdadeiro seja que a
criança é do sangue ou da progênie de seus pais — estes,
não obstante, não são do sangue e progênie dela, tanto mais
que os pais não são gerados pelo filho, e sim este por eles. —
Por isso está escrito, *Liberi sunt de sanguine patris & ma-
tris, sed pater et mater non sunt de sanguine liberorum.*[56]

— Mas isso, Triptolemus, exclamou Didius, prova demasiado — pois desta autoridade citada se seguiria não
só o que de fato é dado como certo por todas as partes,
não ser a mãe parente do filho — mas tampouco sê-lo o
pai. —— Essa é considerada, disse Triptolemus, a melhor
opinião, porque o pai, a mãe e o filho, embora sejam três

---

* Mater non numeratur inter consanguineos. Bald.[55] in ult. C.
de Verb. signific.

pessoas diversas, são uma mesma carne (*una caro*);* por conseguinte, não há nenhum grau de parentesco — nem qualquer método de adquirir algum *na natureza*. — Aí já estás levando longe demais o argumento, exclamou Didius — pois não há proibição *na natureza*, conquanto a haja na lei levítica, — de um homem poder gerar um filho em sua avó — caso em que, supondo-se daí resultasse uma filha, ela teria uma relação tanto de —— Mas quem jamais pensou, exclamou Kysarcius, em deitar-se com a própria avó? —— O jovem cavalheiro, replicou Yorick, de quem fala Selden —[57] que não apenas pensou nisso como justificou tal intenção perante seu pai com o argumento tirado da lei da retaliação. —— "Deitaste, senhor, com a minha mãe", disse o rapaz — "por que não posso eu deitar com a vossa?" —— Esse é o *Argumentum commune*,[58] acrescentou Yorick. — É o melhor, replicou Eugenius, pegando seu chapéu, que merecem.

A companhia dissolveu-se. ——

## 30

— E por favor, disse o meu tio Toby, apoiando-se em Yorick, enquanto este e meu pai o ajudavam a descer a escada — mas não vos assusteis, senhora, esta conversação de escada não é tão longa quanto a última. — Mas por favor, Yorick, disse o tio Toby, de que maneira foi afinal resolvido por esses doutos senhores o triste caso de Tristram? Muito satisfatoriamente, replicou Yorick; nenhum mortal, senhor, tem nada a ver com ele — pois a sra. Shandy, a mãe, não é absolutamente sua parenta — e como a mãe é o lado mais seguro — o sr. Shandy, evidentemente, é ainda menos do que nada. — Em suma, é tão parente do menino, senhor, quanto eu —

* Vide Brook, Abridg. Tit. Administr. N. 47.

VOLUME IV                                389

— É muito possível, disse meu pai sacudindo a cabeça.

— Digam os doutos o que quiserem, deve certamente ter havido, observou meu tio Toby, algum tipo de consanguinidade entre a duquesa de Suffolk e o seu filho —

O vulgo é da mesma opinião, disse Yorick, até hoje.


## 31

Embora meu pai se tivesse deliciado enormemente com as sutilezas de tão doutos discursos — foram eles como unguento aplicado num osso quebrado. — No momento em que chegou a casa, o peso de suas aflições voltou-lhe ainda maior, como sempre acontece quando escorrega o bordão em que nos apoiávamos. — Ele se tornou meditativo — fazia frequentes passeios ao viveiro de peixes — deixou cair uma das fitas do chapéu[59] — suspirava amiúde — abstinha-se de respingar — e como as rápidas explosões de temperamento que ocasionam o respingar muito assistem a perspiração e a digestão, conforme nos adverte Hipócrates — ele teria certamente adoecido com a extinção delas não fosse seus pensamentos haverem sido criticamente desviados, e sua saúde salva, por uma nova série de preocupações que lhe foram legadas, juntamente com um milhar de libras, pela minha tia Dinah.

Mal havia meu pai lido a carta e já, tomando a coisa pelo lado certo, começou a dar tratos e trancos à bola com o problema de como gastar o legado para maior proveito da família. — Cento e cinquenta diferentes projetos tomaram-lhe conta dos miolos, alternadamente — ele iria fazer isto e aquilo e aquilo outro. — Iria a Roma — iniciaria demandas legais — compraria gado — compraria a granja de John Hobson — construiria uma nova fachada na sua casa e lhe acrescentaria uma outra ala para torná-la simétrica. — Havia uma bela roda-d'água deste lado do rio, e ele construiria um moinho de vento do outro lado, bem à vista, para fazer-lhe par. — Mas, antes e acima de tudo, poria cerca à volta de toda a charneca do Boi e mandaria meu irmão Bobby iniciar imediatamente suas viagens.

Mas como a soma era *finita*, e por conseguinte não poderia chegar para tudo — e, na verdade, só para muito poucos desses projetos chegaria, — de todos quantos lhe ocorreram na ocasião, os dois últimos parecem ter causado maior impressão; e ele infalivelmente decidiria levá-los ambos a cabo não fosse o pequeno inconveniente acima aludido, o qual o constrangeu de modo categórico a decidir-se em favor de um ou de outro.

Isso não era tão fácil assim de fazer; conquanto é certo que meu pai há muito se interessava grandemente por essa parte necessária da educação de meu irmão, e, homem prudente que era, tinha se decidido a pô-la em execução com o primeiro dinheiro que lhe rendesse a segunda emissão de ações do projeto Mississippi,[60] em que se aventurara — não é menos certo que a charneca do Boi, uma bela e grande servidão de pastagem, pertencente ao patrimônio dos Shandy, que ainda não fora drenada nem recebera melhoramentos, interessava-o também há muito. Fazia tempo que abrigava afetuosamente em seu coração o desejo de dar-lhe de igual modo alguma utilidade.

Como, até então, nunca se vira premido por semelhante conjuntura, de ter de decidir entre a prioridade ou justiça de cada um desses interesses, — sabiamente havia se abstido de proceder a qualquer exame crítico ou pormenorizado deles. Assim, dada a necessária rejeição de qualquer outro projeto em tal crise, —— os dois antigos projetos, o da Charneca do Boi e o do meu Irmão, tornaram a dividi-lo interiormente; a parada estava tão equilibrada para um como para outro, que se tornou motivo de uma disputa assaz acirrada na mente do idoso cavalheiro, — qual dos dois deveria ser posto primeiro em execução.

— Podem as pessoas rir o quanto quiserem —— mas esse era o caso.

VOLUME IV                                                                                           391

Fora sempre costume da família, e com o correr do tempo quase tornou uma questão de direito comum, o filho mais velho ter livre ingresso, egresso e regresso em países peregrinos antes de casar-se, — não apenas para o desfrute pessoal, por parte do peregrino, dos benefícios advindos do exercício e de tanta mudança de ar — como simplesmente para o mero deleite de sua imaginação, mercê da pena acrescentada ao seu gorro pelo fato de ter estado no estrangeiro — *tantum valet*, costumava meu pai dizer, *quantum sonat*.[61]

Ora, como esta era uma indulgência bastante razoável e ademais deveras cristã — privá-lo dela, sem motivo ou causa — e com isso torná-lo um exemplo, o primeiro Shandy a não rodar pela Europa numa carruagem de posta só porque o seu era um rapaz um tanto lerdo — seria tratá-lo de modo dez vezes pior do que o faria um turco.

Por outro lado, o caso da charneca do Boi era igualmente árduo.

Afora o dinheiro originariamente gasto na sua compra, oitocentas libras — custara ele à família mais oitocentas numa demanda judicial travada cerca de quinze anos atrás — isso para não falar em sabe Deus quantas inquietações e vexames.

A charneca estivera nas mãos da família Shandy desde os meados do século passado; e embora se estendesse a plena vista diante da casa, limitada num extremo pela roda-d'água e no outro pelo projetado moinho de vento de que acima se falou — e, por todas essas razões, parecia fazer jus, mais do que qualquer outra parte da propriedade, aos cuidados e proteção da família — não obstante isso, por inexplicável fatalidade, comum tanto aos homens quanto ao chão em que pisam, — ela havia ficado desde então vergonhosamente negligenciada; para dizer a verdade, sofrera tanto com o descaso que faria sangrar o coração de qualquer homem (dizia Obadiah) capaz de compreender o valor da terra, de percorrê-la e ver o estado em que se encontrava.

Todavia, como nem a aquisição desse pedaço de terra — nem, tampouco, sua localização eram, a bem dizer, da responsabilidade de meu pai — ele jamais se sentira pessoalmente comprometido no assunto — até quinze anos antes, quando o surgimento da maldita demanda judicial já mencionada (e que dizia respeito às suas fronteiras) — a qual, sendo inteiramente da responsabilidade de meu pai, naturalmente suscitou todos os argumentos em seu favor; somando-os todos, verificou ele estar obrigado a fazer alguma coisa, não apenas por uma questão de interesse, mas também de honra — e fazê-la sem perda de tempo.

Penso ter havido certamente boa dose de má sorte no fato de as razões em prol deste ou daquele lado estarem tão bem equilibradas entre si; ainda que meu pai as ponderasse nos mais diferentes humores e condições — passasse horas de ansiedade em profunda e absorta meditação acerca do que melhor conviria fazer — lesse livros de agricultura hoje — de viagem amanhã — deixasse de parte toda e qualquer paixão — pesasse os argumentos de ambos os lados sob todos os seus aspectos e circunstâncias —— conferenciasse diariamente com o meu tio Toby — argumentasse com Yorick e repassasse o caso da charneca do Boi com Obadiah — apesar de tudo isso, nada, em tempo algum, surgiu em favor deste projeto que não fosse, de modo igualmente enfático e estrito, aplicável ao outro, ou pelo menos contrabalançado por alguma consideração de idêntico peso, fazendo a balança manter-se em equilíbrio.

Em verdade, com a devida assistência e alguém para dela cuidar, a charneca do Boi ofereceria ao mundo, indubitavelmente, aspecto bem diverso do que ora exibia — entretanto, o mesmo se aplicava, ponto por ponto, ao meu irmão Bobby — dissesse Obadiah o que quisesse.

———

No que respeita a interesses — a disputa entre ambos os projetos não parecia assim tão indecisa, cumpre-me dizer; sempre que meu pai tomava de pena e tinta e se punha a

VOLUME IV 393

calcular os modestos gastos de carpir, queimar, cercar a charneca do Boi &c. &c. — com o lucro certo que lhe traria, em troca — este se revelara tão prodigioso nas contas de meu pai que juraríeis levar tudo de vencida a charneca do Boi. Pois estava claro que ele colheria quase duzentas toneladas de colza, à razão de quarenta libras cada no primeiro ano — isso sem falar na excelente colheita de trigo no ano seguinte — e, no subsequente, sem exagero, cem —— mas muito provavelmente cento e cinquenta — quando não duzentos quartos de ervilhas e feijões — além de batata à vontade. — Todavia, o pensamento de que, ao mesmo tempo, ele estava criando meu irmão feito um porco para comer tudo aquilo — torturava-lhe a cabeça e em geral deixava o idoso cavalheiro num tal estado de indecisão — que, como frequentemente confidenciava a meu tio Toby — ele não sabia absolutamente o que fazer.

Ninguém, salvo quem já a experimentou, pode imaginar que coisa desesperadora não é um homem ter a mente dividida entre dois projetos de igual força, cada um puxando obstinadamente em direção contrária à do outro e ao mesmo tempo. Isso para não falar, consequência inevitável, da devastação causada em todo o delicado sistema dos nervos que, como sabeis, transporta os espíritos animais e os sucos mais sutis do coração até a cabeça, e assim por diante. —— Não se pode dizer o grau com que tal caprichoso tipo de fricção atua sobre as partes mais grosseiras e mais sólidas do organismo, consumindo a gordura e debilitando o vigor de um homem cada vez que vai e volta.

Meu pai teria perecido ao peso desta desventura, tão certamente quanto no caso do meu NOME DE BATISMO — se não tivesse sido resgatado, como o fora naquele caso, por uma nova desventura — a morte do meu irmão Bobby.

O que é a vida de um homem! Pois não é rolar daqui para lá? — De infortúnio em infortúnio? —— Abotoar uma ca(u)sa de aflição! — e desabotoar outra!

32

A partir deste momento, devo ser considerado o herdeiro presuntivo da família Shandy — e é neste ponto que a história propriamente dita de minha VIDA e de minhas OPINIÕES principia; com toda a minha pressa e precipitação, não tenho feito mais do que limpar o terreno para erguer o edifício —— um edifício que, segundo antevejo, se há de demonstrar diferente de qualquer outro jamais planejado ou executado desde os tempos de Adão. Em menos de cinco minutos terei atirado minha pena ao fogo e a minúscula gota de tinta grossa que reste no fundo do meu tinteiro, logo a seguir. — Entrementes, tenho umas poucas coisas a fazer até então —— uma coisa a nomear — uma coisa a lamentar — uma coisa a esperar — uma coisa a prometer e uma coisa a ameaçar. — Tenho uma coisa a imaginar — uma coisa a declarar — uma coisa a esconder —— uma coisa a escolher e uma coisa por que rezar. — A este capítulo *chamarei*, portanto, o capítulo das COISAS — e o capítulo a ele subsequente, isto é, o primeiro capítulo do meu volume seguinte, se eu viver o bastante, será o capítulo dos BIGODES, a fim de manter algum tipo de nexo entre as minhas obras.

A coisa que lamento é terem as coisas se apinhado de tal modo sobre mim que não consegui chegar àquela parte de minha obra a que visei durante todo o caminho com tamanha ansiedade, qual seja a parte das campanhas e, mais especialmente, dos amores do tio Toby; os acontecimentos a eles respeitantes são de natureza tão singular e de cunho tão cervantino que se eu conseguir transmitir a outro cérebro as impressões que as ocorrências suscitam por si sós em meu próprio cérebro —— garanto que o livro abrirá caminho no mundo muito melhor do que nele abriu seu autor. —— Ó Tristram! Tristram! poderá jamais acontecer, uma vez que seja —— que o prestígio de que venhas a desfrutar como autor compense os muitos

infortúnios que te afligiram como homem? — Festejarás
o primeiro — quando tiveres perdido toda a sensação e
lembrança dos outros! ——

Não estranha eu estar tão inquieto por chegar a esses
amores. — Eles são o acepipe mais refinado de toda a
minha história! E quando eu chegar enfim a eles — asseguro-vos, boa gente, — (não me importam os estômagos
delicados aos quais possa desgostar) que não serei nada
cuidadoso na escolha das minhas palavras; —— e esta é
a coisa que tenho a *declarar.* — Não poder chegar-lhes
ao fim em apenas cinco minutos, eis o que receio; — e a
coisa que *espero* é que vossas reverendas senhorias não se
ofendam — se vos ofenderdes, podeis contar, minha boa
*gentry,* que no próximo ano eu vos darei algo com que
de fato vos ofenderdes —— assim o faz a minha querida
Jenny — mas quem seja a minha Jenny — e qual a extremidade certa e a extremidade errada de uma mulher, essa
é a coisa a ser *escondida* — ser-vos-á contada dois capítulos após o meu capítulo acerca de casas de botão — e em
nenhum outro capítulo anterior.

E agora que chegastes ao fim destes quatro volumes
—— a coisa que tenho a *perguntar* é, como estão vossas
cabeças? A minha dói horrivelmente — quanto às vossas
saúdes, sei que estão bem melhores. —— O verdadeiro
shandeísmo, pensai o que quiserdes contra ele, abre o coração e os pulmões e, como todas as afeições que par-
tilham da sua natureza, força o sangue e outros fluidos
vitais do corpo a fluir livremente pelos seus respectivos
canais e faz a roda da vida dar volta sobre volta, alegremente.

Fosse-me concedido, como a Sancho Pança, escolher
meu reino, ele não seria marítimo — nem seria um reino
de negros com que ganhar dinheiro; —— seria, isto sim,
um reino de súditos sempre a rir abertamente. E como as
paixões biliosas e mais saturninas, com criar perturbações
no sangue e nos humores, têm má influência, pelo que vejo,

tanto no corpo político quanto no corpo natural — e como só o hábito da virtude pode realmente governar tais paixões e submetê-la à razão — eu acrescentaria à minha prece — que Deus dê aos meus súditos a graça de serem tão SÁBIOS quanto são ALEGRES; então, eu seria o mais feliz dos monarcas e eles o mais feliz dos povos sob o céu. —

E assim, com esta moralidade, que espero possa agradar a vossas reverendas senhorias, despeço-me de vós até daqui a exatamente doze meses, quando (a menos que esta tosse ruim[62] me liquide nesse meio-tempo) terei outro puxão a dar às vossas barbas e desvendarei ao mundo uma história que sequer sonhais.

*FINIS*

# VOLUME V
## 1762

Dixero si quid fortè jocosius, hoc mihi juris
Cum venia dabis. ——— Hor.

— Si quis calumnietur levius esse quam decet theologum,
aut mordacius quam deceat Christianum — non Ego,
sed Democritus dixit. — Erasmus[1]

VOLUME 3
1799

Ao Ilustríssimo
JOHN
VISCONDE LORDE SPENCER[2]

MILORDE,

Humildemente vos peço permissão para oferecer-
-vos estes dois Volumes; são o melhor que o meu talento, a despeito da minha combalida saúde, poderia
produzir; — houvesse-me a providência concedido
maior provisão de um e outra, seria o presente muito
mais digno de vossa senhoria.

Rogo a vossa senhoria perdoar-me se, ao mesmo
tempo em que vos dedico esta obra, dedico-a também
a Lady SPENCER, tomando a liberdade de fazê-la honrar com o seu nome a história de *Le Fever*, no sexto
volume, pelo só motivo de que, segundo me informou
o coração, é uma história humana.

*Sou*
*Milorde,*
*De vossa senhoria*
*O mais devotado*
*E o mais humilde Servo.*

LAUR. STERNE

# I

Não fora por aqueles dois briosos rocins e o louco do postilhão que os guiou de Stilton a Stamford, jamais tal ideia me teria passado pela cabeça. Ele corria como um relâmpago —— havia um declive de três milhas e meia —— mal tocávamos o chão —— a velocidade era enorme — impetuosa —— comunicou-se-me ao cérebro — meu coração dela partilhou. —— "Pelo grande Deus do dia", disse eu, olhando para o sol e pondo o braço para fora, pela janela fronteira da sege, enquanto pronunciava o voto, "vou fechar a porta do meu gabinete de trabalho no momento em que chegar em casa e atirar a chave a noventa pés abaixo da superfície da terra, pelo poço nas traseiras de minha casa."

O coche de Londres confirmou-se em minha resolução: vacilava no alto da colina, progredindo a custo, arrastado — arrastado por oito *bestas vagarosas* —— "Pura força! — disse eu, assentindo com a cabeça — mas os vossos superiores passaram pelo mesmo caminho — que é um pouco o de todos! —— Que ótimo!"

Dizei-me, vós que sois doutos, iremos sempre cuidar tanto da *quantidade* — e tão pouco da *qualidade*?

Estaremos sempre a produzir novos livros, como os boticários produzem novas misturas, com apenas passar de um recipiente a outro?

Estaremos sempre a torcer e retorcer a mesma corda? Sempre na mesma trilha — sempre no mesmo passo?

Estaremos fadados, por todos os dias da eternidade, tanto os feriados quanto os de trabalho, a exibir as *relíquias do saber*, como exibem os monges as relíquias de seus santos — sem realizar um só — um único milagre com elas?

Quem fez o HOMEM com poderes que o arremessam da terra ao céu num momento — a maior, a melhor e a mais nobre criatura do mundo — o *milagre* da natureza, como em seu livro περὶ φύσεως Zoroastro[3] o chamou — o SHEKINAH da divina presença, como lhe chamou Crisóstomo[4] — a *imagem* de Deus, como lhe chamou Moisés — o *raio* da divindade, como lhe chamou Platão — a *maravilha das maravilhas*, como lhe chamou Aristóteles —— teria querido que avançasse agora às escondidas neste lamentável — mesquinho — insignificante passo?

Desdenho ser tão insultante quanto Horácio o foi ocasionalmente —— mas se não há nenhuma catacrese no desejo, e nenhum pecado nele, quereria com toda minha alma que todo imitador[5] da Grã-Bretanha, da França e da Irlanda apanhassem farcino[6] por castigo; e que houvesse um bom farcinocômio, grande o bastante para abrigá-los — sim — e purificá-los, *ralé de esfarrapados e rabões*,[7] homens e mulheres, a todos; e isto me leva à questão dos *Bigodes* —— por que encadeamento de ideias — é coisa que lego, *mort main*,[8] a Santarronas e Tartufos, para que com ela se divirtam o quanto possam.

## Sobre os bigodes

Arrependo-me de tê-la feito —— foi a promessa mais leviana que jamais entrou na cabeça de um homem. —— Um capítulo sobre bigodes! Ai! o mundo não o suportará —— trata-se de um mundo delicado — não sei de que têmpera

VOLUME V

403

foi feito — tampouco vi jamais o fragmento infra; de outra maneira, tão seguramente quanto narizes são narizes e bigodes, bigodes, ainda (diga o mundo o que disser em contrário), tão seguramente teria eu passado ao largo deste perigoso capítulo.

### O fragmento

\* \* \* \* \* \* \* \* \* \* \* \* \* \* \* \* \* \* \* \*
\* \* \* \* \* \* \* \* \* \* \* \* \* \* \* \* \* \* \*
\* \* \* \* \* —— Estais quase dormindo, minha boa senhora, disse o idoso cavalheiro apoderando-se da mão da velha dama e dando-lhe um ligeiro apertão, ao pronunciar a palavra *Bigodes* — vamos mudar de assunto? De maneira nenhuma, replicou a velha dama. — Gosto de ouvir-vos falar destes assuntos: assim, cobrindo a cabeça com um fino lenço de gaze, reclinando-se na poltrona com o rosto voltado para ele e esticando os dois pés ao reclinar-se — acrescentou ela: Desejo que prossigais.

O idoso cavalheiro continuou desta maneira: —— Bigodes! exclamou a rainha de Navarra,[9] deixando cair ao chão seu novelo de fio no instante em que La Fosseuse pronunciou a palavra —— Bigodes, senhora, disse La Fosseuse, prendendo o novelo com um alfinete ao avental da rainha e fazendo-lhe uma reverência.

A voz de La Fosseuse era por natureza suave e baixa, mas bem articulada: e cada letra da palavra *bigodes* chegou distintamente aos ouvidos da rainha de Navarra. — Bigodes! exclamou a rainha, dando grande ênfase à palavra, como se duvidasse dos seus próprios ouvidos. — Bigodes, replicou La Fosseuse, repetindo a palavra uma terceira vez. — Não há um só cavaleiro, senhora, da sua idade em Navarra, continuou a dama de honra, patrocinando os interesses do pajem perante a rainha, que tenha tão galante par — De quê? exclamou Margarida, sorrindo. —— De bigodes, disse La Fosseuse, com infinito recato.

A palavra bigodes manteve o seu prestígio e continuou a ser usada nas melhores companhias por todo o pequeno reino de Navarra, a despeito do uso indiscreto que dela fizera La Fosseuse: a verdade era que La Fosseuse a pronunciara não somente diante da rainha como em diversas outras ocasiões na corte, com uma entonação que implicava algo de misterioso. —— E como a corte de Margarida era, naquele tempo, uma mistura de galantaria e devoção, como toda a gente sabe —— e a palavra bigodes era aplicável a este ou àquele homem, manteve naturalmente a dita palavra o prestígio — ganhou tanto quanto perdera, vale dizer: o clero estava a favor dela — o laicato contra — e quanto às mulheres, —— *elas* se achavam divididas. ——

O mérito da figura e do porte do jovem sieur De Croix começava então a atrair a atenção das damas de honra para o terraço fronteiro à entrada do palácio, onde estava montada a guarda. A sra. De Baussiere apaixonou-se perdidamente por ele, — La Battarelle também — era a melhor quadra para isso que jamais houvera em Navarra — La Guyol, La Maronette, La Sabatiere tomaram-se por sua vez de amores pelo sieur De Croix — La Rebours e La Fosseuse estavam mais a par — De Croix malograra numa tentativa de impor-se a La Rebours; e La Rebours e La Fosseuse eram inseparáveis.

A rainha de Navarra achava-se sentada em companhia de suas damas junto à janela arcada, em cores, que defrontava a entrada do segundo pátio quando De Croix por lá passou. — Ele é formoso, disse a dama Baussiere. — Tem um belo porte, disse La Battarelle. — E um belo talhe, disse La Ruyol. — Nunca vi um oficial da guarda montada com pernas assim. — Ou que se conduzisse tão bem sobre elas, disse La Sabatiere. —— Mas ele não tem bigodes, exclamou La Fosseuse. — Nem um só pelo, disse La Rebours.

VOLUME V405

A rainha dirigiu-se para o seu oratório cogitando no assunto o tempo todo que levou a percorrer a galeria; deu voltas à imaginação. —— *Ave-Maria* + — o que quererá dizer La Fosseuse? perguntou-se ela, ajoelhando sobre o coxim.

La Guyol, La Battarelle, La Maronette, La Sabatiere retiraram-se imediatamente para os seus aposentos. — Bigodes! disseram as quatro ao aferrolhar as portas por dentro.

A dama Carnavallette corria as contas do seu rosário com ambas as mãos, por sob as anquinhas, sem que ninguém suspeitasse — nenhum santo lhe passou pelos dedos, desde santo Antônio até santa Úrsula, que não tivesse bigodes; são Francisco, são Domingos, são Bento, são Basílio, santa Brígida, todos tinham bigodes.

A dama Baussiere perdeu-se numa confusão conceitual quando se pôs a excogitar os meandros do texto de La Fosseuse. — Montou o seu palafrém, o pajem a acompanhou — a tropa passou por ela — a dama Baussiere continuou seu caminho.

Um dinheiro! gritou a ordem da mercê —[10] um único dinheiro, em prol de mil pacientes cativos cujos olhos estão voltados para o céu e para vós em busca de redenção.

— A dama Baussiere continuou seu caminho.

Apiedai-vos dos desditosos, disse um homem de cabelos encanecidos e de aparência devota, veneranda, erguendo humildemente uma caixa cingida por fitas de ferro nas suas mãos murchas. —— Peço para os desventurados — minha boa senhora, para uma prisão — para um hospital — para o ancião — para o infeliz arruinado por naufrágio, fiança ou incêndio. —— Chamo Deus e seus anjos por testemunhas — é para vestir os nus — para dar de comer aos famintos — para confortar os enfermos e os desesperados.

— A dama Baussiere continuou seu caminho.

Um parente empobrecido fez-lhe uma reverência, inclinando-se até o chão.

— A dama Baussiere continuou seu caminho.

Ele se pôs a correr, implorante e de cabeça nua,[11] ao lado seu palafrém, conjurando-a, em nome dos antigos laços de amizade, parentesco, consanguinidade &c. — Primo, tia, irmã, mãe — por amor da virtude, pelo amor de vós mesma, de mim, de Cristo, lembrai-vos de mim — apiedai-vos de mim.

— A dama Baussiere continuou seu caminho.

Cuida dos meus bigodes, disse a dama Baussiere. —— O pajem tomou-lhe conta do palafrém. Ela desmontou na extremidade do terraço.

Há certas associações de ideias que deixam traços de si à volta de nossos olhos e sobrancelhas; e há uma certa consciência delas, algures no coração, que serve para tornar ainda mais carregados esses traços — nós os vemos, soletramos e interpretamos sem necessidade de dicionário.

Ha, ha! he, he! exclamaram La Guyol e La Sabatiere, olhando com atenção cada qual os traços da outra. —— Ho, ho! exclamaram La Battarelle e La Maronette, fazendo o mesmo, — Caluda! exclamou uma, — psiu, psiu, — disse uma segunda, —— silêncio, fez uma terceira —— ora, ora, replicou uma quarta — graças! exclamou a dama Carnavallette; — fora ela quem embigodara santa Brígida.

La Fosseuse tirou o alfinete do topete de sua cabeleira e, após traçar com a sua ponta rombuda um bigodinho num dos lados do lábio superior, entregou-o na mão de La Rebours, que sacudiu a cabeça.

A dama Baussiere tossiu três vezes dentro do seu regalo. — La Guyol sorriu. — Fiu, disse a dama Baussiere. A rainha de Navarra tocou o olho com a ponta do indicador — como que a dizer, eu vos compreendo a todas.

Tornara-se claro, para toda a corte, que a palavra estava arruinada. La Fosseuse a ferira mortalmente e a passagem por todas essas profanações não a restaurara. —— Resistiu debilmente, contudo, por alguns meses, ao fim dos quais o sieur De Croix achou ser mais do que tempo de deixar Navarra por falta de bigodes — e a palavra tornou-

-se indecente, claro está, e (após alguns vãos esforços) de uso absolutamente impróprio.

A melhor das palavras, na melhor das línguas do melhor dos mundos, teria sofrido deveras em tais combinações. — O cura d'Estella[12] escreveu um livro contra elas, expondo o perigo das associações de ideias e advertindo os navarrenses a este respeito.

Pois não sabe toda a gente, disse o cura d'Estella na conclusão de sua obra, que os Narizes tiveram o mesmo destino, séculos atrás,[13] na maior parte dos países da Europa, que ora tiveram os bigodes no reino de Navarra? — O mal não se alastrou, em verdade, para além dele, — mas não se viram os leitos e almofadões e gorros de dormir e urinóis a um passo da destruição, desde então? E não se acham em perigo ainda, por causa da mesma associação, calções e aberturas de saias e alavancas de bombas — e batoques e torneiras? — A castidade, por natureza a mais dócil de todas as afeições — solte-se-lhe um pouco a rédea — e ei-la convertida num leão rampante e rugidor.

O sentido do argumento do cura d'Estella não foi entendido. — Seguiram-lhe a pista pelo lado errado. — O mundo enfreou seu asno pelo rabo. — E quando os extremos da DELICADEZA e os primórdios da CONCUPISCÊNCIA celebrarem seu próximo capítulo provincial, talvez venham a decretar que isso é também obsceno.

2

Quando recebeu a carta que lhe fazia o triste relato da morte do meu irmão Bobby, meu pai se atarefava em calcular as despesas da viagem, em posta, de Calais a Paris, e dali a Lyon.

Foi uma jornada muito pouco auspiciosa; meu pai tivera de percorrer novamente, passo a passo, todo o trajeto, e refazer os seus cálculos, quando já havia chegado quase ao fim deles, por culpa de Obadiah, que abriu a porta para anunciar-lhe que a casa estava sem fermento — e perguntar-lhe se ele, Obadiah, não poderia montar de manhã o grande cavalo de tiro para sair à procura de algum. — Claro que sim, Obadiah, disse meu pai (prosseguindo em sua jornada) — pega o cavalo de tiro e vai-te em paz. — Mas falta-lhe uma ferradura, pobre animal! disse Obadiah. — Pobre animal! repetiu meu tio Toby, fazendo vibrar de novo a mesma nota, como uma corda em uníssono. Pega então o cavalo escocês, disse meu pai às pressas. — Não aguenta uma cela no lombo, disse Obadiah, por coisa alguma deste mundo. —— Esse cavalo está com o diabo; leva então PATRIOTA, exclamou meu pai, e fecha a porta. —— PATRIOTA foi vendido, disse Obadiah. — O quê? exclamou meu pai, fazendo uma pausa e fitando o rosto do tio Toby, como se a coisa não fosse verdade. — Vossa senhoria ordenou-me que o vendesse em abril passado, disse Obadiah. — Vai então a pé, exclamou meu pai. — Antes mesmo ir a pé do que a cavalo, disse Obadiah, cerrando a porta.

Que amolação! exclamou meu pai, continuando com os seus cálculos. — As águas transbordaram, informou Obadiah, — abrindo de novo a porta.

Até aquele momento, meu pai, que tinha abertos diante de si um mapa de Sanson[14] e um livro de caminhos de posta, conservara a mão sobre a cabeça do seu compasso, uma de cujas pernas estava fixa em Nevers, o último estágio por que havia pagado —[15] de onde pretendia levar avante a sua jornada e os seus cálculos assim que Obadiah deixasse o aposento; todavia, este segundo ataque de Obadiah, que abriu a porta e inundou toda a região, era demais. — Largou ele o compasso — ou antes, com um movimento misto, a meio caminho entre o acidente e a ira, atirou-o sobre a mesa; desde então, não lhe restava outra alternativa senão regressar a Calais, (como tantos outros) tão bem informado como quando de lá partira.

VOLUME V 409

Quando foi trazida até a sala de visitas a carta que continha as notícias acerca da morte de meu irmão, meu pai já avançara na sua jornada até um salto de compasso antes da mesma estação de Nevers. — Com a vossa permissão, monsieur Sanson, exclamou meu pai, cravando a ponta do compasso em Nevers, — e fazendo um aceno de cabeça ao meu tio Toby, que visse o que dizia a carta; — é demasiado para um cavalheiro inglês e seu filho, monsieur Sanson, serem impedidos de entrar, duas vezes a mesma noite, numa cidade tão ordinária quanto Nevers. — Não te parece, Toby? acrescentou meu pai em tom lépido. — A menos que se trate de uma cidade com guarnição, disse o tio Toby, — porque então — Não deixarei nunca de ser tolo enquanto viver, murmurou meu pai consigo, sorrindo. — Depois, fazendo um segundo aceno de cabeça, — mantendo o compasso fixo em Nevers com uma das mãos e com a outra segurando o livro dos caminhos de posta — meio a calcular, meio a ouvir, inclinou-se sobre a mesa, nela apoiando ambos os cotovelos, enquanto o meu tio Toby percorria, trauteando, o conteúdo da carta.

— — — — — —

— — — — — — — —

— — — — — —

— — — — — — ele se foi! exclamou meu tio Toby. — Para onde? — Quem? exclamou meu pai. — Meu sobrinho, disse o tio Toby. —— O quê? — sem permissão — sem dinheiro —— sem preceptor? gritou meu pai, atônito. Não: — ele está morto, querido irmão, disse meu tio Toby. — Sem estar doente? tornou a gritar meu pai. — Eu diria que não, respondeu meu tio Toby em voz baixa e arrancando um longo suspiro do fundo do coração; tem estado bastante doente, o pobre rapaz! Responderei por ele — pois está morto.

Quando Agripina[16] foi informada da morte do filho, conta-nos Tácito, não conseguindo ela conter a violência de seus sentimentos, interrompeu abruptamente o trabalho. — Meu pai enfiou a ponta do compasso em Nevers, mas não com maior precipitação. — Quantas contrariedades! O dele era, de fato, um problema de cálculo. — O de Agripina deve ter sido de outra natureza; se não, quem ousaria raciocinar a partir da história?

De como meu pai prosseguiu é coisa que, na minha opinião, merece um capítulo à parte. —

### 3

———— ———— E um capítulo à parte terá, e um capítulo dos diabos, também —— portanto, cuidai-vos.

Foi ou Platão, ou Plutarco, ou Sêneca, ou Xenofonte, ou Epicteto, ou Teofrasto, ou Luciano — ou algum outro autor de data posterior — Cardan, ou Budaeus, ou Petrarca, ou Stella — ou talvez tenha sido algum teólogo ou pai da Igreja, santo Agostinho, ou são Cipriano, ou Bernardo, quem afirmou que chorar pela perda de nossos amigos ou filhos é uma paixão natural e irresistível — e Sêneca (estou certo disto) diz-nos algures que tais pesares são mais bem evacuados por esse canal específico. — Assim, verificamos que Davi chorou pelo seu filho Absalão — Adriano pelo seu Antínoo — Níobe por seus filhos, e que tanto Apolodoro como Critão choraram por Sócrates[17] antes da morte dele.

Meu pai avinha-se com seus pesares de outra maneira; e, em verdade, diferentemente da maioria dos homens, antigos ou modernos; pois nem os purgou pelo pranto, como os hebreus e os romanos — nem os purgou pelo sono, como os lapões — nem os enforcou, como os ingleses, e nem os afogou, como os alemães; — não os amaldiçoou nem tampouco os condenou, excomungou, rimou ou lillabullerou. ——

—— Não obstante, livrou-se deles.

Consentirão vossas senhorias que eu introduza uma história entre estas duas páginas?

VOLUME V                                                411

Quando a Túlio[18] foi arrebatada sua querida filha Túlia, ele tomou o revés a peito, inicialmente, — ouviu a voz
da natureza e modulou a sua própria de conformidade
com ela. —— Ó minha Túlia! Minha filha! Minha criança! — e outra vez, e ainda, e sempre, —— Ó minha Túlia!
—— Minha Túlia! Parece-me ver minha Túlia, ouvir minha Túlia, falar com minha Túlia. — Mas tão logo se pôs
a considerar os recursos da filosofia e a ver quantas coisas
sublimes poderiam ser ditas naquela ocasião — ninguém
sobre a face da terra poderá conceber, diz o grande orador, o quanto isso me fez feliz e ditoso.

Meu pai ufanava-se tanto de sua eloquência quanto
Marco Túlio Cícero da dele e nada até agora me convenceu de que não tinha boas razões para isso: era a sua
força — e a sua fraqueza também. —— Força — porque
ele era eloquente por natureza, — e fraqueza — porque
continuamente ela o fazia sua vítima; tudo quanto queria
da vida era uma ocasião que lhe permitisse exibir os seus
talentos, dizer uma coisa sábia ou engenhosa ou aguda —
(excetuado o caso de um infortúnio sistemático). — Uma
bênção que lhe freasse a língua e um infortúnio que a sol-
tasse de bom grado equivaliam-se: às vezes, em verdade, o
infortúnio levava a melhor; por exemplo, valesse o prazer
da arenga *dez*, e a dor do infortúnio apenas *cinco* — meu
pai considerava as contas saldas e por conseguinte saía-se
como se nada lhe tivesse acontecido.

Esta é a chave para deslindar aquilo que, de outro modo, pareceria uma grande incoerência no comportamento doméstico de meu pai; refiro-me ao fato de que, nas
provocações devidas a descasos e erros dos criados ou a
quaisquer outros contratempos inevitáveis numa família,
sua irritação, ou melhor, a duração dela, contrariava sistematicamente todas as conjecturas.

Meu pai tinha uma eguinha favorita, que resolvera cruzar com um belíssimo cavalo árabe para ter um potro que
pudesse tornar-se sua montaria; como era confiante em

todos os seus projetos, falava do potro todo dia, com a mais absoluta das confianças, como se ele já tivesse sido criado, domado, — e estivesse agora enfreado e selado diante da porta da casa, pronto para ser montado. Devido a alguma negligência de Obadiah, aconteceu de as expectativas de meu pai resultarem em apenas uma mula, das mais feias jamais geradas.

Minha mãe e meu tio Toby esperavam que meu pai fosse matar Obadiah — e que a calamidade jamais tivesse fim. —— Vê aí, patife, gritou meu pai, apontando para a mula, vê o que fizeste! — Não fui eu, disse Obadiah. — Como é que vou saber? replicou meu pai.

O triunfo lhe brilhou nos olhos a esse dito vivaz e espirituoso — o sal ático fez água neles — e Obadiah nunca mais teve de ouvir falar no assunto.

Voltemos agora à morte de meu irmão.

A filosofia dispõe de um bom dito para cada acontecimento. — Para a *Morte*, conta com uma coleção completa; o mau foi que todos acorreram ao mesmo tempo à mente de meu pai, tornando-lhe difícil encadeá-los entre si de modo coerente. — Ele os acolheu como lhe vieram.

"É uma eventualidade inevitável — o primeiro estatuto da Magna Carta — uma ata sempiterna do parlamento, meu querido irmão, — *Que todos tenhamos de morrer*.

"Seria surpreendente que meu filho não pudesse morrer, — não que ele tenha morrido."

"Monarcas e príncipes dançam conosco no mesmo picadeiro."

"— *Morrer* é a grande dívida e tributo que temos de pagar à natureza: tumbas e monumentos, que irão perpetuar nossa lembrança, o pagam; e a mais orgulhosa de todas as pirâmides erigidas pela riqueza e pela ciência perdeu seu vértice e aparece truncada no horizonte do peregrino." (Meu pai, verificando experimentar com isso grande alívio, prosseguiu) — "Pois reinos e províncias,

VOLUME V                                                    413

vilas e cidades, não têm todos os seus ciclos? E quando aqueles princípios e poderes que de início os cimentaram e unificaram chegam ao fim de suas várias evoluções, então perecem. — Irmão Shandy, disse meu tio Toby, tirando o cachimbo da boca ao ouvir a palavra *evoluções*. — Eu quis dizer revoluções, corrigiu-se meu pai. — Pelos céus! Eu quis dizer revoluções, irmão Toby — evoluções é disparate. — Não é disparate, — disse o tio Toby. —— Pois não é disparate interromper o fio de um discurso tal numa situação que tal? exclamou meu pai. — Não me — querido Toby — continuou ele, tomando-lhe a mão, — não me — não me interrompas, peço-te, nesta crise. — Meu tio Toby tornou a pôr o cachimbo na boca.

"Onde estão Troia e Micenas e Tebas e Delos e Persépolis e Agrigento?" — continuou meu pai, erguendo na mão o livro de caminhos de posta que deixara sobre a mesa, — "Que foi feito, irmão Toby, de Nínive e de Babilônia, de Cízico e Mitilene? As mais belas cidades que o sol já iluminou não existem mais; só restaram os seus nomes, e mesmo estes (pois muitos deles são escritos erradamente) vão se desfazendo aos poucos e ao cabo de certo tempo estarão esquecidos e amortalhados, com todas as demais coisas, na noite eterna: o próprio mundo, irmão Toby, deve — deve ter um fim.

"No meu regresso da Ásia, velejando de Egina para Megara" (*quando poderá ter sido isso? pensou consigo o tio Toby*) "pus-me a olhar a região em torno. Egina ficara para trás, Megara estava à frente, o Pireu à direita, Corinto à esquerda. — Quantas prósperas cidades hoje aluídas! Ai de nós! disse eu comigo, o homem ter de afligir a sua alma pela perda de uma filha, quando tantas cidades como estas jazem sepultas diante dele. —— Lembra, disse a mim mesmo, — lembra que és um homem." —

Ora, o meu tio Toby não sabia que este último parágrafo era uma citação da carta de consolo escrita por Sérvio Sulpício[19] a Túlio. — Ele era, pobre homem, tão pouco versado nos fragmentos quanto nas obras inteiras da Antiguidade. — E como meu pai, enquanto se ocupava com os seus negócios na Turquia, havia estado três ou quatro vezes no Levante, uma das quais passara cerca de ano e meio em Zante,[20] o tio Toby naturalmente concluiu que, em alguma dessas ocasiões, havia ele atravessado o arquipélago para ir à Ásia e que toda essa coisa de velejar com Egina atrás e Megara à frente e o Pireu à direita &c. &c. nada mais era senão o próprio trajeto da viagem e das reflexões de meu pai. — Era algo bem no seu *estilo* e mais de um crítico esforçado teria construído outros dois andares sobre piores alicerces. — Diz-me, irmão, pediu o meu tio Toby encostando a ponta do cachimbo na mão de meu pai numa interrupção amigável — mas esperando até que ele terminasse a sua narrativa — em que ano do Senhor foi isso? — Não foi em nenhum ano do Senhor, replicou meu pai. — Isso é impossível, exclamou o tio Toby. — Que simplório!, disse meu pai, foi quarenta anos antes do nascimento de Cristo.

Restavam a meu tio Toby apenas duas conjecturas: ou supor que seu irmão fosse o Judeu Errante[21] ou que seus infortúnios lhe houvessem perturbado os miolos. — "Que Deus Nosso Senhor do céu e da terra o proteja e lhe restitua o juízo", disse o tio Toby, orando silenciosamente por meu pai, com lágrimas nos olhos.

— Meu pai creditou as lágrimas na conta apropriada e continuou a sua arenga com ainda maior entusiasmo.

"Não há tanta diferença entre o bem e o mal, irmão Toby, quanto o mundo imagina" —— (esta maneira de resolver as coisas, diga-se de passagem, dificilmente poderia dar fim às suspeitas de meu tio Toby.) — "Trabalhos, pesares, aflição, doença, indigência e pranto são o molho da vida." — Grande bem hão de fazer — disse o tio Toby consigo. ——

"Meu filho está morto! — tanto melhor; — é um opróbrio ter só uma âncora em semelhante tempestade."

VOLUME V 415

"Mas deixou-nos para sempre! — que assim seja. Fugiu às mãos do barbeiro antes de estar calvo — levantou-se da mesa do festim antes de empanturrar-se — retirou-se do banquete antes de embebedar-se."

"Os trácios choravam quando nascia uma criança", — (e estivemos muito perto disso, lembrou meu tio Toby) — "festejavam e alegravam-se quando um homem deixava este mundo, e com razão. — A morte abre as portas da fama e fecha as da inveja após si, — rompe as cadeias do cativo e põe em outras mãos a tarefa do escravo."

"Mostrai-me um homem que saiba o que seja a vida e tema a morte, e eu vos mostrarei um prisioneiro temeroso de sua liberdade."

Pois não é melhor, irmão Toby, (pois vê — nossos apetites não passam de doenças) — pois não é melhor não sentir fome alguma do que comer? — não sentir sede do que ter de tomar remédios para curá-la?

Não é melhor ficar livre de cuidados e sezões, de amor e melancolia, e de todos os outros males da vida, frios ou quentes, do que ser como o viajante exausto que chega finalmente à hospedaria para se ver obrigado, no dia seguinte, a recomeçar a jornada?

Não há terror, irmão Toby, na face da morte, a não ser o que gemidos e convulsões lhe emprestam — e o assoar de narizes e o enxugar de lágrimas com a ponta das cortinas no quarto de um moribundo. — Despe-a disso, o que sobra? — É melhor morrer em batalha que na cama, disse o meu tio Toby. — Tira-lhe os catafalcos, as carpideiras e os lutos, — as plumas, as lápides e outros artifícios — o que resta? — *Melhor morrer em batalha!* continuou meu pai, sorrindo, porque havia totalmente esquecido o meu irmão Bobby — não é terrível de maneira alguma — pois pensa, irmão Toby, — quando nós *existimos* — a morte *não* existe — e quando *existe* morte — nós *não* existimos. Meu tio Toby tirou o cachimbo da boca para considerar o argumento; a eloquência de meu pai era rápida demais para esperar por quem quer que fosse, — lá se foi ela, — arrastando consigo, à pressa, as ideias do tio Toby. ——

Por essa razão, continuou meu pai, vale a pena lembrar quão pouca alteração a aproximação da morte causou nos grandes homens. — Vespasiano morreu sentado na privada com um gracejo — Galba com uma sentença — Sétimo Severo despachando — Tibério dissimulando e César Augusto cumprimentando.[22] — Espero que o cumprimento tenha sido sincero — disse o tio Toby.

— Era dirigido à mulher dele, — explicou meu pai.

#### 4

—— E por fim — pois, entre todas as primorosas anedotas que a história pode oferecer neste particular, continuou meu pai, — esta, como dourada cúpula a coroar um edifício, — ultrapassa todas as demais. —

Diz respeito a Cornélio Galo, o pretor — anedota que me atrevo a dizer já teres lido, irmão Toby. — E eu me atrevo a dizer que não, replicou meu tio. — Ele morreu, disse meu pai,

\* \* \* \* \* \* \* \* \* \* \* \* \* \* \* \* \*

—[23] Mas se foi com a própria esposa, disse meu tio Toby — não poderia haver nenhum mal. — Isso ultrapassa os meus conhecimentos — replicou meu pai.

#### 5

Minha mãe caminhava cautelosamente pelo corredor escuro que leva à sala de visitas quando ouviu o tio Toby pronunciar a palavra *esposa*. — O som da palavra era, por si só, penetrante, e Obadiah o ajudara deixando a porta entreaberta, pelo que minha mãe ouviu o bastante para imaginar fosse ela própria o assunto da conversa:

VOLUME V 417

colocando o dedo atravessado entre os lábios — contendo a respiração e inclinando um pouco a cabeça, com o pescoço torcido — (não em direção da porta, mas de lado, para que o ouvido ficasse diante da fresta) — ela escutou com toda a atenção; —— a escrava a ouvir, com a Deusa do Silêncio atrás de si, não poderia oferecer melhor motivo para uma gravura.

É nessa atitude que pretendo deixá-la por uns cinco minutos, até que eu possa atualizar os assuntos da cozinha (tal como Rapin se aveio com os da Igreja)[24] até o mesmo ponto.

6

Embora, em certo sentido, nossa família fosse sem dúvida alguma uma máquina simples, consistente de umas poucas rodas, ainda assim haveria muito que dizer a respeito, pois tais rodas eram postas em movimento por tantas e tão diferentes molas, e atuavam uma sobre a outra de acordo com princípios e impulsos tão variados, —— que, conquanto se tratasse de uma máquina simples, tinha todas as honras e vantagens de uma máquina complexa —— e tantos movimentos extraordinários em seu interior quanto os que se podem ver dentro de uma fábrica holandesa de sedas.

Entre eles, havia um de que vou falar a seguir, em que a nossa família não era talvez tão singular quanto nos demais; e era o de, qualquer que fosse a moção, debate, arenga, diálogo, projeto ou dissertação em curso na sala de visitas, haver em geral um outro, ao mesmo tempo e acerca do mesmo assunto, ocorrendo paralelamente na cozinha.

Bem, para que isso pudesse acontecer, sempre que alguma mensagem ou carta fora do comum era entregue na sala de visitas — ou uma conversação era interrompida até um criado retirar-se — ou sinais de desgosto pudessem ser observados no rosto de meu pai ou de minha mãe

— ou, em suma, quando se supunha estar em discussão algo que valesse a pena saber ou escutar, era norma deixar a porta não de todo fechada, mas ligeiramente aberta — como agora, — o que, a pretexto de uma dobradiça defeituosa, (razão, entre muitas, de esta jamais ser consertada) não era coisa difícil de conseguir; assim, em todos os casos como esse, uma passagem ficava geralmente aberta, não tão larga, certo, quanto os Dardanelos, mas larga o bastante para tanto tráfego de barlavento quanto fosse o suficiente para poupar a meu pai o trabalho de dirigir a casa; — minha mãe, neste momento, tira proveito disso. — Obadiah fez o mesmo, tão logo deixara sobre a mesa a carta com a notícia da morte de meu irmão, pelo que, antes mesmo de meu pai recobrar-se da surpresa e iniciar sua arenga,— já Trim se pusera de pé para exprimir seus sentimentos acerca do assunto.

Um observador curioso da natureza, fosse ele dono de todo o rebanho de Jó — embora, diga-se de passagem, *vossos observadores curiosos raras vezes valem um cruzado* — teria dado a metade dele para ter ouvido o cabo Trim e meu pai, dois oradores tão diversos um do outro por natureza e por educação, arengando sobre o mesmo túmulo.

Meu pai, homem de muitas leituras — memória expedita — com Catão, e Sêneca, e Epicteto na ponta dos dedos. —

O cabo — sem nada — a recordar — sem outras leituras que não fosse a sua lista de chamada — e sem maiores nomes na ponta dos dedos que não o mesmo número deles.

Um progredindo de período em período, por via de metáfora e alusão, e esporeando a fantasia à medida que avançava, (como os homens de engenho e de imaginação costumam fazer) pelo gosto e prazer proporcionado por suas imagens e figuras.

O outro, sem engenho nem antítese, sem agudezas nem giros nesta ou naquela direção, mas deixando de um lado as imagens e de outro as figuras, a avançar em linha reta,

VOLUME V 419

guiado pela natureza, até o coração. Ó Trim! prouvera
aos céus tivesses melhor historiador! — Prouvera! — teu
historiador tivesse um melhor par de calções! —— Vós,
críticos, será que nada é capaz de vos comover?

7

—— Nosso patrãozinho morreu em Londres! disse
Obadiah. — Um roupão de cetim verde, de minha mãe,
que já tivera de ser lavado duas vezes, foi a primeira ideia
que a exclamação de Obadiah trouxe à mente de Susannah. — Bem poderia Locke ter escrito um capítulo acerca
das imperfeições das palavras. — Então, disse Susannah,
deveremos todos pôr luto. — Mas atenção, mais uma vez:
a palavra *luto*, não obstante a própria Susannah tê-la usado — malogrou de novo no cumprimento de seu papel;
não suscitou nenhuma ideia de cor negra ou sequer cin-
zenta, — tudo continuava verde. —— O roupão de cetim
verde ali continuava dependurado.

— Oh! isso causará a morte de minha pobre ama, exclamou Susannah. — Desfilou a seguir todo o guarda-
-roupa de minha mãe. — Que procissão! Seu damasco
vermelho, — seu laranja-acastanhado, — suas lustrinas
brancas e amarelas, — seu tafetá marrom, — suas toucas
de renda, seus roupões e suas confortáveis anáguas. —
Não sobrou sequer um trapo. — "*Não*, — não voltará a
erguer a cabeça", disse Susannah.

Tínhamos uma lavadora de pratos, gorda, meio parva
— creio que meu pai a conservava por causa da sua parvoí-
ce; — passara o outono inteiro às voltas com uma hidropi-
sia. — Ele está morto! disse Obadiah, — certamente está
morto! — Mas eu não, disse a parva lavadora de pratos.

—— Eis a triste nova, Trim! exclamou Susannah, enxugando os olhos quando Trim entrou na cozinha, — o
patrãozinho Bobby está morto e *enterrado*; — o funeral

fora uma interpolação de Susannah; — teremos todos de pôr luto, disse ela.

Espero que não, respondeu Trim. — Esperas que não! exclamou ela em tom severo. — O luto não subira à cabeça de Trim, ao contrário do que acontecera a Susannah. — Espero — disse Trim, explicando-se, espero em Deus que a notícia não seja verdadeira. Ouvi com meus próprios ouvidos a leitura da carta, respondeu Obadiah; e vamos ter trabalho duro destocando a charneca do Boi. — Ó! ele está morto, disse Susannah. — Tão certo quanto estou viva, retorquiu a lavadora de pratos.

Lamento-o de coração, com toda a minha alma, disse Trim, soltando um suspiro. — Pobre criatura! — Pobre rapaz! Pobre cavalheiro!

— Ele ainda estava vivo na última festa de Pentecostes, disse o cocheiro. — Ai, a festa de Pentecostes! exclamou Trim, esticando o braço direito e assumindo de imediato a mesma atitude com que lera o sermão. — O que é Pentecostes, Jonathan, (pois esse era o nome do cocheiro), ou Carnaval, ou qualquer outra festa ou solenidade comparada com isto? Neste momento, estamos aqui, prosseguiu o cabo (batendo com a ponta do seu bastão no solo, para dar uma ideia de saúde e estabilidade) — e um momento depois! — (deixando cair o chapéu ao chão) já não estamos, desaparecemos! — O efeito foi comovente! Susannah rompeu em lágrimas. — Não somos pedras e paus. — Jonathan, Obadiah, a cozinheira, todos se emocionaram. — Mesmo a parva e gorda lavadora de pratos, que então esfregava uma assadeira de peixe sobre seus joelhos, saiu do torpor. — A cozinha toda apinhou-se em torno do cabo.

Bem, como claramente percebo que a preservação de nossa constituição, tanto na Igreja como no Estado, — e até mesmo, possivelmente, a preservação do próprio mundo, — ou, o que dá no mesmo, a distribuição e o equilíbrio de suas propriedades e poderes poderão, em tempos vindouros, vir a depender grandemente da justa com-

VOLUME V                                                    421

preensão deste arroubo de eloquência do cabo — rogo a vossa atenção; — reverendas senhorias, por dez páginas a fio, escolhei-as onde quiserdes, em qualquer outra parte da obra, podereis dormir como vos aprouver.

Eu disse que "não somos pedras e paus" — e isso está muito bem. Deveria ter acrescentado: tampouco somos anjos, como quisera que fôssemos; — somos apenas homens revestidos de corpos e governados por nossa imaginação; — e que banquete não celebra ela com os nossos sentidos, especialmente com alguns deles: envergonho-me de confessá-lo, no que a mim diz respeito. Basta que se afirme que, de todos os sentidos, o olho (pois nego absolutamente o tato, embora a maioria dos vossos Barbati,[25] pelo que sei, estão a seu favor) é quem tem mais pronto comércio com a alma; — dá-lhe golpes mais vivos e deixa, na fantasia, algo mais inefável do que aquilo que as palavras alcançam transmitir — ou por vezes descartar.

— Desviei-me um pouco — não importa, é bom para a saúde — mas voltemos nossa atenção para a mortalidade do chapéu de Trim. — "Neste momento, estamos aqui, — e um momento depois, já não estamos, desaparecemos." — Não havia nada de mais na sentença — era uma dessas vossas verdades óbvias que escutamos todos os dias; e se Trim não tivesse confiado mais no seu chapéu do que na sua cabeça — ele não teria conseguido coisa alguma.

——— "Neste momento, estamos aqui", — continuou o cabo, — "e um momento depois já não estamos" — (soltando o chapéu verticalmente para o chão — e fazendo uma pausa antes de pronunciar a palavra) —, "desaparecemos." A queda do chapéu foi como se uma pesada bolota de argila lhe tombasse sobre a copa. ——— Nada poderia ter expressado melhor o sentimento de mortalidade do qual era emblema e presságio; — a mão de Trim parecia ter se esvanecido sob ele, — que despencou em queda mortal, — os olhos do cabo nele fitos, como num cadáver, — e Susannah rompendo num dilúvio de lágrimas.

Ora — há dez mil, e dez mil vezes dez mil (pois matéria e movimento são infinitos) maneiras de um chapéu ser deixado cair ao solo sem causar qualquer efeito. —— Tivesse-o o cabo atirado, ou lançado, ou feito voar, ou ejetado, ou escorregado ou derrubado em qualquer direção imaginável e possível, — ou na melhor direção que lhe pudesse dar; — houvesse-o soltado como um ganso — como um cachorrinho — como um asno — ou, ao fazê--lo, ou mesmo após tê-lo feito, tivesse parecido um idiota, — um toleirão —, o chapéu falharia, perdendo-se o seu efeito sobre os corações dos presentes.

Vós que governais este vasto mundo e seus vastos negócios com as *máquinas* da eloquência, — que o aqueceis, e esfriais, e derreteis, e modificais, —— e depois novamente o endureceis segundo *vossos propósitos* ——

Vós que o torceis e retorceis com esse grande molinete, — e, tendo-o feito, conduzis os seus proprietários aonde julgais conveniente —

Vós, finalmente, que guiais — e, por que não, vós também que sois guiados como perus ao mercado com o auxílio de uma vara e um trapo vermelho — meditai — meditai, rogo-vos, sobre o chapéu de Trim.

8

Espera —— tenho uma pequena conta a acertar com o leitor antes de Trim poder continuar a sua arenga. — Eu a acertarei nuns minutos.

Entre outras muitas dívidas livrescas, que saldarei sem exceção no devido momento, — declaro-me devedor ao mundo de duas coisas, — um capítulo sobre *criadas de quarto* e outro sobre *casas de botão*, que numa parte anterior de minha obra prometi e que pretendo saldar totalmente este ano; porém, como algumas de vossas reverendas senhorias me dizem que os dois assuntos, especialmente

VOLUME V                                                        423

quando assim tão de perto correlacionados, poderiam pôr
em perigo a moral do mundo, — rogo me sejam perdoados
os capítulos sobre criadas de quarto e casas de botão — e
que, no lugar deles, seja aceito o último capítulo, que não
é mais, permitam-me vossas senhorias, do que um capítulo sobre *criadas de quarto, roupões verdes e chapéus velhos.*[26]

Trim apanhou o seu do chão, — pô-lo na cabeça, — e
prosseguiu então seu discurso sobre a morte da seguinte
maneira e forma.


                              9


—— Para nós, Jonathan, que não sabemos o que seja privação ou cuidado — que aqui vivemos no serviço do melhor
dos amos — (excetuando, no meu caso, sua majestade o rei
Guilherme III, que tive a honra de servir tanto na Irlanda
como em Flandres) — confesso que o tempo decorrido entre a festa de Pentecostes e as três semanas que antecedem
o Natal, — não é muito — é quase nada; — mas para aqueles, Jonathan, que sabem o que seja morte e quanto estrago
e destruição causa antes de podermos sair rodando por aí
— equivale a um século inteiro. — Ó Jonathan! é de fazer
sangrar o coração de um homem de boa índole considerar,
prosseguiu o cabo, (em postura perpendicular) quantos homens bravos e justos não foram abatidos desde então! —
E acredita-me, Susy, acrescentou o cabo, voltando-se para
Susannah, cujos olhos nadavam em lágrimas, — antes de
voltar esse tempo, — muitos olhos brilhantes ficarão nubla-
dos. — Susannah entendeu a alusão — chorou — mas fez
uma cortesia de agradecimento. — Pois não somos, continuou Trim, olhando ainda para Susannah, — pois não somos como uma flor do campo — uma lágrima de orgulho
insinuava-se entre cada duas lágrimas de mortificação — de
outro modo não poderia língua alguma descrever a aflição

de Susannah — e toda carne não é grama? — É barro, — imundície. — Olharam todos diretamente para a lavadora de pratos, — que estivera nesse momento esfregando uma assadeira de peixe. — Não era justo, isso. ——

— Que é o mais belo rosto jamais contemplado por um homem? — Eu poderia passar a vida a ouvir Trim falando assim, exclamou Susannah — o que é? (Susannah pôs a mão no ombro de Trim) — senão corrupção? —— Susannah retirou-a.

— Por isso eu vos amo — é essa deliciosa mistura dentro de vós que vos faz as amoráveis criaturas que sois — e aquele que vos deteste por isso —— tudo quanto posso dizer — é que ou tem uma cabaça por cabeça — ou um limão por coração, — o que se comprovará quando ele for dissecado.

10

Fosse porque Susannah, com retirar demasiado repentinamente a mão do ombro do cabo, (devido ao rápido movimento de suas paixões) —— lhe atrapalhasse um pouco o encadeamento das reflexões ——

Fosse porque o cabo começasse a suspeitar que invadira o terreno doutoral e estivesse falando mais como capelão do que como ele próprio ——

Fosse porque – – – – – – – – – – – – – – – – – – – – – Ou porque —— em todos esses casos, um homem com inventiva e talento pode, a seu bel-prazer, encher algumas páginas com suposições —— qual de todas estas foi a verdadeira causa, é coisa que deixo ao fisiologista curioso ou a qualquer outro curioso determinar; — o certo, porém, é que o cabo prosseguiu na sua arenga.

De minha parte declaro que, ao ar livre, não dou a menor importância à morte — isto que seja... acrescentou o cabo, estalando os dedos, — mas com um jeito com que

VOLUME V                                            425

ninguém mais, a não ser ele mesmo, poderia exprimir tão bem tal sentimento. — Na batalha, não dou a menor importância à morte, isto que seja... e que não me peguem de surpresa, covardemente, como fizeram ao pobre Joe Gibbins, enquanto limpava seu fuzil. — O que é a morte? O aperto de um gatilho — um golpe de baioneta entrando uma polegada nesta ou naquela direção — faz toda a diferença. — Olhai ao longo da linha — à direita — vede! Jack tombou! Bem, — para ele, é como se fora todo um regimento de cavalaria. — Não — é Dick. Então Jack nada sofreu.

— Não importa quem tenha sido, — vamos avante, — no calor da batalha, não se sente o próprio ferimento que ocasiona a morte; — a melhor maneira é enfrentá-la de cara; — o homem que foge está dez vezes mais em perigo do que aquele que se encaminha diretamente para as suas fauces. — Eu a olhei no rosto, acrescentou o cabo, uma centena de vezes, — e sei o que é. — Não é nada, Obadiah, pelo menos no campo de batalha. — Mas é assustadora dentro de casa, disse Obadiah. —— Eu não a temo, disse Jonathan, na boleia de um coche. — Na minha opinião, replicou Susannah, ela deve ser coisa muito natural na cama. — Pudesse eu escapar-lhe enfiando-me dentro do pior couro de bezerro jamais transformado em mochila, decerto que o faria — disse Trim — mas isso está na nossa própria natureza.

—— Natureza é natureza, disse Jonathan. — E é por essa razão, exclamou Susannah, que tenho tanta pena de minha ama. — Ela não conseguirá nunca se refazer. — Quanto a mim, tenho mais pena do capitão do que de qualquer outro da família, respondeu Trim. —— A senhora aliviará o coração chorando, — e o *squire* falando a seu respeito, — mas o meu pobre amo guardará tudo em silêncio consigo mesmo. — Eu o ouvirei suspirar na cama o mês inteiro, como suspirou pelo tenente Le Fever. Rogo a vossa senhoria que não suspire tão tristemente, eu lhe dizia, deitado perto dele. Não o posso impedir, Trim, respondia o meu amo, —— foi um acidente tão melancólico — não o consigo tirar do coração. — Vossa senhoria não teme a própria morte. — Penso, Trim, que só temo, dizia ele, fazer uma coisa errada. —— Bem, acrescentava, aconteça o que acontecer, cuidarei do filho de Le Fever. — E com isso, como se tivesse tomado um calmante, sua senhoria adormecia.

Gosto de ouvir as histórias de Trim sobre o capitão, disse Susannah. — É o cavalheiro mais bondoso, disse Obadiah, que jamais existiu. — Sim senhor, — e tão bravo, completou o cabo, quanto qualquer outro que jamais se colocou à frente de um pelotão. — Nunca houve melhor oficial no exército do rei, — ou homem melhor neste mundo de Deus; ele avançava firme para a boca do canhão, embora visse a mecha acesa no ouvido da peça, — e, no entanto, apesar disso, quando se trata dos outros, tem o coração terno de uma criança. —— Seria incapaz de causar o menor dano a uma galinha que fosse. —— Eu acharia melhor, disse Jonathan, ser seu cocheiro por sete libras anuais — do que de outros por oito. — Sou-te agradecido, Jonathan, pelos teus vinte xelins! — É como, Jonathan, disse o cabo, apertando-lhe a mão, se me tivesses posto o dinheiro no bolso. —— Eu o serviria até o dia da sua morte tão só pelo afeto que lhe tenho. É um amigo e um irmão para mim, — e se eu pudesse ter certeza de que o meu pobre irmão Tom morreu mesmo, — continuou o cabo, puxando o lenço do bolso, — e se fosse eu dono de dez mil libras, deixaria cada xelim para o capitão. —— Trim não pôde reter as lágrimas ante essa prova testamentária de afeto ao seu amo. —— A cozinha inteira comoveu-se. —— Conta-nos por favor a história do pobre tenente, pediu Susannah. —— Com muitíssimo prazer, respondeu o cabo.

Susannah, a cozinheira, Jonathan, Obadiah e o cabo Trim formaram um círculo à volta do fogo e assim que a lavadora de pratos fechou a porta da cozinha, — o cabo começou.

VOLUME V                                                    427

## 11

Que turco seria eu se me esquecesse de minha mãe, como
se a Natureza me tivesse moldado em argamassa e posto,
sem mãe alguma, sobre as margens do rio Nilo.[27] —— O
mais obediente de vossos criados, senhora — custei-vos
bastantes aflições, — espero que isso tenha compensação;
— mas deixastes-me uma greta nas costas, — e eis um
bom pedaço que me caiu antes, — e o que vou fazer com
este pé? —— Jamais chegarei à Inglaterra com ele.

De minha parte, nunca me surpreendo com coisa alguma; — e meu juízo tem se enganado na vida com tanta
frequência que sempre desconfio dele, esteja certo ou errado, — pelo menos dificilmente me inflamo com assuntos
frios. Isso tudo mostra que reverencio a verdade mais do
que ninguém; e quando ela nos escapou, se alguém se
dispuser a tomar-me pela mão e sair quietamente à sua
procura, como se à procura de algo que ambos perdemos
e nenhum de nós pode dispensar, — eu o acompanharei
até o fim do mundo. —— Mas odeio discussões, — e
por isso (exceto em questões de religião ou referentes à
sociedade) preferiria subscrever qualquer coisa que não
me chocasse logo à primeira frase, a ver-me arrastado
a uma disputa. —— Mas não suporto sufocação, ——
ou, pior ainda, maus cheiros. —— Por tais razões, decidi
desde o começo que, se jamais o exército dos mártires
vier a ser aumentado, — ou um novo exército arregi-
mentado, — não quero ter nada a ver com ele, seja de
que maneira for.

## 12

—— Mas voltando à minha mãe.

A opinião do meu tio Toby, senhora, "de que não podia haver nenhum mal em Cornélio Galo, o pretor roma-

no, deitar-se com sua própria esposa"; —— ou melhor, a última palavra dessa opinião, — (pois foi tudo quanto minha mãe dela ouviu) apoderou-se dela por via do ponto mais fraco de todo o sexo a que pertencia. —— Não me entendais mal, — refiro-me à curiosidade dela, — pois minha mãe no mesmo instante concluiu ser ela própria o assunto da conversa, e com essa ideia fixa a dominar-lhe a fantasia, facilmente compreendereis que toda palavra dita por meu pai era considerada aplicável a ela ou às suas preocupações familiares.

—— Por favor, dizei-me, senhora, em que rua mora a dama que não teria feito o mesmo?

Da estranha maneira como ocorreu a morte de Cornélio, transitou meu pai para a de Sócrates e pôs-se a fazer, para o tio Toby, um apanhado das alegações do filósofo aos seus juízes; —— era irresistível —— não a oração de Sócrates, — mas a atração de meu pai por ela. —— Ele próprio escrevera uma *Vida de Sócrates*\* um ano antes de deixar os negócios e receio tenha sido ela que o apressou a deixá-los; —— assim, ninguém estava mais capacitado a velejar de vento em popa, em maré tão propícia à sublimidade heroica quanto, naquela ocasião, meu pai. Nenhum período havia na oração de Sócrates que finalizasse com palavra mais curta do que *transmigração* ou *aniquilação*, — ou que tivesse em seu meio um pensamento menos elevado do que *ser — ou não ser*, — o ingresso num novo estado de coisas, ainda não experimentado, — ou num longo, profundo e tranquilo sono, sem sonhos nem perturbação. —— *Nós e nossos filhos nascemos para morrer um dia, — mas nenhum de nós nasceu para ser escravo.*[28] —— Não — agora cometi um engano; esse é

---

\* Meu pai jamais concordaria em publicar esse livro; permanece em estado de manuscrito, na posse da família, juntamente com outros escritos seus que serão, todos ou a maioria, publicados no devido tempo.

VOLUME V                                                              429

um trecho da oração de Eleazar, conforme registrada por
Josefo (*De bell. judaic.*) —— Eleazar confessa que o tirou
dos filósofos da Índia; muito possivelmente, Alexandre,
o Grande, quando invadiu a Índia, após ter dominado
a Pérsia, entre as muitas coisas que roubou, — roubou
também esse pensamento; por tal meio este foi levado, se
não pelo próprio Alexandre o trajeto todo (pois sabemos
que morreu na Babilônia), ao menos por um dos seus soldados, até a Grécia; — da Grécia foi ter a Roma, — de
Roma à França, — e da França à Inglaterra. —— É assim
que as coisas se passam. ——

   Por via terrestre, não posso conceber outra hipótese.
——

   Por via marítima, o pensamento poderia facilmente ter
descido o Ganges até o Sinus Gangeticus, ou a baía de Bengala, depois passar para o mar Índico e, seguindo a rota
do comércio, (visto ser então desconhecido o caminho
das Índias pelo cabo da Boa Esperança) ter sido levado,
junto com outras drogas e especiarias, mar Vermelho acima até Judá, o porto de Meca, ou então Tor ou Suez, cidades ao fundo do golfo; e daí, por caravanas, até Copto,
apenas a três dias de viagem, de onde desceria o Nilo
diretamente até Alexandria; ali, o PENSAMENTO seria
desembarcado bem ao pé da grande escadaria da biblioteca alexandrina, — depósito onde poderia ser colhido.
—— Por Deus! que roteiro tinham de cumprir os sábios
naqueles tempos!

13

—— Ora, meu pai costumava, um pouco à maneira de
Jó (no caso de jamais ter existido um homem que tal ——
pois, se não existiu, põe-se fim à questão. ——

   Entretanto, diga-se de passagem, como vossos homens
doutos encontram alguma dificuldade em fixar a época

exata em que tão grande homem viveu; — se, por exemplo, antes ou depois dos patriarcas &c. —— declarar que ele *de modo algum* existiu é um tanto cruel, — não é agir como agiriam — fosse como fosse.) —— Meu pai, dizia eu, costumava, quando as coisas iam muito mal para ele, especialmente no primeiro arrebato de sua impaciência, — perguntar-se por que fora gerado, — desejar estar morto ele próprio, — e algumas vezes coisas até piores. —— E quando a provocação era muito forte e a mágoa lhe infundia aos lábios poderes fora do comum — dificilmente poderíeis distingui-lo, senhor, do mesmo Sócrates. —— Cada palavra exalava os sentimentos de uma alma desdenhosa da vida e descuidosa de todas as suas controvérsias; por tal razão, embora minha mãe não fosse mulher de muitas leituras, o resumo da oração de Sócrates que meu pai estava propiciando ao tio Toby não era inteiramente novo para ela. — Escutou-o com tranquila atenção e nessa atitude se manteria até o fim do capítulo, não fosse meu pai embrenhar-se (o que não tinha nenhum motivo para ter feito) naquela parte da defesa em que o grande filósofo reconhece suas amizades, seu parentesco e seus filhos, mas renuncia a uma salvação a ser conquistada por apelo às paixões de seus juízes. — "Eu tenho amigos — tenho parentes, — tenho três filhos desolados", — diz Sócrates. —

—— Então, exclamou minha mãe, abrindo a porta, —— tendes um a mais, sr. Shandy, do que sei.

Pelos céus! tenho um a menos, — disse meu pai, erguendo-se e dirigindo-se para a porta.


14


—— São os filhos de Sócrates, explicou o tio Toby. Mas ele já morreu há cem anos, replicou minha mãe.

O tio Toby não era nenhum cronólogo — e assim, declinando avançar um passo que fosse a não ser em terreno

VOLUME V

firme, colocou pausadamente o cachimbo sobre a mesa e, levantando-se e tomando minha mãe pela mão de maneira sobremodo afetuosa, sem dizer-lhe mais palavras, nem boas nem más, conduziu-a até para junto de meu pai, para que este completasse por si mesmo o *éclaircissement*.

15

Tivesse este volume sido uma farsa, coisa que, a menos se devesse considerar a vida e opiniões de quem quer que fosse, inclusive a minha, como uma farsa, não vejo razão de supor — o último capítulo, senhor, teria concluído o primeiro ato dela, e nesse caso o presente capítulo deveria assim começar.

Ptr...r...r...ing–twing–twang–prut–trut ——[29] eis um violino danado de mau. — Sabeis se meu violino está afinado ou não? — trut...prut. — Deveriam ser *quintas*. —— Está pessimamente afinado — tr...a.e.i.o.u. twang. — O cavalete está uma milha mais alto do que devia e a alma muitíssimo baixa, — se não — trut...prut — hark! O som até que não está mal. — Diddle diddle, diddle, diddle diddle, dum. Não tem importância tocar perante bons juízes, — mas há um homem ali — não — não aquele com o pacote debaixo do braço — o homem de aparência grave, de preto. — Com os diabos! não o cavalheiro de espada à cinta. — Senhor, preferiria tocar um Capriccio para Calíope[30] a esfregar o arco nas cordas de meu violino diante desse homem; no entanto, eu apostaria o meu Cremona contra um berimbau, o que constitui a mais vantajosa aposta musical jamais feita, que neste momento faço uma mudança de tom de trezentas e cinquenta léguas no meu violino, sem castigar um só nervo desse mesmo homem. — Twaddle diddle, tweddle diddle, — twiddle diddle, —— twoddle diddle, — twuddle diddle, —— prut-trut — krish — krash — krush. — Eu vos deixei derreado, senhor, — mas, como vedes, ele nem se abalou, — e se, depois de mim, o próprio Apolo empunhasse o arco, não conseguiria nada com tal homem.

Diddle diddle, diddle diddle, diddle diddle – hum – dum – drum.

— Vossas reverendas senhorias gostam de música — e Deus vos deu a todos bons ouvidos — e alguns de vós tocam deliciosamente. —— trut-prut, — prut-trut.

Oh! ei-lo aqui — Eu poderia passar dias inteiros sentado a ouvi-lo, — a ele cujo talento consiste em fazer-nos sentir aquilo que interpreta em seu violino, — a ele, que me inspira as suas alegrias e esperanças e põe em movimento as molas mais ocultas do meu coração. —— Se vós, senhor, quiserdes tomar-me emprestados cinco guinéus, — o que em geral corresponde a dez guinéus mais do que disponho — ou se vós, messrs. Boticário e Alfaiate, quiserdes vossas contas saldadas, — esta é a ocasião.

## 16

A primeira coisa que entrou na cabeça de meu pai, após os negócios de família terem serenado e Susannah haver entrado na posse do roupão de cetim verde de minha mãe, — foi sentar-se e de cabeça fria, a exemplo de Xenofonte,[31] escrever uma TRISTRA-*paedia*, ou sistema de educação para mim, coligindo primeiramente, para tanto, seus pensamentos, pareceres e juízos esparsos e encadeando-os entre si de modo a formar um digesto de PRECEITOS para o governo de minha infância e adolescência. Eu era a última parada de meu pai; — ele havia perdido inteiramente o meu irmão Bobby; — perdera, de acordo com os seus cálculos, bem uns três quartos de mim — vale dizer, tivera má sorte em seus três primeiros grandes lances por mim — a genitura, o nariz e o nome, — pelo que só lhe restava um lance; assim, meu pai se entregou inteiramente

VOLUME V  433

a ele, com tanta devoção quanto a que o tio Toby pusera na sua doutrina de projéteis. — A diferença entre eles era que o meu tio Toby extraiu todos os seus conhecimentos de projéteis de Niccolò Tartaglia. — Os de meu pai, ele os tecera, fio por fio, com seu próprio cérebro, — ou dosara e entretecera o que todos os demais fiandeiros e fiandeiras haviam tecido antes dele, o que não deixou de ser, para ele, quase igual tortura.

Em cerca de três anos, ou coisa assim, meu pai chegara quase à metade de sua obra. — Como todos os autores, teve alguns desapontamentos. — Imaginou que pudesse condensar quanto tinha a dizer em espaço tão reduzido que, quando a obra estivesse terminada e encadernada, pudesse ser guardada na caixa de costura de minha mãe. — Mas a matéria cresce-nos nas mãos. — Homem nenhum diga, — "Vem — vou escrever um *duodécimo*".[32]

Meu pai entregou-se à tarefa, todavia, com a mais árdua das diligências, avançando passo a passo, a cada linha, com a mesma cautela e circunspeção (embora eu não possa dizer que com base em princípio assim tão religioso) usadas por Giovanni della Casa, o arcebispo de Benevento, para compor o seu *Galateo*;[33] nele, sua graça de Benevento gastou quase quarenta anos de sua vida e quando a coisa veio à luz, não ultrapassava a metade do tamanho ou grossura de um Almanaque de Rider. —[34] Como foi que o santo homem se houve no caso, a menos que tivesse passado a maior parte do tempo alisando os bigodes ou jogando *primero*[35] com o seu capelão, — é coisa que deixaria confundido qualquer mortal não iniciado no verdadeiro segredo, — pelo que vale a pena explicá-la ao mundo, se mais não fosse para estímulo daquelas poucas pessoas que escrevem menos para ganhar o pão — do que para alcançar a fama.

Confesso que se Giovanni della Casa, o arcebispo de Benevento, por cuja memória (não obstante o seu *Galateo*) tenho a mais alta veneração, — tivesse sido, senhor, um pobre clérigo — de fosco engenho — insípidos talentos — cérebro constipado, e assim por diante, — ele e o seu *Galateo* poderiam ter prosseguido aos solavancos até a idade de Matusalém; no que a mim diz respeito — o fenômeno não valeria sequer um parêntese. —

Mas o contrário é a verdade: Giovanni della Casa era um gênio de grande talento e fértil imaginação; não obstante todos esses generosos dons da natureza, que o deveriam ter espicaçado a levar avante o seu *Galateo*, era ele dominado por uma impotência que o impedia de avançar mais do que uma linha e meia no espaço de um dia inteiro de verão: esta incapacidade de sua graça advinha de uma crença que o afligia, — a qual crença era a de que — *viz*, sempre que algum cristão estivesse escrevendo um livro (não para seu deleite privado, mas) com a intenção e propósito, *bonâ fide*,[36] de imprimi-lo e revelá-lo ao mundo, seus primeiros pensamentos eram sempre tentações do maligno. — Esse era o caso dos escritores comuns: mas quando uma personagem de caráter venerável e alta condição, quer na Igreja quer no Estado, se tornava autor, — sustentava ele que desde o próprio momento em que tomava da pena — todos os demônios do inferno irrompiam de seus buracos para engabelá-lo. — Ele tinha de lutar com eles o tempo todo, — cada um dos pensamentos que lhe ocorriam, do primeiro ao último, eram capciosos; — por especiosos ou bons que fossem, — dava tudo na mesma; — qualquer que pudesse ser a forma ou cor por que se apresentavam à imaginação, — tratava-se sempre da investida de um ou outro demônio que cumpria esquivar. — Assim sendo, a vida de um escritor, por mais que ele imaginasse o contrário, era não tanto um estado de *composição* como um estado de *guerra*; e suas provações, nele, eram exatamente as de qualquer outro homem a militar sobre a face da Terra; — dependia tudo, igualmente, muito menos do grau de seu ENGENHO — que do grau de sua RESISTÊNCIA.

A meu pai agradava enormemente esta teoria de Giovanni della Casa, arcebispo de Benevento; e (não fosse por

VOLUME V 435

embaraçá-lo um pouco na sua crença) creio que houvera dado dez dos melhores acres da propriedade de Shandy para ter sido o inventor da dita teoria. — O quanto meu pai de fato acreditava no demônio é coisa que se verá quando eu falar, mais adiante nesta obra, de suas ideias religiosas; basta dizer aqui que, como ele não podia fazer honra ao sentido literal da doutrina — contentava-se com a alegoria dela; e costumava dizer, especialmente quando a sua pena se mostrava um pouco retrógrada, que havia tão bom sentido, verdade e saber ocultos pelo véu da representação parabólica de Giovanni della Casa, — quanto os que podiam ser encontrados em qualquer ficção poética ou registro místico da Antiguidade. — O prejuízo da educação, dizia ele, é o demônio, — e as turbas deles que mamamos com o leite materno — *são o diabo e todo o seu cortejo.*

—— Somos perseguidos por eles, irmão Toby, em todas as nossas elucubrações e pesquisas; e fosse um homem tolo bastante para submeter-se docilmente às suas imposições, — que seria o seu livro? Nada, — acrescentava, atirando longe a pena, em represália, — nada senão uma mixórdia da tagarelice das amas e das bobagens ditas pelas velhas (de ambos os sexos) por todo o reino.

Esta é a melhor narrativa que tenciono fazer do lento progresso de meu pai na composição da sua *Tristra-paedia*, na qual (como eu disse) se estava empenhando havia três anos e pico, infatigavelmente; mal chegara a completar então, pelos seus próprios cálculos, metade da empresa a que se propusera; a desgraça era que todo esse tempo fiquei totalmente negligenciado e entregue aos cuidados de minha mãe; e, o que era não menos mau, devido ao mesmo atraso a primeira parte da obra, em que meu pai pusera o melhor dos seus esforços, tornou-se inteiramente inútil,

—— a cada dia que passava, uma ou duas páginas perdiam sua pertinência. ——

—— Foi certamente um castigo imposto à soberba da sabedoria humana o fato de os mais sábios de nós nos ludibriarmos, eternamente nos adiantando aos nossos objetivos no ato imoderado de persegui-los.

Em suma, meu pai demorou tanto em todos os seus atos de resistência, — ou, por outras palavras, — avançava tão devagar na composição de sua obra, e eu comecei a viver e a progredir tão velozmente que se não se tivesse verificado um acontecimento, —— o qual, quando a ele chegarmos, se puder ser contado com decência, não será ocultado, um momento que seja, do leitor —— creio verdadeiramente que eu teria deixado meu pai para trás, a desenhar no chão um relógio de sol tão só para o propósito de nele ser enterrado.

## 17

—— Não foi nada, — não perdi sequer duas gotas de sangue por sua causa —— nem valia a pena chamar o médico, mesmo que morasse na casa vizinha —— milhares padecem, por escolha própria, o que sofri por acidente. —— O dr. Slop fez um estardalhaço dez vezes maior do que se justificaria: —— certos homens sobem na vida graças à sua habilidade em pendurar grandes pesos em arames finos, — e até hoje (10 de agosto de 1761) estou pagando parte do preço da reputação desse homem. —— Oh, é de comover uma pedra ver como as coisas se fazem neste mundo! —— A criada de quarto não havia posto nenhum \*\*\*\*\*\* debaixo da cama.

—— Será que consegues, patrãozinho, disse Susannah, erguendo o caixilho da janela com uma das mãos enquanto falava, e com a outra ajudando-me a subir ao peitoril, — será que não consegues, meu bem, por esta vez, \*\*\*\* \*\* \*\*?

Eu tinha então cinco anos. —— Susannah não considerou que em nossa família nada estava muito firme, —— pelo que, zás!, o caixilho caiu como um raio sobre nós. — Nada mais me resta, — gritou Susannah, — nada mais me resta — senão fugir do país. ——

A casa do meu tio Toby era um santuário muito mais acolhedor; e Susannah correu para lá.


18

Quando Susannah contou ao cabo a desgraça do caixilho, com todas as circunstâncias respeitantes ao meu *assassínio*, — (assim ela o chamou) — o sangue fugiu às faces do cabo, — e, sendo todos os cúmplices de um assassínio considerados seus autores, — a consciência de Trim garantiu-lhe que ele era tão culpado quanto Susannah; — a ser verdadeira a doutrina, pelo morticínio, o meu tio Toby tinha tanto a responder perante os céus quanto eles dois; — por isso, nem a razão nem o instinto, quer separados quer juntos, poderiam ter levado Susannah a asilo mais adequado. Será inútil deixar isto à imaginação do Leitor: —— para elaborar qualquer tipo de hipótese capaz de tornar exequível estas proposições, ele teria de queimar os miolos, — e para fazê-lo sem isso, — teria de possuir um cérebro como nenhum outro leitor antes dele. —— Por que deveria eu submetê-los a semelhante provação ou tortura? O problema é meu: e eu mesmo cuidarei de explicar.


19

É uma pena, Trim, disse meu tio Toby, pousando a mão no ombro do cabo, enquanto ambos inspecionavam suas obras, — que não tenhamos um par de peças de artilharia ligeira para instalar na garganta daquele novo reduto; —— garantiria as linhas por toda a zona e tornaria completo o ataque àquele lado: — faz com que me fundam duas delas, Trim.

Vossa senhoria as terá, replicou Trim, antes de amanhã de manhã.

Alegrava o coração de Trim, — e jamais lhe faltava ao cérebro fértil expedientes para consegui-lo, suprir meu tio Toby, em suas campanhas, de quanto sua fantasia excogitasse; mesmo que se tratasse de sua última coroa, ele se sentaria, pegaria de um martelo e a converteria num pedreiro, se fosse para antecipar-se a um desejo de seu senhor. O cabo já havia, — para isso cortando as pontas das goteiras do tio Toby, — serrando e cinzelando as beiradas de suas calhas, — fundindo o peltre de sua bacia de barbear, — e subindo por fim, como Luís XIV, ao topo da igreja[37] em busca de restos de metal &c. —— ele já havia trazido, naquela mesma campanha, nada menos de oito novos canhões de assalto, além de três meias-colubrinas, para o campo de batalha; a exigência de meu tio, de mais duas peças para o reduto, pusera novamente o cabo em atividade; e como nenhum recurso melhor se lhe antolhasse, tirara ele os dois contrapesos de chumbo da janela do quarto das crianças: e como as polés do caixilho, uma vez retirados os contrapesos, para nada serviriam, ele também as retirara, a fim de fazer um par de rodas para uma de suas carretas.

Havia muito desmantelara Trim, da mesmíssima maneira, todas as janelas corrediças da casa do meu tio Toby, — conquanto nem sempre na mesma ordem; algumas vezes, necessitara as polés e não os contrapesos — e assim começou por elas; — como as polés foram retiradas, o chumbo dos contrapesos se tornou inútil, — pelo que foi também para o cadinho.

—— Disto se poderia perfeitamente extrair uma bela MORAL, mas eu não tenho tempo — bastará dizer que, por onde fosse que começasse a demolição, era de igual modo fatal à janela corrediça.

# VOLUME V

## 20

O cabo não havia tomado suas medidas, neste rasgo de proficiência artilheira, de modo tão canhestro que não pudesse ter guardado o assunto inteiramente para si mesmo, deixando que Susannah aguentasse como lhe fosse possível o peso todo do ataque; — a verdadeira coragem, todavia, não se contenta com tais expedientes. —— O cabo, como general ou como supervisor do trem de artilharia, — não importa, —— fora responsável por aquilo que, segundo imaginava, se ele não o tivesse feito, jamais teria dado ensejo a que a desgraça acontecesse, — *pelo menos nas mãos de Susannah.* —— Como teriam vossas senhorias agido no caso? —— Ele resolveu, de imediato, não resguardar-se por trás de Susannah, mas antes resguardá-la; e com esta resolução em mente, encaminhou-se direto para a sala de visitas, a fim de expor a *manoeuvre*[38] toda ao meu tio Toby.

Este estivera então a fazer a Yorick uma narrativa da batalha de Steenkirk[39] e do estranho comportamento do conde Solmes, que ordenara à infantaria se detivesse e à cavalaria avançasse para onde não poderia atuar; isso era justamente o contrário das ordens do rei e resultara em que a batalha fosse perdida.

Há incidentes em algumas famílias que se quadram tão bem ao propósito do que vai acontecer em seguida, — que dificilmente poderiam ser superados pela inventiva de um dramaturgo; — refiro-me aos de antigamente. ——

Com a ajuda do seu dedo indicador, encostado à mesa, e da borda da mão a bater-lhe de través, em ângulos retos, Trim deu um jeito de contar a sua história de maneira tal que sacerdotes e virgens poderiam tê-la ouvido; — e uma vez contada a história, — o diálogo prosseguiu da seguinte maneira.

## 21

—— Preferiria ser empalado[40] até morrer, exclamou o cabo, quando concluiu a história de Susannah, a permitir que a mulher venha a sofrer o menor dano; — foi minha culpa, com licença de vossa senhoria, — não dela.

Cabo Trim, replicou o tio Toby, pondo na cabeça o chapéu que estava sobre a mesa, —— se se pode dizer seja um erro aquilo que o serviço exigia terminantemente fosse feito, — então sou eu decerto o culpável; —— obedeceste apenas às minhas ordens.

Tivesse o conde Solmes, Trim, feito o mesmo na batalha de Steenkirk, disse Yorick, brincando um pouco com o cabo, que fora pisado por um dragão durante a retirada, —— ele te teria salvo. —— Salvo? exclamou Trim, interrompendo Yorick e concluindo a frase à sua maneira, —— Ele salvou cinco batalhões, se vossa senhoria me permite, homem por homem: —— lá estava o de Cutt — continuou o cabo, batendo o indicador da mão direita no polegar da esquerda e prosseguindo a contagem pelos outros dedos, —— o de Cutt —— o de Mackay, —— o de Angus, —— o de Graham —— e o de Leven,[41] feitos em pedaços; —— e o mesmo teria acontecido com a guarda inglesa, não fossem alguns regimentos da direita que avançaram audaciosamente para aliviá-la e receberam de frente todo o fogo do inimigo, antes que qualquer um dos seus pelotões tivesse descarregado um único mosquete; —— irão para o céu por isso, — acrescentou Trim. — Trim está certo, disse meu tio Toby, acenando com a cabeça para Yorick, —— absolutamente certo. De que adiantava avançar a cavalaria, continuou o cabo, se o terreno era tão estreito e os franceses tinham ali tal quantidade de sebes e soutos e fossos e árvores cortadas, espalhados por toda parte para cobri-los (como sempre têm). —— O conde Solmes deveria ter nos mandado a nós, —— teríamos lutado contra eles até a morte, boca de fuzil contra boca

VOLUME V                                                    441

de fuzil. —— Nada pôde ser feito pelo cavalo: —— teve
a pata atravessada por um balaço, continuou o cabo, na
campanha seguinte em Landen.[42] — O pobre Trim foi
ferido nela, disse meu tio Toby. —— Se vossa senhoria me
permite, a culpa toda foi do conde Solmes; —— se tivéssemos dado uma boa surra nos franceses em Steenkirk, eles
não lutariam contra nós em Landen. —— Possivelmente
não, —— Trim, concordou o tio Toby; —— todavia, se ti-
verem a vantagem de um bosque ou se lhes for concedido
tempo para se entrincheirar, são uma nação que voltará à
carga uma e outra vez. —— Não há outra maneira de en-
frentá-los senão marchar resolutamente contra eles, ——
receber-lhes o fogo e cair-lhes em cima, numa luta corpo
a corpo. —— Com vontade, acrescentou Trim. —— A cavalo e a pé, disse o meu tio Toby. —— A trouxe-mouxe,
disse Trim. —— À esquerda e à direita, gritou o tio Toby.
—— A sangue e fogo, gritou o cabo; —— a batalha rai-
vava. —— Yorick puxou a cadeira um pouco para o lado,
por uma questão de segurança, e após um momento de
pausa, o tio Toby, com a voz um tom mais baixa, — retomou a conversação como segue.


                            22


O rei Guilherme, disse o tio Toby, dirigindo-se a Yorick,
ficou terrivelmente irritado com o conde Solmes por ele
ter lhe desobedecido às ordens, a ponto de não tolerar
que aparecesse em sua presença, muitos meses depois.
—— Receio, respondeu Yorick, que o *squire* se vá irritar
tanto com o cabo quanto o rei com o conde. —— Mas
seria extremamente injusto que neste caso, continuou ele,
se o cabo Trim, por ter agido de modo diametralmente
oposto ao do conde Solmes, recebesse a mesma desgraça
como recompensa: —— com demasiada frequência, neste
mundo, as coisas tomam esse rumo. —— Eu antes faria

explodir uma mina, exclamou o meu tio Toby, levantando-se, ——— e mandaria pelos ares minhas fortificações
e minha própria casa, e pereceríamos sob suas ruínas,
a presenciar semelhante coisa. ——— Trim fez uma leve,
——— mas agradecida reverência ao seu amo, ——— e assim
termina este capítulo.

### 23

——— Então, Yorick, replicou o meu tio Toby, tu e eu iremos na vanguarda, ——— e tu, cabo, irás a alguns passos
de distância de nós. ——— E Susannah, com a permissão
de vossa senhoria, disse Trim, fechará a retaguarda. ———
Tratava-se de uma excelente disposição, — e nessa ordem,
sem tambores a bater nem flâmulas coloridas a ondear,
eles marcharam a passo lento da casa do tio Toby até
Shandy Hall.

——— Bem quisera, disse Trim, quando entraram pela
porta, — em vez dos contrapesos dos caixilhos, ter cortado a goteira da igreja, como certa ocasião pensei fazer.
— Já cortaste quanto basta de goteiras,[43] replicou Yorick.
———

### 24

Malgrado os muitos retratos que já dei do meu pai, por
mais parecidos com ele que fossem nos estados de espírito e nas atitudes, — nem um só, ou todos em conjunto,
poderão jamais ajudar o leitor a conceber como meu pai
pensaria, falaria ou agiria em qualquer circunstância ou
eventualidade inédita. — Havia nele aquela infinidade de
excentricidades e de acasos correspondentes que eram o
viés por que encarava cada coisa, — e que frustrava, senhor, todos os cálculos. ——— A verdade era que o cami-

nho por ele trilhado se afastava tanto do da maioria dos homens, — que cada objeto oferecia aos seus olhos um aspecto totalmente diverso do plano e elevação nele vistos pelo restante da humanidade. — Por outras palavras, tratava-se de um objeto diferente, — e por conseguinte era diferentemente considerado.

Essa é a verdadeira razão por que a minha querida Jenny e eu, bem como o mundo todo além de nós, vivemos eternamente a discutir ninharias. — Ela olha para o seu exterior, — eu para o seu interior. — Como seria possível concordarmos quanto ao valor dela?

### 25

É uma questão assente, — e eu a menciono para consolo de Confúcio,* que está sujeito a atrapalhar-se ao narrar uma história simples — que, contanto que acompanhe o fio de sua história, — poderá avançar ou recuar conforme lhe aprouver, — isso não será considerado digressão.

Assentada esta premissa, vou beneficiar-me pessoalmente do *ato de voltar atrás*.

### 26

Cinco mil paneiros de demônios — (não os do arcebispo de Benevento, — mas os de Rabelais) ao terem suas caudas cortadas rente ao traseiro, não poderiam ter feito berreiro tão infernal quanto o que fiz — quando o acidente me aconteceu: ele trouxe minha mãe instantaneamente

---

* É de se supor que o sr. Shandy se refira, na realidade, não ao legislador chinês, — mas a ******* ***, Esq., membro do parlamento por *****.

até o quarto das crianças, — pelo que Susannah mal teve tempo de escafeder-se pela escada traseira enquanto ela subia pela escada da frente.

Bem, embora eu já tivesse idade bastante para contar eu mesmo a história, — e fosse pequeno o bastante para contá-la sem malícia; apesar disso Susannah, ao passar pela cozinha, temerosa de mal-entendidos, contou-a taquigraficamente à cozinheira — esta a contou com comentários a Jonathan, e Jonathan a Obadiah; assim, quando meu pai tocou repetidas vezes a campainha para saber o que acontecia lá em cima, — Obadiah estava capacitado a dar-lhe uma versão pormenorizada de como tudo tinha acontecido. — Foi o que pensei, disse meu pai, vestindo seu roupão; — e encaminhou-se para a escada.

Com base nisso, poderia alguém imaginar —— (embora, de minha parte, eu o ponha em dúvida) — que meu pai, antes desse acontecimento, já havia realmente escrito aquele notável capítulo da *Tristra-paedia* que para mim é o mais original e divertido do livro todo; — refiro-me ao *capítulo sobre as janelas corrediças*, com a severa filípica no seu final acerca da negligência das criadas de quarto. — Tenho apenas duas razões para pensar de modo diverso.

Primeira: tivesse meu pai levado o assunto em consideração antes de o acontecimento verificar-se, certamente mandaria pregar a janela corrediça, inutilizando-a de uma vez por todas — o que, considerando-se a grande dificuldade com que escrevia livros, — ele poderia ter feito com dez vezes menos trabalho do que teve em escrever o capítulo: antevejo que é válido o argumento contra ele ter escrito o capítulo, mesmo subsequentemente ao acontecido; é obviado o dito argumento, porém, por uma segunda razão que tenho a honra de oferecer ao mundo em apoio da minha opinião de que meu pai não escreveu o capítulo sobre janelas corrediças e criadas de quarto na ocasião que se supõe; — a razão é a de que;

—— para completar a *Tristra-paedia*, — eu mesmo escrevi o capítulo.

### 27

Meu pai pôs os óculos, — olhou, — tirou-os, — guardou-os no estojo — tudo isso em menos de um minuto de tempo regulamentar; e, sem descerrar os lábios, fez meia-volta e desceu a escada às pressas; minha mãe imaginou que ele tivesse descido em busca de ataduras e basilicão, mas, vendo-o regressar com um par de in-fólios sob o braço, e Obadiah a segui-lo carregando uma grande estante de coro, deu por certo de que era um tratado sobre ervas, pelo que lhe ajeitou uma cadeira ao lado da cama para que pudesse consultar-se sobre o caso com maior comodidade.

— Se ao menos tivesse ficado como cumpre, — disse meu pai, consultando a *Seção* — *de sede vel subjecto circumcisionis*, —— pois trouxera para cima o de *Legibus hebraeorum ritualibus*, de Spencer — e Maimônides,[44] a fim de confrontá-los comigo e examinar-nos a todos. —

—— Se ao menos tivesse ficado como cumpre, repetiu.

— Diz-nos ao menos, gritou minha mãe, interrompendo-o, quais ervas. —— Para isso, replicou meu pai, será mister chamar o dr. Slop.

Minha mãe foi para baixo e meu pai foi em frente, lendo a seção como segue:

\* \* \* \* \* \* \* \* \*

\* \* \* \* \* \* \* \* \*

\* \* \* \* —— Muito bem, — disse meu pai,

\* \* \* \* \* \* \* \* \*

\* \* \* \* \* \* \* \* \*

\* \* \* — ou melhor, se apresenta esta conveniência cia —— e, sem deter-se um momento sequer para decidir mentalmente se os judeus tinham recebido o costume

446 TRISTRAM SHANDY

dos egípcios, ou os egípcios dos judeus — ele se levantou e, esfregando a testa duas ou três vezes com a palma da mão, como apagamos as pegadas da preocupação quando o mal nos pisa mais brandamente do que imagináramos, — fechou o livro e desceu as escadas. — Não, disse, mencionando o nome de uma grande nação a cada degrau, conforme nele punha o pé — se os EGÍPCIOS, — os SÍRIOS, — os FENÍCIOS, — os ÁRABES, — os CAPADÓCIOS, —— se os CÓLQUIDAS e os TROGLODITAS o praticaram —— se SÓLON e PITÁGORAS[45] se submeteram a ele, — quem é TRISTRAM? —— E quem sou eu para agastar-me ou irritar-me, um momento que seja, com o assunto?

28

Caro Yorick, disse meu pai a sorrir, (pois Yorick se adiantara ao meu tio Toby no entrar pela porta estreita, e chegara portanto em primeiro lugar à sala de visitas) — verifico que o nosso Tristram passa com dificuldade pelos seus ritos religiosos. —— Jamais filho de judeu, cristão, turco ou infiel foi neles iniciado de maneira tão oblíqua e relaxada. — Espero que ele não tenha piorado, disse Yorick. — Houve certamente o diabo a quatro, disse meu pai, em alguma parte da eclíptica, quando foi engendrado este meu filho. — Quanto a isso, deves saber melhor do que eu, replicou Yorick. — Os astrólogos, disse meu pai, saberão melhor do que qualquer um de nós: — os aspectos trino e sextil coincidiram de través, — ou então os opostos de seus ascendentes não atingiram o ponto devido, — ou os planetas dominantes das genituras (como são chamados) estavam brincando de *esconde-esconde*, — ou houve algo de errado conosco, lá em cima ou cá embaixo.

É possível, respondeu Yorick. — Mas o menino piorou?, perguntou meu tio Toby. — Os trogloditas dizem que não, replicou meu pai. — E os teus teólogos, Yorick, diz-nos — Teologicamente? quis saber Yorick, — ou falando à maneira dos* boticários, —** homens de Estado, ou —*** lavadeiras?

—— Não tenho certeza, replicou meu pai, — mas eles nos dizem, irmão Toby, que o menino está melhor, graças a ela. —— Desde que, disse Yorick, o leves para o Egito. —— Isso, respondeu meu pai, lhe será vantajoso, pois verá as Pirâmides. ——

Ora, todas essas palavras são árabe para mim, disse o tio Toby. —— Quisera eu, replicou Yorick, que o mesmo acontecesse com metade do mundo.

—**** ILO, continuou meu pai, circuncidou todo o seu exército numa só manhã. — Sem uma corte marcial? exclamou o tio Toby. —— Muito embora os doutos, continuou ele, sem dar atenção à observação de tio Toby e dirigindo-se a Yorick, — estejam grandemente divididos quanto a quem era Ilo; — uns dizem que era Saturno, — outros que o Ser Supremo, — outros ainda que não passava de um brigadeiro sob as ordens do faraó Neco. —— Fosse ele quem fosse, disse o tio Toby, não sei que artigo militar encontrou para justificar aquilo.

Os controversistas, respondeu meu pai, encontram-lhe vinte e duas diferentes razões; — outros, porém, que com suas penas serviram ao lado oposto da questão, mostraram ao mundo a futilidade da maior parte delas. — Mas, por outro lado, nossos melhores teólogos polemistas — Quisera eu não houvesse em todo o reino um só teólogo

---

\* Χαλεπῆς νόσου, καὶ δυσιάτου ἀπαλλαγὴν, ἣν ἄνθρακα καλοῦσιν. — Fílon.

\*\* Τὰ τεμνόμενα τῶν ἐθνῶν πολυγονωτατα, καὶ πολυανθρωπότατα εἶναι.

\*\*\* Καθαφιότητος εινεκεν. — Bochart.

\*\*\*\* Ὁ Ἶλος, τὰ αἰδοῖα περιτέμνεται, ταὐτὸ ποιῆσαι καὶ τοὺς ἅμ᾽ αὐτῷ συμμάχους καταναγκάσας. — Sanchuniathon.[46]

polemista, disse Yorick; — uma onça de teologia prática — vale um carregamento pintado de tudo quanto essas reverendas pessoas importaram nestes últimos cinquenta anos. — Por favor, sr. Yorick, pediu o tio Toby, — dizei--me o que é um teólogo polemista. — A melhor descrição que jamais li de uma dupla deles, capitão Shandy, é a descrição da batalha travada, a mão desarmada, entre Ginasta e o capitão Tripet; tenho-a aqui no bolso. —— Gostaria muito de ouvi-la, disse meu tio, fervorosamente. — Ireis ouvi-la, disse Yorick. — E como o cabo está aí na porta à minha espera — e como sei que a descrição de uma batalha fará mais bem ao pobre homem do que o seu jantar, — peço-te, irmão, que lhe permitas entrar. — Com todo o prazer, disse meu pai. —— Trim entrou, ereto e feliz como um imperador; tendo fechado a porta, Yorick retirou do bolso direito de seu casaco um livro e se pôs a ler, ou a fingir que lia, o seguinte.[47]

## 29

—— "palavras essas que, tendo sido ouvidas por todos os soldados ali presentes, aterrorizaram até o íntimo vários deles, fazendo-os recuar e abrir espaço para o atacante: tudo isso foi muito bem notado e considerado por Ginasta que, fazendo como se fosse apear-se do seu cavalo, enquanto de fato se estava equilibrando no lado de montar, com muita destreza (a espada curta junto ao quadril) trocou os pés no estribo, e levou a cabo a proeza: após inclinar o corpo para a frente, incontinenti, lançou-se para o alto e colocou ambos os pés sobre a sela, ereto, com as costas voltadas para a cabeça do cavalo. — Agora (disse), meu caso irá para diante. Então, de súbito, na mesma postura em que se achava, fez uma pirueta sobre um só pé e, voltando-se para a direita, não conseguiu trazer o corpo de volta exatamente à posição anterior como pre-

VOLUME V                                                      449

tendera. —— Ah!, disse Tripet, não vou fazer isso agora,
— sem um bom motivo. —— Bem, disse Ginasta, eu falhei;
— vou desfazer o salto; e então, com força e agilidade
verdadeiramente maravilhosas, voltou-se para a direita e
fez outra pirueta igual à anterior; em seguida, encostou o
polegar da mão direita ao arção da sela e ergueu o corpo
no ar, apoiando e sustentando-lhe todo o peso com os
músculos e nervos desse único dedo, sobre o qual fez o
corpo dar três voltas; na quarta volta, inverteu a posição
do corpo, e, pondo-se de cabeça para baixo e ao contrário, sem *tocar o que quer que fosse*, colocou-se entre as
duas orelhas de sua montaria, após o que, com um balanço brusco, sentou-se na garupa ——"
    (Isso não é lutar, disse o tio Toby. —— O cabo sacudiu
a cabeça. —— Tende paciência, retrucou Yorick.)
    "Então (Tripet) passou a perna direita por sobre a sela
e se colocou *en croup*. —[48] Mas, disse, seria melhor para
mim ficar sobre a sela; pondo, pois, ambos os polegares
na garupa à sua frente e deles fazendo os únicos susten-
táculos do seu corpo, incontinenti se ergueu no ar, cabeça
para baixo, pés para cima, e logo se viu sentado entre os
arções da sela, com sofrível conforto; então, lançando-se
ao ar num salto mortal, executou uma centena de cabriolas, voltas e saltos sobre a garupa." — Por Deus! exclamou Trim, perdendo inteiramente a paciência, — um bom
golpe de baioneta vale mais que tudo isso. —— Também
acho, replicou Yorick. ——
    — Tenho opinião contrária, disse meu pai.


                              30


—— Não, — creio que não avancei nada, replicou meu
pai, em resposta a uma pergunta que Yorick tomara a liberdade de fazer-lhe, — não avancei nada na *Tristra-paedia* que não fosse mais claro do que uma proposição de

Euclides. — Trim, passa-me esse livro que está aí na escrivaninha: — vez por outra me ocorreu, continuou meu pai, lê-lo para ti, Yorick, e para o meu irmão Toby, e creio ter sido pouco amistoso de minha parte não o haver feito há já muito tempo: —— que tal um ou dois capítulos breves, agora — e um ou dois mais tarde, conforme calhe; e assim por diante, até chegarmos ao fim da obra? Meu tio Toby e Yorick fizeram a mesura que se impunha; e o cabo, embora não estivesse incluído no cumprimento, levou a mão ao peito e executou a sua reverência ao mesmo tempo que eles. —— A companhia sorriu. Trim, disse meu pai, pagou o preço devido por ficar fora do *entretenimento*. — Ele não parece ter se comprazido com a peça, replicou Yorick.

—— Com a permissão de vossas reverendas senhorias, foi uma batalha de paspalhos, isso de o capitão Tripet e aquele outro oficial darem tantos saltos mortais enquanto iam avançando; —— os franceses às vezes vinham cabriolando dessa maneira, — mas não tanto.

Meu tio Toby jamais tivera consciência de sua existência tão complacentemente quanto lhe fizeram ter, naquele momento, suas próprias reflexões e as do cabo; —— acendeu o cachimbo, —— Yorick puxou a cadeira mais para perto da mesa, Trim espevitou a vela, — meu pai avivou o fogo, — pegou o livro, — tossiu duas vezes e começou a leitura.

31

As primeiras trinta páginas, disse meu pai, virando as folhas, — são um pouco áridas; e como não estão estritamente relacionadas com o assunto, —— vamos pulá-las, por enquanto; trata-se de uma introdução prefaciatória, continuou ele, ou de um prefácio introdutório (ainda não me decidi quanto ao nome a dar-lhe) acerca do governo político ou civil, cujo fundamento fiz remontar à primeira conjunção de macho e fêmea para a procriação da espécie

VOLUME V                                                                451

humana; —— vi-me insensivelmente levado a isso. ——
Era natural, disse Yorick.

A origem da sociedade, continuou meu pai, e estou convencido disso, é conforme nos diz Poliziano,[49] *i.e.*, meramente conjugal; nada mais do que a união de um homem
e de uma mulher; — aos quais (segundo Hesíodo)[50] o filósofo acrescenta um servo; —— todavia, supondo que no
começo de tudo não houvesse homens nascidos servos ——
ele situa-lhe os alicerces num homem, — uma mulher — e
um touro. —— Creio que se trata de um boi, disse Yorick,
citando a passagem (οἶχον μὲν πεώτιστα, γυναῖχα τε, βοῦν τ'
'αροτηρα). —— Um touro devia ter dado mais dor de cabeça do que a dele própria valia. — Mas há uma razão ainda
melhor, disse meu pai (mergulhando a pena no tinteiro) a
de o boi ser o mais paciente dos animais e também o mais
útil para lavrar a terra e garantir-lhes a alimentação; —
era o instrumento, bem como o emblema, mais adequado
da parelha recém-constituída que a criação pudesse ter lhe
dado. — E há ainda uma razão de maior peso do que todas, acrescentou meu tio Toby, para a escolha do boi. Meu
pai não teve ânimo de tirar a pena do tinteiro antes de ouvir a razão do tio Toby. — Pois, uma vez lavrado o solo,
disse este, tornou-se necessário cercá-lo, e eles começaram
a defendê-lo com muros e fossos, o que deu origem à fortificação. —— Certo, certo, meu caro Toby, exclamou meu
pai, riscando o touro e pondo-lhe o boi no lugar.

Fez ele um sinal a Trim, de que espevitasse a vela, e
retomou o fio do seu discurso.

—— Entreguei-me a essa especulação, disse meu pai
despreocupadamente, e entrecerrando o livro enquanto
prosseguia, — apenas para mostrar o fundamento da relação natural entre pai e filho; o primeiro adquire direitos
e jurisdição sobre o segundo destas diversas maneiras —

Primeira, por casamento;

Segunda, por adoção;

Terceira, por legitimação; e

QUARTA, por procriação; considero cada uma delas na sua devida ordem.

Ponho ênfase um pouco maior numa delas, replicou Yorick —— o ato, especialmente quando fica restrito a si mesmo, impõe, a meu ver, tão poucas obrigações ao filho quanto poder ao pai. — Estás enganado, — disse meu pai, argutamente, e por esta simples razão

\* \* \* \* \* \* \* \* \* \*
\* \* \* \* \* \* \* \* \* \*
\* \* \*. — Reconheço, prosseguiu ele, que a progênie, por tal motivo, não está submetida da mesma maneira ao poder e jurisdição da *mãe*. — Mas o raciocínio, replicou Yorick, vale igualmente para ela. — Ela própria está submetida a uma autoridade, disse meu pai, — e além disso, prosseguiu, acenando com a cabeça e pondo a ponta do dedo na asa do nariz, enquanto expunha sua razão, — *ela não é o agente principal, Yorick.* — No quê? perguntou meu tio Toby, parando de aspirar o cachimbo. — Embora, de qualquer modo, acrescentou meu pai (sem dar atenção ao tio Toby) *"deva o filho mostrar-lhe respeito"*, como bem podes ler, Yorick, extensamente, no primeiro livro das *Institutas* de Justiniano, no seu capítulo décimo primeiro, seção décima. — Também o posso ler, replicou Yorick, no *Catecismo*.

## 32

Trim sabe de cor cada palavra dele, disse meu tio Toby. — Bah! disse meu pai, que não queria ser interrompido por Trim a recitar o seu *Catecismo*. Juro que sabe, replicou meu tio Toby. — Perguntai-lhe, sr. Yorick, o que desejardes. ——

— O quinto mandamento, Trim — disse Yorick, em voz branda e com um aceno dócil, como se se estivesse dirigindo a um acanhado catecúmeno. O cabo permane-

VOLUME V                                              453

ceu em silêncio. — Não lhe perguntastes corretamente, disse o meu tio Toby, erguendo a voz e em tom rápido de comando: —— O quinto —— gritou-lhe. — Tenho de começar pelo primeiro, se vossa senhoria me permite, disse o cabo. ——

— Yorick não pôde evitar um sorriso. — Vossa reverência não leva em conta, disse o cabo, apoiando o bastão ao ombro como se fosse um mosquete e dirigindo-se para o centro do aposento, a fim de ilustrar a sua posição, — que é exatamente o mesmo que fazer exercícios no campo. —

"*Mão direita no fecho da arma*", gritou o cabo, dando a voz de comando e executando o movimento. —

"*Apresentar armas*", gritou o cabo, cumprindo a um só tempo as tarefas de ajudante e de soldado raso. —

"*Descansar armas*", — como vê vossa reverência, um gesto leva ao outro. — Se vossa senhoria quiser pode começar, mas pelo *primeiro* —

O Primeiro — gritou o tio Toby, colocando a mão sobre o quadril — *   *   *   *   *   *   *
*   *   *   *   *   *   *   *   *   *

O Segundo — gritou o tio Toby, brandindo o cachimbo como o teria feito com a sua espada à testa de um regimento. — O cabo percorreu o seu *manual* com exatidão; e tendo *honrado pai e mãe*, fez uma profunda reverência e retirou-se para o outro lado do aposento.

Tudo neste mundo, disse meu pai, tem a sua graça — e o seu sal e o seu lado de instrução, também; — cumpre-nos apenas encontrá-los.

— Eis aí o *andaime* da Instrução, que é pura tolice sem o edifício debaixo de si. —

— Eis aí o espelho para pedagogos, preceptores, tutores, aios, repetidores de latim e instrutores de viagem olharem-se a si mesmos em suas verdadeiras dimensões. —

Oh! eis aí a casca e a concha, Yorick, que crescem com o conhecimento, mas de que os inábeis não sabem como livrar-se!

— As ciências podem ser aprendidas de cor, mas não a Sabedoria.

Yorick julgou que meu pai estivesse inspirado. — Comprometo-me neste momento, disse meu pai, a dispender todo o legado da minha tia Dinah em obras de caridade (às quais, diga-se de passagem, não tinha meu pai muito em conta) se o cabo associar qualquer ideia que seja a cada uma das palavras que repetiu. — Por favor, Trim, disse meu pai, voltando-se para ele, — o que queres dizer com "*honrar Pai e mãe*"?

Dar-lhes, com a permissão de vossa senhoria, um pêni e meio por dia, tirados de meu salário, quando eles estiverem velhos. — E fizeste mesmo isso, Trim? perguntou Yorick. — Fez sim, replicou o meu tio Toby. — Então, Trim, disse Yorick, pulando de sua cadeira e tomando o cabo pela mão, és o melhor dos comentadores dessa parte do Decálogo; e eu te respeito mais por isso, cabo Trim, do que se tivesses tido uma mão na composição do próprio *Talmude*.

## 33

Ó saúde bendita! disse meu pai, proferindo a exclamação enquanto virava as folhas até chegar ao capítulo seguinte, — vales mais que todo o ouro e todos os tesouros do mundo; és tu que alargas a alma, — e lhe facultas receber instrução e deleitar-se na virtude. — Aquele que te possua, pouco mais terá a desejar; — e quem seja tão desventurado que te necessite, — a esse falta tudo, já que lhe faltas tu.

Concentrei tudo quanto pode ser dito sobre este importantíssimo tema num espaço bastante restrito, pelo que lerei o capítulo inteiro.

Meu pai leu o seguinte:

"Como o segredo todo da saúde está na necessária luta pelo poder travada entre o calor radical e a umidade

VOLUME V 455

radical" — Suponho que tenhas provado isso mais acima, disse Yorick. Suficientemente, replicou meu pai.

Ao dizê-lo, fechou o livro, — não como se estivesse decidido a suspender a leitura, pois continuava a marcar a página com o indicador; —— nem com rabugice, — pois fechara o livro devagar, apoiando o polegar, depois de o fechar, na parte superior da capa, enquanto três outros dedos lhe seguravam a parte inferior, sem o menor sinal de violência compressiva. ——

Demonstrei a verdade disso de maneira assaz satisfatória, disse meu pai, acenando com a cabeça a Yorick, no capítulo anterior.

Bem, se ao homem da Lua se pudesse dizer que um homem na Terra escrevera um capítulo suficientemente demonstrativo de que o segredo todo da saúde está na necessária luta pelo poder travada entre o *calor radical* e a *umidade radical*, — e que ele se houvera tão bem na questão que não havia uma só palavra úmida ou seca acerca de calor radical ou umidade radical, ao longo de todo o capítulo, — ou uma só sílaba, nele, *pró* ou *contra*, direta ou indiretamente, acerca da luta entre essas duas forças em todas as partes da economia animal ——

"Ó tu, eterno criador de todos os seres!" — exclamaria ele, golpeando o peito com a mão direita (no caso de a ter) — "Tu cujo poder e bondade podem alargar as faculdades de Tuas criaturas até tão infinito grau de excelência e perfeição, — O que fizemos nós, SELENITAS?"

34

Com dois golpes, um contra Hipócrates, o outro contra lorde Verulam,[51] chegou meu pai ao ponto que queria.

O golpe contra o príncipe dos médicos, por quem começou, não era mais do que um breve ataque à sua pesarosa queixa acerca da *Ars longa* — e *Vita brevis*.[52]

—— Vida breve, exclamou meu pai, — e a arte de curar tediosa?! A quem devemos agradecer por uma e outra senão à ignorância dos próprios curandeiros, — e às carradas de panaceias chimicas[53] e tarecos peripatéticos com que, em todas as épocas, primeiramente lisonjearam o mundo para, por fim, enganá-lo.

—— Ó meu lorde Verulam! exclamou meu pai, deixando Hipócrates para trás e naquele assestando o seu segundo golpe, por tê-lo como o principal traficante de panaceias e o mais adequado para ser convertido em exemplo para os demais. —— Que poderei dizer-te, meu grande lorde Verulam? Que poderei dizer ao teu espírito interior, — ao teu ópio, — ao teu salitre, —— aos teus unguentos gordurosos, — aos teus purgantes diários, — aos teus clisteres noturnos e sucedâneos?

—— Meu pai nunca se via falto do que dizer a quem quer que fosse, acerca de qualquer assunto, e, dos homens vivos, era quem menos carecia de ocasião propícia para lançar-se num exórdio: logo vereis —— como se aveio com a opinião de sua senhoria; —— mas quando, precisamente, — não sei: —— cumpre-nos, primeiro, saber qual era a opinião de sua senhoria.

## 35

"As duas grandes causas, que conspiram entre si para encurtar a vida", diz lorde Verulam,[54] são, primeiramente.

——

"O espírito interior, que, como uma chama branda, consome o corpo até a morte. — E, em segundo lugar, o ar externo, que cresta o corpo até reduzi-lo a cinzas: — esses dois inimigos, atacando de ambos os lados e conjuntamente os nossos corpos, destroem-nos por fim os órgãos e os incapacitam a exercer as funções vitais."

Sendo esse o caso, o caminho da Longevidade era sim-

VOLUME V 457

ples: tudo quanto se faz mister, diz Sua Senhoria, é reparar o dano cometido pelo espírito interno, tornando-lhe a substância mais espessa e mais densa, mercê de um uso regular de opiatos, por um lado, e refrigerando-lhe o calor, de outro, pela ingestão toda manhã, antes de a pessoa levantar-se, de três grãos e meio de salitre. ——

Mesmo assim, nossa constituição permanecia exposta aos assaltos hostis do ar de fora; — isso, porém, podia ser obviado, por sua vez, pelo uso regular de unguentos gordurosos, que saturavam tão plenamente os polos da pele que espículo nenhum lograria penetrá-la; —— nem tampouco dela sair. —— Isso punha um paradeiro em toda transpiração, sensível e insensível, a qual, sendo causa de tantos malignos destemperos, — requeria o uso regular de clisteres para descarregar os humores sobrantes, — e para completar o sistema.

Mais adiante ireis ler o que o meu pai tinha a dizer dos opiatos, salitre, unguentos gordurosos e clisteres de meu lorde de Verulam, — mas não hoje, — nem amanhã: urge o tempo, — meu leitor se impacienta — devo ir avante. —— Podereis ler o capítulo com tranquilidade, (se quiserdes) assim que a *Tristra-paedia* seja publicada. —

Bastará dizer, de momento, que meu pai nivelou a hipótese ao solo, e, com fazê-lo, sabem-no os doutos, assentou e construiu a sua própria hipótese. ——

## 36

O segredo todo da saúde, disse meu pai, recomeçando a sentença, depende evidentemente da necessária luta entre o calor radical e a umidade radical dentro de nós; — ela poderia ser mantida tão só com um mínimo imaginável de cuidados, não fosse o fato de os escolásticos terem atrapalhado a tarefa com apenas (conforme o provou Van Helmont,[55] o famoso chimico) confundir o tempo todo a umidade radical com o sebo e a gordura dos corpos animais.

Ora, a umidade radical não é o sebo ou gordura dos animais, e sim uma substância oleosa e balsâmica; pois a gordura e o sebo, como também as mucosidades ou partes aquosas, são frios, ao passo que as partes oleosas e balsâmicas são de um espírito e calor muito vivos, o que justifica a observação de Aristóteles, "*quod omne animal post coitum est triste*".[56]

Pois bem, é certo que o calor radical vive na umidade radical, mas há dúvidas quanto ao *vice versâ*; todavia, quando um declina, a outra também declina; produz-se então ou um calor antinatural, que ocasiona uma secura antinatural —— ou uma umidade antinatural, que ocasiona hidropisias. —— Assim sendo, se se puder tão só ensinar a uma criança, conforme vá crescendo, que o que tem a fazer é evitar correr para o fogo ou para a água, visto um e outro ameaçarem destruí-la, —— isso é tudo quanto é mister no referente a esta questão. ——

### 37

A descrição do próprio sítio de Jericó não poderia ter prendido a atenção do meu tio Toby mais completamente do que a prendeu o último capítulo; — seus olhos permaneceram fitos em meu pai o tempo todo; — sempre que ele mencionava calor radical e umidade radical, o tio Toby tirava o cachimbo da boca e sacudia a cabeça; e assim que terminou a leitura do capítulo, ele fez sinal ao cabo de que se aproximasse da sua cadeira e dirigiu-lhe a seguinte pergunta, — *de parte.* —— *  *  *  *
*  *  *  *  * Foi no cerco de Limerick,[57] com licença de vossa senhoria, replicou o cabo.

O pobre homem e eu, disse o tio Toby, falando com meu pai, mal conseguimos rastejar para fora de nossas

VOLUME V 459

tendas quando foi levantado o cerco de Limerick, devido exatamente à razão que mencionaste. —— Ora, que é que poderá ter se metido nessa tua preciosa moleira, meu caro irmão Toby? exclamou meu pai, mentalmente. —— Por Deus! acrescentou, continuando a falar consigo mesmo, num sigilo que até mesmo um Édipo teria dificuldade em decifrar. ——[58]

Creio eu, com licença de vossa senhoria, disse o cabo, que não fosse pela quantidade de aguardente a que púnhamos fogo toda noite, e pelo clarete e canela que eu ministrava a vossa senhoria — E a genebra, Trim, acrescentou o tio Toby, que nos fez mais bem do que tudo o mais —— Eu verdadeiramente creio, prosseguiu o cabo, que nós dois, se me permite vossa senhoria dizer, teríamos deixado nossas vidas nas trincheiras e ali ficado sepultados também. —— A mais nobre das tumbas, cabo! exclamou o meu tio Toby, os olhos a luzir enquanto falava, em que um soldado poderia aspirar a jazer. —— Mas uma triste morte para ele! com perdão de vossa senhoria, replicou o cabo.

Tudo isso era tão árabe para meu pai quanto os ritos dos *cólquidas* e dos *trogloditas* o haviam sido antes para o tio Toby; meu pai não conseguiu determinar se lhe cumpria franzir o cenho ou sorrir. ——

O tio Toby, voltando-se para Yorick, tornou a referir o caso de Limerick, mas de maneira mais inteligível do que anteriormente — com o que decidiu a dúvida de meu pai, desde logo.

## 38

Foi efetivamente uma grande felicidade para mim e para o cabo, disse meu tio Toby, que tivéssemos o tempo todo uma febre escaldante, acompanhada de sede furiosa; uma e outra duraram os vinte e cinco dias que a defluxão se fez presente em nosso acampamento; de outro modo, pelo que imagino, a umidade radical referida pelo meu irmão teria dado inevitavelmente cabo de nós. —— Meu pai encheu completamente os pulmões de ar e, erguendo os olhos, expulsou-o tão devagar quanto lhe foi possível. ——

—— Foi um ato de piedade dos céus, continuou o meu tio Toby, infundir na mente do cabo a ideia de manter a necessária luta entre calor radical e umidade radical, reforçando a febre, como fez sem interrupção, com vinho quente e especiarias; assim, o cabo nos manteve (por assim dizer) em combustão contínua, de modo que o calor radical conservou o terreno o tempo todo, mostrando-se um oponente à altura da umidade, por terrível que fosse. —— Por minha honra, acrescentou meu tio Toby, poderias ter ouvido a luta a travar-se dentro de nossos corpos, irmão Shandy, a vinte toesas de distância. — Quando não houvesse fuzilaria, disse Yorick.

Bem — disse meu pai, aspirando profundamente e fazendo uma pausa após a palavra. —— Fosse eu juiz, e permitissem-no as leis do país que me conferiu o cargo, eu condenaria alguns dos piores malfeitores, desde que tivessem feito seu clero ——————— Yorick, antevendo que a sentença iria possivelmente findar de modo implacável, encostou a mão ao peito de meu pai e rogou-lhe a adiasse por alguns instantes, para que ele pudesse fazer uma pergunta ao cabo. —— Por favor, Trim, disse Yorick, sem aguardar permissão de meu pai, — diz-nos honestamente — qual é a tua opinião quanto a esse tal de calor radical e umidade radical?

Submeto-me humildemente ao melhor juízo de vossa senhoria, respondeu o cabo, fazendo uma reverência ao meu tio Toby. — Diz tua opinião com franqueza, cabo, ordenou o tio Toby. — O pobre homem é meu criado, — não meu escravo, — acrescentou, voltando-se para meu pai. ——

O cabo pôs o chapéu debaixo do braço esquerdo, e com o bastão a pender do pulso desse mesmo braço, suspenso de uma correia negra com uma borla à altura do nó, encaminhou-se para o mesmo lugar de onde recitara o seu ca-

VOLUME V 461

tecismo; em seguida, tocando o maxilar inferior com o polegar e demais dedos da mão direita antes de abrir a boca, —— assim manifestou seu pensamento.

## 39

Justamente quando o cabo se preparava para falar — entrou o dr. Slop, bamboleante. — Não é questão de somenos — o cabo irá continuar no capítulo seguinte, entre quem queira entrar. ——

Bem, meu bom doutor, exclamou meu pai festivamente, pois as transições de suas paixões eram inexplicavelmente súbitas, — o que é que tem o meu filhote a dizer sobre o assunto? ——

Houvesse meu pai estado a perguntar acerca da amputação da cauda de um filhote de cachorro — não o poderia ter feito em tom mais negligente: o sistema estabelecido pelo dr. Slop para tratar o acidente de modo algum se compadecia com tal modo de perguntar. — Ele tomou assento.

Por favor, senhor, disse o meu tio Toby, num tom que tornava uma resposta necessária, — qual é a condição do menino? — Acabará resultando numa *fimose*, replicou o dr. Slop.

Continuo sem saber como ele está, disse o tio Toby, — repondo o cachimbo na boca. —— Que o cabo prossiga então, disse meu pai, com sua preleção médica. — O cabo fez uma reverência ao seu velho amigo, o dr. Slop, e em seguida externou a sua opinião no tocante ao calor radical e à umidade radical, da seguinte maneira.

## 40

A cidade de Limerick, cujo cerco começou sob o reinado do próprio rei Guilherme, um ano após eu me engajar no exército — está situada, permitam-me vossas senhorias dizê-lo, no meio de uma região danadamente úmida, pantanosa. — É toda ela circundada, disse o meu tio Toby, pelo Shannon, e, por sua situação, constitui-se numa das mais fortes praças fortificadas da Irlanda. ——

Creio ser essa alguma nova maneira, disse o dr. Slop, de iniciar uma preleção médica. — É pura verdade, respondeu Trim. — Pois eu gostaria que o modelo adotado pela faculdade fosse cortado por esse, disse Yorick. — Com a permissão de vossa senhoria, observou o cabo, a região está mesmo toda cortada de desaguadouros e pauis; além disso, havia tal quantidade de chuva caindo do céu durante o cerco, que a região toda virou um lamaçal, — foi isso, e não outra coisa, que ocasionou a defluxão e que quase nos matou, a vossa senhoria e a mim; ao fim dos primeiros dez dias, continuou o cabo, nenhum soldado conseguia deitar-se sobre solo seco, em sua tenda, se não tivesse antes cavado um fosso em volta dela, para drenar a água; — e nem isso bastava, pois aqueles que podiam dar-se ao luxo disso, como é o caso de vossa senhoria, tinham inclusive de deitar fogo toda noite a uma vasilha de estanho cheia de aguardente, para eliminar a umidade do ar e tornar o interior da tenda tão quente quanto uma estufa. ——

E que conclusão tiraste, cabo Trim, exclamou meu pai, de todas essas premissas?

Deduzo, se me permite dizê-lo vossa senhoria, replicou Trim, que a umidade radical não passa de água de fosso — e que o calor radical, daqueles que possam arcar com a despesa, é aguardente queimada — o calor e umidade radicais de um soldado, com permissão de vossas senhorias, não é mais do que água de fosso — e um trago de genebra; —— deem-nos bastante dela, junto com um cachimbo de tabaco, para levantar-nos o ânimo e expulsar os vapores — e não saberemos o que seja temer a morte.

VOLUME V

Realmente não alcanço, capitão Shandy, disse o dr. Slop, determinar em qual ramo do conhecimento vosso criado brilha mais, se em fisiologia ou se em teologia. — Slop não havia esquecido o comentário de Trim acerca do sermão. —

Mal faz uma hora, replicou Yorick, que o cabo passou por um exame desta última disciplina e dele se saiu honrosamente. ——

O calor e a umidade radicais, disse o dr. Slop voltando-se para meu pai, é, como deveis saber, a base e fundamento de nosso ser, — assim como as raízes de uma árvore são a fonte e princípio de sua vegetação. — São inerentes ao sêmen de todos os animais, e podem ser preservados de diversas maneiras, mas principalmente, a meu ver, por *consubstanciais*, *imprimentes* e *ocludentes*.[59] —— Ora, este pobre homem, continuou o dr. Slop, apontando para o cabo, teve a desventura de ouvir algum discurso empírico e superficial acerca dessa bela questão. —— Pois ouviu mesmo — disse meu pai. —— Muito possivelmente, disse meu tio. — Estou certo disso — completou Yorick. ——

41

Tendo o dr. Slop sido chamado para cuidar de um cataplasma que mandara fazer, meu pai aproveitou a oportunidade para ler outro capítulo da *Tristra-paedia*. —— Vamos lá, coragem, rapazes! Vou lhes mostrar terra ——— pois quando tenhamos logrado abrir caminho por este capítulo, o livro não tornará mais a ser aberto este ano. — Hurra! —

42

—— Cinco anos com um babador sob o queixo;
Quatro anos para ir do abecê a Malaquias;[60]

464 TRISTRAM SHANDY

Um ano e meio para aprender a assinar o próprio nome;

Sete longos anos ou mais τυπιω-ar[61] em grego e em latim;

Quatro anos em *provas* e *negações*[62] — a bela estátua continua encerrada no meio do bloco de mármore, — nada feito, ainda, mas as ferramentas são afiadas para desbastá--lo! — Que lamentável demora! — Não esteve o grande Julius Scaliger a pique de jamais ter suas ferramentas afiadas?

——— Contava já quarenta e quatro anos de idade e ainda não podia avir-se com o seu grego; — e Pedro Damião, senhor e bispo de Óstia, como toda a gente sabe, mal conseguia ler quando já era homem-feito. — E o próprio Baldus, por eminente que se tornasse depois, ingressou tão tarde na profissão jurídica que todos imaginavam tivesse a intenção de advogar no outro mundo; não é de espantar Eudâmidas, filho de Arquidamo, ao ouvir Xenócrates[63] discutindo acerca da *sabedoria* na idade de setenta e cinco anos, ter-lhe perguntado solenemente: — *Se o velho ainda se empenha em discutir e inquirir acerca da sabedoria, — que tempo lhe restará para fazer uso dela?*

Yorick ouvia meu pai com a maior atenção: havia certo condimento de sabedoria inexplicavelmente misturado aos seus caprichos mais extravagantes, e ele tinha por vezes tais iluminações nos seus eclipses mais sombrios que elas quase chegavam a compensá-los — acautelai-vos, senhor, quando fordes imitá-lo.

Estou convencido, Yorick, continuou meu pai, entre lendo e dissertando, que existe uma passagem de noroeste[64] no mundo intelectual; e que a alma do homem tem maneiras mais concisas para abastecer-se de conhecimento e instrução do que aquelas a que geralmente recorremos. ——— Mas, ai! nem todos os campos têm um rio ou fonte a regá-los; — nem toda criança, Yorick! tem um pai capaz de apontá-las.

——— Tudo depende inteiramente, acrescentou meu pai em voz baixa, dos *verbos auxiliares*, Yorick.

VOLUME V                                                    465

Houvera Yorick pisado inadvertidamente a própria serpente de Vergílio,[65] não teria ficado mais surpreso. — Estou também surpreso, exclamou meu pai, observando-o, — e considero uma das maiores calamidades que jamais assolaram a república das letras que aqueles a quem foi confiada a educação de nossos filhos e cuja tarefa toda consistia em abrir-lhes as mentes e desde cedo abarrotá-las de ideias, a fim de pôr-lhes a imaginação no encalço, tivessem feito tão escasso uso assim dos verbos auxiliares para colimar semelhante objetivo. —— De modo que, com exceção de Raimundo Lullio, e de Pellegrini, o velho,[66] o último dos quais chegou a tal perfeição no uso deles, em seus tópicos, que, em poucas lições, conseguia ensinar um jovem cavalheiro a discorrer com plausibilidade acerca de qualquer assunto, *pró* ou *contra*, e dizer e escrever tudo quanto podia ser dito ou escrito a respeito dele, sem ter de corrigir uma só palavra, para admiração de quantos o contemplassem. — Eu gostaria muitíssimo, disse Yorick, interrompendo meu pai, de chegar a compreender este assunto. Pois chegará, assegurou-lhe meu pai.

O ponto mais alto de aperfeiçoamento que uma palavra isolada pode alcançar é uma metáfora elevada, —— no que, a meu ver, a ideia tende geralmente ao pior, não ao melhor; —— seja, porém, como for, — quando a mente conseguiu alcançá-la — alcançou o fim: — mente e ideia ficam em repouso, — até o advento de uma segunda ideia; —— e assim por diante.

Pois bem, a utilidade dos *Auxiliares* é, a um só tempo, fazer a alma avir-se por si mesma com os materiais que lhe são apresentados; e, graças à versatilidade dessa grande máquina que os tece, abrir novas rotas de indagação e lograr que cada ideia engendre milhões de outras ideias.

O senhor despertou grandemente a minha curiosidade, disse Yorick.

De minha parte, acrescentou meu tio Toby, desisti. —— Os daneses, se me permite vossa senhoria dizê-lo, interveio

466 TRISTRAM SHANDY

o cabo, estavam à esquerda no cerco de Limerick e eram todos auxiliares. —— E muitíssimo bons, concluiu o tio Toby. E vossa senhoria serviu com eles, de capitão para capitão. — Muito bem, disse o cabo. — Mas os auxiliares de que meu irmão está falando, Trim, acho que são outra coisa.

—— Achas? disse meu pai, levantando-se.

## 43

Meu pai deu uma só volta pelo aposento, tornou a sentar-se e terminou a leitura do capítulo.

Os verbos auxiliares que aqui nos preocupam, continuou ele, são *sou*; *era*, *hei*; *havia*; *estou*; *estava*; *faço*; *fazia*; *suporto*; *devo*; *deveria*; *quero*; *queria*; *posso*; *podia*; *tenho de*; *teria de*; *chego a* ou *necessito*. — Podem ser variados conforme os tempos, *presente*, *passado*, *futuro*, e conjugados com o verbo *ver*, — ou com interrogações acrescentadas: — É? Era? Será? Seria? Pode ser? Poderia ser? Interrogações que podem ser feitas negativamente: *Não é? Não era? Não deveria ser?* — Ou afirmativamente: — *É; Era; Deveria ser.* Ou cronologicamente: — *Foi sempre? Ultimamente? Faz quanto tempo?* — Ou hipoteticamente: — *E se fosse? E se não fosse?* O que aconteceria? —— E se os franceses derrotassem os ingleses? E se o sol saísse do zodíaco?

Bem, pelo correto uso e aplicação de tais formas, continuou meu pai, nas quais a memória da criança deve ser adestrada, nem uma só ideia pode entrar-lhe no cérebro, por estéril que seja, sem que dela se possa extrair uma porção de conceitos e conclusões. —— Será que nunca viste um urso-branco? exclamou meu pai, voltando a cabeça em direção de Trim, que estava de pé, atrás de sua poltrona. — Não, com licença de vossa senhoria, retrucou o cabo. —— Mas poderias discorrer a respeito de um, Trim, em caso de necessidade? perguntou meu pai. —— Como

VOLUME V                                              467

lhe seria possível, irmão, disse o tio Toby, se o cabo nunca viu um urso? —— Esse é o tipo de fato que me interessa, replicou meu pai, — e a possibilidade dele decorrente é a seguinte.

UM URSO-BRANCO! Muito bem. Vi jamais algum? Poderia eu jamais ter visto algum? Irei jamais ver algum? Deveria eu ter jamais visto algum? Ou posso jamais ver algum?

Teria eu visto um urso-branco! (pois como posso imaginá-lo?)

Se eu chegasse a ver um urso-branco, o que deveria eu dizer? Se eu jamais chegasse a ver um urso-branco, então o quê?

Se não posso, devo ou vou ver um urso-branco vivo; terei jamais visto a pele de algum? Cheguei jamais a ver algum pintado? — descrito? Não terei jamais sonhado com algum?

Será que meu pai, mãe, tio, tia, irmãos ou irmãs jamais viram um urso-branco? O que dariam para vê-lo? Como se comportariam? Como se teria comportado o urso-branco? É feroz? Domado? Terrível? Áspero? Suave?

Vale a pena ver um urso-branco? —

— Haverá nisso algum pecado? —

Será melhor que um URSO PRETO?


FIM DO QUINTO VOLUME

VOLUME VI
1762

I

—— Não nos vamos deter mais do que dois segundos, meu caro senhor, —— mas como já atravessamos estes cinco volumes, (sentai-vos, senhor, em cima de uma coleção deles —— sempre é melhor do que nada) vamos dar apenas uma olhada na região que acabamos de percorrer.
——

—— Que selvagem não tem sido! e foi uma graça dos céus não nos termos ambos extraviado ou sido devorados pelas feras que nela vivem!

Chegastes jamais a imaginar, senhor, que o próprio mundo contasse tantos Senhores Asnos?[1] —— Como nos miraram e examinaram criticamente quando transpúnhamos o riacho lá no fundo daquele valezinho! —— e quando subimos aquela colina e já estávamos quase sumindo de vista — bom Deus! que zurrada não fizeram, todos a uma só voz!

—— Diz-me, pastor! Quem cuida de todos esses Asnos? * * *

—— O céu que cuide deles. —— Que dizes? Nunca ninguém lhes escova o pelo? —— Nunca são estabulados durante o inverno? —— Zurrai — zurrai. Continuai zurrando, — o mundo vos deve muito; —— mais alto ainda — isso não é nada; — na verdade, tratam-vos mal. ——

Fosse eu um Asno, solenemente declaro que zurraria em sol-sol-ré-dó, de manhã até de noite.

2

Depois de ter feito dançar o seu urso-branco, de trás para diante, e vice-versa, durante meia dúzia de páginas, meu pai fechou o livro de uma vez por todas, — e com uma expressão como que de triunfo, devolveu-o às mãos de Trim, fazendo-lhe um sinal de cabeça para que o recolocasse na escrivaninha de onde o tirara. —— Tristram, disse ele, irá conjugar todas as palavras do dicionário da mesma maneira, de trás para diante e vice-versa; —— dessarte, Yorick, cada palavra se converte, como vês, numa tese ou numa hipótese; — cada tese e cada hipótese tem uma progênie de proposições; — e cada proposição, suas consequências e conclusões; cada uma destas, por sua vez, encaminha a mente a novas sendas de indagação e de dúvida. —— É incrível a força desta máquina, acrescentou meu pai, no que respeita a abrir a mente da criança. —— O bastante, irmão Shandy, exclamou o tio Toby, para fazê-la explodir em mil pedaços. ——

Imagino, disse Yorick, sorrindo, — que deve ter sido por causa disso, —— (pois, digam os lógicos o que disserem, o simples uso dos dez predicamentos[2] não basta para explicá-lo a contento) —— que o famoso Vincenzo Quirino, entre os muitos feitos espantosos de sua infância, de que o cardeal Bembo[3] deu ao mundo história tão acurada, — foi capaz de coligir, nas escolas públicas de Roma, quando contava apenas oito anos de idade, nada menos de quatro mil quinhentas e sessenta teses diferentes sobre as questões mais abstrusas da mais abstrusa teologia; — e de defendê-las e sustentá-las de maneira a embaraçar e confundir os seus oponentes. —— E o que é isso, exclamou meu pai, diante do que nos é contado de

VOLUME VI                                                          473

Alphonsus Tostatus,[4] que, quase ainda nos braços de sua
ama de leite, aprendeu todas as ciências e artes liberais
sem nenhuma delas ter lhe sido jamais ensinada? —— E o
que dizer então do grande Piereskius? — Foi exatamente
esse o homem, irmão Shandy, exclamou o meu tio Toby,
de quem lhe contei ter ele percorrido quinhentas milhas
a pé, de Paris a Schevling, ida e volta, tão somente para
ver as carruagens voadoras de Stevinus.[5] —— Foi de fato
um grande, um grande homem! acrescentou o tio Toby
(referindo-se a Stevinus). — Foi mesmo, irmão Toby, disse
meu pai (referindo-se a Piereskius) —— e multiplicou tão
depressa as suas ideias, aumentando de modo tão prodigioso seu cabedal de conhecimentos, que, a dar crédito
a uma anedota a ele referente, que não podemos recusar
sem pôr em xeque a autoridade de todas as anedotas —
quando contava ele apenas sete anos de idade, o pai deixou inteiramente aos seus cuidados a educação do irmão
mais novo, um menino de cinco anos, — confiando-lhe
também a administração de todos os bens deste. — O
pai era tão sábio quanto o filho? perguntou meu tio Toby.
— Acho que não, disse Yorick. — Mas o que são esses,
continuou meu pai — (num rompante de entusiasmo) —
o que são esses diante dos prodígios infantis de Grotius,
Scioppius, Heinsius, Poliziano, Pascal, Joseph Scaliger,
Fernando de Córdova,[6] e outros — alguns dos quais
abandonaram suas *formas substanciais*[7] aos nove anos
de idade, ou mais cedo ainda, e continuaram a raciocinar
sem elas; — outros leram todos os seus clássicos aos sete;
— escreveram tragédias aos oito; — Fernando de Córdova era tão sábio aos nove anos, — que se pensava estivesse
possuído pelo Diabo; —— em Veneza, deu tais provas de
conhecimento e de bondade, que os monges imaginaram
fosse ele o próprio Anticristo, nem mais nem menos. ——
Outros dominavam catorze idiomas aos dez anos de idade, — concluíam o seu curso de retórica, poética, lógica
e ética aos onze, — redigiam seus comentários a Sérvio e

Marciano Capella aos doze, — e aos treze colavam grau em filosofia, direito e teologia. —— Mas esqueces o grande Lípsio,[8] observou Yorick, que fez uma obra* no dia em que nasceu. —— Pois deveriam tê-la limpado, interveio meu tio Toby, e não falar mais no assunto.

## 3

Quando o cataplasma ficou pronto, um escrúpulo de *decorum* surgira intempestivamente na consciência de Susannah no tocante a segurar o castiçal enquanto Slop o aplicava no local; Slop não tratou o destempero de Susannah com anódinos, — pelo que se seguiu uma altercação entre ambos.

—— Oh! oh! —— disse o dr. Slop lançando um olhar de excessiva familiaridade ao rosto de Susannah, quando ela se escusou da tarefa — como se eu não a conhecesse, senhora. —— Conhecer-me, senhor! exclamou Susannah com impertinência, atirando a cabeça para trás num gesto de desdém, endereçado não à profissão médica em geral, mas especificamente ao doutor, —— conhecer-me! tornou a exclamar Susannah. —— Imediatamente o dr. Slop tapou as narinas com o indicador e o polegar; —— o enfado de Susannah estava a pique de explodir. —— É falso, disse ela. — Vamos, vamos,

---

* Nous aurions quelque intérêt, diz Baillet, de montrer qu'il n'a rien de ridicule s'il étoit véritable, au moins dans le sens énigmatique que Nicius Erythraeus a tâché de lui donner. Cet auteur dit que pour comprendre como Lipse, il a pu composer un ouvrage le premier jour de sa vie, il faut s'imaginer, que ce premier jour n'est pas celui de sa naissance charnelle, mais celui au quel il a commencé d'user de la raison; il veut que ç'ait été à l'âge de *neuf* ans; et il nous veut persuader que ce fut en cet âge, que Lipse fit un poème. —— Le tour est ingénieux &c. &c.[9]

VOLUME VI                                                    475

senhorita recatada, disse Slop, muito exultante com o
êxito de sua última estocada, —— se não quer segurar o
castiçal e olhar, — então o segure de olhos fechados. —
Isso é alguma mangação papista, exclamou Susannah.
— Antes assim, disse Slop, assentindo com a cabeça, do
que manga nenhuma, minha jovem. —— Eu o desprezo,
senhor, gritou Susannah, descendo as mangas da blusa
até abaixo do cotovelo.

Era quase impossível imaginar duas pessoas assistindo-
-se mutuamente numa intervenção cirúrgica com cordialidade mais atrabiliária.

Slop agarrou o cataplasma, —— Susannah agarrou o
castiçal. —— Um pouco mais para cá, disse Slop; Susannah, com olhar para um lado e remar do lado contrário,
pôs fogo, nesse instante, à peruca de Slop, a qual, por ser
um tanto basta e sebenta, ardeu por completo mal entrou
em contato com a chama. —— Cadela desavergonhada!
gritou Slop, — (pois o que é a paixão senão um animal
selvagem?) — cadela desavergonhada, gritou, pondo-se
de pé com o cataplasma na mão. —— Eu nunca destruí o
nariz de ninguém, disse Susannah, — coisa que o senhor
não pode dizer.[10] —— Ah é? gritou Slop, atirando-lhe o
cataplasma ao rosto. —— É, sim, gritou Susannah por
sua vez, devolvendo-lhe o cumprimento com o que resta-
ra de cataplasma na panela. ——


4

O dr. Slop e Susannah lançaram-se mutuamente acusações na sala de visitas; depois, como o cataplasma falha-
ra, voltaram à cozinha para preparar-me uma fomentação; — e enquanto isso estava sendo feito, meu pai
decidiu a questão tal qual lereis a seguir.

## 5

Como vedes, já é mais que tempo, disse meu pai, dirigindo-se igualmente ao tio Toby e a Yorick, de tirar esta jovem criatura das mãos dessa mulher e entregá-la às mãos de um preceptor particular. Marco Antonino determinou que catorze preceptores cuidassem, ao mesmo tempo, da educação de seu filho Cômodo,[11] — e em seis semanas demitiu cinco deles. — Sei muito bem, continuou meu pai, que a mãe de Cômodo andava de amores com um gladiador quando o concebeu, o que explica grande parte das crueldades cometidas por Cômodo quando se tornou imperador; — não obstante, sou da opinião de que esses cinco preceptores despedidos por Antonino causaram ao caráter de Cômodo, nesse curto intervalo de tempo, mais dano do que os outros nove puderam corrigir ao longo de suas vidas.

Ora, como considero a pessoa que se irá ocupar de meu filho o espelho onde ele irá mirar-se de manhã até a noite, e pelo qual irá regular sua aparência, sua conduta e talvez os mais recônditos sentimentos do seu coração, — quero arranjar se possível, Yorick, um preceptor polido em tudo e por tudo, para que nele meu filho possa bem mirar-se. —— Isso é muito sensato, disse meu tio Toby consigo mesmo.

—— Existe, continuou meu pai, um certo porte e um certo movimento do corpo e de todas as suas partes, tanto no agir como no falar, que permite ver se um homem é bom por dentro; e não me surpreende nada que Gregório Nazianzeno, tão só com observar os gestos açodados e rebeldes de Juliano,[12] tivesse podido prever que um dia ele iria se tornar um apóstata; —— ou que santo Ambrósio[13] pusesse para fora o seu Amanuense devido ao movimento indecoroso da cabeça dele, a balançar para a frente e para trás como um mangual; —— ou que Demócrito percebesse ser Protágoras[14] um sábio ao vê-lo atar um feixe de varas

VOLUME VI 477

empurrando os ramos pequenos para dentro. —— Há milhares de aberturas que passam despercebidas, continuou meu pai, mas pelas quais um olho penetrante alcança chegar à alma de um homem: e eu sustento, acrescentou, que um homem não pode tirar o chapéu ao entrar num aposento, — ou pegá-lo, ao sair, sem deixar transparecer algo que lhe revele o caráter.

É por tais razões, continuou meu pai, que o preceptor que eu escolher não deverá* cecear nem envesgar nem piscar nem falar alto nem ter aspecto ameaçador ou idiota; —— não deverá morder os lábios nem ranger os dentes nem falar pelo nariz nem limpá-lo ou assoá-lo com os dedos. ——

Não haverá tampouco de andar depressa — ou devagar demais, nem cruzar os braços, — pois é um gesto de indolência, — nem deixá-los caídos, — sinal de estupidez; nem muito menos esconder as mãos nos bolsos, pois isso é despropósito. —

Não deverá bater nem beliscar nem fazer cócegas, — ou roer unhas ou pigarrear ou cuspir ou fungar ou tamborilar com os pés ou com os dedos em sociedade; —— nem tampouco (segundo Erasmo)[15] deverá conversar com quem quer que seja quando faça pipi, — nem apontar para carniça ou excremento. —— Ora, tudo isso é, mais uma vez, bobagem, disse meu tio Toby consigo. ——

Quero-o jovial, divertido, bem-disposto, continuou meu pai; e, ao mesmo tempo, prudente, atento às suas ocupações, vigilante, agudo, arguto, inventivo, pronto no que tange a resolver dúvidas e questões especulativas; —— haverá de ser sensato e judicioso e douto. —— E por que não humilde, moderado, bondoso, afável? perguntou Yorick. —— E por que não, exclamou o meu tio Toby, liberal e generoso e desprendido e bravo? —— Sê-lo-á, meu caro Toby, replicou meu pai, erguendo-se e apertando-lhe

* Vide *Pellegrina*.[16]

a mão. — Então, irmão Shandy, respondeu o tio Toby, erguendo-se também e pondo o cachimbo sobre a mesa para estreitar a outra mão de meu pai, — humildemente te rogo permissão de recomendar-te o filho do pobre Le Fever; —— uma lágrima de alegria, cristalina, cintilou no olho do tio Toby, — e outra, gêmea dela, no olho do cabo, no momento em que foi feita a proposta; —— compreenderás por que quando souberes a história de Le Fever; —— tolo que sou! Não me posso lembrar (nem vós, talvez) sem voltar ao mesmo lugar, o que foi que me impediu de deixar o cabo narrá-la em suas próprias palavras, — mas a ocasião perdeu-se, — e tenho de contá-la agora à minha maneira.

6

## A *história de* LE FEVER

Foi a certa altura do verão do ano em que Dendermond[17] foi tomada pelos aliados, — o que ocorreu cerca de sete anos antes de meu pai ter se retirado para o campo, — e outros tantos após o dia em que meu tio Toby e Trim haviam secretamente levantado acampamento da casa de meu pai na cidade, a fim de sitiar excelentemente algumas das cidades mais bem fortificadas da Europa; —— foi certa noite em que o tio Toby ceava, com Trim sentado atrás dele num pequeno aparador, — repito, sentado — pois, em consideração ao joelho estropiado do cabo (que às vezes lhe causava fortes dores) — quando meu tio estava jantando ou ceando sozinho, jamais deixava que o cabo ficasse de pé; e a veneração do pobre homem pelo seu amo era tal que, com uma artilharia adequada, meu tio Toby poderia ter tomado a própria Dendermond com menos trabalho do que o que lhe custava convencer o cabo a sentar-se: muitas eram as vezes em que meu tio supunha estivesse em repouso a perna do cabo, eis senão

VOLUME VI                                                    479

quando, ao olhar para trás, via-o ali de pé, numa atitude
do mais completo respeito: isso dava azo a que entre eles
se travassem mais pequenas querelas do que as provoca-
das por quaisquer outras causas durante os vinte e cinco
anos que estavam juntos. —— Mas isso nada tem a ver
com a história — por que o estou mencionando aqui?
—— Perguntai à minha pena, — é ela quem me governa
— não eu a ela.

Certa noite, pois, estava meu tio a cear quando o proprietário de uma pequena estalagem da vila entrou na
sala com um frasco na mão rogando um ou dois copos de
vinho branco: É para um pobre cavalheiro — creio tratar-
-se de um militar, disse o estalajadeiro, que foi trazido
enfermo para a minha hospedaria há quatro dias, e nunca
mais ergueu a cabeça nem mostrou o menor desejo de
provar o que quer que fosse, a não ser agora que lhe veio
a vontade de tomar um copo de vinho com uma torrada.
—— *Acho*, disse, tirando a mão da fronte, *que me faria
bem.* ——

—— Se eu não pudesse implorar, pedir emprestada ou
comprar uma coisa dessas, — acrescentou o estalajadeiro,
— creio que a roubaria para o pobre cavalheiro, que tão
mal está. —— Espero em Deus que possa ainda recobrar-
-se, continuou ele; — estamos todos muito preocupados
com ele.

És uma alma compassiva e eu responderei por ti, exclamou o meu tio Toby; beberás também um copo de vinho branco à saúde do pobre cavalheiro; — leva-lhe um
par de garrafas com os meus respeitos e diz-lhe que as
envio de coração, e mais uma dúzia delas lhe mandarei se
puderem fazer-lhe bem.

Embora eu esteja persuadido, disse o tio Toby, tão
logo o estalajadeiro saiu fechando a porta, de que se trata
de pessoa muito compassiva — Trim, — mesmo assim
não posso deixar de ter na mais alta conta o seu hós-
pede, igualmente; deve haver nele algo fora do comum,

para que em tão curto tempo conquistasse de tal modo a afeição de seu hospedeiro. —— E de toda a família dele, acrescentou o cabo, pois estão todos preocupados por sua causa. —— Vai atrás dele, disse meu tio, — vai, Trim, — e pergunta-lhe se sabe o nome do cavalheiro.

—— Esqueci-o completamente, na verdade, disse o estalajadeiro, voltando à sala acompanhado do cabo, — mas posso perguntar de novo ao filho dele. —— Ele trouxe consigo um filho? perguntou o tio Toby. — Um menino, replicou o estalajadeiro, de uns onze ou doze anos de idade; — mas a pobre criatura tem comido quase tão pouco quanto o pai; não faz outra coisa senão lamentá-lo e pranteá-lo noite e dia. —— Nestes dois dias, não arredou pé da cabeceira do pai.

Meu tio Toby depôs faca e garfo e afastou de si o prato enquanto ouvia a narrativa do estalajadeiro; Trim, mesmo sem ter recebido ordens, levou-os embora sem dizer palavra e alguns minutos depois trouxe-lhe o cachimbo e tabaco.

—— Fica mais um pouco aqui na sala, disse-lhe o tio Toby. ——

Trim! —— chamou-o, após ter acendido o cachimbo e dado uma dúzia de baforadas. —— Trim postou-se em frente do amo e fez a sua reverência de costume. — Meu tio Toby nada mais disse; continuou a fumar o seu cachimbo. —— Cabo! disse meu tio Toby — o cabo fez a sua reverência. —— Meu tio não foi adiante, antes de terminar o cachimbo.

Trim! falou por fim, tenho um projeto na cabeça: como esta é uma noite de mau tempo, penso vestir o meu *roquelaure*,[18] para manter-me aquecido, e ir fazer uma visita a esse pobre cavalheiro. —— O *roquelaure* de vossa senhoria, replicou o cabo, não foi mais usado desde a noite anterior àquela em que vossa senhoria foi ferido, quando montávamos guarda nas trincheiras, diante da porta de Saint-Nicolas; —— além disso, a noite está tão fria e tão chuvosa que o *roquelaure* e o mau tempo bastarão para levar vossa senhoria à morte e trazer de volta as dores de sua virilha. Receio que sim, replicou meu tio Toby; entretanto, desde que ouvi à narrativa que me foi feita pelo estalajadeiro, não tenho mais paz de espírito. —— Bem gostaria de não ter sabido tanto a respeito do assunto, — acrescentou, — ou então de ter sabido mais. —— Como iremos resolver o impasse? Deixe vossa senhoria as coisas a meu cargo, pediu o cabo; —— vou pegar o chapéu e o bastão e irei até a hospedaria para fazer um reconhecimento e agir de conformidade; trarei a vossa senhoria um relato completo da situação dentro de uma hora. —— Deves ir então, Trim, disse meu tio; eis um xelim para beberes um trago com o criado do cavalheiro. —— Vou tirar dele todas as informações, prometeu o cabo, fechando a porta.

Meu tio Toby encheu um segundo cachimbo e, não fosse pelo fato de ele de quando em quando desviar-se da questão para considerar se não daria no mesmo a cortina da tenalha formar uma linha reta ou uma linha torta, — poderia dizer que só pensou no pobre Le Fever e seu filho, o tempo todo que levou a fumar.

7

*Continuação da história de* LE FEVER

Foi só depois de o meu tio Toby ter limpado as cinzas do seu terceiro cachimbo que o cabo Trim voltou da hospedaria e fez-lhe a seguinte narrativa.

Desesperei a princípio, disse o cabo, de poder trazer de volta a vossa senhoria qualquer tipo de informação a respeito do pobre tenente enfermo. — Ele pertence ao exército então? perguntou meu tio. —— Pertence, disse o cabo. —— E a que regimento? quis saber o tio Toby. —— Vou contar a vossa senhoria, replicou o cabo, todas as coisas desde o começo, tal como as ouvi. — Nesse caso, Trim, fumarei mais um cachimbo, disse meu tio Toby, e prometo não te interromper enquanto não tiveres terminado; senta-te à vontade, pois, ali no poial da janela, e recomeça a tua narrativa. O cabo fez a sua velha reverência, que geralmente dizia, tão claro quanto o possa dizer uma reverência, — *Vossa senhoria é um homem bondoso.* —— Tendo-a feito, sentou-se como lhe fora ordenado — e começou a recontar a história ao meu tio Toby exatamente com as mesmas palavras.

Desesperei a princípio, disse o cabo, de poder trazer de volta a vossa senhoria qualquer tipo de informação a respeito do tenente e de seu filho; pois, quando perguntei onde andava o criado dele, de quem eu estava certo de poder saber todas as coisas que fosse conveniente indagar — Essa é uma distinção correta, Trim, observou meu tio Toby. — Disseram-me, com licença de vossa senhoria, que ele não trouxera consigo nenhum criado; —— que chegara à hospedaria em cavalos alugados, aos quais, ao ver-se incapacitado de prosseguir, (para juntar-se, suponho eu, ao seu regimento) despediu na manhã seguinte à sua chegada. — Se eu vier a melhorar, meu querido, disse, entregando sua bolsa ao filho para que pagasse ao homem, — poderemos alugar outros cavalos aqui mesmo. —— Mas ai! o pobre cavalheiro jamais se irá daqui, disse-me a mulher do estalajadeiro, — pois ouvi o anóbio[19] cantar a noite toda; —— e quando ele morrer, o menino, seu filho, morrerá também decerto, já que está com o coração partido.

"Estava eu ouvindo isso, continuou o cabo, quando o menino entrou na cozinha para pedir a torrada referida pelo estalajadeiro: — Mas eu mesmo a prepararei para meu pai, disse. —— Permita-me o jovem cavalheiro poupar-lhe esse trabalho, disse eu, pegando um garfo adequado e oferecendo-lhe uma cadeira para que se sentasse junto do fogo enquanto eu a preparava. —— Creio, senhor, disse ele muito recatadamente, que saberei prepará-la mais ao gosto dele. —— Estou certo, respondi eu, de que sua senhoria não apreciará menos a torrada pelo fato de ter-lhe sido preparada por um velho soldado. —— O menino apertou-me a mão e no mesmo instante rompeu em lágrimas. —— Pobre menino! disse meu tio Toby, — ele tem sido criado desde a mais tenra infância no exército, e o nome de um soldado, Trim, deve haver lhe soado aos ouvidos como o nome de um amigo; — bem que eu gostaria de tê-lo aqui conosco.

—— Nunca, nem mesmo na marcha mais longa, disse o cabo, tive tanta vontade de comer como tive de chorar com ele para fazer-lhe companhia. — Que poderia estar havendo comigo, se me permite perguntar a vossa senhoria? Nada mais, Trim, disse o meu tio Toby, assoando-se, — do que o simples fato de seres um homem de bom coração.

Quando lhe entreguei a torrada, continuou o cabo, pensei que seria oportuno dizer-lhe que eu era criado do capitão Shandy e que vossa senhoria (embora fosse um estranho) estava muitíssimo preocupado com o pai dele; — e que tudo quanto pudesse oferecer vossa casa ou adega —— (E poderias ter também acrescentado a minha bolsa, disse o tio Toby) —— estaria cordialmente ao seu dispor. —— Ele fez uma reverência profunda (endereçada a vossa senhoria) mas não respondeu nada, — pois tinha o coração repleto de emoção — e encaminhou-se para as escadas com a torrada. — Asseguro-vos, meu caro, disse
-lhe eu enquanto lhe abria a porta, que vosso pai logo estará bom de novo. —— O coadjutor do sr. Yorick fumava um cachimbo ao lado do fogo, — mas não disse uma só palavra, nem boa nem má, ao menino. —— Achei que procedia mal, acrescentou o cabo. —— Também acho, concordou meu tio Toby.

Depois de tomar o seu copo de vinho branco e comer a sua torrada, o tenente sentiu-se um pouco mais reanimado e mandou-me avisar na cozinha que ficaria contente se eu subisse a escada para ir vê-lo dentro de dez minutos. —— Creio, explicou o estalajadeiro, que ele vai dizer agora as suas preces, —— pois havia um livro na cadeira ao lado de sua cama, e quando eu fechava a porta, vi o filho dele pegar uma almofada. ——

Eu pensava, disse o coadjutor, que vós, cavalheiros do exército, sr. Trim, jamais diziam suas orações. —— Ouvi o pobre cavalheiro rezar ontem de noite, disse a mulher do estalajadeiro, e com muita devoção; ouvi-o com os meus próprios ouvidos, sem o que não teria acreditado. —— Estás certa disso? perguntou o coadjutor. —— Um soldado, permita-me vossa reverência dizê-lo, disse eu, reza tão amiúde (por sua livre e espontânea vontade) quanto um pároco; —— e quando está combatendo pelo seu rei, pela sua própria vida e por sua honra, tem mais razões do que ninguém no mundo para orar a Deus. —— Fizeste muito bem em dizê-lo, Trim, aprovou o meu tio Toby. —— Mas quando, com a permissão de vossa reverência, disse eu, um soldado esteve doze horas a fio de pé numa trincheira, mergulhado até os joelhos em água fria, — ou ocupado, disse eu, durante meses seguidos, em empreender longas e perigosas marchas — fustigado pelo inimigo na retaguarda, hoje; — fustigando-o, amanhã; — destacado para tal lugar — e logo depois transferido para outro; — repousando esta noite com a cabeça apoiada nos braços que sustentam o fuzil; — surpreendido ainda em camisa pelo inimigo, na noite seguinte; — com as juntas entorpecidas; — talvez sem ter em sua tenda nem um pouco de palha sobre que ajoelhar-se; — só lhe resta mesmo dizer as suas orações *como* e *onde* possa. — Acredito, disse eu, — pois estava melindrado, explicou o cabo, no tocante à reputação do exército, — acredito, se me permite vossa reverência dizê-lo, que quando um soldado tem tempo para orar — ora tão fervorosamente quanto um pároco, — embora não com tanto espalhafato e hipocrisia. —— Não deverias ter dito isso, Trim, admoestou-o meu tio Toby, — pois só Deus sabe quem é e quem não é hipócrita. ——

VOLUME VI                                                          485

Na grande revista por que todos nós, cabo, teremos de passar no dia do juízo final (e não antes) — é que se verá quem cumpriu seus deveres neste mundo, — e quem não os cumpriu; e seremos promovidos, Trim, de conformidade com isso. —— Espero mesmo que sejamos, respondeu Trim. — Está dito nas Escrituras, explicou meu tio Toby: vou te mostrar amanhã. — Nesse meio-tempo, Trim, podemos contar, para confortar-nos, disse o tio Toby, com a ideia de que Deus Todo-Poderoso é tão justo e tão bondoso governante do mundo que, se nele tivermos cumprido tão só os nossos deveres, — nunca nos será perguntado se os cumprimos vestindo uma túnica rubra ou negra. —— Espero que não, disse o cabo. —— Mas continua, Trim, pediu meu tio Toby, continua com a tua história.

Quando subi, prosseguiu o cabo, até o quarto do tenente, o que só fiz ao cabo dos dez minutos, — ele jazia na cama com a cabeça apoiada na mão, o cotovelo sobre um travesseiro e um imaculado lenço de cambraia ao lado. —— O menino inclinava-se nesse momento para recolher a almofada sobre a qual suponho que o tenente estivera ajoelhado, — o livro jazia sobre a cama, — e, quando se levantou, o menino, segurando a almofada com uma das mãos, estendeu a outra para recolhê-lo ao mesmo tempo. —— Deixa-o ficar aí, meu querido, disse o tenente.

Ele não se dispôs a falar comigo senão quando me aproximei de sua cabeceira. — Se és o criado do capitão Shandy, disse ele, deves transmitir os meus agradecimentos ao teu amo, juntamente com os do meu filho, pela sua cortesia para comigo. Perguntou o tenente — se ele servia no regimento de Leven. — Confirmei que vossa senhoria nele servira. — Então, respondeu ele, servi três campanhas com ele, em Flandres, e me lembro dele, — mas é muito provável, como não tive a honra de conhecê-lo pessoalmente, que ele nada saiba de mim. —— Tu lhe dirás, contudo, que a pessoa que a bondosa natureza dele fez sua devedora é um certo Le Fever, tenente do regimento de Angus ——

mas ele não me conhece — repetiu, pensativo; —— talvez conheça minha história — acrescentou. — Por favor, diga ao capitão que eu era aquele porta-bandeira em Breda cuja esposa foi desgraçadamente morta por um tiro de mosquete quando eu a tinha nos braços em minha tenda.[20] —— Lembro-me da história e, se vossa senhoria me permite, muito bem. —— Lembras-te? disse ele enxugando os olhos com o lenço, — então bem que poderei. — Dizendo isto, tirou do peito um anelzinho que parecia estar suspenso de um cordão negro ao seu pescoço e beijou-o duas vezes. —— Vem cá, Billy, disse; —— o menino veio imediatamente para junto dele, — e, caindo de joelhos, tomou o anel na mão e beijou-o também, — depois ao pai; sentando-se na beirada da cama, pôs-se então a chorar.

Bem que eu gostaria, disse meu tio Toby, com um fundo suspiro, — bem que eu gostaria, Trim, de estar sonhando.

Vossa senhoria, disse o cabo, está muito preocupado; — posso vos servir um copo de vinho branco para acompanhar o cachimbo? —— Sim, Trim, disse o tio Toby.

Lembro-me, acrescentou ele, suspirando de novo, da história do porta-bandeira e de sua esposa, bem como de uma circunstância omitida pela modéstia dele; — tanto mais quanto ele, bem como ela, por esta ou aquela razão (esqueceu-me qual) foram unanimemente deplorados por todo o regimento; — mas acaba a tua história. — Já acabei, retrucou o cabo, — pois não pude ali permanecer mais tempo, — e por isso desejei as boas-noites a sua senhoria; o menino Le Fever levantou-se e acompanhou-me até o pé da escada; enquanto descíamos juntos, contou-me ele que tinham vindo da Irlanda e estavam indo juntar-se ao regimento em Flandres. —— Mas aí! disse o cabo, — o último dia de marcha do tenente chegou. — O que será então do seu pobre filho? exclamou meu tio Toby.

VOLUME VI                                                      487

## 8
### *Continuação da história de* LE FEVER

Para a eterna honra do tio Toby cumpre dizer, —— embora eu o diga tão só em prol daqueles que, quando encurralados entre uma lei natural e uma lei positiva,[21] não sabem, nem pela salvação de suas almas, para que lado voltar-se —— que, não obstante estar ele então ativamente empenhado em levar avante o cerco de Dendermond, paralelamente com os aliados que pressionavam suas tropas com tanto vigor que mal lhe deixaram tempo de almoçar, —— que, não obstante isso, ele desistiu de Dendermond, embora já tivesse estabelecido obras de defesa sobre a contraescarpa, — e voltou todos os seus pensamentos para as desgraças pessoais da hospedaria; e, salvo por haver ordenado ficasse fechado o portão do jardim, com o que se poderia dizer ter ele convertido o cerco de Dendermond num bloqueio, — deixou a cidade entregue a si mesma, — para ser ou não atendida pelo rei de França,[22] se este julgasse conveniente; ele próprio só se ocupou de como atender ao pobre tenente e ao seu filho.

—— Aquele SER que é só bondade, o amigo dos que não têm amigos, te recompensará por isso.

Tu não cuidaste bem deste assunto, disse meu tio Toby ao cabo, enquanto este o ajudava a meter-se na cama, —— e eu te direi no quê, Trim. —— Em primeiro lugar, quando fizeste a Le Fever um oferecimento dos meus serviços, — sabendo que doenças e viagens são ambas dispendiosas e que ele não passa de um pobre tenente, obrigado a manter a si mesmo e ao filho tão só com o seu soldo, — deixaste de pôr-lhe à disposição a minha bolsa; bem sabias, Trim, que, estando ele necessitado, poderia dispor dela como se fosse eu próprio. —— Vossa senhoria sabe, disse o cabo, que eu não recebera ordens expressas para tanto. — Isso é verdade, concordou meu tio; —

como soldado, procedeste muito corretamente, — mas, como homem, muito erradamente.

Em segundo lugar, para o que, decerto, tens a mesma desculpa, continuou o tio Toby, —— quando lhe ofereceste tudo quanto havia em minha casa, — deverias ter lhe oferecido também a casa; —— um irmão de armas doente, um oficial, deve ter o melhor quartel, Trim, e se o tivéssemos aqui conosco, Trim, — poderíamos olhar por ele e cuidá-lo. —— Tu mesmo és um excelente enfermeiro, Trim, — e, juntando os teus cuidados aos da nossa velha empregada, aos do menino e aos meus, poderíamos revigorá-lo e pô-lo de novo de pé. ——

—— Em duas ou três semanas, acrescentou meu tio Toby, sorrindo, — poderíamos fazê-lo marchar. —— Ele nunca mais há de marchar, se vossa senhoria me permite dizê-lo, neste mundo, retorquiu o cabo. —— Há de marchar sim, disse o tio Toby, erguendo-se da beirada da cama onde se sentara, já com um dos sapatos descalçado. —— Com perdão de vossa senhoria, insistiu o cabo, ele nunca mais há de marchar, a não ser para o seu próprio túmulo. —— Há de marchar sim, exclamou o tio Toby, pondo-se a marchar com o pé calçado, mas sem avançar uma polegada que fosse, — marchará de volta ao seu regimento. —— Não aguentará, disse o cabo. —— Aguentará porque terá o nosso apoio, disse meu tio Toby. —— Tombará, e o que será desse menino? —— Ele não tombará, disse o tio Toby com firmeza. —— Ai senhor!, — tudo o que pudermos fazer por ele, disse Trim, mantendo o seu ponto de vista, — não logrará salvar o pobre homem da morte. —— Ele não vai morrer, por D—, exclamou o tio Toby.

— O ESPÍRITO ACUSADOR, que voou para o supremo tribunal do céu com o juramento, enrubesceu ao entregá-lo, — e O ANJO REGISTRADOR, ao anotá-lo, deixou cair uma lágrima sobre a palavra, borrando-a para sempre.

VOLUME VI                                                    489

## 9

—— O tio Toby dirigiu-se até a sua escrivaninha, — pôs
a bolsa no bolso de seus calções, e, após ordenar ao cabo
que fosse buscar um médico logo de manhã cedo, — meteu-se na cama e adormeceu.

## 10
### Conclusão da história de LE FEVER

Na manhã seguinte, o sol brilhava para todos os olhos
da vila, a não ser os de Le Fever e seu contristado filho; a
mão da morte pesava sobre as pálpebras do tenente, ——
e mal pudera a roda da cisterna completar o seu giro, —
quando meu tio Toby, que se levantara uma hora antes do
habitual, lhe entrava pelo quarto adentro e, sem introito
nem explicação, sentava-se na cadeira ao lado do leito;
fazendo caso omisso de quaisquer cerimônias ou fórmulas de cortesia, abriu as cortinas do leito como o faria um
velho amigo e irmão de armas e perguntou-lhe como passava, — se repousara durante a noite, — de que se queixava, — onde eram as suas dores, — e o que ele poderia
fazer para ajudá-lo: —— sem dar-lhe tempo de responder
a qualquer uma dessas perguntas, continuou a falar para
expor-lhe o planozinho que estivera a concertar com o
cabo na noite anterior no tocante a ele.

—— Irás direto para casa, Le Fever, explicou-lhe o tio
Toby, para a minha casa, e chamaremos um doutor para
examinar-te, — e teremos um boticário, — e o cabo será
o teu enfermeiro, —— e eu o teu criado, Le Fever.

Havia no meu tio Toby uma franqueza, — que era não
*efeito* da familiaridade, — mas a sua *causa*, — e que lhe
punha a descoberto, de imediato, a alma, mostrando-vos
a bondade de sua índole; de par com isso, transparecia em
suas maneiras, aparência e voz algo que continuamente

acenava para os desventurados, convidando-os a vir procurar abrigo junto dele; por isso, antes de o tio Toby ter sequer chegado ao meio dos bondosos oferecimentos que estava fazendo ao pai, o filho insensivelmente encostara-se aos seus joelhos, apoderara-se do peitilho do seu casaco e o puxava para si. —— O sangue e o alento vital de Le Fever, que se estavam esfriando e esvaindo no seu interior, retirando-se para a última cidadela, o coração, — arregimentaram-se de novo, — por um instante seus olhos perderam a opacidade, — ele mirou anelante o rosto do tio Toby, — então lançou um olhar ao filho, —— e esse *laço*, por tênue que fosse, — jamais se rompeu. ——

A natureza retirou-se de novo, imediatamente, —— a opacidade voltou a seu lugar, —— o pulso vacilou —— deteve-se —— tornou a bater —— latejou —— parou outra vez —— palpitou —— parou —— devo prosseguir? —— Não.

II

Estou tão impaciente por voltar à minha própria história que o que resta contar da do jovem Le Fever, isto é, desde esse giro da roda de sua fortuna até o momento em que meu tio Toby o recomendou para meu preceptor, será narrado em pouquíssimas palavras no próximo capítulo. — Tudo quanto cumpre acrescentar a este capítulo é o seguinte: —

Que meu tio Toby, levando o jovem Le Fever pela mão, acompanhou o pobre tenente até o sepulcro, sendo ambos os seus principais enlutados.

Que o governador de Dendermond lhe rendeu todas as honras militares em suas exéquias, — e que Yorick, para não ficar atrás — rendeu-lhe as honras eclesiásticas — pois o sepultou em seu presbitério. — E parece, ademais, que lhe fez um sermão funerário na ocasião. — Digo *parece* —

VOLUME VI 491

porque era costume de Yorick, e suponho que de todos da sua profissão, historiar, na primeira folha de cada um dos sermões que compunha, a data, o lugar e a ocasião em que fora pregado; a isso costumava sempre acrescentar algum breve comentário ou observação acerca do próprio sermão, raras vezes, em verdade, a seu favor. — Por exemplo: *Este sermão acerca da dispensação judaica, — não gosto absolutamente dele. — Embora reconheça haver nele todo um mundo de sabedoria* WATER-LÂNDICA,[23] *— tudo é muito cediço e foi articulado de maneira ainda mais cediça. —— Isto não passa de uma composição muito frívola; que tinha eu na cabeça quando a escrevi?*

*—— N.B. O mérito deste texto está em servir para qualquer sermão, — e o deste sermão, —— o de que servirá a qualquer texto. ——*

*—— Por este sermão me enforcarão, — pois a maior parte dele foi roubada. A dra. Paidagunes descobriu-me,[24]* ☞ *Um ladrão se pega com outro ladrão. ——*

Nas costas de uma meia dúzia deles, vi escrito *Mais ou menos* e nada mais —— e em dois *Moderato*, palavra pela qual, tanto quanto se pode inferir do dicionário italiano de Altieri, — e sobretudo da autoridade de um pedaço de cordel de chicote, verde, que parece ter sido desfiado do látego de Yorick e com o qual ele nos deixou amarrados num mesmo pacote os dois sermões marcados *Moderato* e a meia dúzia dos marcados *Mais ou menos*, — pode-se supor com certa segurança que, nos dois casos, ele queria dizer exatamente a mesma coisa.

Depara-se-nos uma dificuldade, porém, no tocante a esta conjectura, qual seja a de que os *moderato* são cinco vezes melhores do que os *mais ou menos*; — demonstram dez vezes mais conhecimento do coração humano; — contêm setenta vezes mais espírito e engenho; — (e, para ascender até o meu clímax como cumpre) — revelam mil vezes mais gênio; — e, coroamento de tudo, são infinitamente mais divertidos do que os outros amarrados no mesmo pacote, — razão pela qual, quando os sermões *dramáticos* de Yorick forem oferecidos ao mundo, admitirei apenas um de todo o conjunto de *mais ou menos*; no entanto, aventurar-me-ei a incluir os dois *moderato* sem qualquer tipo de escrúpulo.

O que pretendia Yorick dizer com as palavras *lentamente*, — *tenuto*, — *grave*, — e às vezes *adagio*, — aplicadas a composições teológicas e com as quais caracterizou alguns desses sermões, é coisa que não me atrevo sequer a conjecturar. —— Intrigou-me ainda mais encontrar escrito *a l'octava alta!* num deles; —— *Con strepito* nas costas de outro; —— *Siciliana* num terceiro; —— *Alla capella* num quarto; —— *Con l'arco* neste; —— *Senza l'arco* naquele.[25]
—— Tudo quanto sei é que se trata de termos musicais, e que eles têm um sentido; —— e como Yorick era um homem de gostos musicais, não tenho dúvida de que, com aplicar algo extravagantemente tais metáforas às composições em questão, elas lhe inculcavam na mente ideias muito claras de suas diversas qualidades, — seja o que for que pudessem inculcar nas mentes de outras pessoas.

Entre tais sermões, há um, especificamente, que me levou a esta digressão, sem que eu saiba explicar por quê. —— Refiro-me ao sermão fúnebre acerca do pobre Le Fever, escrito em bela caligrafia, como que copiado de um rascunho apressado. — Chamou-me mais a atenção porque parece ter sido a composição favorita de Yorick. —— Versa acerca da mortalidade; está atado, no sentido da largura e da altura, com um cordel e enrolado em meia folha de um sujo papel azul que parece haver sido outrora a capa de uma revista não especializada, até hoje recendendo horrivelmente a remédio para cavalos. ——[26] Duvido um pouco — de que tais marcas de humilhação fossem propositais, —— porque, no fim do sermão (e não no seu começo) — e em tom muito diverso daquele com que tratou o restante, escrevera ele ——

VOLUME VI                                          493

## Bravo!

—— embora não com destaque, —— pois a palavra está
situada a duas polegadas, pelo menos, e a meia distância
(e abaixo) da última linha do sermão, bem no fim da página, naquele lado direito que, como sabeis, é geralmente
encoberto pelo vosso polegar; e, para fazer-lhe justiça, foi
escrita com pena de corvo, em letra minúscula italiana,
num traço tão leve que mal atrai a vista para aquele lugar, quer nele esteja ou não o vosso polegar, — pelo que,
a julgar da *maneira* com que foi escrita, a palavra meio
como que se desculpa; tendo sido traçada, ademais, com
tinta muito fraca, diluída quase por completo, — é mais
um *ritratto*[27] da sombra da vaidade do que da VAIDADE
propriamente dita; parece um tímido pensamento de tran-
sitório aplauso agitando-se secretamente no coração do
compositor, mais do que o seu sinal ostensivo, grosseira-
mente imposto ao mundo.

Com todos estes atenuantes, dou-me conta de que, ao
divulgar o fato, não presto nenhum serviço à modéstia do
caráter de Yorick; — mas todos têm as suas fraquezas! e o
que torna a dele ainda menor, quase a apagando de todo,
é o fato de a palavra ter sido riscada algum tempo depois
(o que se percebe pelo diferente tom da tinta) por uma
linha que a cortava desta maneira, ~~BRAVO~~ —— como se
ele se houvesse retratado, ou se envergonhasse da opinião
que um dia entretivera a respeito do sermão.

Esses breves comentários acerca dos sermões eram
sempre escritos, exceto no caso acima, sobre a primeira
folha de cada sermão, que lhe servia de capa, ou sobre
a parte interna dela, voltada para o texto; — todavia,
ao fim do discurso, onde talvez tinha cinco ou seis páginas, e às vezes de uma vintena delas ao seu inteiro dispor,
— ele dava uma volta maior, e, na verdade, muito mais
animosa, — como se tivesse aproveitado a ocasião para
aliviar-se com alguns ataques joviais ao vício, mais joviais

do que o permitia a austeridade do púlpito. — Tais ataques, embora fossem, como os dos hussardos, escaramuças ligeiras, sem ordem alguma, nem por isso deixavam de servir à virtude; — dizei-me pois, Mynheer Vander Blonederdondergewdestronke,[28] por que não deveriam eles ser impressos juntamente com os sermões?

## 12

Depois de meu tio Toby ter convertido todos os pertences de Le Fever em dinheiro, para acertar as contas dele com o agente do regimento e com a humanidade em geral, —— nada mais lhe restou nas mãos afora um velho capote militar e uma espada, pelo que encontrou pouca ou nenhuma oposição por parte do mundo no tocante a assumir a administração desses bens. O capote deu-o ao cabo: —— Usa-o, Trim, disse o tio Toby, enquanto aguentar, em memória do pobre tenente. —— E isto, —— acrescentou, segurando o punho da espada e retirando-a da bainha enquanto falava, —— isto eu guardarei para ti, Le Fever; — é toda a fortuna, prosseguiu o tio Toby, pendurando-a a um gancho e apontando para ela, — é toda a fortuna, meu caro Le Fever, que Deus te deixou, mas se ele te deu também um coração valoroso para abrires caminho no mundo com ela, — e se o abrires como um homem de honra, — é quanto basta para nós.

Após ter assentado os alicerces de sua educação e ensinado ao jovem como inscrever um polígono regular num círculo, meu tio Toby o enviou para uma escola pública,[29] onde, a não ser na festa de Pentecostes e no Natal, ocasiões em que o cabo o ia pontualmente buscar, — ele permaneceu até a primavera dos seus dezessete anos; foi então que as histórias acerca de o imperador enviar o seu exército à Hungria para combater os turcos fizeram com que se acendesse no seu peito uma pequena chama; ele

VOLUME VI 495

abandonou o grego e o latim sem despedir-se deles e, atirando-se de joelhos diante do meu tio Toby, pediu-lhe a espada do pai bem como o consentimento para que pudesse ir tentar fortuna sob as ordens de Eugênio. —[30] Por duas vezes, meu tio Toby esqueceu seu ferimento e exclamou: Le Fever! irei contigo e lutarás ao meu lado. —— E por duas vezes pôs a mão na virilha e deixou pender a cabeça num gesto de pesar e de desconsolo. ——

Meu tio Toby retirou a espada do gancho, onde permanecera intocada desde a morte do tenente, e a entregou ao cabo para que a polisse; —— e após reter Le Fever duas semanas a fim de equipá-lo e providenciar sua passagem até Livorno, — pôs-lhe a espada nas mãos. —— Se fores bravo, Le Fever, disse-lhe, ela não te faltará, —— mas a Fortuna, acrescentou (algo meditativo) —— a Fortuna pode —— E se o fizer, — completou, abraçando-o, volta para cá, Le Fever, e acharemos outro rumo para ti.

A maior das injúrias não poderia ter oprimido o coração de Le Fever mais do que a paternal bondade do meu tio Toby; —— o jovem despediu-se dele como o melhor dos filhos se despede do melhor dos pais —— ambos derramaram lágrimas —— e ao dar-lhe o último beijo, meu tio Toby pôs-lhe furtivamente na mão sessenta guinéus, metidos numa velha bolsa que pertencera ao seu pai e onde também estava o anel de sua mãe, — rogando a Deus que o abençoasse.

13

Le Fever alcançou o exército imperial bem a tempo de experimentar de que metal era feita a sua espada, por ocasião da derrota dos turcos às portas de Belgrado;[31] entretanto, uma série de imerecidos infortúnios o perseguiu a partir daquele momento e lhe pisou os calcanhares por quatro anos a fio, desde então: ele aguentara todos esses reveses, até o último deles, mas a doença o prostrou em Marselha, de onde ele escreveu ao meu tio Toby contando-lhe que perdera tempo, o serviço militar, a saúde; em suma, tudo quanto possuía, com exceção da espada; —— e que estava à espera do primeiro barco para regressar à casa.

Como essa carta chegara ao destinatário cerca de seis semanas antes do acidente de Susannah, Le Fever estava sendo esperado a qualquer momento; ocupou a mente de meu tio Toby o tempo todo em que meu pai se dispôs a fazer, para ele e para Yorick, uma descrição do tipo de pessoa que escolheria como meu preceptor; porém, como o tio Toby julgasse algo fantasiosas as exigências de meu pai nesse particular, absteve-se de mencionar o nome de Le Fever, —— até que o caráter do futuro preceptor, graças à intervenção de Yorick, acabou por inesperadamente definir-se como alguém que deveria ser afável e generoso e bom; nesse momento, a imagem de Le Fever e do interesse que por ele tinha o meu tio Toby imprimiu-se tão imperiosamente na mente deste que ele se ergueu da cadeira e, pousando na mesa o cachimbo para poder tomar ambas as mãos de meu pai, disse-lhe —— Eu te rogo a permissão de recomendar-te o filho do pobre Le Fever. —— Eu também, acrescentou Yorick. —— Ele tem bom coração, disse o tio Toby. —— E um bravo coração também, se vossa senhoria me permite dizer, acrescentou o cabo.

—— Os melhores corações, Trim, são sempre os mais bravos, replicou meu tio Toby. —— E, com a permissão de vossa senhoria, digo que os maiores covardes de nosso regimento eram também os maiores patifes nele existentes. —— Havia o sargento Kumber, e o alferes ——.

—— Deles falaremos, interrompeu meu pai, noutra ocasião.

VOLUME VI

## 14

Que mundo jovial e risonho não seria este, praza a vossas senhorias, se não houvesse tantos inextricáveis labirintos de dúvidas, cuidados, mágoas, faltas, pesares, insatisfações, melancolias, grandes bens dotais de viuvez, imposições e mentiras!

O dr. Slop, um bom filho da p——, tal como meu pai lhe chamou por causa disso, — para engrandecer-se, aviltou-me mortalmente, — e deu ao acidente de Susannah dez mil vezes mais importância do que seria justificável, pelo que, dentro de uma semana mais ou menos, de todas as bocas se ouvia a expressão, *Aquele pobre Master*[32] *Shandy* * * * * * * * * * * * * * * completamente. — E a FAMA, à qual apraz duplicar todas as coisas, — ao fim de três dias jurava terminantemente que o vira; —— E, como de hábito, o mundo todo dava fé ao seu testemunho: —— de que a janela do quarto das crianças tinha não apenas * * * * * * * * * * * * * *, —— mas * * * * * * * * * * * * * * * *também." 

Pudesse o mundo ser processado como uma CORPORAÇÃO, — meu pai teria iniciado um processo para zurzi-lo o quanto bastasse; desavir-se, porém, com alguns dos seus indivíduos —— sobretudo considerando que os que haviam mencionado o assunto o fizeram com a maior piedade imaginável, —— seria o mesmo que insultar na cara os melhores amigos. —— Entretanto, deixar passar em silêncio o boato — era aceitá-lo abertamente, — ao menos na opinião de metade do mundo; por outro lado, fazer bulha para contraditá-lo, — equivalia a categoricamente confirmá-la na opinião da outra metade. ——

—— Será que algum cavalheiro rural já se viu assim tão enredado? disse meu pai.

498 TRISTRAM SHANDY

Pois eu o exporia publicamente, obtemperou o tio Toby, no cruzeiro do mercado.

— Não adiantará nada, disse meu pai.

15

—— Vou vestir-lhe calções, todavia, decidiu meu pai, — diga o mundo o que quiser.

16

Há milhares de resoluções, senhor, tanto da Igreja quanto do Estado, bem como, senhora, em questões de natureza mais privativa, — que, embora ostentem toda a aparência de terem sido tomadas e executadas de maneira apressada, desajuizada e pouco prudente, foram porém (e se pudéssemos, eu ou vós, ter nos esgueirado até o gabinete ou ficado escondido atrás da cortina, verificaríamos que assim acontecera) pesadas, ponderadas e refletidas —— discutidas —— esmiuçadas de ponta a ponta —— penetradas e examinadas de todos os lados, com tanta frieza que nem a própria DEUSA DA FRIEZA (não tomo a mim o encargo de provar-lhe a existência) poderia ter desejado nem feito melhor.

No número de tais resoluções se incluía a de meu pai, de vestir-me calções; embora decidida num átimo, — numa espécie de petulante desafio a toda a humanidade, fora ela, não obstante, medida nos seus *prós* e *contras* e judicialmente discutida entre ele e minha mãe cerca de um mês antes, por ocasião de dois *leitos de justiça* convocados por meu pai para tal fim. No meu próximo capítulo, cuidarei de explicar a natureza desses leitos de justiça, e no capítulo subsequente, comigo ireis postar-vos, senhora, por detrás da cortina, para ouvir de que maneira meu pai e minha mãe debateram esta questão dos calções; — en-

VOLUME VI                                               499

tão, podereis ter uma ideia de como debatiam os assuntos
de menor monta.


17


Os antigos godos da Alemanha, os quais (afirma-o categoricamente o douto Cluverius)[33] se estabeleceram inicialmente no país entre o Vístula e o Oder[34] e depois incorpo-
raram a si os hércules, os bugios e outros clãs vandálicos,
— tinham o sábio costume de debater duas vezes toda
e qualquer questão de importância para o Estado; vale
dizer — uma vez quando estavam embriagados e a outra
quando estavam sóbrios. —— Embriagados — para que
às suas assembleias não faltasse vigor; —— e sóbrios —
para que não lhes faltasse discrição.

Ora, sendo meu pai exclusivamente bebedor de água,
— por longo tempo se viu mortalmente perplexo, a se perguntar como poderia tirar vantagem pessoal disso, conforme costumava fazer com tudo quanto os antigos haviam
dito ou feito; e foi só no sétimo ano de seu casamento,
ao cabo de mil experimentos e estratagemas infrutíferos,
que atinou com um expediente capaz de atender ao seu
propósito —— qual fosse o de, sempre que tivesse de ser
resolvida em família alguma questão difícil e momentosa,
que exigisse muita sobriedade e muita energia para a sua
solução, —— fixar e reservar a noite do primeiro domingo do mês, bem como a noite do sábado imediatamente
anterior, para discuti-la, no leito, com minha mãe. Por via
desse arranjo, se considerardes convosco, senhor, que     *

*     *     *     *     *     *     *     *     *     *

*     *     *     *     *     *     *     *     *     *

*     *     *     *     *     *     *     *     *     *

*     *     *     *     *     *     *     *     *     *

A tais ocasiões meu pai chamava, com bastante humor, *leitos de justiça*,[35] —— porquanto, das duas diferen-

tes deliberações tomadas nesses dois diferentes humores, chegava-se a um termo mediano que se verificava, no geral, alcançar o ponto certo de sabedoria, tão bem quanto se meu pai se tivesse tornado bêbado e sóbrio uma centena de vezes.

Cumpre não esconder do mundo que tal procedimento se aplica plenamente tanto às discussões literárias quanto às militares ou conjugais; não é, porém, todo autor que pode tentar o experimento tal como o faziam godos e vândalos; —— ou, se puder, será sempre em prejuízo da saúde de seu corpo; e fazê-lo à maneira do meu pai, — estou certo de que seria sempre em prejuízo de sua alma. ——

Eis o meu modo de agir: ——

Em todas as discussões de questões melindrosas e delicadas, — (que, sabe-o o céu, são demasiado frequentes no meu livro) — em que eu verifique ser-me impossível dar um passo sem correr o risco de ver vossas senhorias ou vossas reverendíssimas caírem sobre mim —— metade do que escrevo, escrevo-a *repleto*, — e a outra metade *em jejum*; — ou então escrevo tudo repleto e o corrijo em jejum, — quando não o escrevo em jejum — para corrigi-lo repleto, já que tudo vem a dar na mesma. —Dessarte, afastando-me menos do plano de meu pai do que este do gótico, —— sinto-me em igualdade de condições com ele no que toca ao seu primeiro leito de justiça, — e de modo algum inferior no respeitante ao segundo. —— Estes diferentes e quase irreconciliáveis efeitos fluem enormemente do sábio e prodigioso mecanismo da natureza, — e assim, — cabe a ela toda a honra. —— Tudo quanto podemos fazer é orientar o mecanismo e pô-lo a trabalhar para o aperfeiçoamento e melhor produção das artes e das ciências. ——

Pois bem, quando escrevo repleto, — faço-o como se nunca mais fosse escrever em jejum na vida; —— isto é, escrevo liberto dos cuidados tanto quanto dos terrores do mundo. —— Não me preocupo em contar minhas cicatrizes, — nem tampouco se enfia a minha imaginação por

corredores e esquinas sombrios para antecipar as punha-
ladas. —— Numa palavra, minha pena segue seu curso
e eu escrevo levado tanto pela repleção de meu coração
como de meu estômago. ——
Quando, porém, permitam-me vossas senhorias dizê-
-lo, redijo em jejum, a coisa é outra. —— Presto ao mundo toda a atenção e respeito possíveis, — e, tanto quanto
o melhor de vós, cultivo essa subalterna virtude da discrição (enquanto dura o jejum). —— Assim, entre aquela e
esta atitude, alcanço escrever um tipo de livro shandiano,
polido, disparatado, bem-humorado, que fará bem aos
vossos corações ——
—— E às vossas cabeças também, — contanto que o
compreendais.


## 18

Deveríamos começar, disse meu pai, voltando-se a meio
na cama e empurrando um pouco mais para perto de minha mãe o seu travesseiro, enquanto abria o debate ——
deveríamos começar a pensar, sra. Shandy, em vestir calções nesse menino.
— Deveríamos sim, — concordou minha mãe. ——
Nós estamos retardando tal providência, minha cara, disse
meu pai, de maneira vergonhosa. ——
Acho que estamos, sr. Shandy, — replicou minha mãe.
—— Não que ao menino não fiquem muitíssimo bem,
disse meu pai, suas vestes e túnicas. ——
—— Sim, ficam-lhe muitíssimo bem, — replicou minha mãe. ——
—— E por tal razão, seria quase um pecado, acrescentou meu pai, tirá-las dele. ——
—— Na verdade seria, — disse minha mãe. —— Todavia, está crescendo e ficando um rapaz bem alto, — retrucou meu pai.

—— De fato, bastante alto para a sua idade, —— concordou minha mãe. ——

—— Não consigo (disse meu pai, destacando as sílabas) imaginar a quem puxou ele, com os diabos. ——

Tampouco consigo eu imaginar, — disse minha mãe. ——

Hum! —— fez meu pai.

(O diálogo parou por um momento.)

—— Eu próprio sou muito baixo, — continuou meu pai em tom grave.

Sois muito baixo, sr. Shandy, — disse minha mãe.

Hum! disse meu pai consigo pela segunda vez, afastando um pouco seu travesseiro do de minha mãe, — e, tornando a voltar-se na cama, pôs fim ao debate por três minutos e meio.

—— Quando seus calções estiverem prontos, exclamou meu pai em voz um tom mais alto, ele ficará parecendo um bicho.

Parecerá muito desajeitado, a princípio, replicou minha mãe ——

—— E será uma sorte, se isso for o pior no caso, acrescentou meu pai.

Será muita sorte, respondeu minha mãe.

Suponho, replicou meu pai, — fazendo uma pausa, antes, — que ele será exatamente como os filhos dos outros. ——

Exatamente, disse minha mãe. ——

—— Embora isso me contrarie muito, acrescentou meu pai: e mais uma vez interrompeu-se o debate.

—— Deverão ser de couro, disse meu pai, tornando a voltar-se na cama. —

Durarão mais, disse minha mãe.

Mas não poderão ter forro, replicou meu pai. ——

Não poderão, disse minha mãe.

Seria melhor mandar fazê-los de fustão, disse meu pai.

Seria melhor mesmo, disse minha mãe. ——

VOLUME VI 503

—— A menos que fossem de algodão piquê, — replicou meu pai.

—— É o melhor de todos, — replicou minha mãe.

—— Mas não podemos matá-lo de frio, — interrompeu meu pai.

De modo algum, disse minha mãe: —— e assim o diálogo silenciou novamente.

Estou decidido, porém, disse meu pai, rompendo o silêncio pela quarta vez: não terão bolsos. ——

—— Nem há razão para terem, disse minha mãe. ——

Refiro-me ao casaco e ao colete, — exclamou meu pai.

—— Eu também, — replicou minha mãe.

—— Mas e se tiver um anzol ou um pião —— Pobres meninos! para eles valem tanto quanto uma coroa e um cetro; — devem ter onde guardá-los. ——

Mandai fazê-los como vos parecer melhor, sr. Shandy, replicou minha mãe. ——

—— Mas não achais certo? acrescentou meu pai, insistindo na questão.

Perfeitamente, disse minha mãe, se for do vosso agrado, sr. Shandy. ——

—— Aí está! gritou meu pai perdendo as estribeiras —— Se for do meu agrado! Jamais conseguireis, sra. Shandy, nem eu jamais poderei ensinar-vos a distinguir uma questão de prazer de uma questão de conveniência. —— Foi na noite de domingo, —— e mais não se dirá neste capítulo.

19

Depois de ter debatido o problema dos calções com minha mãe, — meu pai consultou Albertus Rubenius a respeito; e Albertus Rubenius[36] tratou meu pai, na consulta, dez vezes pior (se possível) do que meu pai tratara minha mãe. Pois, tendo Rubenius escrito um volume in-quarto *expressamente* sobre o assunto, *De re vestiaria veterum*, — cumpria ao dito Rubenius ter dado algumas luzes a meu pai. — Pelo contrário, poderia antes ter este pensado em extrair as sete virtudes cardeais de uma barba comprida — do que extrair de Rubenius uma palavra que fosse sobre o problema.

Acerca de todos os demais artigos do vestuário antigo, Rubenius mostrou-se muito comunicativo para com meu pai; — deu-lhe uma explicação completa e satisfatória acerca de

A Toga ou veste frouxa.
A Clâmide.
O Éfod.
A Túnica ou Casaco.
A Síntese.
A Pênula.
A Lacema com seu Capucho.
O Paludamento.
A Pretexta.
O Sagum ou colete militar.

As Trábeas:[37] das quais, segundo Suetônio, havia três espécies. —

—— Mas o que tem tudo isso a ver com os calções? perguntou-se meu pai.

Rubenius pôs-lhe diante, sobre o balcão, todos os tipos de calçados que foram moda entre os romanos. —— Havia

O sapato aberto.
O sapato fechado.
A sandália.
O sapato de madeira.
O soco.
O coturno.

VOLUME VI                                                    505

> E O calçado militar com tachões, de que Juvenal dá
> notícia.
> Havia        Os tamancos.
> As galochas de sola de madeira.
> As pantufas.
> As chancas
> As sandálias com correias.
> Havia        O sapato de feltro.
> O sapato de linho.
> Os sapatos com enfeites de renda.
> Os sapatos com enfeites de galões.
> O calceus incisus.
> E O calceus rostratus.[38]

Rubenius mostrou ao meu pai como todos se ajustavam
bem, — de que maneira se amarravam, — com que atacadores, tiras, correias, cordões, cintas, dentes e pontas. ———
——— Mas eu quero é informação sobre os calções, disse
meu pai.

Albertus Rubenius informou-lhe que os romanos manu-
faturavam tecidos de variada textura, ——— alguns lisos, —
outros listrados, — outros adamascados inteiramente com
lã, seda e fios de ouro. ——— Que o linho só se generalizou
com a decadência do império, quando os egípcios, vindo
estabelecer-se entre eles, o tornaram moda.

——— Que as pessoas de prol e de fortuna distinguiam-
-se pela finura e alvor de suas túnicas, cor a que (a par da
púrpura, reservada para as grandes cerimônias) particularmente se afeiçoavam e que usavam nos aniversários e
celebrações públicas. ——— Que parecia, de acordo com os
melhores historiadores daqueles tempos, que mandavam
lavar e alvejar suas túnicas com frequência; ——— mas que
as pessoas de condição inferior, para evitar tal despesa,
costumavam usar túnicas castanhas e de textura um tanto
mais grosseira, — até que, nos primórdios do reinado de
Augusto, quando o escravo passou a vestir-se como seu

amo, quase todas as distinções no modo de trajar se perderam, a não ser pelo *Latus Clavus*.

E o que era o *Latus Clavus*?[39] perguntou meu pai.

Rubenius contou-lhe que a questão se constituía ainda em objeto de debate entre os doutos. —— Que Egnarius, Sigonius, Bossius, Ticinensis, Bayfius, Budaeus, Salmasius, Lipsius, Lazius, Isaac Casaubon e Joseph Scaliger,[40] dissentiam todos uns dos outros, — e ele deles. Que alguns sustentavam ser o botão, — outros a própria vestimenta, — outros apenas a sua cor. — Que o grande Bayfius, em seu *Guarda-roupa dos antigos*, cap. 12 — honestamente confessava não saber o que fosse, — se uma tibula,[41] — um botão, — um tachão, — um laço, — uma fivela, — ou um broche com prendedores. ——

—— Meu pai perdeu o cavalo, mas não a sela. —— Há colchetes de *macho e fêmea*, disse meu pai —— e com colchetes de macho e fêmea ordenou fossem feitos meus calções.


20


Vamos agora adentrar um novo cenário de sucessos. ——

— Deixemos pois os calções nas mãos do alfaiate, com meu pai ao seu lado, de pé e de bengala, lendo-lhe, enquanto ele trabalhava, um discurso acerca do *latus clavus*, e apontando-lhe o lugar exato da cintura em que havia decidido fosse ele costurado. ——

Deixemos minha mãe — (a mais genuína de todas as *Pococurantes*[42] do seu sexo!) — despreocupada da questão, como de tudo o mais deste mundo que lhe dissesse respeito; — isto é, — indiferente a os calções serem feitos desta ou daquela maneira, — contanto que fossem finalmente feitos. ——

Deixemos igualmente Slop lucrando o quanto podia de minha desonra. ——

VOLUME VI                                                              507

Deixemos o pobre Le Fever restabelecer-se em Marselha e voltar para casa como puder. —— E por último, — porque é o mais difícil de tudo —

Deixemos, se possível, *a mim mesmo*. —— Mas isso é impossível: — devo acompanhar-vos até o fim da obra.


21


Se o leitor não tem uma nítida ideia do *rood* e meio de terreno que fica nos fundos da horta do tio Toby e que foi a cena onde passou ele tantas horas deliciosas, — a culpa não é minha, — mas da imaginação do próprio leitor, — pois estou certo de ter lhe dado uma descrição tão minuciosa que quase me envergonhei dela.

Certa tarde em que o *Destino* olhava à sua frente, para os grandes sucessos dos tempos futuros, — e recordava-se dos propósitos para os quais essa pequena nesga de terreno, por força de um decreto indelevelmente lavrado em ferro, fora destinada, — fez ele um aceno à *Natureza*, — e foi o bastante. — A Natureza ali atirou meia pá do seu melhor adubo, contendo *tanta* argila quanto bastasse para reter as formas de ângulos e sulcos, — mas o *mínimo* necessário para que não se grudasse à pá e tornasse obras de tanta glória imundas no mau tempo.

Meu tio Toby viera para o campo, conforme se informou ao leitor, trazendo consigo os planos de quase todas as cidades fortificadas da Itália e de Flandres; dessarte, fosse qual fosse a cidade que tivesse apetecido ao duque de Marlborough,[43] ou aos seus aliados, pôr cerco, o tio Toby estava preparado.

Seu método, que era o mais simples do mundo, consistia no seguinte: tão logo uma cidade fosse sitiada — (ou antes, quando o plano já era conhecido) fazer-lhe a planta, (qualquer que fosse a cidade) e ampliá-la até a escala do exato tamanho de sua quadra de bolão, para cuja superfície, por meio de um grande rolo de barbante grosso e uma porção de pequenas estacas enfiadas no solo, em diferentes ângulos e redentes, ele transferia as linhas de sua planta; depois, tirando o perfil do lugar, com suas obras, a fim de determinar a profundidade e obliquidade dos fossos, — o talude do glaciz e a altura precisa das várias banquetas, parapeitos &c. — ele punha o cabo a trabalhar —— e o trabalho progredia belamente. —— A índole do solo, — a índole da própria obra, — e, sobretudo, a boa índole do meu tio Toby, que ficava ali sentado, de manhã até de noite a palestrar bondosamente com o cabo acerca de feitos idos e vividos, — faziam com que, de TRABALHO, aquele afã só tivesse a formalidade do nome.

Quando a praça estava terminada e assumia a devida postura de defesa, — era sitiada, — e o tio Toby e o cabo começavam a cavar sua primeira paralela.[44] —— Rogo não me interromperem a história para dizer-me *que a primeira paralela deve estar afastada pelo menos trezentas toesas do corpo principal da praça, — e que eu não deixei uma só polegada para ela;* —— pois o tio Toby tomara a liberdade de invadir o terreno da horta a fim de ampliar suas obras no campo de bolão, razão por que geralmente cavava sua primeira e segunda paralelas entre duas fileiras de couves e couves-flores; as conveniências e inconveniências disso serão consideradas em pormenor na história das campanhas do meu tio Toby e do cabo, das quais isto que ora escrevo não passa de um esboço, o qual estará terminado, se a minha conjectura for correta, três páginas adiante (embora nunca se saiba). —— As campanhas propriamente ditas ocuparão outros tantos livros; por isso, temo que seria debitar peso demasiado de uma única matéria em tão frágil empresa, celebrá-las, como certa vez tentei, no corpo da obra; —— seria certamente melhor imprimi-las à parte; —— consideraremos mais tarde a questão; —— entrementes, contentai-vos com o seguinte esboço delas.

VOLUME VI 509

## 22

Quando a praça, com suas obras, estava pronta, meu tio Toby e o cabo começaram a cavar sua primeira paralela —— não a esmo ou de qualquer maneira —— mas a partir dos mesmos pontos e distâncias em que os aliados haviam começado a cavar as deles; e, regulando suas aproximações e ataques pelos informes que o tio Toby recebia dos jornais diários, — acompanharam, durante todo o sítio, os passos dos aliados.

Quando o duque de Marlborough estabelecia obras de defesa em posição inimiga capturada, —— meu tio Toby também as estabelecia. —— E quando a fachada de um bastião era posta abaixo, ou uma defesa arruinada, — o cabo pegava o seu alvião e fazia outro tanto, — e assim por diante; —— assim, iam ganhando terreno e tornando-se senhores de uma obra após a outra, até a cidade cair-lhes nas mãos.

Para quem se deleitasse com a felicidade alheia — não poderia ter havido mais belo espetáculo no mundo do que, certa manhã, em que uma brecha praticável houvesse sido feita pelo duque de Marlborough no corpo principal da praça, — ter ido postar-se atrás de uma sebe de carpino para observar o ânimo com que meu tio Toby, acompanhado de Trim, fazia uma surtida; —— aquele com a *Gazette*[45] na mão, — este com uma pá ao ombro para pôr em prática o conteúdo das notícias. —— Que expressão de honesto triunfo não havia no rosto de meu tio Toby enquanto ele avançava até as muralhas! Que intenso prazer não lhe brilhava nos olhos quando, de pé junto ao cabo, lia-lhe o parágrafo dez vezes em seguida, enquanto o cabo trabalhava, a fim de que não fizesse a brecha uma polegada mais larga, — nem uma polegada mais estreita. —— Todavia, quando soava a *chamade*,[46] o cabo ajudava meu tio a subir, seguindo-o com as flâmulas na mão para fixá-las nas muralhas — Céu! Terra! Mar! —— mas de que adiantam as apóstrofes? —— com todos os vossos elementos, secos ou úmidos, jamais chegareis a compor bebida tão embriagadora.

Nessa venturosa senda, anos a fio, sem uma só interrupção, a não ser ocasionalmente, quando o vento soprava para o ocidente durante uma semana ou dez dias, o que detinha o correio de Flandres, mantendo-os todo esse tempo em estado de tortura, — embora se tratasse de ditosa tortura, —— nessa senda, dizia eu, meu tio Toby e Trim caminharam muitos anos; a cada um desses anos, e por vezes a cada um de seus meses, a inventiva de um ou de outro acrescentava alguma nova ideia ou arguto melhoramento às suas operações, o que sempre se constituía em nova fonte de deleite para ambos.

A campanha do primeiro ano foi levada a cabo, do começo ao fim, de conformidade com o método chão e simples que referi.

No segundo ano,[47] em que meu tio Toby tomou Liège e Ruremond, julgou ele poder dar-se ao luxo de instalar quatro belas pontes levadiças, duas das quais descrevi com exatidão mais atrás em minha obra.

Em fins do mesmo ano, adicionou ele um par de portas com rastrilhos. —— Estes últimos foram mais tarde convertidos em órgãos,[48] como a melhor solução; e durante o inverno do mesmo ano, meu tio Toby, em vez de novos trajes, que sempre mandava fazer no Natal, presenteou-se a si mesmo com uma bela guarita de sentinela, para ser posta no canto do campo de bolão, canto entre o qual e o pé do glaciz fora deixada uma espécie de pequena esplanada para ele e o cabo conferenciarem e celebrarem seus conselhos de guerra.

—— A guarita de sentinela era para os dias de chuva.

Na primavera seguinte, foi tudo pintado com três mãos, de branco, o que possibilitou ao tio Toby iniciar a campanha com grande esplendor.

Meu pai costumava dizer a Yorick que se algum outro mortal do universo que não meu tio Toby houvesse feito

VOLUME VI

511

tal coisa, teria sido ela considerada por toda a gente como uma das mais refinadas sátiras à maneira petulante e ostentatória com que Luís XIV, desde o princípio da guerra, mas particularmente naquele mesmo ano, iniciara a campanha. —— Mas não está na índole de meu irmão Toby, alma tão bondosa! acrescentava meu pai, insultar a quem quer que seja.

—— Mas prossigamos.

23

Impõe-se-me observar que, malgrado tenha sido muitas vezes mencionada a palavra *cidade* no primeiro ano de campanha, — não havia nenhuma cidade, àquela altura, dentro do polígono: tal acréscimo só se fez no verão que se seguiu à primavera em que as pontes e a guarita de sentinela foram pintadas, vale dizer, no terceiro ano das campanhas de meu tio Toby, — quando, tendo ele tomado Amberg, Bonn e Rhinberg, e Huy e Limbourg,[49] uma após outra, uma ideia surgiu na mente do cabo, a de que falar em tomar tantas cidades, *sem ter uma única* CIDADE *a figurá-las*, — era uma maneira muito disparatada de trabalhar e por isso ele propôs ao meu tio Toby que mandasse fazer um pequeno modelo de cidade, — constituído de tábuas encaixáveis e que seria montado, pintado e instalado no interior do polígono para representar todas as cidades conquistadas.

Meu tio Toby deu-se prontamente conta do mérito do projeto e de imediato o aprovou, mas com o acréscimo de dois aperfeiçoamentos, dos quais estava tão orgulhoso como se ele próprio tivesse sido o inventor do projeto.

Um dos aperfeiçoamentos era mandar fazer a cidade exatamente no estilo daquelas de que seria mais provavelmente o modelo representativo: —— com janelas gradeadas e as pontas das empenas das casas dando para a rua

&c. &c. — como Gand e Bruges e as demais cidades de Brabante e Flandres.

O outro aperfeiçoamento era não formarem as casas um só bloco, como propusera o cabo, mas serem independentes umas das outras, para poderem ser postas ou retiradas de modo a formar o plano de qualquer cidade que lhes aprouvesse. Tudo isso foi posto imediatamente em execução e meu tio Toby e o cabo trocaram entre si muitos olhares de mútua congratulação enquanto o carpinteiro executava o trabalho.

—— O modelo funcionou prodigiosamente no verão seguinte —— a cidade era um perfeito Proteu.[50] —— Era Landen, e Trerebach, e Santvliet, e Drusen, e Hagenau, — e também Ostende e Menin, e Aeth e Dendermond. ——

—— Nenhuma outra CIDADE, seguramente, desempenhou tantos papéis,[51] desde Sodoma e Gomorra, quanto a do meu tio Toby.

No quarto ano, julgando ele parecer assaz tola uma cidade sem igreja, acrescentou-lhe uma, muito bonita, com campanário. —— Trim era a favor de serem instalados sinos nela, —— mas meu tio Toby disse que seria melhor usar o metal para fundir canhões.

Isso deu azo a que, na campanha seguinte, meia dúzia de peças de artilharia feitas de bronze — fossem colocadas, três de um lado, três do outro lado da guarita de sentinela: e em pouco tempo ensejaram uma bateria algo maior, — e assim por diante — (como sempre deve acontecer nos assuntos pau-cavalares) desde peças de meia polegada de calibre até, por fim, as botas de montaria de meu pai.

O ano subsequente,[52] aquele em que Lille foi sitiada e em cujo final tanto Gand como Bruges caíram em nossas mãos, — meu tio Toby viu-se, com tristeza, falto de munição *adequada*. —— Digo adequada —— porque sua artilharia pesada não usava pólvora, e era bom, para a família Shandy, que assim fosse. —— Pois desde o princípio

VOLUME VI                                                      513

até o fim do sítio vinham os jornais tão cheios de notícias acerca do fogo incessante mantido pelos sitiadores, —— e tão inflamada estava a imaginação de meu tio Toby por tais notícias que ele infalivelmente dissiparia todos os seus bens com munição.

ALGO estava faltando, portanto, como um *succedaneum*,[53] especialmente em um ou dois dos paroxismos mais violentos do sítio, para manter uma espécie de fogo contínuo na imaginação, —— e esse *algo* o cabo, cujo forte era a invenção, o supriu por meio de todo um novo sistema de canhoneio que inventou — e sem o qual os críticos militares teriam objetado até o fim dos tempos que o aparato do tio Toby não alcançara um dos seus grandes *desiderata*.[54]

Isso não será menos bem explicado pelo fato de eu colocar-me a alguma distância, como geralmente faço, do assunto em pauta.

## 24

De par com dois ou três outros berloques, de pequeno valor real, mas de grande valor sentimental, que o pobre Tom, o desafortunado irmão do cabo, lhe havia enviado com o relato de seu casamento com a viúva do judeu —— havia

Um gorro de *montero*[55] e dois cachimbos turcos.

O gorro de *montero* eu o descreverei daqui a pouco.

—— Os cachimbos turcos não tinham nada de especial; eram equipados e ornamentados, como de hábito, com tubos flexíveis de couro marroquino e fio dourado, sendo as suas boquilhas uma de marfim — e a outra de ébano negro, rematada em prata.

Meu pai, que a tudo via sob luz diferente da do resto do mundo, costumava dizer ao cabo que este devia encarar os dois presentes mais como provas do requinte de seu irmão que do seu afeto. —— Tom não pensaria em usar,

Trim, dizia ele, o gorro nem em fumar o cachimbo de um judeu. —— Deus abençoe vossa senhoria, respondia o cabo, (dando uma forte razão em contrário) — como pode ser isso? ——

O gorro de *montero* era escarlate, de finíssimo tecido espanhol tingido na fibra, todo orlado à volta de pele, exceto cerca de quatro polegadas na parte frontal, que eram cobertas de um bordado leve, azul-claro, — e parecia ter sido propriedade de um quartel-mestre português, não da infantaria, mas da cavalaria, como o indica o próprio nome.

O cabo orgulhava-se, e não pouco, do gorro, tanto por este em si quanto pelo seu doador, e raramente o usava, a não ser em dias de Gala; no entanto, jamais um gorro de *montero* teve tantos usos; em todas as questões controvertidas, quer militares, quer culinárias, se o cabo estivesse seguro de ter razão, — dele fazia o seu *juramento*, — a sua *aposta*, — ou o seu *presente*.

—— Foi seu presente no caso em questão.

Comprometo-me, disse o cabo, falando consigo mesmo, a *dar* o meu gorro de *montero* ao primeiro mendigo que bata à porta, se eu não resolver este assunto de modo satisfatório a sua senhoria.

A satisfação da promessa não iria demorar muito, pois já na manhã seguinte se efetuaria o assalto da contraescarpa entre o baixo Deule, à direita, e a porta de Santo André, — e, à esquerda, entre a de Santa Madalena e o rio.

Como esse era o ataque mais memorável de toda a guerra, — o mais valoroso e obstinado, por parte de ambos os adversários, — e, cumpre-me acrescentar, o mais sangrento também, visto ter custado aos próprios aliados, naquela manhã, cerca de onze mil homens, — meu tio Toby preparou-se para ele com solenidade maior do que a costumeira.

Na véspera desse dia, antes de ir se deitar, ordenou que a sua peruca *ramallie*,[56] que ficara muitos anos guardada num canto de um velho baú de campanha, posto ao lado de sua cama, fosse dali retirada e colocada sobre sua

VOLUME VI                                                                 515

tampa, pronta para ser usada de manhã — e a primeira
coisa que meu tio Toby fez, ainda de camisolão, ao descer
do leito, foi virá-la do direito e pô-la na cabeça. —— Uma
vez feito isso, vestiu os calções e, abotoada a cintura,
prontamente afivelou o cinturão da espada; já começara
a enfiar esta na bainha, — quando lhe ocorreu que precisava barbear-se e que seria muito incômodo fazê-lo com a
espada na cintura, — pelo que a tirou. —— Ao tentar vestir o colete e casaco militares, deparou com o obstáculo
de sua peruca, — pelo que a tirou igualmente. — Assim,
por causa desta e daquela coisa, como sempre acontece
quando se está com muita pressa, — já eram dez horas,
meia hora mais tarde do que de costume, quando meu tio
Toby saiu de casa.


25

Mal havia ele dobrado a esquina da sebe de teixo, que lhe
separava a horta do campo de bolão, quando percebeu
que o cabo começara o ataque sem a sua presença. ——
Permiti que eu me detenha um momento para dar-vos
uma descrição do aparato do cabo, e dele próprio no auge
de seu ataque, tal como os viu meu tio Toby no momento em que se dirigiu para a guarita de sentinela, onde o
cabo estava em atividade, —— pois não existe na natureza nada semelhante, —— nem pode qualquer combinação
de quanto haja de grotesco e extravagante em suas obras
produzir algo que se lhe pareça.
    O cabo ——
    —— Pisai na ponta dos pés sobre suas cinzas, vós ho-
mens de gênio, —— pois ele era vosso parente.
    Limpai-lhe a tumba das ervas daninhas, vós homens
de bem, — pois ele era vosso irmão. — Ó cabo! pudesse
eu ter-te comigo agora, — agora que te posso oferecer
comida e proteção, — como eu não te acalentaria! Terias

de usar o teu gorro de *montero* todas as horas do dia e todos os dias da semana, — e quando se gastasse pelo uso, eu te compraria dois outros iguais. —— Mas ai! ai! ai de mim! agora que posso fazer tudo isso, a despeito de suas reverendíssimas — a ocasião se perdeu — pois tu te foste; — teu gênio voou para as estrelas de onde veio; — e aquele teu cálido coração, com todas as suas generosas artérias abertas, comprimiu-se num *torrão do vale*!

—— Mas o que —— o que é tudo isso comparado com essa futura e temida página em que olharei para o pano mortuário de veludo, decorado com as insígnias militares de teu amo — o primeiro — o melhor de todos os seres criados; —— quando te verei, servo fiel!, colocando-lhe a espada e a bainha, com mão trêmula, sobre o féretro, e depois dirigindo-se de volta, com palidez cinérea, até a porta para segurar pela brida o seu cavalo enlutado e acompanhar-lhe o carro fúnebre, conforme ele te ordenara; —— quando — todos os sistemas de meu pai serão frustrados pela sua dor; e, malgrado sua filosofia, eu o verei examinar a placa laqueada, tirar duas vezes os óculos e limpar o orvalho que a natureza sobre eles derramou. —— Quando o verei atirar o alecrim com uma expressão de desconsolo que me gritará aos ouvidos: Ó Toby! em que canto do mundo irei achar teu igual?

—— Ó misericordiosas potências! que outrora abristes os lábios do mudo em sua desventura e fizestes a língua do gago falar com clareza —— quando eu chegar a essa temida página, não me trateis então com mão avara.

## 26

O cabo, que na noite anterior resolvera consigo mesmo atender ao grande *desideratum* de manter algo que se parecesse a um canhoneio incessante contra o inimigo durante o calor da batalha, — não achou na sua imagina-

VOLUME VI 517

ção, àquela altura, outra ideia que não fosse um artifício para que as seis peças de artilharia de meu tio Toby, colocadas de ambos os lados da guarita de sentinela, lançassem fumaça contra a cidade; o meio de levar isso à prática ocorreu-lhe no mesmo momento em que apostava o seu gorro, pelo que julgou não haver nenhum risco de os seus projetos malograrem.

Após excogitar o plano em sua mente por alguns instantes, logo verificou que, por meio dos seus dois cachimbos turcos, suplementados com três tubos menores, de camurça, adaptados às suas boquilhas e ligados a outros tantos canos de estanho, ajustados aos ouvidos das armas, selados com argila na junção e unidos hermeticamente com seda encerada, em suas várias inserções, ao tubo de couro marroquino, — ele conseguiria disparar as seis peças de artilharia todas simultaneamente, com a mesma facilidade com que dispararia uma só. ———

——— Que homem algum diga que as sugestões do vulgo não ajudam o progresso do conhecimento humano. Que homem algum, tendo lido o primeiro e segundo *leitos de justiça* de meu pai, se alce jamais para dizer da colisão de quais espécies de corpos pode ou não ser produzida a luz capaz de levar as artes e ciências à perfeição. ——— Céu! sabes o quanto eu os amava; ——— conheces os segredos do meu coração, assim como sabes que neste mesmo momento eu estaria pronto a dar minha camisa ——— És um tolo, Shandy, diz Eugenius, — porque só tens uma dúzia, — e vais desfalcar tua coleção. ———

Isso não importa, Eugenius; eu daria a camisa que trago no corpo para ser queimada tão só com o fito de satisfazer a curiosidade de algum febril investigador desejoso de saber quantas fagulhas, de um só golpe, um pedaço de aço e uma pederneira poderiam lançar dentro das fraldas da dita camisa. ——— Não pensas que, lançando-as *dentro* — pudesse ele, por acaso, lançar algo *fora*? tão seguramente quanto um canhão. ———

—— Mas este projeto, só de passagem.

O cabo ficou desperto a maior parte da noite, ocupado em aperfeiçoar o *seu*; e tendo satisfatoriamente posto à prova os seus canhões enchendo-os até em cima de tabaco, — meteu-se satisfeito na cama.

## 27

O cabo esgueirara-se para fora de casa dez minutos antes do meu tio Toby, a fim de dar um ou dois tiros no inimigo antes de o amo chegar.

Para tal fim, havia arrastado as seis peças de artilharia para diante da guarita de sentinela, deixando um intervalo de apenas uma jarda e meia entre as três, à direita e à esquerda, a fim de facilitar a recarga &c. — e possivelmente dispor de duas baterias, o que, a seu ver, seria duas vezes mais honroso do que uma só.

Atrás delas, com as costas voltadas para a porta da guarita, dado o seu temor de ser atacado pelos flancos, havia o cabo sabiamente tomado posição. —— Segurava o cachimbo de marfim, pertencente à bateria da direita, entre o indicador e o polegar de sua mão destra, — enquanto o cachimbo de ébano rematado em prata, pertencente à bateria da esquerda, ficava-lhe entre o indicador e o polegar da outra mão; —— com o joelho direito apoiado ao solo como se estivesse na primeira fileira do seu pelotão, ocupava-se o cabo, com o gorro de *montero* na cabeça, em disparar furiosamente suas duas baterias cruzadas, ao mesmo tempo, sobre a contraguarda que faceava a contraescarpa onde iria ser feito o ataque daquela manhã. Como eu já disse, sua primeira intenção fora tão só dar uma ou duas baforadas no inimigo, — mas o prazer das *baforadas*, tanto quanto o prazer de *baforar*, haviam-se insensivelmente apoderado dele, levando-o a lançar baforada após baforada no auge do ataque, à altura em que meu tio Toby foi juntar-se a ele.

VOLUME VI                                          519

Para meu pai, foi bom que o tio Toby não tivesse de
fazer naquele dia o seu testamento.


### 28

Meu tio Toby tirou o cachimbo de marfim da mão do
cabo, — ficou a olhá-lo por meio minuto e o devolveu.

Em menos de dois minutos, voltou a tirar o cachimbo
de Trim e ia levá-lo à boca —— mas prontamente desistiu
e o devolveu pela segunda vez.

O cabo redobrou o ataque, —— meu tio Toby sorriu,
—— depois assumiu uma expressão grave, —— e voltou
a sorrir um momento; —— então, pôs-se grave por um
bom tempo. —— Passa-me o cachimbo de marfim, Trim,
disse; —— levou-o aos lábios, —— aspirou-o de imediato, —— deu uma espiada por cima da sebe de escarpino;
—— jamais, em toda a sua vida, a boca do tio Toby se enchera tanto de água por causa de um cachimbo. —— Ele
se retirou para a guarita de sentinela levando o cachimbo
consigo. ——

—— Meu querido tio Toby! Não entres na guarita com
o cachimbo, — não se pode confiar num homem com tal
coisa na mão em semelhante lugar.


### 29

Rogo ao leitor que me ajude a puxar o material bélico
do tio Toby para trás do cenário, —— a tirar-lhe a guarita da sentinela, a limpar o teatro, *se possível*, de hornaveques e meias-luas, e a afastar do caminho o resto do
seu equipamento militar; —— isso feito, meu caro amigo
Garrick, avivaremos as velas, — varreremos o palco com
uma vassoura nova, — ergueremos a cortina e mostrare-
mos meu tio Toby vestido como um outro personagem,

de cujo comportamento o mundo não tem a mais remota ideia; e no entanto, se a piedade se aparenta ao amor, — e a bravura não lhe é estranha, já vistes o bastante do tio Toby no tocante a ambos, para, a vosso inteiro contento, poderdes rastrear tais parecenças familiares, entre as duas paixões (se alguma houver).

Vã ciência! Não nos assistes em nenhum caso que tal — e nos confundes em todos os demais casos.

Havia, senhora, no meu tio Toby, uma ingenuidade de coração que o afastava das pequenas sendas tortuosas habitualmente seguidas pelas questões dessa natureza, tanto que não podeis — não podeis absolutamente imaginar; de par com ela, predominavam nele singeleza, simplicidade de pensamento, e tão confiada ignorância das pregas e dobras do coração feminino; —— e tão desnudo e indefeso ele ficava diante de vós, (quando nenhum cerco lhe ocupava a mente) que bem poderíeis ter vos postado em qualquer uma de vossas tortuosas sendas para meter-lhe uma bala no fígado[57] dez vezes por dia, se nove vezes, senhora, não vos bastassem.

Além disso, senhora, — coisa que complicava tudo pelo outro lado, o meu tio Toby possuía aquele incomparável recato de caráter do qual certa feita vos falei e que, diga-se de passagem, se constituía numa espécie de perene sentinela dos seus sentimentos, de tal modo que poderíeis —— Mas aonde estou indo? Estas reflexões me ocorrem com dez páginas pelo menos de antecipação e tomam-me o tempo que eu devia consagrar aos fatos.

## 30

Dos poucos filhos legítimos de Adão cujos peitos nunca souberam o que fosse o aguilhão do amor, — (admitindo-se, primeiro, que todos os misóginos são bastardos) — aos maiores heróis da história antiga e moderna cabe nove das

VOLUME VI                                                                    521

dez partes de semelhante honra; em favor deles, gostaria eu de ter retirado do poço a chave do meu gabinete de estudo[58] e dele dispor, por cinco minutos, para vos dizer os seus nomes — não consigo lembrá-los — e assim tereis de vos contentar, no lugar deles, com estes. ———

Havia o grande rei Aldrovandus, e Bósforo, e Capadócio, e Dárdano, e Ponto, e Ásio, ——— para não falar de Carlos XII, o coração de ferro de quem a própria condessa de K***** nada conseguiu. ——— Havia Babilônico, Mediterrâneo, Polixenes, Pérsico e Prússico, nenhum dos quais (com exceção de Capadócio e Ponto, ambos um tanto suspeitos) jamais inclinou o peito perante a deusa. ——— A verdade é que todos eles tinham algo mais que fazer — e também o tinha meu tio Toby — até que o Destino — até que o Destino, digo eu, invejoso de o nome dele passar à posteridade juntamente com os de Aldrovandus e os outros, — num gesto vil arranjou a paz de Utrecht.[59]

——— Crede-me, senhores, foi o pior feito por ele feito nesse ano.

### 31

Entre as muitas consequências daninhas do tratado de Utrecht estava a de quase ter dado ao meu tio Toby um fartão de assédios, e embora mais tarde ele recuperasse o apetite, a própria Calais não deixou no coração de Mary[60] cicatriz mais profunda do que a deixada por Utrecht no do tio Toby. Até o fim da vida nunca mais pôde ouvir mencionar o nome, por qualquer razão que fosse, — ou sequer ler uma coluna de notícias extraídas da *Gazeta de Utrecht*, sem arrancar do peito um suspiro, como se o seu coração fosse partir-se em dois.

Meu pai, que era um grande *traficante de motivos* e, por conseguinte, pessoa muito perigosa para sentar-se alguém ao seu lado quando estivesse a rir ou a chorar, —

pois em geral sabia ele muito melhor do que vós mesmo o motivo de vosso choro e riso, — costumava sempre consolar o irmão, nessas ocasiões, de uma maneira que dava a entender claramente que ele imaginava ser a perda do seu *cavalinho de pau* o que mais afligira meu tio Toby no caso.

—— Não importa, irmão Toby, dizia, — com a bênção de Deus, qualquer dia destes teremos a irrupção de uma nova guerra; e quando ela irromper, — as potências beligerantes, façam o que fizerem, não poderão manter-nos fora dela. —— Eu as desafio, meu caro Toby, acrescentava, a tomarem países sem tomar cidades, —— ou a tomar cidades sem assédios.

O tio Toby nunca recebia de boa índole esses remoques de meu pai ao seu cavalinho de pau. —— Considerava-os mesquinhos, tanto mais quanto, com atingir o cavalo, feriam também o cavaleiro, e na parte mais desonrosa que um golpe possa atingir; por isso, em tais ocasiões, ele sempre depunha o seu cachimbo na mesa a fim de poder defender-se com ardor maior do que o costumeiro.

Eu já disse ao leitor, faz dois anos, que meu tio Toby não era eloquente, e na mesma página dei um exemplo em contrário. —— Repito agora a observação e refiro um fato que torna a contradizê-la. — Ele não era eloquente, — não lhe era fácil fazer longas arengas, — e detestava os discursos floridos; havia ocasiões, porém, em que o caudal transbordava do homem e corria tão ao arrepio do seu curso habitual que, em certos lances, meu tio Toby chegava, por um momento, a pelo menos equiparar-se a Tertúlio[61] —— em outros, todavia, superava-o infinitamente, a meu ver.

Meu pai agradou-se tanto de uma dessas orações apologéticas, pronunciada certa noite pelo tio Toby perante ele e Yorick, que a anotou por escrito antes de ir se deitar.

Tive a ventura de encontrá-la entre os papéis de meu pai; aqui e ali, há interpolações deste, postas entre colchetes, assim [ ], e com o seguinte cabeçalho:

VOLUME VI                                          523

*Justificativa feita pelo meu irmão Toby dos seus próprios
princípios e atitude em prol da continuação da guerra.*

Posso com segurança dizer que li esta oração apologética do meu tio Toby uma centena de vezes, e considero-a
tão primoroso modelo de defesa, — e ela revela, nele, um
temperamento tão doce, tão cheio de bravura e princípios
elevados, que a entrego ao mundo, palavra por palavra,
(com interpolações e tudo) tal como a encontrei.

## 32
*Oração apologética do meu tio* TOBY

Não sou insensível, irmão Shandy, ao fato de que um homem cuja profissão são as armas, deseje, como desejei, a
guerra, a qual apresenta ao mundo um aspecto nocivo;
—— tampouco sou insensível ao fato de que, por justos e
corretos que possam ser os seus motivos e intenções, —
ele se vê numa posição incômoda ao ter de justificar seus
motivos pessoais de desejá-la.

Por tal razão, se o soldado for uma pessoa prudente,
o que pode ser sem com isso perder nada de sua bravura,
certamente não expressará seu desejo perto dos ouvidos de
um inimigo, pois, diga o que disser, este não o acreditará.
—— Deverá ser cauteloso mesmo diante de um amigo,
— para que não lhe decaia na estima. —— Entretanto,
se o coração desse soldado estiver repleto, e um secreto
anelo das armas buscar desafogo, ele o guardará para os
ouvidos de um irmão que lhe conheça o caráter a fundo
e saiba quais são as suas verdadeiras ideias, disposições e
princípios de honra. Quais *espero* tenham sido os meus, irmão Shandy; seria impróprio dizer: —— sei que tenho sido
muito pior do que devia, — e um pouco pior, talvez, do
que pensava. Mas o que sou, tu, meu caro irmão Shandy,
que comigo mamaste dos mesmos peitos, — e com quem

fui criado desde o berço, — e de quem, desde as primeiras horas de nossos passatempos de menino até agora, jamais escondi qualquer ação de minha vida e quase nenhum dos meus pensamentos —— o que sou, irmão, deves a esta altura saber; deves conhecer-me em todos os meus vícios e fraquezas, sejam eles devidos à minha idade, ao meu temperamento, às minhas paixões ou ao meu entendimento.

Diz-me então, caro irmão Shandy, a qual deles, quando condenei a paz de Utrecht e lamentei não ter sido a guerra conduzida com vigor por mais algum tempo, se vinculava tal opinião supostamente indigna; ou que, ao desejar a guerra, este soldado fosse malvado o bastante para querer que morressem mais semelhantes seus, — que mais homens fossem escravizados e mais famílias expulsas de suas pacíficas moradas tão só para atender-lhe ao prazer. —— Diz-me, irmão Toby, em qual ato meu te baseias? [*Não sei, com os diabos, de outro ato, caro Toby, que não sejam as cem libras que te emprestei para levares a cabo esses malditos cercos.*]

Se, pois, quando ainda um colegial, eu não podia ouvir o rufo de um tambor sem que meu coração rufasse também — era minha a culpa? —— Fui eu quem implantou tal propensão? —— Quem fez soar o alarme interior, eu mesmo ou a Natureza?

Quando Guy, conde de Warwick, e Parismus e Parismenus, e Valentine e Orson, e os Sete Campeões da Inglaterra,[62] circulavam de mão em mão pelo colégio, — não haviam sido todos comprados com dinheiro do meu bolso? Era isso egoísmo, irmão Shandy? Quando líamos a respeito do cerco de Troia, que durou dez anos e oito meses, —— muito embora, com a artilharia de que dispúnhamos em Namur, a cidade pudesse ter sido tomada em uma semana — não me preocupava eu com a destruição de gregos e troianos tanto quanto qualquer outro menino do colégio? Pois não fui castigado com três palmatoadas de férula nas mãos, duas na direita e uma na esquerda,

VOLUME VI                                                      525

porque chamei Helena de cadela em razão disso? Algum
de vós jamais derramou mais lágrimas do que eu por Heitor? E quando o rei Príamo veio ao acampamento para
rogar lhe entregassem o corpo e voltou em pranto para
Troia sem ele,[63] — sabes, irmão, que não pude engolir o
jantar, ——

—— Será que tudo isso me revela como cruel? O fato,
irmão Shandy, de o meu sangue ter sido vertido no campo
de batalha e de o meu coração ansiar por guerra, — era
acaso prova de eu ser incapaz de deplorar as desgraças da
guerra, outrossim?

Oh irmão! Uma coisa é, para um soldado, receber
lauréis, — e outra semear ciprestes. —— [*Quem te disse,
meu caro Toby, que o cipreste era usado pelos antigos
nas ocasiões de luto?*]

—— Uma coisa é, para o soldado, irmão Shandy, arriscar sua própria vida — ser o primeiro a pular para dentro
da trincheira onde será cortado em pedaços; —— uma coisa é, por espírito patriótico e sede de glória, ser o primeiro a entrar por uma brecha, — colocar-se na vanguarda e
marchar bravamente, com o som de tambores e trombetas,
com as flâmulas a ondear-lhe junto aos ouvidos; —— uma
coisa é, digo-te, irmão Toby, fazer isso, — e outra coisa é
refletir nas misérias da guerra, — contemplar a desolação
de países inteiros e considerar as intoleráveis fadigas e provações que o próprio soldado, instrumento desses males,
se vê forçado a suportar (por um soldo diário de seis pence
quando o recebe).

Careço de que me digas, caro Yorick, como o fizeste
no sermão fúnebre de Le Fever, *que criatura tão branda e
tão gentil, nascida para o amor, a piedade e a bondade,
como é o caso do homem, não foi feita para isso?* ——
Mas por que não acrescentaste, Yorick, — que se não o foi
pela NATUREZA — foi pela NECESSIDADE? —— Pois o que é
a guerra? Que é, Yorick, quando travada, como aconteceu
à nossa, em nome de princípios de *liberdade* e princípios

de *honra* —— que é ela senão a união de gente inofensiva e pacífica, com suas espadas em punho, para manter os ambiciosos e os turbulentos dentro dos limites? E o céu é minha testemunha, irmão Shandy, de que o prazer que experimentei com tais coisas, — e, em particular, o infinito deleite derivado de meus assédios no campo de bolão, surgiram em mim, e espero que no cabo também, por força da consciência que ambos tínhamos de que, com levá-los a termo, estávamos respondendo aos grandes fins de nossa criação.

## 33

Eu disse ao leitor cristão —— digo *cristão* —— na esperança de que o seja —— pois se não for, lamento-o —— e só lhe peço que considere a questão consigo mesmo, em vez de pôr a culpa inteiramente neste livro ——

Eu lhe disse, senhor —— porquanto, na verdade, quando um homem se põe a contar uma história da estranha maneira por que conto a minha, vê-se continuamente obrigado a ir ora para trás, ora para a frente, a fim de manter tudo bem coeso na imaginação do leitor, —— o que, de minha parte, se eu não tivesse tomado o cuidado de fazê-lo com mais frequência do que a princípio, visto surgir tanta matéria solta e equívoca, com tantas interrupções e hiatos em si, — e tão pouco serviço prestam as estrelas,[64] que, não obstante, fico em suspenso nalgumas das passagens mais obscuras, sabendo que o mundo está sujeito a transviar-se, malgrado todas as luzes que o próprio sol, no pino do dia, possa dar-lhe —— e eis-me, como vedes, de igual modo transviado! ——

—— Isto, porém, é culpa de meu pai; e quando meus miolos vierem a ser dissecados, percebereis, sem o auxílio de lentes, que ele deixou ali um grande fio enviesado, como por vezes se vê numa peça invendável de cambraia,

VOLUME VI 527

a correr por todo o comprimento da trama, e tão calami-
tosamente, que não se pode sequer cortar um \* \*, (aqui
deixo em suspenso um par de luminares, mais uma vez)
—— ou uma tira, ou uma dedeira, sem que ele se faça ver
ou notar. ——

*Quanto id diligentius in liberis procreandis caven-
dum,*[65] diz Cardan. Tudo bem considerado, vedes que me
é moralmente impraticável fazer um rodeio para voltar ao
ponto de onde parti ——

Recomeço, pois, este capítulo.

## 34

Eu disse ao leitor cristão no princípio do capítulo que pre-
cedeu a oração apologética do meu tio Toby, — embora
usando um tropo diferente daquele que eu deveria agora
usar, que a paz de Utrecht esteve a pique de criar, entre
o tio Toby e o seu cavalinho de pau, o mesmo estranhamento que criou entre a rainha e o restante das potências
confederadas.

Há um jeito indignado de um homem apear-se por vezes do seu cavalo, como se estivesse a dizer-lhe: "Prefiro
ir a pé, senhor, até o último dia de minha vida, a cavalgar
uma milha que seja, outra vez, em vosso lombo". Ora,
não se podia dizer que meu tio Toby se tivesse apeado
de seu cavalo dessa maneira; aliás, estritamente falando,
não se podia sequer dizer que dele se apeara —— seu cavalo o atirou fora —— e com certa *malevolência*, o que
fez meu tio tomar o caso como dez vezes pior. Que os
jóqueis profissionais decidam esta questão como melhor
lhes parecer. —— Ela criou, como eu disse, uma espécie
de estranhamento entre meu tio Toby e o seu cavalinho de
pau. —— Não teve ocasião de montá-lo desde março até
novembro, vale dizer, no verão subsequente à assinatura
dos tratados, a não ser de vez em quando, para um breve

passeio às fortificações e à baía de Dunquerque, a fim de ver se haviam sido demolidas de acordo com o estipulado.

Os franceses mostraram-se tão relutantes, durante todo aquele verão, em despachar o assunto, e monsieur Tugghe, deputado dos magistrados de Dunquerque, apresentou tantas petições patéticas à rainha, — rogando a sua majestade fulminasse com seus raios apenas as edificações marciais que pudessem ter incorrido no seu desagrado, — mas poupasse — poupasse o molhe por amor dele próprio, já que, na sua escalavrada condição, só podia ser objeto de piedade —— e tendo a rainha (que era apenas uma mulher) índole piedosa, — assim como seus ministros, que, no fundo de seus corações, não desejavam ver a cidade arrasada pelas seguintes razões de ordem reservada  *　*　*　*　*　*　*
　*　*　*　*　*　*　*　*　*　*
　*　*　*　*　*——
　*　*　*　*　*　*　*　*　*　*
　*　*　*　　*; que a questão tocou profundamente meu tio Toby, tanto mais quanto só três meses após ele e o cabo terem construído a cidade, pondo-a em condições de ser destruída, foi que os diversos comandantes, comissários, deputados, negociadores e intendentes lhe permitiram fazê-lo. —— Fatal intervalo de inatividade!

O cabo era a favor de começar-se a demolição abrindo uma brecha nas muralhas ou fortificações principais da cidade. —— Não, — isso nunca dará certo, disse o meu tio Toby, pois, avindo-se desse modo com a cidade, a guarnição inglesa não estaria segura dentro dela sequer por uma hora, visto serem traiçoeiros os franceses. —— São traiçoeiros como o diabo, se me permite vossa senhoria a expressão, disse o cabo. —— Fico preocupado toda vez que ouço falar disso, Trim, disse o meu tio Toby, — pois não lhes falta bravura pessoal; e se uma brecha for aberta nas muralhas, eles poderão entrar por ela e assenhorear-se da praça quando lhes aprouver. —— Que entrem, disse

VOLUME VI 529

o cabo, erguendo com ambas as mãos sua pá de sapador como se fosse distribuir pancadas a torto e a direito, — que entrem, se me permite vossa senhoria, se se atreverem. —— Em casos como este, cabo, disse meu tio Toby, deslizando a mão até o meio de sua bengala e segurando-a depois como se fosse um cacete, com o indicador estendido, —— não deve o comandante pôr-se a considerar o que o inimigo se atreverá — ou não a fazer; cumpre-lhe agir com prudência. Começaremos com as obras exteriores, tanto as que dão para o mar quanto as que dão para a terra, e particularmente com o forte Louis, o mais distante de todos, ao qual demoliremos em primeiro lugar, — e o restante, obra por obra, à nossa direita como à nossa esquerda, conforme formos retrocedendo até a cidade; —— então demoliremos o molhe, — depois atulharemos o ancoradouro, — e por fim nos retiraremos para a cidadela, fazendo-a voar pelos ares; uma vez feito isso, cabo, embarcaremos para a Inglaterra. —— Já estamos lá, disse o cabo, voltando a si. —— É verdade, assentiu o tio Toby, — olhando para a igreja.

35

Uma ou duas falazes, deliciosas conferências dessa espécie entre meu tio Toby e Trim acerca da demolição de Dunquerque — por um momento reanimaram as ideias daqueles prazeres que lhes iam fugindo; —— no entanto — no entanto, tudo continuava no seu curso aflitivo —— a magia debilitava as mentes; — a QUIETUDE, seguida pelo SILÊNCIO, adentrou a solitária sala de visitas e estendeu seu manto diáfano por sobre a cabeça do tio Toby; —— e a APATIA, com sua fibra flácida e seu olhar sem rumo, tomou silenciosamente assento a seu lado, na poltrona. —— Não mais Amberg e Rhinberg, e Limbourg, Huy e Bonn, num ano, — e a perspectiva de Landen, Terebach, Drusen e Dendermond no seguinte, — faziam o sangue correr mais depressa. — Não mais obras de sapa, e minas, e anteparos, e gabiões, e paliçadas, mantinham à distância esse nobre inimigo da tranquilidade humana. —— Não mais poderia meu tio Toby, após atravessar as linhas francesas enquanto comia seu ovo ao jantar, dali irromper no coração da França, — cruzar o Oise e, deixando a Picardia atrás de si, avançar até as portas de Paris e pegar no sono sem outras ideias que não fossem de glória. —— Não mais poderia sonhar que plantara o estandarte real sobre a torre da Bastilha e despertar com ele tatalando-lhe na mente.

—— Visões mais doces, — vibrações mais gentis esgueiravam-se aprazivelmente nos seus cochilos; — a trombeta da guerra tombava-lhe das mãos, — ele empunhava o alaúde, amável instrumento!, de todos o mais delicado! o mais difícil! —— como o tangerás, meu querido tio Toby?

## 36

Ora muito bem, só porque eu disse uma ou duas vezes, nesta minha irrefletida maneira de falar, estar seguro de que a próxima narrativa da corte feita pelo tio Toby à viúva Wadman, quando eu tivesse tempo para escrevê-la, se revelaria um dos mais completos sistemas tanto da parte teórica quanto da parte prática do amor e da arte de amar jamais oferecidos ao mundo —— devereis imaginar, disso, que me disponha a empreender uma descrição do *que é o amor*? Se é em parte Deus e em parte Diabo, como sustentaria Plotino? ——[66]

—— Ou então, por via de uma equação mais crítica, e supondo que em sua totalidade o amor tivesse um valor dez —— eu me proponha determinar, com Ficino,[67] *"quantas partes cabe — a um, — e quantas ao outro"*; — ou se é *inteiramente um grande Demônio*, de cabo a rabo, como Platão tomou a si proclamar;[68] no respeitante a este seu conceito, não darei minha opinião; — todavia, meu juízo acerca de Platão é de que ele parece ter sido, a julgar por este exemplo, um homem da mesma têmpera e maneira de pensar do dr. Baynyard,[69] o qual, sendo um grande inimigo dos vesicatórios, a ponto de imaginar que meia dúzia deles, aplicados todos de uma só vez, levariam um homem para o túmulo tão seguramente quanto um carro fúnebre puxado por seis cavalos — apressadamente concluiu que o próprio Diabo não era outra coisa senão uma enorme e buliçosa *Cantárida*. ——

A pessoas que se permitem tão monstruosa liberdade em sua argumentação, só tenho a dizer aquilo que Nazianzeno bradou (*vale dizer, polemicamente*) a Filágrio ——[70]

"Ευγε!" *Excelente! É ótimo raciocínio, senhor, realmente!* — "ὅτι φιλοσοφεῖς ἐν Πάθεσι" — *e assaz nobremente buscais a verdade, quando filosofais a seu respeito em vários estados de ânimo e paixões.*

Tampouco se deve imaginar, pela mesma razão, que eu me deteria para indagar se o amor é uma enfermidade, —— ou para enredar-me com Rhasis e Dioscórides[71] na questão de se a sua sede é o cérebro ou o fígado, — porquanto isso me levaria ao exame dos dois métodos tão opostos por que os pacientes têm sido tratados —— um, o de Aécio,[72] que sempre começava por um clister refrescante de sementes de cânhamo e pepino pulverizadas, — seguido de beberagem diluída de nenúfares e beldroegas — a que acrescentava uma pitada de rapé extraído da erva *Hanea* — e, quando se atrevia a tanto, — seu anel de topázio.

—— O outro método é o de Gordônio,[73] que (no cap. 15 do seu *De amore*) recomenda sejam os pacientes açoitados, "*ad putorem usque*", —— até que voltem a feder.

Estas são investigações com que meu pai, que acumulara vasta soma de conhecimentos desse tipo, irá ocupar-se com afinco durante todo o progresso dos amores do meu tio Toby; cumpre-me antecipar apenas que, de suas teorias do amor, (com as quais, seja dito de passagem, atormentou a mente do tio Toby quase tanto quanto os próprios amores deste) — ele só pôs uma em prática: — por meio de um tecido encerado, impregnado de cânfora,[74] que deu um jeito de impingir como entretela ao alfaiate que confeccionava um novo par de calções para meu tio Toby, logrou produzir neste o efeito de Gordônio sem nenhuma desonra.

Quais as mudanças por isso causadas é coisa que se lerá no devido lugar: tudo quanto cumpre acrescentar à anedota é que, —— qualquer que fosse o efeito sobre o tio Toby, —— teve um efeito nefasto sobre a casa, —— e, não tivesse sido anulada pelo cheiro do cachimbo de meu tio Toby, poderia ter tido efeito não menos nefasto sobre meu pai, outrossim.

37

—— Virá por si própria mais tarde. —— Tudo quanto sustento é que não estou *obrigado* a começar com uma definição do que seja o amor; e enquanto puder prosseguir na minha história de maneira inteligível, valendo-me tão só da própria palavra, sem qualquer outra ideia a ela vinculada que não seja a por mim partilhada com o resto do mundo, por que deveria eu apartar-me dela um momento que fosse antes do devido tempo? —— Quando eu não mais puder prosseguir, — e vir-me transviado por todos os lados neste místico labirinto, — minha Opinião então virá — tirar-me dele.

De momento, espero ser suficientemente compreendido ao dizer ao leitor que o meu tio Toby *tombou vítima do amor.*

— Não que a frase seja bem do meu agrado: pois dizer que um homem *tombou* vítima do amor, — ou que está *profundamente* apaixonado, — ou que afundou até as orelhas na paixão, — e por vezes *até o último cabelo* —

VOLUME VI                                          533

envolve uma certa implicação idiomática de que o amor é
algo *abaixo* do homem, — o que seria reverter à opinião
de Platão, à qual, malgrado a divindade dele, — considero condenável e herética, — e isso é tudo.

Seja, pois, amor o que se queira, — meu tio Toby tombou vítima dele.

—— E diante de tal tentação, é bem possível, gentil
leitor, — que também tombasses. Pois jamais teus olhos
contemplaram, nem tua concupiscência cobiçou algo
mais concupiscível do que a viúva Wadman.

## 38

Para conceber a contento o que seja, — mandai buscar
pena e tinta — eis papel em branco ao vosso dispor. ——
Sentai-vos, senhor, e pintai-a como quiserdes —— tão parecida quanto puderdes com a vossa amante —— tão diferente de vossa esposa quanto a consciência vos permitir
— para mim dá tudo na mesma —— cuidai tão só de deleitar vossa fantasia.

—— Houve jamais na Natureza algo assim tão encantador! — tão delicado!

—— Nesse caso, caro senhor, como poderia o meu tio
Toby resistir-lhe?

Livro três vezes ditoso! terás ao menos uma página,
entre as tuas capas, que nem a *Malícia* há de escurecer
nem a *Ignorância* poderá deturpar.

## 39

Como Susannah foi informada, por uma mensagem expressa da sra. Bridget, de que o meu tio Toby se enamorara da patroa dela quinze dias antes de isso acontecer, —
mensagem cujo conteúdo Susannah comunicou à minha
mãe no dia seguinte, — eis uma oportunidade que se me

oferece de versar a questão dos amores do meu tio Toby uma quinzena antes de existirem.

Tenho uma notícia para dar-vos, sr. Shandy, disse minha mãe, que irá surpreender-vos bastante. ——

Naquele momento estava meu pai celebrando um dos seus leitos de justiça e ruminava consigo os reveses da vida matrimonial quando minha mãe rompeu o silêncio. ——

"—— Meu irmão Toby, disse ela, vai se casar com a sra. Wadman."

—— Então nunca mais poderá, disse meu pai, deitar-se *diagonalmente* em sua cama enquanto viver.

Era um grande vexame para meu pai que minha mãe nunca lhe perguntasse o significado de uma coisa que não entendesse.

—— Não ser uma mulher de ciência, dizia meu pai — é o seu infortúnio — mas ela poderia ao menos fazer uma pergunta.

Minha mãe nunca a fazia. —— Em suma, foi-se deste mundo sem ao fim e ao cabo saber se ele dava *voltas* ou se permanecia *imóvel*. —— Solicitamente, havia-lhe meu pai explicado mais de mil vezes como era, — mas ela sempre esquecia.

Por tais motivos, uma conversa entre os dois nunca ia muito além de proposição, — uma réplica e uma tréplica, ao fim das quais a conversa tomava fôlego por alguns minutos, (como no caso dos calções) para então prosseguir.

Se ele se casar, será pior para nós, afirmou minha mãe.

Coisíssima nenhuma, disse meu pai; — ele poderá dissipar a sua fortuna nisso como em qualquer outra coisa.

—— Sem dúvida, concordou minha mãe: assim findou-se a proposição, — a réplica, — e a tréplica de que vos falei.

Trar-lhe-á alguma diversão, também, —— disse meu pai.

Muita, respondeu minha mãe, especialmente se tiver filhos. ——

—— O Senhor tenha piedade de mim, —— disse meu pai consigo.——*   *   *   *   *   *   *   *
*   *   *   *   *   *   *   *   *   *
*   *   *   *   *   *   *   *   *   *
*   *   *   *   *   *   *   *   *   *
*   *   *   *   *   *   *   *   *   *

40

Começo agora a avançar bastante na minha obra; e com a ajuda de uma dieta vegetariana, acompanhada de umas sementes frias,[75] não tenho dúvida de que conseguirei ir adiante com a história do meu tio Toby e com a minha própria, seguindo uma linha razoavelmente reta. Assim,

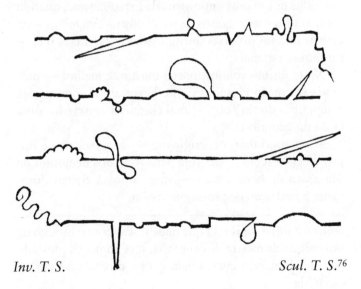

*Inv. T. S.*                                        *Scul. T. S.*[76]

Estas foram as quatro linhas que segui no meu primeiro, segundo, terceiro e quarto volumes. —— No quinto, fui muito bem, —— sendo esta a linha precisa que nele descrevi:

Por ela se evidencia que, exceto na curva assinalada A, onde dei um pulo até Navarra, — e na curva denteada B, que corresponde ao breve passeio ao ar livre em que acompanhei a dama Baussiere e seu pajem, — não fiz nenhuma cabriola digressiva, até os demônios de Giovanni della Casa me compelirem à volta que vedes assinalada com um D — pois quanto aos *c c c c*, são apenas parênteses, e os costumeiros *dentros* e *foras* que ocorrem nas vidas dos maiores ministros de Estado, e que, quando comparados com o que os demais homens têm feito, — ou com as minhas próprias transgressões nas letras A B D — tornam-se em nada.

Neste último volume, portei-me ainda melhor — pois desde o fim do episódio de Le Fever até o começo das campanhas do tio Toby, — mal cheguei a afastar-me uma jarda do caminho.

Se eu continuar a corrigir-me nesse passo, não é impossível —— com a benévola permissão dos demônios de sua graça de Benevento —— que eu possa chegar doravante à perfeição de prosseguir assim:

o que é a linha mais reta que pude traçar com o auxílio de uma régua de mestre de caligrafia, (que tomei emprestada para tal fim), sem curvas nem para a direita nem para a esquerda.

Esta *linha reta*, — a senda por que os cristãos devem seguir! dizem os teólogos ——

—— O emblema da retidão moral! diz Cícero ——[77]

—— A *melhor linha*! dizem os plantadores de couve

VOLUME VI                                                      537

—— é a mais curta, diz Arquimedes,[78] que possa ser traçada de um a outro ponto dado. ——

Quisera que vós, senhoras, tomassem esta questão a
peito em vossos próximos trajes para uma festa de ani-
versário!

—— Que viagem!

Podereis dizer-me, por favor, — isto é, sem irritar-vos,
antes de eu escrever o meu capítulo acerca de linhas retas —— por via de que equívoco —— quem lhes disse
isso —— ou como veio a acontecer que vossos homens de
gênio e engenho tivessem o tempo todo confundido esta
linha com a linha da *Gravitação*?


FIM DO SEXTO VOLUME

# VOLUME VII
## 1765

Non enim excursos hic eius, sed opus ipsum est.
PLIN. *Lib. quintus Epistola sexta.*[1]

I

Não —— creio ter dito que escreveria dois volumes por ano, caso a tosse ruim que então me atormentava e que até agora temo mais do que ao diabo, me permitisse fazê-lo —— e em outra parte — (mas não consigo agora lembrar onde), referindo-me ao meu livro como uma *máquina*, e fazendo uma cruz na mesa com a minha pena e régua, a fim de dar-lhe maior crédito — fiz o juramento de que continuaria nesse passo durante os próximos quarenta anos, se aprouvesse à fonte da vida abençoar-me todo esse tempo com saúde e bom humor.

Bem, quanto ao humor, pouco tenho a imputar-lhe — sim, muito pouco (a menos que forçar-me a montar um longo bastão e fazer-me de tolo dezenove das vinte e quatro horas do dia sejam acusações) e, pelo contrário, tenho muito — muito mesmo a agradecer-lhe: levaste-me a alegremente seguir o caminho da vida com todas as suas cargas (exceto os cuidados) nas costas; em nenhum momento de minha existência, que eu me lembre, me desertaste ou coloriste os objetos com que cruzei em meu caminho fosse de preto, fosse de verde doentio; nas horas de perigo, douraste o horizonte à minha frente de esperança, e quando a própria MORTE bateu-me à porta — pediste-lhe que voltasse mais tarde; e isso num tom de tão alegre e descuidada indiferença que ela chegou a duvidar de sua missão. ——

"— Deve certamente haver algum engano neste caso", disse ela.

Ora, nada há neste mundo que eu abomine mais do que ser interrompido numa história —— e naquele preciso momento estava eu contando a Eugenius, à minha maneira, a história assaz espaventosa de uma freira que se imaginava um molusco e de um monge que foi condenado por ter comido um mexilhão, e estava lhe mostrando os fundamentos e a equidade do processo ——

"— Algum dia se viu personagem tão grave metido em tão abominável entalada?" perguntou a Morte. Escapaste por um triz, Tristram, disse Eugenius, pegando-me a mão quando concluí a história ——

Mas viver assim não é *viver*, Eugenius, repliquei, pois esta *filha da puta* descobriu meu endereço. ——

— Chamaste-a pelo nome certo, disse Eugenius, — pois afirma-se que foi pelo pecado que ela entrou no mundo. —— Pouco se me dá por onde entrou, respondi, contanto que não esteja com tanta pressa de levar-me consigo, — tenho ainda quarenta volumes a escrever e quarenta mil coisas a dizer e fazer, que ninguém no mundo poderá dizer ou fazer por mim, a não seres tu; e, como viste, ela me agarrou pela garganta (pois Eugenius mal conseguia ouvir-me do outro lado da mesa) e eu não sou parada para ela em campo aberto; não seria então melhor, enquanto ainda me resta algum ânimo disperso e estas duas pernas de aranha (levantei uma delas para lhes mostrar) em que sustentar-me — não seria melhor, Eugenius, tentar salvar a vida fugindo-lhe? É o meu conselho, caro Tristram, respondeu Eugenius. —— Então, pelos céus! vou tirá-la para uma dança que ela nem imagina — vou galopar, disse eu, até as margens do Garonne, sem olhar uma só vez para trás; e se eu a ouvir trotando nos meus calcanhares —— disparo para o monte Vesúvio —— e dali para Jafa e de Jafa para

VOLUME VII                                                    543

o fim do mundo, aonde, se ela me seguir, rogo a Deus que
quebre o pescoço ——

—— Ela corre mais riscos *lá*, disse Eugenius, do que tu.

O engenho e afeto de Eugenius trouxeram-me de volta
às faces o sangue que delas fora banido havia meses — foi
um mau momento o de dizer-lhe adeus; ele me acompanhou até a carruagem de posta —— *Allons!* disse eu; o
postilhão estalou o chicote —— lá fomos feito canhão e
com meia dúzia de saltos alcançamos Dover.


2


Ao diabo com isso! exclamei, olhando para a costa francesa — um homem deveria conhecer também um pouco
do seu próprio país antes de viajar para fora dele —— e eu
nunca dei uma olhada na igreja de Rochester nem reparei
nas docas de Chatham nem visitei São Tomás em Canterbury,[2] embora tudo isso ficasse no meu caminho. ——

—— Mas o meu caso, na verdade, é um caso único ——

Pelo que, sem deter-me para discutir o assunto com
Tomás Beckett, ou com quem quer que fosse — pulei para
dentro do barco e em cinco minutos, de velas desfralda-
das, voávamos como o vento.

Por favor, capitão, perguntei ao descer para a cabina,
nunca a *Morte* surpreendeu ninguém nesta travessia?

Ora, não há tempo sequer para alguém ficar enjoado,
replicou ele. —— Que abominável mentiroso! Eu estou
mais enjoado do que um cavalo, disse comigo, —— meu
cérebro! —— está de cabeça para baixo! —— Puxa! as células se soltaram e andam misturadas, e o sangue, a linfa
e os sucos nervosos, com os sais fixos e voláteis, confun-
diram-se todos numa só massa —— bom d–! está tudo
girando dentro dele em mil redemoinhos —— Eu daria
um pêni para saber se, por causa disto, não irei escrever
melhor. ——

Engulhado! engulhado! engulhado! engulhado! ——

— Quando chegaremos à terra? capitão — têm corações de pedra —— Oh! estou morrendo de enjoo! —— passa-me essa coisa, rapaz —— é uma náusea terrível! —— Quisera estar no fundo do mar. — Senhora, como estais passando? Uma ruína! uma ruína! ru —— Oh! uma ruína, senhor! — Quê, é a vossa primeira vez? —— Não, é a segunda, a terceira, a sexta, a décima vez, senhor, — puxa —— que barulho de pisoteio lá em cima! — olá! taifeiro! o que está acontecendo? —

O vento mudou! é de morte — vou então enfrentá-la cara a cara.

Que sorte! — o vento tornou a virar, chefe —— Oh, que o diabo o mude. ——

Capitão, disse ela, pelo amor de Deus, vamos descer à terra.

### 3

Para um homem com pressa, é uma grande inconveniência haver três rotas diferentes entre Calais e Paris; a seu respeito, têm tanto a dizer os vários deputados das cidades situadas ao longo delas, que se perde facilmente meio dia para decidir qual tomar.

Primeira, a rota por Lille e Arras, a que dá a maior volta —— mas é a mais interessante e instrutiva.

A segunda, por Amiens, que podereis tomar se quiserdes ver Chantilly ——

E a que segue por Beauvais, que podereis tomar se desejardes.

Por esta última razão, muitíssimos escolheram ir por Beauvais.

VOLUME VII                                              545

4

"Agora, antes de deixar Calais", diria um autor de livros
de viagem, "não seria fora de propósito dizer alguma coisa a seu respeito." — Pois eu acho muito fora de propósito — um homem não poder passear tranquilamente por
uma cidade e deixá-la em paz se ela não se meter com
ele, em vez de voltar-se e puxar da pena a cada valeta
que cruza, tão só, por minha fé, pelo gosto de pintá-la;
porque, a julgar do que têm escrito quantos *escreveram e
galoparam*, — ou *galoparam e escreveram*, o que se constitui em outra e diferente maneira de fazê-lo; ou aqueles
que, mais expeditos do que os demais, *escreveram galopando*, que é a maneira que uso no momento —— desde
o grande Addison,[3] que o fez com sua mochila de livros
escolares a pender-lhe da b–, e castigando a garupa de
sua montaria a cada passo — não há, entre nós galopado-
res, nenhum que não pudesse ter seguido tranquilamente,
a passo esquipado, por seu próprio terreno (no caso de
que tivesse algum) e escrito o que tivesse a escrever a pé
enxuto, ou não.

De minha parte, e tomo por testemunha o céu, ao qual
sempre dirigirei meu apelo final — não sei mais a respeito
de Calais, (salvo pelo pouco que me contou meu barbeiro enquanto afiava a navalha) do que neste momento sei
do Grande Cairo; pois estava escuro na noite em que ali
desembarquei e negro como piche na manhã em que dali
parti, e no entanto, com meramente saber onde tenho o
nariz e inferir isto daquilo numa parte da cidade e conjecturar e juntar isto e aquilo, noutra — eu apostaria com
qualquer viajante que sou capaz, neste momento, de escrever sobre Calais um capítulo tão longo quanto meu próprio braço, e com pormenores tão precisos e satisfatórios
acerca das coisas da cidade merecedoras da curiosidade
do forasteiro — que me tomaríeis pelo próprio escrivão
municipal de Calais — e o que há de surpreendente nisso,

senhor? Pois não foi Demócrito, que riu dez vezes mais do que eu[4] — escrivão de Abdera? E não foi (esqueço-lhe o nome), que tinha mais discrição do que nós dois, escrivão de Éfeso?[5] —— O capítulo seria escrito além disso, senhor, com tanto conhecimento e bom senso e verdade e precisão ——

— Bem — se não me acreditais, podeis dar-vos então ao incômodo de ler o dito capítulo.

5

CALAIS, *Calatium, Calusium, Calesium*.[6]
Esta cidade, a crer em seus arquivos, cuja autoridade não vejo motivo de questionar aqui — era *outrora* apenas um vilarejo pertencente a um dos primeiros condes de Guines; e como ela se vangloria hoje de contar nada menos de catorze mil habitantes, afora as quatrocentas e vinte famílias da *basse ville* ou subúrbios —— deve ter crescido aos poucos, suponho, até chegar ao que é agora.

Embora haja quatro conventos, existe apenas uma igreja paroquial em toda a cidade; não tive oportunidade de tomar-lhe as exatas dimensões, mas é muito fácil fazer uma razoável conjectura delas — pois, como há catorze mil habitantes na cidade, para contê-los todos, ela deve ser consideravelmente ampla — e se não o é — é uma grande pena que não disponham de outra; — foi construída com a forma de cruz e está dedicada à Virgem Maria; o campanário, que possui uma agulha, está colocado no meio da igreja e descansa sobre quatro pilares assaz elegantes e leves, mas suficientemente fortes, ao mesmo tempo; — decoram-na onze altares, em sua maioria mais elegantes do que belos. O altar-mor é uma obra-prima no seu gênero; é de mármore branco e tem, segundo me disseram, cerca de sessenta pés de altura; — fosse muito mais alto e chegaria à altura do próprio monte Calvário;

VOLUME VII 547

— por isso suponho, em boa verdade, que deva ser alto o bastante.

Nada me causou tanta impressão quanto a grande Praça, embora eu não possa dizer que seja nem bem pavimentada nem bem construída; todavia, fica no coração da cidade e a maior parte das ruas, especialmente as desse bairro, termina nela; pudesse ter havido uma só fonte em toda Calais, o que não parece possível, como tal objeto se constituiria em grande ornamento, não é de duvidar que os habitantes a teriam colocado bem no centro dessa praça; — não que ela seja propriamente uma praça, — porquanto é quarenta pés mais comprida de leste a oeste que de norte a sul; por isso, os franceses têm razão, no que lhes toca, de chamá-las *Places* em vez de *Squares*[7] o que, a rigor, certamente não são.

A casa da câmara parece ser apenas um lamentável edifício e não é mantido em bom estado de conservação; de outro modo, teria sido um segundo grande ornamento do lugar; atende contudo ao fim a que se destina e serve muito bem para a recepção dos magistrados que nele se reúnem de quando em quando, pelo que é de presumir seja a justiça regularmente distribuída.

Ouvi falar muito de Courgain, mas ali não há absolutamente nada digno de curiosidade; é um bairro distinto da cidade, habitado somente por marinheiros e pescadores; consiste em uma porção de ruazinhas, com casas bem construídas e em sua maioria de alvenaria; é extremamente populoso, mas como isso pode ser explicado pelos princípios da dieta de seus habitantes, — nada há de surpreendente no caso, tampouco. —— Um viajante pode ir visitá-lo para satisfazer sua curiosidade — não deve deixar, contudo, de atentar em La Tour de Guet,[8] de maneira nenhuma; é assim chamada devido à sua específica destinação de, em tempo de guerra, servir para descobrir (e deles dar notícia) os inimigos que se aproximem do lugar, seja por mar, seja por terra; —— ela é tão monstruosamente alta e salta aos olhos com tanta frequência que não podereis deixar de nela atentar, mesmo que quisésseis.

Foi para mim motivo de especial desapontamento não ter tido permissão de fazer um exame detido das fortificações, que são as mais sólidas do mundo e que, desde o começo até o fim, isto é, desde o tempo em que foram iniciadas por Filipe de França, conde de Boulogne, até a presente guerra, quando nelas se fizeram muitas reparações, custaram (conforme eu soube ulteriormente por um engenheiro na Gasconha) — acima de cem milhões de *livres*. É assaz digno de nota que na Tête de Gravelenes,[9] onde a cidade está naturalmente mais exposta, tivessem gasto a maior parte do dinheiro; de modo que as obras de fortificação exterior se estendem um bom pedaço pela campanha e, por conseguinte, ocupam um grande trato de terreno. — Entretanto, depois de tudo *dito* e *feito*, é mister reconhecer que Calais nunca foi, de maneira alguma, tão importante por si como pela situação que ocupa e pela facilidade que ofereceu aos nossos antepassados, numa ou noutra ocasião, de entrar em França; de outra parte, não deixa de apresentar os seus inconvenientes, revelando-se não menos molesta para os ingleses, naqueles tempos, do que Dunquerque nos nossos; assim, foi merecidamente considerada como a chave de ambos os reinos, razão sem dúvida de tantas contendas surgidas no respeitante a quem deveria ocupá-la: de tais contendas, o cerco de Calais, ou melhor, o bloqueio (pois ela se viu encurralada tanto por terra como por mar) foi o mais memorável, visto a cidade ter resistido durante um ano inteiro aos esforços de Eduardo III; o cerco só terminou, ao fim e ao cabo, por força da fome e da miséria extrema; a bravura de Eustace de Saint-Pierre,[10] o primeiro a oferecer-se como vítima por seus concidadãos, alinhou-lhe o nome entre os dos heróis. Como ela não ocupará mais de cinquenta páginas, seria uma injustiça não dar ao leitor uma narrativa pormenorizada desse romântico feito, bem como do cerco propriamente dito, usando as mesmas palavras de Rapin.

## 6

—— Mas coragem! gentil leitor! —— Desdenho a ocasião! —— já é bastante ter-te em meu poder; —— seria demasiado aproveitar-me da vantagem que a fortuna da pena ora ganhou sobre ti. —— Não! —— Por essa chama todo-poderosa que aquece o cérebro visionário e ilumina o espírito nas regiões extraterrenas! A forçar uma criatura indefesa a tão duro mister e fazer-te pagar, pobre alma! por cinquenta páginas que não tenho o direito de vender-te — preferiria eu antes, desnudo como estou, pastar nas montanhas e sorrir de o vento norte não me trazer nem teto nem pão.

— Eia, pois, bravo rapaz! contenta-te com a tua viagem até Boulogne.

## 7

—— Boulogne! —— Ah! — Com que então estamos todos reunidos —— devedores e pecadores perante o céu; formamos um grupo bem jovial — mas não posso ficar para emborcar um bom copo convosco; — eu mesmo estou sendo perseguido como uma centena de diabos e serei alcançado antes de poder mudar de cavalos; — pelo amor de Deus, apressai-vos. —— É por alta traição, disse um homem de pequeníssima estatura, cochichando em voz tão baixa quanto podia a um homem muito alto ao seu lado.

—— Ou então por homicídio, disse o homem alto. —— Bem jogado, *Seis-ás*![11] respondi eu. — Não, observou um terceiro, o cavalheiro cometeu. ——

*Ah! ma chère fille!*[12] disse eu, quando ela passava por mim no seu passo leve, de volta das matinas — pareceis tão rósea quanto a manhã (pois o sol estava se erguendo, o que tornava o cumprimento mais gracioso). —— Não, não pode ser isso, disse um quarto —— (ela me fez uma reverência — eu beijei minha própria mão) hão de ser dívidas, acrescentou. Sem dúvida que é por dívidas, disse um terceiro; eu não pagaria os débitos desse cavalheiro, disse o Ás, nem por mil libras. Eu tampouco, disse o *Seis*, ainda que por seis vezes tal soma. — Bom lance, *Seis-Ás*, outra vez! exclamei eu. — Porém, não tenho outra dívida que não seja a da NATUREZA, e dela só quero paciência, que lhe pagarei até o último ceitil do que lhe devo. —— Como podeis ser tão impiedosa, SENHORA, detendo um pobre viajante que segue seu caminho sem molestar a quem quer que seja com os seus lícitos negócios? Detei esse patife, esse espantalho de pecadores que, com sua expressão mortífera e suas longas pernas, anda a correr atrás de mim; —— ele nunca me teria seguido se não fosse por vós; —— nem que seja apenas por uma ou duas estações de posta, a fim de me dar dianteira sobre ele, rogo-vos, senhora —— detei-o, cara dama. ——

—— Bem, na verdade, é uma pena, disse o meu hospedeiro irlandês, que se perca todo esse belo galanteio, pois a jovem e nobre dama estava fora do alcance de vossa voz o tempo todo. ——

—— Papalvo! respondi.

—— Com que então não encontrastes nada *mais* em Boulogne digno de ser visto?

— Por Jesus! Lá está instalado o melhor SEMINÁRIO de HUMANIDADES. ——

— Não poderia haver melhor, disse eu.

## 8

Quando a pressa dos desejos de um homem comunica-lhe às ideias velocidade noventa vezes maior que a do veículo em que viaja — ai da verdade! e ai do veículo e dos seus apetrechos (seja qual for a matéria de que são feitos) sobre os quais ele bufa o desapontamento de sua alma!

Como nunca generalizo acerca de homens ou coisas quando estou encolerizado, *"quanto maior a pressa, pior a velocidade"*, foi a única reflexão que fiz sobre o assunto, quando de sua primeira ocorrência; — na segunda, terceira, quarta e quinta vez, restringi-a àquelas vezes, e por conseguinte culpei tão só o segundo, terceiro, quarto e quinto postilhões, sem levar mais adiante minhas reflexões; todavia, como a ocorrência se repetiu comigo pela sexta, sétima, oitava, nona e décima vez, sem exceção, não pude então me furtar a fazer uma ponderação de âmbito nacional, vazando-a nestas palavras:

*Nas carruagens francesas de posta há sempre algo de errado desde a partida.*

Ou então a proposição poderia ser assim formulada:

*Um postilhão francês tem sempre de apear antes de distanciar-se trezentas jardas da cidade.*

O que foi agora? —— *Diable!* —— Rompeu-se uma corda! —— Um nó soltou. —— Um fecho abriu-se! —— Um pino gastou! —— É preciso mudar um trapo, um farrapo, um dente, uma corrente, uma fivela ou a lingueta dela. ——

Ora muito bem, por verdadeiro que o fato seja, nunca me julguei habilitado a excomungar em consequência disso nem a carruagem de posta nem o postilhão; —— tampouco me veio à mente jurar pelo D– vivo que preferiria dez mil vezes seguir a pé —— ou que os diabos me levassem se jamais voltasse a subir em outra ——; em vez disso, considero friamente a questão em pauta e pondero que algum trapo, ou farrapo, ou dente, ou corrente, ou fivela, ou lingueta dela, estará sempre em falta ou carecida de troca, viaje eu por onde viajar —— pelo que nunca zombo, mas aceito tudo o que me aconteça de bom ou de mau durante a jornada e sigo em frente. —— Pois cuida disso, meu rapaz! disse-lhe eu; ele já havia perdido cinco minutos com apear--se para pegar um lanche de pão preto, que metera na bolsa da carruagem; voltara a subir e prosseguira sem pressa, a fim de melhor saboreá-lo. —— Vamos lá, meu rapaz, disse eu, com animação — mas no tom mais persuasivo que se possa imaginar, pois fiz tilintar contra o vidro uma peça de vinte e quatro *sous*, tomando o cuidado de voltar para ele a face da moeda quando ele olhou para trás; o cão arreganhou os dentes numa risada de compreensão que lhe ia de uma a outra orelha, descobrindo, por trás do focinho sujo, uma perlada fileira de dentes que o *Trono* seria capaz de, por eles, empenhar as suas joias. ——

Céus! $\begin{cases} \text{Que mastigadores!} \text{——} \\ \text{Que pão!} \text{——} \end{cases}$

e quando terminava ele o último bocado do seu lanche, entramos na cidade de Montreuil.

### 9

Em minha opinião, não há na França nenhuma cidade que, no mapa, tenha melhor aparência do que MONTREUIL. —— Reconheço que não mostra tão boa aparência no guia de carruagens de posta; todavia, quando a vedes de perto — sua aparência é certamente deplorável.

Não obstante, há nela uma coisa muito bonita: a filha do estalajadeiro. Ela passou dezoito meses em Amiens e seis em Paris, frequentando suas aulas; com isso, costura, borda e dança, e faz muito bem suas pequenas coqueterias. ——

— Que sirigaita! Com executá-las todas nos cinco minutos que permaneci olhando-a, perdeu pelo menos doze

VOLUME VII                                                    553

laçadas numa meia de fio branco. —— Sim, sim — estou
vendo, sua cigana sabida! — é longa e afilada — não é
preciso que a prendas ao joelho — é tua —— e te cai muito bem. ——

—— Se a Natureza tivesse dito a esta criatura uma
palavra que fosse sobre o *polegar da estátua*![13] ——

— Mas esta amostra vale todos os polegares delas; ——
além disso, na barganha, fico também com os seus polegares e demais dedos, se me puderem eles servir de guia
— e como Janatone, ademais (pois esse é o nome dela) é
excelente modelo para tirar-se-lhe o perfil —— que eu nunca mais desenhe, ou melhor, que tenha de usar força bru-
ta, como um cavalo de tiro, pelos restantes dias de minha
vida, — se não tirar-lhe o perfil em todas as suas justas
proporções e com um lápis tão firme como se sua roupa-
gem estivesse ensopada. ——

— Mas vossas senhorias preferem que eu lhes dê o comprimento, largura e altura perpendicular da grande igreja
paroquial, ou um desenho da fachada da abadia de santa
Austreberte, que foi transportada de Artois para cá; —
está tudo como suponho que foi deixado pelos pedreiros
e carpinteiros, — e se a crença em Cristo mantiver-se por
tanto tempo, assim permanecerá nestes cinquenta próximos anos — pelo que vossas senhorias e vossas reverendíssimas poderão medi-las sem pressa, como lhes aprouver; —— entretanto, aquele que te medir, Janatone, deverá
fazê-lo agora — trazes os princípios da mudança dentro de
ti e, tendo em conta as contingências da vida transitória, eu
não responderia por ti um só momento; antes de haverem
passado duas vezes doze meses, poderás engordar como
uma abóbora e perder as formas — ou murchar como uma
flor e perder a beleza —— ou então poderás te extraviar
como uma rapariga — e perder a ti mesma. —— Eu não
responderia pela minha tia Dinah, caso estivesse viva ——
e, por minha fé, nem mesmo pelo retrato dela —— ainda
que houvesse sido pintado por Reynolds. —

— Mas quero que me deem um tiro se, depois de dizer o nome desse filho de Apolo, eu me atrever a prosseguir no meu desenho. ——

Diante disso, tereis mesmo de contentar-vos com o original, que, se estiver amena a noite em que passardes por Montreuil, vereis de vossa carruagem, caso ali trocardes de cavalos; a menos, porém, que tenhais tão má razão para apressar-vos quanto eu tenho — melhor faríeis se fizésseis uma parada. — Ela tem um pouco de *dévote*,[14] mas isso, senhor, é uma vantagem de três para nove em vosso favor. ——

— Que o S– me ajude! Não logrei marcar um só ponto; picado e repicado e deram-me um capote dos diabos.[15]

## 10

Tudo levado na devida conta, bem como a possibilidade de a Morte achar-se mais perto de mim do que eu imaginava —— quisera estar em Abbeville, disse eu, mesmo que fosse só para ver, como cardam e fiam —— e assim partimos.

\* de *Montreuil* a *Nampont* – poste et demi[16]
de *Nampont* a *Bernay* – – – poste
de *Bernay* a *Nouvion* – – – poste
de *Nouvion* a *Abbeville* – – – poste

— mas as cardadoras e fiandeiras tinham ido todas para a cama.

## 11

Que grande coisa não é viajar! O único inconveniente é a pessoa acalorar-se, mas existe um remédio para isso, que aprendereis no próximo capítulo.

---

\* Vide *Guia dos caminhos de posta franceses*, p. 36, ed. de 1762.[17]

# 12

Estivesse eu em posição de impor condições à morte, como neste momento as posso impor ao meu boticário, sobre onde e quando haverei de tomar este clister —— eu certamente me declararia contrário a submeter-me a ela em presença de meus amigos; por isso, jamais reflito seriamente no modo e maneira por que ocorreria essa grande catástrofe, que em geral ocupam e afligem meus pensamentos tanto quanto a própria catástrofe; todavia, muitas vezes corro a cortina sobre isso, desejando que o Dispensador de todas as coisas possa ordená-las de tal jeito que ela me aconteça não em minha própria casa, —— mas antes em alguma estalagem decente; —— em casa, eu sei, —— a preocupação de meus amigos e os derradeiros serviços de enxugar-me a fronte e amaciar-me o travesseiro, que a mão trêmula do pálido afeto certamente me prestará, atormentarão tanto a minha alma que morrerei de um destempero de que meu médico não saberá a causa; numa hospedaria, porém, os poucos e frios cuidados de que eu carecesse seriam comprados por alguns guinéus e a mim prestados com atenção imperturbada, mas precisa —— mas cuidai que tal hospedaria não seja a de Abbeville; —— mesmo que não houvesse nenhuma outra hospedaria no universo, eu eliminaria essa da capitulação: assim

Que os cavalos estejam atrelados à carruagem exatamente às quatro da manhã. —— Sim, às quatro, senhor, —— ou então, por santa Genoveva![18] armo na casa um alarido capaz de despertar os mortos.


# 13

"*Faz que sejam como uma roda*"[19] é, conforme todos os doutos sabem, um amargo sarcasmo dirigido contra o *grand tour* e contra esse espírito irrequieto que a ele incita e que, profeticamente, Davi anteviu a assombrar os filhos dos homens nos dias por vir; daí ser, segundo pensava o grande bispo Hall,[20] uma das mais severas imprecações jamais pronunciadas por Davi contra os inimigos do Senhor; — era como se tivesse dito: "Não lhes desejo sorte pior que a de ir sempre a rolar por aí." — A tanto de movimento, continua o bispo, (pois era assaz corpulento) — corresponde tanto de inquietude; e a tanto de repouso, pela mesma analogia, tanto de céu.

Bem, eu (por ser muito magro) penso de modo diferente: a tanto de movimento, corresponde tanto de vida e outro tanto de alegria —— e permanecer imóvel, ou avançar com lentidão, corresponde à morte e ao diabo. ——

Olá! Ei! —— todo o mundo está dormindo! —— tragam os cavalos! —— engraxem as rodas —— atem as bolsas do correio —— e metam um cravo nesse molde —— não quero perder um segundo. ——

A roda de que estamos falando e *com a qual* (mas não *à qual*, pois isso faria dela uma roda[21] de Ixião) Davi amaldiçoou seus inimigos, de acordo com a constituição física do bispo, seria certamente uma roda de carruagem de posta, quer elas existissem ou não na Palestina daqueles tempos —— e, por razões contrárias, a minha roda deve, com igual certeza, ser uma roda de carro, a gemer para completar sua revolução uma vez por século, tipo de roda de que, se me tornasse exegeta, não hesitaria em afirmar abundava naquele país montanhoso.

Prezo os pitagóricos (muito mais do que me atreveria a dizer à minha querida Jenny) por seu "Χωρισμὸν ἀπὸ τον Εώμαιος, εἰς το καλως φιλοσοφειν" —— por seu *"afastamento do corpo, a fim de bem pensar"*.[22] Homem algum pensa bem quando nele permanece; enceguecido como deve estar pelos seus humores naturais, arrastado para lados diferentes, como o fomos o bispo e eu, e com a fibra descontraída demais ou tensa demais —— a RAZÃO é metade SENTIDO, e a medida do próprio céu é tão só a medida de nossos interesses e apetites de momento ——

—— Mas qual dos dois julgais estar mais errado, no caso presente?

Vós, evidentemente, disse ela, por perturbardes uma família inteira tão cedo.

## 14

—— Mas ela não sabia que eu tinha feito voto de só me barbear quando chegasse a Paris; — detesto, porém, fazer mistério de coisas insignificantes; —— trata-se da fria cautela de uma dessas almas mesquinhas pelas quais Lessius (*lib. 13, De moribus divinis, cap. 24*)[23] fez sua estimativa, estabelecendo que uma milha holandesa,[24] elevada ao cubo, oferecerá espaço mais do que bastante para oitocentos mil milhões de almas, número que ele supõe (contando desde a queda de Adão) venha a ser possivelmente dos que serão condenados à danação até o fim do mundo.

De onde partiu ele para fazer esta segunda estimativa —— a menos que fosse da bondade paternal de Deus, — é coisa que não sei dizer. — Muito menos sei o que poderia estar na mente de Francisco Ribera[25] quando pretende que, para alojar tal número de almas, será mister espaço não inferior a duzentas milhas italianas[26] multiplicadas por si mesmas; —— sem dúvida deve ter se baseado em algumas das antigas almas romanas acerca das quais leu, mas sem refletir em quanto, por via de gradual e assaz tábido declínio, no decurso de mil e oitocentos anos, não devem elas ter inevitavelmente se encolhido, a ponto de se tornar quase nada, à altura em que escreveu sobre o assunto.

Na época de Lessius, que parece ser homem mais frio, eram tão pequenas quanto se possa imaginar. ——

—— *Agora* descobrimos serem mais pequenas. ——

E no próximo inverno ainda mais pequenas, pelo que,

se formos de pequeno a menor e de menor a nada, não hesito um só momento em afirmar que, dentro de meio século, a continuar nesse ritmo, não teremos mais alma alguma; sendo esse o período além do qual duvido igualmente possa subsistir a fé cristã, será uma vantagem para ambas consumirem-se exatamente ao mesmo tempo ——

Abençoado Júpiter! e abençoados todos os demais deuses e deusas pagãs! pois então voltareis à cena, e com Priapo[27] à vossa cola —— que tempos mais risonhos! —— Mas onde estou? E a que deliciosas orgias me estou lançando? Eu —— eu que deverei ser ceifado na metade dos meus dias, e deles não provar mais do que aquilo que for tomado de empréstimo à minha imaginação, —— a paz esteja contigo, generoso tolo! deixa-me prosseguir.


### 15


—— Assim que, como disse, por detestar fazer mistério de *nada* —— eu confiei o segredo ao postilhão, tão logo me livrei das pedras; ele deu um estalo com o seu chicote para corresponder ao cumprimento, e com o cavalo dos varais a trote e o outro cavalo numa espécie de sobe--desce, lá fomos dançando até Ailly-aux-clochers, famosa nos dias de outrora por possuir os melhores carrilhões do mundo; mas por ela passamos dançando sem músicas —— os carrilhões estavam seriamente desarranjados — (como de resto na França inteira).

E assim, a toda a velocidade possível, de
Ailly-aux-clochers, fui a Hixcourt,
de Hixcourt, fui a Péquignay, e
de Péquignay, fui a AMIENS,
cidade a cujo respeito nada tenho a informar-vos, a não ser o que já vos informei antes —— qual seja —— que foi ali que Janatone frequentou a escola.

VOLUME VII 559

## 16

No rol daqueles vexames que, como vento inconstante, vêm enfunar as velas de um homem, não há nenhum de natureza tão irritante e tão aflitiva quanto o que vou descrever em seguida —— e contra o qual (salvo se viajardes com um batedor, o que muita gente costuma fazer para evitá-lo) —— não há defesa; trata-se do seguinte:

Quando sentis a mais amena propensão a ferrar no sono —— embora estejais talvez percorrendo a mais bela das regiões — pelas melhores estradas, — instalado na mais confortável carruagem do mundo —— e tendes certeza de que poderíeis dormir cinquenta milhas sem uma só vez abrir um olho —— e, o que é mais, convencido, tanto quanto de qualquer das verdades demonstradas por Euclides, de que estaríeis muitíssimo a cômodo tanto dormindo quanto desperto —— ou talvez mais ainda, —— eis que os repetidos e incessantes pagamentos que tendes de fazer a cada etapa, —— com a consequente necessidade de meter a mão no bolso e contar cada vez três *livres* e cinquenta *sous* (*sou* por *sou*) põe um fim definitivo em vosso projeto de repouso; de repouso, não tereis nunca mais do que seis milhas (ou, supondo paradas a cada posta e meia, nove milhas) —— ainda que fosse para salvar vossa alma da destruição.

— Vou me vingar deles, disse eu, pois embrulharei a soma certa num pedaço de papel e a terei pronta na mão o caminho todo. Assim, nada mais terei a fazer, murmurei comigo (ajeitando-me para repousar) senão deixar isto cair suavemente dentro do chapéu do postilhão, sem necessidade de uma só palavra. —— Mas eis que faltam mais dois *sous* para um trago —— ou uma moeda de doze *sous* de Luís XIV que não será aceita ——[28] ou uma *livre* e uns poucos *liards*[29] da última etapa que monsieur esquecera de pagar, altercações essas (visto um homem não poder discutir muito bem quando está dormindo) que o acabarão por despertar; no entanto, o doce sono ainda é recuperável e ainda poderia a carne vencer o espírito e refazer-se de tais golpes — mas eis, céus! que pagastes apenas uma posta simples — quando na verdade se tratava de uma posta e meia; e isto vos obriga a consultar vosso guia de caminhos de posta, impresso em tipo tão pequeno que tendes de arregalar os olhos, mesmo não querendo. E eis que Monsieur le Curé vos oferece uma pitada de rapé —— ou um pobre soldado vos mostra a perna —— ou um frade mendicante vos apresenta seu mealheiro —— ou a sacerdotisa da cisterna põe-se a aguar as rodas —— que não precisam disso —— mas ela jura pelo seu *sacerdócio* (rechaçando-o) que precisam; —— e então tendes todas essas questões a considerar e a discutir mentalmente, e, ao fazê-lo, as faculdades racionais ficam tão despertas —— que tereis de pô-las para dormir, se puderdes.

Foi unicamente por causa de um desses infortúnios que não passei em branco pelos estábulos de Chantilly ——[30]

—— Todavia, o postilhão, com primeiro afirmar e depois insistir, nas minhas barbas, que a moeda de dois *sous* não tinha cunho, fez-me abrir os olhos para que eu me convencesse disso — e ao deparar o cunho na moeda, tão claro quanto o meu próprio nariz — pulei para fora da carruagem num repente de ira e assim, a contragosto, vi tudo em Chantilly. — Provei-o apenas durante três postas e meia, mas acreditei que a ira é a melhor coisa do mundo para viajar depressa, pois poucos objetos parecem convidativos quando se está em semelhante estado de ânimo — assim foi que passei por Saint-Denis sem voltar a cabeça sequer para os lados da abadia. ——

—— A maior riqueza do tesouro nacional! Bobagem, tolice! — Com exceção das joias, que são todas falsas, eu não daria três *sous* sequer por nada do que lá está, salvo a *lanterna de Jaidas* ——[31] nem mesmo por esta, já que só poderia ser útil quando escurecesse.

# 17

Crac, crac —— crac, crac —— crac, crac — com que então isto é Paris! disse eu (ainda no mesmo estado de espírito) — e isto é que é Paris —— hum! —— Paris! exclamei, repetindo o nome pela terceira vez ——

A primeira, a mais bela, a mais brilhante ——

— As ruas, porém, são imundas.

Mas suponho que tenha melhor aparência do que cheiro —— crac, crac —— crac, crac. — Que espalhafato fazes! — Como se importasse a essa boa gente ser informada de que um homem de rosto pálido e trajado de preto teve a honra de entrar em Paris às nove horas da noite conduzido por um postilhão de gibão amarelo-acastanhado com debruns de calamanta[32] vermelha —— crac, crac —— crac, crac —— crac, crac —— quisera eu que o teu chicote ——

—— Mas é o espírito do teu país; continua, pois, a cric-craquear.

Ah! —— e ninguém cede o lado da parede! ——[33] Mas se na própria ESCOLA DE URBANIDADE as paredes estão bost—s — como poderia ser diferente?

E, por favor, quando é que vão acender os lampiões? Quê? — Nunca nos meses de verão? —— Oh! é a quadra das saladas. —— Oh esplêndido! salada e sopa — sopa e salada — salada e sopa, *encore* ——[34]

—— Mesmo para pecadores, é *demais*.

Não aguento tal barbaridade; como pode o cretino do cocheiro dirigir tais obscenidades a esse pobre cavalo? Pois não vês, amigo, que as ruas são tão miseravelmente estreitas que em toda Paris não há espaço sequer para um carrinho de mão? Não seria demais se, na mais grandiosa cidade do mundo, tivessem-nas feito um pouquinho mais largas, apenas o bastante para saber-se (tão só para satisfação pessoal) de que lado da rua se está andando.

Uma — duas — três — quatro — cinco — seis — sete — oito — nove — dez. — Dez lojas de comida![35] E o dobro de barbearias! E isso só em três minutos de percurso! Somos levados a pensar que todos os cozinheiros do mundo, em algum grande encontro festivo com os barbeiros, houvessem, por consenso mútuo, declarado: — Vinde, vamos todos morar em Paris: os franceses adoram a boa comida —— são todos *gourmands* ——[36] alcançaremos alta posição; se o deus deles é o estômago —— seus cozinheiros hão de ser cavalheiros: e como *a peruca faz o homem* e o fazedor de perucas faz a peruca —— *ergo*, diriam os barbeiros, alcançaremos posição ainda mais alta — ficaremos acima de todos vós — seremos pelo menos Capitouls* — *pardi!*[37] traremos todos espadas ——

— E assim, jurar-se-ia, (isto é, à luz de vela, — mas não se pode confiar nela) que continuam a fazê-lo até os dias de hoje.


## 18

Os franceses são sem dúvida mal compreendidos; —— mas se os culpados disso são eles próprios, por não saberem explicar-se a contento, ou falar com aquela rigorosa limitação e precisão de esperar-se em ponto de tamanha importância, tanto mais que seria muito possivelmente contestado por nós —— ou se a culpa não estará toda do nosso lado, por não lhes entendermos a língua com bastante discernimento crítico para saber "aonde querem chegar" —— é coisa que não me cabe decidir; parece-me evidente, porém, que quando afirmam *"quem viu Paris, viu tudo"*, querem referir-se àqueles que a viram à luz do dia.

A luz de vela — desisto; —— como já disse antes, não se pode confiar nela — e torno a repetir; não porque as luzes e as sombras sejam demasiado pronunciadas, — ou porque os matizes se confundam — ou porque não haja

---

* Magistrado principal de Toulouse &c. &c. &c.

VOLUME VII          563

beleza ou harmonia &c.... pois isso não seria verdade — mas é uma luz incerta no respeitante aos quinhentos *Hôtels*[38] que vos dizem existir em Paris — e às quinhentas coisas interessantes que, num cálculo modesto (pois só se concede uma coisa boa a cada *Hôtel*), poderão ser, à luz de vela, *sentidas, ouvidas e compreendidas* (afirmativa que, diga-se de passagem, é uma citação de Lilly);[39] —— leve-o o diabo se um só de nós, entre cinquenta, jamais conseguir enfiar a cabeça num deles ou encontrar uma delas.

Isso não entra nos cálculos franceses: é simplesmente assim.

Pelo último levantamento, feito no ano de 1716, época desde a qual tem havido considerável aumento delas, Paris conta novecentas ruas; (viz.)

No bairro chamado a Cidade — há cinquenta e três ruas.

Em São Jaime dos Matadouros, cinquenta e cinco ruas.

Em Santo Oportuno, trinta e quatro ruas.

No bairro do Louvre, vinte e cinco ruas.

No Palácio Real ou Santo Honório, quarenta e nove ruas.

Em Montmartre, quarenta e uma ruas.

Em Santo Eustáquio, vinte e nove ruas.

Nas Halles, vinte e sete ruas.

Em Saint-Denis, cinquenta e cinco ruas.

Em São Martinho, cinquenta e quatro ruas.

Em São Paulo ou Mortellerie, vinte e sete ruas.

A Greve, trinta e oito ruas.

Em Santo Avoy, ou la Verrerie, dezenove ruas.

No Marais, ou o Templo, cinquenta e duas ruas.

Em Santo Antônio, sessenta e oito ruas.

Na Place Maubert, oitenta e uma ruas.

Em São Bento, sessenta ruas.

Em Santo André dos Arcs, cinquenta e uma ruas.

No bairro do Luxemburgo, sessenta e duas ruas.

E no de Saint-Germain, cinquenta e cinco ruas, por qualquer uma das quais podeis passear; e quando as tiverdes visto bem com tudo quanto as concerne, à luz do dia — suas portas, suas pontes, suas praças, suas estátuas ———— e, ademais, tiverdes percorrido, em cruzada, todas as suas igrejas paroquiais, sem esquecer de modo algum as de Saint-Roch e Sulpice[40] ——— e, para coroar tudo, ver com ou sem as estátuas e quadros, conforme vos parecer melhor —

—— Então tereis visto ——

—— mas isso é o que ninguém precisará dizer-vos, pois lereis com vossos próprios olhos, no pórtico do Louvre, estas palavras,

* A TERRA NÃO TEM POVO IGUAL! — NEM POVO ALGUM JAMAIS TEVE UMA CIDADE

COMO PARIS! — CANTAI, LÁ, LARI, LARÁ.

Os franceses têm uma maneira *bem-humorada* de tratar todas as coisas que sejam verdadeiramente Grandes; e isso é tudo quanto se pode dizer a respeito.

19

A menção da palavra *bem-humorada* (como no fecho do capítulo anterior) traz à mente da pessoa (i.e., de um autor) a palavra *mau humor* —— especialmente se ele tiver alguma coisa a dizer sobre este: não que, por qualquer análise — ou qualquer tabela de interesse genealógico, pareça haver mais fundamento de uma aliança entre elas do que a que existe entre luz e sombra ou qualquer das mais inamistosas oposições da natureza; —— trata-se apenas de um estratagema dos autores com vistas a manter um bom entendimento entre as palavras, como as mantêm os políticos entre os homens — já que

* Non Orbis gentem, non urbem gens habet ullam ————
ulla parem.

VOLUME VII                                              565

ignoram se em breve não se verão necessitados de colocar uma junto da outra; — uma vez ganho este ponto,
e podendo eu colocar a minha palavra exatamente onde
queira, aqui a escrevo —

### MAU HUMOR

Ao deixar Chantilly, declarei ser este o melhor princípio
do mundo para viajar depressa; todavia, eu o fiz apenas
por uma questão de opinião. Continuo a entreter os mesmos sentimentos; — na ocasião, eu ainda não lhes havia
experimentado suficientemente a ação para acrescentar
que, embora avanceis a uma velocidade vertiginosa, ao
mesmo tempo ela se vos revela incômoda, razão pela qual
aqui a abandono inteiramente, e para sempre, ficando ela
cordialmente à disposição de todos; — estragou-me a digestão de uma boa ceia e trouxe uma diarreia biliosa que,
por sua vez, me trouxe de volta ao meu primeiro princípio
e ponto de partida, —— com o qual agora disparo rumo às
margens do Garonne. —

—— Não; —— não posso deter-me um momento que
seja para descrever a índole do povo — seu gênio — suas
maneiras — seus costumes — suas leis —— sua religião
— seu governo — suas manufaturas — seu comércio —
suas finanças, com os recursos e molas ocultas que as sus-
têm; por mais qualificado que eu possa estar, por haver
passado três dias e duas noites entre eles e ter feito destas
coisas, o tempo todo, o alvo único de todas as minhas
indagações e reflexões ——

No entanto — no entanto, devo partir —— as estradas são pavimentadas — as postas são curtas — os dias
são longos — não é mais do que meio-dia — estarei em
Fontainebleau antes do rei ——

— Ele estava indo para lá? não que eu saiba ——

## 20

Odeio ouvir uma pessoa queixar-se, especialmente se for um viajante, de que não se anda tão depressa na França quanto na Inglaterra, conquanto se ande muito mais depressa, *consideratis considerandis*;[41] com isso se quer sempre dizer que se considerardes os veículos deles, com as montanhas de bagagem de que os sobrecarregais na parte fronteira e traseira — e, a seguir, levardes em conta seus cavalos franzinos e o pouquíssimo que lhes dão de comer — já é um prodígio que consigam andar: seus sofrimentos não são nada cristãos e tornou-se-me evidente, por isso, que um cavalo de posta francês não saberia o que fazer no mundo não fosse pelas duas palavras \* \* \* \* \* \* e \* \* \* \* \* \*, nas quais há tanto sustento quanto se lhes désseis um celamim de aveia: ora, como estas palavras não custam coisa alguma, ardo de desejos de contar ao leitor o que são; mas eis a questão — têm de ser-lhe ditas com clareza, articuladas bem distintamente, sem o que não adiantarão; — no entanto, dizê-las desse modo claro e distinto, — embora vossas senhorias possam rir-se delas no quarto de dormir — percebo muito bem que serão motivo de vitupério na sala de visitas; por causa disso, tenho estado a dar voltas à cachola faz já algum tempo, mas em vão, sem achar um recurso casto ou um expediente chistoso para poder modulá-las de maneira tal que, ao mesmo tempo em que contento esse *ouvido* que o leitor se digna a *prestar-me* — não descontento o outro que ele guarda para si mesmo.

—— A tinta queima-me os dedos impelindo-me a tentar —— e após tentar —— a consequência será pior —— pois me queimará (receio) o papel.

—— Não; —— não me atrevo. ——

Contudo, se quiserdes saber como a abadessa de Andouillettes[42] e uma noviça do seu convento contornaram a dificuldade (antes, quero desejar-me, tão somente,

VOLUME VII                                         567

todo o êxito imaginável) —, vo-lo contarei sem o menor
escrúpulo.


21

A abadessa de Andouillettes, lugar que, se procurardes na
grande coleção de mapas provinciais que ora se publicam
em Paris, verificareis situar-se nas colinas entre a Borgonha e a Saboia por estar em perigo de uma *Anchylosis* ou
endurecimento de junta (visto a *sinovia* de seu joelho ter
se enrijecido por causa das longas matinas) e após experimentar todos os remédios —— primeiro, preces e ações
de graça; a seguir, invocações a todos os santos do céu,
promiscuamente —— depois, a cada santo em particular
que jamais tivesse tido uma perna emperrada antes dela
—— depois tocando o joelho com todas as relíquias do
convento, principalmente com o fêmur de homem de Listra que ficara incapacitado[43] desde moço —— depois en-
volvendo-o com o seu véu quando ia deitar-se — depois,
com seu rosário atravessado; — depois recorrendo à ajuda
do braço secular e ungindo-o com óleos e banha animal
aquecida —— depois tratando-o com emolientes e fomentações dissolventes —— depois com cataplasmas de raiz
de alteia, malva, bonus Henricus,[44] açucenas e alforva
—— depois levando lenha, isto é, a sua fumaça balsâmica, com o escapulário erguido sobre o regaço —— depois
infusões de chicória silvestre, agrião, cerefólio, cerefólio
anisado e cocleária[45] —— e como nada entrementes desse
resultado, deixou-se convencer enfim a experimentar os
banhos termais de Bourbon; —— assim, depois de ter primeiramente obtido permissão do inspetor-geral da ordem
para cuidar de sua saúde — ordenou que tudo fosse preparado para a sua viagem: uma noviça do convento, de
cerca de dezessete anos, a quem afligia um panarício no
dedo médio, por constantemente metê-lo nos cataplasmas

&c., da abadessa — adquirira tal prestígio que a abadessa, negligenciando uma velha monja com ciática, a qual poderia ter se curado para sempre com os banhos termais de Bourbon, escolheu Margarita, a pequena noviça, como companheira de viagem.

Ordenou-se que uma velha caleça orlada de um friso verde, propriedade da abadessa, fosse trazida para o sol; — o jardineiro do convento, nomeado almocreve, tirou as duas velhas mulas do estábulo para aparar-lhes as caudas, enquanto duas irmãs leigas se afanavam, uma em cerzir o forro da carruagem e a outra em remendar os frangalhos de debrum amarelo que os dentes do tempo haviam desfiado; —— o ajudante de jardineiro tingiu o chapéu do almocreve com fezes de vinho aquecidas —— e um alfaiate, num coberto à frente do convento, ocupou-se em musicalmente equipar, com quatro dúzias de guizos, os arreios dos animais, assobiando a cada guizo que atava com uma correia. ——

—— O carpinteiro e o ferreiro de Andouillettes celebraram um conselho de rodas; e às sete horas da manhã seguinte, achava-se tudo muito bem alinhado e pronto, à porta do convento, para os banhos termais de Bourbon; — duas alas das não afortunadas já estavam ali formadas uma hora antes.

A abadessa de Andouillettes, amparada por Margarita, a noviça, caminhou a passo lento até a caleça; ambas estavam trajadas de branco, com os rosários negros a pender-lhes sobre o peito. ——

—— Havia, no contraste, um ar de singela solenidade; elas entraram na caleça; e as monjas, trajando o mesmo uniforme, doce emblema de inocência, postaram-se cada uma numa janela; quando a abadessa e Margarita olharam para cima — cada uma (com exceção da pobre monja com ciática) — cada uma delas fez ondear no ar a ponta do seu véu — e a seguir beijou a mão lirial que o soltou: a boa abadessa e Margarita cruzaram as mãos sobre o peito, santamente — ergueram os olhos para o céu — depois para elas — com uma expressão de "Deus vos abençoe, queridas irmãs".

Declaro-me muito interessado nesta história e quisera ter lá estado.

O jardineiro, a quem doravante chamarei de arrieiro, era um desses tipos de baixa estatura, vigoroso, robusto, afável, tagarela, que esquentava muito pouco a cabeça com os *comos* e *quandos* da vida, tanto assim que empenhara o seu salário de um mês no convento na compra de um borrachio ou odre de couro cheio de vinho que ajeitara na parte traseira da caleça, cobrindo-o com um longo redingote de cor castanho-avermelhada, para resguardá-lo do sol; como o dia estava quente, e ele, sem poupar-se trabalhos, andava a pé dez vezes mais do que montado — achou mais ocasiões do que as oferecidas pela natureza para acercar-se da parte traseira da carruagem; dessas constantes idas e vindas resultou todo o vinho esgotar-se pelo orifício *legal* do borrachio antes de cumprida metade da viagem.

O homem é uma criatura nascida para os hábitos. O dia havia sido quente e abafado — a noite estava deliciosa — o vinho era generoso — a colina borguinhã em que ele amadurecia era íngreme — um tentador raminho de hera[46] pendia sobre a porta de uma fresca casinha campestre ao pé da colina, a agitar-se em completa harmonia com as paixões — uma brisa suave soprava audivelmente por entre as folhas. — "Entra — entra, arrieiro sedento — entra."

—— O arrieiro era um filho de Adão; não preciso dizer mais nada. Deu a cada uma das mulas uma sonora chicotada, e mirando os rostos da abadessa e de Margarita (enquanto o fazia) — como que a dizer, "aqui estou eu" — fez estalar uma segunda e sonora chicotada — como que a dizer às suas mulas, "avante"—— e, escapulindo-se furtivamente, entrou na pequena pousada ao pé da colina.

O arrieiro, conforme já vos disse, era um homenzinho alegre e tagarela que não pensava no amanhã nem no que havia acontecido antes dele e nem no que se lhe ia seguir, contanto que não lhe faltasse o seu gole de borgonha e um pequeno bate-papo para acompanhá-lo; assim, travou uma longa conversa a respeito da sua posição de jardineiro-chefe no convento de Andouillettes &c. &c. e de como, pela amizade que votava à abadessa e a mademoiselle Margarita, a qual ainda estava no seu noviciado, viera acompanhando-as desde os confins da Saboia &c. —— &c. —— e de como a abadessa tivera uma tumefação branca por causa de suas devoções —— e que legião de ervas ele não fora procurar para molificar-lhe os humores &c. &c., e se as águas de Bourbon não curarem essa perna — ela poderá até ficar aleijada das duas — &c. &c. &c. — Ele engenhou de tal modo a história que fez com que ficasse absolutamente esquecida a sua heroína — e, com ela, a pequena noviça e, ponto cujo esquecimento era ainda mais crítico que o de ambas — as duas mulas, as quais, sendo criaturas que desfrutam o mundo tanto quanto seus pais o desfrutaram ao gerá-las — e não estando em condição de devolver o obséquio *de cima para baixo* (como os homens e as mulheres e os animais) — fazem-no de través, de comprido, para trás — e morro acima, e morro abaixo, e em que direção possam. —— Com toda a sua ética, nem os filósofos chegaram a considerar a questão corretamente — como a poderia considerar um pobre arrieiro que já bebera os seus tragos? De modo algum a considerou — é tempo de que o façamos; deixemo-lo, pois, no vórtice do seu elemento, o mais feliz e o mais despreocupado dos mortais —— e cuidemos por um momento das mulas, da abadessa e de Margarita.

Graças às duas últimas chicotadas do arrieiro, as mulas haviam prosseguido tranquilamente o seu caminho, guiadas por suas consciências colina acima, até terem lhe galgado a metade; foi quando a mais velha, um diabo astuto e matreiro, a uma volta da estrada, deu uma olhadela para o lado e não viu nenhum arrieiro atrás de si ——

Uma figa que dou mais um passo! praguejou ela. —— Que façam um tambor de minha pele se eu também der, replicou a outra. ——

E assim, por consenso mútuo, ambas se detiveram. ——

## 22

—— Vamos lá, andem, disse a abadessa.

—— Psiu —— chiu —— chiu —— chiou Margarita.

Xô —— eia —— xô – ô —— xô — ô —— xô — oô —— xoou a abadessa.

—— Fin — f — uu —— fiu — u — u — fiou Margarita, com os lindos lábios num muxoxo que ficava a meio caminho entre um pio e um assovio.

Bum — bum — bum — estrepitou a abadessa de Andouillettes com a ponta de sua bengala de castão de ouro, golpeando o chão da caleche. ——

—— A velha mula soltou um p—

## 23

Estamos arruinadas, desgraçadas, minha filha, disse a abadessa a Margarita. —— Vamos ficar aqui a noite inteira —— seremos assaltadas —— seremos violentadas ——

—— Seremos violentadas, disse Margarita, com plena certeza.

—— *Sancta Maria!* gritou a abadessa (esquecendo o O!) — por que fui dominada por esta malvada junta enrijecida? Por que deixei o convento de Andouillettes? E por que não permitiste que esta tua serva chegasse imaculada à tumba?

Oh, o meu dedo! meu dedo! exclamou a noviça, inflamando-se à palavra *serva*. — Por que não me contentei em metê-lo ali ou lá, ou em qualquer outro lugar que não neste aperto?

—— Aperto! disse a abadessa.

Aperto —— confirmou a noviça, pois o terror lhes atingira o entendimento —— uma não sabia o que dizia —— a outra o que respondia.

Oh minha virgindade! virgindade! gritou a abadessa.

—— idade! —— idade! disse a noviça, a soluçar.

## 24

Querida madre, disse a noviça, recuperando-se um pouco, —— há duas palavras infalíveis que me disseram serem capazes de forçar qualquer cavalo, asno ou mula a subir uma encosta, quer queira ou não; por maior que seja a sua teimosia ou má vontade, no momento em que ouvi-las, obedecerá. São palavras mágicas! exclamou a abadessa no auge do horror. — Não, replicou Margarita calmamente — mas são palavras pecaminosas. — E quais são? perguntou a abadessa, interrompendo-a. São um pecado de primeiro grau, explicou Margarita; — mortal — e se formos violentadas e morrermos antes de ser absolvidas por tê-las pronunciado, estaremos ambas —— Mas podes pronunciá-las em minha presença, disse a abadessa. —— Não, elas não podem ser ditas de modo algum, querida madre, respondeu a noviça; farão com que todo o sangue do corpo assome às faces. —— Mas podes murmurá-las ao meu ouvido, disse a abadessa.

Céus! não tínheis nenhum anjo da guarda para enviá-lo à pousada no sopé da colina? Não havia nenhum espírito generoso e benévolo desocupado no momento —— nenhum agente natural que, por um arrepio admonitório, ascendesse pela artéria do coração para despertar o arrieiro do seu festim? —— Nenhuma doce balada que lhe trouxesse à mente a bela lembrança da abadessa e de Margarita com os seus rosários negros?

Acorda! Acorda! —— mas já é tarde demais — as horrendas palavras acabam de ser pronunciadas. ——

—— E como posso dizê-las eu? — Vós, que podeis falar de tudo quanto existe com lábios impolutos —— ensinai-me —— guiai-me. ——

## 25

Todos os pecados, quaisquer que sejam, disse a abadessa, tornando-se casuísta naquele momento de aflição por que passavam, são considerados, pelo confessor de nosso convento, ou mortais ou veniais: não há nenhuma outra divisão. Pois bem, como um pecado venial é o menor e o menos grave dos pecados, — se for dividido ao meio, — seja tomando-se-lhe só a metade e deixando o restante, — seja tomando-o inteiro e amigavelmente dividindo-o com outra pessoa — acaba ele por diluir-se tanto que deixa de ser pecado.

Ora, não vejo nenhum pecado em dizer *bou, bou, bou, bou, bou* cem vezes em seguida. Tampouco há mal algum em pronunciar a sílaba *ger, ger, ger, ger, ger* mesmo que as pronunciássemos desde as matinas até às vésperas. Portanto, querida filha, continuou a abadessa de Andouillettes — eu direi *bou*, e tu dirás *ger*, e assim por diante, alternadamente, visto não haver mais pecado em *fou* do que em *bou*. — Tu dirás *fou* — e eu entrarei (como fá, sol, lá, ré, mi, dó, em nossas completas) com o *ter*. E assim, dando o tom, a abadessa começou:

Abadessa, } Bou —— bou —— bou ——
Margarita, } —— ger, —— ger, —— ger

Margarita, } Fou —— fou —— fou ——
Abadessa, } —— ter, —— ter, —— ter.[47]

As duas mulas reconheceram as notas abanando as caudas, mas não foram além disso. —— Acabará por surtir efeito aos poucos, disse a noviça.

| | |
|---|---|
| Abadessa, | Bou– bou– bou– bou– bou– bou– |
| Margarita, | — ger, ger, ger, ger, ger, ger. |

Mais depressa ainda, gritou Margarita.
Fou, fou, fou, fou, fou, fou, fou, fou.
Ainda mais depressa, gritou Margarita.
Bou, bou, bou, bou, bou, bou, bou, bou, bou.

Mais depressa ainda — Deus me guarde! disse a abadessa. — Elas não nos compreendem, exclamou Margarita. — Mas o Diabo sim, respondeu a abadessa de Andouillettes.

## 26

Que bom pedaço de campanha não percorri! — Quantos graus não me adiantei no rumo do cálido sol, e quantas belas e atraentes cidades não vi durante o tempo em que tendes estado a ler e a refletir, senhora, a respeito desta história! Vi FONTAINEBLEAU, SENS, e JOIGNY, e AUXERRE e DIJON, a capital da Borgonha, e CHALLON e Mâcon, a capital do Maconês, e outras mais na estrada de LYON, —— e agora que passei por todas elas —— preferiria falar-vos de outras tantas da Lua, com os seus mercados, do que dizer uma só palavra delas: pelo menos o presente capítulo, senão também o próximo, será um capítulo inteiramente perdido, faça eu o que fizer ——

— Mas que história estranha, Tristram!

—— Ai de mim! senhora, fosse ela acerca de alguma melancólica preleção sobre a cruz — a paz da humildade ou a satisfação de resignar-se —— eu não me importaria: ou tivesse eu pensado em dedicá-la às mais puras abstra-

VOLUME VII                                               575

ções da alma e a esse alimento da sabedoria, da santidade
e da contemplação com que o espírito do homem (quando
desligado do corpo) irá subsistir para sempre —— deveríeis ter saído dela com melhor apetite ——

—— Quisera nunca tê-la escrito: todavia, como jamais
oblitero o que quer que seja —— empreguemos algum
meio honesto para tirá-la desde logo de nossas cabeças.

—— Por favor, passai-me o gorro de bufão. —— Receio que estejais sentada sobre ele, senhora —— acha-se
debaixo da almofada —— vou pô-lo na cabeça. ——

Deus me valha! Nesta última meia hora ele não estava
em vossa cabeça. —— Então, que fique ele por aí, com um

Trá-lá-lá dim-dem-dim

e um trá-lá-li dim-dem-d

e um tim-bum-tim-bum

    nhem – – – dum – ss.

E agora, senhora, espero que possamos nos aventurar
a seguir um pouco mais adiante.


## 27

—— Tudo quanto se precisa dizer de Fontainebleau (caso
alguém pergunte) é que está situada a cerca de quarenta
milhas (sul *algo*) de Paris, no meio de uma grande floresta. —— Que tem alguma coisa de grandioso. —— Que o
rei ali vai, a cada dois ou três anos, com toda a sua corte,
pelo prazer da caça — e que, durante esse carnaval espor-
tivo, qualquer cavalheiro inglês da alta sociedade (não é
mister que vos esqueçais de vós mesmo) pode participar,
com um ou dois rocins, do esporte, desde que tome o cuidado de não ultrapassar o rei no galope ——

Todavia, há duas razões por que não deveis falar disto
em voz alta a qualquer pessoa.

Primeiro, porque tornará mais difícil conseguir os ditos rocins; e

Em segundo lugar, porque não há nisto uma só palavra de verdade. —— *Allons!*[48]

Quanto a Sens —— podeis dela desembaraçar-vos com uma só frase —— *"É sede episcopal."*

—— No tocante a Joigny — quanto menos se disser a respeito, penso eu, melhor.

Mas de Auxerre — eu poderia falar indefinidamente: pois, no meu *grand tour* pela Europa, durante o qual, ao fim e ao cabo, meu pai (não querendo confiar-me a outrem) acompanhou-me pessoalmente, junto com o tio Toby, e Trim, e Obadiah, e na verdade quase toda a família, exceto minha mãe, que, ocupada no projeto de tricotar para meu pai um par de calções largos, de estambre — (a coisa é de senso comum) — e não gostando de ser perturbada nos seus planos, ficara em Shandy Hall para cuidar das coisas enquanto estivéssemos em expedição; durante a qual, dizia eu, meu pai, havendo feito com que parássemos dois dias em Auxerre e sendo suas pesquisas de natureza tal que teriam dado fruto até num deserto —— deixou-me com muito que dizer sobre Auxerre; em suma, aonde quer que meu pai fosse —— mas, de modo especial, mais nesta jornada pela França e Itália do que em quaisquer outros estágios de sua vida —— a estrada por onde ele ia parecia estar bem afastada daquela que, antes dele, todos os demais viajantes haviam seguido —— ele enxergava reis e cortes e sedas de todas as cores sob luzes tão estranhas —— e suas observações acerca das particularidades, maneiras e costumes dos países que atravessávamos eram tão contrárias às de todos os outros mortais, sobretudo às do meu tio Toby e de Trim — (para nada dizer de mim próprio) — e, coroamento de tudo — as ocorrências e encrencas com que continuamente topávamos e em que nos metíamos por causa de seus sistemas opiniáticos — eram de contextura tão estrambótica, confusa e tragicômica — e, no conjunto, têm aparência e cor tão diversas de qualquer outro circuito da

VOLUME VII                                                    577

Europa jamais empreendido —— que me atreverei a dizer — ser a culpa minha, exclusivamente minha — se isto não for lido por todos os viajantes e leitores de narrativas de viagem até o viajar não mais existir — ou, o que vem a dar na mesma — até o mundo finalmente resolver-se a ficar quieto. ——

—— Mas este rico fardo não deve ser aberto agora; vamos apenas soltar-lhe um ou dois fios, para deslindar o mistério da estada de meu pai em AUXERRE.

—— Conforme já mencionei — o fio é demasiado frágil para manter-se suspenso e quando for entretecido, será o fim.

Vamos, irmão Toby, disse meu pai, enquanto o jantar está sendo preparado — até a abadia de Saint-Germain, mesmo que seja só para ver cada cadáver que monsieur Séguier[49] recomendou. —— Estou pronto a cada ver, disse o tio Toby, que se mostrara todo complacência durante a viagem. —— Valha-me Deus! respondeu meu pai — são múmias. —— Então não será preciso fazer a barba, disse meu tio Toby. —— Não! — exclamou meu pai — Com barbas estaremos mais a caráter. — E assim partimos, o cabo emprestando o braço a seu amo e fechando a retaguarda, em direção à abadia de Saint-Germain.

É tudo muito belo, e muito rico, e muito soberbo, e muito magnífico, disse meu pai, dirigindo-se ao sacristão, um jovem irmão da ordem dos beneditinos — mas a nossa curiosidade nos trouxe aqui para ver os cadáveres de que monsieur Séguier deu ao mundo descrição tão exata. — O sacristão fez uma reverência e, acendendo primeiro uma tocha, que tinha sempre pronta para tal propósito na sacristia, conduziu-nos à tumba de santo Heribaldo.[50] —— Este, disse ele, pousando a mão sobre a tumba, foi um célebre príncipe da casa da Baviera que, durante os sucessivos reinados de Carlos Magno, Luís, o Bonachão, e Carlos, o Calvo, teve grande influência no governo e destacou-se na tarefa de estabelecer a ordem e a disciplina. ——

Então foi tão grande, disse meu tio, no campo de batalha quanto no gabinete; — atrevo-me a dizer que deveria ter sido um bravo soldado. —— Ele era monge — respondeu o sacristão.

Meu tio Toby e Trim entreolharam-se, um a buscar consolo na cara do outro — mas não o encontraram: com ambas as mãos, meu pai deu uma palmada sobre o alçapão de seus calções, gesto que costumava fazer sempre que alguma coisa lhe provocava comichões de deleite, muito embora detestasse os monges e o mesmo odor de monges mais do que todos os diabos do inferno. —— No entanto, como o golpe atingira meu tio Toby e Trim muito mais que a ele, foi um triunfo relativo, que o pôs no melhor humor do mundo.

—— E, por favor, como se chama este cavalheiro? perguntou meu pai em tom folgazão: Esta tumba, disse o jovem beneditino, baixando os olhos, contém os ossos de santa Máxima, que veio de Ravena expressamente para tocar o corpo ——

—— De santo Máximo, interpôs meu pai, adiantando-se com o seu santo; — foram ambos dois dos maiores santos de todo o martirológio, acrescentou. —— Perdão, disse o sacristão —— veio para tocar os ossos de são Germano,[51] o construtor da abadia. —— E o que conseguiu ela com isso? perguntou o meu tio Toby. —— O que consegue qualquer mulher com isso? retrucou meu pai. —— O Martírio, disse o jovem beneditino, fazendo uma reverência até o chão e pronunciando a palavra de maneira tão humilde, mas tão resoluta, que desarmou meu pai por um momento. Supõe-se, continuou o beneditino, que santa Máxima jaz nesta tumba há já quatrocentos anos, duzentos dos quais antes de sua canonização. —— Irmão Toby, disse meu pai, as promoções são lentas neste exército dos mártires. —— Desesperadamente lentas, com licença de vossa senhoria, disse Trim, a menos que possam ser compradas[52] —— Eu preferia antes vender tudo, disse meu tio Toby. —— Sou exatamente da mesma opinião, irmão Toby, disse meu pai.

—— Pobre santa Máxima! murmurou o tio Toby consigo, conforme nos afastávamos de sua tumba: Ela foi uma das damas mais amáveis e mais belas tanto da Itália como da França, prosseguiu o sacristão. —— Mas quem, com os diabos, jaz ali, ao lado dela? perguntou meu pai, apontando com a bengala uma grande tumba por que passávamos. Santo Optato,[53] senhor, respondeu o sacristão. —— E santo Optato está muito bem colocado! disse meu pai: E qual é a história de santo Optato? perguntou a seguir. Santo Optato, replicou o sacristão, era um bispo ——

—— Pensei mesmo que fosse, santo Deus! exclamou meu pai, interrompendo-o. —— Santo Optato! —— Como iria falhar santo Optato? Puxando do seu livro de notas, e enquanto o jovem beneditino o iluminava conforme escrevia, anotou o santo como um novo subsídio para o seu sistema de nomes de batismo, e atrever-me-ei a dizer que tão desinteressado era meu pai na sua busca da verdade que, tivesse encontrado um tesouro na tumba de santo Optato, ele não o teria tornado nem a metade tão rico. Foi a mais bem-sucedida das breves visitas jamais feitas aos mortos; e tanto se comprazeu a fantasia de meu pai com tudo quanto nela ocorrera, — que ele se decidiu imediatamente a ficar mais um dia em Auxerre.

— Amanhã cuidarei de ver o resto desta boa gente, disse, enquanto atravessávamos a praça. — E enquanto fazes essa visita, irmão Shandy, disse meu tio Toby — o cabo e eu subiremos às muralhas.

28

—— Bem, este é o mais intrincado de todos os enredos —— pois desde o capítulo anterior, pelo menos na medida em que me ajudou a atravessar Auxerre, empreendo duas diferentes viagens ao mesmo tempo e com o mesmo traço de pena — visto que saí inteiramente de Auxerre nesta viagem acerca da qual ora escrevo, e ainda estou em vias de deixá-la na outra viagem que passarei a descrever. —— Em todas as coisas, só se consegue um certo grau de perfeição, e ao tentar ir além dele, eu me meti numa situação que nenhum outro viajante teve de enfrentar antes de mim, pois neste momento estou atravessando a pé, em companhia de meu pai e de meu tio Toby, a praça do mercado de Auxerre, de volta à hospedaria para jantar —— e, no mesmo momento, estou entrando em Lyon com minha carruagem de posta desfeita em mil pedaços — e, ademais, encontro-me neste momento num belo pavilhão construído por Pringello* às margens do Garonne, que me foi emprestado por monsieur Sligniac e onde estou sentado a compor rapsódias sobre todas estas questões.

—— Permiti que eu me refaça e continue a minha viagem.

## 29

Estou contente com isso, disse eu, fazendo contas comigo mesmo enquanto adentrava Lyon a pé —— a seguir uma carreta que se movia devagar e onde iam empilhados, a trouxe-mouxe, os restos de minha carruagem de posta e a minha bagagem. —— Estou enormemente contente, disse comigo, de tudo estar feito em pedaços, porque agora posso ir por água diretamente a Avinhão, o que me permitirá cumprir cento e vinte milhas de minha viagem por menos de sete *livres* —— e ali, continuei, levando

---

* O mesmo Don Pringello, célebre arquiteto espanhol, ao qual meu primo Antony fez tão honrosa menção num escólio do Conto a ele atribuído. Vide p. 129, edição pequena.[54]

VOLUME VII 581

adiante o cálculo, poderei alugar um par de mulas — ou asnos, se preferir (pois ninguém me conhece) e atravessar as planícies do Languedoc por quase nada —— lucrarei quatrocentas *livres* com o desastre, as quais irão limpas para o meu bolso: e o prazer! valerá — valerá o dobro desse dinheiro. Com que velocidade, prossegui, batendo as mãos, não voarei pelo célere Ródano, com VIVARES à minha direita e o DELFINADO à minha esquerda, mal vendo as antigas cidades de VIENNE, *Valence* e Viviers. Que chama não tornará a arder na lâmpada quando eu, ao passar-lhes velozmente ao pé, arrancar um corado racimo de uva de Hermitage e Côtes rôties?[55] E que fresco riacho não há de correr-me no sangue quando eu contemplar, sobre as margens ora aproximando-se ora afastando-se de mim, os castelos de romance de onde corteses cavalheiros outrora resgataram as damas afligidas —— quando eu vir, vertiginosas, as rochas, as montanhas, as cataratas e a azáfama da Natureza, com todas as suas grandes obras em derredor de si.

E conforme eu ia assim andando, parecia que a minha carruagem, cujos restos a princípio mostravam-se assaz imponentes, insensivelmente diminuía cada vez mais de tamanho; desaparecera o frescor da pintura — os dourados haviam perdido o brilho — e tudo aquilo se me antolhava tão pobre — tão lamentável! — tão desprezível! —, numa palavra, tão pior do que a caleche da abadessa de Andouillettes — que eu estava a pique de abrir a boca para mandá-la ao diabo — quando um atrevido empreiteiro e consertador de carruagens, atravessando lepidamente a rua, perguntou se monsieur não queria reformar a sua carruagem. —— Não, não, disse eu, sacudindo a cabeça de um lado para outro. Preferiria monsieur vendê-la? quis saber o empreiteiro. — De todo o coração, respondi — as ferragens valem quarenta *livres* — e os vidros mais quarenta — e o couro, podes levá-lo para teu sustento.

— A que mina de ouro, disse eu comigo, enquanto ele contava o dinheiro, esta carruagem não me levou! E esse é o meu método usual de contabilidade, pelo menos dos desastres da vida — lucrar um pêni de cada um quando me acontecem. ——

—— Vamos, minha querida Jenny, conta ao mundo por mim como eu me comportei num dos mais opressivos desastres que podiam ocorrer a um homem orgulhoso, como lhe cumpria estar, de sua virilidade ——

Basta, disseste, achegando-te a mim, enquanto, com as ligas nas mãos, eu refletia no que *não* se passara. —— Basta, Tristram, e estou satisfeita, disseste, sussurrando-me estas palavras ao ouvido, ***** *** ******* *** *** *** **** **; __ ********** **** ** ** —— qualquer outro homem teria ido ao fundo ——

— Tudo tem a sua utilidade, respondi eu.

— Vou passar seis semanas em Gales, bebendo soro de leite de cabra — e ganharei mais sete anos de vida com o acidente. Por tal razão, acho imperdoável culpar a Fortuna tantas vezes quanto a tenho culpado, por apedrejar-me a vida toda, como uma duquesa descortês, tal como lhe chamei, com tantos pequenos infortúnios; se tenho algum motivo de irar-me com ela, há de ser por não me haver enviado grandes infortúnios; — uma boa série de amaldiçoadas e vigorosas catástrofes me teria caído tão bem quanto uma pensão.

—— Uma de cem por ano, ou algo assim, é tudo quanto desejo; — não teria o tormento de pagar imposto territorial por uma pensão maior.

## 30

Para aqueles que chamam aos aborrecimentos ABORRECIMENTOS, por saber do que se trata, não poderia haver um maior do que passar a melhor parte de um dia em Lyon,

VOLUME VII 583

a mais opulenta e florescente cidade da França, enriqueci-
da de numerosos fragmentos da Antiguidade — sem poder vê-la. Ser impedido, por *qualquer* motivo que seja,
deve ser um aborrecimento; ser impedido, porém, *por* um
aborrecimento —— deve ser, certamente, aquilo que a filosofia chama com razão

ABORRECIMENTO
sobre
ABORRECIMENTO.

Eu havia tomado os meus dois pratos de leite-café (o
que, diga-se de passagem, é realmente excelente para a
tísica, mas tendes de ferver o café e o leite juntos, — do
contrário, será apenas café com leite) — e não eram mais
do que oito horas da manhã; como o barco só sairia na
parte da tarde, eu tinha tempo para ver de Lyon o bastante para, com o que vira, esgotar a paciência de quantos
amigos tinha no mundo. Vou dar um passeio até a catedral, disse comigo, examinando a minha lista, para conhecer o maravilhoso mecanismo desse grande relógio[56]
de Lippius de Basileia, em primeiro lugar. ——

Ora, de todas as coisas do mundo, a de que menos entendo é de mecanismos —— não tenho nem gênio nem
gosto nem fantasia para eles — e o meu cérebro é tão totalmente inapto para coisas dessa espécie que solenemente declaro não ter sido nunca capaz de compreender os
princípios do movimento de uma gaiola de esquilo ou de
uma roda comum de amolador — embora tivesse passado
muitas horas de minha vida a mirar com grande devoção
uma delas — e a demorar-me, com toda a paciência de
que um cristão seria capaz, junto à outra. ——

A primeira coisa que farei, disse eu comigo, será ir ver
os surpreendentes movimentos desse grande relógio; depois, vou visitar a grande biblioteca dos jesuítas e dar uma
vista de olhos, se possível, aos trinta volumes da história

584 TRISTRAM SHANDY

geral da China[57] escrita (não em tártaro, mas sim) em língua chinesa, e em caracteres chineses também.

Pois bem, sei tanto da língua chinesa quanto do mecanismo do relógio de Lippius; assim sendo, a razão de uma e outro terem se atropelado para ocupar os dois primeiros lugares de minha lista —— é um problema da Natureza cuja solução deixo a cargo dos curiosos. Reconheço parecer ele uma das obliquidades dessa nobre dama; e aqueles que a cortejam estão interessados, tanto quanto eu, em descobrir-lhe o humor.

Uma vez vistas estas curiosidades, disse eu, dirigindo-me em parte ao meu *valet de place*,[58] postado atrás de mim, —— não haverá mal se NÓS formos até a igreja de Santo Irineu para ver o pilar ao qual Cristo foi atado[59] —— e, depois disso, à casa onde viveu Pôncio Pilatos.[60] —— Isso fica na cidade seguinte, disse o *valet de place* —— em Vienne. Apraz-me sabê-lo, disse eu, erguendo-me bruscamente da cadeira onde estava sentado e passeando pelo aposento com passos duas vezes mais longos do que o normal, —— "pois bem mais cedo estaremos na *Tumba dos dois amantes*".[61]

Qual foi a causa de tal movimento, e por que dei passos tão longos ao dizer isso —— é coisa que poderei também deixar ao encargo dos curiosos; todavia, como não envolve nenhum princípio de relojoaria —— estará igualmente bem se eu mesmo cuidar de explicá-la ao leitor.


31

Oh, existe na vida do homem uma doce quadra em que, (sendo o cérebro tenro e fibriloso, com consistência mais de papa que de qualquer outra coisa) —— uma história lida acerca de dois ternos amantes separados um do outro por pais cruéis e por um destino ainda mais cruel ——

Amandus —— Ele

VOLUME VII

Amanda —— Ela ——
cada qual ignorando o rumo do outro,
Ele —— para o leste
Ela —— para o oeste
Amandus feito cativo pelos turcos e levado para a corte do imperador de Marrocos, onde a princesa de Marrocos, enamorando-se dele, o mantém durante vinte anos na prisão por causa do amor de sua Amanda ——
Ela — (Amanda) a vagar o tempo todo descalça e descabelada, por rochedos e montanhas, a perguntar por Amandus —— Amandus! Amandus! — e a fazer cada colina e cada vale ecoar-lhe o nome ——
Amandus! Amandus!
sentando-se, desesperançada, à porta de cada aldeia e cidade —— Amandus! — o meu Amandus entrou aqui? ——
até, —— após voltas, e voltas, e mais voltas pelo mundo, —— o acaso inesperadamente levá-los, no mesmo momento da noite, por diferentes caminhos, à porta de Lyon, sua cidade natal, e cada qual, em inflexões bem conhecidas, a chamar em voz alta

Amandus  ⎫
Minha Amanda ⎬ ainda vive?

voam para os braços um do outro, e ambos tombam mortos de alegria.

Há na vida de todo meigo mortal uma branda quadra em que uma história como esta oferece mais *pabulum*[62] ao cérebro do que qualquer *Osso*, *Colosso* ou *Destroço* da Antiguidade que os viajantes possam cozinhar-lhe.

—— Tudo isso estava retido no lado bom do meu próprio coador; foi o que ficou de quanto nele havia *ecoado* dos relatos de Spon e outros autores acerca de Lyon; e tendo eu descoberto, outrossim, por algum Itinerário, sabe Deus qual —— que, consagrada à fidelidade de Amandus e Amanda, fora erguida uma tumba fora de portas, a que até hoje os enamorados acorriam para atestar suas fidelidades, —— jamais me meti em nenhuma outra encrenca desse tipo, em minha vida, sem que tal *tumba dos amantes* me ocorresse, ao fim e ao cabo, desta ou daquela maneira; —— havia ela estabelecido tal ascendente sobre mim que quase nunca conseguia pensar em Lyon ou falar a seu respeito — e, por vezes, bastava-me ver um colete lionês, sem que essa relíquia da Antiguidade se me apresentasse prontamente à imaginação; repetidas vezes disse eu, nesta minha destemperada maneira de falar —— embora, temo, com certa irreverência —— que "considero esse santuário (por negligenciado que seja) tão valioso quanto o de Meca, e bem pouco inferior, a não ser em riqueza, ao da própria Santa Casa;[63] tanto assim que algum dia empreenderei uma peregrinação a Lyon (ainda que não tenha qualquer negócio a tratar) expressamente para fazer-lhe uma visita".

Na minha lista, portanto, dos *Videnda*[64] de Lyon, esse monumento estava *no fim*, — mas nem por isso era *ínfimo*; dessarte, após passear pelo meu quarto com uma ou duas dúzias de passos mais largos do que os usuais, enquanto nele pensava, desci tranquilamente a *Basse Cour*,[65] para dali partir; acertei a conta — por não ter certeza de regressar à hospedaria, achei melhor pagá-la; —— dera ademais dez *sous* à criada, e estava recebendo os derradeiros votos de boa viagem pelo Ródano que me dirigia monsieur Le Blanc —— quando fui detido no portão. ——

### 32

—— Era um pobre asno que acabara de entrar com um par de grandes cestos nos lombos, para recolher alguns nabos e folhas de couve grátis; ficou ali indeciso, as duas patas dianteiras do lado de cá do umbral e as traseiras ainda na rua, sem saber muito bem se devia entrar ou não.

Pois bem, trata-se de um animal em que (por maior que seja a minha pressa) não tenho coragem de bater; —— escrita com simplicidade no seu aspecto e na sua postura,

VOLUME VII 587

há uma paciente resignação perante o sofrimento, a falar tão alto em seu favor, que sempre me desarma; e a tal ponto que não gosto sequer de dirigir-me a ele em tom menos benévolo: pelo contrário, onde quer que o encontre — na cidade ou no campo — atrelado a uma carroça ou com cestos nos lombos — em liberdade ou em cativeiro —— sempre tenho algo de cortês para dizer-lhe; e como uma palavra puxa outra (quando ele esteja tão desocupado quanto eu) —— geralmente fico a conversar com ele; e, com certeza, nunca está minha imaginação mais diligente do que quando se põe a descobrir respostas nos traços de seu semblante — ou, se estes não me levarem a uma profundidade suficiente —— a fazer voar meu coração até o dele, para saber como pensaria naturalmente um asno — ou um homem, na ocasião. Na verdade, trata-se da única criatura, de todas as classes de seres inferiores a mim, com quem posso fazer isso: pois jamais troco uma palavra —— com papagaios, gralhas &c. —— nem tampouco com macacos &c., por razão quase idêntica; estes decoram gestos, assim como aqueles palavras, o que me leva a silenciar, em ambos os casos; nem meu cão nem meu gato, embora eu os tenha em alta conta —— (quanto ao meu cão, falaria se pudesse) — possui talento algum para a conversação; —— com eles, a palestra não vai além da *proposição*, da *réplica* e da *tréplica* a que se limitavam as conversações entre meu pai e minha mãe nos seus leitos de justiça; —— uma vez elas ditas — estava concluído o diálogo. ——

— Com um asno, porém, posso comunicar-me longamente.

Vamos, *Honradez*! disse-lhe, — vendo ser impraticável passar entre ele e o umbral —— estás entrando ou saindo?

O asno voltou a cabeça para olhar a rua ——

Bem — repliquei — vamos esperar um minuto pelo teu arrieiro.

—— Ele voltou pensativamente a cabeça e pôs-se a olhar, melancólico, para o outro lado ——

Entendo-te perfeitamente, respondi. —— Se deres um passo em falso no caso, vão te moer de pancadas. —— Ora! um minuto é apenas um minuto, e se servir para poupar alguém de uma sova, não será mal gasto.

Mascava ele um talo de alcachofra enquanto esta conversação estava em curso, e durante aquelas pequenas, irritadiças contendas naturais entre fome e aversão, havia-o deixado cair da boca uma dúzia de vezes e tornado a recolhê-lo. —— Que Deus te ajude, Jack![66] disse eu, tiveste um amargo desjejum — e muito dia amargo de trabalho — e muita amarga pancada, temo eu, em paga — é toda — toda amargor para ti a vida, seja ela o que for para os outros. —— Pois bem, a tua boca, quando se sabe a verdade, é amarga como fuligem, se posso dizê-lo — (pois ele deixara cair o talo) e não tens um só amigo neste mundo que te possa dar um doce de amêndoa. —— Ao dizer isso, tirei do bolso um saquinho de papel cheio deles, que acabara de comprar, e dei-lhe um doce — e neste mesmo momento em que estou a relatar o fato, dói-me o coração de confessar que havia mais facécia na ideia extravagante de ver *como* um asno o comeria —— do que benevolência a presidir o ato de lhe dar um doce de amêndoa.

Depois de o asno ter comido o seu doce, impeli-o a entrar —— o pobre animal levava uma carga avultada —— as pernas pareciam tremer-lhe ao peso dela —— ele pendia para trás e quando o puxei pelo cabresto, este se me rompeu na mão. —— Ele mirou-me pesaroso — "Não me açoites com ele — mas se o quiseres, que seja" —— Se eu o fizer, disse eu, serei m——to.

A palavra fora pronunciada só pela metade, como a da abadessa de Andouillettes — (pelo que não havia pecado nela) — quando alguém, entrando, desferiu uma tremenda bastonada na garupa do pobre-diabo, o que pôs fim à cerimônia.

*Que vergonha!*

gritei —— mas a interjeição era equívoca —— e, penso,

VOLUME VII
589

erroneamente aplicada — pois a ponta de um dos vimes dos cestos prendera-se ao bolso de meus calções e quando o asno se moveu, rasgou-o na direção mais desastrosa que se possa imaginar —— daí a exclamação

*Que vergonha!* deveria, em minha opinião, ter sido aplicada aqui —— mas que cuidem do caso

Os
*resenhadores literários*
dos
*meus calções*

que trouxe comigo o tempo todo expressamente para tal propósito.

33

Depois de tudo ter sido consertado, tornei a descer as escadas até a *basse cour* acompanhado do meu *valet de place* a fim de partir rumo à tumba dos dois amantes &c. — e fui uma segunda vez detido no portão —— não por um asno — mas pela pessoa que o golpeara e que, àquela altura, tomara posse (o que não é incomum, após uma derrota) do próprio pedaço de terreno onde o asno se detivera.

Era um agente enviado à minha procura pelo posto de correio, com uma ordem escrita exigindo o pagamento de seis *livres* e uns poucos *sous*.

— Por conta de quê? perguntei. —— Da parte do rei, replicou o agente, encolhendo ambos os ombros. ——

— Meu bom amigo, disse eu —— tão seguro quanto estou de eu ser eu mesmo — e vós, vós mesmo ——

—— E quem sois? perguntou ele. —— Não me confundais, respondi-lhe.

34

—— Indubitavelmente e em boa verdade, continuei, dirigindo-me ao agente e mudando apenas a forma da minha asseveração, —— nada devo ao rei de França além da minha boa vontade, pois se trata de um homem muito honesto e eu lhe desejo toda a saúde, toda a diversão do mundo. ——

*Pardonnez-moi* — replicou o agente, estais-lhe devendo seis *livres* e quatro *sous* pela posta seguinte, daqui até Saint-Fons, em vossa viagem para Avinhão — e sendo uma posta real, tereis de pagar o dobro pelos cavalos e o postilhão; — se assim não fosse, a despesa não ultrapassaria três *livres* e dois *sous* ——

—— Mas não vou viajar por terra, disse eu.

—— Podereis, se quiserdes, replicou o agente. ——

Vosso criado atento e obrigado —— disse eu, fazendo-lhe uma reverência profunda. ——

O agente, com a sinceridade de uma boa e solene educação — respondeu-me com reverência igualmente profunda. —— Nunca uma reverência me desconcertou mais na vida.

—— Diabos levem o caráter solene desse povo! disse eu — (num aparte). Compreendem tão pouco a IRONIA quanto este ——

A comparação ali estava ao lado, com seus cestos — mas algo selou-me os lábios — não pude pronunciar a palavra —

Senhor, disse, contendo-me — não é minha tenção tomar a posta ——

— Mas podereis, — redarguiu ele, persistindo na sua primeira resposta — podereis tomá-la se escolherdes fazê-lo ——

— E poderei também salgar o meu arenque salgado, disse eu, se o escolher ——

— Mas não vou escolher —

— Mas tereis de pagar, de qualquer modo ——

Sim! pelo sal, disse eu (pois sabia disso) ——

VOLUME VII                                                    591

— E pela posta também, acrescentou ele. Deus não permita, exclamei ——

Vou viajar por água — vou descer o Ródano hoje mesmo à tarde — minha bagagem já está no barco — e paguei nove *livres* por minha passagem ——

*C'est tout égal* — dá na mesma, disse ele.

*Bon Dieu!* Como, tenho de pagar pelo transporte que vou usar! e pelo que *não* vou usar!

—— *C'est tout égal*, repetiu o comissário. ——

—— O diabo é que é! disse eu. — Prefiro antes passar por dez mil Bastilhas ——

Ó Inglaterra! Inglaterra! país da liberdade e clima do bom senso, tu a mais terna de todas as mães — e a mais bondosa de todas as amas, exclamei, ajoelhando-me sobre um joelho ao mesmo tempo que iniciava a apóstrofe. ——

O diretor de consciência de madame Le Blanc entrou naquele preciso instante e ao ver uma pessoa vestida de preto, com uma face de palidez cinérea, entregue às suas devoções, — palidez ainda mais acentuada pelo contraste com o estado de suas roupas — perguntou se eu estava carecido dos socorros da igreja ——

Vou viajar por ÁGUA — disse eu — e eis agora outro a querer fazer-me pagar a viagem por ÓLEO.[67]

35

Quando me dei conta de que o agente do posto de correio iria mesmo receber suas seis *livres* e quatro *sous*, não me restou mais do que dizer alguma coisa engenhosa, adequada à ocasião e à soma dispendida:

E eu assim me saí ——

—— Por favor, sr. Agente, em razão de qual lei da cortesia deve um estrangeiro indefeso ser tratado exatamente ao contrário do modo por que trataríeis um francês no caso?

De modo algum, disse ele.

Perdoai-me, respondi — pois começastes, senhor, rasgando-me os calções — e agora quereis o meu bolso ——

Enquanto — se primeiro me tivésseis levado o bolso, como fazeis com vossos compatriotas — para depois deixar-me com a b—a de fora — eu seria uma besta se me tivesse queixado. ——

Mas o que aconteceu ——

—— É contrário às *leis da natureza.*

—— É contrário à *razão.*

—— É contrário ao EVANGELHO.

Mas não a isto —— disse ele — pondo-me na mão um formulário impresso.

### PAR LE ROY.

——— Enérgico prolegômeno, observei — e continuei a ler — — — — — — — — — — — — —
— — — — — — — — — — — — —
— — — — — — — — — — — — —
— — — — — — — — — — — — —
— — — — — — — — — —

—— Ao que parece, disse eu, após ler tudo meio à pressa, se um homem parte de Paris numa carruagem de posta — terá de continuar a viajar numa delas todos os restantes dias de sua vida — ou então pagar por ela. —— Perdão, disse o agente, o espírito da lei é o seguinte: — Se partis com a intenção de viajar por posta de Paris a Avinhão &c., não devereis mudar de propósito ou meio de transporte sem primeiro indenizar os *fermiers*[68] por duas postas além do lugar em que vos arrependestes — e isso se funda, continuou ele, em que as RECEITAS PÚBLICAS não deverão ficar aquém do previsto por via de vossa *inconstância.* ——

—— Pelos céus! exclamei — se a inconstância pode ser taxada em França — nada mais temos a fazer do que a melhor paz que pudermos ——

VOLUME VII                                    593

E ASSIM A PAZ FOI FEITA:

—— E se se trata de uma paz insatisfatória[69] — como
foi Tristram Shandy quem lhe assentou a pedra fundamental — ninguém mais a não ser Tristram Shandy é que deverá ser enforcado.


## 36

Embora eu me desse conta de que dissera ao agente tantas coisas engenhosas quanto valiam as seis *livres* e quatro
*sous*, mesmo assim estava decidido a incluir a imposição
entre as minhas observações antes de retirar-me do local;
dessarte, pondo a mão no bolso do casaco para pegar as
minhas observações — (o que, diga-se de passagem, pode
servir de aviso aos viajantes para que, no futuro, tomem um
pouco mais de cuidado com as *deles*) "haviam *roubado* as
minhas observações". —— Nunca nenhum aflito viajante
fez, acerca de suas observações de viagem, tanto barulho e
alvoroço quanto fiz por causa das minhas, naquela ocasião.

Céu! terra! mar! fogo! gritei, chamando em meu auxílio tudo, menos o que devia. —— Minhas observações
foram roubadas! — O que farei? — Sr. Agente! Por favor,
deixei cair algumas observações enquanto estava junto de
vós? ——

Muitas e assaz singulares, replicou ele. —— Bah, disse
eu, foram só umas poucas, e não valiam seis *livres* e dois
*sous*; — aquelas a que me refiro eram um pacote grande.
—— Ele sacudiu negativamente a cabeça. —— Monsieur
Le Blanc! Madame Le Blanc! Vistes alguns dos meus papéis? — Tu, criada da casa! Vai ver lá em cima. — François! Acompanha-a. ——

—— Tenho de recuperar as minhas observações; ——
eram as melhores, exclamei, que jamais fiz — as mais sábias — as mais engenhosas. —— Que fazer? — Para onde
voltar-me?

Sancho Pança, quando perdeu os aprestos de seu asno, não soltou exclamação mais amarga.

## 37

Passado o primeiro arrebatamento e tendo os meus registros cerebrais começado a refazer-se da confusão em que os pusera esta sucessão de acidentes — ocorreu-me então que eu deixara as observações na bolsa da carruagem de posta — e que, ao vender esta, eu as havia também vendido ao consertador de carruagens.

Deixo este espaço em branco para que o leitor nele possa inserir a imprecação ou a praga a que esteja mais habituado. —— De minha parte, se jamais na vida roguei uma praga inteira num espaço em branco, creio que foi nesse —— *** **** **, exclamei — e assim lá se foram as minhas observações pela França afora, tão cheias de agudeza extrema quanto um ovo de clara e gema, e valendo bem uns quatrocentos guinéus, ao passo que o dito ovo só vale um pêni. — Pois as vendi a um consertador de carruagens — por quatro luíses de ouro —[70] dando-lhe ainda de quebra (pelos céus) uma carruagem de posta que valia seis; tivesse a venda sido feita a Dodsley ou Beckett[71] ou a algum outro livreiro recomendável que estivesse a pique de deixar os negócios e quisesse uma carruagem de posta — ou então que estivesse a começá-los — e desejasse as minhas observações, de par com dois ou três guinéus — eu teria podido suportar a perda —— mas um consertador de carruagens! — Leva-me imediatamente até ele, François, — ordenei. — O *valet de place* pôs o chapéu e mostrou o caminho — e eu tirei o meu, ao passar diante do agente, para ir no encalço de François.

VOLUME VII

38

Quando chegamos ao domicílio do consertador de carruagens, tanto a casa como a loja estavam fechadas: era oito
de setembro, natividade da bendita Virgem Maria, mãe de
Deus. —

—— Taratatá-tin-tin —— todo o mundo andava a mariolar à volta de paus enfeitados — ora cabriolando — ora
retouçando; —— ninguém se importava o mínimo que
fosse comigo ou com as minhas observações; sentei-me,
pois, num banco junto à porta e ali fiquei a filosofar sobre
a minha situação: tive sorte melhor do que a que me era
habitual; mal esperara meia hora quando a dona da casa
veio tirar os papelotes do cabelo antes de ir atrás dos paus
enfeitados de flores. ——

As mulheres francesas, diga-se de passagem, gostam de
paus enfeitados *à la folie* —[72] isto é, tanto quanto de suas
matinas; — dê-se-lhes um pau-de-maio,[73] seja em maio ou
em junho, julho, setembro — nunca contam as vezes —— lá
se vai para dentro —— para elas é comida, bebida, cama e
roupa lavada —— e tão só tivéssemos por política, se me
permitem dizê-lo vossas senhorias (visto ser escassa na França a madeira), mandar-lhes bastantes paus-de-maio ——

As mulheres os poriam de pé e, uma vez isso feito, dan-
çar-lhes-iam à volta (em companhia dos homens) até ficarem todos cegos.

A mulher do consertador de carruagens apareceu, como
vos disse, para tirar os papelotes do cabelo —— homem
algum consegue interromper a toalete; —— para começar,
arrancou a touca ao abrir a porta e, ao fazê-lo, um dos papelotes caiu ao chão —— vi no mesmo instante que se tratava da minha própria letra. ——

— *Oh Seigneur!* exclamei — pusestes na cabeça todas
as minhas observações, madame! —— *J'en suis bien mor-
tifiée,*[74] disse ela; —— ainda bem, pensei, que ficaram de
fora — houvessem se aprofundado mais, teriam ocasio-

nado tal confusão na cachola de uma mulher francesa — que melhor fora ela manter os cabelos sem encrespar por todos os dias da eternidade.

*Tenez*[75] — disse ela — e, sem a menor ideia da natureza dos meus sofrimentos, retirou os papelotes e os colocou, com expressão grave, dentro do meu chapéu, um por um —— um estava retorcido para um lado —— outro para o outro —— por minha fé! disse comigo, quando forem publicadas as minhas observações ——

Serão distorcidas de maneira ainda pior.

## 39

E agora, ao relógio de Lippius! disse eu, com a expressão de um homem que venceu todas as suas dificuldades. —— Nada nos poderá impedir de vê-lo, e à história chinesa &c. — Exceto o tempo, redarguiu François —— são quase onze. — Então devemos apressar-nos ainda mais, disse eu, encaminhando-me a passos largos para a catedral.

Não posso dizer, de coração, que tivesse ficado pesaroso ao saber, por um dos cônegos menores, quando entrava na igreja pela porta oeste, — que o grande relógio de Lippius estava todo desconjuntado e já não funcionava havia anos. —— Assim terei mais tempo, pensei, para examinar a história chinesa; além disso, poderei dar ao mundo uma descrição melhor do relógio, no seu atual estado de decomposição, do que a poderia ter dado se ele estivesse em condições mais florescentes. ——

—— Incontinenti me dirigi ao colégio dos jesuítas.

Bem, acontecia que o projeto de dar uma olhada na história da China escrita em caracteres chineses — o mesmo que acontece com muitos outros projetos que eu poderia mencionar e que só à distância falam à imaginação; pois à medida que me aproximava do lugar — o sangue se me esfriava — o capricho ia se desvanecendo gradualmente até

VOLUME VII

597

o ponto de eu não dar sequer um tostão furado por vê-lo satisfeito —— A verdade era que o tempo urgia e meu coração ansiava pela Tumba dos Amantes. —— Queira Deus, disse eu ao pôr a mão na aldrava, que a chave da biblioteca se tenha perdido; meu desejo viu-se satisfeito de outro modo ——

*Pois todos os* JESUÍTAS *estavam com cólicas* —[76] de uma intensidade da qual não tinha notícia a memória do mais idoso dos médicos.

40

Como eu conhecia a geografia da Tumba dos Amantes tão bem quanto se tivesse vivido vinte anos em Lyon, a saber, que estava logo à minha direita, do lado de fora da porta, na direção do *faubourg* de Vaise —— despachei François para o barco a fim de poder prestar a homenagem havia tanto devida à Tumba, sem nenhuma testemunha da minha fraqueza. — Caminhei para o lugar com a alma repleta de toda a alegria imaginável; —— ao ver a porta que me separava da tumba, o coração se me inflamou no peito. ——

— Ternos e fiéis espíritos! exclamei, dirigindo-me a Amandus e Amanda — por muito — muito tempo guardei esta lágrima para vertê-la em vossa tumba. —— Estou chegando —— Estou chegando ——

Quando cheguei — não havia tumba nenhuma sobre que vertê-la.

O que eu não teria dado para ouvir o tio Toby assoviar naquele momento o "Lillabullero"!

41

Não importa como nem em que estado de espírito — mas o certo é que fugi da Tumba dos Amantes — ou melhor, não fugi *da* dita — (pois não existia tal coisa) e mal tive tempo de alcançar o barco para salvar a minha passagem; — e antes de termos velejado uma centena de jardas, o Ródano e o Saône se juntaram e entre ambos lá fui eu rio abaixo.

Mas já descrevi esta descida do Ródano antes de tê-la feito. ———

——— Assim, eis-me agora em Avinhão, — e como não há nada para ver[77] salvo a velha mansão em que residiu o duque de Ormond, e nada para deter-me salvo uma breve observação acerca do lugar, dentro de três minutos ireis ver-me cruzando a ponte[78] sobre uma mula, com François a cavalo carregando minha mala de mão, atrás de mim, e o dono de ambas as montarias a preceder-nos em largas passadas, com uma longa espingarda ao ombro e uma espada sob o braço, para prevenir a eventualidade de fugirmos nos seus animais. Houvésseis visto o estado dos meus calções quando entrei em Avinhão, ——— embora os tivésseis visto melhor, acho, quando montei — não consideraríeis despropositada a precaução nem sinceramente ela vos irritaria; de minha parte, aceitei-a de muito bom grado e decidi presenteá-los ao dono das montarias quando chegássemos ao termo da viagem, em paga do aborrecimento que lhe haviam causado, forçando-o a armar-se até os dentes contra eles.

Antes de ir mais adiante, permiti que eu me desembarace da observação a respeito de Avinhão, que é a seguinte: julgo um erro, só porque, na primeira noite em que chega a Avinhão, um homem tem o chapéu ocasionalmente arrancado da cabeça pelo vento ——— que ele diga, por isso, que "Avinhão está mais sujeita a vendavais do que qualquer outra cidade de toda a França"; por tal razão, não dei muita atenção ao acidente até o momento em que interroguei o dono da hospedaria a este respeito e ele me disse, gravemente, que era verdade ——— e tendo eu ouvido falar, ademais, da ventosidade de Avinhão como algo proverbial na própria região — anotei-a tão só com

VOLUME VII                                                    599

a intenção de perguntar aos doutos qual poderia ser a sua
causa —— pois lhe vira a consequência — são todos ali
duques, marqueses e condes —— com os diabos, não há
um único barão em Avinhão —— de modo que mal se
lhes pode falar num dia ventoso.

Por favor, amigo, disse eu, detendo minha mula por
um instante —— pois queria descalçar uma das botas que
me estava ferindo o calcanhar — o homem achava-se de
pé, muito ocioso, à porta da hospedaria, e como eu metera na cabeça tratar-se de alguém ligado à casa ou ao
estábulo, pus-lhe as rédeas na mão — e comecei a tirar a
bota; — terminada a operação, voltei-me para tomar de
volta as rédeas da mula e agradecer ao homem ——
—— *Mas Monsieur le Marquis* havia entrado. ——


### 42

Eu tinha agora todo o sul da França, desde as margens
do Ródano até as do Garonne, para atravessar na minha mula e como menor achasse — *como melhor achasse*
—— pois tinha deixado a Morte atrás de mim, sabe o
Senhor —— e só Ele — a que distância. —— Já segui muitos homens através da França, disse ela — mas nunca em
passo tão fogoso. —— No entanto, ela me seguia, —— e
eu continuava a fugir-lhe —— mas fugia-lhe jovialmente; —— ela continuava a perseguir-me — embora como
alguém que perseguisse sua presa sem muita esperança;
—— conforme se ia atrasando, suas feições adoçavam-se
a cada passo perdido. —— Por que deveria eu fugir-lhe
com tal velocidade?

Por isso, não obstante quanto havia dito o agente do
posto de correio, mudei mais uma vez o meu *modo* de
viajar; após uma corrida tão precipitada e tão matracole-
jante como a que fizera, lisonjeei minha fantasia pondo-
-me a pensar na mula em cujo lombo eu iria atravessar as

ricas planícies do Languedoc tão devagar quanto as suas patas permitissem.

Não há nada mais deleitoso para um viajante —— ou mais terrível para os autores de livros de viagem, do que uma extensa e rica planície; especialmente quando lhe faltam grandes rios ou pontes e ela não oferece aos olhos mais do que um monótono panorama de abundância; pois, tão logo os autores vos tenham dito que ela é deliciosa! ou encantadora! (conforme seja o caso) — que o seu solo é fecundo e que nela a natureza derramou sua cornucópia da abundância &c...., veem-se eles com uma extensa planície nas mãos com a qual não sabem que fazer — e que lhes é de pouca ou nenhuma utilidade, salvo a de conduzi-los até alguma cidade, que talvez não passe de um lugar a que se segue nova planície —— e assim por diante.

—— Não há trabalho mais terrível; julgai se não me avenho melhor com as minhas planícies.


## 43

Mal chegara eu a percorrer duas léguas e meia quando o homem da espingarda se pôs a procurar a sua escorva.

Já por três vezes eu me havia atrasado *horrivelmente*, pelo menos meia milha de cada vez. A primeira foi devido a uma absorvente conversação com um fabricante de tambores, que os fabricava para as feiras de Baucaire e Tarascon — eu não lhes entendia os princípios. ——

Da segunda vez, não posso dizer a rigor que me tivesse detido —— pois, tendo encontrado dois franciscanos a quem o tempo urgia mais do que a mim próprio e não entendendo eles o que eu lhes explicava —— tive de voltar com eles parte do caminho. ——

Na terceira vez, foi uma questão de negócios com uma comadre acerca de uma cesta com figos da Provença, comprada por quatro *sous*; a transação se concluiria prontamente não fosse um caso de consciência intervir na sua conclusão; isso porque, uma vez pagos os figos, verificou-se haver duas dúzias de ovos cobertos com folhas de videira no fundo da cesta; — como eu não tinha intenção de comprar ovos — não fiz nenhum tipo de reclamação sobre eles — quanto ao espaço que ocupavam — que me importava? Recebera figos suficientes em troca do meu dinheiro ——

— Era, porém, minha intenção ficar com a cesta — ao passo que a da comadre era guardá-la para si, pois sem ela nada poderia fazer com os ovos —— e a menos que eu ficasse com a cesta, tampouco poderia levar os figos, que já estavam assaz maduros, muitos já rachando: isso deu origem a uma breve contenda que terminou com diversas propostas sobre o que deveríamos fazer. ——

— Eu vos desafio a descobrir de que maneira dispusemos de nossos ovos e figos, desafio que eu estenderia ao próprio Diabo não tivesse ele estado ali presente (coisa de que estou persuadido) para propor a menos provável das conjecturas. Tereis um relato completo de tudo —— mas não este ano, porque me estou apressando para chegar logo à história dos amores do tio Toby — vós o lereis na coleção de histórias nascidas da viagem por essa planície —— e às quais chamarei, portanto, minhas

### Histórias da Planície.[79]

Cumpre ao mundo julgar — o quanto não se fatigou minha pena, como as de outros viajantes, nesta sua jornada por senda tão árida; — seus traços, porém, todos juntos a vibrar neste instante, dizem-me que foi o período mais fecundo e afanoso de minha vida; pois, como eu não tinha feito nenhum acordo com o homem da espingarda no referente ao tempo de duração da viagem — e com parar para conversar com toda e qualquer pessoa que não estivesse a pleno trote — com alcançar todos os grupos que iam na minha dianteira — com esperar por todo viajante que estivesse na minha traseira — com saudar todos aqueles que chegavam pelas estradas transversais — com deter toda sorte de mendigos, peregrinos, rabequistas, monges — com jamais passar por uma mulher trepada numa amoreira sem louvar-lhe as pernas e tentar atraí-la a uma conversação com uma pitada de rapé; —— em suma, com agarrar toda pega, de qualquer tamanho ou formato que o acaso me estendesse nessa viagem — logrei converter a minha *planície* numa *cidade*. — Tive sempre companhia, e da mais variada; como o meu mulo era tão sociável quanto eu próprio e tinha sempre uma proposta a fazer a toda besta com quem cruzasse — estou certo de que poderíamos haver desfilado juntos um mês inteiro por Pall Mall ou na rua Saint-James sem passar tantas aventuras — nem ver tanto da natureza humana.

Oh! aquela lépida franqueza que de pronto tira os alfinetes de cada dobra do vestuário típico do Languedoc — e seja o que for que esteja por baixo dele, semelha tanto a simplicidade cantada pelos poetas em dias melhores — que enganarei minha fantasia para acreditar que assim é.

Foi na estrada de Nîmes para Lunel, onde há o melhor vinho moscatel de toda a França; os vinhedos, diga-se de passagem, pertencem aos honestos cônegos de MONTPELLIER — e caia imundície sobre o homem que, tendo-o bebido na mesa deles, lhes regateie uma só gota.

—— O sol se pusera — havia terminado o trabalho; as ninfas acabavam de atar seus cabelos — e os zagais preparavam-se para uma farra — quando o meu mulo empacou.

—— São o pífano e o tamborim, disse-lhe eu. —— Estou morto de medo, respondeu ele. —— Volteiam na roda do prazer, continuei, esporeando-o. —— Por são Boogar[80] e todos os santos atrás da porta do purgatório, disse ele — (tomando a mesma resolução que as mulas da abadessa de Andouillettes) não dou mais nem um passo. —— Está muito bem, senhor, redargui. — Jamais discutirei com

VOLUME VII

nenhum membro de vossa família enquanto eu for vivo;
assim, apeando-me, e tirando e atirando uma das botas
nesta vala, a outra na outra — vou dançar, disse-lhe ——
enquanto o senhor fica aqui.

Uma filha do Trabalho tisnada pelo sol levantou-se,
separando-se do grupo para vir ao meu encontro enquanto eu me encaminhava para ela; seu cabelo, de um cas-
tanho-escuro quase negro, fora atado num nó, salvo por
uma única trança.

Precisamos de um cavalheiro, disse ela estendendo ambas as mãos como se a oferecê-las. —— E um cavalheiro
tereis, respondi, tomando-as nas minhas.

Estivesses ataviada, Nannette, como uma duquesa!

—— Mas esse maldito rasgo em tuas saias.

Nannette não se importava com ele.

Não poderíamos passar sem vós, disse ela, retirando
uma das mãos e guiando-me com a outra com espontânea
cortesia.

Um jovem coxo, a quem Apolo presenteara uma flauta
e que a completara, de modo próprio, com um tamborim, fez soar docemente as notas do prelúdio, sentado na
ribanceira. —— Atai-me esta trança, depressa, disse Nannette, pondo-me na mão um pedaço de fita. —— Isso me
fez esquecer que eu era um estranho. —— O nó inteiro
se desatou em cascata: —— havia sete anos que já nos
conhecíamos.

O jovem percutiu o tamborim — a flauta acompanhou-
-o e lá nos fomos a saltitar —— "aos diabos com esse rasgão!".

A irmã da jovem, que roubara a voz do céu, cantava
alternadamente com o irmão —— era uma dança de roda
da Gasconha.

VIVA LA JOIA!
FIDON LA TRISTESSA![81]

As ninfas fizeram coro em uníssono, e seus zagais as imitaram, uma oitava abaixo. ——

Eu teria pago uma coroa para vê-lo costurado. — Nannette não teria pago nem um *sous*. — *Viva la joia!* estava-lhe nos lábios. — *Viva la joia!* estava-lhe nos olhos. Uma fugaz centelha de amizade relampejou entre nós. —— Ela parecia tão benevolente! —— Por que não poderia eu viver assim e assim terminar os meus dias? Justo dispensador de nossas alegrias e tristezas, exclamei, por que não poderia um homem ficar aqui aninhado neste regaço de contentamento — e dançar, e cantar, e dizer suas preces, e ir para o céu com esta donzela cor de castanha? Caprichosamente inclinava ela a cabeça e dançava, insidiosa. —— Já é hora de ir-me dançando, disse eu, e assim, mudando apenas de pares e de músicas, fui dançando de Lunel a Montpellier —— dali a Pézenas, Béziers; —— dançando fui por Narbonne, Carcassonne e Castelnaudary, e dançando entrei no pavilhão de Perdrillo[82] onde, pegando um papel pautado com linhas negras para poder encetar, sem digressão nem parênteses, a narrativa dos amores do tio Toby. ——

Assim comecei: ——

FIM DO SÉTIMO VOLUME

VOLUME VIII
1765

I

—— Mas tranquilamente —— pois nestas planícies joviais e sob este sol benévolo onde, no momento, todo ser de carne e osso corre dançando, ao som de flauta e rabeca, para a colheita e onde, a cada passo, o juízo é surpreendido pela imaginação, eu desafio, não obstante quanto se disse acerca de *linhas retas*\* em diversas páginas do meu livro — desafio o melhor plantador de couves jamais aparecido, quer ele as plante de trás para diante ou de diante para trás, já que isso faz pouca diferença no fim das contas (exceto pelo fato de que ele terá mais por que responder num caso do que no outro) — desafio-o a continuar friamente, criticamente, canonicamente plantando suas couves, uma por uma, em linha reta e a distâncias estoicas, especialmente se houver nas saias rasgões por costurar, — sem de quando em quando desviar-se ou obliquar em alguma digressão bastarda. —— Na Enrege-lândia, na Bruma-lândia e em outras lândias de que tenho notícia — isso poderá ser feito ——

Todavia, neste límpido clima de fantasia e transpiração, onde cada ideia, sensível ou insensível, encontra vazão — nesta terra, meu caro Eugenius — nesta terra fértil

\* Vide Vol. vi, p. 454.

de cavalaria e romance onde ora estou sentado destapando o meu tinteiro para escrever acerca dos amores do tio Toby e com todos os meandros da rota percorrida por JULIA em busca do seu DIEGO à plena vista, diante da janela do meu gabinete de trabalho — se não vieres buscar-me para levar-me pela mão ——

Que obra não sairá provavelmente daqui!

Pois vamos começá-la.

## 2

Com o AMOR acontece o mesmo que com a CORNUDEZ.
——

—— Agora, porém, estou falando em começar um livro e há muito tenho em mente algo para comunicar ao leitor que, se não for comunicado agora, nunca o poderá ser enquanto eu viver (ao passo que a COMPARAÇÃO pode ser-lhe comunicada a qualquer hora do dia) —— Limitar-me-ei a citá-la e logo em seguida começarei a sério.

A coisa é a seguinte:

De todas as diversas maneiras de começar um livro ora em uso por todo o mundo conhecido, confio em que a minha seja a melhor — estou certo de que é a mais religiosa — pois começo por escrever a primeira frase —— e por confiar-me ao Todo-Poderoso no tocante à segunda.

Serviria de cura permanente para o espalhafato e estultícia do autor que abre a porta de sua casa e chama os vizinhos e amigos e parentes e o diabo e os diabretes, com seus martelos e máquinas &c., observar tão somente o modo por que cada uma de minhas frases se segue à outra e por que o plano acompanha o conjunto.

Quisera eu que vísseis com que confiança me ergo subitamente da cadeira e, agarrando-lhe o cotovelo, olho para o alto —— capturando a ideia antes mesmo de ela ter chegado à metade de seu trajeto até mim ——

VOLUME VIII                                                    609

Creio sinceramente que intercepto muitos pensamentos destinados pelo céu a outro homem que não eu.

Pope e seu Retrato* são tolos comparados comigo —— nenhum mártir poderá jamais estar tão cheio de fé ou de ardor —— quisera eu poder dizer de boas obras também —— mas não tenho nenhum

Zelo ou Ira —— nem

Ira ou Zelo ——

E até deuses e homens concordarem em chamar um e outro pelo mesmo nome —— nem o mais consumado TARTUFO da ciência — da política — ou da religião logrará acender no meu íntimo uma fagulha sequer delas, ou terá de mim palavra pior ou saudação mais grosseira do que as que lerá no próximo capítulo.

3

—— BONJOUR! —— bons dias! —— com que então já tão cedo vestistes o manto! —— a manhã, porém, está mesmo fria e tratais o assunto com acerto e razão —— é melhor andar bem montado do que a pé —— e são perigosas as obstruções de glândulas. —— E como vão as coisas com a tua concubina — com a tua mulher — e com os teus filhinhos de ambos os lados? E quando recebeste notícias de teus pais, o idoso cavalheiro e a idosa senhora? — Quanto à tua irmã, tio, tia e primo —— faço votos de que tenham melhorado de seus resfriados, tosses, esquentamentos, dores de dente, febres, estrangurias, ciáticas, inchaços e terçóis. —— Que raio de boticário! Tirar tanto sangue — administrar tão vis purgatórios — desinflamatórios — colutórios — vomitórios — poções noturnas — supositórios — vesicatórios? —— E por que tantos grãos de calomelanos? Santa Maria! E tal dose de ópio! Fazendo periclitar,

* Vide o Retrato de Pope.[1]

*pardi*, toda a tua família, de cabo a rabo. —— Pela velha máscara negra de veludo da minha tia-avó Dinah! Acho que não havia motivo para tanto.

Bem, como a máscara estava um pouco coçada no queixo, devido ao frequente tirar e pôr, isso *antes* de a tia Dinah engravidar do cocheiro — ninguém de nossa família a quis usar depois. Mandar trocar o veludo da MÁSCARA custaria mais do que ela valia —— e usar uma máscara coçada, que deixava entrever o que lhe estava por debaixo, era tão mau quanto não usar máscara alguma. ——

Essa é a razão, apraza a vossas reverendíssimas, por que em nossa numerosa família, nestas quatro últimas gerações, não contamos senão um arcebispo, um juiz galês, uns três ou quatro regedores e um único saltimbanco. ——

No século XVI, nós nos jactávamos de contar nada menos que uma dúzia de alquimistas.

## 4

"Acontece com o Amor o mesmo que com a Cornudez" —— a parte sofredora é ao menos a *terceira*, mas no geral a última da casa a saber o que quer que seja do assunto: isso advém, como sabe toda a gente, do fato de existir meia dúzia de palavras para designar uma só e mesma coisa: e enquanto aquilo que se contém neste vaso da constituição humana, *Amor* — puder ser chamado Ódio naquele —— *Sentimento* meia jarda mais acima — e *Contrassenso* —— não, senhora, — não aí —— refiro-me àquela parte que estou apontando agora com o dedo —— como poderemos nós melhorar?

De todos os homens mortais, e imortais igualmente, se me permitis, que jamais soliloquiaram sobre esse místico tema, meu tio Toby era o menos indicado para ter levado avante suas pesquisas em meio a semelhante altercação de sentimentos; e ele os teria infalivelmente deixado seguir

VOLUME VIII

seu curso natural, como o fazemos com questões piores, para ver no que davam —— não houvesse a prematura comunicação deles a Susannah por Bridget, e os repetidos manifestos subsequentemente feitos por Susannah a todo o mundo, obrigado o tio Toby a ocupar-se do assunto.

5

A razão por que tecelões, jardineiros e gladiadores — ou um homem de perna murcha (em consequência de alguma doença do *pé*) — sempre tiveram alguma terna ninfa com o coração a sangrar secretamente de amor por eles, é questão já muito bem resolvida, assentada e explicada pelos fisiólogos tanto antigos quanto modernos.

Um bebedor de água, desde que o seja declarado e não cometa fraude nem logro, encontra-se exatamente na mesma situação: não que, à primeira vista, haja qualquer consequência, ou aparência de lógica, na proposição "Um regatinho de águas frescas a gotejar pelas minhas entranhas tem de acender um vulcão nas da minha Jenny". —

—— A proposição não convence; pelo contrário, parece ir a contrapeso do curso natural das causas e efeitos. ——

Todavia, mostra a fraqueza e imbecilidade da razão humana.

—— "E com isso gozais perfeita saúde?"

— A mais perfeita — senhora, que a própria amizade pudera desejar-me. ——

— "E não bebeis nada! — nada senão água?"

— Impetuoso fluido! quando fazes pressão contra as comportas do cérebro —— vê como cedem! ——

Para dentro vem nadando a CURIOSIDADE e acenando às suas donzelas para que a sigam! — mergulham até o centro da corrente. ——

A FANTASIA senta-se pensativa na ribanceira e, acompanhando o curso d'água com os olhos, converte palhas e juncos em mastros e gurupés. —— E o Desejo, erguendo a túnica até os joelhos com uma das mãos, com a outra tenta agarrá-los conforme lhe passam flutuando ao lado. ——

Ó vós bebedores de água! É então por meio dessa fonte enganadora que tendes governado e feito girar este mundo feito roda de moinho — moendo os rastros dos impotentes — pulverizando-lhes as costelas — apimentando-lhes os narizes e alterando, às vezes, até a própria constituição e face da natureza. ——

— No teu caso, disse Yorick, eu beberia mais água, Eugenius. — E eu, no teu, também beberia, Yorick, replicou Eugenius.

O que mostra que ambos haviam lido Longino. ——[2]

Quanto a mim, estou decidido, enquanto viver, a não ler nenhum outro livro que não seja o meu.

## 6

Quisera eu fosse o meu tio Toby um bebedor de água; então, estaria explicado por que, no momento em que o viu pela primeira vez, a viúva Wadman sentiu algo se lhe agitar no íntimo em favor dele. — Algo! — algo.

Algo mais talvez do que amizade — e menos do que amor; — algo — não importa o quê — não importa onde; — eu não daria nem um pelo do rabo de meu mulo, que eu estaria obrigado a arrancar pessoalmente (de fato, o velhaco não dispõe de muitos, além de ser assaz rancoroso), para que vossas senhorias me iniciassem no segredo. ——

Na verdade, porém, meu tio Toby não era um bebedor de água; não a bebia nem pura nem misturada, de modo algum ou em lugar algum, a não ser acidentalmente, em postos avançados onde não houvesse melhor licor —— ou durante o tempo em que esteve em tratamento; quando o cirurgião lhe disse que a água distenderia as fibras e as

VOLUME VIII 613

faria entrar em contato mais prontamente —— meu tio Toby a bebeu por amor da tranquilidade.

Ora, toda a gente sabe que, na natureza, nenhum efeito pode produzir-se sem uma causa, e é fato sabido e consabido que meu tio Toby não era nem tecelão — nem jardineiro e nem gladiador —— a não ser que, dado o seu posto de capitão, assim o considerásseis; — todavia, era apenas capitão de infantaria — e além disso, tudo não passa de um equívoco —— pelo que não nos resta outra saída senão supor que a perna do tio Toby —— de pouco nos adiantará na presente hipótese, a menos que o seu ferimento tivesse sido ocasionado por alguma doença *no pé*; — a perna dele, todavia, não ficara murcha em consequência de nada disso — e nem sequer tinha o que quer que fosse de murcha. Ficara um pouco emperrada e canhestra devido ao total desuso durante os três anos em que ele permanecera confinado na casa de meu pai na cidade, mas conservara-se carnuda e musculosa e, em todos os demais aspectos, era uma perna tão boa e prometedora quanto a outra.

Declaro não recordar nenhuma outra opinião ou passagem de minha vida em que o meu entendimento tivesse tido tanta dificuldade em juntar as pontas e forçar o sentido do capítulo que eu estivera a escrever, em prol do capítulo seguinte, do que no caso presente: seria até de pensar que me comprazo em meter-me em dificuldades desse tipo tão somente para levar a cabo novos experimentos de como safar-me delas. —— Alma irrefletida a tua! Como! Não são suficientes as inevitáveis aflições de que, como autor e como homem, te vês rodeado por todas as partes? —— Para quê, Tristram, procurares enredar-te ainda mais?

Não basta estares endividado e teres dez carradas do teu quinto e sexto volumes ainda — ainda por vender, e já não esgotaste quase todos os recursos de tua imaginação na tentativa de te livrares deles?

Não te atormenta até agora a asma ruim que apanhaste patinando contra o vento em Flandres? E não faz apenas dois meses que, num acesso de riso, ao ver um cardeal desaguando como um menino de coro (com ambas as mãos), rompeste um vaso nos pulmões, pelo que, em duas horas, perdeste outros tantos quartos de sangue; e não te disse a faculdade que, se tivesses perdido mais outros tantos —— o total chegaria a um galão? ——

### 7

—— Mas pelo amor de Deus, não falemos nem de quartos nem de galões —— vamos diretamente à história à nossa frente; é uma história tão sutil e intrincada que dificilmente resistirá à mudança de um único ponto; e, desta ou daquela maneira, já fizestes com que eu me lançasse quase ao meio dela. —

— Rogo-vos que andemos com mais cuidado.

### 8

Meu tio Toby e o cabo haviam vindo com tanto ardor e precipitação, por carruagem de posta, a fim de tomar posse do pedaço de terreno de que temos falado com tanta frequência e ali iniciar sua campanha simultaneamente com o resto dos aliados, que se haviam esquecido de um dos artigos mais necessários de toda a operação: não se tratava nem de uma pá de sapador, nem de um alvião, nem de uma enxada —

— Mas sim uma cama onde dormir; por isso, como naquele tempo Shandy Hall não estava ainda mobiliado e a pequena hospedaria onde o pobre Le Fever morreu não havia sido ainda construída, meu tio Toby viu-se forçado a aceitar um leito em casa da sra. Wadman, por uma

VOLUME VIII                                              615

ou duas noites, até que o cabo Trim, (que, às qualidades de excelente criado de quarto, palafreneiro, cozinheiro, costureiro, cirurgião e engenheiro, acrescentava, de quebra, as de excelente estofador também) com ajuda de um carpinteiro e um par de alfaiates, construísse uma na casa do tio Toby.

Uma filha de Eva, pois isso é o que era a viúva Wadman, e toda a descrição que dela pretendo fazer é a de que — — *"Era uma mulher perfeita"*; melhor estaria a cinquenta léguas de distância — ou em sua cama bem quentinha — ou a brincar com uma faca — ou com o que bem entendesse — do que fazendo de um homem objeto de sua atenção, especialmente quando dela é a casa com todos os pertences.

Não haveria nada demais em que nele atentasse fora de portas, à plena luz do dia, onde a mulher pode, fisicamente falando, ver o homem a uma só luz; — dentro de casa, porém, mesmo que o quisesse, ela não consegue vê-lo, seja a que luz for, sem misturá-lo com algo de seus bens e pertences —— até que, por via de reiterados atos de combinação, ele se vê sub-repticiamente arrolado no inventário dela ——

— E então, boa noite.

Mas isto não é uma questão de SISTEMA, pois me livrei dele mais acima —— nem uma questão de BREVIÁRIO —— pois não sigo outro credo que não seja o meu —— nem uma questão de FATO —— pelo menos que eu saiba; trata-se, antes, de uma questão copulativa e introdutória ao que se vai seguir.

9

Não falo da sua aspereza ou limpeza — nem da resistência de suas nesgas de reforço —— mas, dizei-me, as camisolas não diferem das camisas, neste particular, quanto do que quer que seja no mundo, a saber: que excedem tanto aquelas no comprimento que, quando vestidas, vão quase tanto além dos pés quanto as camisas ficam aquém deles?

As camisolas da viúva Wadman (como se usava, imagino eu, nos reinados do rei Guilherme e da rainha Ana) eram pelo menos talhadas por essa moda; e se a moda mudou (pois na Itália ficaram reduzidas a nada) —— tanto pior para as pessoas; tinham elas duas e meia varas flamengas[3] de comprimento, e assim, supondo-se que fosse de duas varas a estatura média de uma mulher, ainda lhe sobrava meia vara de camisola para fazer com ela o que entendesse.

Pois bem, por força de pequenas indulgências ganhas uma após a outra, em muitas noites gélidas de dezembro, ao longo de sete anos de viuvez, as coisas haviam chegado insensivelmente a tal ponto que, nos últimos dois anos, acabaram por firmar-se como um rito do quarto de dormir: — assim que a sra. Wadman se deitava e esticava bem as pernas, providência de que dava notícia a Bridget — esta, com o devido decoro, após levantar as cobertas ao pé da cama, pegava a meia vara de camisola de que estamos falando e, tendo-a gentilmente puxado até a sua máxima extensão, com ambas as mãos, dobrava-a lateralmente em quatro ou cinco pregas; tirava a seguir, da manga, um longo alfinete e, com a ponta voltada para si, segurava as pregas um pouco acima da bainha; isso feito, arrepanhava tudo, prendia-o bem ao pé da cama e dava as boas-noites à patroa.

Este rito constante sofria uma só variação: nas noites tempestuosas e demasiado frias, quando Bridget levantava as cobertas ao pé da cama &c. —— ela não consultava outro termômetro que não fossem suas próprias paixões para cumpri-lo ou de pé — ou ajoelhada — ou agachada, de conformidade com os diferentes graus de fé, esperança e caridade em que se encontrasse e que experimentasse por sua patroa naquela noite específica. Em todos os demais respeitos, a *étiquette* era sagrada e rivalizava com a mais mecânica do mais inflexível quarto de dormir da Cristandade.

VOLUME VIII                                                      617

Na primeira noite, assim que o cabo acompanhou meu tio Toby escada acima, o que se deu por volta das dez —— a sra. Wadman atirou-se numa poltrona e, passando o joelho esquerdo por cima do direito, com o que formou um sítio de repouso para o cotovelo, reclinou o queixo na palma da mão; assim inclinada para diante, ficou a ruminar até a meia-noite acerca de ambos os lados da questão.

Na segunda noite, foi até a sua escrivaninha e, tendo ordenado a Bridget que lhe trouxesse um par de velas novas e as deixasse sobre a mesa, retirou o seu contrato de casamento e o leu de ponta a ponta com a maior devoção; e na terceira noite (que foi a última da estada do tio Toby), após Bridget ter puxado a camisola e estar a ponto de prendê-la com o longo alfinete ——

—— Com uma patada dada com ambos os calcanhares, mas que era, ao mesmo tempo, a mais natural patada que se poderia dar naquela situação — pois supondo-se fosse * * * * * * * * o sol em seu meridiano, tratava-se de uma patada a nordeste; —— ela fez com que o alfinete saltasse dos dedos de Bridget; —— e a *étiquette* que dela pendia foi-se abaixo —— abaixo até o chão, onde se espatifou em mil átomos.

De tudo isso ficava evidente que a viúva Wadman estava apaixonada pelo meu tio Toby.


10

A cabeça do tio Toby, àquela altura, estava totalmente ocupada com outras questões, pelo que só após a demolição de Dunquerque e a resolução de todas as demais diferenças da Europa, foi que ele achou tempo livre para dedicar-se a esta.

Isso resultou num armistício (isto é, no tocante ao meu tio Toby; — no que respeitava à sra. Wadman, tratava-se, antes de uma vacância — de quase onze anos. Mas como em todos os casos desta natureza, é o segundo golpe, seja qual for a sua distância no tempo, que dá começo à refrega; —— por tal razão é que opto por chamar-lhe os do meu tio Toby com a sra. Wadman, e não os amores de sra. Wadman com o tio Toby.

Trata-se de uma distinção não destituída de diferença.

Não é bem como a questão de uma *velha e surrada bruaca* —— e de uma *velha bruaca surrada*,[4] acerca da qual vossas senhorias tanto têm disputado uns com os outros, —— mas há, aqui, uma diferença na natureza das coisas ——

E permiti-me dizer-vos, *gentry*, que se trata de uma larga diferença.

## II

Bem, como a viúva Wadman amava meu tio Toby —— e como meu tio Toby não amava a viúva Wadman, não restava à viúva Wadman senão continuar amando meu tio Toby ou deixá-lo em paz.

A viúva Wadman não faria nem uma coisa nem outra.

—— Céu misericordioso! —— quase me esqueci de que tenho um pouco do temperamento dela; pois sempre que acontece, e por vezes acontece em torno dos equinócios, de uma deusa terrena representar, para mim, tanto disto, ou daquilo, ou daquilo outro, que mal consigo fazer o meu desjejum por causa dela —— e a ela pouco se lhe dá se faço ou não o meu desjejum ——

—— Maldita seja! e assim a mando à Tartária, e da Tartária à Terra do Fogo, e assim por diante até o inferno: em suma, não há um só nicho infernal onde eu não lhe enfie a divindade.

Todavia, como o coração é terno e as paixões, nos seus refluxos, sobem e baixam dez vezes por minuto, no

VOLUME VIII                                                          619

mesmo instante trago-a de volta; e como faço tudo de
maneira extremada, coloco-a então no próprio centro da
Via Láctea. ——

Ó tu que és a mais brilhante das estrelas! hás de exercer teu influxo sobre algum ——

—— Os diabos a levem e ao seu influxo também ——
pois a essa palavra perco a paciência —— possa ela ser-
-lhe de muito proveito! —— Por quanto haja de hirsuto e
de horrendo! grito, tirando meu gorro de peles e fazendo-
-o girar em torno do dedo —— eu não daria um vintém
por uma dúzia dessas!

—— Mas trata-se de um gorro excelente (e o ponho
de volta na cabeça, puxando-o até as orelhas) — quente
— macio; especialmente se o enfiardes da maneira certa
— mas, ai de mim! nunca terei essa sorte —— (e eis que
de novo minha filosofia vai ao fundo).

—— Não; jamais terei um dedo metido no bolo (e aqui
rompo com a minha metáfora) ——

Casca e miolo

Dentro e fora

Topo e fundo —— detesto-o, odeio-o, repudio-o ——
faz-me mal só vê-lo. ——

É só pimenta,

alho,

estragão,

sal e

bosta do diabo —— pelo grande arquicozinheiro
dos cozinheiros, que nada mais faz, penso eu, senão ficar de manhã à noite, sentado junto do fogo inventando
pratos inflamatórios para nós, eu não o tocaria por nada
deste mundo. ——

—— Oh Tristram! Tristram! exclamou Jenny.

Oh Jenny! Jenny! repliquei, e assim continuei com o
décimo segundo capítulo.

## 12

—— Não o tocaria por nada deste mundo, disse eu ——
Deus, como inflamei a imaginação com esta metáfora!

## 13

O que mostra, digam vossas senhorias e reverências o que
disserem dele, (pois quanto a *pensar* —— todos quantos
de fato *pensem* — pensam de maneira igual, no tocante a
ele como a outros assuntos) —— que o AMOR certamente
é, pelo menos falando em ordem alfabética, um dos mais

A  gitados
B  ruxeantes
C  onfundidos
D  iabólicos assuntos da vida —— a mais
E  xtravagante
F  útil
G  reguesca[5]
H  ieroglífica
I  racúndica (não há K para ela) e
L  írica de todas as paixões humanas;
   ao mesmo tempo, a mais
M  istificante
N  éscia
O  bstrutora
P  ragmática
S  onorosa
R  idícula — embora, diga-se de passagem, o R de-
vesse ter vindo primeiro. — Mas, em suma, ele tem tal na-
tureza, conforme meu pai certa vez disse ao meu tio Toby
no fecho de uma longa dissertação acerca do assunto, que
—— "Dificilmente se pode", explicou, "combinar duas
ideias entre si, a seu respeito, irmão Toby, sem incorrer em
hipálage." —— O que é isso? exclamou meu tio Toby.

VOLUME VIII 621

O carro adiante do cavalo, replicou meu pai. ——
—— E o que deve o cavalo fazer ali? exclamou o tio
Toby ——
Ou atrelar-se, disse meu pai, —— ou deixá-lo em paz.
Ora, como já vos disse, a viúva Wadman não faria
nem uma coisa nem outra.

Ela ficou, contudo, completamente ajaezada, pronta
para o que desse e viesse.

14

As Parcas, que certamente tinham presciência destes amores da viúva Wadman e do meu tio Toby, haviam, desde a
criação primeva da matéria e do movimento (e com mais
cortesia do que a que habitualmente demonstram em coisas desta espécie), estabelecido uma cadeia de causas e efeitos tão firmemente entrelaçados, que teria sido praticamente impossível ao meu tio Toby habitar qualquer outra casa
do mundo ou ocupar qualquer outra horta da Cristandade,
que não fossem precisamente a casa e horta adjacentes às
da sra. Wadman: isso, de par com a vantagem de uma fron-
dosa latada que, abrindo-se sobre a horta da sra. Wadman,
mas plantada na sebe do meu tio Toby, punha ao alcance
das mãos dela todas as ocasiões requeridas pela militância
amorosa: podia observar os movimentos do meu tio Toby
e dominava igualmente todos os seus conselhos de guerra;
e como o incauto coração dele havia permitido ao cabo,
por intermediação de Bridget, instalar um portão de comunicação, de vime, a fim de que ela pudesse encompridar
os seus passeios, isso permitiu à sra. Wadman levar os seus
avanços até a porta da guarita de sentinela; e por vezes, a
pretexto de gratidão, dirigir o ataque e tentar vencer meu
tio Toby dentro da própria guarita.

## 15

É lastimável —— mas comprovado por via da observação diária do homem, que ele possa ser aceso, como uma vela, por ambas as pontas — desde que haja suficiente pavio à mostra; se não houver — o assunto está encerrado; e se houver — como acendê-lo pela ponta inferior faz com que a chama no geral se extinga por si mesma, desgraçadamente — o assunto está de igual modo encerrado.

De minha parte, pudesse eu sempre ter opção quanto à maneira de queimar — pois não consigo suportar a ideia de ser assado como um bicho — forçaria a dona de casa a acender-me sempre pelo topo, pois então eu queimaria decentemente até o bocal, isto é, da cabeça até o coração, do coração até o fígado, do fígado até os intestinos, e assim por diante, através das veias e artérias mesentéricas e suas tunicelas, até o ceco ——

—— Rogo-vos, dr. Slop, disse meu tio Toby, interrompendo-o à menção de *ceco* numa conversação por ele mantida com meu pai na noite em que minha mãe me deu à luz —— rogo-vos, disse meu tio Toby, que me digais o que é o ceco, pois, velho que sou, confesso não saber onde está situado.

O *ceco*, respondeu o dr. Slop, situa-se entre o *Íleo* e o *Cólon* ——

—— No homem? perguntou meu pai.

—— É exatamente o mesmo, exclamou o dr. Slop, na mulher ——

Isso é mais do que eu sei, disse meu pai.


## 16

—— E para assegurar-se de ambos os sistemas, a sra. Wadman premeditou não acender meu tio Toby nem por uma nem pela outra ponta, mas, se possível, por ambas as pontas ao mesmo tempo, como uma vela pródiga.

VOLUME VIII 623

Pois bem, se a sra. Wadman, com o auxílio de Bridget, houvesse passado sete anos a esquadrinhar todos os quartos de despejo de equipamento militar, tanto de cavalaria quanto de infantaria, desde o grande arsenal de Veneza até a Torre de Londres (exclusive), não poderia ter encontrado nenhum *anteparo* ou *mantelete* mais adequado para o seu propósito do que aquele que a conveniência dos assuntos do meu tio Toby lhe pusera, já pronto, ao alcance da mão.

Acredito que ainda não vos contei —— mas não sei ao certo —— possivelmente já contei; —— de qualquer modo, trata-se de uma dessas muitas coisas que é melhor antes fazer de novo do que pôr-se a discutir a respeito — que fosse qual fosse a cidadela ou fortaleza em que o cabo estivesse a trabalhar no decorrer da campanha de ambos, meu tio Toby tomava sempre o cuidado de, na parte interna da guarita de sentinela, que lhe ficava à esquerda, ter uma planta do local, presa com dois ou três alfinetes na parte de cima, mas solta na parte inferior, para a conveniência de erguê-la até perto dos olhos &c...., conforme as circunstâncias exigissem; de sorte que, quando se decidia efetuar um ataque, a sra. Wadman não tinha mais a fazer, quando chegava à porta da guarita, do que estender a mão direita, insinuando para dentro o seu pé esquerdo no mesmo movimento, para apanhar o mapa ou planta elevada (ou o que quer que fosse) e, com o pescoço esticado a meio caminho, — puxá-lo até si; com isso, era mais que certo as paixões do meu tio Toby se inflamarem —— pois ele imediatamente pegava a outra ponta do mapa com a mão esquerda e com o cachimbo na outra começava uma explicação.

Uma vez avançado o ataque até esse ponto, —— o mundo entenderá naturalmente as razões da etapa seguinte da estratégia da sra. Wadman, —— qual fosse tomar o cachimbo das mãos de meu tio Toby tão logo pudesse, o que, sob este ou aquele pretexto, mas geralmente o de apontar mais claramente para algum reduto ou parapeito baixo do mapa, ela conseguia fazer antes de meu tio Toby (pobre alma!) haver logrado andar mais de meia dúzia de toesas.

— Isso obrigava o tio Toby a fazer uso do indicador.

A diferença que isso ocasionava no ataque era a seguinte: ao encostar, como no primeiro caso, a ponta do seu indicador na boquilha do cachimbo do meu tio Toby, a sra. Wadman poderia ter assim percorrido as linhas desde Dã até Bersabeia, na eventualidade de as linhas do tio Toby terem avançado tanto, sem nenhum resultado. Como não havia nenhum calor vital ou arterial na boquilha do cachimbo, não poderia ela suscitar qualquer sentimento —— nem tampouco acender uma chama por pulsação —— nem a receber por simpatia; —— não havia senão fumaça.

Ao passo que, acompanhando o indicador de meu tio Toby com o dela, os dois a avançar juntinhos por todas as pequenas voltas e reentrâncias das obras de fortificação —— comprimindo-o lateralmente, às vezes —— outras pisando-lhe a unha —— umas vezes tropeçando nele —— outras tocando-o ora aqui —— ora ali, e assim por diante —— ela ao menos punha alguma coisa em ação.

Conquanto estas leves escaramuças estivessem a boa distância do corpo principal, atraíam no entanto o restante; pois como o mapa geralmente se soltava e resvalava pela parede da guarita, meu tio Toby, com toda a candidez de sua alma, espalmava-lhe a mão em cima, a fim de poder continuar com a sua explicação; e a sra. Wadman, numa manobra tão rápida quanto o pensamento, imediatamente punha a sua mão junto da dele: isso abria de pronto um canal de comunicação, largo o bastante para que pudesse por ali passar e repassar qualquer sentimento que uma pessoa adestrada na parte elementar e prática da corte amorosa julgasse oportuno. ——

Pondo o seu indicador paralelo (como antes) ao de meu tio Toby —— a sra. Wadman inevitavelmente punha o polegar em ação —— e, uma vez comprometidos indicador e polegar, a mão toda naturalmente se engajava. A tua,

VOLUME VIII                                    625

querido tio Toby! nunca estava no lugar certo. —— A sra.
Wadman tinha sempre de retirá-la, ou, com o mais gentil dos empurrões, alongamentos e compressões equívocos
que uma mão possa receber para ser afastada —— recuá-la
um milímetro do caminho da sua.

Enquanto isso estava em curso, como poderia ela esquecer-se de fazê-lo sentir que era a perna dela (e de ninguém mais) que embaixo lhe pressionava levemente a pan-
turrilha. —— Assim atacado e penosamente assediado por
ambos os flancos —— era de estranhar que o centro se
visse por vezes transtornado? ——

—— Ao diabo com isso! dizia meu tio Toby.


17

Facilmente conceberei fossem de diferentes espécies estes
ataques da sra. Wadman, variando entre si, à semelhança
dos ataques de que a história está repleta, e pelas mesmas
razões. Um espectador comum mal os reconheceria como
ataques —— ou, se reconhecesse, os confundiria todos
entre si —— mas eu não escrevo para semelhante espectador: é mais do que tempo de ser um pouco mais preciso
em minhas descrições, quando eu a eles chegar, o que só
acontecerá alguns capítulos adiante; de momento, nada
mais tenho a acrescentar neste particular, a não ser que
num maço de papéis e desenhos originais que meu pai
teve o cuidado de enrolar em separado, há uma planta
de Bouchain em perfeito estado de conservação (e assim
será preservada, enquanto eu tiver forças de preservar o
que quer que seja) cujo canto inferior, do lado direito,
ainda conserva a marca de um indicador e de um polegar sujos de rapé, que tudo leva a supor fossem da sra.
Wadman, pois o lado oposto da margem, o qual imagino
tenha sido o do tio Toby, está absolutamente limpo. Isso
me parece um registro autenticado de um desses ataques,

porquanto há vestígio de duas perfurações parcialmente cerradas, mas ainda visíveis, no lado oposto do mapa, que são indiscutivelmente os próprios orifícios por que fora dependurado na guarita de sentinela. ——

Por tudo quanto haja de mais sacerdotal! Para mim, esta preciosa relíquia, com seus *estigmas* e *picaduras*,[6] tem mais valor que todas as relíquias da Igreja Romana —— com exceção, sempre que escrevo sobre tais assuntos, das picaduras que penetraram a carne de santa Radagunda no deserto e que, no caminho entre FESSE e CLUNY, as monjas dessa ordem vos mostrarão com todo o amor.

## 18

Acho, se me permite vossa senhoria, que as fortificações estão completamente destruídas, disse Trim —— e que a bacia do porto está nivelada com o molhe. —— Também acho, replicou meu tio Toby com um suspiro interrompido a meio —— mas vai até a sala, Trim, buscar o tratado —— está em cima da mesa.

Ali esteve nestas seis últimas semanas, replicou o cabo, até hoje de manhã, quando a velha o usou para acender o fogo. —

—— Então, disse meu tio Toby, já não há mais necessidade dos nossos serviços. Que grande pena, com perdão de vossa senhoria, disse o cabo e, ao dizê-lo, atirou sua pá para dentro do carrinho de mão que lhe estava ao seu lado, com a mais desconsolada expressão que se possa imaginar, e começava pesarosamente a voltar-se para procurar seu alvião, sua pá de sapador, suas estacas e outros pequenos utensílios militares, a fim de levá-los embora do campo —— quando o chamou um olá! vindo da guarita de sentinela, que, construída de estreitas tábuas de pinho, fazia com que o som lhe ressoasse lamentosamente aos ouvidos.

VOLUME VIII

—— Não, disse o cabo consigo, vou fazê-lo antes que sua senhoria se levante amanhã cedo; tirando de novo a pá do carrinho de mão, ainda com um pouco de terra, como se fosse nivelar algo ao pé do glaciz —— mas antes com a intenção de achegar-se ao seu amo para distraí-lo —— soltou um ou dois torrões —— aparou-lhes as arestas com a pá e, após dar-lhes uma ou duas leves pancadas com o cabo da pá, sentou-se bem perto dos pés do meu tio Toby e assim começou a falar.

19

Foi uma grandíssima pena —— embora eu ache, com licença de vossa senhoria, que vou dizer uma coisa muito tola para um soldado ——

Um soldado, exclamou meu tio Toby, interrompendo o cabo, está tão sujeito a dizer tolices, Trim, quanto um homem de letras. —— Mas não com tanta frequência, se me permite vossa senhoria, replicou o cabo. —— Meu tio Toby assentiu com a cabeça.

Foi uma grandíssima pena, pois, disse o cabo, voltando os olhos para Dunquerque e o molhe, como Sérvio Sulpício, ao regressar da Ásia (quando velejava de Egina para Megara), os voltou para Corinto e o Pireu. ——

— Foi uma grandíssima pena, com perdão de vossa senhoria, destruir essas obras, —— e maior pena seria tê-las deixado de pé. ——

—— Tens razão, Trim, em ambos os casos, disse meu tio Toby. —— Esse é o motivo por que, continuou o cabo, desde o começo de sua demolição total —— nunca mais assobiei, nem cantei, nem ri, nem gritei, nem falei de façanhas passadas, nem contei a vossa senhoria nenhuma história, quer boa, quer má. ——

—— Tens muitas e grandes qualidades, Trim, disse meu tio Toby, e não considero a menor delas, como acontece seres um contador de histórias, que das muitas que me contaste, fosse para divertir-me nas horas de dor, fosse para distrair-me nas horas graves — pouquíssimas vezes contaste uma má história. ——

—— Isso porque, se vossa senhoria me permite dizê--lo, com a exceção daquela do *Rei da Boêmia e seus sete castelos*,[7] — elas são todas verdadeiras, pois dizem respeito a mim mesmo. ——

Nem por isso me agradam menos, Trim, respondeu meu tio Toby. Mas, diz, que história é essa? Despertaste a minha curiosidade.

Vou contá-la em seguida a vossa senhoria, prometeu o cabo. — Desde que, disse meu tio Toby olhando outra vez, com expressão grave, para Dunquerque e o molhe —— desde que não seja uma história alegre; para poder desfrutá-la, Trim, o ouvinte teria de contribuir com metade do entretenimento, e a disposição em que ora me encontro não faria justiça, Trim, nem a ti nem à tua narrativa. —— Não se trata de uma história alegre, absolutamente, disse o cabo. — Tampouco eu gostaria de ouvir uma história de todo circunspecta, acrescentou meu tio Toby. —— Não é nem uma nem outra coisa, replicou o cabo, mas servirá sob medida para vossa senhoria. —— Então te agradeço de todo o coração, exclamou meu tio Toby, começa, por favor, Trim.

O cabo fez a sua reverência, e embora não seja tão fácil quanto o mundo imagina tirar um gorro de *montero* com graça —— e menos fácil ainda, a meu ver, é, estando-se acocorado, fazer uma reverência tão respeitosa quanto a que o cabo costumava fazer; no entanto, com deixar a palma de sua mão direita, voltada para o lado do amo, deslizar para trás na grama, adiante um pouco do corpo, a fim de permitir-se maior âmbito —— e com uma compressão não forçada, ao mesmo tempo, do seu gorro por meio do polegar, indicador e médio da mão esquerda, que lhe reduziu o diâmetro a ponto de se poder dizer que

VOLUME VIII

629

antes espremeu imperceptivelmente o gorro para fora da
cabeça — do que o tirou de golpe, —— o cabo deu conta do recado melhor do que a sua postura faria supor;
e, tendo pigarreado duas vezes para ver em que tom sua
história poderia ser mais bem narrada, adequando-se ao
estado de ânimo de seu patrão — trocou com este um
olhar bondoso e principiou como segue

### A História do rei da Boêmia
e de seus sete castelos

Havia um certo rei da Bo —— ê ——

Quando o cabo ia penetrando nos confins da Boêmia,
meu tio Toby obrigou-o a interromper-se por um momento; começara ele sua narrativa de cabeça descoberta, visto
que tirara o gorro de *montero* no final do último capítulo
e o deixara no chão a seu lado.

—— Os olhos da Virtude espiam todas as coisas —— e
por isso, antes mesmo de o cabo ter pronunciado as cinco primeiras palavras de sua história, meu tio Toby já lhe
havia tocado duas vezes o gorro de *montero* com a ponta do seu bastão, olhando-o com expressão interrogativa
—— como se dissesse: "Por que não o pões, Trim?". Trim
o pegou com a mais respeitosa das lentidões; mirando-lhe
com ar de humilhação, enquanto o pegava, o bordado da
parte anterior, que estava melancolicamente deslustrado
e esgarçado, ademais, em algumas das folhas principais e
das partes de maior destaque do padrão, ele o depôs no
chão, entre os dois pés, a fim de moralizar acerca do tema.

—— Cada palavra do que vais dizer, exclamou meu
tio Toby, é rigorosamente certa ——

"*Nada neste mundo, Trim, é feito para durar eternamente.*"

—— Mas quando os símbolos, querido Tom, do teu
amor e de tua lembrança se desgastam, disse Trim, que
poderemos dizer?

Não há por que, Trim, interveio meu tio Toby, dizer mais nada; mesmo que a pessoa estivesse decidida a queimar os miolos até o dia do Juízo, creio que seria impossível.

Dando-se conta de que meu tio Toby tinha razão e de que em vão o engenho humano buscaria extrair moralidade mais pura, Trim não fez mais nenhuma tentativa e pôs o gorro na cabeça; passando a mão pela fronte para apagar um vinco meditativo que o texto e a doutrina haviam entre si engendrado, retornou, com a mesma expressão e o mesmo tom de voz, à sua história do rei da Boêmia e de seus sete castelos.

Continuação da história do rei
da Boêmia e de seus sete castelos

Havia um certo rei da Boêmia, mas em qual reinado, a menos que seja o seu próprio, não poderei informar a vossa senhoria. ——

Não desejo isso de ti, Trim, absolutamente, exclamou meu tio Toby.

—— Foi um pouco antes da época, perdoe-me vossa senhoria, em que os gigantes começaram a deixar de procriar; — em que ano de Nosso Senhor foi isso ——

—— Eu não daria um tostão furado para sabê-lo, disse meu tio Toby.

—— Mas é que as datas, se vossa senhoria me permite, dão melhor aspecto a uma história. ——

—— Ela é tua, Trim, e cuida pois de ornamentá-la à tua maneira; pega qualquer data, prosseguiu meu tio Toby, olhando-o com ar divertido — pega qualquer data do mundo, a que prefiras, para a pores em tua história — eu a aceitarei de bom grado. ——

O cabo fez uma inclinação, pois todos os séculos e cada ano deles, desde a criação primeva do mundo até o dilúvio de Noé, e do dilúvio de Noé até o nascimento de

VOLUME VIII                                                          631

Abraão, ao longo das peregrinações todas dos patriarcas,
até a saída dos israelitas do Egito —— e através de todas
as Dinastias, Olimpíadas, Urbeconditas[8] e outras épocas
memoráveis das diferentes nações do mundo, até o advento de Cristo, e daí até o momento mesmo em que o cabo
narrava a sua história —— aos pés dele havia meu tio
Toby sujeitado este vasto império do tempo, com todos
os seus abismos; mas como a MODÉSTIA mal toca com
o dedo o que a LIBERALIDADE lhe oferece com ambas as
mãos abertas — o cabo contentou-se exatamente com o
*pior ano* de toda a coleção; para evitar que vossas senhorias da Maioria e da Minoria arranquem-se a carne dos
ossos debatendo "se esse ano não é sempre o último ano
descartado do último almanaque descartado" —— digo
simplesmente que era, mas por uma razão diversa daquela
sabida de vossas senhorias. ——

—— O cabo escolheu o ano que se achava mais à mão
—— o ano de Nosso Senhor de 1712, em que o duque de
Ormond estava pintando o diabo em Flandres —— e com
ele voltou a empreender a sua expedição à Boêmia.

Continuação da história do rei
da Boêmia e de seus sete castelos

No ano de Nosso Senhor de 1712, havia, com permissão de vossa senhoria ——

—— Para te dizer a verdade, Trim, interrompeu-o meu
tio Toby, qualquer outra data me teria agradado mais,
não somente por causa da deplorável mancha em nossa
história que esse ano representa, pois foi nele que as nossas tropas se retiraram e se recusaram a cobrir o sítio de
Quesnoi, embora Fagel[9] estivesse levando a cabo as obras
com incrível vigor — como também por causa de tua própria história, porque se vão aparecer gigantes — e pelo
que deixaste perceber, suspeito que sim — se vão aparecer
gigantes nela ——

Aparecerá um só, com licença de vossa senhoria. ——

—— Isso é tão mau quanto se fossem vinte, replicou meu tio Toby —— deverias tê-lo feito retroceder uns setecentos ou oitocentos anos para pô-lo a salvo dos ataques dos críticos e de outras pessoas; por isso te aconselho, se algum dia fores contar de novo essa história ——

—— Com perdão de vossa senhoria, se eu conseguir viver o suficiente para contá-la inteira, jamais voltarei a repeti-la, disse Trim, a qualquer homem, mulher ou criança. —— Bah — bah! disse o meu tio Toby — mas disse-o com inflexões de tão doce encorajamento que o cabo prosseguiu na sua história com ainda maior alacridade do que antes.

Continuação da história do rei
da Boêmia e de seus sete castelos

Havia, se me permite vossa senhoria, disse o cabo erguendo a voz e esfregando as palmas das mãos alegremente conforme reiniciava a narrativa, um certo rei da Boêmia ——

—— Elimina inteiramente a data, Trim, sugeriu meu tio Toby, inclinando-se para a frente e colocando a mão delicadamente no ombro do cabo para amenizar a interrupção — elimina-a inteiramente; uma história pode muito bem prescindir dessas minudências, a menos que se esteja deveras seguro delas. —— Seguro delas! disse o cabo, sacudindo a cabeça ——

Certo, respondeu meu tio Toby. Não é fácil, Trim, para alguém como nós, educado no trato das armas, que raramente olha para a frente além da ponta do seu fuzil, ou para trás além de sua mochila, estar bem informado a respeito do assunto. —— Que Deus abençoe vossa senhoria! disse o cabo, conquistado pela *maneira* de raciocinar de meu tio Toby, tanto quanto pelo raciocínio em si. O soldado tem mais o que fazer; quando não está em

VOLUME VIII 633

combate, ou em marcha, ou em serviço na sua guarnição
— tem a sua arma de fogo, com perdão de vossa senhoria, para ser limpa — seu equipamento para ser cuidado
— seu uniforme para ser cerzido — e a si próprio para
ser barbeado e asseado, a fim de aparecer sempre como é
nas paradas; que obrigação, acrescentou triunfalmente o
cabo, tem um soldado de saber, permita-me vossa senhoria, de *geografia*?

—— Deverias ter dito *cronologia*, Trim, obtemperou
meu tio Toby; pois quanto à geografia, é de absoluta utilidade para ele; ele deve familiarizar-se intimamente com
cada país, e suas fronteiras, a que sua profissão o conduza; deve conhecer toda cidade e vila e vilarejo e aldeia,
bem como os canais, estradas e ribanceiras que a eles levem; deve ser capaz de, à primeira vista, dizer-te qual o
nome de qualquer rio ou riacho por que passe — em que
montanha tem sua nascente — qual o seu curso — até
que ponto é navegável — onde é vadeável — onde não
é; deve conhecer a fertilidade de cada vale, assim como
o campônio que o lavra; e ser capaz de descrever, ou,
se tal lhe for pedido, dar-te um mapa exato de todas as
planícies e desfiladeiros, e fortificações, aclives, bosques
e charcos pelos quais o exército a que pertence terá de
passar; deverá conhecer-lhes a produção, as plantas, os
minerais, as águas, os animais, as estações, os climas, os
calores e frios, os habitantes, seus costumes, sua língua,
sua política e até mesmo sua religião.

Como conceber de outro modo, cabo, continuou meu
tio Toby, erguendo-se dentro da guarita de sentinela, à
medida que se ia acalorando nesta parte de sua peroração
— que Marlborough tivesse podido fazer o seu exército
avançar das ribanceiras do Meuse até Belburg; de Belburg
a Kerpenord — (neste ponto, o cabo não se aguentou sentado) de Kerpenord, Trim, até Kalsaken; de Kalsaken a
Newdorf; de Newdorf a Landenbourg; de Landenbourg
a Mildenheim; de Mildenheim a Elchingen; de Elchingen

a Gingen; de Gingen a Balmerchoffen; de Balmerchoffen a Skellenburg, onde irrompeu sobre as obras inimigas; forçar a passagem sobre o Danúbio; cruzar o Lech — impelir suas tropas até o coração do império, marchando à frente delas, através de Freiburg, Hokenwert e Schonevelt, até as planícies de Blenheim e Hochster? —— Por grande que ele fosse, cabo, não poderia ter avançado um passo sequer, ou empreendido marcha de um só dia, sem a ajuda da *geografia*. —— Quanto à *cronologia*, reconheço, Trim, continuou meu tio Toby, já acalmado e sentando-se na sua guarita, que de todas as ciências, parece-me ela a que um soldado bem poderia poupar-se de aprender, não fosse pelas luzes que a dita ciência um dia deverá propiciar-lhe para determinar a data da invenção da pólvora; uma vez furiosamente posta em uso, a pólvora subverteu todas as coisas à sua frente, como um raio, e abriu uma nova área de progressos militares para nós, alterando de maneira tão completa a natureza dos ataques e das defesas, tanto por mar como por terra, e dando origem a tanta arte e habilidade no intentá-los, que o mundo nunca poderá determinar com demasiada precisão a data da sua descoberta, nem se mostrar inquisitivo demais em identificar o grande homem que a descobriu e quais circunstâncias presidiram ao nascimento dela.

Estou longe de querer pôr em dúvida, continuou meu tio Toby, aquilo em que os historiadores concordam, a saber, que no ano de Nosso Senhor de 1380, durante o reinado de Venceslau,[10] filho de Carlos IV —— um certo padre, cujo nome era Schwartz, demonstrou o uso da pólvora aos venezianos, no curso da guerra deles contra os genoveses; é certo, porém, que ele não foi o primeiro, pois, a acreditar em dom Pedro, bispo de León — Mas como aconteceu de padres e bispos, se me permite vossa senhoria, virem a quebrar tanto a cabeça no tocante à pólvora? Só Deus sabe, disse o meu tio Toby; —— sua providência faz com que o bem resulte de todas as coisas

VOLUME VIII                                                    635

— e o bispo assevera, em sua crônica do rei Afonso, que conquistou Toledo, que no ano de 1343, trinta e sete anos antes daquela data portanto, o segredo da pólvora era bem conhecido tanto de mouros como de cristãos e por eles bastante empregado, não apenas em suas batalhas marítimas naquele período como em muitos de seus mais memoráveis sítios na Espanha e na Berberia. — E toda a gente sabe que frei Bacon[11] escreveu expressamente a respeito dela e generosamente ofereceu ao mundo a receita de sua preparação, mais de cento e cinquenta anos antes de Schwartz sequer haver nascido. — Sabe-se outrossim que os chineses, continuou o meu tio Toby, chegam a embaraçar-nos (e ainda mais nossas explicações a respeito) jactando-se de terem inventado a pólvora centenas de anos antes de Bacon. ——

— São um bando de mentirosos, creio, exclamou Trim. ——

—— Estão de uma ou outra maneira equivocados neste assunto, disse o tio Toby, como se patenteia pelo lamentável estado atual da arquitetura militar entre eles, a qual consiste tão só de um fosso com uma muralha de alvenaria sem flancos — pois, quanto àquilo que nos inculcam como bastiões em cada ângulo dela, está construído de modo tão bárbaro que aos olhos de todo o mundo mais parece ——— Um dos meus sete castelos, com licença de vossa senhoria, disse Trim.

Embora estivesse sobremaneira carecido de uma comparação adequada, meu tio Toby cortesmente recusou o oferecimento de Trim; — mas quando ele disse que tinha mais meia dúzia deles na Boêmia de que não sabia como livrar-se —— o tio Toby ficou tão sensibilizado com a cordial jocosidade do cabo —— que interrompeu sua dissertação acerca da pólvora —— e rogou-lhe prosseguisse imediatamente com a sua história do rei da Boêmia e seus sete castelos.

## Continuação da história do rei
## da Boêmia e de seus sete castelos

Este *desafortunado* rei da Boêmia, disse Trim. ——
Com que então ele era desafortunado? exclamou meu tio
Toby, pois estivera tão absorvido na sua dissertação acerca
da pólvora e outras questões militares que, embora desejoso de que o cabo prosseguisse, as muitas vezes em que o
havia interrompido pesavam-lhe tanto na memória que ele
carecia de justificativa para o epíteto. —— Com que então
ele era *desafortunado*, Trim? disse o meu tio Toby, em tom
patético. —— O cabo, após desejar que a *palavra* e todos
os seus sinônimos fossem para o diabo, de imediato revisou
mentalmente todos os principais acontecimentos da história
do rei da Boêmia; como cada um deles indicava ter este sido
o homem *mais afortunado* que jamais viveu no mundo,
—— o cabo ficou perplexo: não querendo retirar o epíteto
—— e muito menos justificá-lo —— e menos ainda retorcer
a sua narrativa (como os homens de saber) em prol de um
sistema —— pôs-se a olhar para o rosto de meu tio Toby à
espera de auxílio —— mas vendo que era exatamente isso o
que o tio Toby dele esperava —— após um hum e um hem,
prosseguiu ——

O rei da Boêmia, com permissão de vossa senhoria, replicou o cabo, era *desafortunado* porque —— comprazen-
do-se e deleitando-se grandemente com a navegação e toda
sorte de assuntos marítimos —— e *acontecendo* não existir
nenhum porto por toda a extensão do reino da Boêmia ——

E como os diabos haveria, — Trim? exclamou meu tio
Toby; sendo a Boêmia um país totalmente interior, não
poderia ter sido de outro modo. —— Poderia sim, disse
Trim, se aprouvesse a Deus ——

Meu tio Toby nunca falava do ser e atributos naturais
de Deus a não ser com desconfiança e hesitação. ——

—— Creio que não, replicou o tio Toby após uma pausa
—— pois sendo um país interior, como eu já disse, e tendo

VOLUME VIII 637

a leste a Silésia e a Morávia, a Lusácia e a Alta Saxônia ao norte, a Francônia a oeste e a Bavária ao sul, a Boêmia não poderia estender-se até o mar sem deixar de ser Boêmia; —— tampouco poderia o mar, por outro lado, chegar à Boêmia sem inundar grande parte da Alemanha e destruir milhões de infelizes habitantes que não teriam como defender-se. —— Chocante! exclamou Trim. —— O que demonstraria, acrescentou meu tio Toby com brandura, tal falta de compaixão por parte daquele que fora o pai da catástrofe —— que, segundo penso, Trim —— a coisa não poderia absolutamente acontecer.

O cabo fez uma reverência de sincera convicção e prosseguiu.

Pois bem, *acontecendo* de o rei da Boêmia, acompanhado de sua rainha e cortesãos, ter saído a passeio certa bela tarde de verão —— Sim senhor! Aí está a palavra certa, *acontecendo*, Trim, exclamou o tio Toby, pois o rei da Boêmia e sua rainha poderiam ter saído a passeio ou deixado de fazê-lo; —— era uma questão de contingência, que poderia ou não ocorrer, conforme o determinasse o acaso.

O rei Guilherme era da opinião, permita-me vossa senhoria, disse Trim, de que tudo nos estava predestinado neste mundo, tanto assim que costumava dizer aos seus soldados "toda bala tem o seu recado". Ele era um grande homem, disse o meu tio Toby. —— E eu acredito, continuou Trim, até hoje, que o tiro que me aleijou na batalha de Landen foi apontado para o meu joelho tão só com o propósito de afastar-me do serviço ativo e colocar-me a serviço de vossa senhoria, onde minha velhice estaria muito mais bem amparada. —— Nunca será ele, Trim, interpretado de outro modo, disse o meu tio Toby.

Tanto o coração do amo quanto o do criado eram igualmente sujeitos a repentinos transbordamentos; —— um breve silêncio se seguiu.

Além disso, acrescentou o cabo, retomando a conversação — mas com inflexão mais alegre —— se não fosse por esse único tiro, eu nunca me apaixonaria, com perdão de vossa senhoria. ——

Com que então já te apaixonaste, Trim! disse meu tio Toby a sorrir. ——

De ponta-cabeça! replicou o cabo — até os ouvidos! se vossa senhoria me permite dizê-lo. — Mas conta, quando? Onde? — e como veio a acontecer? —— Nunca ouvi uma só palavra a respeito, disse meu tio Toby. —— Atrevo-me a dizer, respondeu Trim, que todo tambor e filho de sargento do regimento estavam a par dele. —— É mais do que tempo de eu também ser posto a par —— disse o tio Toby.

Vossa senhoria certamente se recorda, e com pesar, disse o cabo, do completo tumulto e confusão que reinavam em nosso acampamento e entre nossas tropas durante a derrota de Landen; cada qual ficou entregue a si mesmo; e se não fora pelos regimentos de Wyndham, Lumley e Galway, que cobriram a retirada pela ponte de Neerspeeken, o próprio rei não teria logrado franqueá-la —— ele estava sendo acossado, como vossa senhoria bem sabe, por todos os lados. ——

Bravo mortal! exclamou o meu tio Toby, tomado de entusiasmo; — neste momento, agora que tudo está perdido, vejo-o passar a galope diante de mim, cabo, rumando para o flanco esquerdo, a fim de trazer consigo os restos da cavalaria inglesa para dar apoio ao flanco direito e arrancar a coroa de louros da fronte de Luxemburgo,[12] se isso ainda for possível. —— Vejo-o com o nó de sua banda desfeito por um tiro, a infundir novo ânimo ao regimento do pobre Galway — a galopar ao longo das linhas — depois girando sobre si para carregar sobre Conti, à frente do regimento. —— Bravos! Bravos, pelos céus! exclamou o meu tio Toby. — Ele merece uma coroa. —— Tanto quanto um ladrão merece a forca, gritou Trim.

Meu tio Toby conhecia bem a lealdade do cabo; — de outro modo, a comparação lhe seria de todo inaceitável; —— ela tampouco agradou à imaginação do cabo que a fez —— mas como não podia chamá-la de volta —— só lhe restava continuar.

Como o número de feridos era enorme, e ninguém tinha tempo de pensar noutra coisa que não fosse a sua própria segurança — No entanto, Talmash, disse meu tio Toby, conseguiu evacuar a infantaria com grande prudência. —— Mas eu fui deixado no campo de batalha, disse o cabo. Foste sim, pobre homem! replicou meu tio Toby. —— Só na tarde do dia seguinte, continuou o cabo, foi que me permutaram e me puseram numa carroça, juntamente com outros treze ou catorze feridos, para ser levado ao nosso hospital.

Não há parte do corpo, permita-me vossa senhoria dizê-lo, onde um ferimento cause dor mais intolerável do que no joelho. ——

A não ser na virilha, disse meu tio Toby. Com perdão de vossa senhoria, replicou o cabo, em minha opinião o joelho deve certamente ocasionar dor mais aguda, por causa dos muitos tendões que nele existem e dos sei-lá-como--se-chamam.

É por essa razão, disse o meu tio Toby, que a virilha é infinitamente mais sensível; —— nela há não apenas outros tantos tendões e esses sei-lá-como-se-chamam (como tu, ignoro-lhes o nome) —— mas, além disso * * *.——

A sra. Wadman, que estivera todo esse tempo debaixo de sua latada — conteve imediatamente a respiração — soltou o alfinete que lhe prendia a coifa ao queixo e ficou apoiada numa só perna. ——

A disputa entre o meu tio Toby e Trim continuou por mais algum tempo com amistosa e equilibrada veemência, até que por fim, lembrando-se o cabo de que havia muitas vezes pranteado os sofrimentos do amo, mas jamais derramado uma só lágrima por causa dos seus próprios sofrimentos — estava pronto a ceder, o que não lhe foi permitido pelo tio Toby. —— Isso não prova senão, Trim, disse ele, a generosidade do teu temperamento. ——

Dessarte, se a dor de um ferimento na virilha (*caeteris paribus*)[13] é maior do que a dor de um ferimento no joelho —— ou

Se não é maior a dor de um ferimento no joelho do que a dor de um ferimento na virilha —— são questões que até hoje permanecem sem resposta.

## 20

A dor do meu joelho, continuou o cabo, era insuportável; e o desconforto da carreta, devido à aspereza das estradas que estavam terrivelmente esburacadas, tornava-a ainda pior; — cada passo era como se eu morresse; a perda de sangue, e a falta de cuidados, e uma febre que eu sentia estar vindo —— (Pobre homem! disse o meu tio Toby) tudo isso junto, com licença de vossa senhoria, era mais do que eu podia suportar.

Eu estava contando os meus sofrimentos a uma jovem na casa de um campônio onde a nossa carreta, que era a última da fila, tinha feito uma parada; haviam me levado para dentro, e a jovem tirara do bolso um cordial em que dissolvera um pouco de açúcar; vendo que ele me confortava, deu-me uma segunda e uma terceira dose. —— Portanto, estava-lhe eu contando, com licença de vossa senhoria, as dores que padecia, dizendo-lhe serem intoleráveis a ponto de eu preferir ficar numa cama (e voltei o rosto para uma que se achava no canto do aposento) — para ali morrer, a prosseguir —— quando, ao tentar ela levar-me até a cama, desmaiei nos seus braços. Era uma alma bondosa! como vossa senhoria, disse o cabo, enxugando os olhos, irá ver.

Eu pensei que o *amor* tivesse sido uma coisa alegre, disse meu tio Toby.

É a coisa mais séria (às vezes), se vossa senhoria me permite dizer, que há no mundo.

VOLUME VIII                                              641

Graças aos esforços de persuasão da jovem, continuou o
cabo, a carreta com os feridos partiu sem mim; ela lhes havia assegurado que eu morreria imediatamente se nela fosse
posto. Assim, quando voltei a mim —— vi-me numa ca-
bana silenciosa e tranquila sem outra companhia que não
fosse a jovem e o campônio e sua mulher. Eu estava deitado
de través na cama, a um canto do aposento, com a perna
ferida sobre uma cadeira, enquanto a jovem, a meu lado,
com uma das mãos levava-me ao nariz um lenço embebido
em vinagre e com a outra esfregava-me as têmporas.

Tomei-a a princípio por filha do campônio (pois não
se tratava de uma hospedaria) — pelo que lhe ofereci uma
pequena bolsa com dezoito florins, que o meu pobre irmão Tom (neste ponto, Trim enxugou os olhos) me havia
mandado como lembrança, através de um recruta, pouco
antes de partir para Lisboa ——

—— Jamais contei a vossa senhoria essa lamentável
história —— e Trim enxugou os olhos uma terceira vez.

A jovem chamou o velho e sua esposa ao aposento
para mostrar-lhes o dinheiro e assim conseguir-me crédito para uma cama e as pequenas coisas que me fossem
necessárias, até que estivesse em condições de ser levado
para o hospital. —— Muito bem! disse ela, atando os cordões da pequena bolsa. — Serei a vossa banqueira — mas
como essa função não basta para manter-me ocupada, serei também a vossa enfermeira.

Julguei, pela sua maneira de falar, bem como pelas suas
roupas, que então comecei a considerar com mais atenção
— que a jovem não podia ser a filha do campônio.

Ela trazia um vestido preto que lhe chegava aos pés,
o cabelo coberto por uma coifa de cambraia até a fronte:
era uma dessas monjas, com licença de vossa senhoria,
que, como sabeis, são numerosas em Flandres, onde lhes
permitem andar por aí. —— Pela tua descrição, Trim, disse o meu tio Toby, arrisco-me a dizer que se tratava de
uma jovem beguina, que só se pode encontrar nos Países

Baixos espanhóis — com exceção de Amsterdam; — elas diferem das monjas pelo fato de poderem deixar o claustro se resolverem casar; têm por ofício visitar os doentes e cuidar deles. —— De minha parte, eu preferiria que o fizessem não por obrigação de ofício mas por inclinação de uma natureza caritativa.

—— Ela costumava dizer-me, disse Trim, que o fazia por amor de Cristo. — Eu não gostava disso. —— Acredito, Trim, que ambos estamos enganados, disse o meu tio Toby; — vou interrogar o sr. Yorick esta noite sobre o assunto, em casa de meu irmão Shandy; —— lembra-me disso, acrescentou meu tio Toby.

Mal acabara de dizer-me que seria a minha enfermeira, continuou o cabo, já a jovem beguina saíra apressadamente para atuar como uma delas e preparar-me alguma coisa —— e dentro de breve tempo — embora eu o tivesse achado longo — estava ela de volta com flanelas &c. &c. e depois de ter me feito uma boa fomentação no joelho por um par de horas &c. e preparado um prato de mingau ralo para a minha ceia — desejou-me bom repouso e prometeu estar de volta de manhã. —— Ela me desejou, com licença de vossa senhoria, o que não pude ter. Minha febre subiu muito naquela noite; — a figura dela causava uma triste perturbação no meu íntimo; — eu estava a todo momento cortando o mundo em duas partes — para lhe dar uma metade — e a todo momento gritava eu que não tinha nada a não ser uma mochila e dezoito florins para partilhar com ela. —— A noite toda a formosa beguina, como um anjo da guarda, esteve à minha cabeceira, segurando a cortina e oferecendo-me cordiais — e só despertei do meu sonho à chegada dela na hora prometida, quando me deu realmente um cordial. Na verdade, quase não se afastava de mim, e tão acostumado estava eu a receber vida de suas mãos, que meu coração enfermava e o sangue me fugia quando ela deixava o quarto: no entanto, continuou o cabo (fazendo acerca disso uma das mais estranhas reflexões do mundo) ——

VOLUME VIII                                            643

—— "*Não era amor*" —— pois durante as três semanas
em que ela ficou quase o tempo todo a meu lado, fazen-
do-me fomentações no joelho com suas mãos, dia e noite
— posso honestamente dizer, se me permite vossa senhoria
— que*       *       *       *       *       *       *       *       *
*       *       *       *       *       *       * nem uma vez.
Isso era muito estranho, Trim, disse o meu tio Toby.
——

Também acho — disse a sra. Wadman.
Nunca jamais, disse o cabo.


21


—— Mas não é de surpreender, continuou o cabo —
vendo o meu tio Toby a ruminar a questão — porque o
Amor, se me permite vossa senhoria dizer, é como a guerra, no seguinte: embora tendo escapado ileso ao fim de
três semanas inteiras, inclusive a noite de sábado, — um
soldado pode não obstante ser atingido por um tiro no
coração domingo de manhã. —— *Assim aconteceu neste caso*, permita-me vossa senhoria, salvo por esta diferença — que foi no domingo de tarde que, de um golpe,
me apaixonei; —— a coisa estourou dentro de mim, com
perdão de vossa senhoria, feito uma bomba —— mal me
dando tempo de dizer: "Que Deus me abençoe".
Eu pensava, Trim, disse meu tio Toby, que um homem
nunca se apaixonasse tão de repente.
Pois assim é, permita-me vossa senhoria dizer, quando
ele já está a meio caminho —— replicou Trim.
Rogo-te, disse o tio Toby, que me contes como aconteceu.
—— Com todo o prazer, respondeu o cabo, fazendo
uma reverência.

## 22

Eu tinha escapado todo esse tempo, continuou o cabo, de ficar apaixonado e teria assim seguido até o fim do capítulo, se não houvesse sido predestinado de outra maneira —— não há como resistir ao nosso fado.

Era um domingo de tarde, como contei a vossa senhoria. ——

O velho e sua mulher tinham saído ——

Tudo estava tranquilo e silencioso na casa, como se fosse meia-noite ——

Não havia sequer um pato ou um patinho no pátio ——

—— Quando a formosa beguina veio ver-me.

Meu ferimento estava em vias de sarar —— a inflamação desaparecera havia já algum tempo, mas foi seguida de uma coceira acima e abaixo do joelho tão intolerável que eu não conseguira pregar olho a noite toda por causa dela.

Deixai-me ver, disse a beguina, ajoelhando-se no chão perto do meu joelho e colocando a mão logo abaixo dele.

—— Está precisando só de um pouco de fricção, disse; assim, cobrindo-o com as cobertas da cama, ela começou a friccionar-me o joelho com o indicador de sua mão direita, para a frente e para trás, junto à borda da flanela que mantinha o curativo no lugar.

Cinco ou seis minutos depois senti o leve toque de um segundo dedo —— que logo se juntou ao outro, e ela continuou friccionando, em sentido circular, por um bom tempo; veio-me então à mente a ideia de que eu ia enamorar-me — corei quando vi quão branca era a mão dela — jamais, com perdão de vossa senhoria, chegarei a ver, enquanto vivo estiver, outra mão assim tão branca. ——

—— Não naquele lugar, disse o meu tio Toby. ——

Embora se tratasse, para o cabo, do mais sério motivo de desespero de toda a natureza — ele não pôde impedir-se de sorrir.

VOLUME VIII 645

A jovem beguina, continuou Trim, vendo que aquilo me fazia muito bem — depois de ter esfregado durante algum tempo com dois dedos — passou a esfregar com três — até que aos poucos pôs em ação o quarto, terminando por usar a mão toda: jamais direi qualquer outra palavra, com licença de vossa senhoria, acerca de mãos — mas aquela era mais macia do que cetim ——

—— Por favor, Trim, louva-as quanto quiseres, disse o meu tio Toby; ouvirei tua história com mais prazer ainda.

—— O cabo apresentou ao amo os mais sinceros agradecimentos, mas não tendo mais a dizer sobre a mão da beguina que não fosse repetir o que já dissera —— passou a falar dos seus efeitos.

A formosa beguina, disse o cabo, continuou a friccionar abaixo do meu joelho com a mão toda — até que comecei a recear pudesse tanto fervor cansá-la. —— Eu faria mil vezes mais, disse ela, pelo amor de Cristo. — Dizendo isso, deslocou a mão por sobre a flanela até a região acima do meu joelho, onde eu me havia igualmente queixado de coceira, e friccionou-a também.

Percebi então que eu estava começando a apaixonar--me. ——

Continuando ela o seu esfrega-que-esfrega — senti-o difundir-se de sua mão, permita-me vossa senhoria, a todas as partes do meu corpo. ——

Quanto mais ela esfregava, e mais demorados se tornavam os seus afagos —— mais se acendia o fogo em minhas veias —— até que finalmente, em consequência de dois ou três afagos mais demorados que os anteriores —— minha paixão chegou ao auge —— eu lhe peguei a mão ——

—— Então a levaste aos lábios, Trim, disse o meu tio Toby —— e fizeste uma declaração.

Não importa se os amores do cabo terminaram precisamente da maneira por que o tio Toby os descrevera; basta que contivessem a essência de todos os romances de amor que jamais tenham sido escritos desde o começo do mundo.

## 23

Tão logo concluíra o cabo a narrativa dos seus amores — ou melhor, meu tio Toby os concluísse em seu lugar — a sra. Wadman saiu silenciosamente de sua latada, tornou a prender a coifa com o alfinete, passou pelo portão de vime e avançou a passo lento para a guarita de sentinela do tio Toby: a disposição em que Trim pusera a mente do meu tio constituía uma crise favorável demais para ser perdida ——

—— O ataque estava decidido: foi ainda mais facilitado pelo fato de meu tio Toby ter ordenado ao cabo que levasse embora, no carrinho de mão, a pá de sapador, a enxada, o alvião, as estacas e outros implementos militares espalhados pelo chão onde Dunquerque se erguera.

— O cabo tinha se ido — o campo estava desimpedido.

Considerai agora, senhor, que tolice não é, no batalhar, no escrever ou no que quer que seja (usando rima ou não) que um homem tenha ocasião de fazer — agir conforme um plano: pois se jamais um Plano, independentemente de todas as circunstâncias, merecera ser registrado em letras de ouro (quero dizer, nos arquivos de Gotham)[14] — esse era certamente o Plano do ataque da sra. Wadman ao meu tio Toby na guarita de sentinela, por via de Plano. ——

Pois bem, sendo o plano pendente nesta ocasião o Plano de Dunquerque — e sendo a narrativa dos sucessos de Dunquerque uma narrativa relaxante, opunha-se ela a qualquer impressão que a sra. Wadman pudesse causar: e além disso, mesmo que ela tivesse empreendido a manobra de dedos e mãos no ataque à guarita de sentinela — tal manobra fora tão superada pela da formosa beguina da história de Trim — que naquele momento, esse tipo de ataque, por

VOLUME VIII 647

mais bem-sucedido que antes houvesse sido — tornava-se o mais frouxo que se pudesse fazer ——

Oh! nisto as mulheres estão sozinhas. Mal abrira o portão de vime, já o gênio da sra. Wadman recreava-se com a mudança de circunstâncias.

—— Num abrir e fechar de olhos, concebeu ela novo ataque.

## 24

—— Estou meio aturdida, capitão Shandy, disse a sra. Wadman segurando seu lenço de cambraia sobre o olho esquerdo, enquanto se acercava da porta da guarita do meu tio Toby —— um argueiro —— um grão de areia —— ou algo assim —— não sei o que seja, entrou-me neste olho —— dai-lhe uma espiada — não está no branco —

Ao mesmo tempo em que dizia isso, a sra. Wadman esgueirava-se para dentro da guarita, colocando-se ao lado do meu tio Toby e espremendo-se no banco a fim de dar-lhe oportunidade de fazer o exame sem ter de levantar-se.

—— Dai-lhe uma espiada — disse ela.

Alma virtuosa! Examinaste o olho com tanta inocência de coração quanto uma criança olhando por um cosmorama, e seria um pecado magoar-te como o seria magoá-la.

—— Se um homem espia coisas desse tipo por vontade própria —— nada tenho a objetar ——

Meu tio Toby nunca o fez e respondo por ele; ele teria ficado tranquilamente sentado num sofá, de junho a janeiro, (período que, como sabeis, inclui os meses frios e quentes, igualmente) junto a olhos tão belos quanto os da trácia Ródope,* sem ser capaz de dizer se eram negros ou azuis.

---

* Rodope Thracia tam inevitabili fascino instructa, tam exacte oculis intuens attraxit, ut si in illam quis incidisset, fieri non posset, quin caperetur. —— Não sei quem.[15]

A dificuldade estava em fazer o meu tio Toby olhá-los uma vez que fosse.

A dificuldade está agora superada. E

Lá o vejo com o cachimbo a balançar-lhe na mão e as cinzas a caírem — olhando — tornando a olhar — depois esfregando os olhos —— voltando a olhar, com o dobro da boa intenção com que Galileu[16] procurava uma mancha solar.

—— Em vão! Porque, com todos os poderes que animam o órgão da visão —— o olho esquerdo da viúva Wadman brilha neste momento com tanto fulgor quanto o direito —— não há nenhum argueiro, ou grão de areia, ou poeira, ou farelo, ou pinta, ou partícula de matéria opaca nele flutuando. —— Não há senão, meu querido tio paterno! uma trêmula e deliciosa chama a radiar furtivamente de todas as suas partes e em todas as direções em busca dos teus ——

—— Se olhares mais um só instante, tio Toby, à procura desse argueiro —— estás perdido.

### 25

Para toda a gente, um olho é igual a um canhão pelo seguinte: não são tanto o olho ou o canhão em si mesmos que contam, mas sim a conduta do olho —— e a conduta do canhão, que os capacita a ambos terem efeitos tão destrutivos. Não creio que seja má a comparação. Contudo, tendo ela sido feita e colocada na abertura do capítulo, tanto por uma questão de utilidade como de ornamento, tudo quanto desejo, em troca, é que, sempre que eu fale dos olhos da sra. Wadman (a não ser uma única vez, na oração seguinte), a tenhais presente em vosso espírito.

Juro, senhora, disse o meu tio Toby, que não consigo ver coisa alguma em vosso olho.

Não está no branco, respondeu a sra. Wadman: o tio Toby examinou a mais não poder a pupila ——

VOLUME VIII                                            649

Pois bem, de todos os olhos que jamais foram criados
—— desde os vossos, senhora, até os da própria Vênus,
que certamente eram o par de olhos mais venéreos que
uma cabeça jamais ostentou —— não havia outro, entre
todos, tão apto a roubar ao meu tio Toby sua tranquilidade quanto aquele mesmo olho que ele estava examinando
—— não era, senhora, um olho rotativo —— traquinas
ou folgazão — tampouco era um olho cintilante — petulante ou imperioso — nem um olho de altas pretensões ou
aterradoras exigências, capaz de talhar de pronto aquele
leite da natureza humana de que era feito o meu tio Toby;
—— era, sim, um olho repleto de doces saudações ——
e brandas respostas —— falando —— não com o som
trombeteante de um órgão malfeito em que muitos dos
olhos que conheço sustentam conversas grosseiras ——
mas murmurando brandamente —— como as derradeiras
inflexões de um santo agonizante. —— "Como podeis viver sozinho, capitão Shandy, tão sem conforto, sem um
seio em que reclinar vossa cabeça —— ou a que confiar
vossos cuidados?"
Era um olho ——
Mas eu mesmo acabarei apaixonando-me por ele se
disser mais uma só palavra a seu respeito.
—— Ele se houve perfeitamente com o meu tio Toby.


26

Nada mostra sob luz mais divertida os caracteres de meu
pai e do meu tio Toby do que as suas diferentes maneiras
de agir diante do mesmo acidente —— pois não considero
o amor um infortúnio, convencido que estou de que ele
sempre faz bem ao coração de um homem. —— Santo
Deus! o que não deve ter feito ao do meu tio Toby, que já
sem ele era só benignidade.
A julgar por muitos dos seus papéis, meu pai era mui-

to sujeito a essa paixão antes de casar-se; —— todavia, devido a uma certa impaciência faceta de sua natureza meio ácida, sempre que tal paixão o atacava, ele não se lhe submetia como um bom cristão, mas silvava, e bufava, e pulava, e pateava, e fazia o diabo, escrevendo contra o olho as filípicas mais amargas que homem algum jamais escreveu; —— há uma em verso sobre o olho não sei de quem, que por duas ou três noites a fio lhe havia roubado o repouso; no seu primeiro assomo de ressentimento ele assim começou:

> É um demônio — e causa mais insulto
> Do que qualquer pagão, judeu ou turco.*[17]

Em suma, enquanto durava o paroxismo, meu pai era só vitupério e linguagem chula que roçava a maldição —— entretanto, ele não a empregava tão metodicamente quanto Ernulphus —— era demasiado impetuoso; tampouco lhe imitava a diplomacia — pois embora, com espírito deveras intolerante, meu pai xingasse isto, aquilo e todas as coisas do mundo que fossem propícias ou favoráveis ao seu amor —— jamais concluía o seu capítulo de pragas sem praguejar, em troca, contra si próprio, dizendo-se um dos mais egrégios tolos e bonifrates que jamais andaram soltos por este mundo.

Meu tio Toby, o contrário, submeteu-se como um cordeiro —— ficou sentado quieto e deixou o veneno agir-lhe nas veias sem resistência —— nas piores exacerbações de seu ferimento (como o de sua virilha) jamais soltou uma só palavra de impaciência ou descontentamento —— não culpou nem o céu nem a terra —— não pensou nem disse nada de injurioso a respeito de ninguém nem de qualquer parte dele; ficou sentado, solitário e pensativo com o seu cachim-

---

* Esta filípica será impressa juntamente com a *Vida de Sócrates* de meu pai &c. &c.

VOLUME VIII                                         651

bo —— a olhar a perna coxa —— depois soltou um ai de
mim! que, misturando-se à fumaça, não incomodou nenhum mortal.

Submeteu-se como um cordeiro —— é o que vos digo.

Na verdade, ele se equivocara a princípio, pois, tendo
feito um passeio a cavalo com meu pai, naquela mesma
manhã, para tentar salvar um belo bosque que o deão e o
capítulo estavam abatendo para dar aos pobres,* bosque
que se avistava inteiramente da casa do meu tio Toby e
era-lhe de grande utilidade em sua descrição da batalha
de Wynnendale — ao trotar com excessiva pressa no afã
de salvá-lo —— sobre uma sela desconfortável —— e pior
cavalo &c. &c., ... acontecera de a parte serosa do sangue ter se alojado entre as duas peles na parte mais baixa
do corpo do tio Toby — e por isso (não tendo grande experiência do amor) ele tomara as primeiras picadas como
sintomas de sua paixão — até que a bolha, rompendo-se,
num dos casos — e no outro permanecendo — convenceu-se ele de que o seu ferimento não era só de pele ——
mas alcançara-lhe o coração.


27

O mundo envergonha-se de ser virtuoso. —— Meu tio
Toby sabia pouco do mundo; por isso, quando sentiu estar enamorado da viúva Wadman, nem de longe concebeu
que nisso havia tanto mistério quanto se a sra. Wadman
lhe tivesse feito um corte no dedo com uma navalha. Mesmo que tivesse sido de outra maneira —— como ele sempre considerara Trim um amigo e encontrava, a cada dia
de sua vida, mais razões para tratá-lo como tal —— isso

---

* O sr. Shandy deve estar se referindo aos pobres *de espírito*,
pois dividiram o dinheiro entre si.

não teria ocasionado nenhuma alteração no modo por que o informou do caso.

## 28

Apaixonado! —— disse o cabo. — Vossa senhoria estava tão bem anteontem, quando eu narrava a história do rei da Boêmia. — Boêmia! disse meu tio Toby —— ficando a ruminar por longo tempo. —— Que aconteceu com essa história, Trim?

— Nós a perdemos, com perdão de vossa senhoria, nalgum ponto do caminho — mas vossa senhoria estava tão a salvo do amor, então, quanto eu. —— Foi justamente quando saíste com o carrinho de mão. — A sra. Wadman, disse o meu tio Toby. —— Ela deixou uma bala aqui — acrescentou — apontando para o próprio peito ——

—— Se vossa senhoria me permite, ela não aguenta um assédio nem pode fugir — exclamou o cabo ——

—— Mas como somos vizinhos, Trim — acho que o melhor é pô-la a par de maneira cortês, primeiramente — disse meu tio Toby.

Pois bem, se me é consentida a pretensão, disse o cabo, de divergir de vossa senhoria ——

— E por que outra razão eu falaria contigo, Trim? respondeu o tio Toby com brandura ——

— Nesse caso, eu começaria, com perdão de vossa senhoria, empreendendo um bom e retumbante ataque — e lhe diria cortesmente depois — porque se ela souber de antemão que vossa senhoria está enamorado ——D—s que a ajude! — Ela sabe tanto a respeito, no momento, Trim, respondeu meu tio Toby — quanto uma criança ainda não nascida ——

Almas queridas! ——

A sra. Wadman havia contado o caso, com todas as suas circunstâncias, à sra. Bridget, vinte e quatro horas

VOLUME VIII 653

antes; e naquele preciso momento estava sentada em conferência com ela, discutindo certas pequenas dúvidas relativas ao desfecho da questão, dúvidas que o Diabo, o qual nunca jaz morto num fosso, lhe havia incutido na mente — antes de lhe dar tempo de chegar tranquilamente ao fim do seu *Te Deum*.

Tenho muito medo, disse a viúva Wadman, no caso de me casar com ele, Bridget — de que o pobre capitão não desfrute boa saúde devido ao monstruoso ferimento na virilha ——

Pode não ser tão grande, senhora, quanto pensais —— e creio, além disso, acrescentou — que já está totalmente cicatrizado ——

—— Eu gostaria de saber — mas só por causa dele, disse a sra. Wadman ——

— Saberemos tudo, tim-tim por tim-tim, dentro de dez dias — respondeu a sra. Bridget, pois enquanto o capitão esteja cortejando a senhora — estou segura de que o sr. Trim virá namorar-me — e eu o deixarei fazer o que quiser — acrescentou Bridget — para poder arrancar-lhe tudo ——

As necessárias medidas foram prontamente tomadas —— e o meu tio Toby e o cabo prosseguiram com as deles.

Pois bem, disse o cabo, pondo uma das mãos no quadril e fazendo com a outra um floreio prometedor de êxito — e de nada mais, —— se vossa senhoria me der permissão de traçar o plano deste ataque ——

—— Com isso me darás enorme prazer, Trim, respondeu meu tio Toby — e como antevejo que deverás agir como meu *aide de camp*,[18] eis, para começar, uma coroa, para celebrares com um trago o teu comissionamento.

Então, se me permite vossa senhoria, disse o cabo (fazendo primeiro uma reverência de gratidão pelo comissionamento) — começaremos por tirar do grande baú de campanha os trajes agaloados de vossa senhoria, para tomarem bastante ar, e cuidaremos dos galões azuis e dourados das mangas; — eu me encarregarei de frisar a vossa peruca *ramallie* branca — e de mandar chamar um alfaiate para virar do avesso vossos calções de fino pano escarlate ——

— Seria melhor eu usar os de pelúcia vermelha, disse o meu tio Toby. —— São muito desajeitados — obtemperou o cabo.

### 29

—— Trata de lustrar com escova e giz a minha espada. —— Ela só servirá para atrapalhar vossa senhoria, replicou Trim.

### 30

—— No entanto, as duas navalhas de vossa senhoria serão afiadas — e eu mandarei reformar o meu gorro de *montero*, para usá-lo com o casaco militar do pobre tenente Le Fever que vossa senhoria me deu para honrar-lhe a memória — e assim que vossa senhoria estiver bem barbeado — vestido na sua camisa limpa, com o uniforme azul e dourado, ou o escarlate, tão bonito —— umas vezes pode usar um deles, outras vezes o outro —, e estando tudo pronto para o ataque — nós nos poremos corajosamente em marcha, como se se tratasse de avançar contra um bastião, de frente; e enquanto vossa senhoria se ocupar da sra. Wadman na sala, pelo flanco direito —— eu atacarei a sra. Bridget na cozinha, pelo esquerdo; e uma vez dominado esse passo, garanto, disse o cabo, estalando os dedos por cima da cabeça — que venceremos a batalha.

Eu gostaria de poder sair-me bem, disse meu tio Toby, — mas confesso, cabo, que preferiria antes marchar até a borda de uma trincheira ——

— Mulher é coisa muito diversa — disse o cabo.

— Acho que sim, disse o tio Toby.

## 31

Se havia uma coisa neste mundo, de tudo quanto meu pai dizia, capaz de irritar o tio Toby durante o tempo em que esteve enamorado, era o uso perverso que meu pai estava sempre fazendo de uma expressão de Hilárion,[19] o eremita; este, falando de suas abstinências, de suas vigílias, flagelações e outras partes instrumentais de sua religião — costumava dizer — embora com mais jocosidade do que convinha a um eremita — "que eram os meios de que se valia para, segurando o seu asno (aludindo ao seu corpo) pelo *rabo*,[20] impedi-lo de dar coices".

O dito deleitava meu pai; era não só um jeito lacônico de se exprimir —— como de verberar, ao mesmo tempo, os desejos e apetites da parte mais inferior de nossa natureza, pelo que, durante muitos anos de sua vida, foi esse o modo constante de meu pai expressar-se; — ele jamais usava a palavra *paixões* — mas sempre *rabo* de asno, em seu lugar. —— Assim, pode-se verdadeiramente dizer que, durante todo esse tempo, ele andou montado sobre os ossos ou lombos de seu próprio asno, ou antes, do de algum outro homem.

Cabe-me aqui assinalar-vos a diferença entre

O asno de meu pai

e o meu cavalinho de pau — a fim de manter separados os caracteres em nossa mente, à medida que prosseguirmos.

Porque, se bem vos lembrais, o meu cavalo de brinquedo não é um animal malévolo; não tem pelo que seja, ou feições, de asno. —— É a pequena potranca folgazã que vos carrega neste momento — uma veneta, uma borboleta, um quadro, uma rabeca — um assédio do tio Toby — ou *qualquer coisa* que um homem possa idear para, nela escarranchado, fugir aos cuidados e preocupações da vida. — É o animal mais útil de toda a criação — realmente não sei como o mundo poderia arranjar-se sem ele. ———

——— Mas o asno de meu pai ——— oh! montá-lo — montá-lo — montá-lo (foram três vezes, pois não?) — montá-lo, nunca jamais: — é um animal concupiscente — desgraçado do homem que não o impeça de escoicear.

## 32

Então! caro irmão Toby, disse meu pai, quando o viu pela primeira vez depois de ele ter se enamorado — como vai com o teu Rabo de asno?

Pois bem, pensando meu tio Toby mais na *parte* onde sofrera a bolha que na metáfora de Hilárion — e tendo nossos preconceitos (como sabeis) ascendente tanto sobre os sons das palavras quanto sobre as formas das coisas, imaginara ele que meu pai, que não fazia muita cerimônia na escolha de suas palavras, indagara daquela parte chamando-a pelo seu nome próprio; assim, não obstante estarem minha mãe, o dr. Slop e o sr. Yorick sentados na sala, ele achou mais cortês ater-se ao termo usado pelo meu pai do que substituí-lo por outro. Quando um homem se vê encurralado entre duas inconveniências e tem de cometer uma delas, — observo eu — que, escolha a que escolher, o mundo sempre o culpará — por isso não ficarei surpreso se culpar o meu tio Toby.

Meu R—, disse ele, está muito melhor — irmão Shandy. ——— Meu pai concebera grandes esperanças quanto ao seu Asno, nesta arremetida, e o teria trazido de novo à baila não fosse o dr. Slop ter dado uma risada imoderada — e minha mãe ter exclamado D— nos guarde! — pondo

VOLUME VIII                                          657

com isso o Asno de meu pai fora de campo — e uma vez
tendo se generalizado o riso — não havia como trazê-lo
de novo à baila, por algum tempo ——

E assim a conversação prosseguiu sem ele.

Todos dizem, falou minha mãe, que estás enamorado,
irmão Toby — e esperamos que seja verdade.

Estou tão enamorado, irmã, creio eu, replicou meu
tio Toby, quanto qualquer homem normalmente o está.
—— Hum! fez meu pai. —— E quando soubeste disso?
perguntou minha mãe ——

—— Quando a bolha rebentou, replicou o tio Toby.

A resposta devolveu o bom humor a meu pai — pelo
que ele voltou à carga, desta vez a pé.


## 33

Como os antigos concordam, irmão Toby, na existência
de dois tipos diferentes e distintos de *amor*, de conformidade com as diferentes partes por ele afetadas — o Cérebro ou o Fígado, —— acho que quando um homem está
enamorado, cumpre-lhe considerar um pouco qual dos
tipos é o seu caso.

Que importa, irmão Shandy, replicou meu tio Toby,
qual dos dois seja, contanto que leve um homem a casar-
-se, a amar sua esposa e a ter alguns filhos?

—— Alguns filhos! exclamou meu pai, erguendo-se da
cadeira e olhando bem o rosto de minha mãe, enquanto
abria caminho entre a cadeira dela e a do dr. Slop — alguns filhos! exclamou, repetindo as palavras do tio Toby
enquanto andava de um lado para outro ——

—— Não, meu caro irmão Toby, disse meu pai, reco-
brando-se de pronto e achegando-se às costas da cadeira
dele — não que eu lamentasse se tivesses uma dúzia deles
— pelo contrário, ficaria muito contente — e seria tão
bondoso com eles, Toby, quanto um pai —

Meu tio Toby pôs a sua mão furtivamente por trás da cadeira a fim de dar um aperto na de meu pai ——

—— Sim, além disso, prosseguiu este, mantendo presa a mão do tio Toby — possuis tal quantidade do leite da natureza humana, e tão pouco de suas asperezas — que é uma pena o mundo não estar povoado de criaturas que se pareçam contigo; e se eu fosse um monarca asiático, acrescentou meu pai, inflamando-se com esse seu novo projeto — eu te obrigaria, desde que isso não prejudicasse o teu vigor — nem secasse demasiado rapidamente o teu úmido radical — nem te debilitasse a memória ou fantasia, irmão Toby, o que, quando praticadas de forma imoderada, tais ginásticas podem acarretar — se tal não acontecesse, caro Toby, eu te arranjaria as mulheres mais belas do meu império e te obrigaria, *nolens, volens*,[21] a gerar-me um súdito por *mês* ——

Quando meu pai pronunciou a última palavra da frase, — minha mãe tomou uma pitada de rapé.

Pois bem, disse meu tio Toby, eu não faria um filho *nolens, volens*, isto é, querendo ou não, só para agradar ao maior príncipe da terra ——

—— E seria cruel de minha parte, irmão Toby, compelir-te a isso, disse meu pai, — mas foi um exemplo que dei para mostrar-te que não se trata de gerares uma criança — no caso de seres capaz disso — mas sim do sistema de Amor e casamento em que te fundas, acerca do qual eu queria advertir-te ——

Há pelo menos, disse Yorick, boa dose de razão e bom senso na opinião do capitão Shandy sobre o amor, e entre as horas mal gastas de minha vida por que tenho de responder estão aquelas que perdi lendo, na juventude, tantos poetas e retóricos grandiloquentes, dos quais não consegui extrair tanto ——

Eu quisera, Yorick, disse meu pai, que tivesses lido Platão, pois nele aprenderias que existem dois Amores.[22] — Eu sei, replicou Yorick, que havia duas Religiões entre os antigos —— uma para o vulgo — e outra para os dou-

VOLUME VIII                                                      659

tos; penso, todavia, que UM SÓ AMOR teria bastado muito
bem a ambos.

Isso não, replicou meu pai — e pela mesma razão: pois
desses dois Amores, segundo o comentário de Ficino[23]
sobre Vallés,[24] um é *racional* ——

—— e o outro *natural* ——

O primeiro antigo —— sem mãe —— nele Vênus não
tinha nada que fazer: o segundo, gerado por Júpiter e
Dione —[25]

—— Por favor, irmão, disse meu tio Toby, o que tem
a ver com isso um homem que crê em Deus? Meu pai
não pôde interromper-se para responder-lhe, de medo de
romper o fio de sua dissertação ——

Este último, continuou ele, partilha inteiramente da
natureza de Vênus.

O primeiro, que é a dourada cadeia descida do céu,
incita ao amor heroico, que nele está compreendido, e
suscita o desejo da filosofia e da verdade; —— segundo,
incita a *desejar*, simplesmente ——

—— Considero a procriação de filhos tão benéfica
para o mundo, disse Yorick, quanto a descoberta da longitude ——[26]

—— Sem dúvida alguma, disse minha mãe, o *amor*
mantém a paz no mundo ——

—— Na *casa* — minha cara, tenho de reconhecer ——
Ele enche a terra, disse minha mãe ——

Mas deixa o céu vazio — minha cara, replicou meu pai.

—— É a Virgindade, exclamou Slop, triunfalmente,
que enche o paraíso.

Essa foi forte, madre! disse meu pai.


34

Nas suas polêmicas, meu pai tinha um jeito tão agressivo
e cortante de discutir, avançando e retalhando cada opo-

nente com golpes difíceis de se esquecer — que, havendo vinte pessoas presentes — em menos de meia hora todas estariam contra ele, seguramente.

O que contribuía, e não pouco, para deixá-lo sem nenhum aliado era o fato de, caso houvesse uma posição mais insustentável que as demais, ele certamente a assumiria de pronto; e, faça-se-lhe justiça, uma vez assumida, ele a defenderia tão bravamente que teria sido motivo de pesar, para uma pessoa valorosa ou de índole benigna, vê-lo dela expulso.

Era por essa razão que Yorick, embora frequentemente o atacasse — nunca alcançava fazê-lo com toda a sua força.

. A Virgindade do dr. Slop, no final do último capítulo, havia colocado meu pai, uma vez, no lado certo da muralha, e mal principiara ele a atroar os ouvidos de Slop com a explosão de todos os conventos da cristandade quando o cabo Trim entrou na sala para informar o meu tio Toby de que os seus calções, de fino pano escarlate, com os quais seria feito o ataque à sra. Wadman, não poderiam ser usados, porque o alfaiate, ao descosturá-los para virá-los do avesso, descobrira que isso já havia sido feito. —— Que os torne a virar, irmão, disse meu pai à pressa, pois serão revirados ainda muitas vezes antes de se concluir o assunto. —— Estão podres de sujos, disse o cabo. —— Então manda fazer sem mais demora um novo par, irmão, disse meu pai. —— Pois embora eu saiba, continuou ele voltando-se para a companhia, que a viúva Wadman está profundamente apaixonada pelo meu irmão Toby há já muitos anos, e tem usado todas as artes e estratagemas femininos para induzi-lo à mesma paixão, agora que ela o apanhou finalmente —— a febre não será tão intensa ——

—— Ela ganhou a partida.

Nesse caso, continuou meu pai, Platão, disso estou convicto, jamais pensou —— o Amor, como vedes, não é tanto um Sentimento como uma Situação em que

VOLUME VIII

um homem entra, como o meu irmão Toby entraria num regimento —— pouco importa que goste ou não do serviço —— uma vez dentro dele — agirá como se gostasse; e tomará todas as medidas para demonstrar-se um homem de bravura.

A hipótese, como todas as de meu pai, era assaz plausível, e meu tio Toby tinha uma única palavra de objeção — na que era secundado por Trim —— mas meu pai não havia ainda tirado sua conclusão ——

Por tal razão, continuou este (voltando a apresentar o caso) não obstante toda a gente saber que a sra. Wadman sente *afeto* pelo meu irmão Toby — e que meu irmão Toby, por sua vez, sente *afeto* pela sra. Wadman, e que nenhum obstáculo da natureza proíbe os sinos de tangerem nesta mesma noite, apesar disso, aposto que a dita música não será ouvida nos próximos doze meses.

Nossas providências foram mal tomadas, disse o meu tio Toby olhando interrogativamente para a face de Trim.

Sou capaz de apostar o meu gorro de *montero*, disse Trim. —— Ora, o gorro de *montero* de Trim, como já vos disse, era a sua aposta constante; e tendo-o lustrado nessa mesma noite para empreender o ataque — a aposta assumia valor bem mais considerável. —— Com perdão de vossa senhoria, sou capaz de apostar o meu gorro de *montero* contra um xelim — caso não fosse impróprio, continuou Trim (fazendo uma reverência) propor uma aposta em presença de vossas senhorias ——

—— Nada há de impróprio nela, disse meu pai; — é um modo de dizer: pois, ao afirmar que apostarias o teu gorro de *montero* contra um xelim — tudo quanto quiseste dizer é que — acreditas ——

—— Pois bem, que é que acreditas?

Que a viúva Wadman, se me permite vossa senhoria dizer, não se aguentará dez dias ——

E de onde tiraste, exclamou Slop em tom de escárnio, todo esse conhecimento a respeito das mulheres, amigo?

Enamorando-me de uma religiosa papista, respondeu Trim.

Era uma beguina, disse meu tio Toby.

O dr. Slop estava por demais irritado para prestar ouvidos à distinção; e tendo meu pai aproveitado exatamente esse momento de crise para desancar a trouxe-mouxe toda a ordem das monjas e beguinas, um bando de bobalhonas mofentas —— Slop não pôde aguentar — e como meu tio Toby tinha providências a tomar quanto aos seus calções — e Yorick quanto à sua quarta divisão geral, —[27] a fim de cuidar de seus diversos ataques do dia seguinte — a companhia se desfez, e meu pai, deixado sozinho, com meia hora ainda à sua frente antes da hora de deitar-se, pediu pena, tinta e papel e escreveu ao tio Toby a seguinte carta de instruções:

Meu caro irmão Toby:

O que te vou dizer relaciona-se com a natureza das mulheres e a arte de cortejá-las; talvez seja bom para ti — embora não tanto para mim — poderes dispor de um carta de instruções sobre o assunto e eu ser capaz de escrevê-la para ti.

Prouvera àquele que dispõe nossos destinos — e se o conhecimento não te fizesse sofrer, muito me alegraria fosses tu, e não eu, quem neste momento molha a pena na tinta; mas como não é esse o caso —— e a sra. Shandy estando agora aqui perto, preparando-se para deitar —— lancei ao papel, sem ordem, conforme me vieram à ideia, as sugestões e testemunhos que julguei pudessem ser-te de maior serventia; com isso busco dar-te uma prova da minha afeição, não duvidando, meu querido Toby, de que irão ser bem-aceitos.

Em primeiro lugar, no respeitante a tudo quanto toca à religião no caso —— conquanto eu perceba, por um calor nas faces, que enrubesço quando me ponho a falar-te do assunto, por conhecer muito bem, não obstante, tua desafetada circunspeção, quão poucos de seus deveres negligencias — apesar disso, eu te lembraria particularmente um

VOLUME VIII 663

deles (durante a corte que irás fazer), que eu não gostaria de omitir e que é o seguinte: nunca acometer a empresa, seja de manhã, seja de tarde, sem primeiramente recomendar--te à proteção de Deus Onipotente, para que te defenda do maligno.

Raspa bem todo o cocoruto, pelo menos uma vez a cada quatro ou cinco dias, mas com maior frequência, se necessário, para que, se tirares a peruca diante dela por distração, ela não possa descobrir quanto foi ceifado pelo Tempo —— e quanto o foi por Trim.

— Seria melhor manter longe da imaginação dela quaisquer ideias de calvície.

Traz sempre na lembrança, e age de conformidade com ela, esta segura máxima, Toby ——

*"As mulheres são tímidas:"* E é bom que sejam —— de outro modo, não se poderia lidar com elas.

Que os teus calções não estejam nem muito apertados, nem muito frouxos nas coxas, como as calças largas de nossos antepassados.

—— Um justo meio-termo evita quaisquer conclusões.

Seja o que for que tenhas a dizer, de mais ou de menos, não te esqueças de dizê-lo em voz baixa e macia. O silêncio, e tudo quanto dele se aproxime, tece no cérebro os sonhos secretos da meia-noite. Por tal motivo, não jogues fora, se o puderes evitar, as pinças e o atiçador.[28]

Evita toda sorte de gracejos e brincadeiras no teu trato com ela; faz quanto esteja em teu poder, ao mesmo tempo, para manter longe dela todos os livros e escritos que para isso tendam: há alguns folhetos devotos que será bom ela ler — caso a possas induzir a tanto; impede-a, porém, de folhear Rabelais, ou Scarron,[29] ou *Dom Quixote*. ——

—— Eles todos são livros que provocam riso e sabes, querido Toby, que não há paixão tão séria quanto a sensualidade.

Prende um alfinete na fralda de tua camisa antes de entrares na sua sala.

E se te for permitido sentar no mesmo sofá e ela te der ensejo de pores a tua mão sobre a dela, — guarda-te de segurá-la —— não podes tocar-lhe a mão sem que ela sinta a temperatura da tua. Deixa esta e tantas coisas quanto possas em estado de indeterminação; com fazê-lo, terás a teu favor a curiosidade dela, e se ela não for conquistada assim e o teu Asno continuar ainda escoiceando, o que não surpreenderia —— deves começar tirando algumas onças de sangue por incisão abaixo das orelhas, de acordo com a prática dos antigos citas, que curavam dessa maneira os mais desenfreados ataques de concupiscência.

Avicena[30] preconiza, depois disso, untar a região com xarope de heléboro,[31] bem como recorrer às devidas evacuações e purgas —— o que me parece muito certo. Deverás comer pouca ou nenhuma carne de cabrito ou de veado —— nenhuma absolutamente de potro; deves ter o cuidado de abster-te —— isto é, tanto quanto puderes, de pavões, grous, negrelas, mergulhões e galinhas-d'água. ——

Quanto ao de beber — escusa dizer-te que deve ser uma infusão de Verbena e da erva Hanea, cujos efeitos prodigiosos são referidos por Eliano;[32] — mas se o teu estômago enjoar-se dela — suspende-lhe o uso de quando em quando, substituindo-a por pepinos, melões, beldroega, nenúfares, madressilva e alface.

Nada mais me ocorre de momento para ti. —

— A menos que seja a irrupção de uma nova guerra. —— Assim, desejando-te, querido Toby, que tudo saia pelo melhor,

Aqui fica o teu irmão afetuoso,

Walter Shandy

## 35

Enquanto meu pai se ocupava em escrever esta carta de instruções, o tio Toby e o cabo afanavam-se em preparar tudo para o ataque. Como havia sido abandonado o projeto de virar do avesso os calções de fino pano escarlate (pelo menos de momento) não havia razão alguma de adiá-lo até a manhã seguinte, pelo que ficou decidido atacar-se às onze horas.

Vamos, minha cara, disse meu pai à minha mãe, — estaremos agindo como irmão e irmã se formos dar um passeio até a casa do meu irmão Toby —— para encorajá-lo nesse seu ataque.

Meu tio Toby e o cabo já estavam prontos havia algum tempo quando meu pai e minha mãe surgiram; o relógio dava as onze, e dispunham-se aqueles a partir. — Todavia, a narrativa disso vale mais que ser entretecida às pontas desfiadas do oitavo volume de uma obra como esta.

—— Meu pai mal teve tempo de enfiar a carta de instruções no bolso do casaco de meu tio Toby —— e de unir-se à minha mãe nos votos de um ataque bem-sucedido.

Eu bem que gostaria, disse minha mãe, de espiar pelo buraco da fechadura, mas por pura *curiosidade*. —— Chama-a antes pelo nome certo, minha cara, disse meu pai —

*E olha pelo buraco da fechadura* o tempo que quiseres.


FIM DO OITAVO VOLUME

# VOLUME IX
## 1767

Si quid urbaniusculè lusum a nobis, per Musas et
Charitas et omnium poetarum Numina, Oro te, ne
me malè capias.[1]

DEDICATÓRIA

A UM

GRANDE HOMEM[2]

Tendo tencionado, a priori, dedicar *Os amores do meu tio Toby* ao sr. \* \* \* —— mais razões encontro, a posteriori,[3] de os dedicar a lorde \* \* \* \* \* \* \*.[4]

Eu lamentaria de coração se com isso me visse exposto ao ciúme de vossas senhorias porque a posteriori significa, em latim da Corte, o beija-mão com vistas a obter um privilégio — ou alguma outra coisa.

Minha opinião acerca de lorde \* \* \* \* \* \* \* \* não é melhor nem pior que acerca do sr. \* \* \*. As honrarias, como o cunho de uma moeda, podem atribuir valor ideal e local a um metal vil, mas o Ouro e a Prata correrão mundo sem qualquer outra recomendação que não seja o seu próprio peso.

A mesma boa vontade que me levou a pensar em oferecer meia hora de diversão ao sr. \* \* \* quando estava fora de lugar[5] — atua mais eficazmente na presente circunstância, visto meia hora de diversão ser mais benéfica e refrescante após labutas e penas do que após um repasto filosófico.

Nada é *Diversão* tão perfeita quanto uma completa mudança de ideias; não há ideias mais totalmente diferentes entre si que as de Ministros e Amantes inocentes, razão por que quando me cabe falar de Estadistas e Patriotas e pôr-lhes marcas capazes de evitar confusão e equívocos futuros no concernente a eles — proponho-me a dedicar este Volume a algum gentil Pastor,

Cujo Pensar não conduziu Ciência nota
Pela estrada real do Estadista ou Patriota;
No entanto a *Natureza* aos seus anseios deu
Na montanha entre as nuvens um pouco do céu;
Um mundo *indômito* nos bosques e nas plagas —
Uma ilhota feliz a surgir de entre as águas. —
Também aceitos neste céu igualitário,
Seus *Cães fiéis* jamais o deixam solitário.[6]

Numa palavra, com assim apresentar um conjunto inteiramente novo de objetos à sua Imaginação, inevitavelmente darei uma *Diversão* às suas apaixonadas Contemplações que amor enferma. Entrementes,

aqui fica

O AUTOR

I

Invoco os poderes do tempo e do acaso, que continuamente detêm nossas carreiras neste mundo, como testemunhas
de que nunca pude avir-me adequadamente com os amores
de meu tio Toby até aquele mesmíssimo momento em que a
*curiosidade* de minha mãe, como esta lhe chamou —— ou
um diferente impulso, conforme sustentou meu pai ——
fê-la desejar dar uma espiada pelo buraco da fechadura.

"Chama-a antes pelo nome certo, minha cara, disse
meu pai, e olha pelo buraco da fechadura o tempo que
quiseres."

Nada mais, a não ser a fermentação daquele humor
ligeiramente ácido de que amiúde tenho falado e que era
habitual em meu pai, poderia ter aventado tal insinuação;
—— no entanto, ele era de natureza franca e generosa,
sempre aberto à persuasão, e assim, mal havia pronunciado a derradeira palavra dessa descortês observação, já a
consciência começava a afligi-lo.

Minha mãe estava então com o seu braço esquerdo
conjugalmente enlaçado ao braço direito de meu pai, de
maneira que a palma da mão dela se apoiava nas costas
da mão dele; — ela ergueu os dedos e deixou-os tombar;
— dificilmente se poderia chamar este gesto de tapa; ou,
se o fosse —— um casuísta se veria embaraçado para de-

cidir se se tratava de um tapa de admoestação ou de confissão; meu pai, que era só sensibilidade, da cabeça aos pés, classificou-o corretamente. — A consciência duplicou o tapa — ele voltou o rosto de súbito para o outro lado, e minha mãe, supondo estivesse o corpo dele virando-se para tomar o caminho de casa, girou a perna direita, centrando-se na esquerda, e colocou-se-lhe em frente, de modo que quando ele voltou a cabeça encontrou-lhe os olhos. —— Nova confusão! Ele encontrou mil razões para retirar a censura e outras tantas para censurar-se a si mesmo —— um fino, azulado, gélido, límpido cristal, com todos os seus humores tão bem assentados que o menor argueiro ou átomo de desejo poderia ter sido visto no fundo dele, se existisse —— o que não era o caso —— e como acontece de eu mesmo ser tão lascivo, particularmente um pouco antes dos equinócios vernal e outonal —— só o Céu sabe. —— Minha mãe —— senhora —— em tempo algum foi assim, quer por natureza, educação ou exemplo.

Uma corrente sanguínea temperada corria-lhe ordenadamente pelas veias em todos os meses do ano, assim como em todos os momentos críticos do dia e da noite; tampouco lhe acrescentavam o menor calor aos humores as efervescências manuais dos folhetos devotos que, por terem pouco ou nenhum sentido, a natureza vê-se amiúde obrigada a encontrar-lhes um.

—— Quanto ao exemplo de meu pai! estava longe de ser coadjutor ou instigador nesse particular, já que a preocupação maior da sua vida era manter todas as fantasias desse tipo fora da cabeça de minha mãe.

—— A natureza havia feito a sua parte no sentido de poupar-lhe o trabalho; e, o que era não pouco incoerente, meu pai sabia disso. —— E eis-me aqui sentado, neste 12 de agosto de 1766, de jaqueta vermelha e chinelos amarelos, sem peruca nem gorro, a mais tragicômica corroboração das predições dele "de que eu

VOLUME IX · 673

jamais pensaria nem agiria como o filho de qualquer outro homem por essa mesmíssima razão".

O erro de meu pai estava em atacar o motivo de minha mãe, em vez de o seu ato propriamente dito: pois os buracos de fechadura foram decerto feitos para outros propósitos; e considerando-se o ato como de molde a interferir com uma proposição verdadeira, ao negar ao buraco da fechadura a possibilidade de ser o que era ——— tornava--se ele uma violação da natureza, e, como vedes, um ato criminoso.[7]

É por essa razão, com perdão de vossas senhorias, que os buracos de fechadura dão ensejo a maior número de pecados e maldades do que todos os demais buracos do mundo conjuntamente.

——— E isto me leva aos amores do tio Toby.

2

Embora o cabo tivesse cumprido a sua palavra pondo a grande peruca *ramallie* de meu tio Toby em cilindros de argila para encrespá-la, o tempo era escasso demais e não se devia esperar muitos resultados: a peruca estivera anos a fio dobrada num canto do seu velho baú de campanha; e como os maus hábitos não são fáceis de vencer, e o uso de tocos de velas ainda não era bem conhecido, a coisa não se mostrava assim tão fácil de resolver quanto seria desejável. Repetidas vezes, com olhos joviais e ambos os braços estendidos, o cabo se afastara perpendicularmente da peruca a fim de inspirar-lhe, se possível, um ar mais digno ——— mesmo se a Melancolia lhe tivesse dado uma olhada, ela teria custado um sorriso a sua senhoria; ——— a peruca se encrespara em todos os lugares, menos naqueles desejados pelo cabo; e teria sido mais fácil a este levantar os mortos da tumba do que conseguir os dois ou três cachos que, na sua opinião, teriam dado alguma dignidade à peruca.

Assim estava ela —— ou melhor, assim teria parecido sobre a fronte de qualquer outro homem; todavia, a meiga expressão de benevolência que ostentava a do meu tio Toby assimilava tão totalmente quanto estivesse à sua volta, e a Natureza lhe escrevera a palavra Cavalheiro nas feições com mão tão firme, que mesmo o seu chapéu de deslustrados galões de ouro e o enorme cocar de fino tafetá lhe assentavam; e conquanto não valessem um botão, tornavam-se objetos dignos quando meu tio Toby os usava, parecendo ter sido expressamente escolhidos pela mão da Ciência para embelezá-lo.

Neste particular, nada deste mundo teria contribuído mais eficazmente do que o uniforme azul e dourado de meu tio Toby —— *não fora a Quantidade necessária em certa medida à Graça*: por um período de quinze ou dezesseis anos, desde a época em que fora feito, dada a total inatividade da vida de meu tio Toby, que raras vezes ia além do campo de bolão — seu uniforme azul e dourado se tornara tão lamentavelmente apertado que era com a maior das dificuldades que o cabo o conseguia meter dentro dele: não adiantara esticar-lhe as mangas. —— O uniforme tinha galões nas costas e nas costuras laterais &c., à moda do reinado do rei Guilherme; e para abreviar a descrição, brilhavam tanto ao sol daquela manhã e ostentavam aparência tão nobre e tão metálica que, pensasse meu tio em atacar revestido de armadura, nada lhe teria iludido tão bem a imaginação.

Quanto aos calções de fino veludo vermelho, o alfaiate lhes abrira as costuras nas pernas, deixando-os entregues à sua própria sorte. ——

—— Sim, senhora, —— mas cuidemos de pôr freio às nossas fantasias. Basta dizer que, na noite anterior, haviam sido considerados impraticáveis, e como não havia alternativa no guarda-roupas de meu tio Toby, ele fez a surtida nos de veludo vermelho.

VOLUME IX 675

O cabo vestira a casaca militar do pobre Le Fever; e com o cabelo arrepanhado no gorro de *montero*, que ele havia expressamente lustrado para a ocasião, marchava a três passos de distância do seu amo: um sopro de orgulho marcial lhe enfunava a camisa no pulso; deste, numa correia de couro preto enfeitada por uma borla além do nó, pendia o bastão do cabo. —— Meu tio Toby levava a sua bengala como uma lança.

—— Tem pelo menos boa aparência, disse meu pai consigo.

### 3

Mais uma vez meu tio Toby voltou a cabeça para trás a fim de ver se o cabo continuava a secundá-lo; e sempre que a voltava, o cabo fazia um pequeno floreio com o bastão — mas não por jactância; antes, no mais doce e respeitoso tom de encorajamento, rogava a sua senhoria que "nunca temesse".

Pois bem, meu tio Toby estava com medo; e um medo intenso: não sabia sequer distinguir (como meu pai lhe censurara) o lado certo do lado errado de uma Mulher, e por isso jamais se sentia muito à vontade em presença de uma delas —— a menos que ela estivesse passando por alguma tribulação ou sofrimento; então, a piedade dele não conhecia limite; o mais cortês dos cavaleiros andantes não teria ido tão longe, pelo menos numa perna só, para enxugar uma lágrima de olho feminino; e no entanto, salvo pela vez em que foi engodado pela sra. Wadman, jamais fitara atentamente nenhum; amiúde dizia ele a meu pai, com a sua simplicidade de coração, que fazer isso era quase (se não inteiramente) tão mau quanto proferir obscenidades. ——

—— E se for? — respondia meu pai.

# 4

Ela não pode, disse meu tio Toby, quando distavam apenas vinte passos da porta da sra. Wadman — ela não pode, cabo, levar isto a mal. ——

—— E não levará, com perdão de vossa senhoria, — retrucou o cabo, — assim como a viúva do judeu de Lisboa não levou a mal meu irmão Tom. ——

—— Como foi que a coisa se passou? perguntou meu tio Toby, voltando-se de todo para o cabo.

Vossa senhoria sabe, replicou este, das desgraças de Tom; mas o assunto nada tem a ver com elas, a não ser pelo fato de, se Tom não tivesse casado com a viúva —— ou se prouvesse a Deus, após o casamento deles, que tivessem tão só posto carne de porco em suas salsichas, então aquela honesta alma jamais teria sido arrancada do calor de sua cama e arrastada até a Inquisição. —— É um lugar amaldiçoado — acrescentou o cabo, sacudindo a cabeça, — pois uma vez que a criatura nele esteja, lá fica para sempre, se me permite vossa senhoria dizê-lo.

É a pura verdade, confirmou meu tio Toby, olhando com expressão grave para a casa da sra. Wadman enquanto falava.

Nada pode ser tão triste, continuou o cabo, quanto a prisão perpétua — ou tão doce, com perdão de vossa senhoria, quanto a liberdade.

Nada mesmo —— concordou meu tio Toby meditabundo ——

Enquanto o homem é livre, — exclamou o cabo, fazendo um floreio com o seu bastão, assim ——

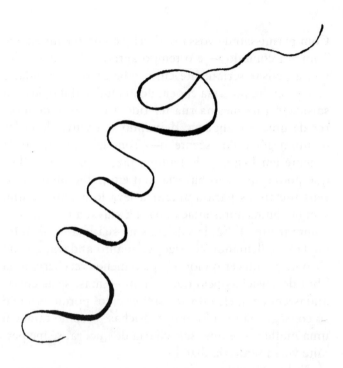

Um milhar dos silogismos mais sutis de meu pai não poderia ter dito mais em prol do celibato.

O tio Toby olhava com fervor para a sua casa e o seu campo de bolão.

Incautamente, o cabo havia conjurado o Espírito de cálculo com o seu bastão e não lhe restava senão esconjurá-lo com a sua história, o que fez mediante esta forma de Exorcismo, por menos eclesiasticamente que o tenha feito.

## 5

Com permissão de vossa senhoria, como o emprego de Tom era cômodo — e o tempo agradável — isso o levou a pensar seriamente em estabelecer-se na vida; e acontecendo, por essa época, de um judeu dono de uma salsicharia na mesma rua ter tido a má sorte de morrer de uma estrangúria, deixando sua viúva de posse de um negócio florescente —— Tom achou (como toda a gente em Lisboa, ele tentava fazer por si o melhor que podia) que não haveria mal em ir lhe oferecer os seus préstimos para a ajudar a levá-lo avante; assim, sem nenhuma apresentação para a viúva, a não ser a de comprar uma libra de salsichas na sua loja — Tom foi até lá — calculando consigo, enquanto andava, que no caso de acontecer o pior, ele pelo menos receberia uma libra de salsichas pelo que valiam — mas, se as coisas andassem bem, ele estaria estabelecido, porquanto não só conseguiria uma libra de salsichas — como também uma mulher — e uma salsicharia de quebra, se me permite vossa senhoria dizê-lo.

Todos os criados da família, do mais ao menos categorizado, desejaram êxito a Tom; e, com o perdão de vossa senhoria, imagino vê-lo neste momento com o seu colete e os seus calções de fustão, o chapéu meio de banda, andando animado pela rua abaixo, a balançar o seu bastão com um sorriso e uma palavra alegre para todas as pessoas que encontrava: —— mas ai! Tom! não mais sorris, exclamou o cabo, olhando para o chão a seu lado, como se estivesse apostrofando o irmão no calabouço.

Pobre homem! disse meu tio Toby, compassivo.

Era o rapaz mais honesto, o coração mais alegre que o sangue jamais aqueceu, se vossa senhoria me permite dizer ——

—— Nisso ele se parecia contigo, Trim, respondeu o tio Toby, prontamente.

VOLUME IX 679

O cabo enrubesceu até as pontas dos dedos — uma lágrima de acanhamento sentimental — outra de gratidão ao meu tio Toby — e outra ainda de pesar pelos infortúnios do irmão, assomaram-lhe aos olhos e lhe escorreram pela face, juntas; as do meu tio Toby acenderam-se como uma lâmpada à outra; e segurando a frente da casaca de Trim (que tinha sido de Le Fever) como que em busca de apoio para a perna claudicante, mas na realidade para satisfazer a um sentimento mais elevado —— guardou silêncio por um minuto e meio, ao fim do qual soltou a mão; o cabo, fazendo uma reverência, deu então prosseguimento à sua história do irmão e da viúva do judeu.

6

Com licença de vossa senhoria, quando Tom chegou à loja, não havia ninguém ali a não ser uma pobre rapariga negra, com um punhado de penas brancas mal atado à ponta de uma longa vara, espantando moscas — não matando-as. —— Que belo quadro! disse meu tio Toby; — ela havia sofrido perseguição, Trim, e aprendera a ser compassiva ——

—— Se me permite, ela era boa tanto por natureza como por causa dos sofrimentos, e há circunstâncias na história dessa pobre rapariga sem amigos que fariam derreter um coração de pedra, disse Trim; e nalguma noite sombria de inverno, se vossa senhoria estiver disposto a ouvi-las, elas lhe serão contadas juntamente com o restante da história de Tom, pois fazem parte dela ——

Então não te esqueças de me contar, Trim, disse meu tio Toby.

Negro tem alma? se me permite vossa senhoria perguntar — continuou o cabo (em tom de dúvida).

Não sou muito versado em coisas desse tipo, respondeu meu tio Toby, mas imagino que Deus não o deixaria sem alma, como não te deixou a ti nem a mim ——

—— Isso equivaleria a pôr uns acima dos outros, o que seria uma tristeza, disse o cabo.

De fato seria, concordou meu tio Toby. Com perdão de vossa senhoria, por que então uma criada negra é explorada de modo pior do que uma branca?

Não sei dizer, respondeu meu tio Toby ——

—— É só porque, exclamou o cabo, sacudindo a cabeça, não tem ninguém por si ——

—— Pois é exatamente isso, afirmou o tio Toby, —— que a torna merecedora de proteção —— e também aos seus irmãos; foram os azares da guerra que puseram o látego em nossas mãos *agora* —— onde estará no futuro, só o céu o sabe! —— Mas esteja onde estiver, os bravos, Trim!, não o usarão sem piedade.

—— Deus não o permita, disse o cabo.

Amém, respondeu meu tio Toby com a mão no coração.

Voltando à sua história, o cabo quis dar-lhe seguimento ——— mas com um embaraço que este ou aquele leitor por nada deste mundo conseguirá compreender; isso porque, devido a súbitas transições ao longo dela, de uma a outra paixão benigna e afetuosa, sua voz havia perdido no caminho, a essa altura, o tom jovial que lhe dava sagacidade e vigor à narrativa; tentou duas vezes reiniciá-la, mas não lhe aprouve, e assim, pigarreando com um resoluto hm! para arregimentar a vivacidade em fuga, e ajudando a Natureza ao mesmo tempo com a mão esquerda apoiada ao quadril e o respectivo braço em arco, enquanto estendia um pouco o direito para dar apoio à mesma Natureza — o cabo retomou como pôde o tom anterior e nessa atitude prosseguiu com a história.

VOLUME IX 681

## 7

Permita-me vossa senhoria: como Tom não tinha nada a tratar com a rapariga moura, passou para o aposento seguinte a fim de falar de amor —— e da sua libra de salsichas com a viúva do judeu; e sendo ele, como eu já disse a vossa senhoria, um rapaz de coração aberto e alegre, com o caráter todo escrito na aparência e na postura, pegou de uma cadeira e, sem rapapés, mas com muita delicadeza ao mesmo tempo, colocou-a perto da mesa onde trabalhava a viúva e sentou-se.

Não há nada mais sem jeito do que cortejar uma mulher, deixe-me vossa senhoria dizer, enquanto ela está fazendo salsichas. —— Assim sendo, Tom pôs-se a falar a respeito delas; a princípio circunspecto, —— "Como eram feitas —— com quais carnes, ervas e condimentos." — Depois um pouco mais brincalhão — sobre "Com qual tripa — e se nunca rebentavam. —— Se as maiores não eram as melhores" e —— assim por diante — cuidando apenas, à medida que falava, de condimentar o que tinha a dizer sobre salsichas de menos, não de mais —— a fim de poder ter espaço para agir. ——

Foi por ter se descuidado dessa mesma precaução, disse o meu tio Toby pondo a mão no ombro de Trim, que o conde de la Motte perdeu a batalha de Wynendale:[8] ele avançou sobre a floresta com demasiada pressa; se não o houvesse feito, Lille não nos teria caído nas mãos, nem Gand e Bruges, que lhe seguiram o exemplo; o ano já ia tão adiantado, continuou meu tio Toby, e a estação foi tão rigorosa que, se as coisas não se tivessem passado como se passaram, nossas tropas iriam perecer em campo aberto. ——

—— Com perdão de vossa senhoria, por que então as batalhas, assim como os casamentos, não são celebradas no céu? — Meu tio Toby ficou pensativo. ——

A religião o impelia a dizer uma coisa, ao passo que

a elevada ideia que fazia da arte militar o induzia a dizer outra; pelo que, não logrando formular uma resposta exatamente de acordo com o seu desejo —— acabou por não dizer nada; e o cabo concluiu a sua história.

Quando Tom se deu conta, deixe-me dizer a vossa senhoria, de que havia ganho terreno, e de que tudo quanto falara acerca do tema das salsichas fora recebido favoravelmente, dispôs-se a ajudar um pouco a viúva na manufatura delas. —— Primeiro, segurando o anel da salsicha enquanto, com a mão, ela forçava a carne para dentro da tripa —— depois, cortando os cordões em pedaços de tamanho conveniente, e segurando-os na mão enquanto ela os pegava um por um — depois, colocando-os de atravessado em sua boca para que ela os pudesse pegar quanto os quisesse — e assim por diante, paulatinamente, até aventurar-se a amarrar ele próprio a salsicha enquanto ela segurava a ponta. ——

—— Se vossa senhoria me permite, uma viúva sempre escolhe um segundo marido tão diferente do primeiro quanto possa; assim, o assunto estava quase decidido dentro da cabeça dela antes mesmo de Tom mencioná-lo.

Ela fingiu então defender-se agarrando uma salsicha: —— no mesmo instante, Tom pegou outra ——

Mas vendo que a de Tom tinha mais cartilagem ———

Ela firmou a capitulação —— e Tom a selou; e assim a questão teve fim.

## 8

Com perdão de vossa senhoria, todas as mulheres, continuou Trim (comentando a sua narrativa), desde as de posição mais elevada às mais humildes, gostam de chistes; e não há outra maneira de saber disso senão tentar, como o fazemos com nossa artilharia no campo da batalha, baixando ou elevando as culatras, acertar bem no alvo. ——

VOLUME IX                                           683

—— Gosto mais da comparação, disse meu tio Toby, do que da coisa em si. ——

—— Isso porque vossa senhoria, interveio o cabo, ama a glória acima do prazer.

Conto, Trim, retorquiu meu tio Toby, amar mais a humanidade do que a ambos; e como a ciência das armas visa aparentemente ao bem e à tranquilidade do mundo —— e particularmente aquele ramo dessa ciência que vimos praticando em nosso campo de bolão, não tem outro objeto senão o de encurtar os passos da Ambição e assegurar que as vidas e fortunas de *poucos* não sejam saqueadas por *muitos* —— sempre que o rufo do tambor nos chegar aos ouvidos, cabo, confio em que a nenhum de nós faltará humanidade e sentimento de solidariedade bastantes para darmos meia--volta e avançar.

Ao pronunciar estas palavras, meu tio Toby fez meia--volta e se pôs a marchar decididamente, como se estivesse à testa da sua companhia —— e o fiel cabo, bastão ao ombro, batendo com a mão na aba da casaca ao dar o primeiro passo —— marchou logo atrás dele pela alameda abaixo.

—— Ora, o que estarão tramando essas duas cacholas? exclamou meu pai para minha mãe; —— por quanto haja de mais estranho, estão assediando a sra. Wadman em formação militar e marchando à volta da sua casa para traçar as linhas de circunvalação.

Atrevo-me a dizer, respondeu minha mãe —— Mas parai, caro senhor —— pois o que minha mãe se atreveu a dizer na ocasião —— e o que meu pai de fato disse — com as réplicas dela e as tréplicas dele, é matéria que será lida, relida com atenção, parafraseada, comentada — ou, numa palavra, manuseada repetidamente pela Posteridade num capítulo à parte. —— Eu disse Posteridade — e não repareis se repito a palavra — pois o que fez este livro que o *Legado de Moisés* ou a *História de um Tonel*[9] não tenham feito, para que não possa descer boiando em companhia deles a sarjeta do Tempo?

Não vou discutir a questão; o Tempo passa célere demais; cada letra que traço fala-me da rapidez com que a Vida acompanha minha pena; seus dias e suas horas, mais preciosas, minha querida Jenny! do que os rubis à volta do teu pescoço, estão voando por sobre as nossas cabeças, quais leves nuvens num dia de vento, para nunca mais voltar —— tudo tem pressa —— enquanto aí estás a frisar essa madeixa —— vê! ela encanece; e toda vez que te beijo a mão para dar adeus, e cada subsequente ausência, são prelúdios daquela eterna separação que em pouco nos sobrevirá. ——

—— Que o céu tenha piedade de nós dois!

### 9

Pois bem, pense o mundo o que quiser desta ejaculação[10] —— eu não daria uma só moeda por ela.

### 10

Minha mãe tinha o braço esquerdo enlaçado no direito do meu pai até o momento em que chegaram àquele ângulo fatal do velho muro do jardim onde o dr. Slop foi derrubado por Obadiah montado no cavalo de tiro: como esse ângulo ficava diretamente em frente à casa da sra. Wadman, meu pai olhou para lá quando ali chegou; e vendo meu tio Toby e o cabo a dez passos da porta, voltou-se e disse: —— Vamos parar só um pouco para ver com que cerimônias meu irmão Toby e seu criado Trim fazem a sua primeira entrada —— isso não vai demorar, acrescentou meu pai, mais do que um minuto: —— Mesmo que sejam dez minutos, não faz mal, respondeu minha mãe.

—— Não vai demorar nem meio, disse meu pai.

VOLUME IX                                                    685

O cabo, nesse exato momento, estava começando a narrar a história de seu irmão Tom e da viúva do judeu: a história foi adiante — e mais adiante —— continha vários episódios —— voltou para trás e foi avante —— e avante; não acabava nunca —— o leitor a estava achando muito comprida ——

—— Que D— ampare meu pai! bufava ele cinquenta vezes a cada nova postura dos dois, e mandava o bastão do cabo, com todos os seus floreios e balanceios, a tantos diabos quantos o quisessem aceitar.

Quando o desfecho de acontecimentos como esses de que meu pai está à espera pende da balança do destino, a mente tem a vantagem de poder alterar três vezes o princípio da expectativa, sem o que não conseguiria aguentar.

A curiosidade governa o *primeiro momento*; e o segundo momento é só de economia, a fim de fazer frente às despesas do primeiro —— e quanto ao terceiro, quarto, quinto, sexto momentos, e assim por diante, até o dia do juízo — trata-se de uma questão de HONRA.

Não careço de que me digam haverem os tratadistas de ética atribuído isso inteiramente à Paciência; mas ao que me parece, a VIRTUDE tem o que baste de domínio próprio, bem como o que ali fazer; não precisa de invadir os poucos castelos arruinados deixados pela HONRA sobre a face da terra.

Meu pai aguentou-se tão bem quanto pôde, graças a esses três auxiliares, até o fim da história de Trim; depois, até o término do panegírico das armas feito pelo meu tio Toby, no capítulo subsequente; todavia, quando viu que, em vez de se dirigirem à porta da sra. Wadman, eles deram meia-volta e desceram a alameda diametralmente oposta à sua expectativa — ele deu vazão, de pronto, àquela irritabilidade algo ácida que, em certas situações, distinguia o seu caráter dos de todos os demais homens.

## II

—— "Ora, o que estarão tramando essas duas cacholas?" exclamou meu pai —— &c. ——

Atrevo-me a dizer, respondeu minha mãe, que estão fazendo fortificações ——

—— Não na propriedade da sra. Wadman! exclamou ele, recuando um passo ——

Acho que não, disse ela.

Quero, disse meu pai, erguendo a voz, que toda a ciência da fortificação vá para o diabo, com essas suas baboseiras de sapas, minas, cortinas, gabiões, falsas-bragas e *cuvettes* ——

—— São só tolices —— disse minha mãe.

Minha mãe tinha um costume, e, diga-se de passagem, se os reverendos senhores a quisessem imitar, eu vos daria em troca minha jaqueta vermelha e minhas chinelas amarelas — qual fosse o de jamais recusar seu assentimento e consentimento a qualquer proposição que meu pai lhe apresentasse; isso tão só porque jamais a compreendia nem tinha sequer a mínima ideia da palavra ou termo técnico principal em torno de que girava a doutrina ou proposição. Ela se contentava em fazer tudo quanto seus padrinhos e madrinhas prometiam por ela — mas não mais do que isso; e assim continuava, vinte anos a fio, a usar uma palavra difícil — e a replicar a ela, outrossim, caso se tratasse de um verbo, em todos os seus modos e tempos, sem dar-se sequer ao trabalho de indagar a respeito.

Esse costume era uma eterna fonte de desgosto de meu pai, e esganava no nascedouro maior número de bons diálogos entre ambos do que o poderia ter feito a mais petulante das contraditas —— os poucos que logravam sobreviver melhor estariam nas *cuvettes*[11] ——

— "São só tolices", disse minha mãe.

—— Particularmente as *cuvettes*, replicou meu pai.

VOLUME IX 687

Isso lhe bastou — ele saboreou a doçura do triunfo — e prosseguiu.

— Não que seja, a rigor, propriedade da sra. Wadman, disse meu pai, corrigindo-se a si próprio — já que ela é apenas locatária com usufruto vitalício ——

—— Isso faz uma grande diferença — disse minha mãe ——

— Numa cabeça oca, replicou ele ——

A menos que acontecesse de ela ter uma criança — lembrou minha mãe ——

—— Mas primeiro terá de persuadir meu irmão Toby a arranjar-lhe uma. —

—— Certamente, sr. Shandy, disse minha mãe.

—— Embora, em se tratando de persuasão — observou ele, — que Deus tenha piedade deles.

Amém: disse minha mãe, *piano*.

Amém: exclamou meu pai, *fortissimo*.

Amém: tornou a dizer ela —— mas com tão suspirosa inflexão ao fim da palavra que tocou cada fibra de meu pai; — no mesmo instante, ele puxou do bolso o seu calendário, mas antes de poder desamarrar-lhe o atilho, a congregação de Yorick, saindo da igreja, deu resposta cabal a metade da questão por cuja causa ele ia consultá-lo — e minha mãe, com dizer-lhe que se tratava de um dia de guarda — deixou-o meio em dúvida quanto à outra parte.[12] —— Ele repôs o almanaque no bolso.

A excogitar *meios e maneiras*, o primeiro lorde do Tesouro[13] não teria regressado a casa com ar mais perplexo do que meu pai.

12

Relendo o último capítulo do fim até o começo, e vistoriando a textura do que ali está escrito, torna-se necessário, nesta e nas cinco páginas seguintes, inserir boa quantidade de matéria heterogênea, a fim de manter aquele justo equilíbrio entre sabedoria e estultícia sem o qual livro algum se aguentaria um ano que fosse; mas não há de ser uma pobre digressão rasteira (dessas que, salvo pelo nome, bem se poderia considerar como parte da estrada real por que se caminha) que o conseguirá manter —— não; se tem de ser digressão, que seja alegre, e acerca de um tema igualmente alegre, onde nem cavalo nem cavaleiro se vejam apanhados, a não ser por recuo.

A única dificuldade é a de recrutar poderes adequados à natureza da tarefa: a FANTASIA é caprichosa — não se deve sair em busca do ENGENHO — e a GRAÇA (por mais afável que seja essa sirigaita) não atenderá ao chamado, ainda que um império lhe fosse posto aos pés.

—— A melhor maneira, para um homem, é a de dizer as suas preces ——

A menos que isso lhe traga à mente seus achaques e defeitos, tanto espirituais quanto corporais; — nesse caso, ele se sentirá pior do que antes de dizê-las; — em outros casos, melhor.

De minha parte, não há sobre a face da terra maneira, moral ou mecânica, a que, se me ocorresse, eu não tivesse recorrido nesta circunstância; as vezes em que me voltei diretamente para a própria alma a fim de discutir com ela, repetidamente, a questão do âmbito de suas faculdades ——

—— Não logrei alargá-lo uma só polegada ——

Depois, mudei de sistema, tentando ver o que podia conseguir do corpo por via de temperança, sensatez e castidade: Estas virtudes, disse comigo — são boas em si mesmas — são boas de modo absoluto; — são boas de modo relativo; — são boas para a saúde — são boas para se alcançar a felicidade neste mundo — são boas para se alcançar a felicidade no outro ——

Em suma, são boas para tudo, menos para a coisa desejada; aí, não foram boas para nada mais que não fosse dei-

VOLUME IX 689

xar a alma exatamente como o céu a fizera: quanto às virtudes teologais da fé e da esperança, elas lhe dão coragem; mas então essa lamurienta virtude da Mansuetude (como meu pai a costumava chamar sempre) leva tudo embora outra vez, e está-se exatamente onde se começou.

Agora, em todos os casos comuns e correntes, verifiquei não haver nada mais satisfatório do que isto ——

—— Certamente, se se pode ter confiança na Lógica e o amor-próprio não me cega, deve haver algo de verdadeiramente genial em mim, tão só por este sintoma de genialidade: o de que não sei o que seja inveja; sempre que dou com alguma invenção ou artifício capaz de favorecer o progresso da arte de escrever, imediatamente o torno público, desejoso de que toda a humanidade escreva tão bem quanto eu próprio.

—— O que ela certamente fará quando se puser a pensar um pouco.

13

Todavia, nos casos corriqueiros, isto é, quando me sinto meramente estúpido e os pensamentos me surgem a custo e escorrem gomosos pela pena ——

Ou então quando me sobrevém, não sei como, uma fria veia ametafórica que me leva a escrever coisas abomináveis, sem que eu me possa livrar, nem que fosse pela *salvação de minha alma*, de sua pesadez e me vejo obrigado a continuar escrevendo, até o fim do capítulo, como um comentador holandês,[14] a menos que algo seja feito ——

—— Nunca fico a pelejar com pena e tinta um momento que seja; se uma pitada de rapé ou uma ou duas andadas pelo quarto não me resolvem a questão, — pego imediatamente uma navalha; e, tendo-lhe experimentado o fio na palma da mão, sem mais cerimônias, a não ser a de antes ensaboar a barba, eu a faço, cuidando apenas, se

690 TRISTRAM SHANDY

deixar algum fio, de que não seja grisalho: isto feito, mudo de camisa — visto uma casaca melhor — mando buscar meu chinó mais novo — ponho meu anel de topázio[15] no dedo; numa palavra, trajo-me de cabo a rabo com o que tenho de melhor.

Só se o diabo estiver no céu é que isto não dá certo: pois reparai, Senhor, como todo homem prefere estar presente ao seu próprio barbear (conquanto não haja regra sem exceção) e inevitavelmente senta-se diante de si mesmo o tempo todo que dure a operação, quando a realiza pessoalmente — a Situação, como todas as demais, tem suas ideias próprias a incutir-lhe no cérebro. ——

—— Sustento que as ideias e fantasias de um homem de barba hirsuta se tornam sete anos mais elegantes e juvenis com uma só barbeada; se não houvesse o risco de acabarem sendo raspadas de todo, elas poderiam ser elevadas, por via de contínuo barbear, aos mais altos píncaros da sublimidade. — Não sei como Homero podia escrever com uma barba tão comprida, —— e como o fato vai de encontro à minha hipótese, pouco me importa. —— Mas voltemos ao Toucador.

Ludovicus Sorbonensis faz disto um assunto inteiramente do corpo (εξωτεριχη πραξις),[16] conforme lhe chama —— mas está equivocado: alma e corpo coparticipam de tudo quanto recebem; um homem não se pode vestir sem que suas ideias fiquem vestidas ao mesmo tempo; e se se trajar como um cavalheiro, cada uma delas se lhe apresentará à imaginação tão cavalheiresca quanto ele — pelo que não tem mais a fazer do que pegar da pena e escrever como ele próprio.

Por tal razão, se os reverendos senhores quiserem saber se o que escrevo é limpo e próprio de ler-se, poderão julgá-lo tão bem pelo exame do meu livro como da minha conta de Lavanderia; posso demonstrar que houve um mês durante o qual, por escrever limpamente, sujei nada menos de trinta e uma camisas e, afinal de contas, fui mais vituperado, amaldiçoado, criticado e verberado, e mais cabeças místicas me fizeram acenos de censura pelo que escrevi naquele único mês, do que em todos os outros meses do mesmo ano juntos.

—— Mas os honrados e veneráveis senhores não tinham visto minhas *contas*.

## 14

Por não ter nenhuma intenção de começar a Digressão para a qual estou fazendo todos estes preparativos, antes de chegar ao capítulo décimo quinto —— resta-me este capítulo para fazer dele o uso que considere mais apropriado —— neste mesmo momento, tenho vinte usos em vista —— bem que eu poderia escrever aqui o meu capítulo sobre Casas de botões ——

Ou o meu capítulo sobre *Bahs*, que se lhe seguiria. ——

Ou o meu capítulo dos *Nós*, no caso de os reverendos senhores nada mais terem com eles —— pois me poderiam levar a alguma coisa má: a maneira mais segura é trilhar o caminho dos doutos e suscitar objeções ao que tenho estado a escrever, embora eu de antemão declare saber refutá-las tanto quanto o sabem meus calcanhares.

Em primeiro lugar, diga-se que há uma espécie de sátira apedrejante ou *tersítica* tão negra quanto esta tinta com que a palavra está escrita —— (e, de passagem, quem quer que use tal palavra contrai um débito com o general-chefe de revistas do exército grego por deixar que o nome de um homem tão torpe e desbocado quanto Tersites[17] continue em sua lista de chamada —— visto tê-lo provido de um epíteto); —— nas produções por ela instigadas, todas as lavagens e esfregações pessoais do mundo não fariam qualquer bem a um gênio em naufrágio —— antes o contrário, pois quanto mais sujo for o sujeito, mais êxito terá nela.

Sobre esta questão, não tenho outra resposta —— pelo

menos pronta —— que não a de que o arcebispo de Benevento escreveu seu *sórdido* Romance do *Galateo*,[18] como todo o mundo sabe, trajando uma casaca e colete vermelhos, bem como um par de calções vermelhos; e a penitência a ele imposta, de elaborar um comentário sobre o livro das Revelações, por severa que parecesse a uma parte do mundo, longe estava de ser assim considerada pela outra parte, que levou em conta tão somente o seu *Investimento* em roupas.

Outra objeção ao remédio proposto é a sua falta de universalidade, porquanto a parte respeitante ao barbear, à qual se dá tanta ênfase, exclui-lhe inteiramente do uso metade da espécie humana, em virtude de uma inalterável lei da natureza: só posso dizer que as escritoras femininas, da Inglaterra como da França, terão de passar sem ele ——

Quanto às damas espanholas —— elas não me preocupam neste particular ——

15

Chega por fim o capítulo quinze; e não traz nada consigo, salvo a triste rubrica de "Como os prazeres nos fogem neste mundo";

Pois, ao falar de minha digressão —— confesso perante o céu que já a fiz! Que estranha criatura é o homem mortal! disse ela.

É bem verdade, respondi eu —— mas seria melhor tirarmos todas estas coisas de cabeça para voltar ao meu tio Toby.

16

Depois de meu tio Toby e o cabo terem marchado até o fim da avenida, lembraram-se de que o assunto que ali os

VOLUME IX                                          693

trouxera estava na outra ponta, pelo que fizeram meia-
-volta e se encaminharam diretamente para a porta da
sra. Wadman.

Garanto a vossa senhoria, disse o cabo tocando o gorro
de *montero* com a mão, quando passou à frente a fim de
bater na porta. —— Meu tio Toby, contrariando a maneira invariável por que tratava o seu criado, não disse coisa
alguma, nem boa nem má: a verdade era que não havia
ainda posto as suas ideias em ordem; ansiava por outra
conferência, e enquanto o cabo galgava os três degraus
diante da porta — o tio Toby pigarreou duas vezes — e a
cada pigarreada, uma parte dos mais recatados dos seus
espíritos voou rumo ao cabo; este, mal sabendo por quê,
ficou com a aldrava suspensa na mão por um bom minuto.
Lá dentro, de emboscada, Bridget permanecia com o indicador e o polegar sobre o trinco, transida, pela expectativa; e com um olho pronto para ser novamente deflorado,
a sra. Wadman estava sentada atrás da janela encortinada
do seu quarto de dormir, a vigiar, de respiração contida, a
aproximação dos dois.

Trim! disse meu tio Toby —— mas quando articulou
a palavra, expirou o minuto de prazo e Trim deixou cair
a aldraba.

Meu tio Toby, dando-se conta de que todas as esperanças de uma conferência tinham sido mortalmente atingidas
na cabeça por ela —— pôs-se a assobiar o "Lillabullero".

17

Como o indicador e o polegar da sra. Bridget estavam sobre o trinco, o cabo não batia à porta com tanta frequência quanto talvez o alfaiate de vossa senhoria. —— Eu
bem que poderia ter escolhido um exemplo mais próximo
de casa, já que devo pelo menos umas vinte e cinco libras
ao meu alfaiate, cuja paciência me causa espanto ——

—— Mas isso não importa nada ao mundo: no entanto, estar em débito é uma verdadeira maldição; e parece haver uma fatalidade rondando os erários de alguns príncipes de magros cabedais, em particular os da nossa casa, que Economia nenhuma consegue pôr a ferros; de minha parte, estou convencido de que não existe sobre a terra um só príncipe, prelado, papa ou potentado, grande ou pequeno, que esteja tão sinceramente desejoso de manter-se quites com o mundo quanto eu o estou —— ou que, para tanto, recorra a meios mais apropriados. Jamais dou além de meio guinéu —— não ando calçado de botas —— nem regateio palitos —— nem gasto um só xelim o ano todo com uma chapeleira; e quanto aos seis meses que passo no campo, meu padrão de vida é tão modesto que, digo-o com o humor mais bem temperado do mundo, venço Rousseau[19] por um compasso de diferença —— pois não sustento criados nem cavalo nem vaca nem cachorro nem gato nem coisa alguma que possa comer ou beber, exceto uma coitada de uma Vestal[20] franzina (para manter-me o fogo) que no geral tem tão mau apetite quanto eu; —— mas se achais que isso me torna um filósofo, —— eu não daria um ceitil, minha boa gente! pelos vossos juízos.

A verdadeira filosofia —— não se pode porém tratar do assunto enquanto meu tio está assobiando o "Lilla-bullero".

—— Vamos entrar na casa.

VOLUME IX

18

19

VOLUME IX         697

20

—— Vereis o lugar exato, senhora, disse meu tio Toby. A sra. Wadman enrubesceu —— olhou para a porta —— empalideceu —— tornou a enrubescer ligeiramente —— recobrou sua cor natural —— enrubesceu mais do que nunca; sinais que, em prol do leitor inculto, assim traduzo ——

"*S–r! Não posso olhá-lo* ——
*O que diria o mundo se eu o olhasse?*
*Eu cairia desmaiada se o olhasse —*
*Bem que eu desejaria poder olhá-lo* ——
*Não pode haver pecado em olhá-lo.*
—— *Vou olhá-lo.*"

Enquanto tudo isso passava pela imaginação da sra. Wadman, meu tio Toby levantara-se do sofá e saíra pela porta da sala de visitas para dar uma ordem acerca dele a Trim, que estava no corredor ——

\*     \*     \*     \*     \*     \*     \*     \*     \*     \*

\*     \* —— Acho que está no sótão, disse meu tio Toby —— Com licença de vossa senhoria, eu o vi ali hoje de manhã, respondeu Trim. —— Então, faz o favor de ir buscá-lo imediatamente, Trim, disse meu tio Toby — e trá-lo à sala de visitas.

O cabo não aprovou a ordem, mas obedeceu-a de muito bom grado. A primeira não era um ato de sua vontade — mas a segunda atitude o era; assim, pôs o gorro de *montero* e foi cumprir o ordenado tão depressa quanto lho permitia a sua perna manca. Meu tio Toby voltou para a sala e tornou a sentar-se no sofá.

—— Ireis pôr o dedo no lugar — disse meu tio. —— Não o tocarei, contudo, disse a sra. Wadman consigo.

Isto exige uma segunda tradução: — pois mostra quão

pouco conhecimento se adquire por via de meras palavras — temos de ir às fontes primeiras.

Agora, a fim de dissipar o nevoeiro que paira sobre estas três páginas, devo esforçar-me por ser eu próprio tão claro quanto possível.

Passai as mãos três vezes pelas frontes — Assoai vossos narizes — limpai vossos emunctórios — espirrai, boa gente! —— Saúde ——

Dai-me agora toda a ajuda que puderdes.


21


Como são cinquenta os diferentes fins (contando-os a todos —— tanto civis como religiosos) com que uma mulher toma marido, ela primeiro se dispõe a ponderá-los cuidadosamente, depois separa e distingue, na sua mente, quais de todos esses fins são os dela: então, por raciocínio, exame, argumentação e inferência, investiga e verifica se escolheu o correto —— e se escolheu, —— com esticá-lo cuidadosamente para cá e para lá, chega a um ulterior juízo de se se romperá durante o estiramento.

É tão burlesca a imagética com que Slawkenbergius estampa isto na imaginação do leitor, no princípio de sua terceira *Década*, que minha reverência pelo sexo feminino não me consentirá citá-la —— todavia, não é destituída de humor.

"Primeiramente", diz Slawkenbergius, "ela detém o asno, e segurando-lhe o cabresto com a mão esquerda (sem o que ele fugiria), mete a mão direita até o fundo do seu paneiro, a procurá-lo — O quê? — não é interrompendo-me", diz Slawkenbergius, "que sabereis mais depressa" ——

"Não carrego, boa senhora, mais do que garrafas vazias": diz o asno.

"Estou carregado de tripas", diz o segundo.

VOLUME IX 699

—— E não és melhor do que os outros, diz ela ao terceiro; — pois no teu paneiro só há calções largos e pantufas — e o mesmo se passa com o quarto e o quinto;
continuando a revistar um por um todos os asnos da fila,
ela chega àquele que o carrega, e então lhe põe o paneiro
de boca para baixo, olha-o — examina-o — prova-o —
mede-o — estica-o — molha-o — seca-o — leva ao dente
o seu urdume e trama ——
—— Do quê? pelo amor de Cristo!
Estou decidido, respondeu Slawkenbergius; nem todos
os poderes da terra jamais me arrancarão do peito tal segredo.

22

Vivemos num mundo cercado de mistérios e enigmas por
todos os lados — e assim não importa —— antes parece
estranho, que a Natureza, tão ciosa de fazer com que cada
coisa atenda perfeitamente ao fim a que se destina, e que
quase nunca ou nunca erra, a menos que seja por passatempo, ao dar formas e aptidões a quanto lhe passe pelas mãos,
quer afeiçoando com vistas ao arado, ao carroção, à carreta
— e qualquer que seja a criatura que modele, até mesmo
um filhote de asno, estais seguros de que tereis o que dese-
jáveis; no entanto, ao mesmo tempo, parece estranho que
ela possa eternamente atrapalhar-se sempre que se trate de
fazer uma coisa tão simples quanto um homem casado.
Se o erro está na escolha da argila —— ou se com frequência se deve ao mau cozimento; pelo excesso do qual
um marido pode tornar-se (como sabeis) demasiado duro,
de um lado —— ou não o bastante, por falta de calor,
de outro —— ou se essa grande Artífice não dá suficiente
atenção às pequenas exigências platônicas *daquela parte*
da espécie para cujo uso está fabricando *isso* —— ou porque sua senhoria às vezes mal sabe o tipo de marido que

lhe serve —— eis o que não sei: falaremos a respeito depois da ceia.

Bastará dizer que nem a observação nem a reflexão sobre o assunto atendem ao propósito em vista; —— antes laboram em sentido contrário, dado que, no respeitante à adequação de meu tio Toby ao estado conjugal, não poderia haver nada melhor: a Natureza o havia afeiçoado com a argila mais benigna e da mais alta qualidade —— havia-a temperado com o seu próprio leite e nela instilado o espírito mais dócil —— havia-o feito todo mansidão, generosidade, humanidade —— havia-lhe cumulado o coração de boa-fé e confiança e preparado para a comunicação das mais ternas atenções todas as passagens que até ali conduziam —— havia, outrossim, levado em conta todas as outras causas por que o matrimônio fora instituído ——

E por conseguinte   *   *   *   *   *   *
*   *   *   *   *   *   *   *   *   *
*   *   *   *   *   *   *   *   *   *
*   *   *   *

A Dádiva não foi invalidada pelo ferimento de meu tio Toby.

Pois bem, este último artigo era meio apócrifo; e o Demônio, que é quem neste mundo mais transtorna a nossa fé, havia suscitado escrúpulos na mente da sra. Wadman quanto a isso; e como verdadeiro demônio que era, havia ao mesmo tempo levado adiante a sua obra reduzindo a Virtude do meu tio Toby a nada mais que *garrafas vazias, tripas, calções largos e pantufas.*

## 23

A sra. Bridget havia empenhado todo o pequeno cabedal de honra que uma pobre camareira poderia valer neste mundo na promessa de que chegaria ao fundo da questão dentro do prazo de dez dias; e a promessa se fundava

VOLUME IX                                                                 701

num dos mais admissíveis *postulata*[21] da natureza, a saber: que enquanto meu tio Toby fazia a corte à sua patroa, o cabo não poderia ter nada melhor a fazer do que cortejá-la a ela —— *"E eu o deixarei ir tão longe quanto queira"*, disse Bridget, *"para arrancar-lhe tudo."*

A amizade tem duas vestimentas: uma exterior e outra interior. Bridget servia aos interesses de sua patroa numa — e fazia o que mais lhe agradava pessoalmente noutra: tinha, portanto, tantas paradas na dependência do ferimento de meu tio Toby quanto as tinha o próprio Diabo; a sra. Wadman tinha apenas uma — e como possivelmente haveria de ser a sua última parada (sem desencorajar a sra. Bridget nem descrer-lhe dos talentos), estava disposta a dar ela própria as cartas.

Não carecia de encorajamento: até mesmo uma criança poderia ter visto as cartas do tio Toby —— havia tanta singeleza e boa-fé no modo como jogava os seus trunfos —— tão confiante ignorância do *dez-ás* ——[22] e, sentado no mesmo sofá, ao lado da viúva Wadman, ele estava tão desnudo e indefeso, que um coração generoso choraria de arrependimento por ganhar a partida dele.

Abandonemos a metáfora.


## 24


—— E a história também — se vos aprouver; pois embora eu me haja apressado o tempo todo para chegar a esta parte dela, animado de intenso desejo, por sabê-la o petisco mais apurado de quanto tinha a oferecer ao mundo, agora que finalmente cheguei, entregarei minha pena de bom grado a quem quer que deseje continuar a história por mim; — percebo as dificuldades das descrições que me cumpre fazer — e sinto falta de forças para tanto.

Sirva-me ao menos de consolo o fato de haver perdido oitenta onças de sangue esta semana numa febre nada crítica que me acometeu no princípio deste capítulo; pelo que me restam ainda algumas esperanças, talvez mais nas partes serosas ou globulares do sangue do que na *aura* sutil do cérebro —— estejam onde estiverem — uma Invocação não fará mal —— e deixo a questão inteiramente nas mãos do *invocado*, para que me inspire ou me injete o que lhe parecer melhor.

## A INVOCAÇÃO

Gentil Espírito do mais brando humor, que outrora pousaste na pena desembaraçada do meu amado Cervantes; tu que lhe entravas diariamente pela janela e convertias a penumbra da sua prisão em claridade de dia alto, com a tua só presença —— que enchias a sua pequena urna de água de Néctar celeste, e que, durante todo o tempo em que ele escrevia acerca de Sancho e do seu amo, lançavas o teu manto místico sobre o seu mirrado toco de braço,* e o estendias, amplo, sobre todos os danos de sua vida ——

—— Entra aqui, rogo-te! —— olha estes calções! —— são tudo quanto possuo no mundo —— esse lamentável rasgão foi-lhes feito em Lyon. ——

Minhas camisas! vê que cisma mortal irrompeu entre elas — pois as fraldas estão na Lombardia e o resto aqui — Nunca tive mais de seis camisas e uma lavadeira ladina, em Milão, cortou-me as fraldas dianteiras de cinco. — Para fazer-lhe justiça, ela as cortou com alguma consideração — pois eu estava voltando *da* Itália.

E, não obstante tudo isto, e de um isqueiro de pistola que me foi ademais surrupiado em Siena, e as duas vezes em que tive de pagar cinco paulos[23] por dois ovos duros, uma ocasião em Raddicoffini e a outra em Capua — não acho que uma viagem pela França e pela Itália, contanto que se mantenha o bom humor até o fim, seja coisa as-

---

* Ele perdeu a mão na batalha de Lepanto.

VOLUME IX 703

sim tão má quanto certas pessoas[24] vos fariam crer: tem de haver *altos* e *baixos*; senão, diacho, como poderíamos alcançar vales onde a Natureza disseminou tantas mesas hospitaleiras? — É um disparate imaginar que vos alugariam por nada uma de suas *voitures*[25] para ela ser reduzida a pedaços, e se não pagásseis doze *sous* para engraxar as rodas de vosso carro, como poderia o pobre campônio ter manteiga em seu pão? — Na verdade, esperamos demasiado — por uma *livre* ou duas acima do par pelas ceias e leito — no máximo não chegam a um xelim e dezenove *pence* e meio —— quem iria contestar a filosofia dos franceses só por tal soma? pelo amor do céu e de vós mesmo, pagai —— pagai com ambas as mãos estendidas: é melhor do que deixar a *Decepção* descorçoadamente instalada nos olhos de vossa bela Hospedeira e suas Donzelas que, do portão, vos veem partir — e além disso, caro senhor, ganhais de cada uma delas um beijo fraterno no valor de uma libra —— eu pelo menos os ganhei ——

—— Porque, como os amores do tio Toby me desfilavam pela mente o caminho todo, tinham eles sobre mim o mesmo efeito que teriam se fossem os meus próprios —— eu estava no mais completo estado de munificência e boa vontade; e sentia a mais suave harmonia vibrar em mim a cada oscilação da carruagem de posta; de modo que não fazia diferença as estradas serem acidentadas ou lisas; cada coisa que eu via ou com que tinha contato acionava uma mola secreta de sensibilidade ou êxtase.

—— Foram as notas mais doces que jamais ouvi; e no mesmo instante baixei a janela dianteira da carruagem para ouvir melhor. —— É Maria, disse o postilhão vendo-me à escuta. —— Pobre Maria, continuou ele (inclinando o corpo de lado para que eu a pudesse ver, pois se interpunha entre nós); está sentada num banco tocando as vésperas em flauta, com o seu cabritinho ao lado.

O rapaz disse isto com uma entonação e um olhar tão bem afinados com um coração sensível, que no mesmo instante fiz um voto de dar-lhe uma moeda de vinte e quatro *sous* quando chegássemos a Moulins —

—— E quem é essa *pobre* Maria?, perguntei.

Aquela por quem têm amor e piedade todas as vilas à nossa volta; disse o postilhão; —— faz apenas três anos que o sol não brilha mais para uma donzela assim tão linda, tão sagaz e tão amável; Maria merecia melhor sorte do que ter seus proclamas de casamento proibidos, devido às intrigas do cura da paróquia que os publicou ——

Ele ia prosseguir quando Maria, que havia feito uma breve pausa, tornou a levar a flauta à boca e reiniciou a ária —— eram as mesmas notas; —— mas dez vezes mais doces: é o serviço vesperal da Virgem, disse o rapaz —— mas quem a ensinou a tocá-lo — e onde ela arranjou a flauta, ninguém sabe; achamos que o Céu a assistiu em ambos; pois desde que ficou com a mente perturbada, parece ser esse o seu único consolo — ela jamais larga da flauta e toca esse *serviço* quase que noite e dia.

O postilhão disse isto com tanta discrição e natural eloquência, que não pude deixar de discernir, em seu rosto, algo acima da sua condição e lhe teria extraído a história se a pobre Maria não se tivesse apoderado completamente de mim.

A essa altura, já havíamos quase alcançado o banco onde ela estava sentada: vestia um jaleco branco esfarrapado e tinha todo o cabelo, a não ser por duas tranças, preso numa rede de seda, com algumas folhas de oliva entrançadas algo excentricamente num dos lados —— era bela; e se alguma vez senti toda a força de um pesar genuíno foi no momento em que a vi ——

—— Deus a ajude! pobre donzela! mais de cem missas, disse o postilhão, foram rezadas nas diversas igrejas e conventos da paróquia em intenção dela, —— mas sem resultado; ainda temos esperança, visto que ela recobra por breves momentos a lucidez, de que a Virgem finalmente a faça voltar a si; todavia, os pais dela, que a conhecem melhor, não têm esperança disso e acham que perdeu a razão para sempre.

Enquanto o postilhão dizia isso, Maria executava uma cadência tão melancólica, tão terna e tão lamentosa, que saltei da carruagem para a consolar e me vi sentado entre ela e seu cabritinho antes de ter me recobrado do entusiasmo.

Maria olhou-me tristonhamente por um instante, e depois para o seu cabrito —— voltou a olhar-me —— e de novo ao cabrito, e assim continuou, alternadamente ——

—— Então, Maria, perguntei-lhe afavelmente —— em que semelhança nos descobres?

Rogo ao cândido leitor acredite ter sido com base na mais humilde convicção de que *Bicho* é o homem —— que formulei a pergunta; eu não teria soltado um chiste inoportuno na venerável presença da Miséria nem que fosse para ser dono de todas as agudezas que Rabelais jamais houvesse esparzido —— e todavia confesso que o coração me doeu e que me pungiu tanto a só ideia de fazê-lo, que jurei dedicar-me à Sabedoria e proferir graves sentenças pelo restante dos meus dias —— e nunca —— nunca mais entregar-me à hilaridade com homem, mulher ou criança até o fim da vida.

Quanto a escrever-lhes disparates —— creio que neste ponto havia uma reserva — mas deixo-a a critério do mundo.

*Adieu*, Maria! — *adieu*, pobre e infeliz donzela! —— numa outra ocasião, mas não *agora*, poderei ouvir, de teus próprios lábios, a narrativa dos teus pesares —— mas enganei-me; pois nesse mesmo momento ela tomou da flauta e contou-me com ela uma história de tamanhos infortúnios que eu me levantei e com passos alquebrados, irregulares, dirigi-me lentamente para a minha carruagem.

—— Que excelente hospedaria há em Moulins!

## 25

Quando chegarmos ao fim deste capítulo (mas não antes), deveremos todos trasladar-nos de volta aos dois capítulos em branco, por causa dos quais minha honra sangrou na última meia hora —— estanco o sangramento descalçando um dos meus chinelos amarelos e atirando-o com toda a violência ao lado oposto do aposento, com uma declaração em seu calcanhar ——

—— Seja qual for a semelhança que possam ter com metade dos capítulos escritos neste mundo ou, ao que eu saiba, possam estar sendo agora nele escritos — ela é tão casual quanto a escuma do cavalo de Zêuxis;[26] ademais, encaro com respeito um capítulo no qual há *tão somente nada*; e considerando haver no mundo coisas piores —— eles não são de modo algum um substituto adequado da sátira ——

—— Por que foram então deixados em branco? E neste ponto, sem esperar pela minha resposta, irão chamar-me de cabeça-oca, cabeça-de-pau, bronco, burro, bobalhão, papalvo, palerma, débil mental, b——a botas —— e outras designações tão repugnantes quanto as que os fazedores de bolos de Lerné lançaram à cara dos pastores do rei Gargântua. —— E eu os deixarei ir tão longe quanto queiram, conforme disse Bridget; pois como lhes foi possível antever a necessidade em que eu estava de escrever o 25º capítulo do meu livro antes do 18º &c.?

—— Portanto, não os leveis a mal. —— Tudo quanto quero é que possam ser uma lição para o mundo, *"deixar as pessoas contarem suas histórias à sua própria maneira"*.

### O Capítulo Décimo Oitavo

Como a sra. Bridget abriu a porta antes quase de o cabo bater, o intervalo entre a batida e a introdução do meu tio Toby na sala de visitas foi tão curto que a sra.

VOLUME IX 707

Wadman mal teve tempo de sair de trás das cortinas —— depor uma Bíblia sobre a mesa e dar um ou dois passos até a porta para o ir receber.

Meu tio Toby cumprimentou a sra. Wadman da maneira por que as mulheres eram cumprimentadas pelos homens no ano de Nosso Senhor de 1713 —— depois disso, dando meia-volta, ele se encaminhou, ao lado dela, para o sofá, e com três simples palavras —— embora não antes de sentar —— nem depois de ter sentado —— mas no próprio ato de sentar-se, disse-lhe que *"estava apaixonado"* —— por isso, meu tio Toby se apressurou, na declaração, mais do que o necessário.

Naturalmente a sra. Wadman baixou o olhar para examinar uma fisga do seu avental que estivera a cerzir, na expectativa de que meu tio Toby continuasse a qualquer momento; todavia, não tendo talento algum para a amplificação, e sendo o Amor outrossim, entre todos os temas, aquele que menos dominava —— Após ter dito uma vez à sra. Wadman que a amava, deixou o assunto entregue a si próprio, para que se desenvolvesse como bem entendesse.

A meu pai dava sempre arroubos de entusiasmo este sistema do tio Toby, como perfidamente o chamava, e ele costumava dizer que se o seu irmão Toby pudesse ter acrescentado a tal processo tão só um cachimbo de tabaco —— teria com isso aberto caminho, se se podia ter fé num provérbio espanhol,[27] até os corações de metade das mulheres do globo.

Meu tio Toby jamais entendeu o que meu pai queria dizer; tampouco me atreverei a extrair disso mais do que a condenação de um erro cometido pela grande maioria —— mas os franceses todos, sem exceção de nenhum, acreditam, tanto quanto na PRESENÇA REAL,[28] em que *"Falar de amor já é fazê-lo"*.

—— Eu me disporia prontamente a fazer uma morcela pela mesma receita.

Vamos adiante, porém: a sra. Wadman continuou sentada na expectativa de que meu tio Toby retomasse a fala quase na primeira pulsação daquele minuto após o qual o silêncio, de uma ou de outra parte, geralmente se torna indecoroso: por isso, aproximando-se um pouquinho mais dele e erguendo o olhar com um ligeiro rubor ao fazê-lo, —— ela apanhou a luva —— ou o fio da conversação (se preferirdes) e assim se dirigiu ao meu tio Toby:

São numerosos, disse a sra. Wadman, os cuidados e inquietudes do estado conjugal. Imagino que sim — respondeu ele; e por isso, continuou a sra. Wadman, quando uma pessoa vive tão a seu gosto quanto vós, — capitão Shandy, tão feliz convosco mesmo, com vossos amigos e vossas distrações — pergunto-me que razões vos teriam predisposto a assumir tal estado ——

—— Elas constam, respondeu o meu tio Toby, no *Livro da oração comum*.[29]

Até este ponto meu tio Toby avançou com cautela e se manteve em suas águas, deixando a sra. Wadman velejar em mar alto se assim lhe aprouvesse.

—— Quanto aos filhos — disse a sra. Wadman —, conquanto sejam talvez a finalidade principal da instituição, e o natural desejo, suponho, dos pais — não achamos todos nós que trazem certos pesares e confortos muito incertos? e o que nos dão, caro senhor, capaz de compensar-nos das aflições — que compensação oferecem às apreensões, tantas, tão ternas e inquietantes, da mãe sofredora e indefesa que os põe no mundo? Confesso não saber de nenhuma, respondeu meu tio Toby, apiedado e aflito; a menos seja o prazer de haver agradado a Deus ——

—— Uma ova! respondeu ela.

## ⊕ Capítulo Décimo Nono

Bem, há uma infinidade de tons, escalas, cantilenas, salmodias, toadas, expressões e acentos com que a expressão *uma ova* pode ser pronunciada em casos como

VOLUME IX                                                        709

este, cada um transmitindo um sentido e significado tão diferentes dos demais quanto *sujeira* difere de *limpeza*. — Tanto assim que os Casuístas (pois se trata de uma questão de consciência) reconhecem nada menos de catorze mil maneiras, certas ou erradas, de pronunciá-la.

A sra. Wadman escolheu justamente o *uma ova* capaz de fazer todo o recatado sangue do meu tio Toby afluir--lhe às faces; — percebendo que, de um modo ou de outro, ultrapassara suas águas, ele deu uma parada brusca; e sem mais se alongar na questão das penas ou prazeres do matrimônio, pôs a mão sobre o coração e se ofereceu para aceitar as que viessem e partilhá-las com ela.

Depois de dizer isto, meu tio Toby não se preocupou em repeti-lo; lançando um olhar à Bíblia que a sra. Wadman depusera sobre a mesa, pegou-a; e topando, santa alma! com uma passagem mais interessante para ele do que qualquer outra — a saber, o sítio de Jericó — pôs-se a lê-la até o fim — deixando que sua proposta de casamento, como já o havia feito com a declaração de amor, cuidasse de atuar por conta própria. Bem, ela não atuou nem como adstringente nem como laxante; tampouco como ópio, ou quina, ou mercúrio, ou casca de sanguinheiro,[30] ou qualquer outra droga outorgada pela natureza ao mundo — em suma, não teve nenhuma ação sobre a sra. Wadman; isso porque algo já vinha atuando nela desde antes —— Que boquirroto sou! Antecipei o que fosse uma dúzia de vezes; mas o assunto ainda está quente —— *allons*.


26


É natural um estrangeiro que pretenda ir de Londres a Edimburgo perguntar, antes de partir, quantas milhas são até York; que fica a meio caminho —— não é de admirar tampouco que o mesmo estrangeiro faça perguntas acerca da Corporação[31] &c. —

De igual modo natural era que a sra. Wadman, cujo primeiro marido passara o tempo todo a queixar-se de uma ciática, quisesse saber o quanto distava o quadril da virilha; e quanto, possivelmente, seriam os seus sentimentos mais ou menos afetados num e noutro caso.

Por conseguinte, ela lera a anatomia de Drake da primeira à última página. Dera uma espiada no que dizia Wharton sobre o cérebro e tomara emprestado um livro de Graaf* acerca de ossos e músculos; mas não conseguiu tirar nada daí.[32]

Havia recorrido às suas próprias faculdades de raciocínio —— formulara teoremas —— extraíra consequências e não chegara a nenhuma conclusão.

Para esclarecer definitivamente a questão, perguntara duas vezes ao dr. Slop "se o pobre capitão Shandy poderia jamais restabelecer-se do seu ferimento ——?

—— Já está restabelecido, fora a resposta do dr. Slop.
——

Como? Inteiramente?

—— Inteiramente; minha senhora ——

Mas o que entendeis por restabelecimento? perguntara então a sra. Wadman.

Em matéria de definições, o dr. Slop era um desastre completo; assim, a sra. Wadman não chegou a saber coisa alguma: em suma, não havia outro meio senão extrair a verdade do próprio tio Toby.

Nesta espécie de indagação há um timbre humanitário que faz a SUSPEITA adormecer —— e estou quase persuadido de que a serpente chegou muito perto dele em sua conversação com Eva; pois a propensão do sexo feminino a deixar-se embair não podia ser tanta que Eva tivesse a audácia de manter conversação com o diabo se o dito cunho humanitário não estivesse presente. —— Mas

---

* Deve se tratar de um equívoco do sr. Shandy, pois Graaf escreveu sobre o suco pancreático e os órgãos da geração.

VOLUME IX

711

como poderei descrevê-lo? — é um timbre que recobre a parte visada com um véu e dá ao indagador o direito de ser tão minucioso quanto o vosso próprio cirurgião.

"—— Era um caso irremediável? —

—— Era mais suportável deitado?

—— O ferimento lhe permitia virar-se dos dois lados na cama?

— Ele podia montar a cavalo?

— O movimento era mau para ele?" *et caetera*; as perguntas, feitas numa voz muito meiga, iam diretamente ao coração do meu tio Toby, fazendo com que cada uma nele se gravasse dez vezes mais fundo que os seus próprios sofrimentos; —— entretanto, quando a sra. Wadman fez um rodeio por Namur a fim de chegar à virilha do meu tio Toby, incitou-o a atacar a ponta da contraescarpa avançada e, *pêle mêle*[33] com os holandeses, tomar a contraguarda de Saint-Roch de espada na mão — depois, com notas ternas para lhe acariciarem os ouvidos, retirou-o todo ensanguentado da trincheira com suas próprias mãos, enxugando as lágrimas enquanto ele era carregado até a sua tenda —— Céus! Terra! Mar! — tudo se alçou — as fontes da natureza ultrapassaram seus níveis — um anjo de misericórdia assentou-se ao lado dele no sofá — seu coração inflamou-se — e possuísse ele mil corações, tê-los-ia perdido um por um para a sra. Wadman.

— E em que lugar, caro senhor, disse ela num tom algo categórico, recebestes esse doloroso ferimento? —— Ao formular esta pergunta, a sra. Wadman lançou um olhar furtivo ao cós dos calções de veludo vermelho de meu tio Toby, na expectativa natural de que, na mais concisa das respostas, apontasse ele com o indicador o lugar exato. —— Mas as coisas se passaram diferentemente —— porque, tendo o meu tio Toby sido ferido diante da porta de Saint-Nicolas, numa das galerias transversais da trincheira, do lado oposto do ângulo saliente do meio baluarte de Saint-Roch, ele poderia, a qualquer momento que fosse, assinalar com um alfinete o ponto preciso do terreno onde se achava de pé quando a pedra o atingiu; esta atingiu instantaneamente o sensório de meu tio Toby, —— e, com ele, o grande mapa da cidade e cidadela de Namur e arredores que ele comprara e colara numa prancha com a ajuda do cabo, durante a sua longa enfermidade — e que desde então fora guardado no sótão com outros trastes militares; por conseguinte, o cabo foi destacado para ir até lá buscá-lo.

Meu tio Toby mediu trinta toesas a partir do ângulo de retorno diante da porta de Saint-Nicolas, valendo-se da tesoura da sra. Wadman; e colocou o dedo no lugar com um pudor tão virginal que a própria deusa da Decência, se então ainda vivesse — se não, foi o seu espírito — sacudiu a cabeça e, com o dedo em riste diante dos olhos da sra. Wadman — proibiu-a de esclarecer o equívoco.

Desditosa sra. Wadman! ——

—— Pois nada, a não ser uma apóstrofe a ti, poderá fazer este capítulo acabar com animação —— Todavia, meu coração me diz que, numa crise assim, uma apóstrofe não passa de insulto disfarçado, e a endereçar um insulto a uma mulher aflita — prefiro que o capítulo vá para o diabo; desde que algum crítico *estipendiado*[34] e danado se disponha a levá-lo consigo.


## 27

O Mapa do meu tio Toby é levado para baixo, à cozinha.


## 28

—— Aqui está o Meuse — e este é o Sambre, disse o cabo, apontando com a mão direita estendida para o mapa e com a esquerda colocada no ombro da sra. Bridget — mas não no que lhe estava mais próximo — e esta, continuou,

VOLUME IX

é a cidade de Namur — e esta a cidadela — e ali estão os franceses — e aqui sua senhoria e eu —— e nesta amaldiçoada trincheira, sra. Bridget, disse o cabo segurando-lhe a mão, foi que ele sofreu o ferimento que tão desgraçadamente o destroçou *aqui*. —— Ao pronunciar esta palavra, apertou levemente com as costas da mão dela a parte que com esta tateara —— e a soltou.

Pensávamos, sr. Trim, que tivesse sido mais para o meio —— disse a sra. Bridget ——

Isso nos teria invalidado para todo o sempre —— disse o cabo.

—— E à minha pobre patroa também — disse Bridget.

A única resposta do cabo a essa tirada espirituosa foi dar um beijo na sra. Bridget.

Ora vamos — e venhamos — disse Bridget — mantendo a palma de sua mão esquerda paralelamente ao plano do horizonte e deslizando os dedos da outra mão por ela, coisa que não poderia ter sido feita caso houvesse a menor verruga ou protuberância. —— É falso, até a última sílaba, exclamou o cabo antes de ela chegar à metade da sentença. ——

— Sei que é verdade, disse Bridget, por testemunha idônea.

—— Dou minha palavra de honra, replicou o cabo, pondo a mão sobre o coração e ruborizando-se enquanto falava, tomado de honrada indignação — de que se trata de uma história, sra. Bridget, tão falsa quanto o inferno. ——

Não que a mim ou à minha patroa, disse Bridget, interrompendo-o, nos importe, um ceitil que seja, se assim é ou não —— só que, quando a pessoa se casa, espera pelo menos poder contar com isso ——

Foi um pouco desastroso que a sra. Bridget tivesse iniciado o ataque com o seu exercício manual; porque no mesmo instante o cabo  *  *  *  *  *  *

*  *  *  *  *  *  *  *  *  *

*  *  *  *  *  *  *  *  *  *.

## 29

Foi como o momentâneo debate nas pálpebras úmidas de uma manhã de abril, "se Bridget deveria rir ou chorar".

Ela agarrou prontamente um rolo para massa —— era dez contra um que rira ——

Deixou o rolo na mesa —— chorou; mas se uma só de suas lágrimas soubesse a amargor, o coração do cabo se encheria prontamente de pesar por haver recorrido a semelhante argumento; mas o cabo compreendia o sexo oposto bem melhor do que meu tio Toby, pelo menos de uma *quarta maior a uma terça*,[35] e por conseguinte acometeu a sra. Bridget desta maneira:

Sei, sra. Bridget, disse o cabo dando-lhe um beijo respeitoso, que és, por natureza, boa e recatada; ademais, és uma moça tão generosa que, se bem te conheço, não serias capaz de fazer mal a um inseto, muito menos de ferir a honra de um homem tão bravo e tão digno quanto o meu amo, nem mesmo se estivesses certa de, com isso, te tornarem condessa —— mas foste instigada e iludida, querida Bridget, como tantas mulheres, "para comprazer os outros mais do que a si mesmas ——".

Lágrimas abundantes rolavam dos olhos de Bridget devido às emoções nela suscitadas pelo cabo.

—— Diz-me —— diz-me pois, minha querida Bridget, continuou o cabo, apoderando-se da mão que lhe pendia, morta, a um lado, —— e dando-lhe um segundo beijo —— quem te insuflou a suspeita que te enganou?

Bridget deu um ou dois soluços —— depois abriu os olhos —— o cabo os enxugou com a ponta do próprio avental dela; —— a seguir, ela lhe abriu o coração e lhe contou tudo.

VOLUME IX                                              715

## 30

Durante a maior parte da campanha, meu tio Toby e o
cabo haviam conduzido separadamente suas respectivas
operações; toda comunicação entre eles, acerca do que
cada um estivera a fazer, haviam sido cortadas de modo
tão eficaz quanto se estivessem separados entre si pelo
Meuse ou pelo Sambre.

De sua parte, meu tio Toby se tinha apresentado todas as tardes, enfarpelado no seu uniforme vermelho e
prateado e azul e dourado, alternadamente, e sustentara
uma infinidade de ataques neles metido, sem se dar conta
de que se tratava de ataques — pelo que nada tinha a
comunicar ——

O cabo, de sua parte, obtivera considerável vantagem
conquistando Bridget —— e por conseguinte tinha muito a comunicar —— todavia, quais fossem as vantagens
—— bem como de que modo lhes deitara a mão, era empresa a exigir um historiador tão destro que o cabo não
se aventurou a ela; e por sensível que fosse às seduções da
glória, teria preferido andar para sempre de cabeça nua,
sem laurel algum, a torturar o recato de seu amo um só
momento ——

—— Tu, o melhor, o mais probo e o mais valoroso dos
criados! —— Mas já te apostrofei, Trim, uma vez ——
pudesse eu apoteosar-te igualmente (isto é) em boa companhia —— *sem nenhuma cerimônia*, de pronto o faria
na página seguinte.

## 31

Bem, certa noite o meu tio Toby depusera o cachimbo
na mesa e se pusera a contar nos dedos, para si mesmo
(a começar do polegar), todas as perfeições da sra. Wadman, uma por uma; e sucedendo três vezes em seguida,

fosse por omitir alguma, fosse por contar outras duas vezes, ele se embaraçara lamentavelmente antes de chegar sequer ao dedo médio, —— Por favor, Trim!, disse, retomando o cachimbo —— traz-me pena e tinta: Trim trouxe papel também.

Pega uma folha inteira, —— Trim!, disse, fazendo-lhe ao mesmo tempo um sinal com o cachimbo para que pegasse uma cadeira e se sentasse à mesa bem perto dele. O cabo obedeceu —— colocou a folha de papel diante de si —— tomou da pena e a mergulhou no tinteiro.

— Ela tem mil virtudes, Trim!, disse meu tio Toby.
——

E eu irei anotá-las, se me permite vossa senhoria perguntar? —— disse o cabo.

—— Elas, porém, devem ser anotadas na ordem de sua graduação, replicou meu tio Toby; — delas todas, Trim, a que mais me cativa, constituindo-se em penhor das demais, é o feitio compassivo e a singular humanidade do seu caráter — eu te assevero, acrescentou o tio Toby, olhando enquanto asseverava, para o teto do aposento. —— Mesmo que eu fosse mil vezes irmão dela, não poderia ela fazer indagações mais constantes ou mais ternas acerca dos meus sofrimentos —— embora não as faça mais agora.

A única resposta de Trim à asseveração do meu tio Toby foi uma breve tossida — ele voltou a molhar a pena no frasco de tinta; e tendo meu tio Toby apontado com a extremidade do cachimbo para o alto do lado esquerdo da folha de papel, tão de perto quanto lhe foi possível —— o cabo escreveu ali a palavra HUMANIDA-DE —— assim.

Por favor, cabo, disse meu tio Toby tão logo Trim terminara de escrever —— quantas vezes a sra. Bridget perguntou do ferimento na rodela do teu joelho, que recebeste na batalha de Landen?

Com perdão de vossa senhoria, ela nunca perguntou.

VOLUME IX 717

Isso, cabo, disse meu tio Toby com tanto ar de triunfo quanto a bondade de sua índole lhe permitia —— Isso mostra a diferença de caráter entre ama e criada —— houvessem os azares da guerra destinado igual revés a mim, a sra. Wadman teria indagado cem vezes de cada circunstância a ele relativa. —— Se vossa senhoria me permite, ela teria indagado cem vezes acerca da virilha de vossa senhoria. —— A dor, Trim, é de igual modo excruciante —— e a Compaixão tanto tem a ver com uma como com a outra ——

—— Que Deus abençoe vossa senhoria! exclamou o cabo —— o que tem a ver a compaixão de uma mulher com um ferimento na rodela do joelho de um homem? Houvesse o joelho de vossa senhoria recebido em Landen um tiro que o rebentasse em mil estilhas, a cabeça da sra. Wadman se teria perturbado tão pouco com isso quanto a de Bridget; porque, acrescentou o cabo, baixando a voz e falando bem distintamente ao especificar seu argumento ——

"O joelho está tão distanciado do corpo principal — quanto a virilha, conforme vossa senhoria sabe, o está da própria *cortina da praça*."

Meu tio Toby deu um longo assobio —— mas numa nota que mal se podia ouvir do outro lado da mesa.

O cabo avançara demais para que uma retirada fosse possível —— e em três palavras contou o restante ——

Meu tio Toby depôs seu cachimbo sobre o guarda-fogo da lareira tão cautelosamente quanto se ele tivesse sido modelado com fios de teias de aranha. ——

—— Vamos até a casa de meu irmão Shandy, disse.

32

Haverá tempo apenas suficiente, enquanto meu tio Toby e Trim estão se dirigindo à casa de meu pai, para informar-

-vos que a sra. Wadman, algumas luas antes disso, fizera minha mãe sua confidente; e que a sra. Bridget, obrigada a suportar a carga de seu próprio segredo, bem como o da sua patroa, livrara-se afortunadamente de ambos contando-os a Susannah atrás do muro do jardim.

Quanto à minha mãe, ela não via absolutamente por que fazer qualquer alvoroço sobre o assunto —— Susannah, porém, por si só, era mais do que suficiente para atender a todos os fins e propósitos que possivelmente teríeis de divulgar um segredo de família; pois imediatamente o comunicou por gestos a Jonathan —— e Jonathan por sinais à cozinheira, enquanto esta untava um lombo de carneiro; a cozinheira o vendeu com um pouco de banha ao postilhão por uma moeda de quatro *pence*, o qual, por sua vez, o barganhou com a criada da leiteria por algo de mais ou menos igual valor —— e embora o segredo tivesse sido apenas sussurrado no palheiro, o BOATO recolheu as notas em sua trombeta de latão e as fez ressoar desde o teto da casa. — Numa palavra, não havia uma só velha na vila ou nas cinco milhas em redor que não soubesse das dificuldades do sítio do meu tio Toby e de quais eram os artigos secretos responsáveis pela demora da rendição. ——

Meu pai, cujo costume era meter à força cada acontecimento da natureza dentro de uma hipótese, por via de que homem algum jamais crucificou a VERDADE tão expeditamente quanto ele —— acabara de ter notícia dos boatos no momento em que meu tio Toby rumava para a sua casa; e inflamando-se subitamente com a ofensa por eles feita ao irmão, estava a demonstrar a Yorick, não obstante minha mãe achar-se também presente —— não apenas "Que o diabo tomava conta das mulheres e que tudo não passava de uma questão de luxúria"; mas também que todos os males e transtornos do mundo, de qualquer espécie ou natureza, desde a queda primeira de Adão até a do tio Toby (inclusive), se devia de uma maneira ou de outra ao mesmo desbragado apetite.

VOLUME IX                                                  719

Yorick estava justamente infundindo um pouco de moderação na hipótese de meu pai quando a entrada de meu tio Toby no aposento, com mostras de infinita benevolência e perdão em suas feições, reacendeu a eloquência de meu pai contra a dita paixão —— e como não era muito nem de medir nem de escolher as palavras nos momentos de ira —— tão logo meu tio Toby se sentara junto ao fogo e enchera o cachimbo, meu pai se manifestou da seguinte maneira.

### 33

—— Que providências devam ser tomadas para a continuação da raça de um Ser tão grandioso, tão exaltado e tão divino quanto o homem — eis o que estou longe de negar — entretanto, a filosofia fala livremente de todas as coisas; e por isso ainda penso e sustento ser uma pena tais providências deverem ser tomadas por via de uma paixão que abate as faculdades e faz regredir inteiramente a sabedoria, expectativas e operações da alma —— uma paixão, minha cara, continuou meu pai, voltando-se para minha mãe, que emparelha e iguala os homens sensatos aos tolos e que nos faz sair de nossas cavernas e esconderijos mais como sátiros e quadrúpedes do que como homens.

—— Sei que se dirá, continuou ele (valendo-se da *Prolepse*) que tomada simplesmente em si mesma —— como a fome, ou a sede, ou o sono —— não pode ser considerada nem boa nem má — nem vergonhosa nem nada semelhante. —— Por que então a delicadeza de Diógenes e de Platão[36] se insurgiu tanto contra ela? e por que razão, quando estamos prestes a semear e gerar um homem, apagamos a vela? e qual o motivo de todos os elementos para tanto — os congredientes[37] — os preparativos — os instrumentos, e tudo quanto sirva ao mesmo fim, é considerado impróprio para ser comunicado a uma mente pura, seja por que forma de linguagem, tradução ou paráfrase for?

—— O ato de matar e destruir um homem, prosseguiu meu pai erguendo a voz — e voltando-se para o tio Toby — é, como vedes, glorificado — e as armas de que nos servimos para fazê-lo são honrosas. —— Marchamos com elas ao ombro, —— pavoneamo-nos com elas. —— Nós as embelezamos. —— Nós as lavramos. —— Nós as marchetamos. — Nós as adornamos. —— Ou mesmo que se trate de um *miserável* de um canhão, nós o fundimos com um ornamento na culatra. —

—— Meu tio Toby depôs o cachimbo para interceder em prol de um melhor epíteto —— e Yorick se erguia para reduzir a pó toda a hipótese ——

—— Quando Obadiah irrompeu no aposento com uma queixa que reclamava imediata audição.

O caso era o seguinte:

Meu pai, fosse por causa de um antigo costume do senhorio, fosse como administrador dos grandes dízimos da igreja,[38] era obrigado a manter um Touro a serviço da paróquia, e Obadiah levara a sua vaca para uma *visita-relâmpago* a ele, num dia qualquer do verão anterior —— repito, um dia qualquer — porque quis o acaso que fosse o mesmo em que Obadiah desposou a camareira de meu pai —— e assim um dia servia para a contagem do outro. Por isso, quando a mulher de Obadiah deu à luz — ele agradeceu a Deus ——

—— Agora, disse, vamos ter um bezerro: por isso, Obadiah ia visitar diariamente a sua vaca.

Vai parir na segunda-feira — na terça — na quarta ao mais tardar. ——

A vaca não pariu —— não — não irá parir antes da próxima semana —— a vaca estava terrivelmente atrasada —— até que, ao fim da sexta semana, as suspeitas de Obadiah (como as de qualquer homem probo) recaíram sobre o Touro.

VOLUME IX                                                721

Bem, como a paróquia era muito vasta, o Touro de meu pai, para dizer a verdade a seu respeito, não tinha de modo algum condições de atender a todo o departamento; contudo, desta ou daquela maneira, atirara-se ao trabalho — e como o executava com uma expressão grave, meu pai o tinha na mais alta conta.

—— Se me permite vossa senhoria, a maior parte dos aldeãos, disse Obadiah, acha que a culpa é do Touro ——

—— Mas uma vaca não pode ser estéril? perguntou meu pai, voltando-se para o dr. Slop.

Isso nunca acontece, disse o dr. Slop, mas talvez a mulher desse homem tenha dado à luz, naturalmente, antes do tempo certo. —— Por favor, a criança já tem cabelo? — perguntou o dr. Slop ——

—— É tão peluda quanto eu, disse Obadiah. —— Ele não se barbeava havia três semanas. —— Fiu – – u – – – – u – – – – – – – fez meu pai, iniciando a sentença com um assobio exclamatório; —— e assim, irmão Toby, este meu pobre Touro, o melhor Touro que jamais m—ou, e que teria dado conta da própria Europa[39] em tempos mais puros —— se tivesse duas pernas a menos, poderia ser levado ao Doctor's Commons[40] e perder a boa fama —— o que, para um Touro de Aldeia, é o mesmo que a sua própria vida. ——

—— D—s! disse minha mãe, que história é essa? —— Uma história de GALO e TOURO,[41] respondeu Yorick. —— E, no seu gênero, das melhores que jamais ouvi.

FIM DO NONO VOLUME

# Notas

VOLUME I

1. No título do romance de Sterne há um jogo de palavras de índole paradoxal: *Tristram* radica-se no adjetivo "triste" de várias línguas neolatinas, ao passo que *Shandy* ou *shan* significa, no dialeto de Yorkshire, região onde o escritor viveu grande parte de sua vida, "alegre, volúvel, tantã".

2. Citação do filósofo estoico romano Epicteto (*c*. 50-*c*. 120) que significa: "Não são as coisas propriamente ditas, mas as opiniões concernentes a elas, que perturbam os homens".

3. Sterne pensara em dedicar a primeira edição dos dois volumes iniciais do seu romance a William Pitt (1708-78), estadista que se celebrizou pela insistência nos direitos constitucionais e que na época era ministro do Exterior da Inglaterra. Achou o romancista, todavia, que seria presunção de sua parte, ele que era até então apenas um clérigo obscuro, e só se animou a fazê-lo a partir da segunda edição, quando já se tornara famoso dado o retumbante sucesso alcançado pela primeira edição.

4. *Humores*: acreditavam os médicos da Idade Média que o temperamento do homem estava influenciado pelo equilíbrio dos quatro elementos dentro do seu organismo. No homem sanguíneo, predominava o sangue, quente e úmido; o homem colérico era quente e seco; o fleumático, frio e úmido; e o melancólico, frio e seco.

5. Era crença quase universal, da Renascença até os fins do século XVIII, que a alma atuava sobre o corpo material por intermédio dos espíritos animais, partículas de sangue que viajavam até o cérebro e o sistema nervoso para estimulá-los.

6. "Homúnculo" é diminutivo de "homem" e designa, no texto, o espermatozoide, que então se concebia como uma perfeita miniatura do ser humano.

7. No texto original, há um jogo de palavras intraduzível, pois o adjetivo inglês *minute* significa tanto "escrupuloso" ou "minucioso" como "diminuto".

8. Túlio é Marco Túlio Cícero (106-43 a.C.), o grande orador e político romano. Samuel Pufendorff (1632-94) foi um historiador e jurista alemão que considerava a lei das nações como parte dos direitos naturais.

9. "Filósofo natural": designação por que ficaram conhecidos os filósofos da Renascença que, desafiando a autoridade absoluta da Bíblia e de Aristóteles, preocuparam-se com o estudo dos fenômenos naturais, embora ao seu empenho de investigação científica se misturasse boa dose de especulação ociosa. "Filosofia natural" era a antiga denominação da física.

10. Referência ao livro de John Bunyan (1628-88), *A viagem do peregrino*, romance edificante de índole religiosa, onde a vida é alegoricamente descrita como uma viagem empreendida pelo peregrino Christian (cristão). Alcançou muita popularidade no século XVI, a qual se estendeu pelo século XVIII afora.

11. Literalmente "desde o ovo". Expressão usada por Horácio (65-8 a.C.) na sua *Arte poética*, onde louva Homero por ter introduzido o leitor já no meio da Guerra de Troia, em vez de historiá-la desde seus primórdios, vale dizer, desde o ovo de Leda, do qual nasceu Helena, cujo rapto desencadearia as hostilidades entre gregos e troianos. Essa inversão, por Sterne, dos preceitos clássicos tão admirados em sua época mostra a sua determinação de livrar-se de todos os precedentes e regras literários.

12. É ideia corrente que as teorias do filósofo inglês John Locke (1632-1704) acerca das associações de ideias, tal

NOTAS AO VOLUME I                                                        725

como as expressou em seu *Ensaio acerca do entendimento humano*, influenciaram o método digressivo usado por Sterne no *Tristram Shandy*. Mas cumpre lembrar, conforme adverte o crítico John Traugott, que o romancista muitas vezes usou parodicamente tais teorias. Locke falara do caso de ideias que, conquanto não tendo nenhuma relação entre si, associam-se por acaso na mente de uma pessoa, de tal modo que quando uma delas ali assoma, as outras com ela associadas imediatamente se lhe juntam; todavia, censurara o filósofo os exageros nesse particular, capazes de transformar em loucura ou mania um método voluntário e eficaz de pensamento. Se o sr. Shandy é um exemplo do primeiro caso, outros personagens sternianos o são do segundo, increpado de doentio por Locke.

13.  Na Inglaterra, o título de gentleman, cavalheiro, ostentado pelo herói de Sterne já no título do romance, se aplicava no geral àqueles que, embora não possuíssem título de nobreza, usavam escudo de armas ou tinham por antepassados homens livres, vale dizer, que não eram servos, mas sim cidadãos. Nesse sentido, gentleman designava uma posição social a meio caminho entre a nobreza e a classe dos pequenos proprietários rurais.

14.  "Oh, que dia tão brilhante!"

15.  A milha inglesa tem 1482 metros.

16.  Este personagem foi inspirado pelo dr. Francis Tophan, advogado do Yorkshire com quem Sterne se inimizara por causa de suas intrigas legais com a diocese de York e de sua hostilidade para com John Fountayne, deão da catedral de York e amigo do romancista. Essa inimizade culminou numa guerra de panfletos, iniciada por Tophan em 1758 mas logo atalhada pela alegoria satírica de Sterne *A Political Romance*, no ano seguinte, que convenceu o oponente a calar-se. O incidente serviu para dar a Sterne o gosto da fama e pôr-lhe em ação as faculdades satíricas, preparando assim o caminho para o *Tristram Shandy*.

17a.  Sterne sofreu críticas dos contemporâneos por essa referência humorística ao dr. Richard Mead (1673-1754), médico londrino muito respeitado. Sterne defendeu-se das críticas numa carta em que dizia ter reconhecido a im-

NOTAS AO VOLUME I

portância de Mead ao chamar Kunastrokius de "grande homem" e de ter-lhe tão só apontado uma "esquisitice de temperamento", conhecida de todos.

17b. No original, *Hobby-Horse*, que significa tanto o brinquedo conhecido entre nós por "cavalinho de pau" (uma vara de madeira encimada por uma cabeça de cavalo, geralmente de massa) quanto uma distração ou assunto favorito. Nesta última acepção, diz-se comumente apenas *hobby*, palavra que antigamente designava um cavalo vigoroso, de estatura média; a expressão *to ride a hobby*, "cavalgar um *hobby*", quer dizer, em sentido figurado, dedicar-se excessivamente a pessoa a um assunto ou passatempo favorito.

18. "De gostos não se discute."

19a. Conquanto não se deva confundir Sterne com o seu protagonista, este ostenta-lhe muitas das particularidades: o romancista era hábil pintor e músico.

19b. No original, *design*, que significa a um só tempo "desígnio, propósito" e "desenho, esboço".

20. James Dodsley e seu irmão Robert foram os primeiros editores de Sterne.

21. Personagens do *Candide*, a famosa novela satírico-filosófica de Voltaire (1694-1778), na qual ele ridiculariza o otimismo do filósofo Leibnitz e a crença de Rousseau na Providência. O herói da novela, Cândido, passa pelos mais incríveis infortúnios, juntamente com sua amada, Cunegunda, com quem finalmente consegue casar-se.

22. "Polvilhado de ouro."

23. Jogos que consistem em atirar uma moeda num buraco e em sortear moedas sacudidas dentro de um chapéu.

24. "Sobre a vaidade do mundo e a fuga do tempo."

25. Sterne estabelece uma diferença entre *wit*, "espirituosidade", "engenho", e *judgement*, "juízo". Um é, para ele, o meio de comunicar conceitos intuitivos; o outro, a determinação discursiva da lógica.

26. "Em anos normais."

27. No original, *impotent*, que significa tanto "incapacitado fisicamente" como "impotente sexualmente".

28. Segundo Saxo Grammaticus, historiador dinamarquês

NOTAS AO VOLUME I 727

do século XIII, Horwendillus era o pai de Amlethus, em quem se inspirou Shakespeare para criar o seu *Hamlet*.

29. "Alegria de coração."

30. Referência ao moralista francês La Rochefoucauld (1613--80), de cujas *Maximes* foi tirada a máxima a seguir citada por Sterne.

31. Dito espirituoso.

32. Personagem inspirado em John-Hall Stevenson, um dos melhores amigos de Sterne, que se notabilizou como libertino e autor de poemas obscenos. Em companhia de outros párocos e de alguns proprietários rurais de Yorkshire, Sterne costumava ir visitá-lo em seu Crazy Castle, "castelo maluco", conforme lhe apelidaram a casa. Esses visitantes regulares de Stevenson eram conhecidos como "os demoníacos" e o fato de entre eles incluir-se trouxe certo desprestígio público para Sterne. Este se inspirou nas brincadeiras e excentricidades do grupo para criar vários dos episódios e personagens do *Tristram*. Daí o caráter irônico que assume a caracterização de Eugenius como um conselheiro sábio e prudente.

33. Frase parafraseada da obra *Baconiana*, de Thomas Tenison (1636-1715), arcebispo de Canterbury, na qual são estudadas a figura e a filosofia de Francis Bacon.

34. Referência à disputa que, por volta de 1745, Sterne manteve com seu tio, Jacques Sterne, prebendário da catedral de York, devido, ao que parece, a diferenças em matéria de política. O tio e seus aliados espalharam calúnias acerca do modo com que Sterne tratava sua mãe viúva e sua irmã, calúnias que conseguiram desacreditá-lo publicamente.

35. Referência a uma observação de Sancho Pança, no *Dom Quixote* de Cervantes (1547-1616), de que, se ele fosse coroado rei, sua mulher não estaria à altura de ser rainha.

36. Alusão equivocada a um herói de prodigiosa força, de um conto do folclore inglês, Tom Hickathrift.

37. Sterne não conseguiu cumprir essa promessa: os volumes I e II do *Tristram Shandy* saíram em 1760; os v. III e IV em 1761: os v. V e VI em 1761; os v. VII e VIII em 1765; o v. IX, último, em 1767. Há controvérsia entre os

728  NOTAS AO VOLUME I

críticos quanto a se o romance, tal como chegou até nós, está ou não completo.

38. Abreviação de *Esquire*, título que na Inglaterra é inferior ao de *knight*, "cavaleiro, fidalgo", sendo geralmente dado aos senhores ou proprietários rurais, bem como a juízes de paz e dignitários de um distrito rural.

39. *Coverture* designava, na Inglaterra, a condição de mulher casada, que não podia firmar contratos sem permissão do marido. *Femme seule*, em francês no original, é o mesmo que solteira.

40. Ocorrem no texto original termos de linguagem jurídica que não têm correspondentes exatos em português. "Vistas de *frank-pledge*": reuniões celebradas periodicamente para verificar se haviam cumprido suas obrigações os membros de *frank-pledge*, isto é, os cabeças dos *tithings* (conjunto de dez famílias vizinhas), que eram responsáveis pela conduta dos demais membros deles. "Bens devolutos" ou *escheats* eram aqueles que, por morte de seu possuidor intestado e sem herdeiros, passavam para a posse da Coroa. "Postos sob *exigent*": mandado que ordenava ao xerife, principal autoridade de um condado, intimar o querelado ou réu a apresentar-se e entregar-se, sob pena de ser considerado fora da lei. *Deodands*: bens móveis pessoais que, tendo sido a causa imediata da morte de um ser humano, eram confiscados pela Coroa a fim de lhes ser dada destinação piedosa. "Padroado" (*advowson*): direito do senhor de terras de apresentar candidatos aos benefícios eclesiásticos de seu curato ou paróquia.

41. "Cada vez."

42. Sir Richard Maninghan (1690-1759), o mais famoso obstetra da Inglaterra na época.

43. Alusão ao dr. John Burton (1710-71), médico e antiquário de Yorkshire, autor de um *Ensaio sobre o partejo*.

44. Costuma-se identificar esta personagem com uma jovem cantora de Londres, Catherine Fourmantel, com quem Sterne teve um caso amoroso, provavelmente de índole platônica. Todavia, quando a conheceu mais de perto, o romancista já havia entregue os originais dos dois primeiros volumes do *Tristram* aos editores, pelo que

NOTAS AO VOLUME I 729

"Jenny" seria antes uma representação da companheira ideal, tal como aparece no volume ix do livro.

45. Elisabete i (1533-1603), filha de Henrique viii e Ana Bolena.

46. A classe social dos *squires* ou proprietários rurais. No século xviii, a nobreza inglesa intentou obter maior concentração de privilégio. Daí o reparo de Sterne, de certo modo simpático ao espírito burguês da época, que na França levaria à revolução de 1789.

47. Referência a Luís xiv, o Rei Sol, cognominado o Grande.

48. As ideias do pai de Tristram ecoavam as de sir Robert Filmer (?-1653), autor político inglês cuja visão patriarcal da sociedade e cujas ideias acerca do direito divino dos reis eram ridicularizadas nos meados do século xviii.

49. Este adjetivo, naquela época, não tinha algumas das conotações algo depreciativas de hoje; no texto, significa "elevado" ou "preocupado com a análise de sentimentos e pensamentos refinados".

50. A amada imaginária de Dom Quixote, que por ela se empenhava em realizar façanhas heroicas; seu nome foi usado por Sterne, em cartas, como símbolo da amante ideal.

51. Hermes Trismegisto, autor mítico dos escritos de um grupo de eruditos de Alexandria acerca da sabedoria oculta. Hermes, no caso, significa Toth, o deus egípcio da sabedoria. Os *Livros herméticos* de Trismegisto compendiavam a sabedoria do antigo Egito no campo da religião, astrologia, geografia, medicina etc. Gozou de reputação quase religiosa entre os alquimistas, astrólogos e mágicos. A filosofia hermética foi muito popular no século xvii e ainda hoje encontra adeptos entre os ocultistas.

52. Diminutivos, provavelmente de Nicholas e Simeon.

53. Que adquiriu o caráter de Nicodemo, fariseu que se havia tornado crente fervoroso de Jesus Cristo, mas temia confessá-lo publicamente, donde o significado de "pusilânime" ou "timorato" do adjetivo.

54. Argumento retórico que apela para o caráter ou reputação daquele com quem se discute.

730 NOTAS AO VOLUME I

55. "Ensinado por Deus."

56. Referências a retóricos famosos, antigos e modernos. Isócrates (436-338 a.C.) foi um orador grego, discípulo de Sócrates, considerado como talvez o maior mestre da história grega e autor do célebre *Panegírico*. Longino (*c.* 213-73), retórico e filósofo grego, celebrizou-se por um tratado de crítica literária, *Do sublime*, que lhe foi erroneamente atribuído. O holandês Gerhard Johann Voss (1577-1649) escreveu várias obras de retórica. Caspar Schoppe (1576-1649) foi um erudito alemão, autor de uma *Gramática filosófica*. Petrus Ramus (1515-72), francês, notabilizou-se como lógico de orientação antiaristotélica. Thomas Farnaby (*c.* 1575-1647) foi o principal erudito clássico de sua época e escreveu um *Index rhetoricus*. Richard Crakanthorpe (1567-1624), teólogo puritano, distinguiu-se por sua eloquência. Francis Burgersdyk (1590-1629) foi um lógico holandês.

57. Diz-se do argumento em que a falta de fatos conclusivos é tomada como prova da verdade de uma proposição, ou das afirmações feitas pelo orador confiado em que serão aceitas pela ignorância de seus ouvintes.

58. O próprio Sterne ingressou no Jesus College, da Universidade de Cambridge, em 1733, recebendo os títulos de bacharel e mestre em artes em 1737 e 1740, respectivamente.

59. "A natureza das coisas."

60. Termos retóricos: o primeiro significa a recapitulação e aprovação de um argumento; o segundo, uma pergunta retórica.

61. Plínio, o Moço (62-113), orador e estadista romano, disse de fato tal frase numa de suas famosas cartas — de grande interesse pelo que revelam da vida romana da época —, mas não em relação a si mesmo: referia-se ao seu tio, cognominado o Velho, autor de uma enciclopédica *História natural*.

62. Parismus e Parismenus são personagens de romances populares de cavalaria, escritos na Idade Média. Quanto aos Sete Campeões da Inglaterra, parece ser um lapso: tratar-se-ia, antes, dos Sete Campeões da Cristandade,

NOTAS AO VOLUME I                                     731

vale dizer, os santos nacionais da Inglaterra, da Irlanda, do País de Gales, da França, da Espanha e da Itália, cujos feitos eram celebrados em baladas e contos.

63. "Por meio de uma pequena cânula." *Anglicé* significa, em latim vulgar, "em inglês".

64. Citação extraída da *Suma teológica* de santo Tomás de Aquino (*c.* 1227-74): "As crianças que estão ainda no útero materno não podem ser batizadas de nenhum modo".

65. "Memória apresentada aos Senhores Doutores da Sorbonne. Um Cirurgião Parteiro representa aos Senhores da Sorbonne que existem casos, conquanto muito raros, em que uma mãe não consegue dar à luz & em que a criança está de tal modo encerrada no seio da mãe que não faz aparecer parte alguma do seu corpo, o que seria caso, de conformidade com os Rituais, de conferir-lhe, pelo menos condicionalmente, o batismo. O Cirurgião que faz a consulta pretende, por meio de uma *pequena cânula*, poder batizar imediatamente a criança, sem causar nenhum dano à mãe. — Pergunta se tal meio, ora proposto, é permitido e legítimo, e se ele pode servir-se dele no caso ora exposto. Resposta: o Conselho considera que a questão proposta apresenta grandes dificuldades. Os Teólogos estabelecem de uma parte, como princípio, que o batismo, o qual constitui um nascimento espiritual, supõe um primeiro nascimento; cumpre nascer no mundo para renascer em Jesus Cristo, conforme ensinam eles. S. Tomás, part. 3, quaest 88, artic. 11, segue essa doutrina como uma verdade constante; não se pode, diz esse S. Doutor, batizar as crianças que estão encerradas no seio de suas mães, & S. Tomás se funda em que se as crianças não nasceram, não podem ser contadas entre os outros homens; donde conclui que não podem ser objeto de uma ação exterior nem receber, pelo ministério dela, os sacramentos necessários à salvação: *As crianças que estão no útero materno não saíram ainda à luz para poder levar uma vida entre os outros homens; portanto, não podem ser objeto de ações humanas mediante cuja administração recebam os sacramentos necessários para a salvação.* Os rituais prescrevem na prática aquilo que os teólogos esta-

belecerram no tocante aos mesmos assuntos, & proíbem a todos, de maneira igual, batizar as crianças que estejam encerradas ainda no seio de suas mães, se não deixarem aparecer nenhuma parte de seus corpos. A concordância dos teólogos, & dos rituais, que são as regras da diocese, parece constituir uma autoridade que põe fim à questão apresentada; entretanto, considerando o conselho, em consciência, que, de um lado, o raciocínio dos teólogos se funda unicamente numa razão de conveniência, & que a proibição dos rituais supõe não seja possível batizar imediatamente as crianças assim encerradas no seio de suas mães, o que contraria a suposição presente, & considerando, de outra parte, que os mesmos teólogos ensinam poder-se arriscar os sacramentos estabelecidos por Jesus Cristo como meios fáceis, mas necessários, de santificar os homens; & estimando, ademais, que as crianças encerradas no seio de suas mães poderiam ser capazes de salvação, já que são capazes de danação; — por força destas considerações, & no concernente ao exposto, segundo o qual se afirma ter sido encontrado um meio seguro de batizar as crianças assim encerradas, sem causar nenhum dano à mãe, o Conselho considera que o meio proposto poderia ser usado, dada a confiança que tem de que Deus não deixou essa classe de crianças sem socorro algum, & supondo-se, como foi exposto, que o meio em questão é adequado para propiciar-lhes o batismo; todavia, como se trataria, com autorizar a prática proposta, de alterar uma regra estabelecida universalmente, o Conselho acha que o consultante deve dirigir-se ao seu bispo, & a quem caiba julgar da utilidade, & do perigo do meio proposto, & como, com o beneplácito do bispo, o Conselho considera que cumpriria recorrer ao Papa, que tem o direito de interpretar as regras da Igreja, & estabelecer uma exceção nos casos em que a lei não possa obrigar, por sábia & por útil que pareça a maneira de batizar em questão, o Conselho não a poderia aprovar sem o concurso dessas duas autoridades. Aconselha-se ao menos ao consulente que se dirija ao seu bispo & lhe comunique a presente decisão, a fim de que, se o prelado concordar com as razões

NOTAS AO VOLUME I

em que os doutores abaixo assinados se apoiam, possa ele ser autorizado em caso de necessidade, ou em que fosse muito arriscado aguardar que a permissão fosse pedida & concedida, a empregar o meio por ele proposto, tão vantajoso para a salvação da criança. No restante, o Conselho, considerando embora que ele poderia ser usado, crê que se as crianças em causa viessem ao mundo, contrariamente à expectativa dos que serviram do dito meio, seria necessário batizá-las *condicionalmente*; & nisso o Conselho se conforma a todos os rituais que, ao autorizar o batismo de uma criança que faz aparecer qualquer parte do seu corpo, prescrevem não obstante, & ordenam seja ela batizada *condicionalmente*, se chegar ao mundo de modo feliz." Deliberado na Sorbonne em 10 de abril de 1733. A. le Moyne, L. de Romigny e De Marcilly.

66. "Por meio de uma pequena cânula, e sem causar nenhum dano ao pai."

67. A ideia de ser a irregularidade do clima da Inglaterra a causa da variedade do caráter inglês e, por conseguinte, da superioridade da comédia inglesa, consta no *Ensaio de poesia dramática*, de John Dryden (1631-1700), famoso poeta e crítico inglês. O rei Guilherme é William III (1650--1702), cujo reinado se estendeu de 1689 até a sua morte.

68. Título do jornal onde Joseph Addison (1672-1719), poeta, ensaísta e estadista inglês, publicou cerca de trezentos dos seus ensaios.

69. "Ácume, pico."

70. Referência ao estilo elíptico e frequentemente obscuro em que o romano Tácito (*c.* 55-*c.* 117) escreveu suas obras de história.

71. As alusões a acontecimentos históricos no *Tristram Shandy*, e especialmente à participação de tio Toby nas duas guerras empreendidas pela Inglaterra contra a França (1689-97 e 1709-13), formam um esquema temporal coerente que se contrapõe ao caos aparente do romance e é um fator importante de sua unificação. A captura de Namur (situada em território belga hoje), ao fim de três meses de assédio, foi a principal vitória inglesa na primeira das duas guerras contra a França acima citadas.

734  NOTAS AO VOLUME I

72. Refere-se Sterne ao fato de que, a intervalos regulares, pode-se observar os planetas moverem-se num arco de regressão, para depois retomar seu curso normal.

73. "Platão é meu amigo, mas maior amiga é a verdade." Provérbio adaptado de um dito de Sócrates no *Fédon*.

74. "O foro (ou tribunal) da ciência."

75. Canção que se tornou muito popular no século XVII e que se dizia ter representado papel importante no sentido de espicaçar o sentimento anticatólico trazido pela Revolução Inglesa de 1688, em que Guilherme III substituiu no trono a Jaime II. A palavra *Lillabullero* era uma contrassenha usada pelos católicos irlandeses durante o massacre de protestantes que levaram a cabo em 1641. A música da canção foi composta por Henry Purcell.

76. *Argumento ad verecundiam*: o que acentua a reverência por algum grande nome; *ex absurdo*: refutação de uma proposição pelo absurdo de uma ou mais de suas consequências; *ex-fortiori*: prova de um argumento por meio de uma razão mais forte.

77. *Argumentum fistularium*: literalmente "argumento do que toca a flauta", ou seja, do que assobia, vaia; *Argumentum baculinum*: literalmente, "argumento do pau", vale dizer, do mais forte; *Argumentum ad crumenam*: literalmente, "argumento à bolsa", isto é, que faz apelo à avareza; *Argumentum tripodium*: literalmente, "argumento da terceira pata ou pé"; *Argumentum ad rem*: literalmente, "argumento à coisa", quer dizer, voltado para o verdadeiro ponto da questão. Com esta mistura de termos reais e imaginários, Sterne zomba da terminologia técnica da lógica.

78. Joseph Hall (1574-1656), bispo de Exeter e de Norwich; autor de sátiras, poemas, obras polêmicas e devotas, bem como de opúsculos biográficos.

79. Na mitologia grega, personificação do sarcasmo e da censura. Criticou Vulcano por, na forma humana que moldou de argila, não ter colocado uma janela no peito através da qual se pudesse ver-lhe os segredos.

80. Imposto antigamente cobrado, na Inglaterra, dos que tivessem janelas para a rua em suas casas.

NOTAS AO VOLUME II

81. No livro quarto da *Eneida*, Virgílio narra que quando Dido e Eneias se casaram secretamente, as trombetas da Fama ou Rumor proclamaram a notícia por todo o país.

82. Provável referência aos muitos castrati italianos que, na época, interpretavam óperas em teatros ingleses.

83. "Para o povo (ou populacho)", expressão de matiz algo depreciativo.

84. Isto é, cheirar a trabalho duro, exaustivo, realizado de noite à luz da lamparina.

85. Termo usado na linguagem médica da época para designar as seis coisas necessárias à saúde, mas passíveis de tornar-se causa de doença pelo abuso ou por acidente: ar, carne e bebida, sono e despertar, movimento e repouso, excreção e retenção, e as afeições da mente.

86. Provável referência à "câmara obscura", antecessora da câmara fotográfica, em que a imagem era projetada numa superfície de papel ou vidro; nas de construção mais simples, a imagem aparecia invertida.

87. Isto é, do Norte ao Sudeste e deste ao Sudoeste da Inglaterra, e vice-versa.

88. Alusões a Zenão de Eleia (século V a.C.), que tentou mostrar, por provas argumentais, a inexistência do movimento, e Diógenes de Sínope (c. 412-323 a.C.), o famoso filósofo cínico que se diz ter refutado tais argumentos simplesmente erguendo-se e caminhando.

89. Respectivamente, o púbis, os ossos dos quadris e o osso ilíaco, da bacia.

## VOLUME II

1. Ou seja, a história da primeira guerra contra a França, a Guerra da Liga de Augsburgo (1689-97), em que se aliaram a Suécia, a Áustria e a Espanha contra Luís XIV da França; a Liga transformou-se em Grande Aliança após a adesão da Inglaterra, da Holanda e da Savoia, já no reinado de Guilherme III, que costumava dirigir em pessoa as suas campanhas.

## NOTAS AO VOLUME II

2. *Caminho coberto*: em fortificações, um espaço de cerca de nove metros de largura destinado a estabelecer um meio de comunicação para os defensores e constituir-se num obstáculo para o inimigo; *glaciz*: parapeito do caminho coberto estendendo-se numa longa rampa até alcançar a superfície natural do terreno, de modo que toda ela possa ser varrida pelo fogo vindo das muralhas; *meia-lua*: obra avançada de uma fortificação, semelhante a um bastião, com uma entrada traseira em forma de crescente, e construída a fim de proteger um baluarte; *ravelim*: obra avançada que consiste de duas faces formando ângulo saliente, construída além do fosso principal e diante da cortina, ou seja, a parte das muralhas entre os bastiões, orlada de parapeito, de onde os soldados disparam. Os demais termos da engenharia de fortificações citados na passagem constam dos dicionários comuns da língua.

3. Hipócrates (*c.* 460-357 a.C.) foi o mais célebre médico da Antiguidade.

4. James Mackenzie (1680?-1761), médico escocês, declarava, na sua *História da saúde e da arte de preservá-la* (1758), ser indispensável, para a boa saúde, a total submissão das paixões ao domínio da razão.

5. Nicolas Malebranche (1638-1715), filósofo francês, autor de *Em busca da verdade* e de outras obras onde perfilhou as ideias do cartesianismo. Preocupava-se principalmente com o problema das relações entre mente e corpo.

6. Conhecido clube de Londres.

7. "Essência" e "substância". Vale dizer, "uma distinção sem diferença".

8. Talvez o mapa de Toby estivesse ornado com a figura de um elefante.

9. Muito possivelmente Leonardo Gorecius, grafia latinizada de Leonard Gorencki (*c.* 1525-*c.* 1580), autor polonês a quem se deve uma *Descriptio belli ivoniae*, que parece ser a obra citada por Sterne.

10. Sébastien le Prestre de Vauban (1633-1707), marechal de França e engenheiro militar, comandava as tropas francesas na batalha de Namur (1693). A abadia de Salsines era o reduto destas.

NOTAS AO VOLUME II 737

11. No original, *be-virtued, be-pictured, be-butterflied* e *be-fiddled*, vale dizer, uma série de adjetivos verbais criados por Sterne a partir de substantivos pelo acréscimo do prefixo *-be*, que dá a verbos causativos o significado de "fazer", "tornar-se".

12. Agostini Ramelli (1531-90), autor de *Le diverse ed artificiose machine* (1588). Girolamo Cataneo (? -?) cujo *Libro di fortificare, offendare e diffendere* (1564) contém "tabelas sumárias para determinar prontamente quantas fileiras de soldados de infantaria etc. são necessárias para travar uma batalha justa". Simon Stevinus (1548-1620), célebre matemático e engenheiro holandês, cuja obra principal Sterne leu em francês: *La Nouvelle Manière de fortification* (1618). Samuel Marolis, engenheiro francês, autor de *Fortification ou architecture militaire* (1615). Antoine de Ville (1596-1656), autor de *Les Fortifications* (1629), o primeiro a escrever acerca da construção e efeito de minas. Buonajute Lorini (1540-1611), famoso engenheiro italiano, autor de *Delle fortificationi* (1609). Barão Manno van Cochorn, o grande engenheiro holandês que fortificou e defendeu Namur e de cujo livro *Nouvelle Manière de fortifier les places* (1702) Sterne dispunha em versão francesa. Johann Bernard von Sheiter ou Sheeter, oficial da Guerra dos Trinta Anos, autor de *Novissima praxis militaris*. Conde Blaise-François de Pagan (1604-65), engenheiro militar francês, autor do *Traité des fortifications* (1645). Nicolas François Blondel (1617-86), matemático e arquiteto francês, autor de *L'Art de jeter les bombes* (1685). A despeito desta exibição de erudição, Sterne não era nenhum especialista em matemática ou arte militar. Leu certamente alguns dos livros citados, mas a maior parte dos seus conhecimentos acerca deste como de outros assuntos provinha da *Enciclopédia* de Chambers, publicada em 1728.

13. O geômetra italiano Niccolò Tartaglia (1499-1557) provou, em suas *Questi ed invenzione diverse* (1546), que uma bala de canhão não viaja em linha reta.

14. François Malthus (?-1658), em sua *Pratique de la guerre*

738 NOTAS AO VOLUME II

(1650), fornecia instruções precisas acerca do uso de artilharia, bombas e morteiros.

15. Galileu Galilei (1564-1642), o grande cientista e astrônomo italiano, provara que a trajetória descrita por um projétil é, tirante a resistência do ar, uma parábola. Torricelli é Evangelista Torricelli (1608-47), cujo tratado *De motu* estuda a trajetória dos projéteis.

16. "Lado reto."

17. Na filosofia medieval, humor ou umidade inerente a todas as plantas e animais, sendo sua presença condição necessária da vitalidade deles.

18. "Com um grão de sal", isto é, com certa circunspeção e não ao pé da letra.

19. Em inglês, a palavra tem o significado de "atavio", "adorno".

20. Em inglês *butler* significa "criado", "dispenseiro", "mordomo". No tempo de Sterne, designava especificamente o encarregado de servir vinhos e licores à mesa.

21. A batalha de Landen (hoje em território belga) travou-se em 1693 entre os ingleses sob o comando de Guilherme III e os franceses, superiores em força. Embora tivessem vencido, os franceses perderam 10 mil homens enquanto os ingleses se retiraram em ordem.

22. Medida agrária inglesa correspondente a um quarto de acre.

23. Palavra francesa incorporada ao vocabulário inglês de arquitetura militar para designar a turfa usada no revestimento de parapeitos e superfícies de obras de terra.

24. Referência a Guilherme III e os Aliados da Inglaterra (Áustria, Prússia, Dinamarca, Portugal, Saboia e Países Baixos) na segunda guerra contra a França de Luís XIV, apoiada pela Espanha, pela Baviera e por Colônia.

25. Em contraposição ao filósofo natural, que se preocupa com o universo e seus fenômenos, o filósofo moral era, para os ingleses, o que se ocupava das questões éticas e morais, segundo a tradição cristã ocidental.

26. No original, *Not choose to let come a man so near her. Her* tanto pode significar "ela" como "seu, sua, seus, suas" (dela). Sterne faz aqui um jogo de palavras intra-

NOTAS AO VOLUME II 739

duzível: quando ao *her* se segue um travessão, suben-
tende-se que a frase não se conclui e *her* significa "seu"
(dela); quando tem um ponto-final depois de si, significa
"ela" (de + ela).

27. Isto é, em 1714; terminada a segunda guerra da Inglaterra e seus Aliados contra a França, as fortificações
francesas de Dunquerque (hoje território francês) foram
demolidas (1713).

28. Sterne faz referência à tradução inglesa das obras de
Aristóteles, aparecida em Londres em 1733, um de cujos
volumes se intitulava *A obra-prima de Aristóteles*. Entretanto, a citação feita pelo romancista não pertence a
esse volume, e sim a outro.

29. No original, *man in the moon*, expressão com que em
inglês se designa a face visível da Lua, semelhante a um
rosto humano.

30. Sterne confundiu o breve intervalo entre o toque de sineta de Toby no Capítulo 6 e o Capítulo 8 do Livro II
com o longo intervalo decorrido desde o momento em
que Toby inicia sua frase no Capítulo 21 do Livro I até o
momento em que a completa no Capítulo 6 do Livro II.

31. A alegação de Sterne, de depender a nossa percepção da
duração do encadeamento de nossas ideias, não foi ins-
pirada diretamente em Locke, mas na interpretação algo
livre de suas ideias por Addison.

32. "Apócrifo" tem aqui o sentido de "fabuloso, inventado"
e não de "falso". Os críticos do século XVIII costumavam censurar aos romances a sua não observância da
regra clássica das três unidades (tempo, lugar e ação),
donde a alusão de Sterne. Note-se ainda que "romance"
traduz-se, em inglês, por *novel*; a palavra *romance* designa em inglês antes as narrativas de aventuras roma-
nescas, fantasiosas e exageradas.

33. Isto é, cerca de 1,45 metro. A personagem do dr. Slop,
como já se disse anteriormente, é uma caricatura do dr.
John Burton, médico e antiquário, autor de vários livros
de obstetrícia, que, por instigação do tio de Sterne, Jacques Sterne, foi aprisionado em razão de suas supostas
simpatias papistas ou católicas. Quando escrevia o se-

740 NOTAS AO VOLUME II

gundo volume do *Tristram Shandy*, Sterne ainda nutria os mesmos preconceitos anticatólicos do tio, os quais se iriam abrandar sensivelmente mais tarde, quando viajasse pela Itália e pela França católicas.

34. No original, *breadth of back*, ou seja, "largura de costas ou espáduas". Todavia, como *back* pode significar também "traseiro", optei por "largura traseira", para manter a duplicidade de sentido.

35. Brigada de cavalaria do exército inglês de onde procediam sempre os integrantes das escoltas reais. A alusão satírica de Sterne à barriga dos sargentos dessa brigada talvez se deva ao fato de gozarem eles de muitos privilégios.

36. William Hogarth (1697-1764), pintor e gravador inglês, famoso sobretudo pelas suas gravuras satíricas, de crítica social. Seu livro, *Análise da beleza*, foi publicado em 1753, e a referência a ele por Sterne fez com que Hogarth preparasse ilustrações para a segunda edição dos volumes I e II do *Tristram Shandy*, bem como para os volumes III e IV.

37. William Whiston (1667-1752), teólogo e matemático inglês, havia formulado a teoria de que o grande cometa de 1680 causara também, numa aparição anterior, o Dilúvio Bíblico. Em 1680, esse cometa despertara tanto em leigos como em cientistas o temor de a Terra vir a ser destruída algum dia por um cometa.

38. Alusão satírica ao catolicismo de Slop: havia desacordo entre as Igrejas Anglicana e Romana quanto à natureza da Transubstanciação ou Eucaristia.

39. "Ungir" no sentido de receber a extrema-unção. Trata-se de uma referência paródica a versos do *Hamlet*.

40. Os católicos ingleses, quando obrigados a jurar lealdade à Igreja anglicana para poder ingressar em certas profissões, faziam-no com "reservas mentais", isto é, restringindo só àquela ocasião e finalidade específicas o juramento de fidelidade.

41. Entre os antigos romanos, deusa que presidia aos nascimentos. Era amiúde identificada com Juno, divindade protetora das mulheres.

NOTAS AO VOLUME II                                                741

42. Juntamente com seu irmão Picumno, era o deus protetor dos áugures e dos casamentos, na antiga Roma. Presidia também à tutela e proteção dos recém-nascidos.

43. Do francês: "puxa-cabeça"; nome dado aos diferentes instrumentos usados para extrair a cabeça da criança quando entalada no útero.

44. A palavra *horn-works*, "horneveque" ou "obras cornudas", tem como elemento de composição o substantivo *horn*, "corno", donde o trocadilho malicioso do dr. Slop.

45. John Dennis (1657-1734), dramaturgo e crítico inglês, um dos alvos favoritos das sátiras de Pope.

46. Charles du Fresne du Cange (1610-88), filósofo e historiador francês.

47. "Obra de corno."

48. "Parteiro"; o uso do termo francês, em vez do termo vernáculo inglês, parecia dar maior prestígio à profissão.

49. "Letras humanas ou humanidades."

50. Ocorre aqui um trocadilho intraduzível: *in a family way* significa, a um só tempo, "de maneira familiar" e "grávida"; isto é, o dr. Slop diz que o sr. Shandy só gerará filhos dentro de sua própria família e da maneira habitual, vale dizer, engravidando sua mulher.

51. Referência a uma passagem da peça *Júlio César*, de Shakespeare, em que, segundo as indicações cênicas da época de Sterne, todos os personagens, com exceção de Bruto e Cássio, saíam de cena.

52. Stevinus inventou de fato um coche movido a vela, para seu patrão, Maurício de Nassau, príncipe de Orange, o mesmo que foi governador das possessões holandesas no Brasil. O coche era movido a vento e corria pela praia entre Scheveningen (a mesma Schevling, cidade costeira da Holanda, mencionada no texto) e Petten.

53. Nicholas Claude Fabri de Peiresc (1580-1637), o mais famoso e respeitado erudito e antiquário de sua época; sua fama lhe sobreviveu, pois muitos anos depois de morto seu nome era citado com reverência por cientistas, colecionadores e estudiosos de antiguidades.

54. Ver Introdução.

55. Isto é, iria ser promovido a sargento.

# NOTAS AO VOLUME II

56. O sermão lido por Trim, "O engano da consciência", fora pregado por Sterne na catedral de York em 1750 e publicado nesse mesmo ano. Estimulado pelos louvores recebidos por sua inclusão em *Tristram Shandy*, Sterne preparou sem perda de tempo dois volumes de seus sermões, publicando-os em 1760. Tiveram boa recepção, a despeito de seu título, *Os sermões do sr. Yorick*, haver causado certo escândalo.

57. Designação dada por Hogarth à curva semelhante a um S alongado que, no seu entender, era componente necessário de toda beleza de forma.

58. No original, há um trocadilho: *a bear by his beard* (um urso pela barba), que procurei manter, alterando um pouco a expressão.

59. No original, *he would have an old house over his head*, expressão proverbial que tem o sentido de "ele se meteria em encrencas". Traduziu-se a expressão ao pé da letra porque, na continuação do diálogo, há uma alusão a "casa antiga".

60. Urias era marido de Betsabeia, e para poder se casar com ela, Davi causou a morte dele. Ver II Samuel 11,12.

61. Igreja de Londres, construída no século XII. Está situada no distrito de Temple, que no século XIV passou a abrigar as escolas de direito. Era muito frequentada, por isso, pelos advogados, donde seu nome estar ligado a eles.

62. "Corpo de guarda."

63. "Golpe de mão."

64. Tábuas da lei ou mandamentos.

65. Lembre-se que Slop era apenas parteiro (*manmidwife*), qualificação inferior a médico (*physician*).

66. No original, *D—n them all*. Em inglês, exclamações como "maldição!" ou "malditos!" têm caráter irreverente e grosseiro.

67. "Fim."

68. "Como Soberanas."

69. "Até o infinito."

70. Zenão de Cício (Chipre) (355-263 a.C.), filósofo grego fundador da escola estoica. Crisipo (*c.* 280-207 a.C.) foi o primeiro a sistematizar as doutrinas estoicas e a defendê-

NOTAS AO VOLUME II 743

-las tenazmente. Inventou o tipo de argumento denomina-do "sorites" — uma série de proposições em que o predicado de uma é o sujeito da seguinte, sendo a conclusão formada pelo primeiro sujeito e o último predicado. Assim: "Se A é B, B é C, C é D, então A é D". Pode ser usado para levar o adversário a aceitar uma falsa conclusão.

71. René Descartes (1596-1650), o grande filósofo francês, localizara como sede da alma a glândula pineal, cuja posição central no cérebro possibilitaria à mente e aos espíritos animais ali se encontrarem. Semelhante ideia, a exemplo de tantas outras teorias cartesianas, era encarada com bastante ceticismo e desprezo na Inglaterra setecentista.

72. Abreviação da expressão latina *quod erat demonstrandum*, "o que se tinha de demonstrar", usada nas demonstrações geométricas.

73. Giuseppe Francesco Borri (1627-95) foi um químico de renome; ao que parece era herege. *Coglionissimo* é o superlativo de *coglione*, palavra chula que em italiano significa tanto "testículos" como "tolo, estúpido". Quanto a Thomas Bartholine ou Bartholin (1616-80), foi um médico dinamarquês a quem Borri escreveu a carta mencionada por Sterne, *De ortu cerebri et uso medico*.

74. *Animus* era a alma racional e *Anima* o espírito animal. O nome *Metheglingius* foi provavelmente cunhado pelo próprio Sterne a partir de *metheglin*, bebida alcoólica feita de mel fermentado, uma espécie de hidromel.

75. O segmento mais anterior do cérebro, continuação da medula espinhal dentro do crânio.

76. "Causa sem a qual", isto é, argumento indispensável.

77. Esta nota de Sterne zomba de um ataque feito pelo dr. Burton (isto é, o dr. Slop) ao dr. William Smellie (Smelvogt), obstetra de Glasgow. Numa carta, Burton acusou-o de converter o título do desenho de uma criança petrificada (em grego *lithopaedion*), existente num antigo tratado de medicina, no nome de um autor inexistente (Lithopaedus).

78. Termo francês incorporado ao inglês e que significa "de peso". É a denominação do sistema mais comum de pesos nos países de fala inglesa.

744 NOTAS AO VOLUME III

79. Entre os cientistas e literatos ingleses do século XVII, tinha muita voga a teoria de que o clima e os ares das Ilhas Britânicas eram particularmente favoráveis à produção de filósofos experimentais.

80. O cóccix, pequeno osso triangular ao fim da coluna espinhal.

81. Dizia-se que estes dois generais romanos, Cipião e Mânlio, haviam nascido por cesariana. Eduardo VI (1537-53) era filho de Henrique VIII e Jane Seymour, cuja morte doze dias após o nascimento do filho era atribuída falsamente à cesariana que sofrera para tê-lo. Ao que parece, tratava-se de uma invencionice espalhada pelo jesuíta Nicholas Sanders.

82. Livro de cavalaria publicado no século XVI e de autoria do espanhol Jerónimo Fernández; é mencionado várias vezes no *Dom Quixote*, bem como duas de suas personagens, Alquife e Urganda, onde certamente Sterne os conheceu.

### VOLUME III

1. A citação pertence ao *Policraticus* de João de Salisbury (*c*. 1115-80), clérigo e erudito inglês, bispo de Chartres. Sterne alterou as últimas palavras da citação, que quer dizer: "Não temo os juízos da turba ignorante; no entanto, rogo que sejam tolerantes para com o meu opúsculo — no qual foi sempre meu propósito passar do jocoso ao sério, e do sério ao jocoso, alternativamente".

2. Sir Joshua Reynolds (1732-92) foi o mais célebre pintor inglês de sua época, sobretudo de retratos e cenas históricas, e o primeiro presidente da Royal Academy. Pintou três retratos de Sterne (em 1760, 1764 e 1768, respectivamente), o último dos quais ficou incompleto, devido à morte do romancista.

3. Ana reinou de 1702 a 1714 e Jorge I de 1714 a 1727.

4. Todos os personagens citados foram estoicos eminentes. Cleanto (331-232 a.C.), discípulo de Zenão de Cício (ver nota correspondente no volume II) e seu sucessor à testa

NOTAS AO VOLUME III

da escola estoica, infundiu ao estoicismo filosófico fervor religioso. Diógenes Babilônio (*c.* 240-152 a.c.) sucedeu a Zenão de Tarso como chefe da escola estoica e empenhou--se no sentido de estimular o interesse de Roma pela doutrina. Dionísio Heracléata (*c.* 328-248 a.C.) foi um dos mais prolíficos autores estoicos. Antípatro de Tarso (séc. II a.C.) substituiu Diógenes Babilônio na chefia da escola estoica; suicidou-se em idade avançada. Panécio (*c.* 185--109 a.C.), discípulo de Antípatro e seu sucessor, pregou as virtudes da magnanimidade, da benevolência e da liberalidade, mais do que a fortaleza passiva tradicionalmente encarecida pelo estoicismo. Possidônio (*c.* 135-*c.* 51 a.C.), discípulo de Panécio, distinguiu-se como historiador e teorista político, além de como filósofo. Marco Pórcio Catão Uticense (94-46 a.C.), estadista romano, distinguiu-se pela sua incorruptível honestidade, fundada na doutrina estoica, de que era adepto. Opôs-se a Júlio César e denunciou Catilina; cometeu também suicídio. Marco Terêncio Varrão (116-27? a.C.), autor romano, foi o mais erudito e o mais copioso de sua época: deixou cerca de seiscentos volumes escritos, sobre todos os campos do saber. Sêneca (*c.* 5 a.C.-65 d.C.) foi não só dramaturgo e estadista como também filósofo; tutor de Nero, suicidou-se ao cair em desfavor; além de tratados filosóficos e éticos, escreveu as *Cartas a Lucílio*, um dos textos estoicos mais famosos. Pantênio (que floresceu por volta de 200 d.C.) foi um filósofo de Alexandria; assim como Clemente de Alexandria (nascido por volta de 150 d.C.), combinou as doutrinas estoicas às cristãs. Montaigne (1533-92), o famoso ensaísta francês, transitou do estoicismo ao ceticismo.

5. Desde a publicação dos primeiros volumes dos seus *The Sermons of Mr. Yorick*, Sterne havia sido duramente criticado por publicar um livro de caráter religioso com o nome de um bufão. A *Monthly Review* foi a revista que mais o criticou por esse ato, reputado irreverente e atentatório à decência cristã.

6. Em inglês, *scientintically*, trocadilho com a palavra *tint*, "cor diluída, tom, matiz", conotações que procurei manter na tradução.

# NOTAS AO VOLUME III

7. O músico inglês Charles Avison (*c.* 1710-70) publicara uma coleção de doze concertos de Domenico Scarlatti (1685-1757).

8. Hímen era o deus grego do matrimônio: o termo inglês *jingle* (tilintar) tem conotações sexuais.

9. Trata-se da malograda rebelião intentada pelo filho ilegítimo de Carlos II, James, duque de Monmouth, contra Jaime II, em 1685.

10. "De boa-fé."

11. Este comentário algo ambíguo de Sterne funda-se na duplicidade de sentidos da palavra *knots*, que em inglês tanto pode significar "nós, laços" como "laços matrimoniais".

12. *Cervantic* no original, isto é, semelhante ao estilo satírico de Cervantes. Preferi traduzir ao pé da letra em vez de usar o adjetivo "cervantesco", já incorporado ao nosso léxico.

13. "Texto da Igreja de Rochester, por Ernulfo, o Bispo". Ernulphus (1040-1124) incluiu esta ampla maldição ou excomunhão em sua coletânea de leis, decretos papais e documentos relativos à igreja de Rochester. A transcrição de Sterne é fiel ao original.

14. Por se terem sublevado contra Moisés e Aarão, os israelitas Datã e Abiram foram punidos: um terremoto os engoliu vivos. Ver Números 16,1-35.

15. São João, o precursor, e são João Batista são a mesma pessoa, a tradução deveria antes dizer: "são João, o Precursor e Batista de Cristo". Ao grafar "pré-cursor", Sterne insinua um trocadilho: *cursor* em inglês quer dizer "amaldiçoador".

16. Sobre Varrão, ver a nota 4. Ao citar sua fonte, a *Anatomia da melancolia*, de Burton, Sterne equivocou-se: segundo Burton, Hesíodo é que reconhecia a existência de 30 mil deuses; Varrão falava em trezentos Júpiteres.

17. É o autor imaginário de quem Cervantes alegava ter traduzido boa parte do seu *Dom Quixote*.

18. David Garrick (1717-79), famoso ator inglês, tornou-se um ídolo em sua época após representar *Ricardo III* e outras peças de Shakespeare, inclusive o *Hamlet*, a cujo

NOTAS AO VOLUME III

famoso solilóquio ou monólogo o texto parece fazer referência. Garrick foi dos primeiros a louvar publicamente o *Tristram Shandy*, e quando Sterne visitou Londres pela primeira vez, apresentou-o a quase todas as pessoas de prol da cidade.

19. Possível referência ao próprio *Tristram Shandy*.

20. René le Bossu (1631-80), um dos mais influentes críticos franceses do século XVII, formulara regras definidas para a composição de poemas épicos, regras essas baseadas em exemplos ou modelos clássicos.

21. Sterne zomba da obtusidade dos críticos referindo apenas as características mais óbvias dos pintores arrolados no texto. Domenichino era Domenico Zampieri (1581-1641), pintor da escola bolonhesa. Guido Reni (1575-1642) evolvera de um estilo grandioso para um estilo grácil. Os Carraccis eram Agostino (1557-1602), Annibale (1540-1609) e Lodovico Carracci (1555-1619), os dois primeiros irmãos e o terceiro primo deles. Angelo é Michelangelo.

22. Carlos II da Inglaterra costumava jurar por 'Ods fish "pescado de Deus", indubitável eufemismo para Gods flesh, "carne de Deus". Guilherme, o Conquistador (1027-87), filho ilegítimo do duque da Normandia, invadiu a Inglaterra e, tendo vencido Haroldo na batalha de Hastings, coroou-se rei; consolidou o poder real e celebrizou-se como um dos maiores monarcas ingleses; costumava jurar pelo "esplendor e ressurreição de Deus".

23. Justiniano I, imperador de Constantinopla (527-65), mandou compilar o código da lei romana, o *Corpus juris civilis*, base da maior parte da jurisprudência do Ocidente.

24. Vide nota 22 acima.

25. Isto é, em 1710. Lille rendeu-se em 1708 aos ingleses e revoltas devidas à fome irromperam em 1710 na Bélgica, mas não há notícia de nenhum motim em Gand nesse ano.

26. "A propósito."

27. "Em segredo, ocultamente."

28. Túlio, como se viu anteriormente, é Cícero, cuja segunda *Filípica* contra Marco Antônio tem cerca de cinquenta páginas de texto.

748 NOTAS AO VOLUME III

29. Referência ao primeiro capítulo do *Tristram Shandy* ou talvez ao panfleto humorístico *The Clockmaker's Outcry against the Author of Tristram Shandy* [Clamor do Relojoeiro contra o Autor de Tristram Shandy], publicado em 1760, que alegava haver o romance de Sterne embaraçado a tal ponto todas as senhoras de respeito que elas não se atreviam mais a comprar um relógio ou a sequer mencionar a palavra em público.

30. No original, *smoak-jack*, aparelho destinado a fazer girar uma grelha rotativa; era instalado numa chaminé e posto em movimento pela corrente de ar que por ela ascendia.

31. Luciano de Samósata (floresceu no século II), prosador grego e autor de cerca de oitenta obras de vigorosa sátira, entre as quais *Diálogos dos mortos*, em que zombava da mitologia e da filosofia sua contemporânea.

32. A ontologia é a parte da metafísica que se ocupa da essência das coisas ou do ser em abstrato.

33. A batalha de Messina foi travada em 1718 entre uma frota britânica e outra espanhola; esta foi vencida por aquela. Curioso que Sterne fale em "sítio" e não em "batalha".

34. *Agelastes* significa, em grego, "o que nunca ri"; Triptólemo foi o herói mitológico grego que ensinou aos homens a agricultura e lhes deu as leis; *Phutatorius* significa "copulador".

35. No seu *Ensaio sobre o entendimento humano*, já referido em nota anterior, Locke distinguira o *engenho*, associação de ideias similares, do *juízo*, dissociação de ideias cuja similitude fosse meramente verbal ou acidental.

36. "Sobre as falácias dos peidorradas e explicações."

37. Adjetivo criado por Sterne, pela fusão de "opaco" e "ocular".

38. Tais como os nomes referidos na nota 34, estes também são invenções de Sterne e talvez designassem personagens dele conhecidos: *Monopolus* quer dizer "monopolista"; *Kysarcius* é a forma latinizada de *arse-kisser*, "beija-cu", e foi provavelmente inspirado no *Baise-cul* do *Pantagruel* de Rabelais; *Gastripheres* significa "barrigudo" e *Somnolentius* "dorminhoco".

NOTAS AO VOLUME III 749

39. *Quantum*: "quantidade"; *modicum*: "ração ou porção".

40. Angermânia é uma região ao norte da Suécia; o lago de Bótnia é na realidade um golfo ao norte do mar Báltico; a Bótnia oriental e ocidental são os territórios de ambos os lados desse golfo; a Carélia é uma região da Finlândia a leste do dito golfo; a Íngria fica no leste da Estônia, a sudeste do golfo da Finlândia; a Tartária russa e asiática se estende desde o mar do Japão até o rio Dnieper.

41. Suposto autor de um léxico enciclopédico grego, de quem nada se sabe, embora se costume situá-lo no século x.

42. Filho de Apolo e deus da medicina, na Grécia Antiga.

43. *John o' Nokes* e *Tom o' Stiles* são nomes fictícios, usados para designar as partes litigantes numa ação judicial; correspondem mais ou menos aos nossos Fulano de Tal e Sicrano de Tal.

44. A frase entre aspas é uma citação quase literal de um trecho da tradução inglesa do *Gargântua* e *Pantagruel* de Rabelais (Livro III, Cap. 16).

45. Sobre *gentry*, ver Introdução.

46. A Carta Magna ou a Constituição que em 1215 os nobres ingleses obrigaram João sem Terra (1167-1216) a firmar.

47. A palavra "morteiro" tem a mesma dupla acepção da palavra inglesa *mortar* e significa a um só tempo "peça de artilharia" e "almofariz".

48. A batalha de Marston Moor foi travada em 1644 entre as tropas de Oliver Cromwell (1599-1658) e de Carlos I (1600-49) e assinalou a vitória decisiva dos parlamentaristas sobre os partidários do rei.

49. As fortificações de Dunquerque foram demolidas em 1713, de acordo com os termos do tratado de paz de Utrecht.

50. Pacúvio (220-*c*. 130 a.C.) foi autor trágico e pintor. Bossu já foi mencionado em nota anterior. Lodovico Riccaboni (1677-1753), autor teatral, escreveu também uma *Arte do teatro*, publicada por seu filho Francesco em 1750.

51. Carruagem em que as pessoas se sentavam umas diante das outras.

52. No século XVIII, o título de *Mrs.* ou *mistress*, "senhora", era dado indistintamente às mulheres solteiras e casadas.

750        NOTAS AO VOLUME III

*Bridget* seria um possível diminutivo de *bridge*, "ponte", o que dá à passagem um tom trocadilhesco.

53. Trincheira cavada no meio de um fosso seco, servindo de dreno e de obstáculo à passagem do inimigo.

54. Escudo protetor usado antigamente nas operações de sítio.

55. Amiano Marcelino (*c.* 330-90), historiador e militar grego, autor de uma história de Roma.

56. Esta palavra usualmente designa um aparelho de perfuração, não de lançamento.

57. Antiga máquina militar usada para lançar dardos, pedras etc. do alto dos muros de uma cidade.

58. Giulio Alberoni (1664-1752), cardeal, estadista e primeiro-ministro da Espanha, violou deliberadamente a Paz de Utrecht e forçou a Inglaterra, a França, a Áustria e a Holanda a se aliarem contra a Espanha em 1719. Foi por fim demitido e exilado na Itália.

59. *Spira* é Speier, cidade alemã ao sul de Mannheim, e *Breisach* outra cidade alemã a oeste de Freiburg.

60. *Acta eruditorum*, Leipzig, para 1695. Jacques Bernouilli (1654-1705) foi um matemático suíço cujos estudos de cálculo têm a ver com o problema do tio Toby.

61. O mesmo que "viela", antigo instrumento musical usado pelos trovadores dos séculos XII e XIII; a "viela de roda", provida de cordas e teclado e tocada por meio de uma roda movida a manivela, lembrava um realejo.

62. A descoberta de algum meio simples e acurado de os navegantes poderem determinar sua longitude no mar foi talvez o problema científico mais popular durante os séculos XVII e XVIII. O parlamento inglês ofereceu em 1714 uma recompensa de 20 mil libras a quem o resolvesse, prêmio esse finalmente recebido por John Harrison de Foulby (1693-1776) pelo cronômetro que inventou para tal fim.

63. No original, *jointure*: a posse de propriedade para uso conjunto de marido e mulher, como provisão para esta em caso de viuvez.

64. Os dois primeiros volumes de *Tristram Shandy* haviam sido reputados obscenos por numerosos críticos.

65. Tal numeração diz respeito, evidentemente, à edição original do livro. A palavra em questão poderá ser encon-

NOTAS AO VOLUME III 751

trada no meio do quinto parágrafo do Capítulo 7 do segundo volume.

66. Trata-se do rei Henrique VIII, aqui tratado pelo diminutivo de seu nome.

67. "Com base num fato reconhecido."

68. Nome possivelmente sugerido a Sterne pelo de Triboniano, jurista romano nomeado por Justiniano para chefiar a comissão que compilou o *Corpus juris civilis*. Ver nota 23 ao volume III.

69. Gregório é o suposto autor do *Codex gregorianus*, compilação de leis imperiais feita no século III. Hermógenes (150-201), sofista e retórico de fama na época pré-bizantina, preocupou-se principalmente com distinções e regras. Luís XIV (1638-1715) estabeleceu um importante código de leis imperiais feitas no século III. Hermógenes estaria antes referindo-se à *Ordonnance des eaux et forêts* (1699), código de leis destinadas a proteger e desenvolver as florestas de França.

70. Nome por que ficou conhecido no teatro o comediante Delauriers, cujas *Fantasies* ou *Pensées facétieuses* apareceram em 1612. Imagina-se o autor no palco, a endereçar ao público uma série de prólogos ou paradoxos estapafúrdios e jocosos acerca de inúmeros assuntos, inclusive a questão de narizes longos e curtos.

71. Esta palavra italiana está incorporada ao vocabulário inglês, sobretudo literário e teatral, pelo que não aparece em itálico no original.

72. Prignitz e Scroderur parecem ser autores imaginários, assim como Hafen Slawkenbergius, nome composto de *hafen*, termo de gíria que em alemão significa "urinol", e de *slakenbergius*, que quer dizer "monte de fezes". Andrea Paraeus é Ambroise Paré (1517-90), cirurgião francês que ficou conhecido como o pai da cirurgia moderna e que foi médico de Henrique II, Carlos IX e Henrique III. Bouchet é Guillaume Bouchet (1526-1606), magistrado de Poitiers e autor de *Sérées* ou *Colóquios noturnos*, em que um personagem narra incidentes divertidos, enquanto os seus ouvintes vão interpolando, na narrativa, suas próprias contribuições.

752 NOTAS AO VOLUME IV

73. Trata-se do diálogo "De captandis sacerdotiis", dos *Coloquia familiaria*, de Erasmo de Rotterdam (1466-1536).

74. Referência a uma passagem de *Gargântua e Pantagruel*, de Rabelais; *Tikletoby* é uma palavra de gíria que, em inglês, designa o pênis.

75. *Ab urbe condita*, "desde a fundação da cidade (Roma)", marco cronológico usado pelos historiadores romanos nas suas datações.

76. Palavra grega que significa "coisa ou escrito omitido, negligenciado".

77. A tradução literal destas frases latinas seria, respectivamente, "Este nariz não me desagrada" e "Não há razão para que te desagrade".

78. Sterne altera o texto de Erasmo, substituindo *foculo*, "braseiro", por *focum*, palavra que, na desfiguração denunciada pelo tio Toby, poderia ter sido convertida em *ficum*, "figo" (o sexo feminino) ou *locum*, "lugar", palavra que designava também, em latim, o sexo da mulher.

79. *Sic*, sem itálico no original.

80. George Whitefield (1714-70) foi um dos fundadores do metodismo e sustentava que a alma pode dizer, sem recurso à razão, se é Deus ou o diabo quem a está instigando.

81. Taliacotius é Gaspar Tagliacozi (1546-99), cirurgião italiano que se celebrizou por reparar narizes lesados por meio de transplante de pele retirada do braço.

82. "Ao seu legítimo tamanho."

83. Ponocrates e Grangousier eram o tutor e o pai, respectivamente, de Gargântua.

84. "Termo médio."

85. "Pergunta."

### VOLUME IV

1. A Crimeia.

2. No pretenso original latino, figura a palavra *christianus*, que no texto inglês aparece como *católico*, provavelmente devido aos fortes sentimentos antipapistas de Sterne àquela altura de sua vida.

NOTAS AO VOLUME IV 753

3. Santo padroeiro da Rússia, protetor das crianças, dos estudantes, dos marinheiros, das virgens e dos viajantes.

4. No original, *cod-piece*, apêndice em forma de concha colocado sobre a parte fronteira dos calções usados pelos homens nos séculos XV, XVI e XVII. Destinava-se à proteção do pênis (donde seu nome confundir-se com o deste) e era por vezes enfeitado.

5. Santa Radagunda (518-87) foi a fundadora do mosteiro duplo (de monges e monjas) da Santa Cruz em Poitiers e padroeira de Jesus College de Cambridge, onde Sterne estudou. Dizia-se dela que mortificava a carne aplicando-lhe uma cruz de metal em brasa, de pontas afiadas.

6. Em *Romeu e Julieta*, de Shakespeare, é a "parteira das fadas", que dá à luz os secretos anseios dos homens sob a forma de sonhos, torcendo-lhes "os narizes de través" enquanto eles dormem.

7. Congregação de leigos, homens e mulheres, que procuravam seguir os princípios franciscanos.

8. A ordem das beneditinas de Notre-Dame du Calvaire foi fundada em Poitiers nos primórdios do século XVII. Quanto às cluniacenses, a nota de Sterne a seu respeito contém incorreções. O mosteiro reformado dos monges beneditinos de Cluny foi estabelecido por Guilherme I, o Pio, duque de Aquitânia, em 910, e Bruno, ou Berno, foi o seu primeiro abade. Odo sucedeu-o em 927 e morreu em 941. O primeiro mosteiro de freiras da ordem cluniacense foi fundado em Marcigny em 1056. Finalmente, os cartuxos são uma ordem monástica fundada no Delfinato por são Bruno em 1086, e célebre pela severidade de sua regra.

9. O fogo de santo Antônio era o nome da erisipela, moléstia febril que ocasiona intensa vermelhidão da pele.

10. O Instituto de Santa Úrsula (mais tarde conhecido como a Ordem das Ursulinas) foi fundado por santa Ângela de Merici em 1535 e constituiu-se, especificamente, na primeira ordem de monjas voltada para o ensino que a Igreja conheceu.

11. No original, *buttered buns*, expressão de duplo sentido que significa tanto "pãozinho redondo amanteigado" como "mulheres que se entregam sexualmente a vários

754 NOTAS AO VOLUME IV

homens em rápida sucessão". Procurou-se, na tradução, preservar essa duplicidade maliciosa de significado, pouco antes reforçada pela palavra igualmente dúbia "levadura".

12. Quanto a Crisipo, ver nota anterior, no volume II. Crantor (c. 335-c. 275 a.C.) era um filósofo da Academia cujo comentário do *Timeu* de Platão iniciou a longa linhagem de comentários acerca dos escritos platônicos.

13. No caso, a faculdade médica.

14. Em italiano no original, *litterati*, palavra incorporada ao inglês com o sentido vago de "gente letrada".

15. "Petição de princípio."

16. "Espontaneamente, por sua própria iniciativa."

17. Trata-se de Johanes Sturm (1507-89), realmente fundador da Universidade de Estrasburgo e que, a despeito de protestante, polemizou com Lutero, donde, pouco antes, a alusão de que este teria revirado a cidade de cabeça para baixo. O arquiduque da Áustria logo a seguir mencionado é Leopoldo I (1640-1705), imperador do Sacro Império Romano.

18. Em nota, Sterne transcreve o texto latino, de que este parágrafo é uma tradução muito livre. Foi esse texto extraído do artigo acerca de Lutero constante do *Dictionnaire historique et critique* do filósofo francês Pierre Bayle (1647-1706). O Lucas Gauricus ali mencionado é um célebre matemático e astrólogo (1476-1557), autor de *Um tratado astrológico acerca dos acidentes passados de muitos homens por meio de um exame de suas natividades*.

19. Estabelecida durante o reino dos Ptolomeus, a biblioteca de Alexandria, segundo consta, chegou a conter 400 mil manuscritos, muitos dos quais acidentalmente se queimaram quando Júlio César foi sitiado nessa cidade.

20. "Personagens do drama."

21. Jean Baptiste Colbert (1619-83), estadista francês e ministro de Luís XIV, reorganizou e aperfeiçoou a agricultura, as finanças, as comunicações, a indústria, o comércio, as leis e o poderio militar da França. A obra a que Sterne faz referência mostrava a Luís como poderia ele alcançar supremacia na Europa.

22. Estrasburgo foi tomada pela França em 1681.

# NOTAS AO VOLUME IV

23. Hugh Mackay (1604?-92), general comandante da divisão britânica do grande exército que combateu em Flandres. Foi morto na batalha de Steinkirk.

24a. Homenagem ao rei Jorge III e ao seu irmão Edward, duque de York, a quem Sterne conhecera em Londres em 1760.

24b. No original, *rule*, que significa tanto "regra" como "régua".

25. Coloquialismo inglês que teria o sentido de "desfiar uma série de histórias aborrecidas e já conhecidas de todos".

26. Avicena ou Abu Ibn Sinna (980-1036) foi um médico e filósofo persa, comentador de Aristóteles. Diz-se que teria lido a *Metafísica* quarenta vezes, até decorá-la, mas sem entendê-la. Só a compreendeu ao ler uma obra sobre metafísica, escrita por outro autor, que lhe revelou o significado da filosofia de Aristóteles.

27. "Sobretudo o que se pode escrever."

28. Liceto ou Fortunio (1577-1657), médico italiano que conseguiu sobreviver ao nascimento prematuro. Seu livro *Da origem da alma humana* foi publicado em 1602, quando ele contava 26 anos. A nota de Sterne a seu respeito foi tirada da obra de Adrien Baillet *Meninos que se tornaram célebres por seus estudos e escritos*. A tradução do texto francês é a seguinte: "Esse feto não era maior do que a palma da mão; mas tendo-o examinado seu pai, que era Médico, & verificado que se tratava de algo mais do que um Embrião, fê-lo transportar, ainda vivo, a Rapallo, onde cuidou de que o examinassem Jérôme Bardi & outros Médicos do lugar. Descobriu-se que não lhe faltava nada de essencial à vida; e seu pai, a fim de levar a cabo um experimento, tomou a si concluir a obra da Natureza e assistir a formação da Criança com o mesmo artifício que se usa no Egito para fazer os pintos saírem da casca. Instruiu uma nutriz de quanto cumpria fazer, & tendo cuidado de que o seu filho fosse posto num forno convenientemente adaptado, logrou criá-lo e fazer com que tivesse o necessário crescimento, mercê da uniformidade de um calor artificial medido exatamente pelos graus de um Termômetro ou de outro instrumento equivalente. (Ver

Mich, Giustinian, ne gli Scritt. Liguri à Cart. 223.488.) — Grande satisfação já causaria a habilidade de um pai tão experimentado na Arte da Geração que tivesse podido prolongar a vida de seu filho por alguns meses, ou mesmo por uns poucos anos. — Mas quando se pensa que o Menino viveu cerca de oitenta anos & escreveu oitenta Obras diversas, todas fruto de longas leituras, — é mister convir que tudo quanto é incrível nem sempre é falso, & que a *Verossimilhança nem sempre está do lado da verdade*. — Ele não tinha mais que dezenove anos quando escreveu Gonopsychanthropologia de Origine Animae humanae." — (*Os meninos célebres*, revisto & corrigido pelo dr. De la Monnoye da Academia Francesa.)

29. Job era dono de quinhentos asnos antes da calamidade que o atingiu, e de mil, depois que a boa sorte lhe voltou.

30. No original, *day-tall*, por *day-tale*, isto é, "mercenário", "que recebe paga por dia". Para manter esta última acepção, preferiu-se, em português, "jornaleiro", substantivo que os dicionários da língua definem como o operário a quem se paga jornal, que recebe por dia.

31. Os volumes III e IV de *Tristram Shandy* foram publicados exatamente um ano após os volumes I e II.

32. O texto que se segue é uma paráfrase livre de alguns parágrafos do ensaio "De L'Expérience" de Montaigne.

33. Pitágoras (século VI a.C.), matemático e filósofo, fundou uma sociedade religiosa cujas leis elaborou. Sólon (que floresceu no século VI a.C.), estadista ateniense, reformou a Constituição, promulgando um código de leis novas e humanas, que substituíram as de Drácon. Licurgo, possivelmente uma figura mítica, era considerado o fundador tradicional da Constituição de Esparta e do seu sistema militar.

34. Referência a William Warburton (1698-1779), bispo de Gloucester. Correra o boato (talvez não destituído de fundamento) de que Sterne tencionava caricaturar o pomposo bispo como preceptor de Tristram. Sterne escreveu ao famoso ator Garrick negando qualquer intenção nesse sentido e Garrick mostrou a carta de Warburton, que,

NOTAS AO VOLUME IV 757

aliviado, resolveu apoiar e patrocinar o romancista. Todavia, a recusa deste em abrandar o tom satírico e licencioso de seus escritos provocou primeiro o estranhamento, depois a aberta inimizade entre ambos.

35. Trata-se de uma coleção de anedotas e ditos de espírito de autoria do francês Gilles Menage, publicada em 1693. Sterne desenvolve aqui uma dessas anedotas.

36. Os judeus que sobreviveram à prova da fornalha ardente (Daniel 3,12-30).

37. Nunca existiu nenhum Francisco IX. Talvez a referência seja ao duque de Alençon e de Anjou (1554-84), de nome Francisco e irmão mais novo de Carlos IX, muito caricaturado na época devido ao seu enorme nariz picado de varíola.

38. O nome de Trim era James Butler. Assim se chamava também o segundo duque de Ormond (1665-1745), que foi nomeado comandante do exército em Flandres (1712). Dois anos depois perdeu o comando devido ao seu catolicismo militante (que certamente desagradava a Sterne) e teve que viver no exílio.

39. *Visitações* chamavam-se os exames das igrejas de uma diocese feitos pelo seu bispo. Os asteriscos provavelmente substituem a palavra "York".

40. Labeo Turpilio de Veneza (século I d.C.) foi, a par de cavaleiro romano, um pintor que só pintava com a mão esquerda. Segundo a tradição, o pintor alemão Hans Holbein, o Jovem (1497-1543), também era canhoto.

41. A banda diagonal num escudo heráldico traçada desde o canto superior esquerdo até o canto inferior direito tinha o significado usual de bastardia.

42. A palavra *siege* significava outrora em inglês, além de "sítio, cerco", igualmente "ânus", "reto". Procurou-se manter essa duplicidade de acepções na tradução com a expressão "aquele sítio", equivalente a "aquele lugar", eufemismo amiúde usado em português para designar o ânus.

43. Homenas, que significa "o que diz homilias", é o bispo de Papimania, personagem do *Pantagruel* de Rabelais.

44. Esta passagem parafraseia um ensaio de Montaigne, "Da educação das crianças".

758                                              NOTAS AO VOLUME IV

45. A expressão "Países Baixos" poderia ser também entendida como "regiões inferiores", especialmente se se tiver em conta que Kysarcius significa "beija-cu" (*arse-kisser*).

46. No original, *Zounds!*, contração eufêmica de *God's wounds*, isto é, "pelas chagas de Cristo". Procurou-se, na tradução, criar uma contração equivalente. Com relação ao caráter eufêmico, lembre-se o que já foi dito, em nota anterior, acerca do sentido blasfemo, em inglês, de expressões em que figure o nome de Deus.

47. Trata-se do *A Dictionary of the English Language* (1755), famosa e volumosa obra do dr. Johnson, a quem já se fez referência em outra nota.

48. As portas do templo consagrado ao deus romano Jano (*janua* significa "porta" em latim) só se abriam em tempo de guerra.

49. Nomes cunhados por Sterne: *Acrites* quer dizer "sem discernimento" e *Mythogeras* "chistoso".

50. "Da manutenção de concubinas."

51. Após o cisma de Henrique VIII, o batismo deixou de ser obrigatoriamente administrado em latim na Inglaterra.

52. Sterne tirou a narrativa deste caso quase que palavra por palavra de *A Treatise of Testaments and Last Wills*, obra do letrado eclesiástico Henry Swinburne (1560-1623) publicada em 1591.

53. A referência à obra *Le Graunde Abridgement*, de Sir Robert Brooke, aparece no livro de Swinburne.

54. Trata-se de Sir Edward Coke (1552-1634), juiz e autor jurídico que foi inimigo e rival de Sir Francis Bacon.

55. Esta referência ao jurista italiano Pietro Baldi de Ubaldis, que viveu no século XIV, foi também tomada ao livro de Swinburne já citado.

56. "Os filhos são do sangue de seu pai e de sua mãe, mas o pai e a mãe não são do sangue de seus filhos."

57. John Selden (1584-1654), jurista e orientalista inglês cujos pronunciamentos foram coligidos por seu secretário num volume *Table Talk*, publicado em 1689.

58. Diz-se do argumento que serve tanto a uma quanto à outra das partes envolvidas no caso.

59. Os tricórnios do século XVIII ostentavam fitas como

NOTAS AO VOLUME V 759

adornos; deixá-las cair era sinal de luto em certas zonas da Grã-Bretanha.

60. Projeto Mississippi: em 1717, John Law, um financista escocês, fundou na França uma companhia para explorar os territórios de Louisiana e mais tarde empreendeu pagar a dívida nacional francesa. A transferência do débito para a companhia de Law foi mal administrada; a especulação em larga escala das ações da companhia levou à inflação e ao malogro do plano em 1720, arruinando muitos dos acionistas. Law fugiu da França e morreu na pobreza em Veneza (1729).

61. "Vale tanto quanto soa."

62. Sterne estava tuberculoso e sofria de contínuas hemorragias, bem como de uma tosse renitente.

VOLUME V

1. A primeira citação, de Horácio, significa: "Se eu disser algo demasiado jocoso, julgai-me com indulgência". A segunda, de Erasmo, quer dizer: "Se alguém censurar os meus escritos, considerando-os mais ligeiros do que convém a um teólogo, ou mais mordazes do que convém a um cristão — não fui eu, mas Demócrito, quem o disse". Em ambos os casos, Sterne tirou as suas citações, um tanto alteradas, do livro de Burton *Anatomy of Melancholy*.

2. John Spencer (1734-83) era um dos amigos mais íntimos de Sterne e um protetor dos mais generosos.

3. Forma grega do nome de Zaratustra, o fundador persa do sistema religioso dos magos. O título em grego significa *Sobre a natureza*.

4. Esta palavra hebraica, derivada do verbo *shakan*, "morar", designa a Manifestação Divina por via da qual a presença de Deus é sentida pelo homem. Conquanto são João Crisóstomo (*c.* 347-407), um dos pais da Igreja, a tivesse empregado várias vezes em seus escritos, a palavra pertence à teologia hebraica.

5. A ironia maior desta objurgatória contra os plagiários é a de que os cinco parágrafos anteriores são eles próprios plagiados da *Anatomia da melancolia* de Burton. Seme-

760 NOTAS AO VOLUME V

lhantemente, o Capítulo 3 é uma hábil adaptação de Burton, feita por Sterne para servir aos seus propósitos.

6. Doença de cavalos, que produz ulcerações nas pernas.

7. No original, *chag-rag and bob-tail*, palavras que tinham o sentido figurado de "deficientes, eunucos, impotentes".

8. "Para desfrute póstumo."

9. Referência a Margarida, irmã de Francisco I e rainha de Navarra (1492-1549), autora do *Heptameron*, coletânea de histórias amorosas de índole séria e trágica. Alguns dos outros nomes citados neste capítulo são de membros de sua corte.

10. Antiga moeda de prata; a "ordem da mercê" significa "os mercenários".

11. Ainda no século XVIII, trazer a cabeça descoberta era sinal de pobreza e de plebeísmo.

12. Diego d'Estella (1524?-87), mestre franciscano na vila de Estella, em Navarra, e autor de uma *Rhétorique ecclésiastique*.

13. A Sterne não importavam os anacronismos: lembre-se que Estrasburgo caiu em poder dos franceses em 1681 e Margarida de Navarra reinou entre 1544 e 1549.

14. Nicolas Sanson (1600-67), cartógrafo francês e geógrafo do rei.

15. As viagens por posta eram pagas em etapas, como os pedágios das estradas atuais; o viajante só podia sair dos "caminhos de posta" pagando um extra.

16. Agripina (?-33) era a esposa de Germânico (15 a.C.-19). A narrativa de sua dor é uma mistura de duas passagens distintas dos *Anais* de Tácito.

17. Este longo rol de autoridades é uma sátira das que Burton pedantescamente enumera em *Anatomy of Melancholy* para sustentar lugares-comuns. Jêrome Cardan (1501-76) foi um famoso matemático italiano, autor de obras sobre medicina e ciências ocultas. O erudito, filósofo e diplomata francês Guillaume Budé (1467-1540) exerceu o cargo de bibliotecário real de Francisco I. Santo Agostinho de Hipona (345-430) é o autor das famosas *Confissões*. São Cipriano (*c.* 200-58) foi bispo de Cartago, e são Bernardo (1091-1153), fundador da abadia de Claraval, destacou-se

NOTAS AO VOLUME V

como o mais influente pregador de sua época ao pregar a Segunda Cruzada. Sêneca, o Velho (c. 55 a.c.-41), filósofo, retoricista e pai do dramaturgo, é autor das *Controversiae*, a que Sterne se refere. O imperador Adriano (76-138) fez do belo Antínoo (que se afogou no Nilo em 122) o seu favorito. Mãe de seis filhos e seis filhas, Níobe jactou-se certo dia de ser superior a Latona, mãe de Apolo e Ártemis; estes imediatamente lhe mataram todos os filhos e a converteram em pedra, o que não a impediu de continuar pranteando os filhos mortos. O pranto de Apolodoro e Critão antes da morte de Sócrates é referido no *Fedro*, de Platão.

18. A citação exagera o que Cícero diz acerca do alívio que experimentou ao escrever seu *De consolatione*.

19. Sérvio Sulpício Rufo (m. 43 a.c.), estadista romano e amigo de Cícero, a quem escreveu uma carta de consolação pela morte da filha.

20. Ilha grega do mar Jônico, a oeste da Grécia continental.

21. Judeu condenado a vagar pelo mundo até o segundo advento de Cristo porque, de acordo com uma tradição lendária, teria feito Cristo apressar-se enquanto este galgava o Calvário levando sua cruz.

22. No momento da morte, os imperadores romanos citados nesta passagem tiveram atitudes ou ditos que se celebrizaram. Assim, Vespasiano (9-79) confirmou seu humor algo cínico dizendo "Parece que me estou convertendo em Deus" enquanto agonizava em meio a uma dolorosa diarreia. Galba (5 a.C.-69) teria dito aos seus assassinos: "Golpeai, se for para o bem do povo romano". Sétimo Severo (146-211), segundo conta Bacon, numa passagem erroneamente aqui citada por Sterne, morreu enquanto despachava com seus auxiliares, a quem pediu: "Depressa, se ainda resta algo que eu tenha de fazer". Tibério (42 a.C.-37) teve um desmaio durante a sua agonia, pelo que Calígula foi proclamado imperador; quando se anunciou que Tibério se recobrara, o chefe da guarda pretoriana teria mandado sufocá-lo. César Augusto (63 a.C.-14) morreu nos braços da esposa com as palavras "Adeus, Lívia, vive e lembra os dias de nosso casamento".

762 · NOTAS AO VOLUME V

23. Segundo Plínio, Cornélio Galo morreu enquanto pratica-va o ato amoroso.

24. Paul de Rapin (1661-1725), historiador francês que ao fim de cada um dos capítulos de sua *História da Inglaterra* acrescentava um apêndice onde punha em dia os assuntos da Igreja.

25. "Barbados", isto é, cabras e filósofos.

26. *To have a green gown*, "ter um roupão verde", significa-va também em inglês manter relações sexuais e, especial-mente, deflorar uma virgem. *An old hat*, "um chapéu ve-lho", era como figuradamente se chamava o órgão sexual feminino.

27. Alusão à antiga crença de que vida animal pudesse ser criada com a lama do Nilo aquecida pelo sol, por gera-ção espontânea.

28. Historiador judeu (37-c. 95), autor de *As guerras judai-cas*. A observação de Sterne acerca de Eleazar é incorre-ta, pois, na sua oração, este não diz o que lhe atribui o romancista, o qual se vale da falsa citação para satirizar as teorias correntes em sua época de que as artes e as ciências se tinham originado no Oriente, de onde se di-fundiram pela Europa.

29. Neste capítulo, as formas onomatopaicas do original in-glês foram mantidas.

30. Musa da poesia épica.

31. A *Ciropédia*, de Xenofonte (*c.* 430-c. 354 a.C.), general e historiador grego, é uma biografia idealizada de Ciro, o Velho, fundador do Império Persa, na qual Xenofonte expressa suas teorias acerca da educação das crianças.

32. Vale dizer, um livro cujo tamanho seria de aproximada-mente 13 cm x 20 cm.

33. Giovanni della Casa (1503-36), escritor italiano e bispo de Benevento. O seu livro *Galateo*, um tratado de conduta e conversação social, foi na verdade escrito entre os anos de 1551 e 1554. Sua extensão é de apenas cerca de cem páginas.

34. Almanaque muito popular no século XVIII, editado por Cadanus Rider.

35. Antigo jogo de cartas, de origem espanhola, em que se distribuíam quatro cartas a cada parceiro.

NOTAS AO VOLUME V                    763

36.  "De boa-fé."
37.  Alusão ao hábito de Luís XIV de arrancar dinheiro do clero para financiar as suas guerras.
38.  "Manobras."
39.  A batalha de Steenkirk foi travada em 1692, entre os ingleses, comandados por Guilherme III, e os franceses, comandados pelo duque de Luxemburgo. Malogrou o ataque inglês por culpa do conde Solms-Braunfelds (1636-93), que não soube apoiar a ofensiva da brigada chefiada por Mackay (ver nota 23 ao volume IV). O conde iria morrer no ano seguinte, durante a batalha de Landen, atingido por uma bala de canhão.
40.  No original *picquetted*, forma de punição militar em voga nos séculos XVII e XVIII e que consistia em fazer o infrator manter-se ereto com um dos pés sobre uma estaca pontuda.
41.  O barão John Cutts of Gowran (1661-1707), que foi um dos heróis do cerco de Namur, comandava uma brigada na batalha de Steenkirk. Sobre Mackay, ver nota 23 ao volume IV. Sir Charles Graham era comandante de um dos regimentos que lutou nessa mesma batalha, na qual morreu o conde de Argus e da qual também participou o terceiro conde de Leven, David Melville (1660-1728), após ter servido em Flandres.
42.  Como foi dito na nota 39 acima, o conde Solmes morreu na batalha de Landen.
43.  No original *spouts*, que além de significar "goteira, bico", significa também "jorro, esguicho, descarga de líquido", maliciosa conotação sexual que não transparece tão bem na tradução.
44.  John Spencer, deão de Ely (1630-93), autor de *De legibis hebraeorum*, obra que lançou os alicerces da ciência da religião comparada. Os dados de Sterne acerca de circuncisão foram tirados dela. Quanto a Maimônides, trata-se de Rabi Moses ben Maimon (1135-1204), racionalista judeu e filósofo antimístico, cuja obra principal foi um *Guia dos perplexos*.
45.  Tanto quanto os cólquidas, os capadócios eram habitantes da Ásia Menor, hoje território da Turquia. A referên-

764  NOTAS AO VOLUME V

cia aos trogloditas diz respeito sobretudo aos habitantes de cavernas da Etiópia mencionados por Plínio. Sólon é, evidentemente, o grande legislador ateniense que já se mencionou em nota anterior. De Pitágoras, o filósofo e matemático grego, dizia-se que se deixara circuncidar pelos egípcios a fim de ser admitido nos seus mistérios.

46. As citações de pé de página podem ser assim traduzidas: "Remédio para uma terrível enfermidade, difícil de curar, a que chamam antraz", frase tirada de *De circumcisione*, de Fílon, o Judeu (*c.* 30 a.C.-45 d.C.); "As raças circuncidadas são as mais prolíficas e populosas", frase também de Fílon; "Por amor da limpeza", frase não de Brochard, como erroneamente diz Sterne, mas de Heródoto; "Ilo é circuncidado e insta os seus aliados a que façam o mesmo". O autor desta última frase, Sanchoniathon, era um antigo escritor fenício que parece ter sido inventado por Fílon de Babilônia (autor que floresceu no Líbano, no século 1 d.C.).

47. O trecho que se segue é uma passagem do livro 1, 35, de *Gargântua e Pantagruel*, transcrita com bastante fidelidade.

48. "Sobre a garupa."

49. Angelo Poliziano (1454-94), humanista e poeta italiano.

50. Hesíodo é um dos mais antigos poetas gregos (século VIII a.C.), autor de *Os trabalhos e os dias*, obra a que pertence a passagem logo adiante citada em grego, cujo significado é: "uma casa, uma mulher e um boi para o arado".

51. Francis Bacon (1561-1626), filósofo e estadista inglês, que introduziu no campo da especulação filosófica o método indutivo da ciência moderna.

52. "A arte é longa e a vida breve", o primeiro dos aforismos de Hipócrates.

53. Mantive a grafia antiga da palavra para acompanhar o original, onde ela também aparece grafada à antiga: *chymical*.

54. Os trechos entre aspas são da obra *Historia vitae et mortis*, de Bacon.

55. Jean-Baptiste van Helmont (1577-1644), médico e químico flamengo, autor do *Ortus medicinae*.

NOTAS AO VOLUME V

56. "Após o coito, todo animal fica triste" — máxima que sintetiza várias observações de Aristóteles, o qual, todavia, jamais a formulou dessa maneira.

57. Em 1690, Guilherme III foi forçado a levantar o cerco de Limerick devido às pesadas chuvas. O cerco ocorreu durante a guerra entre ingleses e franceses, que tinham os irlandeses por aliados (o porto e cidade de Limerick fica na Irlanda).

58. Lembre-se que foi Édipo quem resolveu o enigma da Esfinge.

59. Consubstanciais são os diversos medicamentos feitos da mesma substância; imprimentes, os quais se aplicam por impressão, e ocludentes os que fecham ou obstruem orifícios.

60. Isto é, desde o abecedário até o final do Velho Testamento, que era o livro de leitura das classes mais adiantadas.

61. Τύπτω, "ferir", era empregado antigamente como paradigma dos verbos gregos.

62. Isto é, o estudo da lógica.

63. Julius Scaliger, filósofo, cientista e médico italiano (1484--1558), só começou a estudar de fato por volta dos quarenta anos de idade. São Pedro Damião (1007-72), monge beneditino, foi elevado a cardeal-bispo de Óstia em 1057; além de legado papal, era autor de muitos livros teológicos e ascéticos, bem como de alguns dos mais belos versos latinos da Idade Média, não obstante só ter ingressado na vida religiosa ao fim de uma juventude de pobreza e ignorância. Quanto a Baldus, já referido em nota anterior, tornou-se doutor em lei civil aos dezessete anos de idade, e não tarde na vida, conforme sustentava uma tradição apócrifa. Eudâmidas era filho de Arquidamo III e foi rei de Esparta (século IV a.C.); Xenócrates (396-314 a.C.), filósofo platônico, esteve à frente da Academia de Atenas.

64. Trata-se de uma passagem que durante muito tempo se buscou para passar do Atlântico ao Pacífico através da costa setentrional da América.

65. Referência a um trecho da *Eneida*, livro II, em que o guerreiro grego Androgeu se equivoca, julgando fossem

766 NOTAS AO VOLUME VI

gregos o pequeno grupo de troianos de Eneias, no saque de Troia; ao perceber o seu erro, recua como alguém que se dá conta de ter pisado numa cobra e foge espavorido.

66. Místico, filósofo, missionário e poeta espanhol, Raimon Lull (c. 1235-1315) tentou reduzir todas as demonstrações da ciência a umas poucas fórmulas limitadas. Matteo Pellegrini (m. 1652) era um humanista italiano de cujas ideias pedagógicas, tal como transmitidas por Walker em seu livro *Of Education, Specially of Young Gentlemen* (1673), Sterne zomba.

### VOLUME VI

1. Isto é, os críticos que atacaram os volumes III e IV de *Tristram Shandy*.

2. Os dez predicamentos ou categorias a que, segundo Aristóteles, todo o conhecimento pode ser reduzido, são: substância, quantidade, qualidade, relação, lugar, tempo, posição, possessão, atividade e passividade.

3. Vincenzo Quirino (1479-c. 1514) foi um humanista, filósofo e diplomata veneziano. A ele faz menção, no seu *De culice virgili*, o cardeal Pietro Bembo (1470-1547), humanista, historiador e poeta italiano. Tanto aqui, como em outros passos deste capítulo, Sterne tirou a informação da obra de Baillet, *Enfans célèbres*, já referida em nota anterior.

4. Alphonsus Tostatus (c. 1400-55) foi um famoso teólogo espanhol que recebeu seu grau de doutor aos 22 anos de idade.

5. De Piereskius já se tratou em nota anterior. A história que Walter narra a seu respeito é verdadeira. Também Stevinus já foi objeto de uma nota.

6. Hugo Grotius (1583-1645), estadista e jurista holandês e autor de um grande tratado acerca da lei internacional, *De jure belli et pacis*, doutorou-se em direito com a idade de dezesseis anos. De Scioppius já se tratou em nota anterior. Daniel Heisius (1580-1655), erudito holandês, escreveu uma elegia latina aos dez anos de idade e ocupou uma cátedra de história política em Leyden aos 26 anos. Polizia-

NOTAS AO VOLUME VI

no (que também já mereceu anteriormente uma nota) escreveu versos latinos e gregos entre os dez e os vinte anos. Pascal fez as suas descobertas matemáticas mais famosas quando contava apenas dezessete anos. Joseph Scaliger (1540-1609), filho de Julius Cesar Scaliger, já mencionado em outra nota, foi um dos grandes eruditos da Renascença. Quanto a Fernando de Córdova (1422-c. 1480), trata-se de um teólogo e erudito espanhol.

7.  Isto é, o estudo da metafísica.

8.  Mário Sérvio Honorato (século v) escreveu um comentário de Virgílio que, por sua vez, tornou-se objeto de numerosos outros comentários. Marciano Capella (século v) foi o autor de *De nuptiis philologiae et Mercurii*, uma enciclopédia das artes liberais que se tornou alvo de muitos comentários na Idade Média. Grotius editou esta obra quando tinha apenas quinze anos. Joest Lips ou Lípsio (1547-1606) foi um humanista e erudito flamengo, autor de uma edição de Tácito.

9.  "Teríamos certo interesse, diz Baillet, de mostrar que nada há de ridículo na eventualidade de isso ser verdade, pelo menos no sentido enigmático que Nicius Erytraeus cuidou de dar-lhe. Diz esse autor que, para compreender como pôde Lípsio compor uma obra no primeiro dia de sua vida, cumpre imaginar ser esse primeiro dia não o do seu nascimento carnal, mas sim aquele em que começou a usar a razão; pretende que tal aconteceu-lhe na idade de *nove* anos; e quer nos persuadir que foi nessa idade que Lípsio escreveu um poema. — A explicação é engenhosa &c. &c."

10. Alusão aos efeitos devastadores da sífilis.

11. Marco Aurélio Antonino (121-80), o imperador e filósofo romano, autor das famosas *Meditações*. A despeito da cuidadosa educação que recebeu, seu filho Cômodo (161-92) revelou-se um governante cruel e tirânico.

12. Gregório Nazianzeno (*c.* 325-c. 89), um dos pais da Igreja do Oriente e bispo de Constantinopla, foi colega de estudos de Juliano (331-63), mais tarde imperador romano que se proclamou pagão ao ascender ao trono. Contra ele escreveu Gregório duas *Invectivas* em 361.

13. Santo Ambrósio (*c.* 340-97), bispo de Milão, foi também um dos pais da Igreja.

14. Demócrito (n. *c.* 460 a.C.), o célebre filósofo grego, foi, segundo uma lenda, tutor de Protágoras (*c.* 481-*c.* 411 a.C.). Este teria sido um carregador cuja habilidade em atar um feixe de varas atraiu a atenção de Demócrito, o qual se decidiu então a cuidar dele e instruí-lo.

15. Di-lo Erasmo em seus *Colloquia*. No original consta: "Não é polido cumprimentar alguém quando se está urinando ou aliviando os intestinos".

16. Isto é, o conjunto das obras de Matteo Pellegrini, o qual já foi objeto de uma nota.

17. A cidade Dendermond ou Termonde, na atual Bélgica, foi tomada em 1706 pelo duque de Marlborough, a quem já se fez referência em nota anterior.

18. Túnica que ia até os joelhos.

19. Em inglês *death-watch*, "relógio da morte", pois o ruído de tique-taque produzido por esse inseto era tido como um anúncio de morte.

20. Breda, na Holanda, era utilizada com frequência, então, como quartel de inverno. No século XVIII, era costume as mulheres e os filhos dos soldados acompanharem-nos em suas campanhas; o próprio Sterne teve uma infância nômade, seguindo o pai, militar de carreira, de um lugar a outro.

21. As leis naturais são as inerentes à natureza, enquanto as positivas são estabelecidas pelo homem.

22. O rei de França era então Luís XIV.

23. Referência ao dr. Daniel Waterland (1683-1740), pregador cujos sermões Sterne plagiava de quando em quando.

24. "Doutora pedagoga", expressão com que Sterne manifestava seu desprezo pelos pedantes.

25. *Lentamente*: devagar; *tenuto*: sustentado; *grave*: solene; *adagio*: com graça; a *l'octava alta*: na oitava alta; *con strepito*: com arrebato; *siciliana*: com o andamento de uma "siciliana", dança pastoral lenta; *alla capela*: para capela; *con l'arco*: com o arco (em oposição a *pizzicato*); *senza l'arco*: sem o arco, ou seja, em *pizzicato*.

26. Alusão à capa azul da *Critical Review* que atacara *Tris-*

NOTAS AO VOLUME VI 769

*tram Shandy*. Seu diretor, o romancista Tobias Smollet, havia sido outrora médico.

27. "Retrato."

28. Palavra obviamente disparatada, com que Sterne dá a entender o seu desprezo pela notória obtusidade e pedanteria dos críticos holandeses. De conformidade com os seus componentes, significaria algo como "Meu senhor dos Superobtuso-broncos".

29. Paradoxalmente, as escolas chamadas "públicas" eram, na Inglaterra, as mais privadas e exclusivistas, tais como Eton e Harrow, por exemplo.

30. O príncipe François Eugène de Saboia (1663-1736), famoso general austríaco que chefiou o exército de Carlos VI na guerra contra os turcos em 1716-8.

31. A vitória das tropas de Eugênio em Belgrado (1717) representou um desastre para as tropas turcas, que perderam cerca de 150 mil homens.

32. Forma de tratamento mais cerimoniosa que, na Inglaterra, se antepõe aos nomes de meninos e rapazes.

33. Philipp Cluwer (1580-1623), geógrafo e historiador alemão; a referência de Sterne é ao seu livro *Germania antiqua*.

34. A região entre o Vístula e o Oder corresponde à atual Polônia.

35. O *lit de justice* era o trono em que o rei de França se sentava quando assistia às sessões do parlamento. Mais tarde, o termo passou a denominar a tentativa de forçar o parlamento a aceitar as exigências reais.

36. Albert Rubens (1614-57), filho primogênito do pintor Paul Rubens, era antiquário e escritor. Sterne tirou a informação que se segue do seu *Do vestuário dos antigos*.

37. *Clâmide*: túnica curta, de lã, usada pelos gregos; *éfod*: paramento usado pelos sacerdotes nas celebrações religiosas hebraicas; *pênula*: túnica de lã que cobria todo o corpo; *lacema*: gabão pesado, usado no inverno pelos romanos; *capucho*: em latim *cucullus*, capuz preso a uma vestimenta; *paludamento*: túnica militar; *pretexta*: toga branca, orlada de púrpura, usada por magistrados romanos e filhos de patrícios; *trábea*: capa branca, ornada de bandas de púrpura.

770  NOTAS AO VOLUME VI

38. *Calceus incisus*: sapato perfurado; *calceus rostratus*: sapato pontudo.

39. Literalmente "prego largo", expressão que designava a larga faixa púrpura da túnica dos patrícios romanos.

40. Todos os nomes são de eruditos e humanistas da Renascença. Baptista Egnatius (*c*. 1475-1553), Carlos Sigonia (*c*. 1520-84) e Mateus Bossus (1428-1502) eram italianos; Lazaire de Baif (1496-1547), Guillaume Budé (1467-1540) e Claudius Salmasius (1588-1653) eram franceses; Lipsius (ver nota anterior) era flamengo; Wolfgang Lazius (1514-65) era alemão. Isaac Casaubon (1559-1614) foi um famoso erudito e teólogo francês, huguenote. Quanto a Scaliger, já foi objeto de nota.

41. Trata-se provavelmente de um lapso: a palavra seria *fibula*, fivela ou colchete.

42. Pessoa descuidosa ou indiferente.

43. Comandante supremo das forças britânicas durante a chamada Segunda Guerra contra a França ou Guerra da Sucessão Espanhola, a que já se fez referência em nota anterior.

44. *Redente*: obra simples de fortificação de campanha, dotada de duas faces formando ângulo saliente; *talude do glaciz*: lado inclinado do parapeito, cuja espessura aumenta gradualmente de cima para baixo; *banqueta*: elevação atrás de um parapeito, de onde os atiradores fazem fogo; *paralela*: trincheira (geralmente em grupo de três) paralela à fachada geral das obras atacadas e que serve de meio de comunicação entre as diferentes partes das obras de sítio.

45. Jornal oficial, que era publicado duas vezes por semana para informar acerca dos assuntos oficiais.

46. Sinal dado por rufo de tambores ou toque de corneta convidando para parlamentação.

47. Isto é, em 1702.

48. Peças de madeira, longas e grossas, com ponteiras de ferro, que podiam ser usadas em lugar de restrilhos ou grades corrediças; a palavra é também usada para designar uma série de canos de espingarda montados dentro de um cepo de madeira e que podem ser disparados todos de uma vez ou separadamente.

NOTAS AO VOLUME VI    771

49. Todas essas praças foram tomadas em 1703. As três primeiras acham-se hoje situadas em território da Alemanha Federal, e as duas últimas no território da Bélgica.

50. O velho do mar na mitologia grega. Possuía o dom da profecia, mas mudava de forma toda vez que era interrogado, a fim de esquivar-se de responder.

51. Provável referência às perversões sexuais por cuja causa Sodoma e Gomorra foram destruídas.

52. Vale dizer, em 1708.

53. "Sucedâneo, substituto."

54. "Coisas desejadas."

55. Gorro de caçador, originário da Espanha, de topo esférico e abas para proteger os ouvidos.

56. Peruca com uma longa trança atrás, presa com laços em cima e embaixo; a denominação vem de Ramillies, na Bélgica, onde Marlborough alcançou vitória em 1706.

57. O fígado era outrora considerado como a sede do amor e da paixão amorosa.

58. Como se viu no Capítulo 1 do volume v, o autor atirara ao paço a chave do seu gabinete de estudo. Não tendo acesso, portanto, às autoridades ali contidas, vê-se forçado a fazer o seu próprio rol de famosos misóginos. Os nomes arrolados originam-se, na maioria, de lugares geográficos e não visam provavelmente a designar personagens históricos. O único que pode ser, ao mesmo tempo, identificado e classificado como misógino é Carlos xii da Suécia (1682-1718). Quando a bela condessa de Königsmark, amante de Augusto, o Forte, rei da Polônia, foi por este enviada à Suécia para pedir paz, não conseguiu causar nenhuma impressão no seu monarca.

59. O tratado que pôs fim à Guerra da Sucessão Espanhola em 1713.

60. Rainha da Inglaterra (1553-8). Durante o seu reinado, Calais, a última possessão inglesa em solo francês, foi perdida; diz-se ter ela declarado que a palavra "Calais" seria encontrada gravada em seu coração após a sua morte.

61. Provável referência a Tertuliano (nascido c. 150 d.C.), um dos maiores entre os primeiros autores cristãos que

escreveram em latim. Dele é o *Apologeticus*, eloquente apelo aos governadores romanos em favor dos cristãos.

62. Guy, conde de Warwick, é o herói de um romance popular em verso dos primórdios do século xiv. *Valentine e Orson* é o título de um antigo romance francês que foi traduzido para o inglês no século xvi. Parismus, Parismenus e os Sete Campeões já foram objeto de uma nota.

63. Segundo Homero, Príamo, contrariamente ao que está dito no texto de Sterne, trouxe o corpo de seu filho, Heitor, morto por Aquiles.

64. No original *star*, que significa também "asterisco", acepção ao extremo pertinente no caso do texto de Sterne, onde elas abundam.

65. "Quanto mais cuidado deveríamos ter no engendrar filhos."

66. Plotino (*c.* 203-62), filósofo neoplatônico grego, autor das *Enéadas*, sustentava ter o amor natureza dúplice: o amor superior era um deus, ou um puro princípio intelectual, ao passo que o inferior era um *daímon* que envolvia tanto a matéria quanto o espírito. É errôneo, pois, traduzir *daímon* por "diabo" ou "demônio".

67. Marsílio Ficino (1433-99), médico e filósofo neoplatônico italiano, autor de *Commentaria* sobre Platão.

68. No *Banquete*, Diotima diz que o amor é um grande *daímon* que serve de intermediário entre os homens e os deuses.

69. Trata-se de um médico do século xviii, autor, de parceria com Sir John Floyer, de *A história do banho frio*. Nessa obra, ele se manifestava contrariamente ao uso, pelos médicos, da cantárida, uma preparação medicinal feita com a mosca desse nome e então usada para provocar vesículas. Comentava ele: "Creio que o próprio Diabo, o velho Belzebu, nada mais é senão uma grande Cantárida, o Príncipe das Moscas; estas agem bem de conformidade com a Natureza dele, para atormentar a Humanidade onde quer que sejam aplicadas". Lembre-se — e tal fato é particularmente relevante no contexto desta passagem de Sterne — que a cantárida é usada como afrodisíaco.

# NOTAS AO VOLUME VII

70. A Nazianzeno já se consagrou uma nota. Filágrio (que floresceu por volta do ano 370) era amigo e correspondente de são Gregório. Sterne utiliza com propósito humorístico uma passagem de uma de suas cartas onde, em tom sério, ele diz: "É bom que filosofeis em meio a vossos sofrimentos".

71. Médico persa do século x. Quanto a Pedamius Dioscórides, foi um médico grego do século i, cuja *Matéria médica* tornou-se, por vários séculos, obra-padrão acerca das propriedades medicinais de plantas e drogas.

72. Médico grego do século vi. As plantas mencionadas nestas passagens são todas refrescantes, exceto a Hanea. Sterne tirou a palavra da *Anatomia da melancolia*, de Burton (já referido em nota), onde ela aparece como tradução incorreta do termo grego *agnos*, árvore que se supunha outrora ter o dom de preservar a castidade. De igual modo, julgava-se que o topázio tinha o poder de curar a sensualidade.

73. Bernard de Gordon, médico francês do século xiii.

74. A cânfora era antigamente considerada como anafrodisíaco.

75. Isto é, sementes de pepino, abóbora etc. que se acreditava terem efeito refrescante e calmante sobre as paixões.

76. As letras sob as linhas tortuosas, "Inv. T. S." e "Scul. T. S." significam respectivamente "Tristram Shandy criou isto" e "Tristram Shandy gravou isto".

77. Cícero usava com frequência a frase "reta via", o caminho reto.

78. O matemático grego cujo primeiro postulado, em seu tratado *Da esfera e do cilindro*, é: "De todas as linhas que têm as mesmas extremidades a menor é a linha reta".

## VOLUME VII

1. "Pois esta é a própria obra, não uma digressão dela." A citação de Plínio constitui, claramente, uma tentativa de Sterne de antecipar-se às críticas de ser a narrativa das viagens de Tristram despropositada.

# NOTAS AO VOLUME VII

2. Vale dizer, o túmulo do célebre santo e arcebispo de Canterbury Thomas Beckett (1118-70), assassinado na catedral dessa cidade por partidários de Henrique II, rei da Inglaterra, a cujo crescente poderio ele se opusera. O túmulo de Beckett tornou-se o maior dos santuários ingleses.

3. A alusão é ao livro de viagem de Addison (de quem já se falou em nota) *Remarks on Several Parts of Italy*, em que ele declara ter lido com atenção as descrições feitas pelos poetas da Antiguidade das paisagens rurais que estava visitando a fim de compará-las com a realidade.

4. A Demócrito já foi consagrada uma nota. Natural de Abdera, na Trácia, era conhecido como "o filósofo risonho" em oposição ao melancólico Heráclito.

5. Heráclito (século VI a.C.) renunciou ao seu cargo de magistrado em Éfeso a fim de devotar sua existência à filosofia.

6. Antigas denominações latinas de Calais, exemplo do estilo pedante dos guias de viagem que Sterne arremeda neste capítulo.

7. Lembre-se que em inglês *square* significa, além de "praça", "quadrado".

8. "Torre de vigia."

9. A parte das fortificações mais próximas de Gravelenes, a leste.

10. Quando Calais se rendeu a Eduardo III em 1347, após um ano de sítio, seus habitantes foram salvos do massacre por Eustace de Saint-Pierre e quatro outros abastados cidadãos que se entregaram à mercê do rei de mãos e pés nus e cordas à volta do pescoço. Foram poupados por intercessão da rainha Filipa.

11. Lance de dados em que sai seis e um; no caso, usado para designar o homem alto e o baixo.

12. "Ah! minha cara jovem."

13. Vale dizer, sobre o cânon ou regra de proporções da estatuária.

14. "Devota" ou "beata".

15. Termos que indicam perda e finalmente derrota no piquê ou jogo dos centos (jogo de cartas).

NOTAS AO VOLUME VII

16. "Posta e meia." Cada posta, ou estação de muda de cavalos, correspondia a seis milhas.

17. Trata-se da *Liste génerale des postes de France*, publicada anualmente de 1708 a 1779.

18. Santa Genoveva (422-500) é a padroeira de Paris.

19. Paráfrase do Salmo 83,13.

20. Vide nota anterior a seu respeito.

21. Na mitologia grega, Zeus puniu a ingratidão de Ixião fazendo-o ser atado, no Hades, a uma roda ígnea que iria girar por toda a eternidade.

22. Pitágoras sustentava que o corpo era o túmulo da alma e que só uma vida purificada das paixões e fraquezas da carne poderia assegurar a imortalidade da alma. A alusão ao nome de Jenny nesta passagem dá à citação de Pitágoras uma implicação física bem maior do que a do original.

23. Leonardo Lessius (1554-1623), teólogo jesuíta, autor de *De perfectionibus moribusque divinis*.

24. Equivalente a cerca de 4,4 milhas inglesas, ou seja, 7080,9 metros.

25. Jesuíta espanhol e exegeta (1537-91), autor de *Apocalipse*.

26. A milha italiana corresponde a 0,9 milha inglesa, ou seja, 1448,4 metros.

27. Na mitologia grega, o deus da potência e da fertilidade masculina.

28. Em 1738, no reinado de Luís XIV, houve uma mudança de moeda.

29. Um *liard* era um quarto de *sou* e o *sou* a vigésima parte da *livre*. Mais tarde, esta foi convertida no franco.

30. Os famosos estábulos de Chantilly foram construídos entre 1719 e 1735, em local próximo ao do atual hipódromo.

31. *Sic* no original. Dizia-se que a abadia de Saint-Denis guardava a lanterna e a copa de Judas Iscariotes.

32. Tecido flamengo, de lã lustrosa, muito usado no século XVIII.

33. Então, era um gesto de cortesia ceder a outro passante o lado da parede, nas ruas, visto estar sempre imundo o centro delas, por onde corriam os esgotos a céu aberto.

34. "Sempre."
35. Assim chama Sterne às rôtisseries.
36. "Glutões."
37. "Por Deus."
38. Assim eram chamadas as mansões dos membros da nobreza.
39. William Lilly era o autor de um livro de gramática popular no século XVI.
40. Estas duas famosas igrejas barrocas haviam sido concluídas na década de 1740.
41. "Considerando o que é mister considerar."
42. Esta palavra significa "salsichas" e é frequentemente usada por Rabelais com implicações obscenas.
43. No original, *impotent*, palavra que tem também conotação sexual. O "homem de Listra" curado por são Paulo (Atos 14,8-10) era inválido dos pés.
44. Planta que segrega um fluido de gosto salino.
45. Erva antiescorbútica.
46. Insígnia antigamente usada pelos comerciantes de vinho.
47. Ao escolher o termo *bouger*, "mover-se", valeu-se Sterne de um vulgarismo do século XVIII, com ele buscando intensificar o caráter chocante da palavra por via de sua associação com o termo *bougre*, que todavia, em francês, não tem as mesmas conotações do seu equivalente inglês, *bugger*, que significa "sodomita". Já *fouter* é o mesmo que *foutre*, "foder".
48. "Avante!"
49. Dominique Séguier (1593-1659), bispo de Auxerre, abriu as tumbas dos santos enterrados na abadia e redigiu um informe oficial sobre o bom estado em que se encontravam os seus corpos.
50. Santo Heribaldo (?-857), monge beneditino, foi bispo de Auxerre, e teve de fato influência nos reinados citados, que cobrem mais de um século (768 a 877).
51. São Germano ou Germain (378-448) foi também bispo de Auxerre. O hagiológio registra sete santas de nome Máxima e 35 de nome Máximo.
52. Alusão ao costume então vigorante no exército britânico, de comprar promoções.

NOTAS AO VOLUME VII 777

53. *Optatus* quer dizer, em latim, "querido, desejado".

54. Refere-se Sterne a um dos contos de *Crazy Tales*, de seu amigo John Hall-Stevenson (já mencionado numa nota anterior), que o atribuiu a um arquiteto chamado "Don Pringello". Hall-Stevenson era conhecido como "Antony" por seus amigos, provavelmente numa alusão deliberada a santo Antão, o fundador do ascetismo cristão, que se retirou com os seus discípulos para um castelo em ruínas.

55. Famosos vinhedos do Ródano.

56. O relógio de Lyon era considerado o melhor do mundo depois do de Estrasburgo.

57. Série de volumes que Piganiol de la Force (1673-1753) dizia ser única na França. Sterne tirou grande parte do material que usou neste volume do *Tristram Shandy* de um livro desse autor, *Nouveau Voyage de France*.

58. Guia.

59. Trata-se de uma coluna de mármore a que os mártires cristãos eram atados enquanto padeciam torturas e que mais tarde veio a ser associado ao próprio Cristo.

60. Em sua obra *Recherches curieuses d'antiquité*, de que Sterne tirou informações para este capítulo, Jacob Spon (1647-85) explica que o nome de um italiano, Humberto Pilati, deu origem à crença de que este e outros edifícios do distrito estavam ligados com Pôncio Pilatos.

61. Situava-se fora da porta de Lyon.

62. "Pábulo", "sustento", "pasto".

63. Edifício de Loreto, Itália, que se dizia ter sido a casa da Virgem Maria em Nazaré, depois transportada para Loreto por anjos. Era local de peregrinação devota e, nos dias de Sterne, ostentava grande opulência.

64. "Coisas a serem vistas."

65. "Curral ou pátio inferior."

66. Nome próprio (diminutivo de John) e ao mesmo tempo diminutivo de *jackass* ou asno.

67. Julga o padre estar Tristram agonizante e deseja administrar-lhe os últimos sacramentos, em que a pessoa é ungida com os santos óleos.

68. Arrematantes de rendas, que mantinham o sistema de

778 NOTAS AO VOLUME VII

cavalos de posta após ter pago ao rei determinada soma de dinheiro para garantir-se o monopólio dele.

69. Referência à Paz de Paris, firmada em 1763, que pôs fim à guerra entre a Inglaterra e a França, com menos vantagem para a Inglaterra do que a esperada.

70. Moeda de ouro no valor de vinte francos.

71. Robert e James Dodsley (como já se disse numa nota) publicaram os quatro primeiros volumes de *Tristram Shandy*, Thomas Beckett e Peter A. de Hondt os cinco últimos.

72. "Com loucura."

73. No original *May-pole*, mastro enfeitado de flores usado nos festejos de 1º de maio (primavera). Pouco antes, neste mesmo capítulo, a palavra fora usada como verbo, *May-poling*, que traduzi pelo circunlóquio "andar a mariolar à volta de paus enfeitados", onde o verbo "mariolar" logo lembra o nome de Maria. Preferi, em vez de mastro, pau-de-maio, para manter as maliciosas conotações eróticas desta passagem.

74. "Estou muito mortificada."

75. "Pegai."

76. Referência à supressão da ordem dos jesuítas em 1764.

77. Exceto, evidentemente, o famoso palácio dos Papas que, como bom protestante, Sterne prefere negligenciar.

78. Esta referência tão natural constitui provavelmente uma alusão à conhecida canção "Sur le pont d'Avignon" (a mesma cantiga de roda que se canta no Brasil como "Soropango da vingança", evidente estropeamento do original francês), que fazia supor ter se tornado famosa a cidade mais por causa de sua ponte do que por qualquer outra coisa, inclusive e sobretudo o palácio dos Papas.

79. No original, *Plain stories*, que se pode traduzir tanto por "histórias da planície" como por "histórias simples".

80. Nome fictício, derivado do francês *bougre*, que já foi objeto de uma nota.

81. "Viva a alegria! Abaixo a tristeza!"

82. Provavelmente um lapso, em vez de Pringello, de quem já se falou numa nota anterior.

# VOLUME VIII

1. Sterne pensa provavelmente num dos muitos retratos alegóricos de Alexander Pope (1688-1744), o mais célebre poeta inglês do século XVIII, em que ele é representado recebendo inspiração das musas.

2. Uma parte hoje perdida do *Do sublime*, de Longino, menciona uma conversação entre Alexandre, o Grande, e seu conselheiro Parmênio (igualmente mencionada pelo historiador grego Arriano) em que Parmênio instava com o rei para que aceitasse os termos da paz proposta por Dario, dizendo-lhe que se ele, Parmênio, fosse Alexandre, os aceitaria. Alexandre replicou: "Eu também, se fosse Parmênio".

3. A vara flamenga equivalia a 82,2 centímetros.

4. Lembre-se que em português "bruaca" significa tanto "bolsa de couro" como "meretriz". Procurou-se, com ela, achar um equivalente para a duplicidade de sentidos do original, onde figura *an old hat cocked* e a *cocked old hat*: *old hat* é a designação em gíria do órgão sexual feminino e *cock* do masculino; todavia, em linguagem corrente, *cocked hat* significa "chapéu armado".

5. Do francês antigo *greguesque*, calções largos usados nos séculos XVI e XVII, ou seja, "calções gregos".

6. No original inglês *prick*, que significa ao mesmo tempo "alfinetada, picada" e "pênis"; daí a tradução maliciosamente dúplice que se lhe deu em português. Aliás, o tom malicioso da passagem é reforçado no fim do parágrafo pelo suposto topônimo Fesse, que significa em francês "nádega".

7. Elizabeth Lumley, a esposa de Sterne, sofria ataques de alienação mental durante os quais se proclamava rainha da Boêmia. O rei da Boêmia seria assim o próprio Sterne, que acompanhava as crises da esposa com bastante bom humor.

8. "Desde a fundação da cidade." Conforme já se disse em nota anterior, os acontecimentos da história romana eram datados a partir da fundação de Roma.

9. Frans Nicolas, barão Fagel (1645-1717), era o general no

780 NOTAS AO VOLUME VIII

comando das tropas holandesas aliadas das britânicas em Flandres; foi ele quem perdeu a fortaleza de Les Quesnoy.

10. Tornou-se imperador do Sacro Império Romano-Germânico em 1378. O monge alemão Berhold Schwartz era tido como o inventor das armas de fogo e quiçá da pólvora, por volta de 1330. Quanto a dom Pedro, Sterne citou equivocadamente a sua fonte, a *Cyclopaedia* de Chambers, onde o bispo de León é citado como autoridade no tocante ao uso de armas de fogo no século XII; d. Pedro Mexia é que é mencionado como autoridade no que respeita ao uso da pólvora pelos mouros em 1343. Sterne pretendia referir-se a este.

11. Roger Bacon (*c.* 1214-94), cientista, alquimista e fundador da filosofia inglesa. Em seu tratado *De mirabili potestate artis et nature* descreve ele um tipo de pólvora.

12. Comandante francês que venceu a batalha de Lenden.

13. "Sendo as demais coisas iguais."

14. Os habitantes de Gotham, em Nottinghamshire, tinham, havia séculos, a fama de loucos. De acordo com a lenda, passavam-se por loucos a fim de escapar à punição de um insulto que fizeram ao rei João Sem Terra.

15. A nota de Sterne, tirada, via Burton, de *Uma história da Etiópia*, de Heliodoro, pode ser assim traduzida: "Ródope da Trácia produzia fascínio não iniludível e atraía de tal modo com seus olhos as pessoas que se lhe dirigiam, que, estando-se com ela, era impossível não ficar cativado". Ródope ou Rhodopis ("a de faces de rosa") foi uma célebre cortesã grega do século VI a.C. a quem Safo atacou.

16. Galileu descobriu as manchas solares em 1610 e publicou suas *Cartas sobre as manchas solares* em 1613.

17. Este dístico foi tirado da *Anatomia da melancolia* de Burton, que já foi objeto de nota.

18. "Ajudante de campo."

19. Santo Hilárion (291-371) foi o introdutor do sistema monástico na Palestina.

20. No original: "*That they were the means he used, to make his* ass (*meaning his body*) *leave off kicking*". Ao pé da letra: "Que eles eram os meios que usava para fazer seu *asno* (aludindo ao seu corpo) deixar de escoi-

# NOTAS AO VOLUME IX

cear". *Ass* em inglês significa também "bunda", sentido chulo adiante usado para fins humorísticos. Procurou-se, na tradução, resguardar a duplicidade de sentidos alterando ligeiramente o sentido da frase.

21. "Tanto querendo como não querendo."

22. No *Banquete*, Pausânias faz uma distinção entre o amor comum.

23. Já foi objeto de nota.

24. Francisco Vallés de Covarrubias (1524-92), autor espanhol e médico de Filipe II. Como Ficino, é autor de um comentário de Platão.

25. Mãe de Afrodite (Vênus), nela gerada por Júpiter.

26. O Parlamento inglês oferecera uma recompensa a quem descobrisse uma maneira de determinar com segurança a longitude.

27. Isto é, do sermão que estava preparando.

28. No original, *the tongs and poker*. Na gíria da época, *tongs* significava também "calções" e *poker* "pênis".

29. Paul Scarron (1610-60), dramaturgo e romancista burlesco francês, autor de *Le Roman comique*.

30. Médico árabe, já mencionado em nota anterior, a maior parte desta passagem está baseada na *Anatomia da melancolia* de Burton.

31. Antiga denominação de várias plantas que se supunha curarem a loucura. Os alimentos adiante recomendados eram tidos por afrodisíacos. Quanto à verbena, usava-se pelos seus efeitos refrescantes, e como adminículo à castidade.

32. Cláudio Eliano, autor romano do século III. A referência é à sua obra *De natura animalia* e foi tomada do livro de Burton.

## VOLUME IX

1. A epígrafe é um apelo feito por Scaliger a Cardano (autores que já foram objeto de notas) tal como citado por Burton e significa: "Se gracejamos demasiado facetamente acerca de alguma coisa, pelas Musas e Graças e pela divina vontade dos poetas todos rogo-te que não mo tomes a mal".

782 NOTAS AO VOLUME IX

2. William Pitt, que em 1766 se tornou primeiro-ministro, visconde Pitt e conde de Chathan.

3. Isto é, após ulterior reflexão.

4. Os asteriscos substituem respectivamente "Pit" (sic) e "Chatham".

5. Pitt estivera ausente da política e do seu alto cargo entre 1761 e 1766.

6. Trata-se de uma citação do *Essay on Man*, de Alexander Pope.

7. Sterne aplica aqui, burlescamente, as teorias morais de William Wolaston, tal como ele as formulou em *The Religion of Nature Delineated*.

8. Foi travada ao fim da Guerra de Sucessão Espanhola, em Flandres (1708), tendo os generais ingleses Cadogan e Webb, com suas tropas, derrotado as do conde De la Motte, do que resultaria posteriormente a queda das cidades de Lille, Gand e Bruges.

9. Dos dois livros citados no texto, o primeiro é uma obra teológica do bispo Warburton, que já foi objeto de nota; quanto ao segundo, trata-se de uma virulenta sátira de Jonathan Swift (1667-1745) publicada em 1704 e jocosamente dedicada ao "Príncipe Posteridade": nela, Swift dirigia sarcasmos ao papa, a Lutero e a Calvino, pelo que foi acusado de impiedade.

10. No original, *ejaculation*, que significa a um só tempo "ejaculação" e "exclamação". Em português, "ejaculação" é também sinônimo de "exclamação".

11. Trincheira no meio de um fosso, para servir como dreno e obstáculo ao inimigo.

12. "Dia de guarda" traduz *sacrament day*. No tempo de Sterne, o sacramento da comunhão era administrado geralmente no primeiro domingo de cada mês, e a dúvida de Walter Shandy se explica pelo fato de ele costumar reservar ou "guardar" a noite desse dia para o cumprimento de seus deveres conjugais, passando-a no quarto da esposa.

13. O mesmo que ministro da Fazenda entre nós.

14. Os críticos e comentadores holandeses eram tidos então como os mais enfadonhos.

NOTAS AO VOLUME IX                                          783

15. Como já foi dito anteriormente, o topázio era considerado remédio para a cura da sensualidade.

16. "Ato externo." Ludovicus Sorbonensis parece ser autor inventado por Sterne, sendo o sobrenome possível alusão à Sorbonne.

17. Tersites é apresentado, na *Ilíada*, como o mais desaforado, grosseiro e feio dos guerreiros gregos.

18. *Galateo*, que é um tratado de boas maneiras, escrito em prosa, já foi objeto de nota, bem como seu autor, Della Casa. Parece que Sterne se queria referir, na realidade, ao *Capitolo del Forno*, poema licencioso escrito pelo mesmo autor de *Galateo*.

19. À altura em que Sterne escrevia (1766), Jean-Jacques Rousseau, que recomendara o retorno do homem a um modo de vida mais simples, estava residindo na Inglaterra, numa casa conseguida para ele por David Hume, amigo de Sterne. Lembre-se que, além de escritor, Rousseau era também músico, donde o trocadilho com termos musicais: "bem temperado" e "compasso".

20. Sterne joga com o duplo sentido de "vestal", que significa "virgem" e era o nome dado à sacerdotisa que cuidava do fogo sagrado da deusa romana Vesta.

21. "Postulados."

22. Combinação de duas cartas de qualquer naipe, sendo uma imediatamente mais alta e a outra imediatamente mais baixa, em valor, do que a carta de maior valor do adversário.

23. Antiga moeda italiana (*paolo*).

24. Alusão ao livro de Smollett, *Travels Through France and Italy*, então recém-publicado e no qual o autor se queixava acremente das condições em que viajou e do tratamento que lhe fora dispensado.

25. "Carruagens."

26. Sterne confunde neste passo dois pintores gregos: Zêuxis (século IV a.C.) e Nealces (século III a.C.); foi este último, segundo Plínio, quem logrou reproduzir o efeito da escuma de um cavalo atirando a sua esponja contra o quadro que pintava.

27. O de que, para exprimir-se, o amor não carece de muitas palavras.

NOTAS AO VOLUME IX

28. Isto é, o corpo e o sangue de Cristo na Eucaristia.

29. Na religião anglicana, o equivalente ao Missal católico. As razões que alega em prol do matrimônio são: a procriação de filhos, a evitação do pecado e da fornicação, e a mútua companhia, ajuda e conforto dos cônjuges.

30. Planta antigamente usada como medicamento catártico.

31. Isto é, as autoridades municipais.

32. Os livros, no caso, são *Anthropologia nova, or A New System of Anatomy*, tratado médico popular na época, de autoria de James Drake (1667-1707); uma obra de anatomia acerca da estrutura do cérebro escrita por Thomas Wharton (1614-73); e as obras escritas pelo médico holandês Regnier de Graaf (1614-73) acerca de "ossos e músculos" e "os órgãos da geração", tal como indicado na nota do próprio Sterne, que torna claro qual das obras interessou mais de perto à viúva Wadman.

33. "Desordenadamente, atropeladamente."

34. Vale dizer, mercenário, pago pelo editor para louvar os livros que este publicasse.

35. No sentido de "bem melhor": uma "quarta maior" é uma sequência das quatro cartas de mais alto valor de um naipe, e uma "terça" é uma sequência de apenas três cartas.

36. Diz-se que Diógenes, o filósofo cínico, condenou (embora não por delicadeza, como Sterne) a dependência em que, para a satisfação sexual, os homens estão das mulheres, visto implicar ela uma restrição à liberdade do macho. Por sua vez, nas *Leis*, Platão adverte contra os perigos da luxúria, afirmando que os desejos do homem devem voltar-se para propósitos bons, e não maus.

37. *Sic* no original (*congredients*). A palavra não consta nos dicionários de inglês que pude consultar, nem mesmo no Webster.

38. Leigo encarregado da administração dos dízimos da igreja, os quais usualmente consistiam de cereais, madeira e animais oferecidos pelos paroquianos para a manutenção do pároco.

39. Filha de Agenor, rei da Fenícia, raptada por Zeus convertido em touro.

40. Nome do edifício ocupado pelos doutores de direito civil

NOTAS AO VOLUME IX

de Londres, onde eram lavradas as licenças de casamento, os testamentos e os divórcios.

41. No original, *a cock and a bull*: a expressão *cock-and--a-ball story* significa em inglês, segundo Vallandro, "conto da carochinha, patranha, potoca". Mas a resposta de Yorick à pergunta da sra. Shandy tem óbvias e maliciosas alusões sexuais: *cock* é também termo chulo para designar pênis, e o touro é animal emblemático da potência sexual.

Esta obra foi composta em Sabon por Alexandre Pimenta
e impressa em ofsete pela Geográfica
sobre papel Pólen Soft da Suzano S.A.
para a Editora Schwarcz em junho de 2022

A marca FSC® é a garantia de que a madeira utilizada na fabricação do papel deste livro provém de florestas que foram gerenciadas de maneira ambientalmente correta, socialmente justa e economicamente viável, além de outras fontes de origem controlada.